EMILY BRONTË
UĞULTULU TEPELER

Can Klasik

Uğultulu Tepeler, Emily Brontë
İngilizce aslından çeviren: Naciye Akseki Öncül
Wuthering Heights
© 1983, Can Sanat Yayınları A.Ş.

1. basım: 1983
28. basım: Ocak 2021, İstanbul
Bu kitabın 28. baskısı 15 000 adet yapılmıştır.

Dizi editörü: Ayça Sezen
Editör: Ayça Sabuncuoğlu

Kapak uygulama: Utku Lomlu / Lom Creative (www.lom.com.tr)

Baskı ve cilt: BPC Matbaacılık San. ve Tic. A.Ş.
Osmangazi Mah. Mehmet Deniz Kopuz Cad. No.17/1 Oda:1
Esenyurt, İstanbul
Sertifika No: 48745

ISBN 978-975-07-3891-3

CAN SANAT YAYINLARI
YAPIM VE DAĞITIM TİCARET VE SANAYİ A.Ş.
Maslak Mah. Eski Büyükdere Cad. İz Plaza, No: 9/25, Sarıyer/İstanbul
Telefon: (0212) 252 56 75 / 252 59 88 / 252 59 89 Faks: (0212) 252 72 33
canyayinlari.com
yayinevi@canyayinlari.com
Sertifika No: 43514

EMILY BRONTË
UĞULTULU TEPELER

ROMAN

İngilizce aslından çeviren
Naciye Akseki Öncül

EMILY BRONTË, 1818'de İngiltere'nin kuzeyinde, Yorkshire'a bağlı Thornton'da doğdu. Çok genç yaşlarda kendini okuyup yazmaya veren Emily Brontë, 1846'da kız kardeşleri Charlotte ve Anne'le birlikte ortak bir şiir kitabı yayımladı: *Poems by Currer, Ellis and Acton Bell* (Currer, Ellis ve Acton Bell'den Şiirler). Emily'nin, kendisine büyük ün getirecek olan *Uğultulu Tepeler* adlı romanı, Charlotte'un kısa sürede büyük başarı kazanan *Jane Eyre* adlı romanından hemen sonra, 1847'de yayımlandı. Romanın yayımlanmasından kısa bir süre sonra, öteden beri hasta olan Emily'nin sağlığı hızla bozulmaya başladı. 1848'de veremden öldü. Emily, Brontë kardeşlerin belki de en önemlisi olmasına karşın, sessiz, içine kapanık kişiliğinden ve ardında önemli bir yazışma bırakmamasından dolayı, yaşamına ilişkin bilgiler çok kısıtlıdır. Tek romanı *Uğultulu Tepeler*, ruhsal yaşamının gizlerini aydınlatmak yerine daha da karanlıkta bırakır.

NACİYE AKSEKİ ÖNCÜL, 1920 yılında Heybeliada'da doğdu. Ankara Kız Lisesi'ni bitirdikten sonra, Dil, Tarih ve Coğrafya Fakültesi İngilizce Öğretmenliği Bölümü'nden mezun oldu. 1942 yılında İngilizce öğretmenliğine başladı. 1946'da, Columbia Üniversitesi İngiliz Dili ve Edebiyatı Bölümü'nden yüksek lisans diplomasını aldı. 1972 yılında öğretmenlikten emekli oldu. 1963'te *Amerikan Edebiyatı Hikâyeler Antolojisi* başlıklı derlemesini yayımladı. Virginia Woolf, Emily Brontë ve Nathaniel Hawthorne gibi önemli yazarların kitaplarını dilimize kazandırdı.

1

1801. – Ev sahibimi, ileride başıma işler açacak olan bu tek komşumu görmeye gittim, şimdi oradan geliyorum. Buraları çok güzel yerler doğrusu! Bütün İngiltere'de toplumun hayhuyundan böyle büsbütün uzak bir yer bulabileceğimi hiç sanmazdım. İnsanlardan kaçan biri için tam bir cennet. Mr. Heathcliff'le ben bu ıssız yerleri paylaşmak için ne kadar da uygun bir çiftiz! Ne eşsiz bir insan! Atımın üstünde ona doğru ilerlerken, siyah gözlerinin kaşları altında kuşkuyla kısıldığını ve adımı söylerken, ellerini inatçı bir çekingenlikle yeleğinin iç taraflarına doğru kaçırdığını gördüğümde kendisine nasıl bir yakınlık duyduğumu anlamadı bile.

"Mr. Heathcliff?" dedim.

Yanıt olarak yalnızca başını salladı.

"Ben yeni kiracınız Lockwood, efendim," dedim. "Buraya gelir gelmez ilk fırsatta sizi ziyaret etmeyi görev bildim. Umarım Thrushcross Çiftliği'ni kiralama konusundaki ısrarımla sizi rahatsız etmemişimdir. Dün duyduğuma göre sizin bu konudaki düşünceleriniz..."

Yüzünü buruşturarak, "Thrushcross Çiftliği benim kendi malımdır, efendim," diye sözümü kesti. "Engel olabildiğim müddetçe, kimsenin beni rahatsız etmesine izin vermem. İçeri girin!"

Bu "içeri girin"i dişlerinin arasından, "Cehennem olun," der gibi söylemişti. Yaslandığı bahçe kapısı bile söylenen sözlere uyar bir harekette bulunmadı. İşte, asıl bu durum, herhalde beni bu çağrıyı kabule itti. Çekingenlikten yana beni gölgede bırakan bu adama karşı içimde bir ilgi uyanmıştı.

Atımın, göğsüyle, iter gibi bahçe kapısına dayandığını görünce, zinciri çözmek için elini uzattı. Sonra, asık bir yüzle taşlık yolda önüme düştü, avluya girerken, "Joseph! Mr. Lockwood'un atını al, şarap da getir!" diye seslendi.

Bu çifte buyruğu duyunca, "Galiba evde topu topu bir tek uşak var," dedim içimden. "Tevekkeli değil taşlıkta aralıklardan otlar bitmiş, çimleri de hayvanlardan başka kesip düzelten olmamış," diye düşündüm.

Joseph yaşlıca, daha doğrusu yaşlı bir adamdı. Belki de çok yaşlıydı, ama güçlü kuvvetli ve dinçti. Atımı alırken hoşnutsuzluğunu gösterir bir sesle ters ters, "Tanrı yardımcımız olsun," diye söylendi, hem de yüzüme öyle ekşi bir suratla baktı ki, zavallı, herhalde yemeğini hazmetmek için Tanrı'dan medet umuyor, o sofuca yakarışının da benim bu beklenmedik gelişimle hiçbir ilgisi olmasa gerek, diye düşünüp halini hoş gördüm.

Mr. Heathcliff'in oturduğu evin adı *Wuthering Heights*. "*Wuthering*", taşra dilinde, fırtınalı günlerde bu evi saran uğultulu havayı belirten, anlamlı bir sıfattır. Bu tepede her zaman için temiz, sağlam bir hava olduğu belli. Kuzey rüzgârının bu sırtlardaki gücü, evin ucundaki birkaç bodur çamın yan yatışından ve güneşten sadaka ister gibi bütün dalları aynı yöne uzanan bir sıra cılız çalıdan anlaşılıyor. Neyse ki mimar ileriyi görmüş de yapıyı adamakıllı sağlam yapmış. Daracık pencereler ta duvarın içine oyulmuş, köşeler de büyük çıkıntılı taşlarla sağlamlaştırılmış.

Eşiği atlamadan önce, evin ön cephesine, özellikle

giriş kapısının çevresine serpiştirilmiş acayip kabartmaları incelemek için durdum. Kapının üstünde, artık çürüyüp dökülmeye başlamış ejderhalarla çıplak çocuklar arasında "1500" tarihini ve "Hareton Earnshaw" adını seçtim. Bir şeyler söyleyip hırçın sahibinden bu evin geçmişiyle ilgili kısa bir bilgi isteyecektim; ama kapıdaki duruşuyla, ya hemen içeri gir ya da çek git, der gibiydi. Benim de evin içini görmeden onun sabrını tüketmeye hiç niyetim yoktu.

Bir basamakla doğrudan oturma odasına giriverdik. Ne sofa vardı ne de koridor. Buralarda öneminden ötürü bu odaya "ev" diyorlar. Burası genellikle hem mutfak hem de konuk odasıdır. Ama Uğultulu Tepeler'de mutfak sanırım evin başka bir yerine kaldırılmıştı ya da içerilerden kulağıma doğru gelen çene yarıştırmalardan ve kap kacak tıkırtısından ben öyle anladım. Kocaman ocağın çevresinde de, orada et kızartıldığını, yemek kaynatılıp ekmek pişirildiğini gösteren hiçbir şey yoktu. Duvarlarda da gözüme ne bir bakır tava ne de kalaylı bir süzgeç pırıltısı çarptı. Yalnız odanın bir ucunda, meşeden yapılma büyük bir büfenin rafları üstünde, çatıya kadar yükselen sıra sıra büyük kalaylı kaplarla gümüş maşrapa ve ibriklerden yansıyan ışık ve ısı gözleri kamaştırıyordu. Oda tavansızdı. Yulaf çöreği, yığın yığın sığır ve domuz butlarıyla dolu bir tahta kapağın örttüğü bir köşe dışında, çatı olduğu gibi göz önündeydi. Ocağın tepesine eski ve paslı birkaç tüfekle bir çift tabanca asılmış, süs olarak da, parlak çiğ renklerle boyanmış üç teneke kutu konmuştu. Döşeme düz, beyaz taştandı. Sandalyeler ilkel, yüksek arkalıklı ve yeşil boyalıydı. Büyük ve koyu renkli bir-iki tanesi gölgeli yerde güç fark ediliyordu. Büfenin altında koskoca, kızıl bir av köpeği uzanmış yatıyordu. Durmadan bağrışan bir sürü yavru çevresini sarmıştı. Kıyıda bucakta da başka köpekler vardı.

Bu oda ile bu eşyalara, eh, uygun, der geçerdiniz, eğer sahibi tozluğu ve dizlikleri içinde güçlü kasları daha da beliren, sert yüzlü sıradan bir kuzeyli çiftçi olsaydı. Akşamları yemekten sonra tam vaktinde çıkar da bu tepelerde yedi-sekiz kilometrelik bir alanı dolaşırsanız, koltuğuna kurulmuş, önünde, yuvarlak bir masa üstünde birası köpüklenen böyle çiftçiler görürsünüz. Ama bu ev, bu yaşantı, Mr. Heathcliff'e göre değildi. Heathcliff'in yüzü kara yağız bir Çingene'ye benziyordu. Giyinişi, tavırları ise bir efendi, daha doğrusu efendiden çok bir köy ağası gibiydi. Belki biraz umursamaz bir giyinişi vardı, ama dimdik, güzel bir bedeni olduğundan, hem de somurtkanlığından ötürü, bu ihmalcilik onda hiç de fena durmuyordu. Onun biraz da görgüsüzce bir böbürlenme içinde olduğu kuşkusuna kapılanlar da çıkabilir. İçimde, halden anlayan bir ses bana onda böyle bir şey olmadığını söylüyor. İçgüdümle seziyordum ki onun bu çekingenliği, aşırı duygusal davranışlara, karşılıklı incelik gösterilerine duyduğu tiksintiden ileri geliyor. Bence Heathcliff, sevgisini de nefretini de belli etmeyenlerdendi; ikinci bir kez sevilmeyi ya da nefret edilmeyi de aklı almazdı. Ama ben de çok ileri gidiyorum. Kendi huylarımı alabildiğine ona yüklüyorum. Belki de Mr. Heathcliff'in, kendisiyle ahbap olmak isteyenlerden kaçınmasında, benimkine uymayan bambaşka nedenler vardır. Kimseler bana benzemesin. Anneciğim hep, "Sen rahat bir yuva kuramazsın," der dururdu. Gerçekten de daha geçen yaz, böyle bir yuvaya hiç de yaraşır biri olmadığımı gösterdim.

Bir ay kadar deniz kıyısına gitmiştim. Hava alıp gezinirken, çekici mi çekici bir kızla tanıştım. O, bana aldırış etmediği sürece, gözümde gerçek bir tanrıçaydı. Ona hiçbir zaman sevgimden söz etmedim. Ama gözlerin dili varsa, budalalar bile ona deli gibi âşık olduğumu kestirebilirdi. Sonunda beni anladı ve hayal edilebilecek bakışların en tatlısıyla karşılık verdi. Peki, ben ne yaptım dersiniz? Söylerken utanıyorum, buz kesilip tıpkı bir sümüklüböcek gibi kabuğuma çekildim; her bakışta biraz daha soğuyarak, biraz daha büzülerek. Sonunda zavallı kız kendi anlayışından kuşkuya düştü ve bir yanlışlık yaptığını sanıp öyle altüst oldu ki, annesini oradan gitmeye razı etti. Bu tuhaf huyum yüzünden, taş yürekli bir insan olarak tanındım. Bunun ne kadar haksız bir yargı olduğunu yalnız ben bilirim.

Ocağın yanında, ev sahibinin yöneldiği tarafın karşısında bir sandalyeye oturdum. Konuşmadan sessizce durduğumuz bir sırada, anne köpek yuvasından çıkarak sinsi sinsi bacaklarımın arkasına yanaştı; dudağı yukarı doğru sıyrılmış, beyaz dişlerinden ısırma hırsıyla salyalar akıyordu. Sessizliği doldurmak için köpeği okşamaya kalktım. Bu davranışım, uzun ve boğuk bir hırlayışa neden oldu.

Mr. Heathcliff de, "Köpeği rahat bıraksanız iyi olur," diye onunla birlikte homurdanarak, daha ileri gösterileri bir tekmesiyle önledi. "Şımartılmaya alışık değildir, süs köpeği de değil," diye ekledi. Sonra yandaki bir kapıya doğru gidip bir kez daha, "Joseph!" diye bağırdı.

Joseph mahzenin dibinden anlaşılmaz bir şeyler mırıldandı, ama merdivenden ayak sesi duyulmadı. Bunun üzerine efendisi de aşağıya onu aramaya inerek beni o azgın dişi ve her hareketimi kollayan uzun tüylü, korkunç bir çift çoban köpeğiyle baş başa bıraktı. O kazma gibi dişlerin etime girmesine can atmadığım için, yerimden kıpırdamadan oturdum. Ama aksiliğe bakın ki, köpeklerin sözsüz aşağılamalardan anlamayacaklarını sanarak yüzlerine bakıp göz kırpmaya, ağzımı burnumu oynatmaya başladım ve yüzümün bir hali sayın bayanı öyle sinirlendirdi ki, birden kızarak dizlerime atıldı. Köpeği itmemle masanın arkasına geçmem bir oldu. Bu davranışım bütün sürüyü kışkırttı. Boy boy, yaş yaş yarım düzineye yakın dört ayaklı iblis, gizlendikleri deliklerden çıkıp odanın ortasına toplandılar. En çok topuklarımla ceketimin eteklerine saldırıyorlardı. Ocak başındaki demiri yakalayarak kavgacıların büyükçelerini elimden geldiğince uzaklaştırmaya çalıştım ve ev halkından ortalığı yatıştırmaları için bağıra çağıra yardım istemek zorunda kaldım.

Mr. Heathcliff'le uşağı, mahzenin merdivenini, insanı çileden çıkaran bir kayıtsızlıkla tırmandılar. Ortalığı havlamalar, bağırmalar doldurup kıyamet koptuğu halde, ikisi de adımlarını azıcık olsun sıklaştırmadı. Neyse ki mutfaktakilerden biri daha tez davrandı. Entarisinin etekleri beline toplanmış, kolları sıvanmış, yanakları alev alev, güçlü kuvvetli bir kadın, elindeki tavayı havada sallayarak aramıza katıldı. Silahını ve dilini öyle kullandı ki, şaşılacak şey, fırtına hemen diniverdi. Efendisi odaya girdiği zaman ortada yalnız o kalmıştı; göğsü, fırtınadan sonraki deniz gibi kalkıp iniyordu.

Evin efendisi, konuğu hiçe saymak olan bu tutumundan sonra, artık hiç dayanamadığım bir biçimde bana bakarak, "Neler oluyor burada böyle?" dedi.

"Neler oluyor, evet," diye homurdandım. "Kudurmuş bir domuz sürüsü bile sizin bu hayvanlarınızdan daha zararsızdır. Bir yabancıyı ha bunlarla baş başa bırakmışsınız, ha bir sürü kaplanla, hepsi bir!"

Şişeyi önüme koyup masayı eski yerine getirerek, "Bir şeye dokunmayanlara onlar da dokunmazlar," dedi. "Köpeklerin tetikte durması iyidir. Haydi, gelin, bir kadeh şarap için."

"Sağ olun, istemem."

"Isırmadılar ya?"

"Eğer biri ısırsaydı, görürdü gününü." Heathcliff'in yüz ifadesi yumuşayarak bir sırıtışa dönüştü.

"Hadi, hadi," dedi, "heyecanlanmışsınız, Mr. Lockwood. Gelin, biraz şarap için bakalım. Bu eve o kadar az konuk gelir ki, doğrusu ben de, köpeklerim de onları karşılamasını bilmeyiz. Sağlığınıza, efendim..."

Başımı hafifçe eğip ben de aynı biçimde karşılık verdim. Birkaç köpek huysuzluk etti diye surat asıp oturmanın yersiz olacağını anlamaya başlamıştım. Bir de, kendimi onun eğlencesi yapmak istemiyordum. Çünkü durum buydu. O da –anlaşılan benim gibi iyi bir kiracıyı gücendirmeyi doğru bulmayarak– zamirsiz, fiilsiz, kesik kesik konuşmayı bıraktı ve beni ilgilendireceğini sandığı başka bir konuya geçti. İçinde tek başıma yaşayacağım evin iyi ve kötü yanlarını anlatmaya başladı. Değindiğimiz konularda çok bilgili olduğunu gördüm ve ayrılmadan önce, ertesi gün yeniden gelmek için kendiliğimden bir öneride bulunma yürekliliğini gösterdim. O, böyle ikinci bir görüşmeye pek istekli değildi, belliydi bu. Ama ben yine de gideceğim. Hayret, onun yanında ben ne kadar sokulgan kalıyorum.

2

Dün öğleden sonra ortalığı sis bastı, hava soğudu. Fundalıklar ve çamurlar içinden bata çıka Uğultulu Tepeler'e gideceğime, oturup vaktimi çalışma odasında ocağın başında geçirsem de olur, diye düşünüyordum. Ama yemekten sonra kalkıp da (Sırası gelmişken söyleyeyim, yemeğimi saat on iki ile bir arasında yiyorum. Evle birlikte devredilen, yaşını başını almış bir hanım olan kâhya kadın, saat beşte de yiyebileceğimi bir türlü anlayamamış ya da anlamak istememişti), evet, yemekten kalkıp da böyle bir tembellik etme niyetiyle merdivenden çıkıp odaya girince, ne göreyim, fırçalar, kömür sepetleri arasında yere diz çökmüş bir hizmetçi kız, yarı yanmış alevsiz közlerle uğraşırken tozu dumana katmamış mı! Durumu görünce, hemen geri çekildim. Şapkamı aldım, dört mil yürüdükten sonra, tam lapa lapa kar yağmaya başlarken Heathcliff'in bahçe kapısına vardım.

Bu çıplak tepede toprak donmuş, taş kesilmişti. İliklerime işleyen soğuktan tirtir titriyordum. Zinciri çözemediğim için kapının üzerinden atladım, iki yanı seyrek bektaşiüzümleriyle kaplı taş döşemeli yoldan koşarak çıktım ve parmaklarım sızlayıncaya, köpekler ulumaya başlayıncaya kadar, kapıyı açtırmak için boş yere çaldım.

İçimden, "Alçaklar," diye söylendim, "bir dağlıya yakışacak kabalığınızla insanlar arasından hepten sürülüp kovulmalısınız siz. Ben hiç olmazsa böyle güpegündüz kapılarımı sürgülemem. Sanki umurumda! Gireceğim işte!" Böylece kararımı vererek, mandalı yakalayıp hızla çektim. Ambarın yuvarlak penceresinden ekşi suratlı Joseph'ın başı göründü.

"Ne istiyorsun?" diye haykırdı. "Efendi aşağıda, ağılda. Konuşmak istiyorsan samanlığı dolan."

"İçeride kapıyı açacak kimse yok mu?" diye bağırdım karşılı olarak.

"Hanımdan başka kimse yok, o da gece yarısına kadar kıyameti koparsanız yine açmaz."

"Niye? Ona kim olduğumu söyleyemez misin ha, Joseph?"

Joseph, "Ben mi? Yok, yok! Ben böyle şeylere burnumu sokmam," diye homurdandı ve başını çekti.

Artık tipi başlamıştı. Bir daha denemek için yeniden tokmağa yapıştığım sırada, evin arkasında, omzunda bir tırpanla ceketsiz bir delikanlı göründü. Seslenerek arkasından gelmemi söyledi. Bir çamaşırlıktan ve içinde kömürlük, tulumba ve güvercinlik bulunan taş döşeli bir avludan geçtikten sonra, sonunda, bir gün önce kabul edildiğim o büyük, sıcak ve iç açıcı odaya girdik. Ocağın içinde harlı harlı yanan kömür, turba ve odunlar odayı ısıtıp aydınlatıyor, insana keyif veriyordu. Yemekleri bol bir akşam sofrasının yanında, o zamana kadar farkına varmadığım birinin, evin hanımının oturduğunu görerek sevindim. Selam verip bekledim. Herhalde bir yer gösterecektir, diye düşünüyordum. Sandalyesinin arkasına yaslanarak yüzüme baktı, ne bir hareket yaptı ne de bir şey söyledi.

"Ne kötü bir hava," dedim. "Korkarım uşaklarınızın umursamazlığı yüzünden kapınız zarar gördü, Mrs. Heathcliff. Duyurmak için çok uğraştım."

Ağzını bile açmadı. Gözlerimi ayırmadan ona bakıyordum, o da bana bakıyordu. Daha doğrusu, soğuk, kayıtsız bir tavırla, insanı son derece rahatsız edip sıkan bir biçimde gözlerini üzerime dikmişti.

Delikanlı kabaca, "Oturun, şimdi gelir," dedi.

Dediğini yaptım. Boğazımı temizledim, bu ikinci karşılaşmamızda kuyruğunun ucunu oynatma alçakgönüllülüğünde bulunarak beni tanıdığını gösteren o hain Juno'yu çağırdım.

"Ne güzel hayvan!" diye ortaya bir söz attım. "Yavrularını vermeye niyetiniz var mı, hanımefendi?"

Sevimli ev sahibesi, Heathcliff'ten bile daha ters bir sesle, "Köpekler benim değil," diye yanıtladı.

Bunun üzerine, üstü kediye benzer şeylerle dolu, pek iyi seçilemeyen bir minderi göstererek, "Sizin sevdikleriniz galiba bunlar arasında," diye konuşmamı sürdürdüm.

Horlarcasına, "Ne de sevilecek şeyler ya!" dedi.

Aksiliğe bakın ki, kedi sandığım şeyler bir sürü ölü tavşanmış. Bir daha öksürdüm ve şömineye biraz daha yaklaştım, "Ne kötü bir akşam," diyerek önceki sözümü yineledim.

Genç kadın yerinden kalkıp ocak rafındaki resimli kutuların ikisine uzanarak, "Dışarı çıkmamalıydınız," dedi. O zamana kadar oturduğu yerde gölgede kalmıştı. Şimdi boyunu bosunu, yüzünü gözünü olduğu gibi görüyordum. İnce uzundu ve belli ki henüz genç kız denecek yaştaydı. Çok güzel bir vücudu vardı. Küçük yüzü de, o zamana kadar zevkle görüp seyrettiğim yüzlerin en güzeliydi. Ağzı burnu ufacıktı; iyice sarışındı. İnce boynundan aşağı sapsarı, daha doğrusu altın sarısı bukleler dökülüyordu; gözlere gelince, eğer bakışları yumuşak olsaydı, insan pek dayanamazdı herhalde. Neyse, o her güzele akan gönlümün talihi varmış ki, gözlerinde okunan tek duygu, böyle bir yüze hiç de yakışmayan, horgörü ile çaresizlik arası bir şeydi. Teneke kutular pek yüksekteydi, yetişemeyecekti; yardım etmek için davrandım. Altınlarını saymakta olan bir cimri, kendisine yardım etmek isteyenlere nasıl bakarsa, dönüp öyle baktı:

"Yardımınıza ihtiyacım yok, kendim alabilirim," diye kestirip attı.

Hemen, "Özür dilerim," dedim.

Derli toplu, siyah elbisesinin üzerine bir önlük takıp bir kaşık çayı demliğin ağzına doğru götürerek, "Çaya çağrılmış mıydınız?" diye sordu.

"Bir fincan içerim," dedim.

"Çağrılmış mıydınız?" diye yineledi.

Gülümsemeye çalışarak, "Hayır," dedim, "ama çağıracak biri varsa, o da sizsiniz."

Çayı, kaşığı, hepsini gerisingeri fırlattı ve somurtup eski yerine oturdu. Alnı kırıştı, neredeyse ağlayacak bir çocuk gibi kırmızı altdudağını sarkıttı.

Bu sırada delikanlı sırtına eski püskü bir ceket almıştı. Ateşin önünde dikiliyor, aramızda kan davası varmış gibi bir tavırla yan yan bana bakıyordu. Uşak mı, değil mi, kuşkuya düştüm. Elbisesi de, konuşması da çok

18

kaba sabaydı. Mr. ve Mrs. Heathcliff'te göze çarpan üstün görünümden onda eser yoktu. Kestane rengi gür kıvırcık saçları karmakarışıktı, tarak yüzü görmemişti. Favorileri alabildiğine uzamış, bir hayvanınkiler gibi bütün yanağını kaplamıştı. Elleri de bir işçininkiler gibi güneşten yanmış, kapkara olmuştu. Ama rahat, dahası kurumlu bir hali vardı. Üstelik evin hanımına hizmet konusunda bir uşaktan beklenen çabayı göstermiyordu. Neyin nesi olduğunu bildirecek kesin bir belirti olmadığı için, onun acayip halini görmezden gelmeyi uygun buldum. Beş dakika sonra da Mr. Heathcliff odaya girerek beni bu sıkıntılı durumdan kurtardı.

Neşeli bir tavır takınarak, "Görüyorsunuz ya işte, sözümde durdum, geldim," dedim, "hem de korkarım ki kötü hava yüzünden yarım saat kadar burada kalmam gerekecek; tabii izin verirseniz."

Elbisesindeki karları silkerek, "Yarım saat mi?" dedi. "Böyle bir tipide dışarı çıkıp buralara gelmenize şaşıyorum. Bataklıklarda kaybolma tehlikesinden haberiniz var mı? Bu tepeleri karış karış bilenler bile böyle havalarda çoğu kez yollarını kaybederler. Hem de bilin ki şimdilik havanın değişme olasılığı da yok."

"Uşaklarınızdan biri bana kılavuzluk eder herhalde," dedim, "gece de Çiftlik'te kalır... Birini verebilir misiniz?"

"Hayır, veremem."

"Ya! Öyleyse başımın çaresine bakmaktan başka çıkar yol yok."

"Hıh!"

Eski püskü ceketli delikanlı sert bakışlarını benden genç kadına çevirerek, "Çayı yapıyor musun?" diye sordu.

Genç kadın Heathcliff'e bakarak, "*Ona* da yapılacak mı?" dedi.

Yanıt olarak Heathcliff, "Hadi hazırlasana, ne duruyorsun?" diye öyle acımasız bir sesle bağırdı ki, şaşırdım. Bu sözlerin söylenişi, tonu, bu adamın çok kötü huylu olduğunu gösteriyordu. Artık bundan sonra Heathcliff'e eşsiz bir insan demeye dilim varmadı. Her şey hazır olunca, "Hadi bakalım, sandalyenizi yaklaştırın," sözleriyle beni de çağırdı. O köylü kılıklı delikanlı da aramıza katıldı, hepimiz masanın başında toplandık. Yemeğimizi yerken ortalığı ağır bir sessizlik kapladı.

Bunun nedeni bensem, bu havayı dağıtmak bana düşer, diye düşündüm. Bu insanlar her gün bu kadar asık suratlı, bu kadar sessiz değillerdi ya! Ne kadar kötü huylu da olsalar, yüzlerindeki somurtkanlık her günkü halleri olamazdı.

Yeniden doldurulan fincanımı alırken, "Alışkanlık denen şeyin zevklerimizi, düşüncelerimizi bu kadar etkilemesi ne tuhaf," diye söze başladım. "Mr. Heathcliff, sizinki gibi toplumdan böylesine uzak bir yaşam içinde mutlu olunabileceğini birçoklarının aklı almaz. Ama ben duraksamadan söyleyebilirim ki, böyle ailenizin ortasında, yuvanızın ve kalbinizin koruyucu meleği sevimli hanımınızla..."

Mr. Heathcliff, yüzünde iblisçe denebilecek alaylı bir gülümsemeyle sözümü keserek, "Sevimli hanımım mı? Hani nerede?... Hani benim sevimli hanımım?" dedi.

"Yani, Mrs. Heathcliff, eşiniz."

"Ha, anladım. Karımın ruhu koruyucu meleğin göreceği işi üzerine almış, öldükten sonra bile Uğultulu Tepeler'e kol kanat geriyor demek istiyorsunuz, değil mi?"

Müthiş bir pot kırdığımı anlayarak hemen bu yanlışımı düzeltmek istedim. Aralarında, karıkoca olamayacakları kadar büyük bir yaş farkı olduğunu nasıl görememiştim? Biri neredeyse kırkına varmıştı. Bu, erkeklerin en aklı başında olduğu çağdı. Bu yaşta, artık genç kızların kendileriyle aşk için evlenebilecekleri hayaline kapılanlar pek azdır. Bu hayali, avunmak için yaşlılığımıza saklarız. Öteki ise on yedisinde bile görünmüyordu. Birden aklıma geldi; yanımda oturmuş, bir çanaktan çay içen ve pis ellerle yemek yiyen şu soytarı onun kocasıydı belki de; Heathcliff'in de oğluydu herhalde. İşte diri diri gömülmenin sonu budur. Genç kız, dünyada daha iyi insanlar olduğundan habersiz, bu köylü kılıklı adama sarılmış, kendini mahvetmiş. Çok yazık doğrusu! Gözümü açmalı, onu bu seçimden ötürü öyle pek de pişman etmemeliyim, diye düşündüm. Böyle düşündüğüm için beni belki de kendini beğenmiş biri sanacaksınız. Hiç de öyle değilim. Yanımdaki bana neredeyse iğrenç geliyordu. Kendimin de oldukça sevimli biri olduğumu deneyimlerime dayanarak biliyordum.

Heathcliff, "Mrs. Heathcliff gelinimdir," diyerek düşüncemi doğruladı. Bunu söylerken de genç kıza doğru tuhaf bir biçimde ve nefretle baktı. Ama Heathcliff'in yüzündeki kasların biçimi her zaman böyle çok ters bir anlam taşıyor da öteki insanlarda olduğu gibi içini yansıtmıyorsa, onu bilmem.

Yanımdaki delikanlıya dönerek, "Ha, evet," dedim, "şimdi anlıyorum. Bu iyilik meleğinin bahtiyar sahibi sizsiniz demek?"

Bu yaptığım ötekinden de beterdi. Delikanlı kıpkırmızı kesildi. Yumruğunu sıkarak üzerime atılmaya hazırlandı. Ama hemen kendini toplayıp bana, tabii benim duymazdan geldiğim, kötü bir küfür savurarak fırtınayı bastırdı.

Ev sahibim, "Tahminlerinizde yanılıyorsunuz. O da, ben de, sizin iyilik meleğinizin sahibi olma ayrıcalığından yoksun bulunuyoruz. Kocası ölmüştür. Gelinim olduğunu söylemiştim; şu halde oğlumla evlenmiş olması gerekir," dedi.

"Peki, bu delikanlı..."

"Oğlum değil elbette."

Heathcliff, kendisini o ayının babası sanmakla son derece yersiz bir şaka yapmışım gibi gülümsedi.

Öteki de, "Adım Hareton Earnshaw'dur. Bu ada saygı gösterirseniz iyi edersiniz," diye homurdandı.

İçimden, kendini tanıtışındaki ciddiyete gülerek, "Zaten bir saygısızlıkta bulunmadım," diye karşılık verdim. Kendimi tutamayarak bir tokat atarım ya da kahkahayı koyveririm korkusuyla, dik dik yüzüme bakmasını görmezden geldim. Bu güzel aile çevresi içinde kendimi yersiz bulmaya başladım. Odanın sıcak rahatlığı, insanı boğan bu sıkıntılı havanın etkisiyle kaybolup gitmişti. Üçüncü kez bu çatının altına girmeye kalkışmadan önce iyice bir düşünmeye karar verdim.

Yeme içme bittikten sonra da, kimsenin ağzını açıp bir şey söylemediğini görünce, hava ne halde diye pencereye gittim. Çok kötü bir görünümle karşılaştım: Ortalık vaktinden önce kararmaya başlamış, müthiş bir kasırga ve tipi içinde gökyüzüyle tepeler birbirine karışmıştı.

Kendimi tutamayarak, "Artık bir kılavuz olmadan eve dönemem," dedim. "Herhalde daha şimdiden kar yolları kapamıştır. Kapamasa bile, önümü görmem olanaksız."

Heathcliff, "Hareton, o bir düzine koyunu ahırın sundurmasına götür. Gece ağılda açıkta bırakırsak karın altında kaybolurlar; önlerine de bir kalas koy," dedi.

Kızmaya başlayarak, "Peki, ben ne yapayım?" dedim.

Sorumu yanıtlayan olmadı. Arkama dönünce, odada, köpeklere bir kova yulaf ezmesi getiren Joseph'la, ateşin üzerine eğilmiş, çay kutusunu yerine koyarken şöminenin rafından düşürdüğü bir kutu kibriti yakarak kendini eğlendiren Mrs. Heathcliff'ten başka kimse kalmadığını gördüm. Joseph yükünü boşalttıktan sonra, odayı şöyle bir gözden geçirerek çatlak sesle, sözcükleri dişlerinin arasında çiğneye çiğneye söylenmeye başladı: "Herkes dışarıda bir iş görürken, sen orada, ocak başında boş boş nasıl oturursun anlamıyorum. Hoş, senin gibi tembellere laf anlatılmaz ya... O kötü huylarından vazgeçsen olmaz. Sen de annen gibi dosdoğru Şeytan'ın yanına gideceksin."

Bir an bütün bu güzel sözlerin bana söylendiğini sandım. Öfkemi yenemeyerek, o aşağılık moruğu bir tekmeyle kapı dışarı etmek için bir adım attım, ama Mrs. Heathcliff'in karşılık verdiğini görerek durdum.

"Seni rezil, seni yalancı moruk seni!" dedi. "Şeytan'ın adını ağzına alırken, canını almasından korkmuyor musun? Sana söylüyorum, beni kızdırayım deme, yoksa şeytana benim hatırım için senin bedenini ortadan kaldırmasını söylerim. Dur, gitme, Joseph, bak," diye devam ederek rafların birinden siyah kaplı, büyük bir kitap aldı, "Kara Büyü'de ne kadar ilerlediğimi sana göstereceğim. Çok geçmeden bu evi baştan aşağı boşaltmak elimde olacak. Kızıl inek öyle durup dururken ölmedi, senin romatizman da pek Tanrı'dan gelme bir şey olmasa gerek!"

İhtiyar soluyarak, "Ah, seni melun, ah!" diye haykırdı. "Tanrı bizi Şeytan'ın şerrinden korusun!"

"Hayır, korumaz; çünkü sen Cehennemliksin. Hemen git, yoksa başına iş açarım. Hepinizin mumlu balçıktan birer benzerinizi yapacağım. İçinizden biri koyacağım sınırları aşacak olursa, o... Ne olacağını şimdi söylemeyeceğim, ama o zaman görürsünüz! Haydi, bas git şimdi! Ama gözümü senden ayırmıyorum, bak!"

Küçük cadı güzel gözleriyle yapmacıktan hain hain baktı. Joseph dehşetle titreyerek, "Canı çıkasıca!" diye bağırıp dualar okuyarak kendini dışarı attı. Anlaşılan Joseph'a can sıkıntısından bir şaka yapmak istedi, diye düşündüm. Sonra, artık odada ikimizden başka kimse kalmadığı için, onu kendi derdimle ilgilendirmek istedim.

Bütün ciddiyetimi takınarak, "Mrs. Heathcliff," dedim, "sizi rahatsız ettiğim için bağışlayın, ama sizin gibi bir yüzü olan insanın kesinlikle yüreği de iyidir, diyorum. Ne olur, eve gidebilmem için yolları biraz anlatın bana. Sizin için Londra'ya gitmek neyse, şimdi benim için evime gitmek de öyle!"

Bir sandalyeye kuruldu. Şamdanı önüne koyup o büyük kitabı açarak, "Geldiğiniz yoldan gidin," dedi. "Pek kısa bir öğüt, ama elimden bu kadarı gelir."

"Şu halde, beni bir batakta ya da karla örtülü bir çukurda ölü bulurlarsa, bunun biraz da sizin yüzünüzden olduğunu düşünüp vicdanınız sızlamayacak mı?"

"Niye? Önünüze düşüp yolu gösteremem ki size. Beni bahçe duvarına kadar bile bırakmazlar."

"Siz mi yol göstereceksiniz!" diye haykırdım. "Böyle bir gecede eşiği bile atlamanıza gönlüm razı olmaz. Bana yolumu gösterin demiyorum, anlatın diyorum; ya da Mr. Heathcliff'i razı edin de bana bir adam versin."

"Kimi versin? Evde ondan, Earnshaw'dan, Zillah'dan, Joseph'tan, bir de benden başka kimse yok ki. Hangisini istersiniz?"

"Çiftlikte hiç genç uşak yok mu?"

"Hayır, saydıklarımdan başka kimse yok."

"Öyleyse geceyi burada geçirmek zorundayım."

"Onu da ev sahibinizle konuşun. Beni ilgilendirmez."

Mutfağın kapısından Heathcliff ters ters, "Umarım bu size bir ders olur da, bir daha böyle düşünüp taşınmadan gezintiler yapmaya kalkmazsınız!" diye bağırdı. "Burada kalmaya gelince, konuklar için ayrı yerim yoktur, kalırsanız, ya Hareton'la ya da Joseph'la birlikte yatarsınız."

"Bu odada bir sandalye üzerinde de uyuyabilirim," dedim.

Terbiyesiz herif, "Yok yok, olmaz! Zengin de olsa, yoksul da olsa, yabancı yabancıdır. Gözetlemek için ben

24

yanında olmadıkça kimseyi evimde yalnız bırakmak işime gelmez," dedi.

Böylesine aşağılanmak artık bende sabır bırakmadı. Nefretle haykırarak önünden geçip avluya fırladım, telaşımdan da çıkarken Earnshaw'a çarptım. Çevre o kadar karanlıktı ki, çıkış yerini bir türlü göremiyordum. Avluda dört dönerken, ev halkının birbirine ne denli nazik davrandığını bir daha gördüm. İlk önce delikanlı bana yardım edecek gibi oldu.

"Onu koruluğa kadar götüreceğim," dedi.

Efendisi midir nedir, o herif, "Çok götürürsün sen!" diye bağırdı. "Ya atlara kim bakacak, ha?"

Mrs. Heathcliff de hiç ummadığım kadar nazik bir sesle, "Bir insanın yaşamı, atların bir gece için bakımsız kalmasından daha önemlidir," dedi. "Yanında biri gitmeden olmaz."

Hareton, "Herhalde senin buyruğunla değil!" diye karşılık verdi. "Onun iyiliğini düşünüyorsan, sus daha iyi."

Bunun üzerine genç kadın ters ters, "Umarım ruhu peşinizi bırakmaz, umarım Mr. Heathcliff, Çiftlik yıkılıncaya dek başka bir kiracı bulamaz," dedi.

Rasgele yanına doğru yürüdüğüm Joseph, "Bakın bakın, lanet okuyor onlara," diye homurdandı.

İşitme mesafesinde oturmuş, bir fenerin ışığında inekleri sağıyordu. Sormadan feneri kapıp yarın göndereceğimi söyleyerek en yakın yan kapıya doğru koştum.

İhtiyar, "Efendi, efendi, feneri çaldı! Hey, Gnasher! Köpekler hey! Wolf, buraya bak; tutun şunu; tutun tutun!" diye avazı çıktığı kadar bağırarak ardımdan koşmaya başladı.

Küçük kapıyı açar açmaz, uzun tüylü iki canavar boğazıma sarılıp beni yere devirdi, fener de söndü. Heathcliff ile Hareton'ın iğrenç kahkahaları da öfkemin ve aşağılanmamın üstüne tüy dikti. Bereket versin, köpekler beni diri diri yutmaktan çok, ayaklarını uzatıp esnemeye, kuyruklarını sallamaya iştahlı görünüyorlardı. Ama kıpırdamaya gelmeyecekleri için, o hain efendilerinin gönlü olup da beni kurtarıncaya dek yerde yatmak zorunda kaldım. Sonra, şapkam başımdan düşmüş, öfkeden tir tir titreyerek o zalimlere bana kapıyı göstermelerini emrettim. Zehir zembereklikte Kral Lear'ı anımsatan bir sürü anlaşılmaz tehdit savurarak, beni bir dakika daha yolumdan alıkoyarlarsa, bunu onların yanına bırakmayacağımı söyledim.

Öfkemden burnumdan kan boşanmaya başladı. Heathcliff hâlâ kahkahayla gülüyor, ben de bar bar bağırmayı sürdürüyordum. Orada benden daha aklı başında, ev sahibinden de daha iyi yürekli biri bulunmasaydı, bu durumun sonu neye varırdı, bilmem. Güçlü kuvvetli bir kadın olan hizmetçi Zillah, gürültünün nedenini anlamak için dışarı çıkmıştı. İçlerinden birinin bana dayak attığını sandı; efendisine çıkışmayı göze alamadığından, çenesini açarak öfkesini, oradaki alçakların en gencinden almaya başladı.

"Pes, Mr. Earnshaw!" diye bağırdı. "Bakalım daha neler yapacaksınız... Eşiğimizin dibinde insan öldürmeye de mi kalktık yoksa? Anlaşıldı, bu ev bana göre değil. Şu zavallının haline bakın; neredeyse tıkanıp boğulacak! Susun siz de, susun artık, yeter, hadi içeri girin! Ben kanı dindiririm şimdi! Dur hele, hiç kıpırdama!"

Böyle söyleyerek ensemden aşağı buz gibi suyu boca etti ve beni mutfağa soktu. Mr. Heathcliff de ardımdan geldi; geçici neşesi bir anda kaybolmuş, yüzü yine her zamanki gibi asılmıştı.

Midem bulanıyordu. Sersemlemiştim, bayılacak gibiydim. Geceyi bu çatı altında geçirmeyi kabullenmekten başka çarem yoktu. Heathcliff, Zillah'ya bana bir bardak konyak vermesini söyleyerek içeriki odaya geçti. Zillah durumuma bakıp beni yatıştırmaya çalışıyordu. Efendisinin bana biraz can veren buyruğunu yerine getirdikten sonra, beni yatağa götürmek üzere önüme düştü.

3

Zillah beni merdivenden çıkarırken, şamdanı gizlememi ve gürültü etmememi söyledi. Beni yatıracağı odayla ilgili, efendisinin garip bir tutumu varmış; orada kimsenin yatmasını istemezmiş. Nedenini sordum. Bilmediğini söyledi. Buraya geleli daha bir-iki yıl olmuş. Evde öyle tuhaf şeylerle karşılaşmış ki, sorup öğrenmeye kalksa sonu gelmezmiş.

Zaten ben de şunu bunu merak edecek durumda olmadığım için, kapımı kapatıp çevreme bakınarak yatağı aradım. Odada eşya olarak bir sandalye, bir elbise dolabı ve üst kısmına araba penceresine benzeyen kare delikler açılmış, büyük bir meşe sandıktan başka bir şey yoktu. Sandığa yaklaşıp içine bakınca, bunun, evde herkese ayrı bir oda gerektirmeyen, çok kullanışlı, eski moda bir yatak olduğunu anladım. Sandık, gerçekte başlı başına küçük bir oda gibiydi. İçeriden bitişik olduğu pencerenin kenarı da masa görevini yapıyordu. Oymalı kapıları yana doğru sürerek açtım, ışığımla birlikte içine girerek kapıları yeniden kapadım. Artık Heathcliff'in de, ötekilerin de beni gözetlemelerinden korkum kalmamıştı.

Şamdanımı koyduğum pencere pervazının bir köşesinde üst üste yığılı, küflenmiş kitaplar duruyordu; pervazın boyası üzerine, boydan boya yazılar kazınmıştı. Bu yazıların hepsi de, küçük büyük çeşitli harflerle yazılmış bir tek adı yineliyordu: *Catherine Earnshaw*. Bu bazen

Catherine Heathcliff oluyordu, bazen de *Catherine Linton.* Yorgun argın başımı pencereye dayayarak gözlerim kapanıncaya dek Catherine Earnshaw-Heathcliff-Linton diye bu adı okudum durdum. Ama gözlerim kapanalı beş dakika olmamıştı ki, karanlıklar içinden göz kamaştırıcı bir ışık içinde parlak beyaz harfler fırlayıverdi; capcanlı görüntüler gibiydiler. Her yan Catherine'lerle dolmuştu. Yakamı bırakmayan bu adı gözümün önünden kovmak için doğrulunca, şamdanın fitilinin eski kitaplardan birine doğru eğildiğini ve çevreye yanık bir deri kokusu yayıldığını gördüm. Fitilin ucunu kestim. Ama soğuğun ve hâlâ sürüp giden bulantının etkisiyle bir türlü rahatlayamıyordum. Yatağın içinde oturdum ve kabı bir parça yanmış olan kitabı dizlerimin üstüne koydum. Küçücük harflerle yazılmış bir İncil'di bu; çok kötü küf kokuyordu; kabın içindeki boş bir sayfada "Catherine Earnshaw'un kitabı" sözcükleri ve aşağı yukarı yirmi beş yıl öncesine ait bir tarih vardı. Bu kitabı kapayıp bir başkasını aldım. Onu da bırakıp yine bir başkasını aldım. Böylece bütün kitapları teker teker gözden geçirdim. Catherine'in kitaplığı seçme kitaplardan kurulmuştu. Yıpranmış hallerinden, öyle pek gerektiği gibi değilse de, adamakıllı kullanılmış oldukları anlaşılıyordu. Hiçbir bölüm yoktu ki basımcının bıraktığı boş yerlere mürekkepli kalemle yorumlar, notlar ya da benzeri yazılar karalanmış olmasın. Bunlardan bazıları birbiriyle ilişiksiz tek tek cümlelerdi. Gerisi de acemi bir çocuk yazısıyla karalanmış düzenli bir günlük biçimindeydi. Sonradan eklenmiş bir kâğıdın üst yanında dostum Joseph'ın, gelişigüzel ama çok ustaca çizilmiş eşsiz bir karikatürünü görerek keyiflendim. İlk yapıldığında kim bilir ne güzeldi. Bu bilinmeyen Catherine'e karşı içimde birden bir ilgi uyandı. Onun yarı silinmiş, hiyeroglife benzer o karalamalarını hecelemeye başladım.

Resmin altındaki yazı, "Müthiş bir pazar!" tümcesiyle başlıyordu. "Ah, babam geri gelseydi, ne olurdu! Onun yerine geçen Hindley çekilmez bir alçak! Heathcliff'e çok kötü davranıyor. H. de, ben de başkaldıracağız artık. İlk adımı bu akşam attık."

"Bütün gün bardaktan boşanırcasına yağmur yağdı. Kiliseye gidemediğimiz için Joseph cemaati tavan arasında toplamak zorunda kaldı. Hindley ile karısı, aşağıda, çıtır çıtır yanan ateşin önünde rahat rahat ısınıp hem de iyi biliyorum ki İncil okumayı filan düşünmeden canlarının istediğini yaparlarken, Heathcliff, ben ve bahçede çalışan zavallı yamak, dua kitaplarımızla yukarıya çıkma buyruğunu aldık. Orada bir ekin çuvalı üstünde sıralandık. Soğuktan tir tir titriyor, söyleniyorduk. Bir yandan da, umarız Joseph üşür de vaazını yarıda keser, diye dua ediyorduk. Ama nerede! Vaaz tam üç saat sürdü. Ağabeyim, bizim aşağıya indiğimizi görünce, yine de, 'Ne o bitti mi?' deme yüzsüzlüğünü gösterdi. Eskiden pazar akşamları gürültü etmeden oynamamıza izin verirlerdi. Oysa şimdi biraz gülecek olsak hemen cezalandırılıyoruz.

"O acımasız, 'Burada bir efendiniz olduğunu unutuyorsunuz galiba!' diye haykırıyor. 'Beni öfkelendirecek olanın vay haline! Evde tam bir sessizlik isterim. Vay, delikanlı, bunu yapan sendin ha? Frances, sevgilim, geçerken şunun saçını çekiver. Parmaklarını çatırdattığını duydum.' Frances, onun saçını keyifle çekerek gelip kocasının kucağına oturdu. Karşımızda öylece oturup iki çocuk gibi öpüşerek, yüzümüzü kızartan bir sürü saçma sapan söz söyleyerek saatlerce eğlendiler. Biz de, elimizden geldiğince büfenin altındaki boşluğa sokulup büzüldük. Tam önlüklerimizi birbirine bağlayıp önümüze perde gibi asmıştım ki, ahırdan bir iş için gelen Joseph içeri girdi. Uğraşa uğraşa yaptığım şeyi çekip kopararak bana bir tokat attı, ardından da çatlak sesiyle bağırmaya başladı:

'Daha efendimin toprağı kurumadan, hem de böyle kutsal bir günde, İncil'in sözleri daha kulaklarınızda çınlarken, oyun oynamaya kalkıyorsunuz, ha! Utanın, utanın! Haydi, oturun bir yere bakayım, hayırsız çocuklar! Okumak için işte istediğiniz kadar güzel kitap var. Haydi, bir yere oturun da ruhunuzun esenliğini düşünün!'

Böyle söyleyerek elimize beş para etmez birer kitap tutuşturdu. Okuyabilmemiz için de oturuşumuzu, uzaktaki şöminenin alevinden hafif bir ışık alabilecek biçimde değiştirdi. Bu yapılana dayanamadım. Eski püskü kitabı kabından yakaladığım gibi köpeklerin yattığı yere fırlatarak, böyle güzel kitaplardan hoşlanmadığımı söyledim. Heathcliff de bir tekmede kendininkini aynı yere yolladı. İşte ondan sonra bir kıyamettir koptu!

Bizim papaz efendi avazı çıktığı kadar, 'Mr. Hindley!' diye haykırdı. 'Çabuk gelin efendim, çabuk! Miss Cathy, *The Helmet of Salvation*'ın[1] arka kapağını yırttı, Heathcliff de *The Broad Way to Destruction*'ın[2] birinci bölümünü bir tekmede paraladı. Bunları böyle başıboş bırakmak olmaz. Ah, eski efendim olsa, onlara yapacağını bilirdi, ama artık yok o!'

Hindley, ocağın başındaki cennetini bırakıp koştu. Birimizi ensesinden, birimizi de kolundan yakalayıp ikimizi de arkadaki mutfağa fırlattı. Joseph, mutfakta durmuş, 'Şimdi sizi Şeytan alıp götürsün de görün!' diyordu. Aman ne iyi olur, diye düşünerek, Şeytan'ı beklemek için ikimiz de ayrı bir köşeye çekildik. Rafların birinden bu kitapla bir şişe de mürekkep aldım, ışık gelmesi için kapıyı biraz aralayarak yirmi dakika kadar yazı yazmakla vakit geçirdim. Ama arkadaşım sabırsızlanıyor, sütçü ka-

1. "Kurtuluş Miğferi"; dinsel bir halk kitabı. (Ç.N.)
2. "Felaket Yolu"; dinsel bir halk kitabı. (Ç.N.)

dının paltosunu alıp başımıza çekerek kırlara doğru bir kaçamak yapmayı öneriyordu. Hiç de yabana atılacak bir öneri değildi. Hem de o huysuz moruk odaya dönerse, kehanetinin gerçekleştiğini sanacaktı. Sonra ha yağmur altında olmuşuz, ha burada! Burası da dışarısı kadar ıslak ve soğuk."

* * *

Catherine düşündüğünü yapmış olmalı. Çünkü ondan sonraki cümle bambaşka bir şeyden söz ediyor. Zavallı kız ağlamaklı:

"Hindley'nin beni bu kadar ağlatacağı aklımdan geçmezdi! Başım öyle ağrıyor ki yastığa koyamıyorum. Ama yine de kendimi tutamıyorum. Zavallı Heathcliff! Hindley ona, 'Serseri' diyor, artık ne yanımızda oturmasına izin veriyor ne de soframıza alıyor. İkimizi birlikte oynatmıyor. Sözünü dinlemezsek onu evden kovacağını söylüyor... H.'yi bu kadar başıboş yetiştirdiği için babama söylemedik söz bırakmadık (nasıl dili vardı, anlamıyorum) ve ona gerçek yerini bildireceğine yemin etti."

* * *

Uykusuzluktan sersem gibiydim. Başım, yazıları silikleşen sayfanın üzerine düşmeye başladı. Gözlerim, el yazısından kitabın yazısına kaydı. Kırmızı, süslü bir başlık gözüme ilişti: "Yetmiş Kere Yedi ve Yetmiş Birincinin Birincisi. Gimmerden Sough Şapeli'nde, Peder Jabez Branderham Tarafından Verilen Bir Vaaz". Yarı uykulu bir durumda, acaba Jabez Branderham bu konuda neler söyledi ki, diye düşünüp dururken uyumuşum. Ama işte insan bu kadar kötü bir çay içer, bu kadar da sinirlenirse böyle olur! Yoksa bu kadar korkunç bir gece geçirmemin başka bir nedeni olabilir mi? Acı çekmek nedir öğrendiğimden beri böyle bir gece geçirdiğimi hatırlamıyorum. Daha nerede olduğumu unutmadan düş görmeye başladım. Bana, sabah olmuş gibi geldi. Yanımda Joseph olduğu halde, eve doğru yola çıkmışım. Yolumuz birkaç metre kalınlıkta karla örtülüymüş. Bir yandan oflaya puflaya güçlükle yol alırken, bir yandan da Joseph, elime hacılar gibi bir asa almadığım için dırdır edip beni canımdan bezdiriyor; elimde böyle bir asa olmadan asla eve giremeyeceğimi söylüyor; anladığıma göre elinde o türden, tepesi ağırca bir sopayı övünerek havada sallıyordu. Bir an, kendi evime girebilmek için neden böyle bir silaha gerek olsun ki, saçma bu, diye düşündüm. Sonra kafamdan bambaşka bir düşünce geçti. Eve gitmiyordum da, ünlü Jabez Branderham'in "Yetmiş Kere Yedi" başlıklı vaazını dinlemeye gidiyorduk. Joseph mı, papaz mı, yoksa ben mi, birimiz "Yetmiş Birincinin Birincisi"ni işlemiştik de, herkese gösterilip aforoz edilecektik.

Şapele geldik. Gerçekten de, yürüyüşe çıktığımda bu şapelin önünden iki-üç kez geçmiştim. İki tepe arasında azıcık yüksekçe bir çukurlukta, bir bataklığın kıyısındaydı. Bu bataklık çamurunun, oraya gömülen birkaç ölüyü mumyalaştırmaya çok uygun olduğu söylenirdi. Şapelin çatısı şimdiye dek yerinde kalabilmişti, ama iki odadan biri neredeyse çökecekti. Üstelik papazın yıllık ödeneği yirmi pounddu; sonra halkın da, rahip açlıktan ölse kendi ceplerinden beş para vermeyecek kimseler olduğu söyleniyordu. Onun için bu şapele hiçbir rahip uğramıyormuş. Ama düşümde, Jabez'in karşısında onu can kulağıyla dinleyen kalabalık bir topluluk vardı. Jabez de vaaz ediyordu... Aman Tanrım! O ne vaazdı öyle! Tam *dört yüz doksan* bölüme ayrılmıştı. Bu bölümlerden her birinin uzunluğu başlı başına bir vaaz kadardı ve her biri de ayrı bir günahtan söz ediyordu! Bütün bu günahları nereden çıkarmıştı, aklım almadı. Kendine göre özel bir yorumu vardı. Ona göre insanın her yaptığında başka bir günah vardı. Bunlar o zamana dek aklıma hayalime gelmeyen çok garip günahlardı. Ah, üzerime nasıl bir yorgunluk çöktü. Can sıkıntısından kıvranıyor, esniyor, uyukluyor, sonra yine uyanıyordum. Kendimi çimdikliyor, iğneliyor, gözlerimi ovuşturuyor, ayağa kalkıyor, yine oturuyor ve vaazın sonu gelirse, bana haber vermesi için Joseph'ı dürtüyordum. Vaazı başından sonuna kadar dinlemeye cezalıydım. Sonunda papaz "yetmiş birincinin birincisi"ne geldi. Tam bu önemli anda, birden içimden gelen bir esinle yerimden kalkarak Jabez Branderham'i, artık hiçbir Hıristiyan'ın bağışlama gereğini duymayacağı günahı işlemekle suçladım.

"Efendim," dedim, "burada şu dört duvar arasında tam dört saat oturarak vaazınızın dört yüz doksan bölümüne dayanıp sizi dört yüz doksan kez bağışladım. Yetmiş kere yedi kez şapkamı alıp çıkıp gidecek oldum; siz de yetmiş kere yedi kez beni düşüncesizce yine yerime oturmaya zorladınız. Artık dört yüz doksan birinciyi çekemem! Ey benim gibi haksızlığa uğrayan topluluk! Saldırın şu adama! Alın aşağı şunu, ayaklarınızın altında un ufak edin de gözümüz bir daha görmesin onu!"

Jabez, ağır bir suskunluktan sonra, önündeki yastığın üzerine eğilerek, "Ey sen insanoğlu!" diye bağırdı. "Karşımda tam yetmiş kere yedi kez esneyerek yüzünü buruşturdun. Yetmiş kere yedi kez, 'Ya sabır!' diyerek, 'Ne yapalım, insan hali bu, bağışlanır,' diye düşündüm. Sonunda Yetmiş Birincinin Birincisi'ne geldik. Ey din kardeşleri, burada yazılı olan yargıyı onun üzerinde uygulayın! Tanrı bütün kutsal kullarına böyle şerefli bir görevi nasip etsin!"

Bu son söz üzerine bütün topluluk, asalarını kaldırarak, hep birden üstüme yürüdü. Elimde kendimi savu-

33

nacak bir silahım olmadığından, en yakınımda, hem de üstüme yürüyenlerin en azılısı olan Joseph'ın asasını almak için, onunla çekişmeye başladım. Bu kargaşa içinde sopalar birbirine girdi ve bana kaldırılan sopalar başkalarının kafasına indi. Şapelin içinde bir kıyamettir kopuyordu. Herkesin eli yakınındakinin üstündeydi. Branderham de boş durmak istemediğinden bütün gücüyle kürsüye vurmaya başladı. O kadar gürültü yapıyordu ki, sonunda dayanamayıp uyanarak derin bir soluk aldım. O müthiş gürültünün nedeni neymiş dersiniz? Kavgada Jabez rolünü oynayan neymiş biliyor musunuz? Bir çam dalı! Rüzgâr estikçe, kuru kozalakları pencereme vurarak camda sesler çıkaran bir çam dalı! Bir an durup kuşkuyla kulak kabarttım; rahatımı kaçıran şeyin ne olduğunu anladıktan sonra arkamı dönüp yeniden daldım ve yine düş görmeye başladım, hem de, olamaz belki ama, birincisinden de kötü bir düş:

Bu kez, meşe ağacından yapılmış o dolap gibi şeyin içinde yattığımı anımsıyor, rüzgârın ve savrulan karların uğultusunu olduğu gibi duyuyordum. Çam dalının çıkardığı rahatsız edici sesleri de duyuyor ve bunun gerçek nedenini biliyordum. Ama bu sesten o kadar rahatsız oldum ki, sonunda, yapabilirsem, bunun önüne geçmeye karar verdim. Düşümde kalkıp pencereyi açmaya çalıştım. Pencerenin çengeli kilit köprüsüne lehimlenmişti. Uyanıkken bunu görmüştüm, ama sonradan unutmuşum. "Ne olursa olsun, bu sesi durdurmalıyım!" diye söylenerek bir yumrukta camı kırdım, o münasebetsiz dalı yakalamak için kolumu uzattım. Ama dal yerine elime soğuktan buz kesilmiş, küçük bir el geçti! İşte o zaman üstüme bir karabasan çöktü, dehşet içinde kaldım. Kolumu geri çekmek istedim, ama o el elime sıkı sıkı yapıştı ve çok üzgün bir ses, "Bırakın gireyim, bırakın gireyim!" diye hıçkırdı. Kendimi kurtarmaya çalışırken, "Siz kimsi-

34

niz?" diye sordum; titreyerek, "Catherine Linton," diye karşılık verdi (Aklıma ne diye *Linton* geldi bilmem. Oysa *Earnshaw*'u Linton'dan belki yirmi kez daha çok okumuştum.) "Eve gelebildim sonunda! Kırlarda yolumu yitirmiştim." O ses konuşurken, pencereden içeri bakan bir çocuk yüzü görür gibi oldum. Korku beni acımasız yapmıştı. Ne yapsam bu yaratığın elinden kurtulamayacağımı anlayınca, bileğini kırık cama dayayıp bir süre sürttüm. Akan kandan yatak çarşafı kıpkırmızı kesilmişti. O hâlâ elimi sıkı sıkı tutuyor, "Bırakın içeri gireyim!" diye inliyordu. Korkudan çıldıracaktım. Sonunda, "Sizi nasıl içeri alabilirim?" dedim. "Sizi içeri almamı istiyorsanız, önce elimi bırakın!" Parmakları gevşedi. Elimi pencerenin kırığından içeri çekip kitapları çabucak bir piramit biçiminde pencerenin önüne yığdım ve o yürekler acısı yalvarışlarını duymamak için kulaklarımı tıkadım. Ama bir çeyrek saat kadar sonra kulaklarımı açar açmaz, insanın içini paralayan o sesin yine aynı biçimde acı acı seslendiğini duydum. "Gidin buradan!" diye bağırdım. "Yirmi yıl yalvarsanız, sizi yine içeri sokmam." Ses, acı acı, "Tam yirmi yıl oldu, yirmi yıl!" diye inledi. "Tam yirmi yıldır böyle başıboş dolaşıyorum!" Sonra cam dışarıdan hafifçe tırmalanıyormuş gibi oldu ve kitap yığını arkadan itiliyormuş gibi kımıldadı. Hemen kalkmaya davrandım, ama parmağımı bile oynatamadım. Korkudan, çılgın gibi avaz avaz haykırmaya başladım. Yalnız düşümde değil, gerçekte de bağırmış olduğumu anlayarak şaşırdım. Acele adımlarla birinin kapıya doğru yaklaştığını duydum. Kuvvetli bir el kapıyı itip açtı, yatağın üst yanındaki deliklerden içeri bir ışık vurdu. Yatağın içinde oturmuş, hâlâ titriyor, alnımda biriken terleri siliyordum. İçeri giren her kimse duraksar gibi oldu, kendi kendine bir şeyler mırıldandı. Sonunda, neredeyse fısıldar gibi bir sesle, "İçeride biri mi var?" diye sordu. Belli ki bir yanıt beklemiyordu. Ortaya çıkmayı uygun buldum; çünkü Heathcliff'in sesini tanımıştım ve ses çıkarmazsam, araştırmalarını sürdürmesinden korkuyordum. Bu niyetle dönüp yatağın kapılarını açtım. Bu hareketimin yaptığı etkiyi öyle kolay kolay unutamayacağım. Heathcliff, üzerinde pantolon ve gömlek, kapının yanında duruyor, elindeki şamdanın mumu parmaklarına damlıyordu. Yüzü, önünde durduğu duvar kadar beyazdı. Ahşap sandığın ilk gıcırtısıyla tıpkı bir elektrik akımına tutulmuş gibi sarsıldı. Şamdan elinden kurtulup birkaç adım öteye fırladı. Öyle büyük bir heyecan içindeydi ki, şamdanı yerden güçlükle alabildi.

Daha fazla korkaklık gösterip önümde kötü duruma düşmesin diye, "Odadaki, konuğunuzdan başkası değil, efendim," dedim. "Düşümde korkunç bir karabasan içinde bağırmışım, çok kötü oldu. Sizi rahatsız ettiğim için özür dilerim."

"Tanrı cezanızı versin sizin, Mr. Lockwood! İsterdim ki..." diye başlayarak, elinde doğru dürüst tutamayacağını anladığı şamdanı bir sandalyenin üzerine koydu. "Hem sizi bu odaya kim koydu?" diye ekledi. Tırnaklarını avcuna batırıyor, çenesinin titremesini engellemek için dişlerini sıkıp gıcırdatıyordu. "Sizi buraya kim koydu? Hepsini hemen şimdi bu evden kovacağım."

Yere atlayıp elbiselerimi yakaladım ve, "Hizmetçiniz Zillah," diye karşılık verdim. "İsterseniz kovun, umurumda değil. Bunu iyice hak etti. Bu odanın gerçekten tekin olup olmadığını bir de benim üzerimde denemek istedi anlaşılan. Evet, tekin değil. Her yanı hayaletlerle, cinlerle dolu! Evet, evet, bu odayı kapayıp kilitlemekte haklısınız. Böyle bir inde yattı diye kimse size teşekkür etmez sanırım!"

Heathcliff, "Ne demek istiyorsunuz? Hem ne yapıyorsunuz?" diye sordu. "Mademki bir kere girmişsiniz, yatıp sabaha kadar uyuyun işte; ama Tanrı aşkına, bir daha öyle korkunç gürültü yapmayın. Sanki birisi boğazınızı kesiyormuş gibi haykırıyordunuz!"

"Eğer o şeytan yavrusu kız pencereden girseydi, beni kesinlikle boğazlardı!" diye karşılık verdim. "Sizin o konuksever atalarınızın saldırılarına dayanamam artık. Papaz Jabez Branderham, anne tarafından akrabanız olmuyor mu? Sonra o terbiyesiz kız, Catherine Linton mıdır, Earnshaw mudur, her ne ise, kesinlikle cin çarpmış olmalı, zavallı günahkâr ruh! Bana söylediğine bakılırsa, tam yirmi yıldır başıboş dolaşıyormuş. İşlediği yığın yığın günahlar için yerinde bir ceza herhalde!"

Bunu söyler söylemez, kitapta Heathcliff'le Catherine'in adını yan yana gördüğümü anımsadım. O ana kadar bunu hepten unutmuşum. Bu düşüncesizliğimden yüzüm kızardı. Ama yaptığım şeyin farkında değilmişim gibi davranarak hemen ekledim: "Doğrusunu isterseniz, gecenin ilk saatlerini..." Sözün burasında yine durdum, şu eski kitapları okuyarak geçirdim, diyecektim. Bunu söyleyince de, o kitapların asıl metninden başka, elle yazılmış bölümlerini bildiğim ortaya çıkacaktı. Onun için sözün sonunu değiştirdim: "Pencerenin kenarına kazınmış olan o adı okumakla geçirdim. Böyle yaparak belki uyur kalırım, diye düşünmüştüm; uyumak için sayı saymak gibi ya da..."

Heathcliff sonsuz bir öfkeyle, *"Benimle* nasıl böyle konuşabilirsiniz? Ne demek istiyorsunuz? Bunu benim evimde nasıl... nasıl yapabiliyorsunuz? Tanrım, bu adam delirmiş, yoksa bunları nasıl söyleyebilir!" diye gürledi ve hırsından alnına vurmaya başladı.

Onun bu sözlerine kızayım mı, yoksa anlatmayı sürdüreyim mi, bilmiyordum. Ama öyle içten yaralanmış bir görünüşü vardı ki, ona acıdım ve düşlerimi anlatmayı sürdürdüm. O zamana kadar "Catherine Linton" adını hiç duymamış olduğumu kesinlikle belirttim. Okuya okuya bu adın belleğimde yer ettiğini, uyuyup kalınca da hayalimde belirip biçimlendiğini anlattım. Ben bunları söylerken Heathcliff yavaş yavaş yatağın arkasına doğru geçmiş, sonunda yere oturarak görünmez olmuştu. Ama düzensiz, kesik kesik solumasından, yoğun bir heyecanı bastırmaya çalıştığını anladım. Böyle iç çekişinin farkında değilmişim gibi davranarak paldır küldür giyinmeyi sürdürdüm. Saatime bakıp kendi kendime, "Aman ne uzun gece!" diye söylendim. "Saat üç bile olmamış daha! Oysa ben kesinlikle altıya gelmiştir diyordum. Burada vakit hiç geçmiyor. Saat sekizde yatağa girdik herhalde!"

Ev sahibim inlememek için kendini tuttu ve kolunun gölgesinden anladığıma göre gözlerindeki yaşları silerek, "Kışın hep dokuzda yatıp dörtte kalkarız," diye karşılık verdi. Sonra, "Mr. Lockwood, benim odama gelebilirsiniz," diye ekledi. "Aşağıya bu kadar erken inmeyin; işleri karıştırmaktan başka bir şey yapmış olmazsınız. Öyle çocuklar gibi bağırarak bende de uyku diye bir şey bırakmadınız."

"Kendimde de," dedim. "Sabah oluncaya kadar avluda gezineceğim, ondan sonra da çekip gideceğim. Yine gelirim diye de hiç kaygılanmayın. Kırlarda olsun, kentte olsun, vakit geçirmek için arkadaş arama hevesinden de hepten kurtuldum artık. Akıllı bir insan için en iyi arkadaş yine kendisidir."

Heathcliff, "En iyi arkadaş, ha!" diye mırıldandı. "Şamdanı alın ve istediğiniz yere gidin. Ben de şimdi geliyorum. Ama sakın avluya çıkayım demeyin. Köpekler bağlı değildir. Oturma odasına gelince, orada Juno nöbet tutuyor. Sonra, yok, hayır... ancak merdivenlerde ve koridorda dolaşabilirsiniz. Ama hadi gidin artık! Ben de iki dakikaya kalmaz gelirim."

Sözünü dinledim, ama yalnızca odadan çıkma konusundaki sözünü. Daracık koridorların nereye çıktığını bilmediğim için, kapının dışında sessizce durdum. İstemeyerek, ev sahibinin, görünüşteki sağduyusundan hiç beklenmeyen batıl inancına tanık oldum. Yatağa gitti, pencereyi zorlayarak açtı. Bunu yaparken de kendini tutamayarak gözlerinden yaşlar boşanmaya başladı. "Gel, gel!" diye hıçkırdı, "Cathy, ne olursun gel. Ah, ne olur Cathy... *Bir kerecik* geliver; ah sevgilim, *bu* sefer beni dinle, ne olur, Catherine, bu sefer olsun!" Bu görüntü de bütün görüntüler gibiydi: Kendini göstermedi. Ama karla karışık rüzgâr savrularak odanın içine doldu, benim yanıma kadar da gelerek ışığı söndürdü.

Bu coşkuyu doğuran o sonsuz acıda insana dokunan öyle bir şey vardı ki, acıyarak bu deliliği hoş gördüm. Bütün bunları dinlediğim için kendime bayağı kızdım. O gülünç karabasanımı anlatıp –*niçin* böyle yaptığımı hâlâ anlamıyordum– bu işkenceye neden olduğum için canım sıkıldı. Oradan uzaklaştım. Basamaklardan sakına sakına inip arkadaki mutfağa girdim. Orada ocaktaki kıvılcımdan şamdanı yeniden yaktım. Odada, küllerin içinden çıkıp ters ters tıslayarak beni karşılayan benekli boz bir kediden başka kımıldayan hiçbir şey yoktu.

Yuvarlak iki peyke, ocağı çember gibi kuşatıyordu. Birinin üzerine ben uzandım, ötekine de kedi çıktı. İkimiz de tam uyuklamak üzereydik ki içeri biri girdi. Joseph, çatıda bir kapak içinde kaybolan ve anlaşılan kendi tavan arası odasına çıkan tahta bir merdivenden, ayaklarını sürüye sürüye, aşağıya indi. Ocak demirleri arasında uğraşarak canlandırdığım küçücük aleve kötü kötü baktı, kediyi çıktığı o yüksek yerden itip indirdi ve boşalan yere kendi oturarak upuzun piposuna tütün doldurmaya başladı. Kendi özel barınağına girişim belli ki onun gözünde bağışlanamaz bir küstahlıktı. Hiç konuşmadan piposunu ağzına soktu, kollarını çaprazlayıp dumanını savurmaya başladı. Ben de onu rahatsız edip keyfini bozmadım. Son nefesi de çekip ta içinden bir ah ettikten sonra, kalktı, geldiği gibi ağır ağır çıktı gitti.

Ondan sonra içeriye daha çevik yürüyüşlü biri girdi. Bu kez "günaydın" demek için ağzımı açtım, ama hemen yine kapadım. Hareton Earnshow, sabah duası okur gibi, dokunduğu her şeye *üst perdeden* küfürler savuruyor, karları temizlemek için köşede bucakta bel gibi, kürek gibi bir şey arıyor, her yanı altüst ediyordu. Burun deliklerini şişirerek peykelere doğru şöyle bir baktı, gözünde, yanımdaki kediden farkım olmadığı için selamlaşıp sabahlaşmaya gerek görmedi. Hazırlıklarına bakarak, herhalde artık ben de dışarı çıkabilirim, diye düşündüm. Sert yatağımı bırakarak arkasından gitmek için bir adım attım. Bunu fark ederek elindeki belin ucuyla içeri açılan kapılardan birine vurdu. Anlaşılmaz bir sesle, eğer buradan çıkmak istiyorsam ancak oraya gidebileceğimi bildirdi.

Bu kapı oturma odasına açılıyordu. Burada yatan kadınlar kalkmışlardı bile. Zillah kocaman bir körükle ateşi körüklüyor, bacadan yukarı kıvılcımlar çıkıyordu. Mrs. Heathcliff de ocağın yanına diz çökmüş, alevlerin ışığında kitap okuyordu. Ocağın sıcağından sakınmak için de elini gözlerine siper ediyordu. Elindeki kitaba öylesine dalmıştı ki, ancak kendini kıvılcım içinde bıraktı diye hizmetçiyi azarlamak ya da burnunu yüzüne fazla yaklaştıran bir köpeği kovmak için başını kaldırıyordu. Heathcliff'i de orada görünce şaşırdım. Ocak başında, arkası bana dönük, ayakta duruyor, ikide bir önlüğünün ucunu didikleyen ve kızgın sesler çıkaran zavallı Zillah'ya çıkışıyordu.

Ben odaya girdiğimde, gelinine dönüp kaz gibi, koyun gibi zararsız bir sözcük olan, ama çoğu kez üç noktayla geçiştirilen bir şey söyleyerek, "Ya sen, ya sen beş para etmez!..." diye haykırdı. "İşte yine bomboş oturuyorsun! Burada senden başka herkes ekmeğini alnının teriyle kazanıyor! Sen ise benim sırtımdan geçiniyorsun! O elindeki işe yaramaz şeyi at da bir şeyler yap! Hep böyle gözümün önünde durup başıma bela kesilmenin bir gün acısını çekeceksin, anladın mı, lanet olasıca sümsük!"

Genç kadın, "Elimdeki işe yaramaz şeyi bırakacağım. Çünkü istemesem de bunu bana zorla yaptırmak elinizde," diye karşılık verdi. Kitabını kapayıp bir sandalyenin üzerine fırlattı. "Ama söyleye söyleye dilinizde tüy de bitse, canımın istediğinden başka hiçbir iş yapmayacağım!"

Heathcliff vurmak için elini kaldırdı. Genç kadın hemen uzakça bir yere kaçtı. Bu yumruğun acısını tatmışa benziyordu. Bir kedi-köpek kavgası seyretmek istemediğimden, ocak başında ısınmak istiyormuşum ve böyle bir kavgadan da hiç haberim yokmuş gibi hızlı hızlı ocağa doğru yürüdüm. İkisi de bu çekişmenin sonunu başka bir zamana bırakacak kadar görgülü çıktı. Heathcliff kendini tutmak için yumruklarını cebine soktu. Gelini de dudağını büküp giderek uzakta bir sandalyeye oturdu ve benim orada bulunduğum sürece bir heykel gibi kımıldamadan durarak sözünü tuttu. Zaten ben de çok kalmadım. Kahvaltı çağrılarını geri çevirdim ve ortalık ağarır ağarmaz bir yolunu bulup kendimi dışarı attım. Hava artık açılıp durulmuş, iyice ayazlamıştı.

Daha bahçenin çıkışına varmamıştım ki, ev sahibim seslenerek beni durdurdu ve tepeleri aşana kadar benimle gelmeyi önerdi. Çok da iyi yaptı. Çünkü bütün sırt dalgalı, beyaz bir deniz gibi olmuştu. Tümsekler ve çöküntüler, toprağın yüksek ve alçak yerleri demek değildi. Birçok çukurun ağzına kadar dolduğu kesindi. Taşocaklarının, dün gördüğüm sıra sıra tepeler oluşturan molozları bile gözden silinmişti. Bütün çıplak toprak boyunca, beş-altı metre arayla, yolun bir kıyısına dikine sıralanmış yüksek taşlar görmüştüm. Bunlar gece karanlıkta yolu belli etmek ve şimdiki gibi bir durumda bataklıklar ile anayolun ayrıldığı yeri göstermek için dikilmiş ve yer yer kireçle boyanmıştı. Ama şimdi bu işaret taşlarından, orada burada sivrilen siyah birkaç noktadan başka hiçbir iz kalmamıştı. Yolun kıvrımlarına göre doğru gittiğimi sandığım halde, arkadaşım ikide bir beni uyarmak zorunda kalıyor, sağa ya da sola doğru gitmemi söylüyordu.

Yolda pek az konuştuk. Thrushcross Park'ın kapısına geldiğimizde durarak, artık buradan ötede şaşırmam olasılığı kalmadığını söyledi. Kısa bir selamla ayrıldık. Kapıcı kulübesinde kimse oturmadığı için yalnız kendime güvenerek ilerlemeye başladım. Bahçe kapısı ile çiftliğin arası iki mildir. Ama ben ağaçlar arasında yolumu yitirip boynuma kadar karlara saplanarak, bu iki mili dört mile çıkarmayı becerdim. Bunu ancak başından geçenler anlayabilir. Her neyse, artık nerelerde dolaşıp durmuşsam, eve girdiğimde saat on ikiyi çaldı. Demek Uğultulu Tepeler'den buraya kadar olan yolun her mili için tam bir saatimi harcamıştım.

Evin demirbaşı kâhya kadın ve onun yamakları, benden artık umutlarını kesmiş olduklarını söyleyip bağrışarak beni karşılamaya koştular: Hepsi de dün gece öldüğümü düşünerek kalıntılarımı nasıl bulacaklarını düşünüyorlarmış. "İşte mademki sağ salim geldiğimi görüyorsunuz, susun artık," dedim. İliklerime kadar donmuş bir durumda zorla yukarı çıktım. Elbiselerimi değiştirip ısınmak için odanın içinde otuz-kırk dakika kadar gidip geldikten sonra, bir kedi yavrusu kadar bitkin, çalışma odama geçtim. Hizmetçinin dinlenmem için yaktığı çıtır çıtır ateşin ve dumanları tüten kahvenin bile keyfini çıkaracak durumda değildim.

4

Nasıl da fırıldak gibiyiz! Artık insanların içine karışmadan kendi başıma yaşamaya karar verip sonunda zaten istesem de başka türlü olamayacak böyle bir yer bulduğum için talihime şükreden ben, ortalık kararıncaya kadar kara kara düşünüp yalnızlıkla pençeleştikten sonra yine dayanamayıp yelkenleri suya indirdim. Mrs. Dean akşam yemeğimi getirince, evde nelere gereksinim olduğunu öğrenme bahanesiyle, yemek yerken onun da yanımda kalmasını istedim. İçimden, umarım bol bol gevezelik eder de, ya beni bu uyuşukluktan kurtarıp canlandırır ya da iyice uyutur, diye geçiriyordum.

"Siz buraya yerleşeli çok olmuş," diye söze başladım, "on altı yıl demiştiniz sanırım?"

"On sekiz, efendim. Hanımım evlendiği zaman ona oda hizmetçisi olarak geldim. O öldükten sonra da efendim bırakmadı, beni eve kâhya yaptı."

"Ya, öyle mi?"

Bu sözlerimden sonra bir sessizlik oldu. Pek geveze değil herhalde, diye üzüldüm. Kendisini ilgilendiren şeylerden konuşulursa o başka, ama onlar da beni ilgilendirmez. Elleri dizlerinde, sağlıklı pembe yüzünde derin bir düşünce izi, bir süre öyle dalıp durduktan sonra, birden, "Ah, zaman ne kadar da değişti!" dedi.

"Öyle," dedim, "kim bilir ne değişikliklerle karşılaştınız, değil mi?"

"Evet, bir sürü de sıkıntıyla karşılaştım."

Kendi kendime, sözü ev sahibimin ailesine getirmenin tam sırası, diye düşündüm. Söze başlamak için iyi bir konu! Hem de işin içinde o güzel dul da vardı; onun başından geçenleri öğrenmek isterdim; buralı mıydı, yoksa yabancıydı da –bu olasılık akla daha yakındı– o huysuz

43

yerli, zavallıyı akrabalığa kabul etmiyor muydu? Bu niyetle Mrs. Dean'e, "Heathcliff, Thrushcross Çiftliği'ni kiraya verip ne diye çok daha kötü bir biçimde, çok daha kötü bir yerde yaşamayı yeğliyor? Bu yurtluğu gerektiği gibi çevirecek parası mı yok?" diye sordum.

"Parası mı yok, dediniz?" diye atıldı. "Parasının hesabını bilen yok; her yıl da gittikçe artıyor. Evet, evet, bundan da güzel bir evde oturacak kadar çok parası var, ama eli biraz sıkıdır; Thrushcross Çiftliği'ne geçmek istese bile, karşısına iyi bir kiracı çıkar çıkmaz parasına birkaç yüz sterlin daha ekleme olanağını kaçırmak istemez. Dünyada yapayalnız olan kimselerin bu denli açgözlü oluşuna akıl ermez doğrusu!"

"Vaktiyle bir oğlu varmış galiba?"

"Evet, vardı, ama öldü."

"O genç kadın, Mrs. Heathcliff, oğlunun karısı mıydı?"

"Evet."

"Gelini nerelidir?"

"Nereli mi? Benim ölen efendimin kızıdır. Kızlık adı Catherine Linton'dı. Zavallı yavrucak! Onu ben büyüttüm. Ah, Mr. Heathcliff'in bu eve yerleşmesini ne kadar isterdim; o zaman yine birlikte olurduk."

"Ne? Catherine Linton mı?" diye şaşkınlıkla bağırdım. Ama bir an düşününce, onun benim gördüğüm hayalet Catherine olamayacağını anladım. "Benden önceki efendinin adı Linton'dı demek?"

"Evet, Linton'dı."

"Peki, şu Earnshaw, Mr. Heathcliff'in yanında oturan Hareton Earnshaw da kim? Akrabası falan mı?"

"Hayır, merhum Mrs. Linton'ın yeğeni."

"Şu halde o genç kadınla kardeş çocukları oluyorlar?"

"Evet, öyle; kocasıyla da kardeş çocuklarıydılar. Birisi anne tarafından, öteki de baba tarafından. Heathcliff, Mr. Linton'ın kız kardeşiyle evlenmişti."

"Uğultulu Tepeler'in sokak kapısının üzerinde 'Earnshaw' adını gördüm. Earnshaw'lar eski bir aile midir?"

"Çok eski, efendim; Miss Cathy nasıl bizim... Yani Linton'ların son çocuğu ise, Hareton da onların son çocuğudur. Uğultulu Tepeler'e mi gittiniz? Sorduğum için bağışlayın, ama acaba Catherine nasıl, öğrenmek isterdim!"

"Mrs. Heathcliff mi? Sağlığı çok iyi, kendisi de çok güzeldi; ama yaşamından pek hoşnut değil gibiydi."

"Ah yavrucak, nasıl hoşnut olsun ki! Evin efendisini nasıl buldunuz?"

"Oldukça kaba bir adam, Mrs. Dean. Öyle değil mi?"

"Testere ağzı gibi takır tukur, kaya gibi de sert! Kendisiyle ne kadar az karşılaşırsanız o kadar iyi olur."

"Böylesine hırçın olması için yaşamın türlü iniş çıkışını görmüş olmalı. Geçmişiyle ilgili bir şey biliyor musunuz?"

"Guguk kuşununkinden farksız bir yaşam. Bütün yaşamını bilirim; yalnız nerede doğmuştur, anası babası kimdir, parasını ilk kez nasıl kazanmıştır, bunları bilmem. Hareton da ufacıkken, daha tüyleri çıkmamış bir yavru kuş gibi yuvadan atılıp her şeyinden yoksun bırakıldı! Zavallı talihsiz genç; bütün bu yörede, nasıl aldatıldığını bilmeyen yalnız kendisi."

"Bana komşularımı biraz olsun anlatırsanız çok iyi olur, Mrs. Dean. Şimdi yatarsam rahat edemeyeceğim; onun için, ne olur, oturun da bir saat kadar konuşalım."

"Peki, efendim, nasıl isterseniz. Yalnız gidip dikişimi alayım, ondan sonra istediğiniz kadar otururum. Ama soğuk almışsınız galiba; titrediğinizi gördüm. Isınmak için biraz un çorbası içmelisiniz."

İyi yürekli kadıncağız acele acele odadan çıktı, ben de ocağa biraz daha sokuldum. Başım ateş gibi yanıyordu, bedenimse buz gibiydi; sonra, içim de kalkmıştı, bir türlü yatışmıyordu. Bunun nedeni de, sinirlerimin bozukluğu, kafamın karmakarışıklığıydı. Ağrım sızım yoktu, ama iki günden beri başımdan geçen şeylerin tehlikeli sonuçlar doğurmasından korkuyordum, hâlâ da korkuyorum ya!.. Kâhya kadın çok geçmeden, bir elinde dumanı tüten bir tas çorba, bir elinde de iş sepetiyle içeri girdi, tası ocağın yanına koyduktan sonra sandalyesini yaklaştırdı. Belli ki benim böyle arkadaş canlısı oluşum hoşuna gitmişti.

Yeni bir çağrıya gerek görmeden hikâyesini anlatmaya başladı: Buraya gelmeden önce hemen hemen tüm yaşantım Uğultulu Tepeler'de geçti; çünkü Hareton'ın babası Mr. Hindley Earnshaw'u annem büyütmüştü. Ben de orada kalıp çocuklarla oynamaya alışmıştım. Beni ufak tefek işler için sağa sola koştururlardı; tarla işlerine yardım eder, belki biri bir yere gönderir diye çiftliğin çevresinde dolanır dururdum. Güzel bir yaz sabahı –iyi anımsıyorum, hasat mevsiminin başlarındaydı– Mr. Earnshaw, evin efendisi, yol elbiselerini giymiş olarak aşağı indi, Joseph'a o gün yapılacak işleri söyledikten sonra Hindley, Cathy ve bana döndü –ben de onlarla oturmuş, yulaf çorbası içiyordum– ve oğluna, "Benim efendi oğlum, bugün Liverpool'a gidiyorum, söyle bakayım, gelirken sana ne getireyim? Ne istersen iste, yalnız pek büyük bir şey olmasın. Yürüyerek gidip geleceğim çünkü. Sadece gidiş altmış mil, doğrusu oldukça uzun bir yol!" dedi. Hindley bir keman istedi. Babası sonra Cathy'ye sordu. Cathy o zaman ancak altı yaşındaydı, ama ahırda binmediği at yoktu; o da kamçı istedi. Efendim beni de unutmadı, bazen aksiliği tutsa da iyi bir yüreği vardı. Bana bir cep dolusu elma armut getirmeye söz verdi. Sonra çocuklarını öptü, "Hoşça kalın," deyip evden çıktı.

Onun üç gün süren yokluğu bize çok uzun geldi. Cathy durup durup, "Babam ne zaman gelecek?" diye soruyordu. Mrs. Earnshaw üçüncü gün kocasını akşam yemeğine bekliyordu. Şimdi gelir, şimdi gelir diye yemeği geciktirdi durdu. Ama efendi hâlâ ortalarda yoktu; sonunda çocuklar da yola bakmak için ikide bir bahçe kapısına koşmaktan yoruldular. Ortalık adamakıllı karardı. Anneleri çocukları yatağa yatırmak istedi, ama onlar, "Ne olursun, anneciğim, biraz daha kalalım," diye yalvarıp yakardılar. Tam on bir sularında kapının mandalı yavaşça kalktı, efendim içeri girdi. Kendini hemen bir sandalyeye attı; hem gülüyor hem de ahlayıp ofluyordu. Neredeyse yorgunluktan öleceğini, kimsenin yanına sokulmamasını söyledi. "Dünyayı verseler bir daha böyle bir yolculuğa çıkmam!" diyordu.

"Üstelik de ölesiye yüklü olarak!" deyip kollarında bohça gibi tuttuğu paltosunu açtı. "Bak, karıcığım, hayatımda hiç bu kadar yorulmamıştım. Gerçi şeytan yavrusu gibi kapkara, ama yine de bunu bir Tanrı armağanı olarak kabul etmelisin," dedi.

Hepimiz çevresine toplandık. Miss Cathy'nin tepesinden, kirli, üstü başı yırtık pırtık, simsiyah saçlı bir çocuk gözüme ilişti. Yürüyüp konuşacak yaştaydı; yüzü Catherine'den daha büyük gösteriyordu aslında. Ama yere bırakılınca şaşkın şaşkın çevresine bakınıp kimsenin anlamadığı bir şeyler söyledi durdu. Benim ödüm koptu, hanımım da neredeyse çocuğu kolundan tutup kapı dışarı edecekti. Kocasına, "Besleyip büyütecek kendi çocuklarımız varken, bir de nasıl olur da böyle bir Çingene yavrusunu eve getirirsin?" diye iyice çıkıştı. Kocasının niyeti neydi? Çıldırmış mıydı yoksa? Efendim olanı biteni anlatmak istedi. Ama gerçekten yorgunluktan ölü gibiydi, karısının söylenmeleri arasında ancak şu kadarını anlayabildim: Liverpool sokaklarında zavallıyı açlıktan ölmek üzereyken bulmuştu; evsiz barksızdı; dilsiz gibi sesi sedası çıkmıyordu; çocuğu oradan almış, kimin nesi olduğunu sorup soruşturmuştu. Bilen yoktu; kendisinin de hem parası hem de vakti az olduğundan, buralarda böyle boşu boşuna para ve zaman harcayacağıma alıp eve götüreyim, demişti. "Çünkü çocuğu öyle, bulduğum gibi, sokak ortasında bırakmamaya karar vermiştim," dedi. Hanım da söylene söylene sonunda yatıştı. Efendim bana çocuğu yıkamamı, temiz çamaşır giydirmemi ve çocukların yanına yatırmamı söyledi.

Hindley ile Cathy ortalık yatışıncaya kadar bakınıp söylenenleri dinlediler. Sonra ikisi de babalarının ceplerini karıştırmaya başladılar, kendilerine söz verilen armağanları arıyorlardı. Hindley on dört yaşlarındaydı, ama kemanının babasının paltosu içinde paramparça olduğunu görünce dayanamadı, hıçkıra hıçkıra ağlamaya başladı. Cathy de babasının, tanımadıkları o çocukla uğraşırken kendi kırbacını düşürüp kaybettiğini öğrenince, hırsını o küçük budalaya dişlerini göstermek ve suratına tükürmekle aldı. Bu yüzden de babasından, daha terbiyeli olması için okkalı bir tokat yedi. İkisi de çocuğu yataklarına almaya yanaşmadılar, odalarına bile sokmadılar. Zaten ben de onlardan akıllı bir şey değildim; onu merdiven başındaki sahanlığa bıraktım, sabah olunca çıkıp gideceğini umuyordum. Çocuk ya rastlantıyla ya da sesini işittiği için efendinin kapısına gitti, efendi de odasından çıkarken onu gördü. Oraya nasıl geldiğini sorup araştırmaya başladı. Suçumu söylemek zorunda kaldım. Bu korkaklığımın ve acımasızlığımın cezasını da evden kovulmakla çektim.

İşte Heathcliff'in aileye katılışı böyle oldu. Birkaç gün sonra eve döndüğümde (çünkü evden temelli kovulduğumu düşünmemiştim bile), ona "Heathcliff" adını verdiklerini gördüm. Bu, küçük yaşta ölen oğullarının adıydı; o gün bu gün, bu ad onun hem adı hem de soyadı olarak kaldı. Miss Cathy ile Heathcliff artık pek sıkı fıkıydılar; ama Hindley ondan nefret ediyordu. Doğrusunu isterseniz, ben de öyle. İkimiz de çocuğun başına bela kesildik ve ona kötü davranmayı sürdürdük. Çünkü ben davranışımın kötülüğünü anlayacak durumda değildim, hanımım da ona yaptıklarımızı gördüğünde bize darılmazdı.

Çocuğun, çevresindekilere karşı küskün ve sabırlı bir hali vardı; kötü davranış göre göre pişmiş gibiydi. Hindley'den yediği yumruklar karşısında ne gözünü kırpar ne de bir damla yaş akıtırdı; benim bastığım çimdikler de boşunaydı; yalnız içinden bir "ah" deyip gözlerini iri iri açardı, o kadar. Kazara kendi kendinin canını yakmış da suçlu kendisiymiş gibi davranırdı. Efendim, "zavallı yetim" dediği çocuğa oğlunun ettiği eziyetleri ve onun bu sabırlı halini görünce çileden çıktı. Heathcliff'e bağlılığı, sevgisi aşırı derecede arttı. O ne söylese inanıyordu. (Doğrusu, Heathcliff pek az konuşurdu, ama hemen her zaman da doğruyu söylerdi.) Ona Cathy'den daha çok yüz veriyor, onu şımartıyordu; aklı fikri hep yaramazlıkta olan o huysuz, inatçı Cathy'ye de yüz vermeye gelmezdi zaten.

Böylece, daha ilk günlerden başlayarak Heathcliff ev halkının arasını açtı. İki yıl geçmeden hanımım öldü, bu süre içinde küçükbey babasına dosttan çok düşman, Heathcliff'e de hakkını ve babasından onun sevgisini çalan biri gözüyle bakmaya başlamıştı; uğradığı bu haksızlıkları düşüne düşüne gittikçe huysuzlaşıyordu. Ben de bir süre Hindley'den yana oldum. Ama çocuklar kızamığa yakalanıp da ben de onlara bakmak ve yetişkin bir kadına düşen görevleri yüklenmek zorunda kalınca, düşüncemi değiştirdim. Heathcliff çok ağır hastaydı. Kötüleştiği zaman beni başucundan hiç ayırmıyordu. Anlaşılan kendisine çok iyilik ettiğimi sanıyor, zaten istesem de başka türlü davranamayacağımı düşünemiyordu. Ama şunu da söyleyeyim ki, hiçbir hastabakıcı ömründe bu kadar uslu bir çocuğa bakmamıştır. Heathcliff ile öteki çocuklar arasındaki fark, beni de daha yansız davranmaya zorladı. Cathy ile kardeşi beni öldüresiye yoruyorlardı; Heathcliff ise, yumuşak başlı olduğundan değilse de, herhalde sıkıntı çekmeye alışık olduğundan, beni hiç üzmüyor, hiç yakınmıyordu; bir kuzu kadar sessiz yatıyordu.

Çocuk iyileşti; doktor bunun daha çok benim yardımımla olduğunu söyleyerek, gösterdiğim özenden dolayı beni kutladı. Doktorun bu sözleri koltuklarımı kabarttı ve bana bu güzel sözleri kazandırana karşı da yüreğim daha yumuşadı. Böylece Hindley son yandaşını da yitirmiş oldu. Ama hâlâ Heathcliff'e karşı öyle pek derin bir sevgi duyamıyordum. Çoğu zaman, acaba efendim bu asık suratlı çocukta bu kadar beğenilecek ne görüyor, diye şaşardım. Bu çocuğun, efendimin gösterdiği sevgi ve ilgiye bir kez olsun en küçük bir karşılık gösterdiğini görmemiştim. Velinimetine karşı saygısız değildi, ama kayıtsızdı. Ancak, evin efendisi üzerindeki etkisinin de adamakıllı farkındaydı, ağzını açsa bütün ev halkının kendi isteklerine boyun eğmek zorunda kalacağını da anlıyordu. Örneğin, anımsıyorum, Mr. Earnshaw bir kez pazaryerinden bir çift tay almış, birini Hindley'ye, birini de Heathcliff'e vermişti. Heathcliff en güzelini seçmişti. Ama çok geçmeden onunki topallamaya başladı. Heathcliff bunu anlayınca Hindley'ye şöyle dedi:

"Atını benimkiyle değiştireceksin, benimki hoşuma gitmiyor, vermezsen beni bu hafta üç kez dövdüğünü gidip babana söylerim, hem de omzuma kadar mosmor çürüyen kolumu gösteririm ona," dedi. Hindley de dilini çıkarıp Heathcliff'in suratına bir tokat indirdi. Heathcliff ahır kapısının alt yanına kaçarak (bu tartışma ahırda oluyordu), "Dediğimi hemen yaparsan iyi edersin," diye diretti, "istemesen de yapacaksın, yoksa bu tokatları da söylersem, onları da faiziyle birlikte geri alırsın." Hindley, patates ve saman ölçmeye yarayan demir tartıyı kapıp oğlanın üzerine doğru yürüyerek, "Defol karşımdan, köpek!" diye bağırdı. Öteki hiç istifini bozmadan olduğu yerde durarak, "Hadi at da göreyim," dedi. "O zaman ben de gidip babana, kendisi ölür ölmez beni evden kovacağını övüne övüne söylediğini anlatayım da, evden sen mi kovulursun, ben mi, görürüz?" Hindley elindeki şeyi fırlattı; demir Heathcliff'in tam göğsüne geldi; çocuk yere yuvarlandı, ama hemen sendeleyerek kalktı. Soluğu kesilmişti, yüzü kireç gibiydi. Ben önüne geçmeseydim, o durumda efendinin yanına gidip halini gösterecek, yapanı da ele vererek tam bir öç alacaktı. Küçük Earnshaw, "Al artık, tay senin olsun, Çingene!" dedi. "Umarım düşer de kafanı patlatırsın! Al da hayrını görme! Seni herkesin hakkını yiyen dilenci seni! Böyle kandırıp yaltaklanarak babamın nesi var, nesi yok hepsini elinden al! Yalnız, sonunda ne mal olduğunu ona göstermeyi unutma, şeytan yavrusu seni! Haydi, al git, umarım bir tekmeyle beynini patlatır!"

Heathcliff atı çözüp kendi yerine bağlamak için o yana doğru gidiyordu. Tam atın arkasından geçerken, Hindley sözünü bitirdi, bir yumrukla onu atın ayakları altına yuvarladı. İstediği oldu mu, olmadı mı, anlamak için arkasına bile bakmadan bacaklarının var gücüyle kaçtı. Çocuğun soğukkanlılıkla yerden kalkıp işini sürdürdüğünü gördüm, şaşırdım. Eyerleri, her şeyi değiştirdi; sonra da bir saman yığınının üstüne oturarak eve girmeden önce yediği o müthiş yumruğun etkisini gidermeye çalıştı. Yüzündeki gözündeki bere ve çürüklerin attan olduğunu söylememe kendisini kolaylıkla razı ettim. Artık istediğini elde etmişti ya, ne uydurulursa uydurulsun umurunda değildi. Bu gibi durumlarda o kadar az yakınırdı ki, onu aslında öyle pek kinci değil sanıyordum. Ne kadar yanıldığımı siz de göreceksiniz.

5

Mr. Earnshaw zamanla çökmeye başladı. Eskiden çok hareketli ve sağlamdı, ama birden güçten düştü. Artık ocak başından kalkamaz olunca sinirleri son derece bozuldu. Hiç yoktan kızıyor, evde kendi sözünün önemsenmediği kuşkusu onu çileden çıkarıyordu. Özellikle birisi onun sevgili Heathcliff'ine yüklenmeye, ona buyurmaya yeltendiğinde öyle oluyordu. Heathcliff'e kötü bir şey söylenecek diye ödü kopardı. Anlaşılan, Heathcliff'i sırf kendi seviyor diye herkesin çocuktan nefret ettiği ve ona bir kötülük yapmak için fırsat kolladıkları gibi bir düşünceye saplanmıştı. Bu, çocuk için hiç iyi olmuyordu. Çünkü yüreği yufka olanlarımız efendiyi sinirlendirmek istemiyor, onun bu taraf tutmasını hoş görüyorduk. Bu da çocuğun kurumlanmasını ve kötü huylarını daha da körüklüyordu. Ama artık böyle davranmaya zorunlu gibiydik. Hindley'nin birkaç kez babasının yanında Heathcliff'i küçümsüyor gibi tavırlar alması, zavallı ihtiyarı zıvanadan çıkardı. Oğluna indirmek için bastonunu kavradı, gücünün yetmediğini görünce de öfkesinden zangır zangır titredi.

Sonunda, bizim papaz efendi (o zaman bir papazımız vardı, Linton'lar ile Earnshaw'ların çocuklarına öğretmenlik eder, bir parça toprağını kendi kendine sürüp geçinirdi) küçükbeyin koleje gönderilmesini önerdi. Mr. Earnshaw da razı oldu, ama isteksizce; "Hindley hiçbir işe yaramaz, nereye giderse gitsin adam olmaz," diyordu.

İçimden, artık umarım bundan sonra rahat ederiz, diyordum. Efendimin iyilik olsun diye kendi yaptığı bir iş yüzünden rahatının kaçtığını düşünmek beni üzüyordu. Yaşlılıkla hastalığın doğurduğu huysuzluklar ailedeki geçimsizliktendir sanıyordum; zaten kendisi de öyle derdi. Aslında ise bunun nedeni artık günden güne çökmesi, zayıflamasıydı. Ama Miss Cathy ile evin uşağı Joseph olmasaydı, yine işler pek o kadar çığrından çıkmayacaktı. Joseph'ı yukarı evde görmüşsünüzdür; İncil'i, sırf içinde ne kadar iyi iş varsa kendine mal edip kötü sözleri de çevresindekilere yüklemek için satır satır tarayan yobazların en yobazı, en çekilmeziydi. Herhalde şimdi de öyledir. Joseph vaaz etme yeteneği ve sofuca konuşmalarıyla Mr. Earnshaw'u adamakıllı etkilemenin yolunu buldu. Efendimin gücü azaldıkça, onun etkisi de arttı. Acıma nedir bilmeden, sürekli efendiyi sıkıştırıyor, artık kendi ruhunun selametini düşünmesini, çocuklarını daha bir sıkıya almasını söylüyor, onu üzüyordu. Hindley'yi ona haylaz, beş para etmez bir yaratık gibi göstermeye çalışıyor, her gece de Heathcliff ile Cathy'nin aleyhinde bir sürü masallar uyduruyordu. Ama her zaman asıl suçu Catherine'e yükleyerek Earnshaw'un zayıf yanını okşamayı da unutmuyordu.

Aslını ararsanız Catherine'in de o zamana dek hiçbir çocukta görmediğim, kendine özgü birtakım huyları vardı. Günde belki en az elli kez herkesin sabrını tüketirdi. Sabahleyin yataktan kalkıp aşağı indikten akşam yatmaya gidinceye kadar bir dakika yoktu ki, ha bir şey yaptı, ha bir şey yapacak diye içimiz hop hop etmesin. Sürekli taşkınlık içindeydi. Dili hiç durmazdı. Ya güler ya şarkı söyler ya da kendi gibi davranmayanların başına bela kesilirdi. Ele avuca sığmaz yaramazın tekiydi; bir bakarsınız burada, bir bakarsınız oradaydı. Ama bütün kasabada onun kadar güzel bakışlı, onun kadar tatlı gülüşlü, onun kadar ayağına tez bir kız yoktu. Hem de iyi bilirim, içinde kimseye karşı kötülük beslemezdi. Çünkü bir kez insanı zorla ağlattı mı, çoğu zaman kendisi de oturup ağlamaya başlar, insan onun hıçkırıklarını dindirmek için kendisi susmak zorunda kalırdı. Heathcliff'e son derece düşkündü. Onun için en büyük ceza, Heathcliff'ten ayrı kalmaktı. Oysa içimizde onun yüzünden en çok söz işiten de oydu. Oyun oynarken hanımefendi olmaya bayılırdı. Bu arada ona buna tokat atmaktan da çekinmez, arkadaşlarına buyururdu; bana karşı da aynı biçimde davranmak istedi, ama ben öyle tokada, buyruklara filan katlanamazdım, bunu kendisine bildirdim.

Mr. Earnshaw da çocukların şımarıklıklarına hiç dayanamazdı. Onlara hep sert ve ciddi davranmıştı. Catherine'se kendi kendine düşünüyor, taşınıyor, babasının bu hasta durumunda niye eskisinden daha aksi ve daha sabırsız olduğunu bir türlü anlayamıyordu. Babası ona çıkıştıkça, çocuk da onu daha çok kızdırmaktan sonsuz bir tat almaya başladı. Hepimiz birden üstüne yürüyüp kendisine çıkıştığımız zamanlar, Catherine'in keyfine diyecek olmazdı. Hiçbir şeyden yılmayan o küstah bakışları, hazırcevaplığıyla hepimize karşı gelirdi. Joseph' ın sofuca ilenmeleriyle eğlenir, bana saldırır, sonra da babasının en çok zıddına giden şeyi yapar, Heathcliff'e karşı takındığı yapmacık aşağılayıcı tavırlarının –babası bunları gerçek sanırdı– çocuğa babasının o yumuşak davranışından daha iyi geldiğini gösterirdi; işte *o* ne derse Heathcliff hemen yapıyordu, oysa *kendisinin* buyruklarını ancak canı isterse yerine getiriyordu, görsündü. Catherine, bazen de bütün gün olmadık yaramazlıklar yapar, sonra akşam olunca barışmak için babasının yanına sokulur, onun gönlünü almaya çalışırdı. O zaman ihtiyar, "Yok, yok, Cathy, seni sevemem; sen ağabeyinden de kötüsün; haydi git, duanı et ve Tanrı'dan bağışlanmayı dile. Annen de, ben de, böyle bir çocuk yetiştirdiğimiz için ne kadar üzülsek azdır!" derdi. Bu sözler önceleri Cathy'yi ağlatırdı, ama daha sonra her zaman aynı biçimde terslene terslene buna da alıştı; yaptıklarına pişman olduğunu söyleyip özür dilemesini istediğim zamanlar bana gülerdi.

Sonunda, Mr. Earnshaw'un bu dünyada çektiklerinin sona erdiği gün geldi. Bir ekim akşamı, ocak başında sandalyesinde otururken sessizce ölüp gitti. Dışarıda sert bir rüzgâr esiyor, bacada uğultular yapıyordu. Korkunç bir fırtına vardı, ama hava hiç soğuk değildi. Hepimiz bir aradaydık. Ben ocağın biraz ötesine oturmuş, örgü örüyordum; Joseph da masaya yakın oturmuş, İncil'ini okuyordu. (O zamanlar uşaklar işlerini bitirdikten sonra salonda otururlardı.) Miss Cathy, gündüzden biraz rahatsız olduğu için, sessizce oturuyordu; babasının dizine yaslanmıştı, Heathcliff de, başı Catherine'in kucağında, yere uzanmıştı. Anımsıyorum, efendim onun böyle uslu uslu oturmasından son derece hoşnut olarak, kendinden geçmeden önce kızının güzel gür saçlarını okşayıp şöyle dedi: "Niçin her zaman böyle iyi bir kız olmazsın Cathy?" Catherine de başını kaldırıp babasının yüzüne baktı, gülerek, "Niçin her zaman böyle iyi bir baba olmazsın bana?" diye karşılık verdi. Ama babasının yine kızdığını görünce, onun elini öptü, "Şimdi seni ninni söyleye söyleye uyutacağım," dedi. Çok hafif bir sesle ninni söylemeye başladı, babasının parmakları gevşeyip onunkinden ayrılıncaya, başı göğsüne düşünceye kadar ninni söyledi. O zaman Catherine'e susmasını, yerinden kımıldamamasını söyledim; babasını uyandıracağından korkuyordum. Tam yarım saat fareler gibi hiç ses çıkarmadan oturduk; herhalde daha da otururduk, ama Joseph, İncil'den okuduğu parçayı bitirerek yerinden kalktı ve, "Efendiyi dua edip yatması için uyandırmalıyım," dedi. Ona doğru gidip adıyla seslendi, omzuna dokundu, ama efendi hiç kımıldamadı bile. Bunun üzerine Joseph şamdanı alıp efendinin yüzüne baktı. Şamdanı bırakırken, bir şeyler olduğunu anladım. Çocukların ikisini de kollarından tuttum, doğru yukarı çıkmalarını, hem de hiç gürültü etmemelerini, isterlerse akşam dualarını yalnız başlarına yapabileceklerini, Joseph'ın işi olduğunu fısıldadım.

Catherine, "Önce babama iyi geceler diyeyim de ondan sonra," dedi ve engel olmamıza vakit bırakmadan babasının boynuna sarıldı. Zavallı yavrucak uğradığı kaybı hemen anladı, avazı çıktığı kadar, "Ah, Heathcliff, babam ölmüş, babam ölmüş!" diye haykırdı. İkisi birden acı acı ağlamaya başladılar.

Ben de onlara katılarak hüngür hüngür ağlamaya başladım. Ama Joseph, "Cennet'e gitmiş bir azizin arkasından böyle ağlayıp haykırmakla ne elde edeceksiniz sanki?" dedi. Bana paltomu giyip Gimmerton'a gitmemi, doktorla papazı çağırmamı söyledi. Artık onların ne yararı olacak, diye düşündüm, ama yine de rüzgâr ve yağmur altında koşa koşa gittim; yalnız bir tanesini, doktoru, eve getirebildim. Papaz sabahleyin gelebileceğini söyledi. Olup biteni doktora anlatmayı Joseph'a bırakarak doğru çocukların odasına koştum; kapı aralıktı, vakit gece yarısını geçtiği halde yatmadıklarını gördüm. Ama biraz yatışmışlardı. Benim avutmama ihtiyaçları yoktu. Bu iki küçük çocuk birbirlerini benim aklıma gelmeyecek kadar iyi düşüncelerle yatıştırıyorlardı. Hiçbir papaz Cennet'i onların anlattıkları kadar güzel canlandıramazdı; kapının önünde ağlayarak onları dinlerken, içimden, "Keşke hepimiz orada bir arada olsaydık," demekten kendimi alamadım.

6

Mr. Hindley cenaze töreni için eve geldi. Bizi şaşırtan ve konu komşuyu dedikoduya veren şey de, yanında bir hanım getirmesiydi; evlenmişti. Karısı kimin nesiydi, nereliydi? Bize onunla ilgili hiçbir şey söylemedi. Anlaşılan kadının ne parası ne de adı sanı vardı; yoksa bu evliliği babasından saklar mıydı?

Karısı evin eski düzenini bozup ortalığı karıştıracak bir kadın değildi. Eşikten adımını attığından beri gördüğü her şey, çevresinde her olup biten hoşuna gitmiş gibiydi; cenaze hazırlıkları ve ölünün başında bekleyenler dışında. Bu anlarda yaptıklarına bakarak aklından biraz zoru olduğunu düşündüm. Koşarak odasına kapandı, beni de, o sırada çocukları giydirmem gerektiği halde, zorla yanında sürükledi. Odasında oturduğu yerde tir tir titriyor, ellerini ovuşturarak durmadan, "Daha gitmediler mi?" diye soruyordu. Sonra da bastıramadığı büyük bir heyecanla, siyah rengin onun üzerinde yaptığı etkiyi anlatmaya başladı. İkide bir susuyor, bütün bedeni titriyordu; sonunda da bir ağlamadır tutturdu. "Neyiniz var?" diye sorduğumda, "Bilmem, ama ölmekten öyle korkuyorum ki!" dedi. Oysa o da benim kadar ölümden uzak, diye düşündüm. Zayıfçaydı, ama gençti, rengi yerindeydi, gözleri de birer elmas parçası gibi pırıl pırıldı. Gerçi merdivenleri çıkarken soluğunun daraldığını, birden duyulan en hafif bir sesin bile tüm bedeninde titremeler yaptığını, bazı zamanlar uzun uzun öksürdüğünü görmüştüm; ama belirtilerin nedenlerinden habersizdim; içimden de ona yakınlık göstermek gelmiyordu. Biz buralılar, ilk adımı yabancılar atmadıkça, onlara pek yaklaşamayız, Mr. Lockwood.

Genç Earnshaw evden ayrı kaldığı bu üç yıl içinde oldukça değişmişti. Daha zayıflamış, rengi solmuştu; konuşması da, giyinmesi de eskisine hiç benzemiyordu. Daha eve geldiği gün Joseph ile bana bundan sonra arkadaki mutfakta oturup kalkmamızı, salonu kendilerine bırakmamızı buyurdu. Önce küçük, boş odalardan birini halıyla döşeyip duvarlarını kâğıtlayarak oturma odası haline getirme niyetindeydi. Ama karısı her gün oturdukları salonun beyaz döşemesinden, kocaman parlak ocağından, kalaylı kaplarından, çini büfesinden, köpek kulübesinden ve yine de geriye kalan bol bol yerden o kadar hoşlanmıştı ki, Hindley onu rahat ettirmek için başka bir yere gerek olmadığını anlayarak niyetinden vazgeçti.

Genç kadın yeni akrabaları arasında bir kız kardeş bulduğuna sevinmişti. Önceleri Catherine'le gevezelik etti, onu sevip öptü, birlikte oraya buraya koştu, ona birçok armağan verdi. Ama bu sevgi uzun sürmedi. Karısı çevresindekilere huysuzlanmaya başlayınca, Hindley de onların başına bela kesildi. Karısının, Heathcliff'ten hoşlanmadığını anlatan bir-iki sözü, Hindley'nin çocuğa karşı beslediği eski nefretin uyanmasına yetti. Onu aralarından çıkarıp uşakların yanına attı, papazın derslerinden yoksun bıraktı, onun yerine dışarıda iş görmesini buyurdu ve Heathcliff'i tıpkı çiftlikteki öbür yamaklar gibi çalışmaya zorladı.

Heathcliff önceleri bu horlanmaya hiç sesini çıkarmadan dayandı. Çünkü Cathy ne öğrenirse, gelip Heathcliff'e de öğretiyor ve tarlalarda onunla birlikte oynayıp çalışıyordu. Böylelikle vahşiler gibi kaba, hoyrat yetişecekleri belliydi. Evin genç efendisi onların davranışlarıyla da, yaptıklarıyla da hiç ilgilenmediği için, çocuklar da onun gözüne görünmüyorlardı. Joseph ile papaz çocukları kilisede görmediklerinde Hindley'ye bu ilgisizliği için çıkışmasalar, pazarları kiliseye gittiler mi, gitmediler mi, Hindley ona bile aldırmazdı herhalde. Uyarıldığında da, Heathcliff'e sopa çekmelerini, Catherine'e de öğle ya da akşam yemeği vermemelerini buyururdu, o kadar. Ama çocukların başlıca eğlencelerinden biri de sabahtan kırlara kaçıp bütün gün orada kalmaktı, artık vakti geçtikten sonra verilecek ceza ise onların gözünde gülünçleşiyordu. Papaz ceza olarak Catherine'e İncil'den sayfalarca ezber cezası versin, Joseph isterse kolu ağrıyıncaya kadar Heathcliff'e dayak atsın, ikisi de yine birleştikleri ya da en kötüsünden nasıl öç alacaklarını tasarladıkları dakikada bütün bunlar unutulurdu. Çoğu kez, onların günden güne biraz daha pervasızlaştıklarını görerek kendi kendime ağlar, ama dünyada tek dostları olmayan bu çocuklar üzerindeki az buçuk etkimi de yitiririm korkusuyla ağzımı açamazdım. Bir pazar akşamı, gürültü ettikleri ya da ona benzer önemsiz bir yaramazlık yaptıkları için salondan kovulmuşlardı. Yemeğe çağırmaya çıktığımda, onları hiçbir yerde bulamadım. Evin her yanını, yukarısını, aşağısını, avluyu, ahırları, her yanı aradık, yok, yok. Sonunda Hindley öfkelendi, hepimize kapıları sürgülememizi ve bu gece kimsenin onları içeri almamasını buyurdu. Ev halkı gidip yattı. Ben ise kaygılandım, yatamadım, penceremi açtım ve yağan yağmura aldırmadan, çevreyi dinlemek için başımı dışarı çıkardım. Efendimin buyruğuna aldırmadan, çocuklar eve dönerlerse içeri almaya karar vermiştim. Az sonra, yoldan gelen ayak sesleri duydum. Bahçe kapısında bir fenerin ışığı parladı. Kapıya vurup da Mr. Earnshaw'u uyandırmasınlar diye, hemen başıma bir atkı alıp koştum. Gelen Heathcliff'ti, tek başınaydı. Onu böyle yalnız görünce birden korktum.

Telaşla, "Küçükhanım nerede?" diye bağırdım. "Umarım başına bir kaza filan gelmemiştir?" Heathcliff, "Thrushcross Çiftliği'nde," dedi, "şimdi ben de orada olacaktım, ama, 'Sen de kal,' deme inceliğini göstermediler." "Bunun cezasını çekersiniz ama," dedim, "kovulmadan rahat etmeyeceksiniz galiba! Thrushcross Çiftliği'nde ne işiniz vardı?" "Bırak, önce üzerimdeki şu ıslak elbiseleri çıkarayım da ondan sonra bütün olup biteni sana anlatırım, Nelly," dedi. Efendiyi uyandırmaması için dikkatli olmasını söyledim. Ben şamdanı söndürmek için beklerken, o hem soyunuyor hem de anlatıyordu: "Cathy ile canımızın istediği gibi dolaşmak için çamaşırlıktan kaçtık; Çiftlik'in ışıkları gözümüze ilişti, hadi bir gidelim de bakalım, dedik. Linton'lar pazar akşamlarını, anaları babaları yiyip içer, gülüp eğlenirken, ocak başında sıcaktan kavrulurken, bizim gibi oda köşelerinde titreşerek mi geçiriyorlar? Öyle mi geçiriyorlar dersin, Nelly? Ya da vaazlar okuyarak, din derslerinden evin uşağı tarafından sıkı bir sınavdan geçirilip sorulara gerektiği gibi karşılık vermezlerse, İncil'den birer sayfa ad ezberlemek zorunda kalarak mı geçiriyorlar dersin?" "Herhalde hayır," diye karşılık verdim. "Onlar uslu çocuklardır kuşkusuz, onun için de sizin yaramazlıklarınız, uygunsuz davranışlarınız yüzünden gördüğünüz cezaları hak etmiş değildirler." "Böyle konuşmuş olmak için konuşma, Nelly!" dedi. "Saçma! Tepeden parka kadar durmadan koştuk; Catherine yarışta adamakıllı yenildi, çünkü yalınayaktı. Sabah olunca onun ayakkabılarını bataklıkta araman gerekecek. Çitin bozuk bir yerinden içeri sokulduk, sağımızı solumuzu yoklaya yoklaya bahçe yolundan yukarı doğru yürüdük ve salonun penceresi altında bir çiçek saksısının üzerine basıp çıktık. Işık pencereden geliyordu. Kepenkleri kapamamışlardı, perdeler de aralıktı, ikimiz de durduğumuz yerden pencerenin kenarına tutunarak içeri bakabiliyorduk; salona göz atınca –ah, görsen, öyle güzeldi ki!– kırmızı halılarla döşeli bir yer gördük, gözlerimiz kamaştı; koltuklarla masalar, sandalyeler de kırmızıyla kaplanmıştı, tavan kar gibi beyazdı, çevresine altın yaldız çekilmişti; tavanın tam ortasından aşağı gümüş zincirlerin ucunda sayısız billur damlalar sallanıyor, küçücük mumların yumuşak ışığında pırıl pırıl parlıyordu. Babalarıyla anneleri odada yoklardı, bütün oda Edgar ile kız kardeşlerine kalmıştı. Ne kadar mutlu olmaları gerekirdi, değil mi? Biz olsak kendimizi cennette sanırdık! Hadi bil bakalım, senin o iyi, uslu dediğin çocuklar odada ne yapıyorlardı? Isabella –sanırım on bir yaşında olmalı, Cathy'den bir yaş küçük– odanın ta öbür ucunda boylu boyunca yere uzanmış, avaz avaz haykırıyordu, her yanına kızgın şişler batırılıyormuş gibi çığlık çığlığa bağırıyordu. Edgar da ocağın başında durmuş, sessiz sessiz ağlıyordu. Masanın ortasına küçük bir köpek oturmuş, patisini sallıyor, havlıyordu. İkisinin birbirlerine söylediklerinden, zavallı hayvanı aralarında paylaşamadıklarını anladık. Budalalar! İşte onların oynadıkları oyun buydu! Bir kucak sıcak kıl yığını senindi benimdi diye kavga etmek, onu almak için o kadar uğraştıktan sonra, şimdi de istemem diye ağlamaya başlamak. Bu şımarıklara açıktan açığa kahkahayla güldük; onları o kadar küçük görüyorduk ki! Sen hiç benim, 'Catherine'in istediği bir şey benim olacak,' dediğimi gördün mü? Ya da bizim, odanın birer köşesine çekilip de avaz avaz haykırıp hıçkırarak, yerlerde yuvarlanarak oyun oynadığımızı gördün mü? Dünyayı verseler, buradaki durumumu Edgar Linton'ın Thrushcross Çiftliği'ndeki durumuyla değişmem; istersen Joseph'ı damın tepesinden atmak, evin ön yüzünü Hindley'nin kanıyla boyamak elinde olacak, deseler bile."

"Sus! Sus!" diye sözünü kestim. "Catherine'i orada nasıl oldu da bıraktın, hâlâ söylemedin, Heathcliff?"

"Hani güldük demiştim ya, Linton'lar sesimizi duydular, ikisi birden ok gibi kapıya fırladı; önce bir sessizlik oldu, sonra, 'Anne! Anne! Babacığım, anneciğim, koşun koşun, babacığım!' diye avaz avaz haykırmaya başladılar. İnan olsun ki böyle bağırdılar. Biz de onları daha çok korkutmak için acayip, korkunç gürültüler yaptık. Sonra da kendimizi pencerenin kenarından aşağı attık, çünkü birisi içeriden kapıyı açmaya çalışıyordu. Biz de kaçmayı uygun bulduk. Cathy'yi elinden tutmuştum, koşturmaya çalışıyordum; birden yere kapaklandı. 'Kaç, Heathcliff, kaç!' diye fısıldadı. 'Köpeği salıvermişler, beni yaka-

ladı!' Canı çıkasıca, onu topuğundan yakalamıştı, Nelly;
korkunç homurtularını işitiyordum. Cathy hiç bağırma-
dı! Azgın bir boğanın boynuzlarına bile geçirip oturtsa-
lar, yine de bağırmayı kendine yediremezdi. Ama ben
bağırdım, hem de haykırarak öyle ağız dolusu, yakası
açılmamış küfürler savurdum ki! Bir taş alıp köpeğin
dişleri arasına soktum, bütün gücümle de taşı boğazın-
dan aşağı itmeye çalıştım. En sonunda bir uşak, hayvan
herifin biri, elinde fenerle geldi. 'Yakala, Skulker, bırak-
ma!' diye bağırıyordu. Ama Skulker'ın avının kim oldu-
ğunu görünce ağız değiştirdi. Köpeğin boğazını sıkarak
avını bıraktırdı. Hayvanın koskoca mosmor dili ağzın-
dan bir karış dışarıda sallanıyor, sarkık dudaklarından da
kanlı salyalar akıyordu. Uşak Cathy'yi yerden kaldırdı,
zavallı kendinden geçmiş bir durumdaydı, tabii korku-
dan değil, acıdan. Uşak onu alıp içeri götürdü, ben de
durmadan küfürler edip bunu yanlarına bırakmayacağı-
mı söyleyerek arkalarından gittim. Linton kapıdan, 'Skul-
ker ne yakalamış bakalım, Robert?' diye seslendi. O da,
'Küçük bir kız yakalamış, efendim,' diye karşılık verdi,
bir eliyle beni de tutarak, 'bir de oğlan var, hayduttan
farksız! Herhalde hırsızlar onları pencereden içeri sok-
maya çalışıyorlardı, herkes uyuduktan sonra çeteye ka-
pıyı açacaklar, onlar da rahat rahat bizi boğazlayacaklar-
dı. Kes sesini sen, ağzı bozuk, pis hırsız! Cezanı darağa-
cında çekeceksin! Mr. Linton, efendim, sakın tüfeğinizi
elinizden bırakayım demeyin,' dedi. İhtiyar budala da,
'Yok, yok, bırakmam, Robert,' diye karşılık verdi. 'Alçak-
lar dün kira toplama günüm olduğunu biliyorlardı. Beni
kurnazca ele geçirmeyi tasarlamış olmalılar; içeri gelin,
onlara öyle bir kabul töreni hazırlayacağım ki! Hey,
John, sen zinciri tak. Jenny, sen de Skulker'a biraz su ver.
Bir yargıca kendi evinde, böyle açıktan açığa meydan
okumak, hem de böyle kutsal pazar gününde, görülme-

miş şey doğrusu! Bu küstahlıklarını daha nerelere kadar
götürecekler acaba! Maryciğim, gel bak! Sakın korkma,
daha küçük bir çocuk ama yüzünden alçaklığı nasıl da
okunuyor; yüzünden belli olan yaradılışını, yaptıklarıyla
da belli etmeden önce onu darağacına çekmek ülke için
hayırlı olmaz mı dersin?' Sonra beni avizenin altına sü-
rükledi, karısı da gözlüğünü burnunun üstüne yerleştir-
di ve tiksintiyle ellerini yüzüne götürdü. Çocuklar da
korka korka biraz daha yaklaştılar, Isabella peltek peltek,
'Aman ne korkunç şey! Onu mahzene at, baba. Tıpkı
sülünümü çalan, falcı kadının oğluna benziyor, değil mi,
Edgar?' dedi.

Onlar beni incelerken, Cathy geldi; Isabella'nın söy-
lediklerini duyarak güldü. Edgar Linton, Cathy'ye şöyle
bir iyice bakınca, kendini toparlayıp onu tanıdı. Her ne
kadar başka yerlerde pek karşılaşmazsak da, bilirsin, bizi
kilisede görüyorlardı. Annesine dönerek, 'Bu, Miss Earn-
shaw!' diye fısıldadı. 'Bak, Skulker onu nasıl ısırmış, aya-
ğı nasıl kanıyor!'

Annesi, 'Miss Earnshaw mu? Yok canım!' dedi. 'Na-
sıl olur da Miss Earnshaw bir Çingene'yle birlikte böyle
kırlarda dolaşır! Ama doğru ya, çocuk yas giysileri giy-
miş... odur herhalde, zavallı sakın topal kalmasın!'

Kocası benden Catherine'e dönerek, 'Ağabeyindeki
kayıtsızlığa da diyecek yok, bütün suç onda,' diye söy-
lendi. 'Shielders'tan (bu, papazının adıydı, efendim) öğ-
rendiğimize göre, kız kardeşini başıboş bırakıyor, dinsiz
imansız yetişmesine aldırmıyormuş. Ama bu kim? Bu
arkadaşı da nereden bulmuş? Ha! Anladım, ölen komşu-
mun Liverpool'a gittiğinde bulduğu o acayip şey olmalı,
ya bir Çingene yavrusu ya da ne olduğu belirsiz bir
Amerikan veya İspanyol bozuntusu.'

Yaşlı karısı da, 'Her ne ise, kısacası, kötü bir çocuk
işte; temiz bir aileye yakışmayacak bir çocuk, ağzından

çıkanlara dikkat ettin mi, Linton? Çocuklarım bu sözleri duydu diye öyle üzülüyorum ki,' dedi.

Ben de küfretmeye başladım –kızma bana, Nelly– bunun üzerine Robert'a, 'Dışarı çıkar şunu,' dediler. 'Cathy' yi almadan gitmem,' diye ayak direttim; uşak beni bahçeye sürükledi; feneri elime tutuşturup, 'Yaptıklarını Mr. Earnshaw'a haber vereceğiz, bunu iyi bil,' dedi. Sonra dosdoğru çekilip gitmemi söyledi ve arkamdan kapıyı yeniden sürgüledi. Salonun bir köşesinde perdeler hâlâ indirilmemişti, ben de yine gözetleme yerine gittim. Çünkü Catherine dönmek ister de onlar bırakmazlarsa, o koskoca pencere camlarını tuzla buz edecektim. Cathy kanepenin üstünde sakin sakin oturuyordu. Mrs. Linton, dışarıya çıkarken sütçü kızdan ödünç aldığımız o boz mantoyu Catherine'in üzerinden aldı; başını iki yana sallıyor, anladığıma göre ona azar yollu öğütler veriyordu; Cathy onlar için ailesi belli bir kızdı, ona başka davranıyorlardı, bana başka. Sonra hizmetçi kadın bir leğen sıcak su getirdi, Cathy'nin ayaklarını yıkadı. Evin efendisi de bir bardak *negus*[1] hazırladı. Isabella da Cathy'nin kucağına bir tabak kurabiye boşalttı; Edgar uzaktan, ağzı bir karış açık bakıyordu. Daha sonra güzel saçlarını kurutup taradılar, ayaklarına da koskoca terlikler geçirip iskemlesini ocağın yanına götürdüler. Bıraktığımda çok neşeliydi; kurabiyelerini o küçük köpek ile Skulker arasında paylaştırıyor, verdiklerini yiyen Skulker'ın burnunu sıkıyordu. Onu izlerken Linton'ların donuk mavi gözleri canlanmış, parlamıştı; bu onun insanı büyüleyen yüzünün, biraz da olsa onlara yansımasındandı. Hepsinin de hayranlıktan aptallaştığını gördüm. Cathy onların hepsinin o denli üstünde ki, dünyadaki herkesin o denli üstünde ki, öyle değil mi, Nelly?"

---

1. Şarap, şeker ve sıcak suyla yapılan bir içki. (Ç.N.)

Yorganını çekip ışığı söndürerek, "Bu olanlar, başına sandığından da çok iş açacak," diye karşılık verdim. "Sen adam olmazsın, Heathcliff; Mr. Hindley de artık en akla gelmedik cezalara başvurmak zorunda kalacak; görürsün bak, dediğim nasıl çıkacak." Sözlerim istediğimden de doğru çıktı. Bu yersiz serüven Earnshaw'u son derece öfkelendirdi. Sonra, Mr. Linton da işleri düzeltmek için ertesi gün bizi görmeye geldi; genç efendiye ev yönetimi konusunda öyle bir vaaz verdi ki, Hindley harekete geçerek çevresinde olup bitenlerle ciddi olarak ilgilenmeye başladı. Heathcliff'e sopa çekilmedi, ama Miss Catherine'le tek sözcük konuştuğu gün hemen evden kovulacağı bildirildi. Mrs. Earnshaw da Catherine'i eve döndüğünde, gerektiğince baskı altında tutmayı üzerine aldı, tabii zor kullanarak değil, güzellikle; yoksa zor kullanarak Cathy'yi yola getiremezdi.

7

Cathy, Thrushcross Çiftliği'nde beş hafta kaldı, ta Noel'e kadar. Bu arada topuğu iyileşmiş, davranışları da oldukça düzelmişti. Orada kaldığı sürece hanım da sık sık kendisini görmeye gitmiş, hoşuna giden güzel elbiseler, okşayıcı sözlerle onda özsaygı uyandırmaya çalışmış, böylece de ona çekidüzen verme işine başlamış, Catherine de bu duruma hemen ayak uydurmuştu. Öyle ki, saçları uçuşarak koşa koşa gelip boynumuza atılacak ve hepimizi soluğumuz kesilinceye dek kucaklayıp sıkıştıracak deli dolu küçük bir çılgın yerine, tüylü kastor şapkasından kestane rengi bukleleri dökülen, üzerine uzun bir binici pelerini almış, son derece ağırbaşlı bir genç kızın güzel, siyah bir midilliden indiğini gördük. Yürüyebilmek için mantosunun eteğini iki eliyle yukarıya kaldırıyordu. Hindley, onu attan indirerek, durumdan hoşnut, "Aman Cathy, bu ne güzellik! Neredeyse seni tanıyamayacaktım; işte şimdi tam bir hanımefendi olmuşsun, Isabella Linton onunla boy ölçüşemez, değil mi, Frances?" dedi. Karısı, "Isabella'da ondaki doğal güzellikler yok ki," diye karşılık verdi, "ama Cathy dikkat etmeli; burada yeniden eski yabansı durumuna dönmemeli. Ellen, Miss Catherine'e elbiselerini çıkarması için yardım et. Sen dur, yavrum, buklelerini bozacaksın, bırak da şapkanı ben çıkarayım."

Pelerini sırtından aldım; altından uzun, damalı, ağır bir ipek elbise ile beyaz paçalı külot ve pırıl pırıl ayakkabılar çıktı. Köpekler onu karşılamak için sıçraya sıçraya çevresini aldıklarında Cathy'nin gözleri sevinçle parladı, ama güzel elbisesine sürünürler korkusuyla onlara elini değdirmekten çekindi. Beni hafifçe öptü. Noel pastasını yapmaya çalıştığımdan un içindeydim, tabii sarılıp kucaklayamazdı. Sonra çevresine bakınıp Heathcliff'i aradı. Efendi ile hanım onların karşılaşmalarını merak ve kaygıyla bekliyorlardı. İki arkadaşı ayırma düşüncelerinde başarılı olup olamayacaklarını bir dereceye kadar anlayabileceklerdi.

Heathcliff'i önce hiçbir yerde bulamadılar. Catherine daha Linton'lara gitmeden önce de Heathcliff hiçbir şeye aldırmıyor, kimse de onu önemsemiyordu belki, ama Catherine orada kaldığından beri durumu eskisinden bin kez kötüleşmişti. Benden başka kimse onu, "Bu ne pislik!" diye azarlama, ona, "Haftada bir kez olsun yıkan!" deme iyiliğinde bile bulunmuyordu. O yaştaki çocukların da zaten sabunla sudan hoşlananı pek azdır. Onun için, üç aydır çamur, toz toprakla yoğrulan elbiseleri, tarak yüzü görmemiş sık saçları bir yana, yüzüyle elleri bile kapkara bir renk bağlamıştı. Tabii tıpkı kendi gibi, saçları darmadağınık bir arkadaş beklerken, odaya böyle güzel, zarif bir küçükhanımın girdiğini görünce kanepenin arkasına saklanmakta yerden göğe kadar hakkı vardı. Cathy eldivenlerini çıkardı, iş yapmamak ve kapı dışarı çıkmamaktan bembeyaz olan parmaklarını gözler önüne serdi ve, "Heathcliff yok mu?" diye sordu.

Mr. Hindley, Heathcliff'in uğradığı bozgundan keyiflenip onun iğrenç bir serseri gibi ortaya çıkmak zorunda kalışından hoşnut, "Heathcliff, yaklaşabilirsin," dedi. "Gelip öteki uşakların yaptığı gibi Miss Catherine'e hoş geldiniz diyebilirsin."

Cathy arkadaşını gizlendiği yerde fark edince onu kucaklamak için neredeyse uçtu. Saniyede yanağına yedi-sekiz öpücük birden kondurdu, sonra durdu, geri çekilerek kahkahayla gülmeye başladı. "Aa! Ne kadar da kapkarasın öyle, ne kadar da somurtkansın!" diye bağırdı. "Ne komik, ne suratsızsın böyle! Ama herhalde Edgar'la Isabella Linton'a alıştım da ondan bana böyle geliyor. Ne o, beni unuttun mu, Heathcliff?"

Bu soruyu sormakta haklıydı, çünkü utanç ve gurur, Heathcliff'i bir kat daha asık suratlı yapmıştı, olduğu yerden de kımıldamıyordu.

Mr. Earnshaw yumuşak bir sesle, "Haydi, elini sık, Heathcliff, kırk yılda bir olabilir bu," dedi.

Çocukçağızın sonunda dili çözüldü, "Sıkmayacağım, burada durup sizi kendime güldürmeyeceğim, buna katlanamam!" dedi. Çemberi yararak çıkıp gidecekti, ama Miss Cathy onu yeniden yakaladı.

"Sana gülmek istemedim, ama kendimi tutamadım. Heathcliff, hiç olmazsa elimi sık! Ne diye böyle surat asıp duruyorsun? Görünüşün bir tuhaftı da ondan. Yüzünü yıkayıp saçlarını düzeltirsen hiçbir şey kalmayacak; ama o kadar kirlisin ki!.." dedi.

Elinin içindeki tozlu topraklı parmaklara, sonra da

kendi elbisesine kaygıyla baktı; elbisesinin onunkine değmesi pek iyi olmamıştı herhalde.

Heathcliff onun bakışlarını izledi, elini onun elinden çekip kurtararak, "Bana ne diye dokundun sanki?" dedi. "Canımın istediği kadar pis olacağım, pislikten hoşlanıyorum, hep pis olacağım işte!"

Böyle diyerek efendiyle hanımın gülüşmeleri arasında odadan dışarı fırladı; Catherine de gerçekten şaşırmış, fena olmuştu, nasıl olup da sözlerinin böyle bir öfkeye neden olduğunu bir türlü aklı almıyordu.

Cathy'nin hizmetini gördükten, pastaları fırına koyduktan ve tam Noel gecesine yakışacak biçimde odayı ve mutfağı kocaman ateşler yakarak neşelendirdikten sonra, oturup kendi başıma ilahiler söyleyerek vakit geçirmeye hazırlanıyordum. Seçtiğim neşeli havaların şarkılardan farksız olduğunu söyleyen Joseph'a aldırdığım yoktu. O tek başına odasına çekilmiş, duasını ediyordu. Efendiyle hanım da Cathy'yi oyalıyorlar, gösterdikleri iyiliğe teşekkür için Linton'ların çocuklarına aldıkları cici bici armağanları gösteriyorlardı. Çocukları ertesi gün için Uğultulu Tepeler'e çağırmışlardı; çağrı bir koşulla kabul edilmişti: Mr. Linton, yavrularının "o küfürbaz, münasebetsiz çocuk"tan uzak, tutulmasına dikkat edilmesini rica ediyordu.

Ben de işte böylece yalnız kalmıştım. Sıcak baharatın mis gibi kokusu içime doluyordu. Pırıl pırıl mutfak takımlarını, pırnal dallarıyla süslü, pırıl pırıl ovulmuş saati, akşam yemeğinde sıcak baharlı biranın doldurulacağı, tepsiye dizili gümüş kupaları ve en çok da iyice özendiğim bir şeyin, güzelce silinip süpürülmüş yerin kusursuz temizliğini hayranlıkla seyrediyordum. İçimden hepsini ayrı ayrı, onlara yaraştığı biçimde övüyordum; sonra vaktiyle eski efendinin, her şey temizlenip yerleştirildikten sonra gelip bana hep aferin dediğini ve Noel armağanı olarak elime bir şilin sıkıştırdığını anımsadım. Bundan aklıma, onun Heathcliff'e ne kadar düşkün olduğu geldi; ölüm kendisini alıp götürdükten sonra çocuğun bir kenara atılacağından korkardı. Bu da bana zavallının şimdiki durumunu anımsattı. İlahi okumayı filan bırakarak ağlamaya başladım. Ama sonra şöyle düşündüm: Onun durumuna ağlamaktansa, bazı kötü huylarını değiştirmeye çalışmak daha akıllıca olacaktı. Oturduğum yerden kalktım, Heathcliff'i aramak için avluya çıktım. Uzakta değildi. Onu ahırda, yeni gelen midillinin parlak tüylerini düzeltirken ve her zamanki gibi öteki hayvanlara yem verirken buldum.

"Haydi çabuk gel, Heathcliff," dedim, "mutfak öyle rahat ki, Joseph da yukarıda. Haydi çabuk ol da, Miss Cathy mutfağa gelmeden seni temizce giydireyim; sonra birlikte oturabilirsiniz; ocak başı yalnız ikinize kalır; yatıncaya kadar çene çalarsınız."

İşini sürdürdü, başını bir kez çevirip bakmadı bile.

"Haydi, geliyor musun?" diye direttim. "İkinize de birer çörek var; pişti bile; sen de yarım saatte ancak giyinirsin."

Beş dakika bekledim, ama hiçbir yanıt alamayınca geri döndüm. Catherine, ağabeyi ve onun eşiyle yemek yedi; Joseph ile ben de karşılıklı oturup hiç konuşmadan yemeğimizi yedik; yalnız ara sıra birimizin azarları, birimizin de arsızlıkları sessizliği bozuyordu. Heathcliff'in çöreğiyle peyniri bütün gece masanın üstünde perileri bekledi durdu. Saat dokuza kadar işini sürükledi, ondan sonra da hiç kimseyle konuşmadan, yüzü bir karış, bütün inadı üstünde, odasına çekildi. Cathy yeni arkadaşlarının ağırlanması konusunda bir sürü buyruk vermek için geç vakte kadar yatmadı. Eski arkadaşıyla konuşmak için yalnız bir kez mutfağa uğradı; ama Heathcliff daha önce gitmişti; Cathy yalnızca, "Heathcliff'in nesi var?"

diye sorduktan sonra yine çıktı gitti. Sabahleyin Heathcliff erkenden kalktı, o gün işgünü olmadığından öfkesini kırlarda çıkarmaya gitti. Ev halkı kiliseye gidinceye kadar da ortalıkta görünmedi. Açlık ve düşünmek onu biraz yumuşatmışa benziyordu. Bir süre önümde ardımda dolaştı durdu, sonunda yüreklenerek birdenbire damdan düşer gibi, "Nelly, beni temizle; ben de artık iyi bir çocuk olacağım!" diye haykırdı.

"Geç bile kaldın, Heathcliff," dedim, "Catherine'i üzdün. Eve geldiğine pişman oldu desem yeridir. Onu, senden daha çok düşündükleri için kıskanıyormuşsun gibi bir halin var."

Catherine'i kıskanmayı bir türlü aklı almıyordu; ama onu üzmüş olabileceğine aklı iyice yatıyordu.

Çok ciddi bir tavırla, "Sana üzüldüğünü söyledi mi?" diye sordu.

"Bu sabah ona, senin yine alıp başını gittiğini söyleyince ağladı."

"Ben de dün gece ağladım," diye karşılık verdi, "hem ben ağlamakta ondan çok daha haklıydım."

"Evet, doğru, sen yatağa kasıntılı bir yürek, boş bir mideyle gitmiştin," dedim. "Kasıntılı olanlar kara kara düşünür dururlar, ama o alıngan halinden utanıyorsan, Cathy eve geldiği zaman özür dilemeyi unutma. Yanına gidip onu öp ve de ki... Ne söyleyeceğini sen daha iyi bilirsin; yalnız bunu içtenlikle yap, güzel giysisini giyince onu bir yabancı gibi karşılama. Şimdi yemeği hazırlamam gerekiyor, ama seni giydirip kuşatmak için biraz vakit ayıracağım. Senin yanında Edgar Linton cansız bir bebek gibi kalacak, zaten de öyle ya! Sen daha küçüksün, ama ondan daha boylusun, omuzların da onunkilerin iki katı; onu bir anda yere serebilirsin, sence de öyle değil mi?"

Bir an Heathcliff'in yüzü güldü. Ama hemen yine karardı. İçini çekti.

"Ama, Nelly, onu yirmi kez yere yuvarlasam da yararı yok, ne onun güzelliği azalır ne de benimki artar. Keşke benim de onun gibi sarı saçlarım, beyaz bir tenim olsa; onun gibi giyinip onun gibi davranabilsem; sonra, o ne kadar varlıklı olacaksa ben de o kadar varlıklı olabilsem, ah ne kadar isterdim!"

"İkide bir de anne, anne, diye haykırsaydın, bir köylü çocuğu yumruğunu gösterince korkudan zangır zangır titreseydin, dışarıda yağmur yağıyor diye bütün gün evde kapanıp kalsaydın!.." diye ekledim. "Aman, Heathcliff, bu ne yüreksizlik böyle! Aynanın önüne gel de, ne dilemen gerektiğini sana göstereyim. Gözlerinin arasındaki şu iki çizgiyi görüyor musun? Sonra, yukarı doğru halka halka duracağı yerde tam ortasından aşağı inik duran şu kalın kaşları ve mertçe açıldığı hiç görülmeyen, kapakları altında şeytanın casusları gibi gizli gizli ışıldayan, derinlere gömülü şu iki kara iblisi görüyor musun? İşte asıl o sert çizgileri yok etmeyi, gözkapaklarını çekinmeden içtenlikle açmayı, o iblisleri de kötü düşünce ve kuşkudan kurtarıp bir düşmanlığını görmediği kimseleri dost bilen, inançlı, saf birer melek haline getirmeyi, işte asıl bunları iste ve öğren. Yediği tekmeleri hak etmiş de yine de çektikleri yüzünden, yalnızca tekmeyi atandan değil, bütün dünyadan da nefret eden bir alçak tavrı takınma!"

"Yani Edgar Linton'ın mavi gözlerinin, o düzgün alnının bende olmasını istemem gerekiyor," diye karşılık verdi. "İstiyorum, ama istemekle olmaz ki."

"İyi bir yüreğin olursa, kapkara bir zenci de olsan, yüzün yine sevimli olur yavrum," diye konuşmayı sürdürdüm. "Kötü bir yürek en sevimlileri bile çirkinden de kötü yapar. İşte elin yüzün yıkandı, saçın tarandı, yüzünün asıklığı da geçti; bak bakalım kendini güzel bulmuyor musun? Bana sorarsan, gerçekten güzel oldun. Kılık değiştirmiş bir prensten farkın yok. Kim bilir, belki de baban Çin imparatoruydu, annen de Hindistan'da kraliçe! İsteseler tek başlarına bir haftalık gelirleriyle hem Uğultulu Tepeler'i hem de Thrushcross Çiftliği'ni satın alabilirlerdi. Belki de korsanlar seni kaçırıp İngiltere'ye getirmişlerdir. Senin yerinde olsam, böyle ulu bir aileden geldiğimi kurar, böylece küçük bir çiftçinin bana ettiklerine karşı durma yürekliliğini ve gücünü bulurdum."

Ben böyle gevezelik edip dururken, Heathcliff'in yüzünün asıklığı da yavaş yavaş geçmiş, neredeyse sevimli bir çocuk olmuştu. Birden yoldan yukarı çıkıp gürültüyle avluya giren bir şey konuşmamızı yarıda kesti. Heathcliff pencereye koştu, ben de kapıya koştum; tam o sırada Linton kardeşler pelerinler, kürkler içinde arabalarından, Earnshaw'lar da atlarından iniyorlardı. Bizimkiler kiliseye kışın çoğu zaman atla giderlerdi. Catherine iki çocuğun da elinden tuttu, salona sokup ocağın karşısına yerleştirdi, hemen çocukların solgun yüzüne kan geldi.

Heathcliff'i, "Hadi çabuk ol da, ne sevimli bir çocuk olduğunu onlara göster," diye sıkıştırdım. O da seve seve sözümü dinledi. Ama aksilik bu ya, Heathcliff mutfaktan çıkmak için kapıyı açtığı sırada Hindley de öteki kapıyı açtı. Yüz yüze geldiler. Efendi, onu böyle temiz ve neşeli görünce sinirlenerek –ya da belki Mrs. Linton'a verdiği sözü tutmak için– birden çocuğu gerisingeri itti ve kızgın kızgın, Joseph'a, "Şunu odaya sokma... yemek yeninceye kadar tavan arasına at!" diye buyurdu. "Bir dakika yalnız bırakılırsa, pastaları parmaklayıp meyveleri çalacağından hiç kuşkum yok."

Kendimi tutamayıp, "Yok, yapmaz efendim," dedim. "Hiçbir şeye sürmeyecek elini. Hem sanırım bütün bu yiyeceklerde bizim kadar onun da payı var."

Hindley, "Eğer akşam olmadan onu aşağılarda görürsem, payını benim yumruğumdan alır!" diye bağırdı. "Haydi, defol karşımdan serseri! Ne! Bir de şıklık taslıyorsun, öyle mi? Dur hele, bu gösterişli lülelerini elime dolayayım da, onları biraz daha uzatır mıyım, uzatmaz mıyım görürsün!"

Edgar Linton kapı aralığından bakarak, "Zaten fazlasıyla uzun," diye söze karıştı. "Nasıl oluyor da başı ağrımıyor, şaşıyorum. Saçları gözlerinin üstüne tıpkı bir at yelesi gibi dökülüyor!"

Bu sözleri söylemeyi göze almıştı ya, niyeti karşısındakini horlamak değildi. Ama Heathcliff'in sert yaradılışı, daha o zamandan bile, rakip olarak görüp nefret ettiği birinin kendisine karşı saygısızlığa benzer bir davranışta bulunmasına katlanacak gibi değildi. O anda eline geçen bir kâse kaynar elma kompostosunu kaptığı gibi Linton'ın suratına fırlattı. Çocuk hemen avaz avaz haykırmaya başladı. Isabella ile Catherine bu çığlıkları duyup koşarak olay yerine geldiler. Efendim suçluyu yakaladığı gibi dosdoğru kendi odasına götürdü. Orada o müthiş öfkesini gidermek için sert bir çareye başvurmuştu anlaşılan; çünkü odasından çıktığında kıpkırmızı ve soluk soluğaydı. Hemen tabak bezini aldım, bir yandan hırsla Edgar'ın yüzünü gözünü siliyor, bir yandan da üzerine vazife olmayan şeylere karıştığı için de oh olsun diyordum. Kız kardeşi, "Eve gidelim," diye ağlamaya başladı. Cathy de ortada şaşkın şaşkın duruyor, utancından kızarıp bozarıyordu.

Edgar'ı hafiften azarlar gibi, "Onunla konuşmamalıydınız!" dedi. "Öfkesi üstündeydi; işte bu geziyi kendinize zehir ettiniz; Heathcliff de sopa yiyecek. Onun sopa yemesi gücüme gidiyor! Hiç iştahım kalmadı. Onunla ne diye konuştunuz, Edgar?"

Delikanlı, elimden kurtulup geri kalanını kendi keten mendiliyle tamamlayarak, "Konuşmadım ki," dedi. "Anneme onunla hiç konuşmayacağıma söz verdim, konuşmadım da."

Catherine aşağılayıcı bir sesle, "Peki, peki, ağlamayın

canım," dedi. "Ölmediniz ya! Ortalığı daha fazla karıştır-
mayın, ağabeyim geliyor, susun artık! Hişşşşt, Isabella!
Size bir şey yapan oldu mu şimdi?"

Hindley telaşla odaya girdi; "Haydi, haydi çocuklar,
herkes yerine!" dedi. "O hayvan beni adamakıllı kızdırdı.
Efendi Edgar, bir dahaki karşılaşmamızda kendinizi yum-
ruklarınızla savunun, iştahınız açılır!"

Çocuklar güzel kokulu yemekler karşısında yatıştı-
lar. Yaptıkları gezintiden sonra acıkmışlardı. Mr. Earn-
shaw yemeği dağıtıp hepsine dolu dolu tabaklar verdi,
karısı da canlı konuşmasıyla hepsini neşelendirdi. Ben de
onun arkasında duruyordum. Catherine'in kupkuru göz-
lerle ve olana bitene kayıtsız bir tavırla önündeki kaz
kanadını kesmeye başladığını görünce üzüldüm. Kendi
kendime, "Ne duygusuz çocuk!" diye düşündüm. "Eski
oyun arkadaşının üzüntüsünü nasıl da çabucak unutuve-
riyor. Onun bu kadar bencil olduğunu bilmezdim doğ-
rusu." Yemek için ağzına bir lokma götürdü, ama yine
gerisingeri tabağa koydu. Yanakları kızardı ve gözlerin-
den yaşlar akmaya başladı. Çatalını yere düşürdü, üzün-
tüsünü gizlemek için masa örtüsünün altına eğildi. Artık
ona daha fazla duygusuz diyemezdim; çünkü bütün gün
eziklik içinde olduğunu, yalnız kalmak ya da Heathcliff'i
görmek için bir olanak arayıp durduğunu anlamıştım.
Heathcliff'e gizlice yemek götürmek istediğim zaman,
efendimin onu odaya kilitlediğini de görmüştüm.

Akşama dans vardı. Cathy, "Mademki Isabella Lin-
ton'ın kavalyesi yok, beni de bağışlayın," diye yalvardı.
Yalvarmaları boşa gitti, boşluğu doldurma görevi bana
verildi. Dansın verdiği coşkuyla bütün üzüntülerimizi
unuttuk. Bir trompet, bir trombon, klarnetler, obualar,
borazanlar, bir basviyola ve şarkıcılardan kurulu on beş
kişilik Gimmerton Bandosu'nun gelmesiyle neşemiz bir
kat daha arttı. Bunlar her Noel yöredeki varlıklı evleri

dolaşır ve para toplarlar, onları dinlemek bizim için eşsiz bir zevk olurdu. Bilinen ilahiler okunduktan sonra, şarkılar, neşeli havalar çaldırdık. Hindley'nin karısı müziğe bayılırdı; çalgıcılar da bize bol bol çaldılar.

Müzik Catherine'in de hoşuna gidiyordu, ama merdivenin tepesinden çok daha güzel dinlenir diye karanlıkta yukarı çıktı. Ben de arkasından gittim. Salon o kadar kalabalıktı ki, aşağıdakiler yokluğumuzun farkına bile varmadan kapıyı kapadılar. Catherine merdivenin başında hiç durmadan dosdoğru Heathcliff'in kapatıldığı tavan arası odasına çıkıp ona seslendi. Heathcliff bir süre direnip karşılık vermedi. Ama Catherine seslenmeyi sürdürdü; sonunda onunla tahta aralıklarından konuşmayı başardı. Şarkıların kesileceğini, şarkıcıların da dinlenmek için bir şeyler içeceklerini anlayıncaya kadar, hiç karışmadan, zavallıcıkları rahat rahat konuşmaya bıraktım. Zamanı gelince Catherine'i uyarmak için merdivenden yukarı çıktım. Onu dışarıda bulacağım yerde, içeriden sesini duydum. Küçük maymun bir tepe penceresinden dama tırmanmış, oradan da öteki tepe penceresinden içeri girmişti. Onu oradan diller döküp gönlünü yaparak bin bir güçlükle çıkarabildim. Geldi, ama Heathcliff'le birlikte; onu mutfağa götürmem için diretti, çünkü öteki uşak, kendi deyimiyle bizim "şeytan ilahileri"nin gürültüsünden kurtulmak için komşuya gitmişti. Çocuklara, oynayacakları bu oyunda kendilerine yardım etmeye hiç niyetim olmadığını söyledim; ama zavallı tutuklu dün akşamdan beri ağzına bir lokma koymadığından, Hindley'yi aldatmasına bu seferlik göz yumacaktım. Aşağı indi. Oturması için ateşin yanına bir iskemle koydum, güzel güzel yiyecekler verdim; ama keyfi yoktu, pek az yiyebildi, onu neşelendirip eğlendirmek için ne yaptımsa olmadı. Dirseklerini dizlerine koydu, çenesini de ellerine dayadı, sessiz sessiz düşünceye daldı. Ne düşündüğünü sorduğumda,

"Hindley'den bütün bunların öcünü nasıl alacağım, onu bulmaya çalışıyorum. Ne kadar beklersem bekleyeyim zararı yok, yeter ki sonunda yapabileyim. Dilerim ben muradıma ermeden o ölmez!" diye karşılık verdi.

"Utan, utan, Heathcliff!" dedim. "Kötüleri cezalandırmak Tanrı'nın işi; bizler bağışlamayı öğrenmeliyiz."

"Hayır, Tanrı bu işi yaparken, benim duyacağım zevki duymaz," diye karşılık verdi. "Ah, en iyi nasıl olur, bir bulabilsem! Beni yalnız bırak da bu işi nasıl yapacağımı tasarlayayım. Bunu düşündüğüm zamanlar acı duymuyorum."

"Ama Mr. Lockwood, ben de bu şeylerin sizi eğlendirmeyeceğini unutuyorum. Bu kadar gevezelik de olur mu hiç? Utandım doğrusu. Üstelik çorbanız da soğumuş; uykluyorsunuz da! Heathcliff'in hikâyesini size şöyle beş-on sözcükle anlatıvermeliydim."

Kâhya kadın böyle söyledikten sonra anlatmayı keserek yerinden kalktı, dikişini toplamaya başladı. Ama ben ocak başından kalkacak gücüm olmadığını anladım, uykladığım filan da yoktu. "Oturun, Mrs. Dean," dedim, "ne olur yarım saat daha oturun. Olayları böyle uzun uzun anlattığınıza çok iyi ettiniz. Ben böylesini severim. Yine aynı biçimde sürdürün. Olaylarda adı geçen herkesi az çok merak ediyorum."

"Saat şimdi on biri vuracak, efendim."

"Zararı yok. Erken yatmaya alışık değilim. Benim gibi sabahın saat onuna kadar yataktan çıkmayanlar için gecenin saat biri-ikisi geç sayılmaz."

"Sabahları saat ona kadar yatmamalısınız. Sabah, asıl saat ona gelmeden geçer gider. Saat ona kadar işinin yarısını bitirmeyenlerin, o günkü işlerini bitirebilecekleri kuşkuludur."

"Olsun, Mrs. Dean, siz yine sandalyenize oturun. Çünkü yarın, geceyi öğleden sonraya kadar uzatma niyetindeyim. Hiç değilse, öyle kolay geçmeyecek bir soğuk algınlığım olduğunu anlıyorum."

"Umarım öyle değildir, efendim. İzin verin de üç yıl sonrasına atlayayım. Bu süre içinde Mrs. Earnshaw..."

"Yok, yok, olmaz! Diyelim ki yalnız başınıza oturuyorsunuz, kediniz de halıda, ayağınızın dibine uzanmış, yavrusunu yalayıp temizliyor, kendinizi onu izlemeye öyle kaptırmışsınız ki, yavrusunu, bir kulağını temizlemeden bıraktı mı gerçekten sinirlenirsiniz. Bu ruh halini siz de bilir misiniz?"

"Pek uyuşuk bir ruh hali doğrusu!"

"Tersine, insanı tüketecek kadar canlı bir durum. İşte şimdi ben de öyleyim. Onun için, olanları hiç atlamadan anlatmayı sürdürün. Anlıyorum ki bu yöre insanlarının kentliler karşısında bir üstünlükleri var; bu da bir zindan örümceğinin bir ev örümceği karşısındaki durumuna pek benziyor. Zindanda oturanlarla evdekilerin örümcek karşısındaki tavırlarını düşünelim. Ama bu ilgi çokluğu, yalnız izleyenin durumundan doğmaz. Böyle yerlerde yaşayanlar daha candan, daha kendi kendileri için yaşıyorlar; dıştan daha az değişiyorlar, görünüşe aldırmıyorlar. Bir yaşam boyu süren sevgi buralarda belki de olur, oysa ben, bir yıl süren sevgi yoktur, der dururdum. Birincisi aç bir insanın önüne tek bir tabak yemek koymaya benzer. O kimse bütün acıkmışlığıyla önündeki yemeğe sarılır, yiyip bitirebilir; diğerinde, adamın önünde Fransız aşçılarca özenilerek hazırlanan bir sofra vardır. Belki de o yemeklerin bütününden o tadı alacaktır, ama ayrı ayrı her yemek onun gözünde ve belleğinde, bütünü oluşturan parçadan başka bir şey değildir."

Mrs. Dean benim bu konuşmamdan pek bir şey anlamamıştı. "Aman efendim, bizi tanıdığınız zaman anlarsınız ya, bütün insanlar nerede olursak olalım hep aynıyız," dedi.

"Bağışlayın," diye karşılık verdim, "siz kendiniz bile bu savı çürüten bir örneksiniz. Buralılara özgü pek önemsiz bir-iki davranışınızdan başka, sizin sınıfınızdan olanlarda görmeye alışık olduğum tavırlardan hiçbiri sizde yok. Sanırım kafanızı, genellikle hizmetçilerin yaptığından daha çok işletmişsiniz. Yaşamınızı laf olsun diye şununla bununla boş yere harcama olanağını bulamadığınızdan, düşünme gücünüzü işletmek zorunda kalmışsınız."

Mrs. Dean güldü.

"Tabii," dedi, "kendimi çalışkan, aklı başında bir kimse olarak görürüm; ama bu, dağ başlarında yaşadığımdan, yıllarca hep aynı yüzleri, aynı davranışları gördüğümden değil, sıkı bir disiplin içinde yetişmemdendir; böylelikle akıllı olmayı öğrendim. Sonra, Mr. Lockwood, ben sizin sandığınızdan çok okumuşumdur. Bu kitaplıkta göz gezdirip yararlanmadığım tek kitap yoktur; yalnız şu Yunanca ve Latince kitap dizisiyle Fransızca olanlar dışında. Onların da hangisi Yunanca, hangisi Latince, hangisi Fransızca'dır bilirim. Zavallı bir yoksul adamın kızından da bundan fazlası beklenemez ya! Neyse, mademki hikâyemi yine uzun uzun anlatacağım, hiç olmazsa bir an önce başlayayım. Üç yıl atlayacağıma, bir sonraki yaza, 1778 yılının yazına, yani yirmi üç yıl öncesine geçmekle yetineceğim."

8

Güzel bir haziran sabahı, büyüteceğim ilk çocuk olan minimini güzel bir yavru, köklü Earnshaw ailesinin sonuncusu doğdu. Eve uzak bir tarlada kuru ot işiyle uğraşıyorduk. Her zaman yemeğimizi getiren kız her günkünden bir saat önce çayırlıktan koşarak geçip yola girdi; hem koşuyor hem bana sesleniyordu.

Soluk soluğa, "Aman ne kocaman bir bebek!" diye bağırdı. "Dünyaya bu kadar güzel bir oğlan çocuğu gelmemiştir daha! Ama doktor, hanım için, yaşamaz, diyor. Aylardan beri veremdi, diyor. Mr. Hindley'ye söylerken duydum; 'Artık onu yaşatacak bir şey yok, kış gelmeden ölecektir,' dedi. Hemen eve geleceksin. Onu sen büyüteceksin, Nelly. Süt ve şekerle besleyecek, gece gündüz yanından ayrılmayacaksın. Keşke senin yerinde ben olsaydım; çünkü hanım öldükten sonra, o yalnız senin olacak."

Hemen elimden tırpanı attım. Başlığımı geçirdim, "Peki, ama hanım çok mu hasta?" diye sordum.

Kız şöyle karşılık verdi: "Galiba öyle, ama halinden hiç belli değil. Oğlunun büyüyüp koca bir adam olduğunu görecekmiş gibi konuşuyor. Sevincinden deli oluyor. Öyle güzel bir yavru ki, onun yerinde ben olsaydım, eminim artık ölmezdim. Kenneth istediğini söylesin, yavrumun yalnızca yüzünü görmek bile bana can verirdi. Kenneth'a öyle kızdım ki! Archer Kadın bebeği aşağıya, salonda oturan efendiye götürdü, efendinin tam yüzü gülmeye başlamıştı ki, o ihtiyar iblis yanına geldi, 'Earnshaw, karınızın size böyle bir oğul bağışlayacak kadar yaşaması Tanrı'nın bir lütfudur,' dedi. 'Buraya geldiğinde, zaten çok yaşamayacağından emindim. Şimdi de şunu söyleyeyim ki, karınızın kışı geçirmesi biraz güç görünüyor. Bunun için fazla kederlenip kendinizi harap etmeyin. Elimizden bir şey gelmez. Hem zaten böyle saz gibi bir kızla evlenmemeliydiniz. Daha iyi düşünmeniz gerekirdi.'"

"Peki, efendi ne karşılık verdi?"

Kız, "Galiba küfretti, ama benim ona baktığım filan yoktu, çocuğu görmeye çalışıyordum," dedi ve yine kendinden geçerek yavruyu anlatmaya başladı. Ben de onun kadar heyecanlıydım, çocuğu görüp kendim de hayran olmak için acele eve koştum; ama Hindley adına da çok üzülüyordum. Onun yüreği yalnız iki şey için çarpardı: karısı ve kendisi. Bu ikisi için çıldırırdı, bir tanesine de tapardı; bu kayba nasıl dayanacaktı, aklım almıyordu. Uğultulu Tepeler'e geldiğimizde, Hindley sokak kapısında duruyordu. İçeri girerken, "Çocuk nasıl?" diye sordum.

Neşeli neşeli gülümsedi. "Neredeyse kalkıp koşacak, Nell!" diye karşılık verdi.

"Ya hanım nasıl?" diye sorma yürekliliğini gösterdim. "Doktor diyormuş ki..."

Efendi kıpkırmızı kesildi, "Doktorun canı cehenneme!" diye sözümü kesti. "Frances çok iyi. Gelecek haftaya kadar bir şeyciği kalmaz. Yukarı mı çıkıyorsun? Frances'e söyler misin, eğer konuşmamaya söz verirse yanına geleceğim. Durmadan konuştuğu için bırakıp aşağı indim. Oysa konuşmaması gerekiyor... Ona söyle, Mr. Kenneth öyle diyor."

Mrs. Earnshaw'a gidip kocasının dediklerini söyledim. Sevinçten deliye dönmüştü. Neşeli neşeli karşılık verdi: "Bir kelime ya söyledim ya söylemedim, Ellen, iki kez ağlayarak dışarı çıktı. Peki, git söyle, konuşmayacağıma söz veriyorum, ama yüzüne bakıp gülmek, eğlenmek de yasak değil ya!"

Zavallıcık! Öleceği haftaya kadar neşesini yitirmedi; kocası da inadından, daha doğrusu hırsından, her gün biraz daha iyileşiyor, diye diretti durdu. Kenneth hastalığın bu döneminde artık kendi ilaçlarının bir yarar sağlamayacağını, ikide bir karısına bakmaya gelip onu daha çok masrafa sokmanın anlamsız olduğunu söylediği zaman, Hindley şöyle karşılık verdi: "Evet, artık gelmenize gerek olmadığını biliyorum. Karımın hiçbir şeyi yok. Artık sizin bakımınıza ihtiyacı kalmadı. Hiçbir zaman da vereme tutulmamıştı zaten. Yalnızca bir nöbetti, geçti gitti; artık nabzı benimki kadar ağır atıyor, yanakları da benim yanaklarım kadar serin."

Karısına da aynı masalı okudu durdu; o da bu sözlere inanıyor gibiydi. Ama bir gece kocasının omzuna yaslanmış, tam, "Yarın ayağa kalkacağım artık," derken, birden bir öksürük nöbetine tutuldu, çok hafif bir öksürük nöbeti. Kocası onu kollarına alıp kaldırdı, hasta da kollarını onun boynuna doladı; yüzü değişti, ölmüştü.

Hizmetçi kızın dediği gibi, küçük Hareton büsbütün benim elime kaldı. Mr. Earnshaw çocuğu sağlıklı gördükçe, ağladığını da duymadıkça, onun adına seviniyordu. Kendisine gelince; acısı gittikçe artıyordu. Üzüntüsünü açığa vurup durmadan yakınanlardan değildi. Ne ağlıyor ne de dua ediyordu. Boyuna küfürler savuruyor, meydan okuyordu. Tanrı'ya da insanlara da ileniyordu; kendini iyice dağıtmıştı. Uşaklar onun eziyetlerine, kendilerine bu kadar kötü davranılmasına daha fazla dayanamadılar. Yalnız Joseph ile ben kaldım. Elimdeki yavruyu bırakmaya gönlüm elvermedi. Sonra, biliyorsunuz, ben Hindley'nin sütkardeşiyim de; onun davranışını bir yabancıdan daha kolay bağışlayabiliyordum. Joseph da kesenekçilerle işçilerin başına bela kesilmek için kaldı; hem sonra, kötülüğün bol olduğu yerde kalarak herkesi pataklayıp terslemek de onun başlıca göreviydi.

Efendinin kötü yaşantısı ve kötü arkadaşları, Catherine ile Heathcliff'e örnek oluyordu. Efendinin Heathcliff'e davranışı, bir azizi iblise çevirmeye bile yeterdi. Gerçekten o sıralarda Heathcliff de iblisten farksızdı, neredeyse kudurmuş gibiydi. Hindley'nin artık onulmaz biçimde düştüğünü gördükçe keyifleniyordu. Günden güne de o çekilmez suratsızlığı ve hoyratlığı, yırtıcılığı artıyordu. Nasıl bir cehennemde yaşadığımızı size anlatamam. Sonunda papaz bile evimize uğramaz oldu; iyi ailelerden kimse de yanımıza sokulmuyordu. Edgar Linton'ın Miss Cathy'ye yaptığı ziyaretler dışında! On beş yaşına basan Cathy o yörenin kraliçesiydi, eşi yoktu. Hem de kendini beğenmiş, dik başlı bir şey olmuştu. Ne yalan söyleyeyim, çocukluktan çıktığından beri artık onu sevmiyordum. O burnu havada davranışlarına karşı onu bozup yenik düşürmeye çalışarak kendisini sık sık kızdırırdım. Ama yine de bana hiç kin beslemezdi. Eski sevdiklerine şaşılacak bir bağlılığı vardı. Heathcliff'e olan sevgisinde bile hiçbir değişiklik olmadı. Genç Linton ise, bütün üstünlüğüne karşı, Cathy'yi aynı derecede etkileyemiyordu. Linton benim son efendimdir. İşte bu ocağın üstündeki onun resmidir. Eskiden ocağın bir yanında bu, öteki yanında karısınınki asılı dururdu. Ama karısınınkini kaldırdılar, yoksa nasıl olduğunu biraz olsun anlayabilirdiniz. Resmi görebiliyor musunuz?

Mrs. Dean mumu yukarı kaldırdı, çizgileri yumuşak bir yüz gördüm. Tepeler'de gördüğüm genç kadına çok benziyordu, ama daha düşünceli, daha uysal bir görünüşü vardı. Hoş bir resimdi. Uzun sarı saçlar şakaklar üzerinde hafif kıvrımlar yapıyordu, gözler iri ve ciddi, boy bos pek güzel, pek inceydi. Catherine Earnshaw'un böyle bir kimse uğruna çocukluk arkadaşını unutmasına hiç şaşmadım. Böyle bir insan, kafası da görünüşü gibiyse, benim düşündüğüm Catherine Earnshaw'u nasıl sevebilirdi, asıl ona çok şaştım.

Kâhya kadına, "Çok hoş bir resim," dedim, "kendisine benziyor mu?"

"Evet," dedi. "Ama biraz canlı olduğu zamanlar daha da hoş görünürdü. Bu gördüğünüz her günkü hali. Çoğunlukla durgundu."

Catherine, aralarında kaldığı o beş haftadan sonra Linton'larla arkadaşlığını sürdürmüştü. Onların yanındayken edepsiz yanını gösterecek ortam olmadığından ve hep nezaketle karşılandığı bu yerde yakışıksız davranışlarda bulunmanın ayıp olacağını bildiğinden, o cana yakın haliyle, ihtiyar hanımla kocasını, kendi de farkında olmadan büyülemiş, Isabella'nın hayranlığını, ağabeyinin de kalbini ve ruhunu kazanmıştı. Hep aşırı istekleri olduğundan, bu başarılar daha başlangıçtan onun benlik duygularını okşadı ve kimseyi aldatmak gibi belli bir amaç gütmediği halde, ikiyüzlü bir kişilik edinmesine neden oldu. Heathcliff'ten "rezil haydut", "hayvandan da beter" gibi tanımlarla söz edildiğini duyduğu bir evde onun gibi davranmamaya özen gösteriyordu. Ama kendi evindeyken, yalnızca alayla karşılanacak bir incelik göstermeye kalkmıyor ve kendisine ne saygısızlık ne de beğeni kazandıracak olduktan sonra, serkeş yaradılışını gemlemeye çalışmıyordu.

Mr. Edgar, Uğultulu Tepeler'e açıktan açığa gelme yürekliliğini pek az gösteriyordu. Earnshaw'un kötü ünü onu korkutuyor, kendisiyle karşılaşmaktan çekiniyordu. Ama biz, her gelişinde kendisini elimizden geldiğince hoş karşılamaya çalışırdık. Efendi de onun niye geldiğini bildiğinden, kendisini kırmaktan çekinirdi. Güler yüz gösteremeyecekse, ortalıkta görünmezdi. Sanırım Catherine de arkadaşının eve gelişinden hoşlanmıyordu. Cathy ne yapmacıklıktan anlardı ne de yosmalığa yeltenirdi. İki arkadaşının karşılaşmasını hiç istemediği belliydi. Çünkü Heathcliff, Linton'ı onun yanında küçümseyip alaya alırsa, Cathy, Linton yokken yaptığı gibi, yarım ağızla da olsa onun düşüncelerine katılamayacak; Linton da Heathcliff'e olan nefret ve antipatisini gösterirse, Cathy oyun arkadaşının böyle hor görülmesinin ona göre hiç önemi yokmuş gibi davranıp Linton'ın bu duygularına kayıtsız kalamayacaktı. Alaylarımdan korkarak boş yere benden gizlemeye çalıştığı şaşkınlıklarına ve açığa vurmadığı bu sıkıntılarına ne kadar gülmüşümdür. Bu size belki acımasız bir davranış gibi gelir. Ama Cathy öyle burnu havalarda dolaşırdı ki, çektiklerinden dolayı insan ona acıyamazdı bile. Acımak için, önce burnunu kırmak gerekti. Sonunda bana açılarak içini döktü. Karşısında kendisine yol gösterebilecek başka kimse yoktu.

Bir öğleden sonra Mr. Hindley evden gitmişti. Heathcliff de buna güvenerek, kendi kendine, o gün tatil yapma kararını vermişti. O sırada on altı yaşlarındaydı sanırım. Çirkin değildi, öyle aptal filan da değildi, ama karşısındakine, gerek hali, gerek kılığı kıyafetiyle, tiksinti vermenin yolunu bulmuştu. Şimdi sizin gördüğünüz Heathcliff'te bunlardan iz yoktur. Önce, küçükken kendisine verilen eğitim ve öğrenimin etkisi o zamanlar artık yok olmuştu. Her gün sabah erkenden başlayıp geç vakitlere kadar süren o bitmez tükenmez rençberlik işi, vaktiyle bir şeyler öğrenmek için duyduğu her türlü merakı, kitap ve bilim sevgisini öldürmüştü. Çocukluğunda ihtiyar Mr. Earnshaw'un kayırması sonucu edindiği o üstünlük duygusunu yitirmişti. Uzun süre derslerde Catherine'le at başı gitmek için çabaladı, sonunda sessiz sedasız ama içi yanarak bu işten vazgeçti, hem de büsbütün. Artık o zamana kadar eriştiği düzeyin, çaresiz, gittikçe aşağısına düşmek zorunda olduğunu anlar anlamaz da, yükselme yolunda bir adım atmaya onu kimse yanaştıramadı. Daha sonra, dış görünüşü de zihinsel gerilemesine ayak uydurdu. Yürüyüşüne bir serserilik, üzerine bir bayağılık geldi. Yaradılışındaki çekingenlik neredeyse aptallık derecesinde arttı; o kadar huysuzlaştı ki, yanına yaklaşılmaz oldu. Ahbaplık ettiği birkaç kişinin de beğenisini kazanmaktan çok, nefretini çekmekten acımasız bir zevk duyduğu belliydi.

Heathcliff'in çalışmadığı zamanlarda yine Catherine ile ikisi birlikte oluyorlardı. Ama Heathcliff, Catherine'e olan düşkünlüğünden artık ona söz etmiyor ve onun çocukça okşamalarından da, kuşkudan gelen bir öfkeyle, kaçınıyordu. Sanki Cathy'nin kendisine böyle bol bol sevgi ve ilgi göstermesinden bir şey çıkmayacağını biliyordu. Söylediğim gibi, Heathcliff, Hindley'nin evde olmamasından yararlanarak, işe gitmeye niyeti olmadığını söylemek için salona geldi. O sırada ben de Miss Cathy'nin giyinmesine yardım ediyordum. Catherine onun iş yapmayıp boş oturmayı isteyeceğini düşünmemişti. Evde kendisinden başka kimse olmayacağını sanarak, bir yolunu bulup, Mr. Edgar'a kardeşinin evde olmadığı haberini salmıştı. Şimdi de onu karşılamak için hazırlanıyordu.

Heathcliff, "Cathy, bu öğleden sonra işin var mı? Bir yere filan gidecek misin?" diye sordu.

Cathy, "Hayır, yağmur yağıyor," diye karşılık verdi.

"Öyleyse bu süslü püslü elbiseyi niye giydin? Eve gelecek biri yok ya?" dedi.

Küçükhanım, "Bilmem, haberim yok," diye kekeledi. "Ama bu saatte senin tarlada olman gerekirdi, Heathcliff. Öğle yemeğini yiyeli bir saat oldu. Gittiğini sanıyordum."

Heathcliff, "Hindley o uğursuz varlığından bizi ancak böyle kırk yılda bir kurtarıyor," dedi. "Bugün artık çalışmayacağım; senin yanında oturacağım."

Cathy, "Aman sonra Joseph ona haber verir, gitsen iyi edersin," dedi.

"Joseph, Penistone Kayalıkları'nın ta öteki ucunda kireç yüklüyor. Akşama kadar bitiremez, bundan da hiç haberi olmaz."

Böyle söyleyerek kayıtsız bir tavırla sallana sallana ocağın yanına gidip oturdu. Catherine kaşlarını çatıp bir an düşündü. Durumu uygun bir biçimde bildirmeyi gerekli gördü. Bir dakika hiç sesini çıkarmadan durduktan sonra, "Isabella ile Edgar Linton bu öğleden sonra bana geleceklerinden söz etmişlerdi," dedi. "Yağmur yağdığından, geleceklerini pek beklemiyorum, ama belki de gelirler. Öyle olursa, boş yere azarlanabilirsin."

Heathcliff, "Ellen'la haber yolla, Cathy, işin olduğunu söyle," diye diretti. "O miskin, sersem arkadaşların yüzünden beni kapı dışarı etme! Bazen kendimi tutamayıp yakınmak, onların... yok, söylemeyeceğim."

Catherine kaygılı bir yüzle ona bakarak, "Evet, onların?.. Devam et!" diye bağırdı. Huysuzlanarak başını ellerimden çekti, aksi aksi, "Aman, Nelly, taraya taraya bütün buklelerimi düzleştirip bozdun," diye ekledi. "Yeter, yeter! Bırak artık. Kendini tutamayıp neden yakınacağın geliyor, Heathcliff?"

"Hiçbir şeyden... Yalnız duvardaki şu takvime bak." Pencerenin yanında asılı duran, çerçeveli bir kâğıdı gösterdi eliyle. "Çarpı işaretleri Linton'larla olduğun akşamları; noktalar da benimle olduğun akşamları gösteriyor. Görüyor musun, her güne bir işaret koydum."

Catherine, ters ters, "Evet, çok saçma bir şey!" dedi. "Sanki farkındaymışım gibi. Peki, bunun anlamı ne?"

"*Benim* farkında olduğumu göstermesi," dedi Heathcliff.

Cathy, gittikçe daha da sinirlenerek, "Yani hep seninle mi oturmalıyım?" diye sordu. "Seninle oturmaktan ne kazancım oluyor sanki? Konuştukların ne ki? Bir dilsizden, bir bebekten ne farkın var? Beni eğlendirmek için ne söylüyorsun, ne yapıyorsun?"

Heathcliff birden allak bullak oldu, "Çok az konuştuğumu ya da benim arkadaşlığımdan hoşlanmadığını şimdiye kadar hiç söylememiştin, Cathy!" dedi.

Cathy, "İnsan bir şey bilmez, bir şey söylemezse, ona arkadaş denmez," diye homurdandı.

Heathcliff yerinden kalktı, ama içindekileri dökmeye vakit bulamadı, çünkü taşlıktan nal sesleri işitilmiş, genç Linton kapıyı hafifçe vurup içeri girmişti. Bu hiç beklemediği çağrının verdiği sevinçle yüzü gülüyordu. Tabii Catherine, biri girdiği sırada öteki dışarı çıkarken, iki arkadaşı arasındaki ayrımı görmüştü. Çıplak, kayalık bir kömür bölgesinden verimli, güzel bir vadiye geçmek gibiydi bu. Sonra, Edgar'ın görünüşü kadar sesi de, selam verişi de ötekinden bambaşkaydı. Tatlı, yavaş bir sesle konuşuyor; sözcükleri de sizin gibi, yani biz buralılarınkinden daha az sert, daha yumuşak söylüyordu.

Edgar bana bir göz attı, "Erken gelmedim ya?" dedi. Ben odanın öbür ucunda tabakları kurulamaya, büfenin bazı gözlerini düzeltmeye başlamıştım.

Catherine, "Yok, yok," diye yanıtladı onu. "Orada ne yapıyorsun, Nelly?"

"İşimi yapıyorum, küçükhanım," dedim. (Mr. Hindley, Linton'ın Catherine'e yaptığı özel ziyaretlerde onları yalnız bırakmamamı söylemişti.)

Cathy arkama gelip kulağıma ters ters fısıldadı: "Toz bezlerini alıp çık; evde konuk olunca, hizmetçiler onların yanında şunu bunu silip temizlik yapmaya kalkmazlar."

Ben yüksek sesle, "Hazır efendi yokken tam fırsattır," diye karşılık verdim, "onun yanında buralarda kıpır kıpır iş görmeme kızıyor. Mr. Edgar'ın beni hoş göreceğinden eminim."

Bizim küçükhanım, konuğuna bir şey söyleme olanağı vermeden, yukarıdan bakan bir tavırla, "*Benim* yanımda kıpır kıpır iş görmene kızıyorum!" diye bağırdı. Heathcliff'le aralarında geçen o küçük atışmadan sonra bir türlü sinirlerini yatıştıramamıştı.

"Vah vah, çok üzüldüm, Miss Catherine," dedim ve harıl harıl işimi yapmayı sürdürdüm.

Cathy, Edgar'ın kendini göremeyeceğini sanarak, bezi elimden çekip aldı, koluma da hınçla sıkı bir çimdik attı. Kendisini sevmediğimi, ara sıra da kibrini kırmaktan hoşlandığımı daha önce söylemiştim. Bu kez üstelik ca-

87

nımı da çok yakmıştı. Onun için dizlerimin üstünden ayağa kalktım ve, "Aman küçükhanım, böyle densizlikler size yakışır mı? Bana çimdik atmaya ne hakkınız var? Buna dayanamam doğrusu!" diye haykırdım.

Cathy, "Seni yalancı seni! Dokunmadım bile!" diye bağırdı; parmakları aynı şeyi yinelemek için sinirinden titriyordu; kulakları öfkeden kıpkırmızı kesilmişti. Öfkesini hiç gizleyemezdi. Öfkelendiğinde bütün yüzü ateş saçardı.

Yalanını ortaya çıkarmak için kolumdaki mor lekeyi gösterdim, "Öyleyse bu ne?" diye sordum.

Ayağını yere vurdu, bir an duraladı, sonra huysuzluğunu yenemeyerek yüzüme öyle bir tokat indirdi ki, gözlerime yaş doldu.

Linton, "Catherine, sevgilim, Catherine!" diye araya girdi. Taparcasına sevdiği bir kimsenin hem yalan söyleyerek hem de bu kadar şiddet göstererek işlediği bu çifte suç karşısında şaşırmış kalmıştı.

Cathy, bütün bedeni titreyerek, yeniden, "Çık dışarı, Ellen!" diye bağırdı.

Peşimden hiç ayrılmayan küçük Hareton yanımda yere oturmuştu. Gözyaşlarımı görünce o da ağlamaya başladı ve hıçkırarak "kötü Cathy hala"dan yakındı. Bunu duyan Cathy öfkesini zavallı çocuktan çıkardı. Çocuğu omuzlarından yakaladı, zavallı yavrucak mosmor oluncaya kadar sarstı, sarstı. Edgar da düşüncesizlik ederek çocuğu kurtarmak için Cathy'nin ellerini tuttu. Bir anda, tuttuğu bu ellerden biri kurtulup –şaka olamazdı– şak diye genç adamın yüzüne indi; zavallı ne olduğunu şaşırmıştı. Dehşetle geri çekildi. Hareton'ı yerden kucağıma aldım, mutfağa geçtim, aradaki kapıyı da açık bıraktım; çünkü bu anlaşmazlığı nasıl çözümleyeceklerini merak ediyordum. Aşağılanan konuk, şapkasını koyduğu yere doğru yürüdü; sapsarı kesilmişti, dudakları titriyordu.

Kendi kendime, "İşte yerinde bir davranış," dedim. "Bu size bir ders olsun da çekilip gidin. Asıl huyunu önünüzde biraz olsun belli etmesi iyiliğinizedir."

Catherine kapıya doğru giderek, "Nereye gidiyorsunuz?" diye sordu.

Linton yandan yürüyüp geçmek istedi.

Cathy, şiddetle, "Gidemezsiniz!" dedi.

Öteki bastırmaya çalıştığı bir sesle, "Gitmeliyim, gideceğim de!" diye karşılık verdi.

Cathy kapının tokmağını tutarak, "Hayır, henüz gidemezsiniz, Edgar Linton!" dedi. "Oturun! Beni bu durumda bırakıp gitmeyeceksiniz. Sonra bütün gece üzüntüden ölürüm; sizin yüzünüzden de üzülmek istemem hiç!"

Linton, "Sizden tokat yedikten sonra nasıl kalabilirim?" dedi.

Catherine susuyordu.

Edgar, "Beni hem korkuttunuz hem de sizin adınıza utandım doğrusu," diye konuşmasını sürdürdü. "Bir daha bu eve ayağımı basmayacağım!"

Cathy'nin gözleri ışıldamaya, gözkapakları da kırpışmaya başlamıştı.

Linton, "Hem de bile bile yalan söylediniz!" dedi.

Cathy sonunda kendini toplayıp konuşmaya başladı. "Bile bile hiçbir şey yapmadım!" diye bağırdı. "Öyle olsun, istiyorsanız gidin, haydi gidin! Ben de oturup ağlarım, hasta düşünceye kadar ağlarım!"

Bir sandalyenin yanına dizleri üzerine düşüp hıçkıra hıçkıra ağlamaya başladı. Edgar avluya gelinceye kadar kararından dönmedi. Orada duraladı. Gitmesi için onu yüreklendirmeye karar verdim.

Olduğum yerden, "Küçükhanım çok çok hırçındır efendim," diye seslendim. "Şımarık bir çocuktan farksızdır. Atınıza binip evinize dönerseniz daha iyi edersiniz. Yoksa küçükhanım sırf bizleri üzmek için hasta düşer."

Çok yufka yürekli olan Linton yan gözle pencereden içeri baktı. Bir kedi yarı yarıya öldürdüğü bir fareyi ya da yarı yarıya yediği bir kuşu nasıl bırakıp gidemezse, o da tıpkı öyle oradan ayrılıp gidemiyordu: Ah, diye düşündüm, artık onu kurtarmak olanaksız; artık sonu belli, yazgısına doğru koşuyor! Gerçekten de öyleydi: Linton birden geri döndü, yeniden hızla salona girip kapıyı arkasından kapadı. Bir süre sonra, Earnshaw'un sarhoşluktan kudurmuş bir halde (içki içtiği zaman hep böyle olurdu) eve geldiğini, baba evini neredeyse başımıza yıkacağını haber vermeye gittiğimde, kavganın aralarındaki yakınlığı pekiştirmeye, gençliğin verdiği sıkılganlık çemberini kırıp arkadaşlık maskesini atarak birbirlerine sevgilerini açıklamaya yaradığını gördüm.

Mr. Hindley'nin geldiğini duyar duymaz Linton atına koştu, Catherine de odasına sıvıştı. Ben de küçük Hareton'ı bir köşeye saklayıp efendinin çiftesinden saçmaları boşaltmaya gittim: Çünkü böyle çılgınlaştığı zamanlar tüfeğiyle oynamaya bayılır, karşısına dikilenlerin, dahası, gözüne biraz fazlaca çarpanların yaşamı tehlikeye girerdi. Buna karşı önlem olarak da, tetiği çekecek kadar ileri giderse elinden önemli bir kaza çıkmasın diye, tüfeği boşaltmaktan başka çare bulamamıştım.

9

Hindley ağza alınmaz korkunç küfürler, yeminler savura savura içeri girdi. Beni, tam oğlunu mutfak dolabına saklamaya çalışırken yakaladı. Hareton babasının yırtıcı hayvan sevgisinden de, delilik zamanlarındaki öfkesinden de korkardı. Çünkü birinci durumda canı çıkacak gibi sıkıştırılıp öpülme, ikinci durumda da ya ateşe atılma ya da duvara fırlatılma tehlikesi vardı. Onun için zavallıcık, onu nereye tıksam hiç ses çıkarmadan dururdu. Hindley ensemden yakalayıp bir köpek gibi beni geri çekerek, "Hah, işte sonunda buldum onu!" diye haykırdı. "Yemin ederim ki siz bu çocuğu öldürmek için elbirliği etmişsiniz! Onu niye hiç göremediğimi şimdi anlıyorum. Ama Şeytan'ın yardımıyla sana şu koca bıçağı yutturacağım, Nelly! Ne gülüyorsun? Az önce Kenneth'ı baş aşağı Kara At Bataklığı'na sapladım, şimdi oradan geliyorum. Artık ha bir kişi, ha iki, hepsi bir. Sonra da sizlerden birini öldürmek istiyorum; yoksa rahat edemeyeceğim!"

"Ama ben o bıçaktan hoşlanmıyorum, Mr. Hindley," dedim. "Onunla kırmızı ringa balıkları kesilip temizlendi. İsterseniz bir kurşun sıkın, olsun bitsin."

"Canın cehenneme! Öyle de olacak," dedi. "İngiltere'de, insanın kendi evini oturulabilir iyi bir ev durumuna sokmasını engelleyen hiçbir yasa yok. Benim evimse çekilir gibi değil! Aç ağzını!" Bıçağını elinde tutup ucunu dişlerimin arasına soktu; ama ben kendi adıma onun bu çılgınlıklarından pek öyle korkmazdım. Tükürerek bıçağın çok kötü bir tadı olduğunu, kesinlikle ağzıma alamayacağımı söyledim.

Beni bırakarak, "Ha," dedi, "anladım, şu mendebur, şu küçük alçak, Hareton değilmiş; bağışla, Nell. Eğer o olsaydı, koşup beni karşılamadığı, beni görünce zebani görmüş gibi avaz avaz haykırdığı için diri diri yüzülse yeriydi. Seni suratsız yaramaz seni, gel buraya! Yufka yürekli, zavallı babanı kandırmayı gösteririm ben sana! Bana bak, kulakları kesilse bu delikanlı daha yakışıklı olmayacak mı, ha ne dersiniz? Kulağı kesilen köpekler daha yırtıcı olurlar; ben de yırtıcı şeylerden hoşlanırım. Bir makas getirin bana. Hele bir görün, ne yırtıcı, ne biçimli bir şey olacak! Hem sonra, kulaklarımıza bu kadar değer vermek bayağı bir gösteriş, şeytanca bir böbürlenme. Kulaklarımız olmasa da yine yeteri derecede eşeğizdir zaten. Sus be çocuk, sus! Peki, peki, hadi bakalım, benim yavrumsun işte. Hişt, sus, sil gözlerini! Canım benim, öp beni bakayım. Ne? Hayır mı? Hadi, öp beni, Hareton! Kahrolasıca, öp beni! Aman Tanrım, ben böyle bir canavarı büyütür müyüm hiç? Tanrı şahit, şu piçin boynunu koparacağım."

Zavallı Hareton babasının kolları arasında avaz avaz haykırıyor, var gücüyle çırpınıyor, debeleniyordu. Hindley onu merdivenden yukarı çıkarıp tırabzandan aşağı sarkıtınca yaygarayı artırdı. "Korkudan çocuk kriz geçirecek!" diye bağırıp zavallıyı kurtarmak için koştum. Yanlarına vardığımda, Hindley aşağıdan duyulan bir gürültüye kulak kabartarak parmaklıktan sarktı, elindekini neredeyse tümüyle unutmuştu. Merdivenin altına birinin yaklaştığını anlayarak, "Kimdir o?" diye seslendi. Yürüyüşünden tanıdığım Heathcliff'e, daha fazla yaklaşmamasını belirtmek için ben de tırabzandan aşağı eğildim. Gözümü Hareton'dan ayırır ayırmaz, çocuk birden silkinerek, kendini tutan dikkatsiz ellerden kurtuldu ve düştü.

Daha dehşete, korkuya kapılmaya bile vakit kalmadan, zavallı küçüğün sağ salim kurtulduğunu gördük. Heathcliff tam zamanında merdivenin altına gelmiş, yukarıdan düşen şeyi doğal bir dürtüyle yakalamıştı; sonra çocuğu yere bıraktı, bu kazayı yapanı anlamak için başını yukarı kaldırdı. Merdivenin başında Mr. Earnshaw'u görünce öyle afallayıp öyle vahlandı ki, kazanacak bir piyango biletini beş şiline satıp ertesi gün bu yüzden beş bin pound kaybettiğini gören bir cimri de ancak bu kadar vahlanabilirdi. Tam öcünü alacakken bunu kendi elleriyle engellemişti işte! Yüzünü, sözcüklerle anlatılmaz derin bir acı bürüdü. Ortalık karanlık olsaydı, diyebilirim ki, Hareton'ın kafasını basamaklarda paralayarak yanılgısını düzeltmeye çalışırdı. Ama onun kurtulduğunu görmüştük artık. Ben hemen aşağı inmiş, değerli emaneti kollarımın arasına almıştım bile. Hindley ağır ağır indi; ayılmış, yaptığından utanmıştı.

"Suç sende, Ellen," dedi, "onu göz önünde bırakmaman gerekirdi; elimden alman gerekirdi! Bir yerine bir şey olmuş mu?"

"Bir şey olmuş mu, ha!" diye kızgın kızgın bağırdım. "Ölmediyse bile aptal kalacağı kesin! Ah, ah! Ona yaptıklarınızı görmek için anasının mezarından çıkmadığına şaşıyorum. Siz kâfirden de betersiniz; kendi etinizden, kendi kanınızdan olan birine böyle davranmak olur mu?" Beni yanında görünce korkusu geçip hemen sesini kesen çocuğa Hindley dokunmak istedi. Ama çocuk daha babasının parmağı değer değmez eskisinden de çok haykırmaya, çırpınmaya başladı.

"Siz ona karışmayın!" diye konuşmamı sürdürdüm. "Sizden nefret ediyor. Sizden herkes nefret ediyor... İşte işin doğrusu! Ne mutlu bir aileniz var, değil mi? Kendiniz de ne güzel bir duruma geldiniz böyle!"

Sapık adam, yine hırçınlaşarak, "Daha da güzel bir duruma geleceğim, Nelly," diye güldü. "Şimdilik sen de, çocuk da gözümün önünden çekilin. Sen de, Heathcliff, beni dinle! Seni bir daha ne göreyim ne sesini işiteyim; buralarda görünme. Seni bu gece öldürmek istemem. Belki evi ateşe verirsem, o başka! Ama o da keyfime kalmış bir şey."

Bunları söylerken büfeden yarım litrelik bir konyak şişesi alıp birazını kadehe boşalttı.

"Yok, yok, içmeyin!" diye yalvardım. "Ne olur biraz ders alın, Mr. Hindley. Kendinizi düşünmüyorsanız bile bu talihsiz yavruya acıyın!"

"Benden başka herkes ona daha iyi bakar," diye karşılık verdi.

"Kendi ruhunuza acıyın!" diyerek kadehi elinden çekmeye çalıştım.

İnançsız adam, "Dünyada acımam!" diye haykırdı. "Aksine, sırf beni yaratanı cezalandırmak için kendimi mahvetmekten, ruhumu Cehennem'e yollamaktan çok büyük bir haz duyacağım. Ruhumun laneti şerefine!"

İçkiyi yuvarladı ve sabırsızca, çekilip gitmemizi söyledi. Sonra da öyle pis küfürler savurdu ki, insan bunları ne ağzına alabilir ne de anımsamak ister.

Kapı kapanınca, Heathcliff mırıldanarak onun küfürlerini iade etti. "Ne yazık, içiyor içiyor da bir türlü ölemiyor," dedi. "Elinden geleni fazlasıyla yapıyor; ama bedeni çok sağlam, ne yapsa boş! Mr. Kenneth, kısrağımı bahse koyarım ki, diyor, bu adam Gimmerton'ın bu yakasında oturan herkesten daha çok yaşayacak, mezara ak saçlı bir günahkâr olarak girecektir. Tabii olağanüstü, mutlu bir rastlantı olursa, o başka!"

Mutfağa gittim. Ninni söyleyip küçük kuzucuğumu uyutmak için oturdum. Heathcliff'in de odadan geçerek ambara doğru gittiğini sandım. Sonradan anladım ki koltuğun arkasına geçmiş. Ocaktan uzakta, duvarın yanındaki bir peykenin üzerine serilmiş, sessiz sedasız yatıyormuş.

Ben Hareton'ı dizlerimde sallıyor ve şöyle bir şarkı mırıldanıyordum:

Gecenin geç vaktiydi, ağlıyordu bebeler,
Döşemenin altından duydu bunu fareler.

Az önceki velveleyi odasından dinlemiş olan Miss Cathy kapıdan başını uzatıp, "Yalnız mısın, Nelly?" diye fısıldadı.

"Evet, küçükhanım," dedim.

İçeri girip ocağa doğru gitti. Bir şey söyleyeceğini sanarak başımı kaldırıp baktım. Yüzü tedirgindi, kaygılı gibiydi. Konuşacakmış gibi dudakları yarı açıktı, derin bir soluk aldı, ama ağzından sözcükler değil, bir ah çıktı. Yeniden şarkıma başladım. Bana yaptıklarını daha unutmamıştım.

Şarkımı keserek, "Heathcliff nerede?" diye sordu.

"Ahırda, işinin başında," dedim.

Heathcliff de beni yalancı çıkarmadı; kim bilir, belki de uyuyakalmıştı. Sonra yine uzun bir sessizlik oldu. O sırada Catherine'in yanaklarından bir-iki damla gözyaşının süzülüp taşlara düştüğünü gördüm. Acaba o yüz kızartıcı davranışından dolayı mı üzülüyor, diye kendi kendime sordum. Bu olmayacak bir şeydi. Nasıl isterse öyle sadede gelsin, bana ne, dedim. Ama onun beni filan düşündüğü yoktu. Kendini ilgilendirmeyen hiçbir şey onu üzmezdi.

Sonunda, "Ah Tanrım!" diye inledi. "Öyle mutsuzum ki!"

"Vah, vah," dedim. "Sizi hoşnut etmek pek güç. Bu kadar çok arkadaşınız, bu kadar az üzüntünüz olsun da, yine yaşamınızdan hoşnut olmayın, tuhaf şey!"

"Nelly, sana bir şey söylesem, kimseye söylememeye söz verir misin?" dedi. Yanıma diz çökmüş, sevimli gözlerini yüzüme dikmişti. Öyle bir bakışı vardı ki, ne kadar haklı olursanız olun öfkelenemezdiniz.

Biraz daha az somurtarak sordum: "Kimseye söylememeye değer mi?"

"Evet, bu sır beni rahatsız ediyor, ille de söylemeliyim! Ne yapmam gerek, bilmek istiyorum. Bugün, Edgar Linton benimle evlenmek istediğini söyledi, ben de ona bir yanıt verdim. Şimdi, ben yanıtımın ne olduğunu söylemeden önce, nasıl bir yanıt vermem gerekirdi, sen bana söyler misin?"

"Aman, Miss Catherine, ne bileyim ben?" dedim. "Doğrusunu isterseniz, bugün onun yanında yaptıklarınızdan sonra, kendisini geri çevirmek akıllıca bir davranış olurdu herhalde; çünkü yaptıklarınızı gördükten sonra sizinle evlenmek istediğine göre, ya iyileşmesi olanaksız bir budala ya da tehlikeli bir delidir."

Cathy, ayağa kalkarak ters ters, "Böyle konuşursan, tek kelime daha söylemem," dedi. "Evlenme teklifini kabul ettim, Nelly. Çabuk söyle, yanlış mı yaptım?"

"Kabul mu ettiniz? Öyleyse bu konu üzerinde daha fazla konuşmak neye yarar? Bir kere söz vermişsiniz, artık geri dönemezsiniz."

Cathy, sinirli sinirli, "Ama söyle, iyi mi ettim? Hadi ne olur, söyle!" diye bağırdı. Ellerini ovuşturuyordu, kaşları çatılmıştı.

Ben üstten alan bir tavırla, kısaca, "Bu soruya gereken yanıtı vermeden önce düşünülecek şeyler var," dedim. "Her şeyden önce, Mr. Edgar'ı seviyor musunuz?"

"Onu kim sevmez ki? Tabii seviyorum."

Sonra onu sıkı sıkı sorguya çektim. Yirmi iki yaşına gelmiş bir kızla bu biçimde konuşmak düşüncesizlik sayılamazdı.

"Onu niçin seviyorsunuz, Miss Cathy?"

"Amma da saçma soru! Seviyorum... bu yeter."

"Yoo, Miss Cathy; niçin sevdiğinizi söylemeniz gerek."

"Peki öyleyse. Yakışıklı olduğu için, yanında bulunmaktan hoşlandığım için."

"Kötü," dedim.

"Sonra, genç ve neşeli olduğu için."

"Bu da kötü."

"Sonra, beni sevdiği için."

"Bunun ise hiç değeri yok."

"Sonra, ileride varlıklı da olacak; bu yörenin en gözde hanımı olmak hoşuma gidecek, böyle bir kocam olduğu için övüneceğim."

"Bu hepsinden de kötü. Peki, şimdi de, onu nasıl seviyorsunuz, bunu söyleyin bakalım?"

"Herkes nasıl severse. Saçmalıyorsun, Nelly."

"Hiç de saçmalamıyorum. Anlatın."

"Ayağının bastığı yeri, onu saran havayı, dokunduğu her şeyi, söylediği her sözü seviyorum. Her halini, her davranışını, baştan aşağı her şeyini, her şeyini seviyorum, işte bu kadar."

"Peki niçin?"

Küçükhanım öfkelenip yüzünü ocaktan yana çevirdi. "Ay, ama işi eğlenceye vuruyorsun sen; densizlik ediyorsun! Benim için bunun eğlenceye gelir yanı yok!" dedi.

"Eğlenmek aklımdan bile geçmez, Miss Catherine," dedim. "Siz Mr. Edgar'ı yakışıklı, genç, neşeli ve varlıklı olduğu ve sizi sevdiği için seviyorsunuz: Sonuncuyu hesaba katmak bile doğru değil ya, neyse... O sizi sevmese de onu yine sevecektiniz belki. Oysa ilk saydığınız o dört çekici yanı olmasaydı, o sizi sevse de siz onu sevmezdiniz."

"Sevemezdim elbette, yalnızca acırdım. Eğer çirkin, kaba bir soytarı olsaydı, belki nefret bile ederdim."

"Ama dünyada daha bir sürü yakışıklı, varlıklı genç var; belki ondan daha yakışıklı, ondan daha varlıklı. Onları sevmekten sizi alıkoyan ne?"

"Böyle gençler varsa bile, onlar benim gözümün önünde değiller de ondan. Ben Edgar gibisini görmedim."

"İleride görebilirsiniz; sonra, Edgar hep böyle yakışıklı ve genç kalacak değil ki! Varlığı da elden gidebilir."

"Şimdi varlıklı ya, sonrası beni ilgilendirmez. Daha akıllıca konuşsan iyi olur."

"Güzel, artık söylenecek söz kalmadı. Eğer sonrası sizi ilgilendirmiyorsa, Mr. Linton'la evlenin."

"Bu işte senden izin istemiyorum. Onunla evleneceğim. Ama iyi mi ettim, kötü mü, daha söylemedin."

"Çok iyi ettiniz; yalnız bugünü düşünerek evlenmek doğruysa, çok iyi ettiniz. Şimdi, niye mutlu değilsiniz, onu anlayalım bakalım. Ağabeyiniz bu işe sevinecek; Linton'ın yaşlı annesiyle babası da ses çıkarmazlar sanırım; curcunalı, rahatsız bir evden kurtulup zengin, saygın bir eve gideceksiniz. Sonra, Edgar'ı seviyorsunuz. Edgar da sizi seviyor. Her şey iyi, her şey yolunda görünüyor. Engel neresinde bunun?"

Catherine bir elini alnına, bir elini de göğsüne koyarak, "İşte *burada*! Ve *burada*!" diye karşılık verdi. "Ruhum her neredeyse artık! Ruhumla ve yüreğimle yanlış yaptığıma inanıyorum."

"Bu çok garip işte. Anlayamıyorum."

"İşte bu benim sırrım. Benimle alay etmezsen, anlatayım. İyice anlatamam ama duygularımı sana biraz da olsa belirtmeye çalışacağım."

Yine yanıma oturdu. Yüzü daha kederliydi, daha ciddileşmişti. Birbirine kenetlediği elleri titriyordu.

Birkaç dakika düşündükten sonra, birden, "Nelly," dedi, "senin hiç acayip düşler gördüğün olmaz mı?"

"Görürüm ara sıra," dedim.

"Ben de. Hayatımda öyle düşler gördüm ki aklımdan hiç çıkmadı, düşüncelerimi değiştirdi. Bu düşler, tıpkı şarabın suya karışması gibi, benim içimde dolaştı, dolaştı, zihnimin rengini değiştirdi. İşte bu da onlardan biri, şimdi anlatacağım, ama ne olursun, hiçbir yerine gülme."

"Aman, Miss Catherine, sakın anlatmayın!" dedim. "Aklımızı karıştıracak hayaletler, düşler türetmeden de sıkıntımız bize yetip artıyor. Hadi, hadi, neşelenin, eskisi gibi olun! Küçük Hareton'a bakın, hiç kötü düşler görüyor mu? Uykusunda nasıl tatlı tatlı gülümsüyor!"

"Evet, babası da yalnız başına nasıl tatlı tatlı küfürler savuruyor! Onun kadar küçük ve masum olduğu zamanları hatırlarsın herhalde? Ama, Nelly, gördüğüm düşü sana ne yapıp yapıp anlatacağım; öyle uzun değil; hem bu gece neşelenmek de elimden gelmiyor."

"Dinlemem, dinlemem!" diye direttim.

O zamanlar düşlere inanırdım; hâlâ da inanırım ya!.. Catherine'in halinde de, onda her zaman görülmeyen bir keder vardı. Onun bu durumu içime korku saldı. Söyleyeceği şeylerden kendi kendime bir şeyler çıkaracakmışım, gelecekteki feci bir olayı önceden sezecekmişim gibi geldi. Catherine'in canı sıkıldı, ama artık diretmedi. Sözde başka bir konuya geçer gibi yaparak biraz sonra yine başladı.

"Cennet'te olsam herhalde çok mutsuz olurdum, Nelly," dedi.

"Tabii oraya gitmeye layık değilsiniz de ondan!" diye yanıtladım. "Günahkârların hepsi de Cennet'te pek zavallı, pek mutsuz olurlar herhalde."

"Ama ondan değil; bir kez düşümde Cennet'teymişim."

"Sizin düşünüzü dinlemek istemiyorum, Miss Catherine! Yatmaya gidiyorum," diye sözünü kestim.

Gülerek beni yerime oturttu; çünkü sandalyemden kalkmak için davranmıştım.

"Önemli bir şey değil," dedi, "yalnızca şunu diyecektim: Cennet benim yerim değil gibi geldi bana. Yeniden dünyaya dönmek için ağlaya ağlaya bir hal oldum. Melekler o kadar kızdılar ki, beni yakaladıkları gibi Uğultulu Tepeler'in üst yanındaki kırın ortasına fırlattılar. Orada sevinçten ağlarken uyandım. Bu da öteki düş kadar benim sırrımı anlatmaya yeter. Cennette bulunmak bana göre bir iş değilse, Edgar Linton'la evlenmek de öyle. Şu odadaki o hain, Heathcliff'i bu kadar bayağılaştırmasaydı, Edgar'la evlenmeyi düşünmezdim bile zaten. Şimdi artık, Heathcliff'le evlenmek, kendimi de o düzeye indirmek olur; o kendisini ne kadar sevdiğimi hiç bilmeyecek; hem onu yakışıklı filan diye sevmiyorum, Nelly; benden daha çok bana benziyor da, onun için seviyorum. Ruhlarımız her neden yoğrulmuşsa, ikimizinki de aynı. Linton'ınki ise, ay ışığının şimşekten, buzun ateşten ayrı olduğu kadar bizimkinden ayrı."

Daha bu sözler bitmeden Heathcliff'in varlığını hissetmiştim. Hafif bir kıpırtı duyarak başımı çevirdim, Heathcliff'in peykenin üstünden kalktığını, sessizce dışarı sıvıştığını gördüm. Catherine'i, onunla evlenirse onun düzeyine ineceğini söylediği zamana kadar dinlemiş, sonunu duymadan çıkıp gitmişti. Cathy yerde oturduğundan, koltuğun arkalığı onun Heathcliff'i odadayken de, çıkarken de görmesine engel olmuştu; ama ben sıçrayarak, "Hişşt, sus!" dedim.

Sinirli sinirli çevresine bakarak, "Ne var?" dedi.

"Joseph geldi," dedim. Tam o sırada yoldan arabasının gürültüsünü duymuştum. "Heathcliff de onunla gelecek. Belki de kapıya gelmiştir bile."

"Yok, söylediklerimi kapıdan işitemez," dedi. "Yemeği hazırlayıncaya kadar Hareton'ı bana ver; hazır olunca çağır, birlikte yiyelim. Bir türlü rahat edemeyen vicdanımı aldatmak, Heathcliff'in böyle şeylerden anlamadığına kendimi inandırmak istiyorum. Bu tür şeylerden haberi bile yoktur, değil mi? Âşık olmak nedir bilmiyordur!"

"Sizin kadar, onun da bilmemesi için bir neden görmüyorum," dedim. "Üstelik, seçtiği sevgili de sizseniz, dünyaya gelen insanların en karayazılısı olacaktır! Siz Mrs. Linton olur olmaz, o, dostunu, sevdiğini, her şeyini yitirecektir! Sizin bu ayrılığa nasıl katlanacağınızı, onun da yeryüzünde böyle büsbütün yapayalnız bırakılmaya nasıl katlanacağını hiç düşündünüz mü? Çünkü Miss Catherine..."

"Büsbütün yapayalnız bırakılmak mı? Biz mi birbirimizden ayrılacağız?" diye neredeyse öfkelendi. "Bizi birbirimizden kim ayıracak, Tanrı aşkına? Bizi ayıracak olanların sonu Milon'unki[1] gibi olacaktır! Ben yaşadığım sürece bu olamaz, Ellen, hiç kimse bunu yapamaz. Yeryüzündeki tüm Linton'ların yok olması pahasına da olsa yine Heathcliff'i bırakmam. Yoo, niyetim bu değil! Amacım bu değil! Linton'ın karısı olmaktan vazgeçerim de bunu yapamam. Heathcliff şimdiye dek benim için ne ise, ölünceye kadar da yine öyle kalacak. Edgar ona karşı duyduğu nefretten kendini kurtarmalı ve hiç olmazsa onu hoşgörüyle karşılamalıdır. Heathcliff'e olan gerçek duygularımı öğrendiği zaman bunu yapacaktır da. Nelly, şimdi anlıyorum, sen beni yalnız kendini düşünen bir alçak sanıyorsun. Ama hiç düşünmedin mi ki, eğer Heathcliff'le evlenirsek, ikimiz de dilenci oluruz? Oysa Linton' la evlenirsem, Heathcliff'in yükselmesine yardım edebilirim ve onu kardeşimin elinden kurtarabilirim."

"Kocanızın parasıyla mı, Miss Catherine?" dedim. "Onu sandığınız kadar yumuşak bulmayacaksınız. Sonra, bir yargıya varmak bana düşmez ama, genç Linton'ın karısı olmak için şimdiye kadar gösterdiğiniz nedenlerin en kötüsü bu."

"Hiç de değil," diye karşılık verdi, "tersine, en iyisi! Ötekiler benim kendi heveslerimi karşılamak içindi; aynı zamanda Edgar içindi, onun isteklerini yerine getirmek içindi. Bu ise benim hem Edgar'a hem de kendime olan duygularımın tümünü içine alan birisi içindir. Bunu anlatamam ki! Ama kesinlikle sen de bilirsin, başka herkes de bilir ki, kendinizin dışında, yine siz olan başka bir varlık vardır ya da olmalıdır. Eğer ben yalnızca bu beden

---

1. MÖ VI. yüzyılın sonlarında yaşamış Yunanlı bir atlet. Güç gösterileriyle ün kazanmıştır. Oduncuların ağaç kamasıyla biraz yarıp bıraktıkları bir ağaç görür ve onu ikiye ayırmak ister; kama fırlayıp düşer, Milon ağaca elini kıstırır ve kendi de sonunda kurtlara yem olur. (Ç.N.)

içinde var olsaydım, yaratılmamda ne yarar olurdu; benim bu dünyada çektiğim büyük acılar Heathcliff'in de acıları oldu. Onların her birini daha başından beri gözledim, duydum. Benim yaşamım onda odaklaşır. Yeryüzünde her şey yok olsa da yalnız o kalsa, ben var olmakta devam ederim; başka her şey yerinde dursa da yalnız o yok olsa, evren bana tümüyle yabancılaşır. Ben artık bu evrenin bir parçası değilmişim gibi olur. Linton'a olan sevgim ormanlardaki yapraklar gibidir. İyice biliyorum ki, kış ağaçları nasıl değiştirirse, zaman da benim sevgimi değiştirecektir. Heathcliff'e olan sevgim ise toprak altındaki değişmez kayalar gibidir. Görünüşte pek hoşa gidecek yanı yoktur, ama onsuz olmaz. Nelly, ben Heathcliff'im! O hep, ama hep benim aklımda. Bir zevk olarak değil, tıpkı benim de kendim için her zaman bir zevk olmadığım gibi, ama kendimmişim gibi, tıpkı o benmiş gibi! Onun için sakın bir daha bizim ayrılmamızdan söz etme. Bu olamaz; hem sonra..."

Durdu ve yüzünü eteklerimin kıvrımları arasına gizledi; onu iterek uzaklaştırdım. Artık onun bu deliliği sabrımı tüketmişti!

"Bu saçmalıklarınızdan bir şey anladımsa, o da evlenirken yükleneceğiniz görevlerden hiç haberiniz olmadığıdır; kanım bu artık, küçükhanım," dedim. "Ya da siz kötü ruhlu, ahlaksız bir kızsınız. Artık beni daha başka sırlarınızla rahatsız etmeyin. Onları kimseye söylemeyeceğime söz veremem!"

Heyecanla sordu: "Ya buraya kadar olanını saklayacak mısın?"

Yine, "Yok, söz veremem," dedim.

Diretecekti, ama Joseph'ın içeri girmesiyle konuşmamız yarıda kaldı. Catherine bir köşeye çekildi, ben yemeği hazırlarken, o da Hareton'a baktı. Yemek piştikten sonra uşak arkadaşımla ben, Mr. Hindley'ye yemeği ben götürmem, sen götür, diye kavgaya tutuştuk. Yemekler orta yerde soğuyuncaya kadar da sorunu çözümleyemedik. Sonunda da, canı yemek istediği zaman gelip kendi istesin, dedik. Çünkü, özellikle böyle bir süre yalnız başına kaldığı zamanlar Mr. Hindley'nin yanına gitmeye korkardık.

İhtiyar adam çevresine bakınıp Heathcliff'i arayarak, "O haylaz oğlan nasıl oluyor da bu saate kadar hâlâ tarladan gelmemiş? Ne iş yapıyor?" dedi.

"Çağırayım," dedim. "Nerede olacak, ambardadır."

Gidip seslendim, yanıt gelmedi. Geri döndüğümde Catherine'e, "Hiç kuşkum yok," diye fısıldadım, "Heathcliff söylediklerinizin önemli bir bölümünü duymuş olmalı." Sonra, tam ağabeyinin ona yaptıklarından yakındığı sırada Heathcliff'i mutfaktan çıkarken gördüğümü söyledim. Catherine korkuyla yerinden fırladı, Heraton'ı kanepenin üzerine attı, arkadaşını kendi aramak için koştu. Bir an durup da, niye bu kadar korkuya kapıldığını ya da söylediklerinin Heathcliff'i niçin etkilemiş olacağını düşünmemişti bile. Dışarıda o kadar uzun zaman kaldı ki, Joseph artık beklemeyip yemeğimizi yememizi önerdi. Kendisinin uzun dualarını dinlememek için içeri girmediklerini söyleyerek zekice bir tahminde bulundu. "Onlardan her türlü yolsuz davranış beklenir," diye de, aklına gelene kendini iyice inandırdı. Yemeğe başlarken söylemeyi âdet edindiği, on beş dakika süren duasına o gece bir de onların adına bir dua ekledi; eğer küçükhanım ok gibi üstüne gelip ona, yoldan aşağı koşup Heathcliff nerelerde dolaşıyorsa bulup hemen eve getirmesini acele acele buyurmasaydı, şükran duasının sonuna da bir dua ekleyecekti.

Cathy, "Onunla görüşmek istiyorum, odama çıkmadan önce kesinlikle konuşmalıyım," dedi. "Bahçe kapısı açık duruyor. Sesimi duyamayacak kadar uzak bir yerde olmalı. Çünkü ağılın tepesinden avazım çıktığı kadar bağırdığım halde karşılık vermedi."

Joseph önce gitmek istemedi. Ama Cathy işi çok önemsediğinden, onun karşı çıkışlarını filan dinleyecek durumda değildi. Sonunda Joseph şapkasını başına geçirip söylene söylene çıktı gitti. Bu arada, Catherine durmadan odada bir aşağı bir yukarı dolaşıyor, "Acaba nerede, acaba nerede olabilir?" diyordu. "Neler söylemiştim, Nelly? Hepsini unuttum. Bugün öğleden sonra kendisine yaptığıma mı gücendi acaba? Ne olursun, Nelly'ciğim, söyle, onu gücendirecek ne söyledim? Tanrım, bir gelse, ah Tanrım, bir gelse!.."

"Bir hiç yüzünden bu ne telaş?" dedim. Ama benim içim de pek rahat değildi. "Önemsiz bir şey sizi ne kadar korkutuyor! Heathcliff'in ay ışığında kırlarda dolaşmasından, hatta bizimle konuşmayacak kadar canı sıkılmış olduğundan gidip samanlıkta yatmasından ne çıkar, bunda bu kadar telaşlanacak ne var? Bahse girerim ki orada gizlenmiştir. Gör bak, onu nasıl bulup çıkaracağım!"

Yeniden bir araştırma yapmak için dışarı gittim; ama boşa çıktı. Joseph'ın araştırmaları da aynı sonucu verdi.

Joseph odaya girerken, "Bu oğlan her gün biraz daha azıtıyor!" dedi. "Bahçe kapısını ardına kadar açık bırakmış, küçükhanımın midillisi de iki sıra ekini çiğneyip geçerek soluğu doğru çayırlıkta almış. Sabahleyin efendi yapmadığını bırakmayacak. Pek de iyi edecek. Bu kadar dikkatsiz, bu kadar zarar verici adamlara karşı sabır taşı kesildi adam... Sabır taşı kesildi! Ama her zaman böyle olmaz, göreceksiniz hepiniz! Durup dururken onu çileden çıkarmaya gelmez!"

"Heathcliff'i buldun mu, eşek?" diye sözünü kesti Catherine. "Emrettiğim gibi onu aradın mı?"

"Atı arasam daha iyi ederdim," diye karşılık verdi Joseph, "daha akıllıca bir iş olurdu. Ama böyle baca kurumu gibi kapkara bir gecede ne atı ne de o herifi arayabilirim. Sonra, Heathcliff *benim* ıslığıma gelecek takımdan değil ki. *Sizin* sesinize belki daha çabuk gelir!"

Her yan zifiri karanlıktı, yaz gecesine hiç benzemiyordu. Gök neredeyse gürleyecekti sanki. "Hepimiz oturduğumuz yerde otursak daha iyi ederiz," dedim. "Gittikçe yaklaşan yağmur, daha fazla zahmete girmemize gerek kalmadan, onu nasıl olsa eve getirecektir." Ama Catherine'i yatıştırmak olanaksızdı. Öyle kaygılıydı ki, bir türlü durup yatışmıyordu. Oradan oraya koşuyor, bahçe kapısından sokak kapısına gidip geliyordu. Sonunda, duvarın yola yakın bir yerinde durup beklemeye başladı. Benim uyarılarıma, gök gürültüsüne, çevresine düşmeye başlayan iri yağmur tanelerine aldırış etmeden orada durmakta diretti. Durup durup Heathcliff'e sesleniyor, sonra çevreye kulak kabartıyor, açıktan açığa ağlıyordu. Öyle haykıra haykıra ağlıyordu ki, Hareton'a ya da herhangi bir çocuğa taş çıkartırdı.

Gece yarısına doğru, daha biz yatağa girmemiştik ki, bir yağmur fırtınası bütün gücüyle Tepeler'e indirdi. Azgın bir rüzgârla gök gürültüsü birbirine karışıyordu. Evin köşesindeki bir ağaç ya fırtınadan ya da şimşekten paramparça oldu. Koskoca bir dal damın üstüne düştü, doğu yönündeki bacanın bir yanını yıktı; mutfaktaki ocağın içine paldır küldür taşlar, kumlar döküldü; içeriye yıldırım düştü sandık. Joseph hemen diz çöktü, Tanrı'ya, Hazreti Nuh ile Lût'u hatırlaması ve eski günlerde olduğu gibi, kâfirleri yok ederken doğru kullarını koruması için yalvarıp yakarmaya başladı. Bu yıldırımın bize Tanrı tarafından bir ceza olarak gönderildiğini ben de sezer gibi oldum. Bence içimizdeki uğursuz, Mr. Earnshaw'du. Onun hâlâ yaşayıp yaşamadığını anlamak için oda kapısının tokmağını vurdum. Oldukça yüksek bir sesle karşılık verdi, hem de öyle bir karşılık ki, Joseph kendisi gibi azizlerin efendisi gibi günahkârlardan iyice ayırt edilmesi için, eskisinden de yüksek bir sesle, avaz avaz dua etmeye başladı. Ama bütün bu kıyamet, kimseye zarar vermeden yirmi dakika sonra dindi; yalnız Cathy içeri girmemekte inat etmişti, ne başında bonesi ne de omuzlarında şalı vardı, saçları ve giysileri sırılsıklamdı. Sonra içeri girip, öylece su içinde, peykenin üstüne uzandı, arkasını bize çevirip yüzünü elleriyle örttü.

Omuzlarına dokunarak, "Ne oluyor, küçükhanım?" dedim. "Ölmeye mi niyet ettiniz yoksa? Saatin kaç olduğunu biliyor musunuz? Tam yarım! Haydi, haydi, yatağa gelin; o kaçık oğlanı beklemenin yararı yok; herhalde Gimmerton'a gitmiştir, orada kalır artık. Gecenin bu vaktine kadar onun için uykusuz kalmayacağımızı düşünür; ya da hiç olmazsa, bu saatte yalnız Mr. Hindley'nin uyanık kalacağını bilir. Kendisine kapıyı efendinin açmasını istemez herhalde."

Joseph, "Hayır, hayır, Gimmerton'da değildir," dedi. "Bataklıkta bir çukurun dibindedir. Bu afet boşuna değildi; dikkatli olun, küçükhanım, belki bir dahaki sefere sıra sizdedir. Tanrı'ya şükürler olsun! Tanrı'nın sersemlerden ayırdığı seçkin kulları için her şey yolunda gider. Bilirsiniz, Kutsal Kitap der ki..." İncil'den birtakım cümleler okumaya başladı, bunları hangi bab ve mısralarda bulabileceğimizi de bildiriyordu.

İnatçı kıza, kalkıp ıslak elbiselerini çıkarması için boş yere yalvardıktan sonra, Joseph'ı vaaz eder, onu da tir tir titrer bir durumda bırakarak küçük Hareton'ı alıp yatmaya gittim. Hareton çıt yokmuş, evde herkes uyuyormuş gibi mışıl mışıl uyuyordu. Joseph'ın bir süre daha okumasını sürdürdüğünü duydum, sonra merdivenden yavaş yavaş çıktığını fark ettim; ondan sonra da uyuyakalmışım.

Sabahleyin, her günkünden biraz daha geç aşağıya indiğimde, kepenklerin arasından sızan ışıkta, Miss Catherine'in hâlâ ocağa yakın bir yerde oturmakta olduğunu gördüm. Salonun kapısı da aralıktı; açık kalan pencerelerden ışık giriyordu. Hindley odasından çıkmıştı, sapsarıydı; uykulu uykulu ocağın başında ayakta duruyordu.

Ben içeri girdiğim sırada, "Neyin var, Cathy?" diye soruyordu. "Suda boğulmuş bir köpek yavrusu gibi perişansın. Neden bu kadar kederli, bu kadar solgunsun, yavrum?"

Catherine istemeye istemeye, "Islandım, üşüdüm, başka bir şeyim yok," diye karşılık verdi.

Efendinin oldukça ayılmış olduğunu anlamıştım, "Aman, laf dinlemezin teki o!" diye araya girdim. "Dün akşamki sağanakta iliklerine kadar ıslandı, bütün gece de öylece orada oturdu, söz geçirip de yerinden kıpırdatamadım."

Mr. Earnshaw şaşkın şaşkın bize baktı. "Bütün gece mi?" dedi. "Niye gidip yatmadı? Herhalde gök gürültüsünden korkmuş olamaz, sağanak geçeli saatler oluyor."

İkimiz de Heathcliff'in yokluğunu elimizden geldiğince gizlemek istiyorduk. Onun için, "Bütün gece uyumadan oturmak aklına nereden esti, bilmiyorum," dedim. Catherine de bir şey söylemedi. Sabah havası temiz ve serindi. Pencerenin kepengini itip açtım. Bahçenin güzel kokuları bir anda odaya doluverdi. Ama Catherine ters ters, "Ellen, pencereyi kapat, soğuktan ölüyorum!" diye seslendi. İyice sönmüş gibi olan ateşe sokulup büzüldü. Dişleri birbirine vuruyordu.

Hindley kardeşinin bileğini tutarak, "Hasta," dedi, "herhalde onun için uyuyamadı. Lanet olsun! Bu evde hastalık yüzünden yeniden üzülmek istemiyorum artık. Yağmurda ne işin vardı?"

Joseph bizim duraksamamızdan yararlanarak hemen kötü dilini oraya da uzattı, "Her zamanki gibi deli-kanlıların peşindeydi!" diye öttü. "Efendim, yerinizde olsaydım hepsini kapı dışarı ederdim, olur biterdi! Sizin burada olmadığınız bir gün yok ki o kedi kılıklı Linton gizli gizli eve sokulmasın. Miss Nelly de doğrusu pek iyi kız! Mutfakta oturup sizi gözetliyor; siz bir kapıdan girerken, Linton da öbür kapıdan çıkıyor. Ondan sonra da bizim hanımefendi kendi yakınlarıyla fink atmaya gidiyor! Gece saat on ikiden sonra o pis, kör olası Çingene'yle, o Heathcliff iblisiyle kırlarda dolaşmak çok güzel bir davranış doğrusu! *Beni* kör sanıyorlar, ama hiç de öyle değilim, körlük nerde, ben nerde!.. Genç Linton gelince de gördüm, giderken de; *senin* de (bana söylüyordu), efendinin atının nal seslerini yoldan duyar duymaz salona fırladığını gördüm."

Catherine, "Kes sesini, pis casus!" diye bağırdı. "Yüzüme karşı küstahlık istemem! Edgar Linton dün habersiz çıkageldi, Hindley; ona buradan uzaklaşmasını söyleyen de benim. Çünkü o durumunuzda onunla karşılaşmaktan hoşlanmayacağınızı biliyordum."

Kardeşi, "Yalan söylediğin kesin, Cathy," dedi. "Hem de öyle ahmaksın ki! Ama şimdilik Linton'ı bırakalım... Söyle bakalım, dün gece Heathcliff'le birlikte değil miydin? Şimdi doğruyu söyle bakayım. Ona zarar geleceğinden korkma; gerçi ondan yine eskisi kadar nefret ediyorum ama kısa bir zaman önce bana bir iyilik etti, bu nedenle vicdanım onun kafasını koparmama elvermez. Böyle bir şeyi önlemek için, hemen bu sabahtan tezi yok onu buradan kovacağım. O gittikten sonra da, hepinize öğüdüm şu: Dikkat edin! O zaman bütün öfkem sizin üzerinizde toplanacaktır."

Catherine acı acı hıçkırmaya başlayarak, "Dün gece Heathcliff'i hiç görmedim," diye karşılık verdi. "Onu bu evden kovarsan, ben de onunla çıkar giderim. Ama belki de eline bu fırsat geçmeyecek, belki gitmiştir bile." Sözünün burasında artık kendini tutamayarak ağlamaya başladı, ne söylediği anlaşılmaz oldu.

Hindley kardeşine ağız dolusu hakaretler savurdu, sövüp saydı; hemen kalkıp odasına gitmesini, yoksa onu öyle boşu boşuna değil, gerçekten ağlatacağını söyledi. Catherine'i, ağabeyinin dediğini yapması için zorladım. Odasına çıktığımızda yaptıklarını hiç unutmayacağım. Durumu beni adamakıllı korkuttu, deliriyor sandım. Doktoru getirmesi için Joseph'a yalvardım. Bunun bir sinir krizi başlangıcı olduğu anlaşıldı. Mr. Kenneth, daha onu görür görmez, tehlikeli biçimde hasta olduğunu söyledi, hummaya yakalanmıştı. Kan aldı, bana da, hastaya yoğurt ile çorbadan başka bir şey vermememi; kendini merdivenlerden ya da pencereden aşağı atmaması için dikkat etmemi söyledi. Sonra çıkıp gitti. Çünkü köyde daha pek çok işi vardı. Evler de birbirinden en aşağı iki-üç mil uzaklıktaydı.

İyi huylu bir hastabakıcı oldum diyemem. Joseph ile efendi de benden pek farklı değillerdi. Hastamız da hastaların en dik başlısıydı; yine de hastalığı savuşturdu. İhtiyar Mrs. Linton bu ara birçok kez bizi yoklamaya geldi. Her şeyi yoluna koydu; bizi azarladı, hepimize buyruklar verdi. Catherine iyileşme dönemine girince de, alıp Thrushcross Çiftliği'ne götürmekte diretti. Bizi bir yükten kurtardığı için kendisine minnettar kaldık. Ama zavallı kadıncağız yaptığına pişman oldu. Kendisi de kocası da hummaya yakalandı, birkaç gün arayla da ölüp gittiler.

Bizim küçükhanım eve eskisinden daha küstah, daha geçimsiz, daha burnu havada döndü. O fırtınalı geceden sonra Heathcliff'ten hiç haber çıkmamıştı. Catherine'in beni çileden çıkardığı bir gün, Heathcliff'in kaybolmasının bütün sorumluluğunu ona yükleme düşüncesizliğinde bulundum. Kendisi de işin doğrusunun bu olduğunu çok iyi biliyordu. O günden sonra aylarca, bir hizmetçiyle konuşulabilecek şeyler dışında, benimle hemen hemen hiç konuşmadı. Joseph da aynı biçimde aforoz edildi. Catherine'i küçük bir çocuk yerine koyarak, Joseph aklına geleni istediği kadar söylesin, ona istediği kadar vaazlarda bulunsun, boşunaydı; o artık kendini bir kadın, bizim hanımımız olarak görüyor, son hastalığından dolayı bizden özen bekleme hakkına sahip olduğunu düşünüyordu. Sonra, doktor da, onun fazla baskıya gelemeyeceğini, istediği gibi davranmakta özgür bırakılması gerektiğini söylemişti. Birimizin onun istediği bir şeye "olmaz" demeye kalkışması, Catherine'in gözünde bir cinayet işlemekten farksızdı. Ağabeyi ile onun arkadaşlarından da uzak duruyordu. Kenneth'ın uyarılarından ve çoğu kez, Catherine'in öfkelendiği zamanlar kendini gösteren krizlerinden korkan kardeşi de, onu istediğini yapmakta özgür bırakıyor, çoğu zaman onun hemen aleveniveren mizacını körüklemekten kaçınıyordu. Kardeşinin olmayacak kaprislerini hoşgörüyle karşılamakta biraz fazla ileri gidiyordu. Ama bu, Catherine'e olan sevgisinden değil, kurumundandı. Kardeşinin Linton'la evlenerek aileye onur getirmesini tüm kalbiyle istiyordu. Kendisine dokunmadığı sürece de kardeşi bizi istediği kadar köle gibi ayaklarının altında çiğnesin, umurunda değildi! Edgar Linton, kendinden önce sayısız kimsenin yaptığı ve daha kendinden sonrakilerin de yapacakları gibi, Cathy'ye iyice tutulmuştu. Babasının ölümünden üç yıl sonra Catherine'i Gimmerton Şapeli'ne götürdüğü gün kendisini dünyanın en mutlu insanı sayıyordu.

Hiç istemediğim halde, Uğultulu Tepeler'den ayrılarak onunla birlikte buraya gelmek zorunda kaldım. Küçük Hareton henüz beş yaşlarındaydı, ona tam da abeceyi öğretmeye başlamıştım. Ayrılışımız pek içler acısı oldu. Ama Catherine'in gözyaşları bizimkinden çok daha etkiliydi. Ben, gitmem, diye ayak diriyordum; yalvarmalarının beni yola getiremeyeceğini anlayınca, ağlayarak kocasına ve ağabeyine gitti. Birincisi bana dolgun ücretler önerdi; öteki ise, "Çabuk pılını pırtını topla, git!" diye buyurdu. Artık evde bir hanım olmadığı için, kadın hizmetçi istemediğini söyledi. Hareton'a gelince; onunla da artık papazımız ilgilenecekti. Benim için yapacak bir tek şey vardı: buyurulduğu gibi davranmak. Efendiye, evdeki bütün iyi kimseleri böyle başından atmanın kendi sonuna koşar adım gitmek olduğunu söyledim. Hareton'ı öperek ayrıldım. O zamandan sonra artık o benim için bir yabancı oldu. Düşününce insana çok tuhaf geliyor, ama hiç kuşkusuz artık o, Ellen Dean'i, Ellen için kendisinin dünyada her şeyden değerli olduğunu, Ellen'ın da kendisi için öyle olduğunu iyice unutmuştur!

Hikâyesinin burasına gelince hizmetçinin gözü şöminenin üstündeki saate ilişti. Yelkovanın bir buçuğu gösterdiğini görünce şaşırdı. Artık kendisini bir saniye bile oturtmak olanaksızdı; gerçekten ben de hikâyenin sonunu başka zamana bırakma isteğini duyuyordum: O, odasına çekildi; ben de bir-iki saat daha kendi kendime düşüncelere dalıp kaldım. Şimdi artık başımda ve bedenimde duyduğum, beni güçsüzleştiren o sızılarla, ben de gidip yatma yürekliliğini göstermek istiyorum.

10

Manastır yaşamına güzel bir başlangıç! Tam dört hafta süren işkenceler, çırpınmalar ve rahatsızlık! Ah, buz gibi rüzgâr, bu sıkıcı kuzey göğü, bu geçilmez yollar, bu ağırkanlı köy doktorları!... Ah, bu insan yüzü görememek ve hepsinden kötüsü, Kenneth'ın o korkunç uyarısı: Bahara kadar evden dışarı çıkma umuduna kapılmamalıymışım!

Mr. Heathcliff az önce beni ziyaretiyle onurlandırdı. Yedi gün kadar önce de bana bir çift ormantavuğu gönderdi; mevsimin son ormantavuğu. Alçak! Benim bu hastalığım biraz da onun yüzünden. Bunu kendisine söylemeyi çok istedim. Ama ne çare! Yatağımın başında tam bir saat oturup haplardan, ilaçlardan, yakılardan, sülükten hiç söz etmeden, bambaşka konulardan konuşacak kadar iyi davranan bir adamı nasıl kırabilirdim? Şu sıra çok iyiyim. Pek kitap okuyacak kadar güçlü değilsem de, beni ilgilendiren bir şeyle oyalanabileceğimi sanıyorum. Mrs. Dean'i yukarı çağırıp hikâyesinin sonunu anlattırsam olmaz mı? Anlattığı yere kadar başlıca olayları hatırlayabiliyorum. Evet, hikâyenin başkişisi kaçmıştı ve üç yıldır kendisinden hiç haber alınamamıştı. Kız da evlenmişti. Bunları hatırlıyorum. Şimdi zile basacağım; beni neşeli neşeli konuşabilecek durumda bulduğuna sevinecektir. Mrs. Dean geldi.

"İlaç almanıza daha yirmi dakika var, efendim," diye başladı.

"Bırak, bırak onu!" dedim. "Benim istediğim..."

"Doktor artık tozları bırakmanızı söyledi."

"Hay hay! Sözümü kesmeyin. Şuraya oturun. O bir alay ilaca elinizi sürmeyin. Cebinizden örgünüzü çıkarın –hah, oldu işte–, şimdi de bıraktığımız yerden bugüne kadar Mr. Heathcliff'in hikâyesini anlatın. Avrupa'da öğrenimini tamamlayıp bir beyefendi olarak mı geldi? Yoksa okulun iç hizmetlerinde çalışmak karşılığında, bir kolejde ucuza okuma olanağını mı buldu? Ya da Amerika'ya kaçtı da bu ikinci vatanında yaptığı işlerde çok mu kârlı çıktı? Yoksa İngiltere'de dağa çıkarak tez elden bir servet mi yapıverdi?"

"Belki de her türlü işe girip çıkmıştır, Mr. Lockwood; ama kesin olarak şunu yaptı diyemem. Önceden söylemiştim; parasını nasıl kazandığını bilmiyorum. Düşüncelerini, içine düştüğü o karanlık belirsizlik çukurundan kurtarmak için ne gibi yollara başvurduğunu bilmiyorum. İzin verin de hikâyeyi kendi bildiğim gibi sürdüreyim, mademki yorulmayacağınızı, eğleneceğinizi söylüyorsunuz. Bu sabah daha iyice misiniz?"

"Çok daha iyi."

"Bu, iyi haber işte."

Miss Catherine'le birlikte Thrushcross Çiftliği'ne gittim. Orada bana umduğumdan çok daha iyi davrandı; beklemediğim bu durum hoşuma gitti. Mr. Linton'a çok düşkün görünüyordu. Onun kız kardeşine bile büyük sevgi gösterdi. Zaten iki kardeş de onu rahat ettirmek için ellerinden geleni yapıyorlardı. Gerçekte diken, hanımeli çiçeklerine doğru eğilmiyor, hanımelleri dikeni kucaklıyordu. Ortada karşılıklı bir baş eğme yoktu; biri dimdik duruyor, ötekiler de ona boyun eğiyorlardı. İnsan, karşısında dik başlılık görmezse, hiç huysuzlanıp hırçınlaşabilir mi? Edgar karısını öfkelendirmekten korkuyordu, bu korku içine yer etmişti. Bunu Catherine'e belli etmiyordu, ama benim karısına biraz ters karşılık verdiğimi duysa ya da uşaklardan birinin onun sertçe bir buyruğuna yüzünü ekşittiğini görse, efendi kaşlarını çatar, hoşnutsuzluğunu belli ederdi. Oysa kendisine böyle yapılsa hiç kızmazdı. Bana kaç kez küstahlığımdan dolayı çıkıştı. Kendi bedenine bıçak saplasalar, hanımını canı sıkılmış gördüğü zamanki kadar acı duymayacağını söyledi. Böyle iyi bir efendiyi üzmemek için daha az huysuz olmaya çalıştım. Bizim barut altı ay kadar, kum gibi zararsız durdu; çünkü yanında onu patlatacak hiçbir ateş yakılmadı. Catherine'in zaman zaman üzüntülü olduğu ya da hiç kimseyle konuşmadığı oluyordu. Kocası onun bu hallerini hoş görüyor, hiç ses çıkarmıyordu. Daha önce Catherine'in böyle sessizlikleri olmadığından, bu hallerini o hastalığın bünyesinde yaptığı değişikliğe veriyordu. Catherine'in yüzü yeniden gülünce, onun yüzü de gülüyordu. Kesinlikle söyleyebilirim ki, gerçekten derin ve gittikçe artan bir mutluluk içinde yaşıyorlardı.

Ama sona erdi. İşin doğrusu, eninde sonunda insanın kendini düşünmesi *gerekiyor*, uysal ve iyi yürekli olanların bencillikleri zorba olanlarınkinden insaflı oluyor, o kadar. Olayların, birinin çıkarının ötekinin baş düşüncesi olmadığını gösterdiği gün, bu mutluluk sona erdi. Güzel bir eylül akşamı, topladığım elmalarla dolu ağır bir sepetle bahçeden geliyordum. Çevreye akşam karanlığı çökmüştü. Ay yüksek avlu duvarı üzerinden bakıyor, evin sayısız çıkıntısının oluşturduğu köşelere sinmiş, pusudaymış gibi duran biçimsiz gölgeler düşürüyordu. Elimdekini, mutfak kapısının yanından eve çıkan basamaklara koydum; dinlenmek için biraz durdum, bu ılık ve tatlı havadan içime bir-iki soluk daha çektim; aya bakıyordum, sırtım kapıya dönüktü; tam bu sırada arkamdan bir ses duydum: "Nelly, sen misin?"

Kalın bir sesti, konuşması buralılarınkine benzemiyordu. Ama adımı söyleyişinde öyle bir şey vardı ki, bana tanıdık gibi geldi. Konuşanın kim olduğunu anlamak için korkuyla döndüm: Çünkü kapılar kapalıydı, merdivene gelirken de kimseyi görmemiştim. Kapının önünde bir şey kımıldadı; yaklaşınca, uzun boylu, koyu renk elbiseler giymiş, esmer yüzlü, siyah saçlı bir erkek gördüm. Kapının kenarına dayanmıştı, kapıyı açmaya hazırlanıyormuş gibi parmaklarıyla mandalı tutuyordu. Kim olabilir? diye düşündüm. Mr. Earnshaw mu? Yok, yok! Bu ses onunkine hiç benzemiyor.

Ben hâlâ şaşkın şaşkın bakarken, adam, "Burada bir saattir bekliyorum," diye yeniden söze başladı. "Geldim

geleli de sanki her şey ölü gibi, çevrede hiçbir şey kımıl-
damıyor. İçeri girmeye cesaret edemedim. Beni tanıma-
dın mı? İyi bak, yabancı değilim!"

Yüzüne ayın şavkı vurdu. Yanakları renksizdi, yarı
yarıya siyah favorilerle kaplanmıştı. Kaşları inik, gözleri
çukurdaydı ve kimseninkine benzemiyordu. Bu gözleri
hemen hatırladım.

"Ne!" diye haykırdım. Kendisinin bu dünyadan bir
canlı olup olmadığına karar veremiyordum. Şaşkın şaş-
kın ellerimi kaldırdım. "Ne! Geri geldin ha? Sen misin
gerçekten? Sen misin?" diye haykırdım.

"Evet, benim, Heathcliff," diye yanıtladı. Bakışlarını,
camlarında ayın parıldadığı, ama içeriden hiçbir ışık sız-
dırmayan pencerelere kaldırdı. "Evdeler mi? O nerede?
Nelly, sevinmediğin belli. Bu kadar şaşırmana hiç gerek
yok. O burada mı? Söyle! Ona, hanımına yalnız bir tek
söz söylemek istiyorum. Git, Gimmerton'dan gelen biri-
nin kendisini görmek istediğini haber ver."

"Bunu nasıl karşılayacak?" dedim. "Ne yapacak? Bu
beklenmedik olay beni şaşkına çevirdi, onunsa aklını ba-
şından alacak! Demek siz gerçekten Heathcliff'siniz ha!
Ama ne kadar değişmişsiniz! Yok, yok, ben bu işin içinden
çıkamayacağım, anlaşılır şey değil. Askerde miydiniz?"

Sabırsızlıkla, "Hadi gidip haber ver," diye sözümü
kesti. "Sen bunu yapmadıkça, cehennem azabından kur-
tulamayacağım!"

Mandalı kaldırdı, ben de içeri girdim. Ama hanımla
efendinin bulundukları salonun önüne gelince, bir türlü
daha ileri gidemedim. Sonunda, şamdanları yakayım mı
diye sorma bahanesiyle içeri girmeye karar verdim ve
kapıyı açtım.

Kepenkleri yana açılmış bir pencerenin önünde otu-
ruyorlardı. Bahçenin ağaçları ve yemyeşil korunun öte-
sinde uzanan Gimmerton Vadisi olduğu gibi göz önün-

deydi. Uzun bir sis tabakası kıvrıla kıvrıla hemen hemen tepeye kadar yükseliyordu. (Çünkü, görmüşsünüzdür, bataklıklardan gelen kanal, şapeli geçer geçmez, dar vadinin kıvrımını izleyen bir dereyle birleşir.) İşte bu gümüş renkli buğunun yukarısında Uğultulu Tepeler yükseliyordu; ama eski evimiz görünmüyordu, o yapı daha çok bayırın öteki yüzünde kalır. Hem odayla içindekiler hem de izledikleri görüntü tam bir esenlik içindeydi. Çekinerek getirdiğim haberi vermekten vazgeçtim; şamdanlarla ilgili sorumu sorduktan sonra, bir şey söylemeden tam dışarı çıkıyordum ki, saçmalık ettiğimi düşünerek geri döndüm, "Gimmerton'dan gelen biri sizi görmek istiyor, hanımefendi," dedim yavaşça.

"Ne istiyor?" dedi hanım.

"Sormadım," diye karşılık verdim.

"Peki, sen perdeleri kapa, Nelly, sonra da çay getir. Ben hemen döneceğim."

Odadan çıktı; efendi, kayıtsız bir tavırla, gelenin kim olduğunu sordu.

"Hanımın hiç beklemediği biri," diye yanıtladım. "Şu Heathcliff –hatırlarsınız, efendim– Mr. Earnshaw'un yanında kalırdı."

"Ne, o Çingene mi, o çiftçi yamağı mı?" diye bağırdı. "O olduğunu Catherine'e niye söylemedin?"

"Susun, susun! Ondan bu biçimde söz etmemelisiniz, efendim," dedim. "Hanımın kulağına giderse çok üzülür. Heathcliff kaçıp gittiği zaman neredeyse kederinden ölecekti. Geri geldi diye bayram edecektir herhalde."

Mr. Linton odanın öbür ucunda avluya bakan bir pencereye gitti. Açıp dışarı sarktı. Sanırım aşağıdaydılar, çünkü efendi hemen, "Orada durma, sevgilim! Eğer gelen tanıdık biriyse, içeri al!" diye seslendi. Hemen sonra, kapı mandalının sesini duydum. Catherine, soluk soluğa, çılgın gibi merdivenden yukarı neredeyse uçtu; heyecanından sevinci belli değildi. Yüzüne bakan, çok kötü bir şey oldu sanırdı.

Kocasının boynuna sarılarak, soluk soluğa, "Ah, Edgar, Edgar! Ah, Edgar sevgilim, Heathcliff geri geldi, o geldi!" dedi. Onu kolları arasında boğacak gibi sıkıyordu. Kocası sert sert, "Peki, peki, bunun için beni boğacak değilsin ya!" dedi. "Onun öyle bulunmaz bir hazine olduğunu hiç düşünmemiştim. Böyle çılgına dönecek ne var!"

Catherine, sevincini biraz bastırarak, "Onu sevmediğini biliyorum," dedi. "Ama şimdi benim hatırım için artık dost olmalısınız. Buraya gelmesini söyleyeyim mi?"

"Buraya mı? Salona mı?"

"Ya nereye?"

Efendi kızar gibi oldu. Mutfağın ona daha uygun bir yer olduğunu söyledi. Karısı tuhaf tuhaf yüzüne baktı. Kocasının titizliğine hem kızmış hem de gülmekten kendini alamamıştı.

Biraz durduktan sonra, "Yok, olmaz," dedi, "ben mutfakta oturamam. Buraya iki masa hazırla, Ellen; birisi efendiyle Miss Isabella için, onlar buranın ileri gelenlerinden; öteki Heathcliff ile benim için, biz de aşağı tabakadan. Nasıl, bu iyi mi sevgilim? Yoksa başka bir odaya ateş yaktırayım mı? Eğer öyle istersen, emret. Ben hemen inip konuğuma bakacağım, elimden kaçmasın. Bu kadar büyük sevinç gerçek olamaz diye korkuyorum!"

Yeniden odadan fırlayıp çıkmak üzereydi ki, Edgar onu yakaladı.

Bana dönerek, "Konuğu *sen* yukarı çağır," dedi. "Catherine, sen de saçmalamadan sevinmeye çalış. Bütün ev halkının, kaçmış bir uşağı kardeşinmiş gibi karşıladığını görmesine gerek yok."

Aşağı indim. Heathcliff'i sahanlıkta bekliyor buldum. İçeri çağrılmayı umduğu her halinden belliydi. Sözlerle vakit kaybetmeden peşimden geldi. Kendisini efendiyle

117

hanımın yanına götürdüm. İkisinin de al al olmuş yanaklarından, aralarında ateşli bir konuşma geçtiği anlaşılıyordu. Ama arkadaşı kapıda görünür görünmez, hanımınkiler daha başka bir duyguyla yandı. Hemen ona doğru atıldı, iki elinden tutup Linton'a götürdü; sonra Linton'ın isteksiz parmaklarını yakalayıp Heathcliff'inkilerle birleştirdi. Şimdi, ateşin ve şamdanların ışığında adamakıllı görünce, Heathcliff'teki değişiklik beni daha da şaşırttı. Boylu boslu, atlet vücutlu, düzgün yapılı bir erkek olmuştu. Onun yanında efendim incecik ve toy bir delikanlı gibi kalıyordu. Heathcliff'in dimdik duruşu, orduda bulunmuş olduğunu düşündürüyordu. Yüzündeki anlam ve kararlılık, onu Mr. Linton'dan daha yaşlı gösteriyordu. Bu, aydın bir yüzdü, o eski halinden hiçbir iz taşımıyordu. İnik kaşlarında, ateş gibi yanan kapkara gözlerinde hâlâ yarı yabanıl, yırtıcı bir anlam vardı; ama bu, baskı altına alınmıştı. Dahası, tavrında bir ağırlık bile vardı. Sertliği zarif olmasına engelse de, halinde kabalık yoktu. Efendimin şaşkınlığı da benimkinden aşağı değildi, fazlaydı bile. Yamak dediği bu adamla nasıl konuşacağını bilemeyerek bir dakika durdu. Heathcliff onun ince elini bıraktı ve o, söze başlayıncaya kadar yüzüne bakarak, durgun ve dingin, olduğu yerde kaldı.

Sonunda Linton, "Oturunuz, efendim," dedi. "Mrs. Linton, eski günleri hatırlayarak, sizi dostça karşılamamı istedi; tabii onun hoşuna gidecek her şey beni de hoşnut eder."

Heathcliff, "Beni de," diye karşılık verdi. "Hele bunda benim de payım bulunursa. Sevinerek bir-iki saat kalacağım."

Catherine'in karşısına geçip oturdu. Catherine gözlerini ondan hiç ayırmıyor, bir an ayırırsa Heathcliff kaybolacakmış gibi korkuyordu. Heathcliff ise gözlerini pek o kadar sık kaldırıp bakmıyordu; arada sırada bir bakış yetiyordu ona, ama her seferinde de bu bakış, karşısındakinin bakışlarından içtiği o bariz zevki daha güvenle yansıtıyordu. Ortak sevinçlerine öylesine dalmışlardı ki, sıkılıp çekinmek akıllarına bile gelmiyordu. Ama Mr. Edgar hiç öyle değildi. İçinde bulunduğu tedirginlikten sararmıştı; karısı kalkıp halının üzerinden bir adım atarak yeniden Heathcliff'in ellerini yakalayıp çıldırmış gibi gülünce, bu tedirginlik son kerteye ulaştı.

Catherine, "Yarın düş gördüğümü sanacağım!" dedi. "Seni bir kez daha gördüğüme, sana bir kez daha ellerimi dokundurduğuma, seninle bir kez daha konuştuğuma mümkün değil inanamayacağım. Ama, insafsız Heathcliff! Sen böyle karşılanmaya yaraşır biri değilsin. Üç yıl ortadan kaybol, hiç sesin çıkmasın, beni bir kez bile aklına getirme de!.."

Heathcliff, "Senin beni aklına getirdiğinden biraz daha çok," diye sitem etti. "Evlendiğini az bir zaman önce öğrendim, Cathy. Aşağıda, avluda beklerken kendi kendime şöyle düşündüm: yalnızca yüzünü şöyle bir görmek, belki de şaşkın bir bakış ve yapmacık bir sevinçle karşılaşmak, ondan sonra da Hindley'yle kozumu paylaşmak; son olarak da kendimi öldürerek işi yasalara bırakmamak!.. Beni karşılayışın bütün bu düşünceleri kafamdan sildi; ama bir dahaki sefere beni başka türlü karşılamaktan çekin! Yok, yok, beni artık kovmayacaksın. Benim için gerçekten üzüldün, öyle mi? Doğrusu, üzülecek kadar da vardı. Son kez sesini duyduğumdan beri çok çetin bir hayatım oldu. Beni bağışlamalısın, çünkü yalnız senin için çabaladım!"

Linton, sesinin tonunu değiştirmemeye ve gereken inceliği elden bırakmamaya çalışarak söze karıştı: "Rica ederim, Catherine, masaya gelin, yoksa çaylar soğuyacak. Geceyi nerede geçirecekse, Mr. Heathcliff'in uzun bir yolu var. Ben de çay içmek istiyorum."

Catherine çaydanlığın önüne oturdu, Miss Isabella da zil sesini duyunca geldi. Ben de sandalyelerini altlarına verip çekildim. Çay on dakika ya sürdü ya sürmedi. Catherine fincanına hiç çay koymamıştı, ne yiyebiliyor ne içebiliyordu. Edgar çayının bir kısmını tabağına dökmüştü. Bir yudum ya içmiş ya içmemişti. O akşam konukları bir saatten fazla kalmadı. Ayrılırken, Gimmerton'a mı gideceğini sordum.

"Hayır, Uğultulu Tepeler'e," dedi. "Bu sabah Mr. Earnshaw'u görmeye gittiğimde beni davet etti."

Mr. Earnshaw, *onu* davet etsin! Ve *o*, Mr. Earnshaw'u görmeye gitsin! O gittikten sonra, bu sözleri üzerinde kaygıyla uzun süre düşündüm. Acaba Heathcliff şimdi de ikiyüzlülüğe mi başlamıştı? Gizli gizli birtakım kötü işler çevirmek için mi buralara gelmişti? İçimden bir ses, keşke hiç gelmeseydi, diyordu.

Gece yarısına doğru hanımım beni derin uykumdan uyandırdı. Yavaşça odama sokulmuş, yatağımın başucuna oturmuş, beni uyandırmak için saçlarımdan çekiyordu.

"Bir türlü uyuyamıyorum, Ellen," diyerek kendini bağışlatmak istedi. "İstiyorum ki bu mutlu anlarımda yanımda bana arkadaşlık edecek biri olsun! Edgar, kendisini ilgilendirmeyen bir şeyden dolayı sevinçliyim diye surat asıyor. Yalnızca anlamsız, saçma sapan bir şeyler söylemek için ağzını açıyor, o kadar! Kendisini böyle hastayken, uyku uyuyacağı zaman konuşturmak istediğim için benim çok acımasız ve bencil olduğumu söyledi. Ne zaman azıcık darılacak olsa, hemen her zaman bir hastalık çıkarıyor! Heathcliff'i öven bir-iki şey söyledim; onun üzerine, ya baş ağrısından ya da çekemediğinden, ağlamaya başladı; ben de yataktan kalkıp odadan çıktım."

"Heathcliff'i onun yüzüne karşı övmekte ne yarar var?" dedim. "Çocukken birbirlerinden hoşlanmazlardı; Heathcliff de herhalde onun kendi yüzüne karşı övülmesini istemez. İnsanlar böyle yaratılmıştır. Aralarında açıktan açığa bir çatışma çıkmasını istemiyorsanız, Mr. Linton'a ondan hiç söz etmeyin."

Catherine, "Ama bu büyük bir zayıflık olmaz mı?" diye konuşmasını sürdürdü. "Ben kimseyi kıskanmıyorum. Isabella'nın parlak sarı saçları, süt gibi beyaz teni, o ince zarafeti, ev halkının ona gösterdiği düşkünlük beni hiç rahatsız etmiyor. Sen bile, Nelly, aramızda bir anlaşmazlık çıksa, hemen Isabella'dan yana olursun. Ben de akılsız, yumuşak bir anne gibi boyun eğerim. Ona, sevgili Isabella, diyorum, yüzünü güldürünceye kadar okşayıp hoşuna gidecek şeyler söylüyorum. Bizim iyi geçindiğimizi görmek ağabeyinin hoşuna gidiyor; bu da beni hoşnut ediyor. Ama ikisi de birbirine çok benziyor. İkisi de şımarık birer çocuk, dünyayı kendi rahatları için yaratılmış sanıyorlar. İkisinin de suyuna gidiyorum, ama uygun bir cezanın da onları aynı biçimde yola getireceğini düşünmüyor değilim."

"Yanılıyorsunuz, Mrs. Linton," dedim. "Onlar sizin huyunuza göre gidiyorlar, yoksa böyle yapmasalar ne olurdu, onu ben bilirim. Onların işi gücü sizin bütün isteklerinizi önceden anlamaya çalışmak oldukça, siz de onların gelip geçici kaprislerine kolaylıkla göz yumabilirsiniz. Ama belki de bir gün gelir, iki taraf için aynı derecede önemli olan bir şey için bozuşursunuz. İşte o zaman, sizin yumuşak dediğiniz kimseler de sizin kadar inatçı olduklarını göstereceklerdir."

Catherine güldü, "İşte o zaman bir ölüm kalım savaşı olur, değil mi, Nelly?" dedi. "Yok, hayır, şunu iyi bil, Linton'ın sevgisinden o kadar eminim ki, kendisini öldürmeye kalksam, öcünü almak aklından bile geçmez."

Linton'ı bu sevgisinden ötürü daha çok beğenmesi gerektiğini söyledim.

"Beğeniyorum," dedi, "ama böyle yok yere sızlanıp

121

surat etmesine ne gerek var! Pek çocukça oluyor. 'Heathcliff artık herkesin saygısını kazanacak bir insan olmuş; onunla arkadaşlık etmek ülkenin en soylu erkeği için bile bir onurdur,' dedim diye oturup hüngür hüngür ağlayacağına, bunu benden önce kendi söylemeli ve gerçekten sevinmeliydi. Heathcliff'e alışması gerek, hem onu pekâlâ sevebilir de! Heathcliff ona ne kadar sert davransa hakkıydı, diye düşünüyorum da, doğrusu yine de çok kibarlık gösterdi."

"Uğultulu Tepeler'e gitmesine ne diyorsunuz?" dedim. "Anlaşılan her yönden düzelmiş; kusursuz, dini bütün bir insan oldu demek! Bütün düşmanlarına dostça el uzatan bir insan!"

Catherine, "Oraya niçin gittiğini bana anlattı," dedi. "Ben de senin kadar şaştım. Senin Uğultulu Tepeler'de olduğunu sanarak benimle ilgili bilgi almak için oraya gitmiş; Joseph da Hindley'ye haber vermiş; Hindley dışarı çıkıp bu zamana kadar neler yaptığını, nasıl yaşadığını sormaya başlamış. Sonunda da içeri girmesini istemiş. İçerde bazı kimseler varmış, kâğıt oynuyorlarmış. Heathcliff de aralarına katılmış. Ağabeyim, Heathcliff'e yenilip borçlanmış; Heathcliff'in bol parası olduğunu anlayınca, akşam yine gelmesini istemiş, o da kabul etmiş. Hindley o kadar kayıtsızdır ki, arkadaş seçerken hiç düşünmez. Alçakçasına kötülük ettiği bir insana güvenmemesi gerektiğini düşünme zahmetine bile katlanmaz. Ama Heathcliff, eskiden kendisine işkence eden adamla yeniden ilişki kurmasının başlıca nedeni olarak, Çiftlik'e yürüyerek gidip gelebileceği bir yere yerleşmek istemesini gösteriyor. Hem de birlikte yaşadığımız eve bir yakınlık duyduğunu söylüyor. Sonra bir de, oraya yerleşirse, benim kendisini daha sık görme olanağı bulacağımı umuyormuş; oysa Gimmerton'da kalırsa bu olmazmış. Bol para önererek Tepeler'de kalmak istiyor. Kardeşim

paraya doymazlığı yüzünden bunu kabul edecektir kuş-
kusuz; para konusunda öteden beri açgözlüdür. Ama bir
eliyle aldığını öteki eliyle saçar."

"Genç bir adamın yerleşmesi için ne güzel bir yer!
Bu işin sonundan korkmuyor musunuz, Mrs. Linton?"
dedim.

"Arkadaşımdan yana hiçbir korkum yok," dedi. "Sağ-
lam kafası onu tehlikeden koruyacaktır; Hindley için bi-
raz korkuyorum. Ama erdemsizlikte şimdi olduğundan
daha aşağı bir duruma düşürülemez. Onu büsbütün mah-
volmaktan kurtarmak için de ben varım. Bu akşamki olay
beni Tanrı'yla da, insanlarla da barıştırdı! Kızarak ayak-
lanmış, Tanrı'ya baş kaldırmıştım. Ah, neler neler çek-
tim, Nelly! Eğer bu adam ne kadar acı çektiğimi bilseydi,
tam huzura kavuştuğum bir sırada böyle anlamsız huy-
suzluklarla beni üzmeye utanırdı. Ben kendisini düşüne-
rek bu acıya yalnız başıma katlandım. Sık sık duyduğum
o öldürücü acıyı açığa vursaydım, bunun sona ermesini
o da benim kadar sabırsızlıkla beklemeyi öğrenirdi. Ney-
se, artık bitti. Edgar'dan da bu saçmalığının acısını çıka-
racak değilim. Bundan sonra her şeye katlanabilirim ar-
tık! Şimdi alçağın biri bana bir tokat atsa, öbür yanağımı
da uzatmakla kalmam, böyle bir şeye neden olduğum
için özür de dilerim. Sözümü kanıtlamak için de hemen
şimdi gidip Edgar'la barışacağım. İyi geceler! Ben bir
meleğim artık!"

Bu inançla içi rahat, yanımdan ayrıldı. Yerine getirdi-
ği bu kararın ne kadar başarı sağladığı ertesi gün anlaşıl-
dı. Gerçi Catherine'in taşkın neşesi onda yoktu, hâlâ ke-
yifsiz duruyordu, ama efendinin aksiliği geçmişti; üstelik
öğleden sonra, Catherine'in Isabella'yı yanına alıp Uğul-
tulu Tepeler'e gitmesine de ses çıkarmadı. Catherine de
buna karşılık kocasını öyle tatlı bir güler yüz, öyle sıcak
bir sevgiyle ödüllendirdi ki, ev birkaç gün için cennete

döndü; efendi de, uşaklar da, hiç eksilmeyen bu gün ışığından hep birlikte yararlandılar.

Heathcliff –artık bundan sonra Mr. Heathcliff demeliyim– önceleri Thrushcross Çiftliği'ne gelme iznini sakınarak kullandı. Böyle aralarına girmesine evin efendisinin ne dereceye kadar dayanacağını anlamak istiyor gibiydi. Catherine de, Heathcliff geldiği zamanlar sevincini dile getirmede o kadar taşkınlık göstermemenin daha akıllıca bir davranış olacağını düşündü. Heathcliff de böylece yavaş yavaş evde kendisini artık beklenilen bir konuk gibi kabul ettirdi. Çocukluğundaki o belirgin çekingenliği hâlâ üzerindeydi. Bu da duygularını örtbas edip iç dünyasını belli etmemesine yarıyordu. Efendimin içindeki tedirginlik yatışır gibi oldu; daha sonra ortaya çıkan durumlar da bir süre için bu tedirginliğin yönünü değiştirdi.

Efendimin yeni üzüntüsü hiç beklenmedik bir talihsizlikti. Isabella Linton, evde hoş görülen bu konuğa birdenbire önüne geçilmez bir ilgi duymaya başlamıştı. O zamanlar on sekiz yaşlarında, alımlı bir genç kızdı. Halleri çocukçaydı, ama keskin bir zekâsı vardı, duygularında da çok ateşliydi. Kendisini candan seven ağabeyi, akla hayale gelmez bu tutum karşısında korkuya kapıldı. Adı sanı belirsiz biriyle evlenmenin küçültücü yanı ve kendi erkek mirasçıları olmazsa, varının yoğunun böyle bir adama geçmesi olasılığı bir yana, efendim, Heathcliff'in huyunu anlayacak, görünüşte değişmiş gibi olmasına karşın ruhunun değişmeyeceğini ve değişmediğini bilecek durumdaydı. İşte onun korktuğu bu ruhtu. O, bu ruhtan nefret ediyordu. Bir önseziyle, Isabella'yı böyle birinin eline bırakmayı düşünmek bile istemiyor, bundan ürküyordu. Eğer kız kardeşinin bu tutkusunun, hiç istenmeden kendiliğinden doğduğunu ve hiçbir karşılık bulmadığını bilseydi, daha da korkup çekinirdi. Çünkü Edgar işi anlar anlamaz suçu Heathcliff'e yükleyip, "Bu onun kurduğu bir düzendir," demişti.

Hepimiz, bir süredir, küçükhanımın bir derdi, bir üzüntüsü olduğunu anlamıştık. Her gün biraz daha aksileşiyor, can sıkıyordu. Her dakika Catherine'e sataşıyor, eziyet ediyordu; onun zaten pek az olan sabrını neredeyse tüketecekti. Sağlığının bozuk olduğunu düşünerek bu hallerini hoş görmeye çalışıyorduk; çünkü gözümüzün önünde gittikçe zayıflıyor, sararıp soluyordu. Ama bir gün, büsbütün aksiliği tuttu; kahvaltı etmek istemiyor, hizmetçilere söz geçiremediğinden, Catherine'in evde kendisini hiçbir şeye karıştırmadığından, Edgar'ın kendisini ihmal ettiğinden, kapılar açık bırakıldığı için soğuk aldığından, sırf kendisine inat olsun diye salondaki ateşe bakmayıp söndürdüğümüzden yakınıyor, daha binbir çeşit ipe sapa gelmez suçlamada bulunuyordu. Catherine kesinlikle gidip yatması gerektiğini söyledi; adamakıllı çıkıştıktan sonra da, doktor çağıracağını söyleyerek ona gözdağı verdi. Isabella, Doktor Kenneth'ın adını duyar duymaz, hemen sağlığının çok iyi olduğunu, kendisini üzüp sinirlendiren şeyin Catherine'in haşinliğinden başka bir şey olmadığını söyledi.

Catherine bu anlamsız çıkış karşısında şaşırdı. "Bana nasıl haşin diyebilirsin, huysuz çocuk!" diye bağırdı. "Sen aklını kaçırıyor olmalısın! Söyle bakayım, sana ne zaman kırıcı davrandım?"

Isabella, "Dün," diye hıçkırdı, "şimdi de!"

Catherine, "Dün mü?" dedi. "Ne zaman?"

"Dünkü kır gezintimizde! Siz Mr. Heathcliff'le başınızı alıp gittiniz, bana da istediğim yerde gezip dolaşmamı söylediniz."

Catherine gülerek, "Senin kırıcı davranış dediğin bu mu?" dedi. "Bunun nedeni senin yanımızda fazlalık olduğunu anlatmak değildi. Bizim için, yanımızda olsan da birdi, olmasan da. Sadece, Heathcliff'in konuşması seni ilgilendirmez, diye düşünmüştüm."

Küçükhanım, "Yok, yok, hayır," diye ağladı. "Benim yanınızda bulunmaktan hoşlanacağımı bildiğin için beni uzaklaştırmak istedin!"

Mrs. Linton bana dönerek, "Aklı başında mı acaba?" diye sordu. "Onunla konuştuklarımızı tek tek tekrarlayayım, Isabella, sen de neresi hoşuna giderdi söyle."

"Konuştuklarınızdan bana ne," dedi Isabella. "Ben istiyordum ki..."

Catherine, Isabella'nın, cümlesini tamamlayamayarak duraksadığını fark etti. "Ee?.."

Isabella heyecanlanarak, "İstiyordum ki," dedi, "onun yanında olayım. Bana bunu bir daha yapamazsın! Sen avını kimseye kaptırmak istemeyen bir çakal gibisin, Cathy. İstiyorsun ki senden başka kimseyi sevmesinler!"

Mrs. Linton şaşırarak, "Seni saygısız maskara seni!" diye haykırdı. "Ama bu aptallığa dünyada inanmam! Sen Heathcliff tarafından beğenilmek istemezsin, bu olamaz, ondan hoşlanmana imkân yok! Umarım seni yanlış anlamışımdır, Isabella?"

Bir çılgından farksız olan Isabella, "Hayır, yanlış anlamadın," dedi. "Ben onu senin Edgar'ı sevdiğinden daha çok seviyorum; bıraksan, o da beni sever!"

Catherine sözcüklerin üstünde dura dura konuşarak, "Dünyayı verseler senin yerinde olmak istemezdim!" dedi. Sözlerinde içten olduğu anlaşılıyordu. "Nelly, bana yardım et de, yaptığının delilik olduğuna onu inandırayım. Heathcliff'in nasıl bir adam olduğunu ona anlat: Yontulmamış bir yaratık, ne incelik var ne görgü; karaçalılarla, kayalarla kaplı, çorak bir bozkır. Ha sana, 'Gönlünü ona ver,' demişim, ha şu minik kanaryayı bir kış günü bahçeye bırakmışım, hepsi bir. Sen onun ne biçim bir adam olduğunu bilmiyorsun da ondan böyle hayallere kapılıyorsun, yavrum. Başka türlü olamaz; çok yazık! Sakın o sert görünüşünün altında bir iyilik, bir sevgi kaynağı gizli sanma! Heathcliff işlenmemiş bir elmas parçası, içinde inci saklı bir istiridye değildir; acıma nedir bilmez, yabanıl bir adam, bir kurttur o. Hiçbir zaman ona, 'Filanca ya da falanca düşmanına dokunma, onlara kötülük etmek yüreksizlik, acımasızlık olur,' demem; 'Onlara dokunma, çünkü onlara kötülük edilmesini kesinlikle istemiyorum,' derim. Seni çekilmez bir yük gibi gördüğü anda, bir serçe yumurtası gibi ezmekten çekinmeyecektir, Isabella. Onun Linton ailesinden birini hiçbir zaman sevemeyeceğini biliyorum; ama senin varlığınla ve geleceğinle evlenmekte hiç sakınca görmez. Para hırsı onda gittikçe yerleşen bir musibet oluyor. İşte, benim gözümle Heathcliff. Sonra, ben onun dostuyum da; hem o kadar iyi dostuyum ki, gerçekten seni elde etmek gibi bir niyeti olsa, belki de dilimi tutar, onun tuzağına düşmene ses çıkarmazdım."

Miss Linton Catherine'e öfkeyle bakıyordu.

Kızgın kızgın, "Ayıp, ayıp!" diye bağırdı. "Sen yirmi düşmandan da kötüsün, hain dost!"

"Ya, demek sözlerime inanmıyorsun. Demek sırf kötü yürekli olduğumdan, sırf kendimi düşündüğümden bunları söylüyorum, öyle mi?"

Isabella, "Evet, öyle!" diye karşılık verdi. "İğreniyorum senden!"

Catherine, "Öyle olsun!" diye haykırdı. "Madem öyle düşünüyorsun, kendin gör de anla. Ben söyleyeceğimi söyledim. Senin bu saygısız küstahlığın karşısında artık tartışmak istemiyorum."

Mrs. Linton odadan çıkarken, Isabella, "Onun bencilliği yüzünden ben acı çekeceğim!" diye haykırıyordu. "Her şey, her şey bana karşı; tek avuntumu da yok etti. Ama söyledikleri hep yalandı, değil mi? Mr. Heathcliff hiç de öyle bir iblis değil; iyi, vefalı bir yüreği var, öyle olmasa şimdiye kadar kendisini unutur giderdi, değil mi?" "Onu aklınızdan çıkarın, küçükhanım," dedim. "O uğursuz bir kuştur; size uygun bir eş olamaz. Mrs. Linton biraz sert konuştu, ama söyledikleri de doğru değil diyemem. Heathcliff'i benden, daha doğrusu herkesten iyi tanır; sonra, hiçbir zaman onu olduğundan daha kötü göstermek istemez. Dürüst bir insan yaptıklarını saklamaz. Bu zamana kadar nasıl yaşadı? Nasıl zengin oldu? Uğultulu Tepeler'de, nefret ettiği bir adamın evinde kalmasının nedeni ne? Mr. Earnshaw'un o geldiğinden beri gittikçe kötüleştiğini söylüyorlar. Her gün birlikte sabaha kadar oturuyorlarmış. Hindley toprağını rehine koymuş, para çekmiş. İşi gücü kumar oynamak, içki içmekmiş. Daha bir hafta önce duydum bunları, Joseph söylemişti. Gimmerton'da rastladım da: 'Nelly,' dedi, 'yakında bizim eve polisler gelecek, hepimizi sorguya çekecek. Birisi kendini dana gibi şişlemeye kalktı, öteki de onu kurtarayım derken neredeyse parmağından oluyordu. Efendi artık zapt olunur gibi değil. Belki de yakında ağır cezayı boylayacak. O, ne yargıçlardan ne Paulos'tan ne Petrus'tan ne Yuhanna'dan ne de Matta'dan korkar, onda o göz yok! Böyle şeyler hoşuna bile gider; o utanmak, arlanmak bilmez yüzüyle onlara meydan okumaya can atıyor! Şu öteki çapkın da, Heathcliff de, bulunur adamlardan değil ha! Şeytan gibi gülüp herkesle öyle bir alay edişi var ki! Çiftlik'e geldiğinde, size aramızda nasıl güzel vakit geçirdiğini hiç anlatmıyor mu? Bak, ben anlatayım: Güneş batarken yataktan kalkıyor, ertesi gün öğlene kadar kepenkler kapanıyor, mumlar yanıyor, içki, kumar, gırla. Sonra bizim deli, söve saya, bağıra çağıra odasına gidiyor, kendini bilen kişilerin, utançlarından yüzleri kızarıyor; o sözleri duymamak için kulaklarını tıkıyorlar. Öteki kerataya gelince; o da istediği gibi paracıklarını sayıyor, yemeğini yiyor, uykusunu uyuyor, ondan sonra da komşunun karısıyla konuşmak üzere alıp başını gidiyor. Tabii Mrs. Catherine'e, babasının altınları onun cebine nasıl akıyor, babasının oğlu tepeden aşağı dörtnala inerken kendisi seğirtip önündeki kapıları ardına kadar nasıl açıyor, bunları anlatıyordur, ha!' Bakın, küçükhanım, Joseph hınzırın hınzırıdır, ama yalancı değildir. Heathcliff için anlattıkları doğruysa, böyle bir kocanız olmasını düşünmezsiniz bile, değil mi?"

"Sen de ötekilerle birlik oluyorsun, Ellen!" dedi. "Kara çalmalarınıza kulak asmayacağım. Bu dünyada mutluluk olmadığına beni inandırmak istiyorsunuz, ne kadar da kötüsünüz!"

Kendi haline bırakılsa bu sevdadan vazgeçer miydi, yoksa gittikçe daha da mı kapılırdı, orasını bilemem. Zaten düşünmesine vakit kalmadı. Ertesi gün komşu kasabada bir duruşma vardı. Bizim efendinin oraya gitmesi gerekiyordu. Onun evde olmadığını bilen Heathcliff de her zamankinden daha erken geldi. Catherine ile Isabella kitaplıkta oturuyorlardı. Birbirlerine düşman kesilmişlerdi, ama sesleri çıkmıyordu. Isabella boşboğazlık yaptığı, geçici bir öfke anında en gizli duygularını açığa vurduğu için kaygılıydı. Catherine ise haklı olarak Isabella' ya gerçekten kırılmıştı. Onun küstahlığına hâlâ için için gülse bile, bu işin acısını ondan çıkarmayı aklına koymuştu. Pencerenin önünden Heathcliff'in geçtiğini görünce açıkça güldü. Ben ocağı süpürüyordum: Dudaklarında kötü niyetini belli eden bir gülümseme gördüm. Isabella ya kendi düşüncelerine ya da bir kitaba dalmıştı; kapı açılıncaya kadar yerinden kıpırdamadı. O zaman da artık geç kalmıştı. Kaçmaya yeltenmek boşunaydı. Oysa yapabilse, hemen kendini dışarı atardı.

Hanım neşeli neşeli, "Buyrun, buyrun, çok iyi oldu," diyerek ocağın başına bir sandalye çekti. "Burada, aralarındaki buzları çözmek için üçüncü bir insana büyük ihtiyaç duyan iki kişi var. Sen, her ikimizin de bu iş için uygun bulacağı tek insansın. Heathcliff, işte sonunda sana benden daha çok düşkün birini göstermekle övünüyorum. Koltuklarının kabaracağını umarım. Yok, yok, Nelly'den söz etmiyorum, ona bakma! Bu, benim zavallı küçük Isabella'm. Senin o güzelliğini, yüksek ahlakını düşünmek bile onu bitiriyor. Artık Edgar'la kardeş olmak sana kalmış bir şey!" Şaşkına dönüp nefretle yerinden fırlayan Isabella'yı yapmacık bir neşeyle yakalayarak, "Yok, yok, Isabella, kaçma," dedi. "Senin için kediler gibi birbirimize girdik, Heathcliff; ben sevgimi ve hayranlığımı anlatmaktan yana pek yaya kaldım. Sonra söylediğine göre, ben kenara çekilme inceliğini gösterseymişim, rakibem –kendi öyle olmak istiyor– rakibem, senin kalbini, seni olduğun yere mıhlayacak bir okla delecek ve benim yüzümü sana sonsuza dek unutturacakmış!"

Isabella kendini topardı, son derece ağırbaşlılıkla, "Catherine!" dedi, kendini sıkı sıkı yakalayan elden kurtulmak için çırpınmayı küçüklük sayıyordu. "Doğrudan ayrılmazsan ve şaka da olsa beni karalamazsan sevinirim! Mr. Heathcliff, şu arkadaşınıza lütfen söyleyin de beni bıraksın. Sizinle aramızda bir dostluk olmadığını unutuyor. Ayrıca, onu bu kadar eğlendiren şeyin bana ne kadar acı verdiğini de anlatamam."

Genç kız, konuğun hiç karşılık vermeden sandalyesinde oturduğunu ve ona karşı beslediği hiçbir duyguya şu kadarcık bile önem vermediğini görünce, kendisine bu işkenceyi yapana döndü, yavaş bir sesle, kendisini bırakması için yalvardı.

Mrs. Linton, "Hayır, olmaz!" diye yanıtladı. "Bir daha açgözlü bir çakal dedirtmem kendime. Burada kalacaksın. Heathcliff, verdiğim güzel habere neden sevinmiyorsun? Isabella yemin ediyor, Edgar'ın bana olan sevgisi, onun sana olan sevgisi yanında hiç kalırmış. Sanırım böyle şeyler söylemişti, değil mi, Ellen? Önceki gün yaptığımız gezintiden beri de ağzına bir lokma koymadı. Senin arkadaşlığından zevk duyduğu için kendisini yanından uzaklaştırdığımı sandığından dolayı üzüntülü, öfkeli..."

Heathcliff sandalyesinde dönüp onlara bakarak, "Pek doğru söylemiyorsun gibi geliyor bana," dedi. "Herhalde şu anda benim yanımdan kaçıp kurtulmak istiyordur!"

Söz konusu olan genç kıza gözlerini dikti; hiç görmediği, acayip, insana tiksinti veren bir hayvana, örneğin Hindistan'dan gelen ve iğrençliğine karşın insanın sırf merakını yenemeyerek incelemeye koyulduğu bir kırkayağa bakar gibi bakıyordu. Zavallı kız artık dayanamadı, yüzü önce kireç gibi oldu, sonra kıpkırmızı kesildi. Kirpiklerinin ucunda boncuk boncuk gözyaşları toplandı, küçük parmaklarının bütün gücüyle uğraşarak Catherine'in pençesinden kurtulmaya çalıştı. Kolunu kavrayan parmaklardan birini yerinden oynatır oynatmaz başka bir parmağın gelip yapıştığını, bütün parmaklardan birden kurtulmanın olanaksız olduğunu anlayınca, tırnaklarıyla iş görmeye başladı. Sivri tırnakları, kolunu kavrayan eli bir anda kıpkırmızı çizgilerle donattı.

Mrs. Linton, Isabella'nın elini koyverdi, can acısıyla elini sallayarak, "Tam bir dişi kaplan!" diye haykırdı. "Haydi, bas git, Tanrı aşkına, o cadı yüzünü kimselere gösterme! İnsan o pençelerini hiç Mr. Heathcliff'in yanında gösterir mi? Ne budalalık! Bundan ne sonuçlar çıkaracağını düşünmüyor musun? Heathcliff, bunlar öldürücü araçlar, aman gözlerini sakın!"

Isabella çıkıp kapı kapandıktan sonra Heathcliff, acımasız bir sesle, "Hele beni onlarla korkutmaya kalksın, hepsini parmaklarından söker atarım," diye karşılık verdi. "Ama, Cathy, ona böyle takılıp kızdırmaktaki amacın ne? Söylediğin doğru değildi, değil mi?"

"Doğru, doğru! Haftalardır senin için ölüp bayılıyormuş. Bu sabah senin yüzünden çılgına dönmüş, ne söylediğini bilmiyordu. Bu sevdadan vazgeçsin diye senin bütün kusurlarını olduğu gibi ortaya döktüm, bana söylemediğini bırakmadı. Ama bu konuyu kapatalım. Terbiyesizliği için cezalandırmak istedim, o kadar. Kendisini çok severim; onu bütün bütün yakalayıp yutmana gönlüm razı olmaz, Heathcliff."

Heathcliff, "Ben de kendisini o kadar az severim ki, böyle bir işe kalkışmak aklımdan bile geçmez," dedi. "Meğerki tam bir gulyabani olmaya niyetleneyim. O anlamsız, balmumu suratla bir arada yaşasam, kim bilir ne acayip, ne olmayacak şeyler işitirsiniz. İşte, en önemsiz bir tanesi: Bu bembeyaz suratı gökkuşağının renkleriyle boyar, her gün ya da günaşırı o mavi gözleri siyaha çevirirdim. Linton'ınkilere öyle benziyor ki, insana tiksinti veriyor."

Catherine onun cümlesini, "İnsana haz veriyor!" diye düzeltti. "Güvercin gözleri onlar... Melek gözleri!"

Heathcliff kısa bir duraklamadan sonra, "Isabella kardeşinin mirasçısıdır, değil mi?" diye sordu.

Arkadaşı, "Öyle olacağını düşünmek çok üzer beni doğrusu," diye karşılık verdi, "Tanrı'nın izniyle yarım düzine yeğen onun bu hakkını elinden alacak! Şimdiki halde bu konuyu aklından çıkar. Komşunun malına mülküne göz dikmeye pek eğilimlisin. Şunu unutma ki, *bu* komşunun malı benim malımdır."

Heathcliff, "*Benim* de olsa yine öyle sayılırdı," dedi. "Ama Isabella Linton budala olsa bile, deli değildir herhalde. Kısacası, senin de öğütlediğin gibi, bu konuyu aklımızdan çıkarıyoruz."

Bu konuyu gerçekten ikisi de bir daha ağzına almadı. Catherine belki aklından da çıkardı. Ama ötekinin aklı o akşam kesinlikle buna takıldı. Mrs. Linton odada bulunmadığı zamanlar, kendi kendine gülümsüyor, daha doğrusu sırıtıyor, belli ki pek hayra yorulmayacak düşüncelere dalıyordu. Davranışlarını gözden kaçırmamaya karar verdim. İçimden hep, Catherine'den çok efendimin tarafını tutuyordum. Bunda haklıydım da; efendim iyi yürekli, dürüst ve saygıdeğer bir insandı. Catherine'e de bunun *tersi* denilemezdi, ama davranışlarında o denli rahattı ki, ona pek güvenemiyor, duygularına da kayıtsız kalıyordum. Hep, "Umarım öyle bir şey olur ki, Uğultulu Tepeler de Çiftlik de Mr. Heathcliff'ten temelli kurtulur, biz de yine o gelmeden önceki yaşamımızı sürdürürüz," diye dua ediyordum. Onun her geliş gidişi benim için ardı arkası kesilmeyen bir karabasan oluyordu; efendim için de öyleydi sanırım. Onun Tepeler'de oturması anlatılmaz bir işkenceydi. Oradaki o sapıtmış yaratığı Tanrı'nın ne hali varsa görsün diye tek başına bıraktığını ve bir canavarın da pençelerini gizleyerek onun peşinde sinsi sinsi dolaştığını, hemen atılıp paralamak için fırsat kolladığını hissediyordum.

11

Bazen, yalnız kalıp da bu sorular üzerinde düşünceye dalınca, birden bir korkuya kapılarak yerimden sıçrar, başlığımı geçirir, çiftlikte ne olup bitiyor gidip görmek isterdim. Hindley'ye, herkesin kendisi hakkında neler düşündüğünü duyurmak bana düşer, diyordum. Ama hemen sonra, onun artık kökleşmiş kötü alışkanlıklarını hatırlardım; o zaman artık ona yardımımın dokunamayacağını anlar, o sıkıntılı eve girmekten yeniden vazgeçerdim; sonra, bana inanır mı, inanmaz mı, ondan da kuşkum vardı.

Bir kez, Gimmerton'a giderken yoldan saptım, eski bahçe kapımızın önünden geçtim. Bu, aşağı yukarı, size anlattığım son olaylar sırasındaydı. Dondurucu bir öğle sonrasıydı, hava açıktı. Toprak çıplaktı, yol ise sert ve kuruydu. Bir taşın yanında durdum. Burada anayol soldan fundalıklı boş araziye doğru kollara ayrılır. Yanında durduğum, pürtüklü, direk gibi yükselen bir taştır. Kuzey yönüne W. H., doğu yönüne G., güneybatı yönüne de T. G. harfleri kazınmıştır; işaret direği görevini yapar ve Çiftlik'e, Tepeler'e, köye giden yolları gösterir. Güneş bu taşın boz renkli başı üzerinde sarı sarı parlıyor, bana yaz günlerini hatırlatıyordu. Neden bilmem, birden yüreğim çocukluk heyecanlarıyla kabarıp taştı. Yirmi yıl önce Hindley ile ben bu yere bayılırdık. Rüzgârların, fırtınaların aşındırdığı bu taşa uzun uzun baktım. Sonra, yere eğilince, taşın dibine doğru bir çukur gözüme çarptı; içi hâlâ salyangoz kabukları, çakıl taşlarıyla doluydu; onları buraya koyup biriktirmeye bayılırdık; daha dayanıksız başka şeyler de toplayıp koyardık. Birden o anda ilk oyun arkadaşımı, kurumuş otlar üzerinde gerçekten oturuyormuş gibi gördüm. Siyah saçlarla kaplı biçimli başı öne doğru eğilmişti, küçücük elindeki bir kaydırak taşıyla toprağı kazıyordu. Ağzımdan farkında olmadan, "Zavallı Hindley!" sözcükleri döküldü. Birden irkildim; bir an çocuk başını kaldırıp yüzüme bakmış gibi geldi! Göz açıp kapayıncaya kadar görüntü kayboldu. Ama o anda Tepeler'de olmak için dayanılmaz bir istek duydum. Batıl inanç da içimdeki bu dürtüye uymam için beni zorluyordu. Ya öldüyse! Ya yakında ölecekse! Ya bu bir ölüm haberiyse! diye düşünüyordum. Eve yaklaştıkça heyecanım da artıyordu. Karşıdan ev görünür görünmez her yanım titremeye başladı. Görüntü benden önce davranmıştı, orada kırmızı yüzünü parmaklığa yapıştırmış, bukleleri karmakarışık, gözleri kestane rengi bir çocuk görünce, ilk aklıma gelen bu oldu. Sonra düşününce, herhalde bu, Hareton'dır, dedim. *Benim* Hareton'ım! Pek de değişmemişti, on ay önce nasıl bıraktımsa öyleydi.

Hemen o budalaca korkularımı unutuverdim. "Ah, yavrum, Tanrı'ya emanet!" diye bağırdım. "Hareton, Nelly'yi tanımadın mı? Nelly, dadın."

Geri geri çekilip kolumun yetişemeyeceği bir yerde durdu. Yerden kocaman bir taş aldı.

"Babanı görmeye geldim, Hareton," diye sürdürdüm. Davranışından anlamıştım ki, aklında Nelly diye biri kalmışsa bile, bu, ben değildim.

Taşı fırlatmak üzere elini kaldırdı. Yatıştırıcı birkaç söz söyledim, ama boşuna! Taş başlığıma geldi. Hemen ardından da peltek peltek bir düzine küfür savurdu. Söyledikerini anlıyor muydu, anlamıyor muydu, orasını bilmem, ama bunlar ona o kadar iyi öğretilmişti ki, yüzünün o çocuk görünümü öyle değişiyor, öyle hainleşiyordu ki, insan şaşkınlıktan donakalıyordu. Emin olun ki bu duruma kızmaktan çok üzüldüm. Neredeyse ağlayacaktım. Cebimden bir portakal çıkardım. Yatıştırıp dost olmak için ona uzattım. Bir an duraladı, sonra birden atılıp elimden kaptı. Portakalı karşıdan gösterip sonra da vermeyerek onu aldatacağımı sanmıştı. Bir portakal daha gösterdim, yalnız ulaşamayacağı bir yerde tuttum.

"O güzel sözleri sana kim öğretti, yavrum, papaz mı?" diye sordum.

"Papazın da, senin de canınız cehenneme! Ver bana şunu!" dedi.

"Bu dersleri kimden alıyorsun, haydi söyle de, ben de portakalı vereyim," dedim. "Öğretmenin kim?"

"Canı çıkasıca babam," diye yanıt verdi.

"Peki, baban sana neler öğretiyor bakalım?" dedim.

Portakalı kapmak için sıçradı; elimi biraz daha yükseğe kaldırdım. "Söyle, baban sana neler öğretiyor?"

"Hiçbir şey," diye karşılık verdi. "Yalnız, gözüme görünme, diyor, o kadar. Babam beni yanında istemez; ona küfrediyorum da ondan."

"Ha anladım! Babana küfretmeyi sana Şeytan öğretiyor, değil mi?"

"Öyle... yoo, hayır," diye kekeledi.

"Öyleyse kim öğretiyor?"

"Heathcliff."

"Mr. Heathcliff'i seviyor musun?" diye sordum.

"Evet," diye karşılık verdi.

Onu niye sevdiğini öğrenmek istedim. Ama ağzından yalnız şu sözleri alabildim: "Bilmem, babamın bana yaptıklarını, o, babama yapıyor. Babam bana küfretti diye, o da babama küfrediyor. Bana, canın ne isterse yap, diyor."

"Peki, papaz sana okuma yazma öğretmiyor mu?"

"Hayır; Heathcliff, hele papaz ayağını eşikten atsın, onun dişlerini kırar, boğazına tıkarım, dedi, yemin etti."

Portakalı eline tutuşturdum. "Hadi, babana git de, Nelly Dean adında bir kadın sizinle konuşmak için bahçe kapısının yanında bekliyor, de," dedim. Bahçe yolundan yukarı çıktı, eve girdi; ama Hindley yerine, kapıda Heathcliff göründü; onu görür görmez, hemen geri dönüp olanca hızımla yukarıdan aşağı, işaret taşına gelinceye kadar hiç durmadan koştum. Bir zebani görmüş gibi titriyordum. Bu anlattıklarımın Miss Isabella'nın hikâyesiyle pek ilgisi yok; ama bu olaydan sonra daha tetikte bulunup her şeye göz kulak olmaya, böyle kötü etkilerin Çiftlik'e sokulmaması için elimden geleni yapmaya karar verdim. Bu tür davranışlarımla Mrs. Linton'ın keyfini kaçırarak evde bir fırtınaya neden olma tehlikesini bile göze aldım.

Heathcliff'in ondan sonraki gelişinde, küçükhanım avluda birkaç güvercine yem veriyordu. Üç gündür Catherine'le tek sözcük konuşmamıştı; ama artık o eski huysuzluklarını, yakınmalarını da bırakmıştı. Biz de rahat bir nefes almıştık. Heathcliff, gerekmedikçe Miss Linton'a en ufak bir ilgi göstermezdi, bunu biliyordum. Oysa şimdi, onu görür görmez, ilk iş olarak evin önünü bir gözden geçirdi. Ben mutfağın penceresinde duruyordum. Kendimi göstermeden hemen geri çekildim. Sonra Heathcliff taşlıktan geçip Isabella'ya yaklaştı ve bir şey söyledi. Isabella şaşırır gibi oldu. Ondan kaçmak istediği belliydi. Heathcliff kaçmasını önlemek için kolundan tuttu. Miss Linton başını öte yana çevirdi. Anlaşılan Heathcliff ona, yanıtlamak istemediği bir şey sormuştu. Heathcliff yine eve doğru şöyle bir göz attı, rezil herif kimsenin görmediğini sanarak Miss Linton'a sarılma terbiyesizliğinde bulundu.

"Alçak, hain herif!" diye bağırdım. "Üstelik bir de ikiyüzlülük ediyorsun, öyle mi? Herkesi aldatırsın ha!"

Yanı başımda Catherine'in sesini duydum, "Kim o, Nelly?" diyordu. Dışarıdakileri gözetlemeye o kadar dalmıştım ki, Catherine'in odaya girdiğini hiç fark etmemiştim.

Öfkeyle, "Kim olacak, sizin o aşağılık dostunuz!" diye karşılık verdim. "Şu rezil, sinsi herif! İşte, bizi gördü, geliyor. Bakalım küçükhanımla böyle oynaşmasına nasıl bir gerekçe gösterecek? Bunu nasıl yapacak? Hem de size ondan nefret ettiğini söylediği halde!"

Mrs. Linton, Heathcliff'in elinden kurtulan Isabella'nın bahçeye doğru kaçtığını gördü. Bir dakika sonra da Heathcliff odanın kapısını açtı. Öfkemi biraz olsun göstermekten kendimi alamadım. Ama Catherine, kızarak, kesinlikle susmamı buyurdu; o edepsiz dilimi tutmaz da küstahlık edersem, beni mutfaktan atacağını söyledi.

"Duyanlar da evin hanımı sensin sanacak!" diye bağırdı. "Haddini bil! Heathcliff, ortalığı böyle karıştırmaktaki amacın ne? Isabella'yı rahat bırakmanı söylemiştim. Yalvarırım onu rahat bırak; buraya gelmekten artık usandıysan, Linton'ın kapıları yüzüne kapamasını istiyorsan, o başka!"

Alçak herif, "Hele bir denesin!" diye karşılık verdi. O anda ondan nefret ettim. "Tanrı onu sessiz ve sabırlı kılmaya devam etsin! Onu öbür dünyaya yollama hırsı içimde her gün biraz daha artıyor."

Catherine iç kapıyı kapayarak, "Hişşşt!" dedi. "Canımı sıkma. Sözümü ne diye dinlemedin? Isabella kendisi mi senin önüne çıktı?"

Öteki, "Sana ne?" diye homurdandı. "O istedikten sonra, onu öpmeme kim ne diyebilir? Senin de buna karışmaya hiç hakkın yok. Ben *senin* kocan değilim. *Sen* beni ne diye kıskanıyorsun ki?"

"Ben seni kıskanmıyorum, seni düşünerek kıskanç davranıyorum. Haydi, somurtma bakalım, bana darılıp surat edemezsin öyle! Eğer Isabella'dan hoşlanıyorsan, onunla evlenirsin. Ama hoşlanıyor musun? Haydi, doğruyu söyle, Heathcliff! Bak, işte, yanıt vermiyorsun. Hoşlanmadığından eminim."

"Mr. Linton kardeşinin bu adamla evlenmesine razı olur mu?" dedim.

Hanımım, "Mr. Linton neden razı olmasın," diye kestirip attı.

Heathcliff, "Razı olayım mı, olmayayım mı, diye düşünüp kendisini yormasa da olur," dedi. "Onun rızası olmadan da işimi görebilirim. Sana gelince, Catherine; sırası gelmişken sana da birkaç söz söylemek isterim. Şunu bil ki, hayatımı cehenneme çevirdin, anlıyor musun, cehenneme! Bunu *biliyorum.* Bunu anlamadığımı sanıp seviniyorsan, budalasın derim. Yok, tatlı sözlerle avunacağımı sanıyorsan, o zaman da alıksın derim. Öç almaktan vazgeçeceğimi düşünüyorsan, sana bunun aksini kanıtlayacağım. Hem de çok geçmeden! Şimdilik, bana görümcenin sırrını söylediğin için sağ ol; yemin ederim ki, bundan elimden geldiğince yararlanacağım. Sakın işime karışayım deme ha!"

Mrs. Linton şaşırmıştı, "Bu yanını hiç bilmiyordum, ne yepyeni bir yüz, Tanrım!" diye haykırdı. "Demek senin hayatını cehenneme çevirdim, şimdi sen de öç alacaksın! Nankör canavar, bunu nasıl yapacaksın bakalım? Senin hayatını nasıl cehenneme çevirdim?"

Heathcliff biraz yatışarak, "Senden öç alacak değilim," dedi. "Düşündüğüm bu değil. Kıyıcılar tutsaklarını çiğneyip ezerler de, zavallılar onlara yine karşı gelemezler; yalnızca kendi ayakları altındakileri ezip geçerler. Öldürünceye kadar bana işkence edip gönlünü eğlendirebilirsin, sesim bile çıkmaz. Yalnız izin ver, ben de aynı biçimde kendimi biraz eğlendireyim. Sonra, elinden geldiğince de, beni aşağılamaktan kaçın. Benim sarayımı yıkıp yerle bir ettikten sonra, şimdi de onun yerine bir baraka kurmaya ve bunu, bana bir yuva diye vererek iç rahatlığıyla bu el açıklığına hayran olmaya kalkma. Benim Isabella'yla evlenmemi gerçekten istediğine inansam, kafamı kendi elimle koparırdım!"

Catherine, "Ha anladım, bütün kötülük kıskanç olmayışımda, değil mi?" diye bağırdı. "Peki, öyleyse bir daha sana evlen demeyeceğim. Bu, yolunu şaşırmış bir ruhu Şeytan'ın eline teslim etmek gibi bir şey. Sen de, Şeytan gibi, çevrendekilere çektirmedikçe rahat edemezsin. Öyle olduğunu kendin kanıtlıyorsun. Edgar, sen geldiğinde gösterdiği huysuzlukları bırakmış durumda; ben de artık korkularımdan sıyrılıp rahat bir soluk almaya başladım. Bizim bu rahatımızı görünce, senin de uykuların kaçtı. Aramızda bir kavga çıkarmayı aklına koydun anlaşılan.

İstiyorsan git, Edgar'la kavga et Heathcliff, kız kardeşini de ayart. Benden alacağın en büyük öç bu olacaktır."

Sustular. Mrs. Linton ocağın başına gelip oturdu, yüzü al al olmuştu, çok üzgündü. Cinleri başına toplanmıştı, bu cinler gittikçe de denetiminden çıkıyordu; onları susturmak da, yönlendirmek de artık elinde değildi. Heathcliff de kollarını kavuşturmuş, ocağın önünde duruyordu. Kendi kötü niyetlerine dalmış, derin derin düşünüyordu. Onları bu durumda bırakıp efendimi aramaya gittim. Catherine'i aşağıda bu kadar uzun zaman tutan acaba nedir, diye merak etmişti.

Yanına girdiğimde, "Ellen," dedi, "hanımını gördün mü?"

"Evet, gördüm, efendim, mutfakta," dedim. "Mr. Heathcliff'in davranışı canını pek sıktı. Hem doğrusu artık bu adamın gelişlerini başka türlü karşılama zamanı geldi. Aşırı yumuşaklık hep zarar getirir, işte sonu neye vardı." Sonra, olan biteni ve bu yüzden çıkan ağız kavgasını cesaret edebildiğim kadar doğru olarak baştan sona anlattım. Söylediklerimin Mrs. Linton'ı pek o kadar kötü durumda bırakacağını sanmıyordum; sonradan konuğundan yana çıkıp durumu kendi aleyhine çevirmedikçe. Edgar Linton beni sonuna kadar güç dinledi. Ağzından çıkan ilk sözcüklerden, bu işte karısını da suçlu bulduğunu anladım.

"Dayanılır şey değil doğrusu!" diye bağırdı. "Catherine'in bu adamı kendine arkadaş edinmesi, bunu zorla bana kabul ettirmesi pek ayıp! Bana aşağıdan iki adam çağır, Ellen. Catherine'in o aşağılık, rezil herifle daha fazla didişmesine izin vermeyeceğim, bu kadar hoşgörü yeter artık!"

Aşağı indi, uşaklara koridorda beklemelerini söyleyerek mutfağa gitti; ben de peşinden. İçeridekiler yeniden öfkeli öfkeli atışmaya başlamışlardı. Ya da daha doğrusu

Mrs. Linton yeniden alevlenmiş, alabildiğine karşısındakini haşlıyordu. Heathcliff pencerenin önüne gitmiş, başını eğmişti. Catherine'in amansız saldırılarından yıldığı belliydi. Efendiyi önce o gördü. Susması için Catherine'e hemen işaret etti, o da bunun nedenini anlayarak birden sesini kesti.

Linton karısına, "Bu da ne demek oluyor?" dedi. "Bu serserinin sana söylediklerini duy da yine de karşısında dur, yakışır mı hiç? Her zaman böyle konuşmak âdeti olduğu için sana dokunmuyor galiba. Onun alçaklıklarına alışmışsın, buna zamanla benim de alışıp onu hoş göreceğimi sanıyorsun anlaşılan!"

Hanım, "Kapıyı mı dinliyordun Edgar?" diye sordu. Sesinin tonundan, niyetinin kocasını kışkırtmak olduğu belliydi. Halinden, kocasının öfkesini hiçe saydığı, dahası küçümsediği anlaşılıyordu. Edgar'ın sözleri üzerine bakışlarını yerden kaldırmış olan Heathcliff, Catherine'in sorusunu duyunca alaycı bir kahkaha attı. Bunu, Linton'ın dikkatini kendine çekmek için özellikle yapmış gibiydi. İstediği de oldu. Ama Edgar kendini öfkeye kaptırıp da düşmanına eğlence olma yolunu tutmadı.

Sakin bir tavırla, "Efendim, şimdiye kadar size karşı son derece sabırlı davrandım," dedi, "sizin o alçak, aşağılık kişiliğinizi bilmediğim için değil; ancak, bu durumunuzdan büsbütün de sizi sorumlu tutamıyordum. Sonra, Catherine sizinle olan arkadaşlığını sürdürmek istiyordu, ben de razı oldum, ama budalalık etmişim. Siz bulunduğunuz yere zehir saçan bir insansınız, en erdemli kimseleri bile kirletebilirsiniz. Bu nedenle, hem de ilerde olabilecek daha kötü olayları önlemek için, bundan sonra bu eve kabul edilmeyeceğinizi bildirir, şimdi de hemen çıkıp gitmenizi istiyorum. Üç dakika daha gecikecek olursanız, bizi zor kullanmak zorunda bırakacak, rezalet çıkmasına neden olacaksınız!"

Heathcliff karşısındakinin boyunu bosunu alaylı alaylı süzdü.

"Cathy, senin bu kuzucuğun tıpkı bir boğa gibi tehdit ediyor!" dedi. "Karışmam sonra, kafası yumruğuma çarparsa paramparça olur. Hey Tanrım! Mr. Linton, size yumruk atmaya değmeyeceğini söylemekten utanıyorum!"

Efendim koridora doğru bir göz attı ve gidip adamları getirmem için bana işaret etti. Heathcliff'le dövüşme tehlikesini göze almaya hiç de niyeti yoktu. İsteleni yapmak için davrandım, ama Mrs. Linton bir şeyler sezerek peşimden geldi; adamları çağıracağım sırada beni tutup içeri çekti, çat diye kapıyı kapatıp kilitledi.

Kocasının öfkeli ve şaşırmış bakışlarına, "Pek dürüst bir yol doğrusu!" sözleriyle karşılık verdi. "Eğer ona saldırma yürekliliğini gösteremiyorsan, hiç olmazsa özür dile ya da dayak yemeye razı ol. O zaman belki akıllanır da böyle yiğitlik taslamaya kalkmazsın. Hayır, anahtarı yutarım da yine vermem! İkinize de o kadar iyi davranmanın ödülü işte bu oluyor! Aman ne güzel! Bıkıp usanmadan birinizin zayıflığına, birinizin de kötü huyuna bu kadar hoşgörülü davrandığım için şimdi karşımda iki nankör buluyorum; ne yaptığını bilmeyen iki ahmak! Edgar, ben seni ve senin aileni savunuyordum; mademki hakkımda kötü şeyler düşünmeye cesaret ettin, dilerim Tanrı'dan, yerlere düşüp serilinceye kadar Heathcliff'ten temiz bir dayak yersin!"

Efendimin bu duruma düşmesi için dayak yemesine gerek kalmadı. Catherine'in elinden anahtarı zorla almaya çalıştı. Catherine de kaptırmamak için anahtarı ateşe attı, hem de en kızgın yerine. Bunun üzerine Edgar da sinirleri bozularak titremeye başladı. Yüzü de ölü gibi sarardı. Bu taşkın heyecanı bir türlü bastıramıyordu. Üzüntü ve alçalma onu büsbütün alt etti. Bir sandalyeye yaslandı, ellerini yüzüne kapadı.

Mrs. Linton, "Ah, Tanrım!" diye bağırdı. "Eskiden olsa bu kahramanlığına karşılık sana hemen bir şövalyelik verirlerdi doğrusu! Yenildik! Yenildik! Bir kral nasıl ordusunun başına geçip bir fare sürüsüne saldırmaya kalkışmazsa, Heathcliff de sana parmağını bile dokundurmayacaktır. Haydi, haydi, kendine gel, kılına bile dokunmayacak! Sen bir kuzu değil, ağzı süt kokan bir tavşan yavrusu olabilirsin ancak!"

Heathcliff, "Damarlarında kan değil, süt dolaşan bu korkakla mutlu olmanı dilerim, Cathy!" dedi. "Doğrusu zevkine diyecek yok. Demek ağzından salyalar akan, zangır zangır titreyen şu zavallı korkağı bana yeğ tuttun ha! Ona elimle dokunacak değilim, bir tekme indiririm, o da bana yeter. Ağlıyor mu, yoksa korkudan bayılmak üzere mi?"

Böyle söyleyerek yaklaştı, Linton'ın yaslandığı sandalyeyi şöyle bir itti. Keşke uzakta durduğu yerde dursaymış; efendim birden ok gibi doğruldu, Heathcliff'in boğazına öyle bir yumruk indirdi ki, daha zayıf biri olsa dayanamaz, yere serilirdi. Heathcliff'in bir an soluğu çıkmadı. O, soluk almaya çabalarken, Mr. Linton arka kapıdan avluya çıktı. Oradan da ön kapıya gitti.

Catherine, "Al bakalım işte! Artık buraya gelemeyeceksin!" diye bağırdı. "Haydi, çabuk uzaklaş sen de. Şimdi elinde bir çift tabanca, yanında yarım düzine adamla gelecek. Konuştuklarımızı duyduysa, seni asla bağışlamaz. Benden çok kötü öç aldın, Heathcliff! Ama neyse, haydi git, çabuk ol! Seni sıkışık, çaresiz bir durumda görmektense, Edgar'ı o durumda görmek bence daha iyi."

Heathcliff gök gürültüsünü andıran bir sesle, "Boğazıma inen o yumruğun öcünü almadan gideceğimi mi sanıyorsun? Ölürüm de yine gitmem!" dedi. "Onun o kaburgalarını çürük fındık gibi ezip birbirine geçirmeden bu eşikten dışarı adımımı atmam. Eğer onu şimdi yere sermezsem, kesinlikle bir gün gelir, gebertirim. Onun için, mademki senin gözünde canı o kadar değerli, bırak da şimdi ele geçireyim!"

Ben söze karışarak bir yalan uydurmaya çalıştım: "Kendisi gelmiyor ki, işte, arabacıyla iki bahçıvan geliyor. Onlar buraya gelip de sizi kolunuzdan tutarak yolun ortasına atıncaya kadar beklemezsiniz herhalde! İkisinin de elinde kalın birer sopa var. Herhalde efendi de buyruğunun yerine getirilip getirilmediğini anlamak için salonun penceresindedir."

Bahçıvanlarla arabacı gerçekten geliyorlardı, ama efendi de yanlarındaydı. Avluya girmişlerdi bile. Heathcliff, biraz düşününce, üç yamakla karşı karşıya gelip dövüşmek istemedi. Maşayı yakalayarak iç kapının kilidini parçaladı, tam adamlar içeri girerlerken o da öteki kapıdan sıvışıp kaçtı.

Son derece heyecanlanan Mrs. Linton, kendisiyle birlikte yukarı gelmemi söyledi. Bu işlerde benim de parmağım olduğunu bilmiyordu; ben de bunu anlamaması için elimden geleni yapıyordum.

Yukarıda kendini kanepeye atarak, "Neredeyse çıldıracağım, Nelly!" dedi. "Başımın içinde sanki binlerce demirci çekici kalkıp iniyor! Isabella'ya söyle, gözüme görünmesin. Bunlar hep onun yüzünden. Ne o, ne de içinizden biri, sakın şu anda sinirlerimi büsbütün bozayım demeyin, beni deli edersiniz. Sonra, Nelly, bu akşam Edgar'ı görürsen, kendisine ciddi surette hastalanmam tehlikesi olduğunu söyle. Umarım gerçekten hastalanırım da!.. Beni öyle şaşırttı, öyle üzdü ki, doğrusu hiç beklemiyordum. Kendisini korkutmak istiyorum. Hem sonra, belki gelip de olur olmaz söylenmeye, sızlanmaya kalkar. O zaman ben de kesinlikle dayanamaz, ona karşı aynı biçimde saldırıya geçerim. Artık o zaman bu işin sonu neye varır, Tanrı bilir! Söylediklerimi yapacaksın, değil mi, benim iyi yürekli Nelly'ciğim? Sen de biliyorsun ki, benim bu işte hiç suçum yok. Bizi dinlemek de Edgar'ın nereden aklına geldi? Sen yanımızdan ayrıldıktan sonra Heathcliff gerçekten insanı çileden çıkaracak şeyler söyledi, ama eninde sonunda onu Isabella'dan vazgeçireceğim kesindi, ötesi de bana vız gelirdi. Budala, kendine karşı söylenenleri duyma merakına kapıldı da her şeyi altüst etti! Zaten bu merak bazı kimselerde hastalık halindedir. Edgar bizim konuştuklarımızı duymasaydı, hiçbir şey kaybetmezdi. Ben sırf kendisi için sesim kısılıncaya kadar Heathcliff'le kavga edeyim, o üzerime gelip bana böyle acımasızca çıkışsın! Doğrusu, artık ondan sonra, ne haliniz varsa görün, deyip çekildim; umurumda bile değildi. Anlamıştım zaten, bu işin sonu nasıl biterse bitsin, hepimiz kim bilir ne kadar zaman birbirimizin yüzüne bakmayacaktık! Artık Heathcliff'le arkadaşlık edemezsem, Edgar böyle bayağılık eder, kıskançlık yaparsa, ben de o zaman kendi kendimi üzüp bitirerek onları da üzüp bitirmeye çalışacağım. Eğer sabrımı tüketirlerse, işi kökünden ve tez elden çözümleyecek yol bu! Ama buna, artık hiçbir umut kalmadığı zaman başvuracağım. Bu işi öyle birden, tepeden inme yapıp Linton'ı şaşırtmaya kalkışmayacağım. Şimdiye kadar damarıma basmaktan çekinmekle pek akıllılık etmişti. Ona bu davranış biçiminden ayrılmanın tehlikelerini anlatmalısın, Nelly. Benim nasıl birdenbire parlayan bir yaradılışım olduğunu, tutuşturulunca nasıl zıvanadan çıktığımı ona hatırlatmalısın. Yüzündeki şu kayıtsızlığı bıraksan da benim için biraz telaşlanıyor gibi yapsan ne olur sanki!"

Bu buyrukları dinlerken gösterdiğim ilgisizliğin insanı kızdıracak bir tavır olduğundan kuşkum yoktu. Çünkü Catherine bütün içtenliğiyle konuşuyordu. Ama, bana göre, böyle gelip geçici öfkelerini ziyan etmeyerek onlardan zamanı gelince yararlanmayı önceden kuran bir kimse, gerçekten öfkelense bile, isterse kendisini oldukça tutabilirdi. Sonra, onun söylediği gibi, kocasının "gözünü korkutmak", sırf onun bencilliğine hizmet etmek için adamın sıkıntılarını bir kat daha artırmak niyetinde değildim. Onun için, salona doğru gelen efendimle karşılaştığımda hiçbir şey söylemedim. Yalnız, yeniden kavgaya başlayıp başlamayacaklarını anlamak için yeniden geri döndüm. Söze önce efendim başladı:

"Zahmet edip kımıldama, Catherine, fazla durmayacağım," dedi. Sesinde hiçbir öfke izi yoktu, ama çok üzgün olduğu belliydi. "Buraya ne kavga etmek ne de barışmak için geldim. Yalnızca öğrenmek istiyorum, bu akşam olup bitenlerden sonra, hâlâ onunla arkadaşlığınızı..."

Hanım sabırsızlıkla ayağını yere vurup onun sözünü kesti: "Tanrı aşkına, ne olur, bu konu kapansın artık! Sende bu soğukkanlılık olduktan sonra, çıldırmak nedir bilemezsin! Damarların buzlu suyla dolu; ama benimkiler kaynıyor, bu kadar soğukkanlılık karşısında kudurup coşuyor."

Mr. Linton, "Benden kurtulmak istiyorsan, sorumu yanıtla," diye diretti. "Kesinlikle yanıtlayacaksın; bu öfkenle beni yıldıramazsın. Anladım ki, canın isterse pekâlâ herkes kadar sen de soğukkanlı olabiliyorsun. Bundan sonra ya Heathcliff'ten vazgeçeceksin ya da benden! Aynı zamanda hem *benimle* hem de *onunla* arkadaş olmak yok. Hangimizi seçeceğini artık kesinlikle bilmek *istiyorum*."

Catherine öfkeyle, "Yalnız kalmak istiyorum, hepsi bu!" diye bağırdı. "Buna ihtiyacım var! Ayakta duramayacak halde olduğumu görmüyor musun? Edgar, bırak beni, bırak!"

Koparıncaya kadar zili çekti; sallana sallana odaya girdim. Yaptıkları bir azizi bile çileden çıkarmaya yeterdi; öfkesi öyle anlamsız, öyle çılgıncaydı ki! Boylu boyunca uzanmış, kafasını kanepenin koluna vuruyor, dişlerini tuzla buz etmek ister gibi birbirine sürtüp gıcırdatıyordu! Mr. Linton ani bir korkuya kapılmış, pişman olmuştu; olduğu yerde kıpırdamadan karısına bakıyordu. Bana, "Çabuk biraz su getir," dedi. Catherine konuşacak halde değildi, soluk alamıyordu. Dolu dolu bir bardak su getirdim. İçmek istemiyordu; ben de yüzüne serptim. Birkaç saniye sonra boylu boyunca uzandı, bedeni kaskatı kesildi, gözleri tavana dikildi, yanaklarında renkten iz kalmadı, birden mosmor oldu; ölmüş gibiydi. Linton dehşet içinde kaldı.

"Merak edecek bir şey yok," diye fısıldadım. Gerçi aslında ben de korkmuştum, ama efendimin yenik düşmesini de istemiyordum.

Linton ürpererek, "Dudaklarında kan var!" dedi.

Soğuk soğuk, "Aldırmayın!" dedim. Kendisi gelmeden önce karısının nasıl yalancıktan bir sinir krizi geçiriyormuş gibi rol yapmaya karar verdiğini anlattım. Catherine söylediklerimi duymuştu, çünkü birden doğruldu; saçları omuzlarından aşağı darmadağınık dökülüyor, gözleri ateş saçıyordu; bütün boyun ve kol damarları alabildiğine şişmiş, gerilmişti. Eh, artık kemiklerim kırıldı demektir, diye düşündüm. Ama Catherine yalnızca bir an çevresine bakındı, sonra odadan fırladı. Efendim peşinden gitmemi söyledi; odasının kapısına kadar gittim; ama kapıyı arkasından kilitleyerek beni içeri sokmadı.

Ertesi sabah kahvaltıya inme isteği göstermediği için, yukarıya bir şeyler getireyim mi diye sormaya çıktım. "İstemem!" diye kesip attı. Öğle yemeği ve ikindi çayında da aynı biçimde gidip sordum, ertesi gün de, yine hep aynı yanıtı aldım. Mr. Linton'a gelince; kitaplığından çıkmadı. Karısının ne yaptığını da hiç sormadı. Isabella'yı karşısına alıp bir saat konuştu. Bu süre içinde de, Heathcliff'in gösterdiği ilgiden aslında kardeşinin tiksindiğini belirten sonuçlar almaya çalıştı; ama Isabella'nın kaçamaklı yanıtlarından bir şey çıkaramadı, hiçbir sonuca varamadan bu araştırmayı bırakmak zorunda kaldı. "Ama bu beş para etmez herife cesaret verecek kadar delilik edersen, benimle hiçbir ilgin kalmayacağını bilmiş ol!" diye ağır bir uyarıda bulunmayı da unutmadı.

12

Miss Linton dalgın dalgın parkta ve bahçede dolaşıyor, kimseyle konuşmuyordu, gözleri hemen hep yaşlıydı. Ağabeyi de kitapları arasına kapanmıştı, ama tekinin bile kapağını açmıyordu; belki Catherine yaptığına pişman olur da, kalkıp kendiliğinden özür dilemeye, barışmaya gelir diye bezgin bezgin bekleyip duruyordu. Catherine ise ağzına bir şey koymamakta inat ediyor, anlaşılan her yemekte kendisi yok diye lokmaların Edgar'ın boğazına dizileceğini, onu koşup ayaklarına kapanmaktan alıkoyan şeyin sırf gurur olduğunu düşünüyordu. Ben de işime gücüme bakıyor, şu koca evde benden başka aklı başında tek insan yok, diyordum. Ne küçükhanımın derdini paylaşmaya ne dil döküp Catherine'i yola getirmeye yanaştım; ne de sesini işitemediği karısının hiç olmazsa adını duymaya can atan efendimin iç çekmelerine kulak astım. Canları istediği zaman kendileri gelip bana yalvarsınlar, diyordum. Gerçi bu iş pek yavaş, insanın sabrını tüketecek kadar yavaş oldu, ama sonunda düşündüğüm gibi küçük bir umut belirdiğini görerek sevindim.

Üçüncü gün Mrs. Linton kapısının sürgüsünü açtı; testi ile sürahideki su bittiği için, onları yeniden doldurmamızı, bir kâse de çorba getirmemizi söyledi; "Artık neredeyse öleceğim," diyordu. Bunu sırf Edgar'ın kulağına gitsin diye söylenmiş bir söz kabul ettim; böyle bir şeyi olası görmüyordum, onun için kocasına bir şey söylemedim, Catherine'e de biraz kızarmış ekmekle çay getirdim. Getirdiklerimi hemen yiyip içti; sonra kendini yine yatağa attı. Ellerini sıkıyor, inliyordu. "Ah, ölmek istiyorum! Mademki beni düşünen kimse yok... Keşke bunları yemeseydim!" diye söylendi. Aradan bir süre geçtikten sonra şöyle mırıldandığını duydum: "Hayır, ölmeyeceğim işte –ölürsem sevinir–, beni hiç ama hiç sevmiyor, beni hiç özlemeyecek!"

Ölü gibi sapsarı yüzüne sözde aldırmadan, tuhaf abartılı halleri karşısında görünüşte soğukkanlılığı bırakmadan, "Bir şey mi istediniz, efendim?" diye sordum.

Birbirine dolaşmış lüle lüle gür saçlarını çökmüş yüzünden çekti. "O duygusuz adam ne yapıyor, Tanrı aşkına?" diye sordu. "Uyku hastalığına mı tutuldu, yoksa öldü mü?"

"Mr. Linton'ı soruyorsanız, ne hasta ne de öldü," dedim. "Gerçi çok çalışıyor, ama sağlığı hiç de kötü değil; konuşup görüşecek kimse olmadığından, kitaplarından başını kaldırmıyor."

Ne durumda olduğunu bilseydim böyle konuşmazdım. Ama bana hep yapmacıktan hastaymış, rol yapıyormuş gibi geliyordu.

Şaşırarak, "Kitapları arasında mı!" diye haykırdı. "Ben burada can çekişeyim, bir ayağım mezarda olsun! Aman Tanrım! Ne kadar değiştiğimden haberi var mı?" Gözlerini karşı duvardaki aynada beliren görüntüsüne dikti. "Bu gördüğüm Catherine Linton mı? Belki de numaradan küstüğümü, ciddi olmadığımı sanıyor. Kendisine işin şakaya gelir yanı olmadığını haber veremez misin? Nelly, iş işten geçmeden onun ne düşündüğünü öğrenirsem, şu iki şeyden birine karar vereceğim: Ya hemen açlıktan ölmek –tabii taş yürekli bir insana bu vız gelir– ya da hemen iyileşip bu ülkeden gitmek. Şu anda onun için söylediklerin doğru mu? Dikkat et! Ben yaşamışım, yaşamamışım, gerçekten onun için hepsi bir mi?"

"Ama efendim, Mr. Edgar sizin böyle çılgın gibi olduğunuzu bilmiyor; sonra, sizin açlıktan kendinizi öldüreceğinizi de aklına bile getirmez," dedim.

"Öyle mi sanıyorsun? İstersem bunu yapabileceğimi ona söyleyemez misin? Onu buna inandır! Sen kendi düşünceni söyle, bunu yapacağımdan kuşkun olmadığını söyle!"

"Yok, yok, Mrs. Linton, unutmayın ki bu akşam bir şeyler yediniz, hem de iştahla! Yarına bunun iyi sonuçlarını göreceksiniz," dedim.

"Bunun onu da öldüreceğini bir bilsem, hiç durmaz kendimi hemen öldürürüm!" diye sözümü kesti. "Ne müthiş üç gece geçirdim; gözümü bir an bile kırpmadım; hem de, ah Tanrım, ne işkenceydi o! Cinler, hayaletler sarmıştı her yanı, Nelly! Ama artık anlamaya başlıyorum, hiçbiriniz beni sevmiyorsunuz. Ne tuhaf! Herkes birbirinden nefret eder, birbirini horlar da, beni sevmeden edemez sanırdım; oysa şimdi birkaç saat içinde hepsi bana düşman kesiliverdi, evet, hepsi de düşman kesildi, kuşkum yok bundan; bu evdeki herkes. Bu soğuk yüzlü insanlar arasında can vermek ne acı! Isabella dehşet içinde, nefretle irkiliyor, odaya girmeye korkuyor; Catherine' in can çekiştiğini görmek pek korkunç! Edgar da kılı kıpırdamadan kenarda dikiliyor, her şeyin olup bitmesini bekliyor. Sonra, evine esenlik geldi diye Tanrı'ya şükredecek, yine *kitapları* arasına gömülecek! Ben burada can çekişirken, onun *kitaplar* arasında işi ne?"

Mr. Linton'ın kendini düşünsel çalışmalara verdiği konusunda söylediklerim kafasına burgu gibi işlemişti; işte buna dayanamıyordu. Yattığı yerde kendini oradan oraya atmaya başladı; gittikçe ne yaptığını bilmez oldu, aklını büsbütün yitirdi. Dişleriyle yastığını paramparça etti. Sonra kalkıp oturdu. Bütün bedeni ateş gibi yanıyordu. Pencereyi açmamı istedi. Tam kış ortasındaydık, rüzgâr kuzeydoğudan bütün hızıyla esiyordu. Pencereyi açmadım. Her an başkalaşan yüzünden, değişen tavırlarından son derece telaşlanmaya başladım. Eski hastalığını anımsadım; doktor, o zaman, sakın sinirlendirmeyin, diye sıkı sıkı tembihlemişti. Daha bir dakika önce kudurmuş gibi bir hali vardı. Şimdiyse, bir kolu üzerine dayanmış, yatakta az önce açtığı yırtıklardan tüyler çekiyor, onları türlerine göre ayırıp yorganın üzerine diziyor, onlarla bir çocuk gibi eğleniyordu; isteğini yerine getirip getirmediğimin farkında bile değildi. Aklı başka şeylere kaymıştı.

Kendi kendine, "Bu bir hindinin tüyü," diye mırıldandı, "bu da bir yabanördeğinin; şu bir güvercinin. Ah, demek yastıklara güvercin tüyü koyuyorlar; tevekkeli değil, bir türlü ölemiyorum! Yatarken bunu yere atmayı unutmamalı. İşte bu da bir karatavuğun tüyü; bu da kızkuşunun; binlerce tüy arasında da olsa bunu yine tanırdım. Güzel kuş; kırın ortasında tepemizde döne döne uçuyor, yuvasına gitmek istiyordu; bulutların eteği artık tepelere sürünmeye başlamıştı da ondan; yağmur yağacağını anlamıştı. Bu tüyü çalının üstünde bulup aldık, yoksa kuşu öldürmedik. Kuşun yuvasını gördük, içi küçük iskeletlerle doluydu. Heathcliff üzerine bir kapan kurdu; kart kuşlar oraya yanaşmaya cesaret edemiyorlardı. O günden sonra bir tane bile kızkuşu vurmayacağına dair Heathcliff'ten söz aldım. O da bir daha hiç öldürmedi. A, ama işte bunlar da kızkuşlarının tüyleri! Yoksa Heathcliff benim kızkuşlarımı vurdu mu, Nelly? Aralarında kırmızı olanları var mı? Dur bakayım."

"Çocukluğu bırakın!" diye sözünü kestim. Elinden

yastığı alıp yırtık yanını yatağa çevirip koydum; çünkü içindekileri avuç avuç boşaltıyordu. "Yatağınıza uzanıp gözlerinizi kapayın; sayıklıyorsunuz. Her taraf berbat oldu! Tüyler dört bir yanda kar taneleri gibi uçuşuyor."

Odada dolaşıyor, tüyleri topluyordum.

Düşteymiş gibi konuşmasını sürdürdü: "Seni yaşlı bir kadın olarak görüyorum, Nelly. Saçların ağarmış, omuzların çökmüş. Bu yatak Penistone Kayalıkları'nın altındaki peri mağarası; sen de bizim gencecik ineklerimize atıp canlarını yakmak için çakmak taşları topluyorsun; ben yaklaşınca da, elindekiler yün topaklarıymış gibi yapıyorsun. Bundan elli yıl sonra işte böyle olacaksın. Şimdi böyle olmadığını biliyorum. Sayıkladığım filan yok, yanılıyorsun; sayıklasaydım, senin gerçekten o pörsümüş kocakarı olduğuna inanır, kendimi de Penistone Kayalıkları'nın altında sanırdım. Sonra, vaktin gece olduğunu, masanın üstünde iki mum yandığını biliyorum: Onların ışığında siyah dolap tıpkı kehribar gibi pırıl pırıl yanıyor."

"Siyah dolap mı? O da nerede?" diye sordum. "Uykuda konuşuyorsunuz galiba!"

"İşte, duvara dayalı, her zamanki yerinde duruyor," dedi. "Gözüme bir tuhaf görünüyor. İçinde bir insan yüzü var!"

Yerime geçip oturdum, her halini izleyebilmek için yatağın perdesini kaldırıp ilmikledim; "Odada dolap filan yok, eskiden de yoktu," dedim.

Gözünü aynaya dikti; hiç ayırmadan, *Sen* oradaki yüzü görmüyor musun?" diye sordu.

Ne yaptım, ne söyledimse, o yüzün kendi yüzü olduğunu bir türlü anlatamadım. Ben de kalkıp aynanın üzerine bir şal örttüm.

Korkuyla, "Hâlâ orada, arkasında duruyor!" diye konuşmasını sürdürdü. "İşte bak, kımıldadı. Kim bu acaba? Sen gidince yerinden çıkıp buraya gelmez umarım! Aman!

Nelly, odayı cinler, periler basmış! Yalnız kalmaktan korkuyorum!"

Elini elime aldım, "Kendinize gelin!" dedim. Çünkü baştan aşağı bütün bedeni tir tir titriyor, gözünü bir türlü aynadan ayırmıyor, tüm dikkatiyle oraya bakıyordu.

"Odada kimse yok; o gördüğünüz de *kendinizden* başkası değildi, Mrs. Linton," diye direttim. "Daha az önce kendiniz olduğunu biliyordunuz."

Soluğu kesilerek, "Kendim mi?" dedi. "Saat de tam on ikiyi vuruyor! Öyleyse doğru; işte bu çok korkunç!"

Parmaklarıyla örtüleri kavradı, gözlerinin üstüne çekti. Gizlice kapıya doğru gitmek istedim; niyetim kocasını çağırmaktı. Ama acı bir çığlık duyarak hemen geri döndüm. Aynanın üstündeki şal düşmüştü.

"İyi ama ne var?" diye bağırdım. "Asıl korkak kimmiş, gördünüz mü? Hadi uyanın! O gördüğünüz, ayna; başka bir şey değil, Mrs. Linton; içinde kendinizi görüyorsunuz, ben de oradayım, yanınızda."

Bütün bedeni titriyordu, şaşkına dönmüştü. Beni sıkı sıkı tutuyordu. Ama yavaş yavaş yüzündeki korku silinmeye başladı. Sapsarı yüzü utancından al al oldu.

"Ah, Tanrım, kendimi evimde sanıyordum," diye içini çekti. "Uğultulu Tepeler'de kendi odamda yatıyorum sandım. Zayıf düştüm de, aklım karıştı. Farkında olmadan çığlığı bastım. Hiçbir şey söyleme; yalnız yanımda otur. Uyumaktan korkuyorum. Gördüğüm düşler tüylerimi diken diken ediyor."

"Rahat, derin bir uyku size çok iyi gelir, efendim," dedim. "Bu çektiklerinizden akıllanır da umarım bir daha kendinizi açlıktan öldürmeye kalkmazsınız."

Ellerini ovuşturarak, "Ah, ne olurdu şimdi eski evimde, eski yatağımda olsaydım!" diye acı acı konuşmasını sürdürdü. "Pencerenin yanındaki camlarda uğuldayan o rüzgâr! Ne olursun bırak da o rüzgârı içime çekeyim;

dosdoğru kırlardan kopup geliyor, ne olursun bırak da bir kerecik içime çekeyim!" Onu yatıştırmak için pencerenin kanadını birkaç saniye araladım. Odaya buz gibi bir hava doldu. Pencereyi kapayıp yerime döndüm. Artık sakin sakin yatıyordu, bütün yüzü gözyaşlarıyla ıslanmıştı. Bedence halsiz düşmesi ruhunu da söndürmüştü. Bizim o ateşli Catherine'imiz artık ağlayıp inleyen bir çocuk olmuştu.

Birden canlanarak, "Ne zamandan beri buraya kapandım?" diye sordu.

"Pazartesi akşamıydı," diye karşılık verdim. "Şimdiyse perşembe gecesi, daha doğrusu artık cuma sabahı."

"Ne! Hâlâ aynı haftada mıyız?" diye haykırdı. "Yalnız bu kadarcık bir zaman mı?"

"İnsan yalnız soğuk su ve kötü huyla yaşarsa uzun bile," dedim.

"Ama bana bitip tükenmek bilmez saatler geçmiş gibi geliyor," diye kuşkuyla mırıldandı. "Daha uzun bir zaman geçmiş olmalı. İkisi kavga ettikten sonra salonda olduğumu anımsıyorum. Edgar beni fena halde sinirlendirdi, ben de perişan bir durumda bu odaya kaçtım. Daha kapıyı sürgüler sürgülemez, çevrem zindan gibi karardı, yere yuvarlandım. Daha fazla üzerime gelirse bayılıp kalacağımı ya da çıldıracağımı biliyordum, ama bunu Edgar'a bir türlü anlatamadım. Dilime de, kafama da hâkim değildim; herhalde o da benim ne halde olduğumu anlayamadı. Ancak ondan ve onun sesinden kaçıp kurtulmaya çalışacak kadar toparlanabildim. Daha çevremdekileri adamakıllı görüp duyacak kadar kendime gelmemiştim ki, tan ağarmaya başladı. Bak, Nelly, şimdi sana o zaman aklıma gelen ve bir türlü kafamdan çıkarıp atamadığım bir şeyi söyleyeyim: Öyle oldu ki, artık kesinlikle çıldırdım, aklım başımda değil, dedim. Başım şu masanın ayağına dayalı, orada yattığım yerde, ağaran pencereyi ayırt eder gibi oluyor, kendimi evde, meşe yatağın içinde sanıyordum. Korkunç bir üzüntü içimi eziyordu; ama uyandığım anda, bunun ne olduğunu bir türlü anımsayamadım. Acaba nedir, diye kafamı zorlayıp iyice düşündüm. İşin tuhafı, yaşamımın son yedi yılını hiç anımsamıyordum! O yılları yaşayıp yaşamadığımı bile anımsamıyordum. Daha küçük bir çocuktum, babamı yeni gömmüştük. Hindley beni Heathcliff'ten ayırmıştı da ondandı üzüntüm. Ömrümde ilk kez yalnız yatıyordum. Bütün gece sabaha kadar ağladıktan sonra çok derin bir uykuya dalmıştım. Uyanınca, kapakları açmak için elimi kaldırdım. Elim masanın altına çarptı. Elimi halının kıyısı boyunca gezdirdim. İşte o zaman birden her şeyi anımsadım. O ana kadar duyduğum üzüntüler sonsuz bir umutsuzluğa dönüştü. Kendimi niye o kadar zavallı hissettim, bilmem. Gelip geçici bir çılgınlık olsa gerek; çünkü hiçbir nedeni yoktu. Ama düşün bir, daha on iki yaşında bir çocukken Tepeler'den, bütün çocukluk bağlarımdan ve o zaman benim için her şey olan Heathcliff'ten koparılıp birden neredeyse bir sihirbaz değneğiyle Thrushcross Çiftliği'nin hanımı, bir yabancının karısı, Mrs. Linton oluvermek, yani kendi dünyamdan sürülmek, kovulmak, düşün bir! Nasıl bir uçurumun içine yuvarlandığımı birazcık olsun anlayabilirsin! İstediğin kadar hayır de, Nelly, beni bu duruma getiren biraz da sensin! Edgar'la konuşup beni rahat bırakması için onu zorlaman gerekirdi; evet, onunla konuşup bunu yapman gerekirdi! Ah, bütün bedenim yanıyor! Ah, şimdi dışarıda olmayı ne kadar isterdim. Şimdi yine eskisi gibi küçük bir kız olmayı, yarı vahşi, gözü pek, başıboş, küçük bir kız olmayı ne kadar isterdim! Uğradığı haksızlıklara gülüp geçen, öfkeden kendini kaybetmeyen küçük bir kız! Niye bu kadar değiştim? Niye bir-iki sözcük beni böyle zıvanadan çıkarıyor? Ah, bir kez şu karşı tepelerdeki fundalıklarda olsam, biliyorum, yine eskisi gibi olacağım. Pencereyi ardına kadar aç yine; öyle açık bırak! Haydi, çabuk, ne duruyorsun?"

"Sizi soğuktan öldürmek istemiyorum da ondan," dedim.

Yüzü asıldı; "Yani bana yaşama fırsatı tanımak istemiyorsun da ondan, değil mi? Ama daha tüm gücümü yitirmedim. Ben kendim açarım," dedi.

Tutmaya vakit kalmadan yatağından indi, sarsak adımlarla sallana sallana pencereye kadar gidip ardına kadar açtı. Omuzlarına bıçak gibi saplanan buzlu havaya aldırmadan dışarı sarktı. Önce yalvardım yakardım, olmadı. Sonunda zorla çekmeye çalıştım. Ama delilik (daha sonra yaptıklarından, abuk sabuk söylenmelerinden artık delirdiğini iyice anlamıştım) onu benden kat kat güçlü yapmıştı. Dışarıda ay yoktu. Her taraf zifiri karanlık içine gömülmüştü. Uzak, yakın hiçbir evden ışık sızmıyordu, hepsi de çoktan sönmüştü. Uğultulu Tepeler'in ışıkları ise zaten hiç görünmezdi; ama Catherine onları gördüğünü söylüyordu.

Heyecanla, "Bak!" diye bağırdı. "Şu ışık yanan yer benim odam; önünde de ağaçlar sallanıyor; şu öteki ışık da Joseph'ın tavan arası odası! Joseph geç yatar, değil mi? Kapıyı kilitlemek için benim eve gelmemi bekliyor. Ne yapalım, biraz daha bekleyecek. Bu öyle pek kolay bir yolculuk değil; hem de böyle ezik bir yürekle. Sonra, bu yolculuğu yapmak için Gimmerton Kilisesi'nin yanından geçmemiz gerekiyor! Kaç kere oradaki hortlaklara birlikte meydan okumuş, korkmadan mezarlar arasında durup ölüleri hangimiz çağıracak diye bahse tutuşmuştuk. Ama, Heathcliff, eğer şimdi sana, haydi bakalım yapabilir misin, desem, bunu yine göze alabilir misin? Eğer bunu yaparsan, senden hiç ayrılmayacağım. Orada kendi başıma yatamam; beni iki adam boyu yerin dibine gömseler, kiliseyi de üzerime devirseler, yine de sen yanıma gelinceye kadar rahat nedir bilmeyeceğim. Asla, asla bilmeyeceğim!"

Bir an durdu, sonra yüzünde garip bir gülümsemeyle konuşmasını sürdürdü: "Bakın, düşünüyor... İyisi mi sen benim yanıma gel, diyor. Öyleyse bir yol göster! O mezarlıktan geçmeyen bir yol. Ne kadar yavaşsın! Hiç üzülme, sen her zaman benim ardımdan geldin!"

Onun bu deliliği karşısında sözün hiç yararı olmayacağını anladım. Kendisini bırakmadan, elime bir şey alıp üstüne örtmeyi düşünüyordum (çünkü güvenip de onu açık pencerenin önünde yalnız bırakamazdım); tam bu sırada kapının tokmağının döndüğünü duyarak müthiş bir korkuya kapıldım; Mr. Linton içeri girdi. Kitaplıktan çıkmış, koridordan geçerken konuşmamız kulağına gitmiş, içinde bir merak ya da korku duyarak, gecenin bu geç vaktinde ne olduğunu anlamaya gelmişti.

Gördüğü manzara ve odayı dolduran buz gibi hava karşısında, dudaklarına kadar yükselen şaşkınlık belirtisini açığa vurmasın diye, hemen, "Ah, efendim!" diye bağırdım. "Zavallı hanımcığım hasta, bana istediğini yaptırıyor, bir türlü hakkından gelemiyorum. Ne olur, gelin de yatağına yatması için kandırın onu. Artık dargınlığınızı unutun, çünkü kendisine söz geçirmek çok güç, ille dediğim olacak, diyor."

Linton hemen yanımıza geldi. "Catherine hasta mı? Şu pencereyi kapat, Ellen! Catherine, niçin?.."

Birden durdu. Karısının bitkin, çökmüş hali karşısında dili tutuldu; dehşet ve şaşkınlıkla bir ona bir bana bakıyordu.

"Buraya kapandı, kendi kendini yiyip bitirdi," diye devam ettim, "ne ağzına bir lokma koyuyor ne de bir yakınmada bulunuyordu. Bu akşama kadar hiçbirimizi yanına sokmadı. Biz de onun ne durumda olduğunu bilmediğimizden size haber veremedik; ama merak edecek bir şey değil."

Saçma sapan konuştuğumu anladım. Efendi kaşlarını çattı, sert sert, "Merak edilecek bir şey değil, öyle mi, Ellen Dean?" dedi. "Bana neden haber vermedin? Senden bunun hesabını soracağım!" Sonra karısını kollarına aldı, kaygıyla yüzüne baktı.

Önce Catherine onu hiç tanımadı, dalgın bakışları kocasını hiç görmüyordu; ama bu nöbet hali sürekli değildi. Dalgın dalgın dışarıya, karanlıklara bakmaktan vazgeçerek yavaş yavaş bütün dikkatini kocasının üstüne topladı ve kendisini kolları arasında tutanı tanıdı.

"Ha, demek sonunda geldiniz, Edgar Linton!" dedi, sesi öfkeli ve heyecanlıydı. "Siz, gerek olmadığı zaman insanın karşısına çıkan, istenildiğinde de ortada görünmeyen şeylerdensiniz! Şimdi bir sürü ah vah edeceksiniz herhalde, evet, anlıyorum ki öyle, ama bu ah vahlar artık beni şu kırlardaki daracık yuvama girmekten alıkoyamaz; bahar bitmeden orada olacağım! İşte orada! Ama unutma, şapel damı altındaki Linton'lar arasında değil, açıkta, bir mezar taşının altında. Sana gelince; ister onların yanına gidersin, ister benim yanıma gelirsin, dilediğin gibi yap!"

Efendim, "Catherine, ne yaptın böyle?" diye söze başladı. "Artık senin gözünde hiçbir değerim yok mu? Yoksa senin sevdiğin o mu, o rezil Heath..."

Mrs. Linton, "Sus! Sus!" diye bağırdı. "O adı ağzına alırsan kendimi şu pencereden aşağı atar, bu konuyu da burada bitirmiş olurum! Şu anda dokunduğun her şey senin olabilir; ama ruhum, sen beni yeniden yakalamadan o tepede olacak. Sana ihtiyacım yok, Edgar; artık sana ihtiyacım kalmadı. Sen kitaplarına dön; avunacak bir şeyin olduğuna seviniyorum, çünkü artık benden bir şey bekleyemezsin."

"İşte hep böyle sapıtıyor, efendim," diye söze karıştım. "Akşamdan beri hep böyle saçma sapan konuşuyor; ama biraz dinlenir de iyi bakılırsa, hiçbir şeyi kalmaz. Bundan sonra onu kızdırmamaya dikkat etmeliyiz."

Mr. Linton, "Daha fazla öğüdüne ihtiyacım yok senin," diye karşılık verdi. "Hanımının huyunu bildiğin halde beni kışkırtıp üzerine yürüttün. Sonra da üç gündür ne halde olduğunu hiç çıtlatmadın! Bu ne katı yüreklilik! Aylarca hastalık çekse bu hale gelmezdi!"

Kendimi savunmaya giriştim. Başka birinin huysuzluğu, şımarıklığı yüzünden suçlu çıkmak gücüme gitmişti. "Mrs. Linton'ın huysuz olduğunu, herkese kendi sözünü geçirmek istediğini biliyordum, ama sizin onun bu hırçınlığına göz yumup ona daha da yüz vereceğinizi bilmiyordum!" diye bağırdım. "Aman hanım kızmasın diye Mr. Heathcliff'e göz yummam gerektiğini bilmiyordum. Her şeyi size haber vermekle sadık bir hizmetçi gibi davrandım, görevimi yaptım. İşte, sadakatimin karşılığını da gördüm! Neyse, bu bana ders olur da bundan sonra daha akıllı davranırım. Bundan sonra artık her şeyi kendi kendinize öğrenin!"

Efendi, "Hele bir daha, gelip kulağıma laf sokmaya kalk, bu evden gittiğinin günüdür, Ellen Dean," dedi.

"Demek bu konuyla ilgili hiçbir şey duymamak daha hoşunuza gidecek, öyle mi, Mr. Linton?" dedim. "Demek Heathcliff'in buraya gelip küçükhanımı ayartmasına, evden her ayrılışınızı fırsat bilerek karınızı size karşı zehirlemek amacıyla buraya damlamasına izin veriyorsunuz?"

Catherine perişan bir halde olmasına karşın, konuştuklarımızı olduğu gibi anlamıştı. Öfkeli öfkeli, "Ah, Nelly bana ihanet etmiş demek," dedi. "Nelly benim gizli düşmanımmış demek. Seni cadı seni! Demek bizim canımızı yakmak için çakmaktaşı arıyorsun! Bırakın beni, bırakın

159

da ona göstereyim! Tövbe edinceye kadar inim inim inleteyim!"

Gözlerinde çılgın bir öfke tutuştu; Linton'ın kollarından kurtulmak için boş yere çırpınıyordu. Konuyu uzatmak istemedim. Gidip kendiliğimden doktor çağırmaya karar vererek odadan çıktım.

Yola ulaşmak için bahçeden geçerken, duvarda, bir yular çengelinin mıhlı olduğu yerde, beyaz bir şeyin rasgele sallandığını gördüm. Rüzgâr değildi onu sallayan, bu belliydi. Sonradan aklıma takılır da, gördüğüm şey kesinlikle öte dünyadandı diye evhamlanırım korkusuyla, aceleme karşın bu şeyin ne olduğunu anlamak için durdum. Bakmakla kalmayıp elimle de dokununca, bunun Miss Isabella'nın Fanny adındaki köpeği olduğunu anladım, şaşkınlıktan donakaldım; aklım karmakarışık oldu. Hayvanı bir mendille asmışlardı, neredeyse son nefesini vermek üzereydi. Hemen mendili çözdüm, zavallıyı kurtardım, bahçeye bıraktım. Küçükhanım yatmaya gittiğinde, köpeğin de hanımın peşinden çıktığını görmüştüm. Odadan dışarı nasıl çıkmıştı, hangi hain onu bu hale sokmuştu, aklım almadı. Kancaya yapılmış düğümü çözerken, kulağıma biraz uzaktan dörtnala giden atların sesleri gelir gibi oldu. Ama kafam sayısız düşünceyle doluydu, bunun üzerinde durmadım bile. Oysa, buralarda, gece saat ikide nal sesleri duymak öyle pek olağan şeylerden değildi.

Sokağın başına vardığımda, iyi bir rastlantıyla Mr. Kenneth da bir hastasını görmek için evinden çıkıyordu. Catherine Linton'ın durumunu anlatınca, hemen bana eşlik etti. Doktor içi dışı bir, tok sözlü bir adamdı. "Daha önceki hastalığında yaptığı gibi yapmaz da, bu kez söylediklerime uymaya çalışırsa ne iyi, yoksa bu ikinci krizi atlatması kuşkulu," diye düşüncesini açık açık söylemekte hiç sakınca görmedi.

"Nelly Dean, düşünüyorum da, onun bu duruma gelmesi için kesinlikle pek önemli bir şey olmuştur, demekten kendimi alamıyorum," dedi. "Çiftlik'te neler olup bitiyor bakalım? Kulağımıza tuhaf şeyler geliyor. Catherine gibi dayanıklı, sağlıklı bir kız öyle kolay kolay hasta olmaz. Hem onun gibilerin hasta olmaları da doğru değil. Onları o nöbetlerden, acılardan kurtarıp iyileştirmek pek güç. Nasıl başladı bakalım?"

"Efendi size anlatır," dedim. "Ama siz Earnshaw'ların ne kadar sinirli olduklarını bilirsiniz; bu bakımdan, Mrs. Linton onların hepsini geride bırakır. Yalnız şu kadarını söyleyeyim: Bir kavga sırasında başladı. Tutulduğu müthiş bir öfke anında bir kriz geçirdi, daha doğrusu geçirmiş, kendisi öyle diyor. Çünkü siniri son kerteyi bulunca kaçıp bir odaya kapandı. Sonra da ne yedi ne içti; şimdi de bir bakıyorsunuz abuk sabuk söyleniyor, bir bakıyorsunuz düş içindeymiş gibi duruyor. Çevresindekileri tanıyor, ama kafası olmayacak acayip düşüncelerle, görüntülerle dolu."

Kenneth, anlamak ister gibi, "Mr. Linton üzülür, değil mi?" dedi.

"Üzülür mü dediniz? Eğer bir şey olursa ölür!" diye karşılık verdim. "Kendisini gereğinden fazla telaşa vermeyin."

"Ne yapayım, kendisine dikkatli olmasını vaktiyle söyledim. Benim uyarılarıma kulak asmamanın cezasını çeksin! Son zamanlarda Mr. Heathcliff'le arkadaşlığı iyiydi, değil mi?"

"Heathcliff evimize sık sık gelir," dedim. "Ama efendi onun arkadaşlığından hoşlandığı için değil de, daha çok, hanımın çocukluk arkadaşı olduğu için. Artık şimdi kendisini ziyaretimize gelme zahmetinden kurtarmış bulunuyorlar; son zamanlarda küçükhanıma karşı birtakım aşırı istekler beslediği belli oldu da! Bu eve bir daha kabul edileceğini sanmam."

Doktor bu kez de, "Miss Linton kendisine yüz vermiyor mu?" diye sordu.

Bu konuda daha fazla konuşmak istemiyordum. "Küçükhanımla öyle bir yakınlığım yoktur," dedim.

Doktor başını iki yana sallayarak, "Herhalde yoktur," dedi. "Isabella içten pazarlıklı bir kızdır. Kendi bildiğinden şaşmaz. Ama doğrusunu istersen düpedüz budalalık ediyor! Güvenilir bir yerden duydum, dün gece –ama ne geceydi o!– Heathcliff ile ikisi evinizin arkasındaki fidanlıkta iki saatten fazla dolaşmışlar; Heathcliff, eve dönmemesi, kendi atına atlayıp kaçmaları için Isabella'yı sıkıştırmış! Bana haberi getirenin söylediğine göre, Isabella, ancak ikinci buluşmalarında bu işi yapacağına namus sözü verdikten sonra onun elinden kurtulabilmiş. Ama yeniden ne zaman buluşacaklarını kaynağım duyamamış. Mr. Linton'a söyleyin de dikkatli olsun!"

Bu haber içime yeni korkular saldı. Kenneth'ı geride bırakarak hemen hemen bütün yol boyunca koştum. Küçük köpek hâlâ bahçede havlayıp duruyordu. Ona bahçe kapısını açmak için bir an durdum. Köpek evin kapısına gideceği yerde, otları koklayarak oraya buraya koşmaya başladı, eğer yakalayıp da eve getirmeseydim kaçıp yola çıkacaktı. Isabella'nın odasına çıkınca, kuşkularımın gerçek olduğunu gördüm: Oda bomboştu. Birkaç saat daha erken davransaydım, Catherine'in hastalık haberi onu böyle bir düşüncesizlikte bulunmaktan alıkoyardı belki. Ama şimdi elden ne gelirdi? Hemen peşlerine düşsek belki yetişip yakalayabilirdik. Ama bu işi ben yapamazdım. Ortalığı ayağa kaldırıp evi velveleye vermeyi de göze alamıyordum. İşi efendiye açmak ise hiç olmazdı. Zavallıya zaten derdi yeterdi, ikinci bir üzüntüye dayanacak hali yoktu! Ben de dilimi tutup işi oluruna bırakmaktan başka çare bulamadım. O sırada Doktor Kenneth da gelmişti; zorla sakin görünmeye çalışarak içeri girdim, onun geldiğini haber verdim. Catherine yatağında rahatsız bir uykuya dalmıştı. Kocası çılgınlık nöbetini yatıştırmayı başarmıştı. Şimdi de yastığına eğilmiş, karısının acıyla gerilen yüzündeki her gölgeyi, her değişikliği izliyordu.

Doktor durumu iyice dinledikten sonra, hastanın kesin ve sürekli bir dinlenmeye ihtiyacı olduğunu, bunu sağlayabilirsek durumunun düzeleceğini bildirip Edgar'a umut verdi. Bana da, ölümden çok, iyileştirilmesi olanaksız bir delilik tehlikesi olduğunu anlattı.

O gece ben de, Mr. Linton da gözümüzü kırpmadık. Daha doğrusu, yatmaya bile gitmedik. Bütün uşaklar her günkünden çok daha erken kalkmışlar, evde sessiz adımlarla dolaşıyorlar, iş görürlerken birbirleriyle karşılaştıklarında fısıltıyla konuşuyorlardı. Herkes işbaşındaydı. Yalnız Miss Isabella yoktu. Uşaklar, "Ne de derin uyuyor," diye konuşmaya başladılar: Ağabeyi de Isabella'nın kalkıp kalkmadığını sordu. Kalkmasını sabırsızlıkla bekliyor gibiydi; anlaşılan, onun, Catherine'i hiç merak etmemesi de gücüne gitmişti. Isabella'yı çağırmamı isteyecek diye ödüm kopuyordu. Neyse ki onun kaçtığını ilk haber veren ben olmadım, bu üzüntüyü de atlattım. Sabahleyin erkenden bir iş için Gimmerton'a gitmiş olan, hizmetçilerden sersem bir kız, soluk soluğa yukarı çıktı. Ağzı bir karış açık, dosdoğru koşarak odaya girdi, avaz avaz bağırıyordu: "Aman Tanrım! Aman Tanrım! Başımıza daha neler gelecek? Efendim, efendim, bizim küçükhanım..."

Onun bu yaygaracılığı sinirime dokunmuştu. Hemen, "Kes sesini!" diye çıkıştım.

Mr. Linton, "Daha yavaş konuş, Mary. Ne var?" dedi. "Küçükhanıma ne olmuş?"

Kız soluk soluğa, "Gitmiş! Gitmiş! Heathcliff olacak o adamla kaçmış!" dedi.

Linton telaşla yerinden kalktı, "Doğru değil bu!" diye

bağırdı. "Olamaz, bu da nereden aklına geldi? Ellen Dean, gidip kendisini arayın. İnanılacak şey değil; olamaz!"

Bunları söylerken de hizmetçi kızı kapıya doğru çekti. Bunu nereden çıkardığını öğrenmek istedi.

"Nereden mi çıkardım?" diye kekeleyerek anlatmaya başladı kız: "Yolda, buraya süt getiren çocuğa rastladım. Bana, 'Evde üzüntü içindesinizdir herhalde,' dedi. Ben de hanımın hastalığından söz ettiğini sanarak, 'Ya, pek üzüntülüyüz,' dedim. Onun üzerine, 'Herhalde arkalarından biri gitmiştir, değil mi?' diye sordu. Aptal aptal yüzüne baktım. O zaman, hiçbir şeyden haberim olmadığını anladı. Onun üzerine, gece yarısından biraz sonra, Gimmerton'dan iki mil uzakta, bir erkekle bir kadının, bir nalbantta durup atlarının nalını çaktırdıklarını söyledi! Nalbantın kızı da kim olduklarını merak edip yatağından kalkmış. Görür görmez tanımış. Sonra erkeğin –Heathcliff'miş, iyice tanımış, zaten onu kim tanımaz– babasının eline para sıkıştırdığı da gözünden kaçmamış. Kadının yüzü örtülüymüş; ama bir yudum su istemiş, suyu içerken de yüzü açılmış, işte o zaman kız onu adamakıllı görmüş. Yeniden yola koyulduklarında her iki atın dizgini de Heathcliff'in elindeymiş, arkalarını köye çevirmişler, o bozuk yollardan dörtnala uzaklaşmışlar. Kız babasına hiçbir şey söylememiş. Ama sabah olur olmaz bütün Gimmerton'a yaymış."

Laf olsun diye koşup Isabella'nın odasına baktım. Geri döndüğümde, hizmetçi kızın sözlerinin doğru olduğunu söyledim. Mr. Linton yatağın başında önceki yerine oturmuştu. Ben odaya girince gözlerini kaldırıp baktı, yüzümden olanları okudu ve gözlerini yeniden yere indirdi; ne bir buyruk verdi ne bir şey söyledi.

"Arkalarından yetişip kendisini geri getirmek için bir şey yapacak mıyız? Ne yapmalıyız acaba?" diye sordum.

Efendi, "Kendi isteğiyle gitti," diye karşılık verdi. "İstediğini yapmak hakkı. Artık onun yüzünden beni rahatsız etmeyin. Bundan sonra yalnız adıyla benim kız kardeşimdir. Onu kardeşlikten ben çıkarmıyorum, o beni çıkardı da ondan."

İşte bu konuda bütün söylediği bu oldu. Ondan sonra bu işle ilgili ne bir şey sordu ne de onun adını andı. Yalnız bana, yeni evinin yerini öğrenince, nesi var nesi yok toplayıp göndermemi söyledi.

13

İki ay kaçaklardan hiç ses çıkmadı. Bu iki ay içinde Mrs. Linton, beyin humması denen hastalığın en şiddetlisini geçirdi. Edgar'ın ona gösterdiği sevecenliği ve bakımı hiçbir anne biricik yavrusuna bile gösteremezdi. Gece gündüz karısından gözünü ayırmadı, onun gergin sinirlerinin ve akıl dengesizliğinin doğurduğu bütün sıkıntılara sabırla dayandı. Kenneth, "Ölümden kurtardığın bu şey, bütün bu emeklerine karşın, ilerde senin için yalnızca üzüntü olacak," dediği halde –doğrusu da, adamcağız artık bir canlı cenazeden farksız olan bu bedeni kurtarmak için kendi sağlığından, kendi gücünden veriyordu– Edgar'ın, karısının ölüm tehlikesini atlattığını öğrendiği gün duyduğu şükran ve sevincin sonu yoktu. Saatlerce yatağının başından ayrılmıyor, karısının bedence yavaş yavaş iyiliğe doğru gittiğini görüyor; zihin bozukluğunun da yavaş yavaş düzeleceğini, çok geçmeden Catherine'in yine eskisinden farksız olacağını düşleyip kendini aşırı bir umuda kaptırıyor, neşeleniyordu.

Catherine ilk kez odasından mart ayının başlarında çıktı. Mr. Linton o sabah karısının yastığına altın renkli bir demet çiğdem koymuştu. Catherine'in çoktandır sevinç nedir bilmeyen gözleri, uyanınca bu çiçeklere takıldı, neşeyle parladı. Heyecanla çiçekleri koklamaya başladı.

"Tepeler'de açan ilk çiçekler!" diye bağırdı. "Bana tatlı, ılık meltemleri, güneşin sıcak ışınlarını, yeni erimiş karları hatırlatıyor. Edgar, rüzgâr güneyden esiyor, değil mi? Bütün karlar eridi, değil mi?"

Kocası, "Burada kar kalmadı, canım," dedi. "Çepeçevre gözün alabildiği bomboş topraklarda yalnızca iki beyaz leke var. Gök masmavi, her yanda tarlakuşları cıvıl cıvıl ötüşüyorlar; bütün dereler, ırmaklar dolup taşıyor. Catherine, geçen bahar, bu zamanlar, seni bu çatı altında görmek için can atıyordum; şimdi de, Catherine bir-iki mil ötedeki şu bayırlara bir tırmanabilse, diyorum! Hava o kadar tatlı tatlı esiyor ki, sana çok iyi gelir herhalde."

Hasta, "Evet, oralara son bir kez daha gideceğim, o zaman sen benden ayrılacaksın, ben de artık hep orada kalacağım," dedi. "Gelecek bahar beni yine bu çatı altında görmek için can atacaksın, bugünü hatırlayıp, o gün ne kadar mutluymuşum, diyeceksin."

Linton karısını sonsuz bir sevecenlikle öpüp okşuyor, tatlı sözlerle neşelendirmeye çalışıyordu. Catherine ise dalgın dalgın çiçeklere bakıyor, kirpiklerinin ucunda toplanıp yanaklarından akan gözyaşlarına hiç aldırmıyordu. Onun gerçekten biraz iyileştiğini biliyorduk. Onun için, bu kötümserliğin nedeninin uzun süre hep aynı odada kapanıp kalmak olduğunu, yerini değiştirirsek biraz olsun bu duygunun kaybolacağını düşündük. Efendim, bana, haftalardır kapısı açılmayan salondaki ocağı yakmamı, pencerenin önüne, güneşe, bir koltuk yerleştirmemi söyledi. Sonra karısını aşağı indirdi; Catherine uzunca bir süre orada kaldı, ılık hava hoşuna gitmişti; gerçekten umduğumuz gibi, çevresinde gördüğü şeyler içini açtı. Bunların hepsini eskiden de biliyordu, ama hiç olmazsa, hasta yatmış olduğu ve nefret ettiği o odayı dolduran üzücü anılarla ilgileri yoktu. Akşamla birlikte üzerine büyük bir yorgunluk çöktü, ama odasına dönmesi için söylenen bütün sözler, bütün ısrarlar boşa gitti. Sonunda, yeni bir oda hazırlanıncaya kadar salondaki divanı yatak haline getirmek zorunda kaldım. Merdivenden inip çıkarken yorulmasın diye, salonla aynı katta olan, şimdi sizin yattığınız bu odayı ona hazırladık. Çok geçmeden, Edgar'ın koluna dayanarak odadan salona, salondan odaya gidip gelecek kadar kendini topladı. Ben kendim de, "Ah, tabii," diyordum, "bu kadar bakım karşısında iyileşecek." İyileşmesini istememizin bir değil iki nedeni vardı, çünkü bir başka canlının varlığı da onun yaşamasına bağlıydı. Hepimiz çok geçmeden doğacak bir mirasçıyla Mr. Linton'ın çok sevineceği, artık topraklarını bir yabancıya kaptırmaktan kurtulacağı umudundaydık.

Şunu da söylemeden geçmemeliyim: Isabella gittikten altı hafta sonra ağabeyine kısa bir pusula gönderdi. Heathcliff'le evlendiğini bildiriyordu. Kuru ve soğuk bir anlatımdı, ama altına kurşunkalemle karalanmış bir-iki satırla özür diliyor gibiydi; bu davranışına gücendiyse, bunu unutup kardeşini iyilikle anması ve barışması için yalvarıyordu. O zaman için başka türlü davranmanın elinde olmadığını ileri sürüyor, bir kere attığı bu adımı da artık geri alma gücünde olmadığını söylüyordu. Sanırım, Linton kardeşine karşılık vermedi. On beş gün sonra da bana uzunca bir mektup geldi. Balayını yeni bitirmiş bir geline yakışmayacak, acayip bir mektuptu. Mektubu size okuyayım, hâlâ saklıyorum. Sağlıklarında değer verdiklerimizden elimizde kalan şeylerin üzerine titreriz.

Sevgili Ellen (mektup böyle başlıyor), dün gece Rüzgârlı Tepeler'e geldim ve Catherine'in çok ağır bir hastalık geçirdiğini, hâlâ daha da hasta olduğunu yeni öğrendim. Herhalde kendisine mektup yazmam doğru olmaz. Ağabeyim de, ya bana çok dargın ya da üzüntüsü pek fazla olduğu için, mektubuma karşılık vermedi. Ama, yine de, birine yazmadan edemeyeceğim, senden başka da yazacak kimse yok.

Edgar'a söyle: Yüzünü bir daha görebilmek için dünyaları vermeye hazırım. Oradan ayrıldıktan yirmi dört saat sonra kalbim yine Thrushcross Çiftliği'ne döndü; şu dakikada yine oradadır ve Edgar'la Catherine'in özlemi içindedir! *Ama kalbime uymak elimde değil* (bu sözcüklerin altı çizilmiş), beni bir daha Çiftlik'te görecek değiller; bunu istedikleri gibi yorumlayabilirler; yalnız bunu irademin zayıflığına ya da sevgimin noksanlığına vermesinler.

Mektubun bundan sonrası yalnız senin içindir. Sana iki şey sormak istiyorum. Birincisi şu: Burada oturduğun sürece nasıl oldu da insanlığını yitirmedin? Çevremde benim gibi hissedip düşünen bir tek kimse göremiyorum.

Beni çok ilgilendiren ikinci sorum da şu: Mr. Heathcliff insan mıdır? Eğer insansa, deli midir? Yok, deli değilse, bir iblis midir? Bunları niçin sorduğumu söylemeyeceğim. Ama yalvarırım sana, eğer yapabilirsen, neyle evlendiğimi açıkla; tabii beni görmeye geldiğin zaman. Hem, Ellen, vakit geçirmeden beni görmeye gelmelisin de! Mektup yazma, kendin gel, bir de bana Edgar'dan bir şey getir.

Şimdi, sana yeni evimde nasıl karşılandığımı anlatayım. Artık belli ki Tepeler benim yeni evim. Rahatlık eksikliği gibi konular üzerinde sırf eğlence olsun diye duruyorum; öyle eksiklikleri yalnız gerekli oldukları anlarda hatırlıyorum, yoksa aklıma bile gelmiyor. Bütün üzüntüm bu olsa ve geri kalanı olağandışı bir düş olsa, sevincimden güler oynarım.

Kırlara doğru yöneldiğimizde güneş Çiftlik'in arkasından batıyordu. Bundan, saatin altı olduğunu tahmin ettim. Arkadaşım koruluğu, bahçeleri, belki evi de elinden geldiğince gözden geçirmek için yarım saat kadar oyalandı. Çiftlik evinin taş döşeli avlusunda attan indiğimizde ortalık kararmıştı; eski kapı yoldaşın Joseph, elinde bir mum, bizi karşılamaya çıktı, hem de ününe yaraşır bir incelikle. İlk işi elindeki mumu yüzüme tutmak oldu. Gözlerini şaşılaştırıp hınzır hınzır baktı, altdudağını sarkıttı ve arkasını döndü. Atlarımızı alıp ahıra götürdü, sonra yine geldi, tarihî bir şatoda yaşıyormuşuz gibi, gidip bahçenin dış kapısını sürgüledi.

Heathcliff onunla konuşmak için geride kaldı, ben de mutfağa girdim; mutfak değil, pis, karmakarışık bir in. Herhalde görsen tanımazsın, senin elinden çıktıktan sonra öylesine değişmiş! Ocak başında yabanıl tavırlı bir çocuk dikiliyordu. Güçlü kuvvetliydi, üstü başı pislikten görünmüyordu. Gözlerinde ve ağzında Catherine'e benzeyen bir şey vardı.

"Bu, Edgar'ın Catherine tarafından yeğeni," diye düşündüm, "bir bakıma benim de yeğenim sayılır; elini sıkmalı ve tabii onu öpmeliyim. Başlangıçta iyi bir ilişki kurmak doğru olur."

Yanına yaklaştım, tombul elini tutmaya çalışarak, "Nasılsın, şekerim?" dedim.

Anlayamadığım kötü bir şey söyledi.

"Seninle ikimiz dost olalım mı, Hareton?" diye sordum ve ikinci bir deneme daha yaptım.

Bu direnişimi bir küfürle ve "çekip gitmezsem" Throttler'ı üzerime salacağı tehdidiyle ödüllendirdi.

Küçük edepsiz, "Hey, Throttler, aslanım!" diye seslendi; yarı yabanıl bir buldog köşedeki ininden çıktı. Buyurur gibi, "Şimdi buradan gidiyor musun, gitmiyor musun bakayım?" diye sordu bana.

Can korkusuyla çaresizce sözünü dinledim. Ötekiler gelinceye kadar beklemek için eşikten dışarı çıktım. Mr. Heathcliff görünürlerde yoktu. Joseph'ın peşinden ahırlara kadar gidip beni içeri götürmesini istedim. Yüzüme bön bön bakıp kendi kendine bir şeyler mırıldandıktan sonra, burnunu buruşturup şöyle karşılık verdi: "Peh, peh, peh! Dünyada kimse böyle konuşan birini görmüş müdür! Neler geveleyip duruyorsun öyle? Ne söylüyorsun ne bileyim ben?"

Kulaklarının ağır işittiğini sanarak, "Benimle birlikte eve gelin, diyorum!" diye bağırdım; kabalığına da çok kızmıştım doğrusu.

"Nasıl gelirim şimdi! Benim başka işim var," diye karşılık verip işini sürdürdü. Bir yandan da çökük avurtlarını oynatıyor, üstümü başımı, yüzümü (giysim biraz fazla süslüydü yüzümse, eminim ki, onun istediği kadar hüzünlüydü) son derece aşağılayarak süzüyordu.

Avlunun çevresini dolandım, küçük bir yan kapıdan geçip başka bir kapıya vardım. Belki daha terbiyeli bir uşak çıkar umuduyla kapıya vurma yürekliliğini gösterdim. Biraz sonra uzun boylu, zayıf bir adam kapıyı açtı. Fularsızdı, üstü başı çapulcu gibiydi. Yüzü, omuzlarına kadar inen saç yığınları altında kaybolmuştu. Onun gözlerinde de Catherine'i andıran bir şey vardı; canlı cenazeye dönmüş bir Catherine'in gözleri; tüm güzelliği yok olmuş gözler.

Ters ters, "Burada işiniz ne? Kimsiniz?" diye sordu.

"Adım Isabella Linton'dı," diye karşılık verdim. "Daha önce beni görmüştünüz, efendim. Az bir zaman önce Mr. Heathcliff'le evlendim, o da beni buraya getirdi, tabii izninizi almıştır."

Dünyayla hiç ilişiği kalmamış adamın gözleri aç bir kurt gibi parladı, "Geldi demek, öyle mi?" diye sordu.

"Evet, şimdi geldik, beni mutfak kapısının önünde bıraktı. İçeriye girecektim ki, sizin küçük orada nöbetçiliği kendine iş edinmiş, bir buldoğun yardımıyla beni korkutarak kaçırdı."

Yeni ev sahibim, Heathcliff'i görebilmek için arkamdaki karanlığı gözleriyle araştırarak, "Neyse, o mendebur cehennem zebanisi iyi etti de sözünde durdu!" diye homurdandı. Sonra da bir düzine küfür savurdu. "İblis, hele beni bir atlatsaydı, görürdü gününü," diye tehditler savurmaya başladı.

Bu ikinci kapıya başvurduğuma pişman olmuştum, daha o, küfürlerini bitirmeden oradan sıvışmaya yelteniyordum ki, düşündüğümü yapamadan bana içeri girmemi söyledi, kapıyı da kapatıp yine arkasından sürgüledi. Ocakta büyük bir ateş yanıyordu. Koskoca odada bundan başka ışık yoktu. Döşeme baştan başa boz bir renk bağlamıştı. Çocukluğumda gözümü alan o pırıl pırıl kalaylı kaplar da is ve toz içinde renklerini yitirmişlerdi. "Hizmetçi kızı çağırsam da beni bir yatak odasına götürse, olur mu?" diye sordum. Mr. Earnshaw yanıt verme zahmetine katlanmadı. Elleri ceplerinde, odada bir aşağı bir yukarı dolaşıyordu, benim orada olduğumu tümüyle unuttuğu belliydi. Öylesine dalgın, öylesine insanlardan nefret eden bir hali vardı ki, kendisini bir daha rahatsız etmekten çekindim.

Ne kadar üzgün olduğumu söylersem, herhalde hiç şaşırmazsın, Ellen. Güler yüz nedir bilinmeyen bu yerde, yalnızlıktan da beter bir durumda, oturmuş, benim güzel evimin buradan dört mil ötede olduğunu, dünyada sevdiğim tüm insanların orada bulunduğunu düşünüyordum. Arada ha dört mil olmuş, ha koskoca bir okyanus, hepsi birdi. Bu dört mili aşamazdım ki! Kendi kendime düşündüm taşındım: Avunmak için ne yapmalıydım? Doğrusunu istersen —sakın Edgar'a ya da Catherine'e söyleyeyim deme!—, tüm üzüntülerimin en başta geleni de şuydu: Heathcliff'e karşı benim yanımda olacak ya da olabilecek birini bulamamaktan duyduğum umutsuzluk! Uğultulu Tepeler'e geliyorum diye neredeyse sevinmiştim. Çünkü onunla baş başa kalmaktan kurtulacaktım. Ama Heathcliff aralarına gireceğimiz insanları tanıyordu, işine karışmalarından korkusu yoktu.

Uzun zaman öylece oturup acı acı düşündüm. Saat sekizi, sonra dokuzu çaldı; yanımdaki, başı önünde, hâlâ odada bir aşağı bir yukarı dolaşıyordu. Ağzından tek sözcük çıkmıyordu. Yalnız arada bir kendini tutamıyor, bir inilti, acı bir çığlık koyveriyordu. Evde bir kadın sesi duyabilmek için kulak kabartıyordum, bir yandan da yaptıklarımdan son derece pişmanlık duyuyor, kendimi kötü kötü düşüncelere kaptırıyordum. Sonunda kendimi tutamadım; yüksek sesle ah vah etmeye, ağlamaya başladım. Earnshaw odayı arşınlamayı bırakarak karşımda gelip duruncaya, gözlerinde yeni bir şaşkınlıkla bana bakıncaya kadar, öylesine açıkça ağlayıp sızlandığımın farkında değildim. Dikkatini yeniden bana çevirmesinden yararlanarak, "Yolculuk beni yordu, gidip yatmak istiyorum!" dedim. "Hizmetçi kız nerede? Mademki o gelip beni aramıyor, bari beni ona götürün!"

"Evimizde hizmetçi yok; kendi işinizi kendiniz göreceksiniz!" diye karşılık verdi.

"Peki, öyleyse nerede uyuyacağım?" diye hıçkırdım. Artık onurumu filan düşünecek durumda değildim; yorgunluktan, üzüntüden bitmiştim.

"Joseph, Heathcliff'in odasını size gösterir," dedi. "Şu kapıyı açın, kendisi oradadır."

Dediğini yapmak üzereyken birden beni durdurdu; çok garip bir sesle şöyle dedi: "Kapınızı kilitleyip arkasından da sürgüleyin, sakın unutmayın bunu!"

"İyi ama, Mr. Earnshaw," dedim, "niçin?" Heathcliff'le kendimi bir odaya kilitleme düşüncesi hoşuma gitmemişti.

"Bakın!" dedi; yeleğinden, namlusuna çift ağızlı, sustalı bir çakı takılı, acayip bir tabanca çıkardı. "Tüm umutlarını yitirmiş bir adamı baştan çıkarmak için bire bir, değil mi? Her gece elimde bu tabanca, yukarı çıkıp onun kapısını zorlamaktan kendimi alamıyorum. Kapısını bir kez açık bulsam, gittiği gündür! Bunu her gece yapıyorum; bir dakika öncesinde kendimi bu işten vazgeçirecek bin bir neden bulsam da boşuna! Bir iblis beni dürtüyor, onu öldürterek kendi planlarımı yine kendime bozdurmak için çalışıyor. Sevgi adına, elinizden geldiğince bu iblisle savaşın; vakti gelince, Cennet'teki bütün melekler bile yardımına koşsalar onu kurtaramazlar!"

Silahı merakla gözden geçirdim. Kafama çok çirkin bir düşünce saplandı: Elimde böyle bir şey olsa, ne kadar güçlü olurdum! Silahı ondan alıp bıçağa elimi sürdüm. Yüzümde bir an için belirip kaybolan anlam karşısında şaşırır gibi oldu. Yüzümde dehşet değil, açgözlülük görmüştü. Tabancayı kıskanç bir tavırla elimden çekip aldı, bıçağını kapadı ve yerine koydu.

"Bunu kendisine söylemenizin bence önemi yok," dedi.

"Kendisini uyarın, siz de göz kulak olun. Anlıyorum ki aramızdaki durumu biliyorsunuz; onun içinde bulunduğu tehlike sizi şaşırtmıyor."

"Heathcliff size ne yaptı?" diye sordum. "Böyle korkunç bir kine yol açacak ne gibi bir suç işledi? Ona bu evden çıkıp gitmesini söylemek daha akıllıca bir davranış olmaz mı?"

"Olmaz!" diye gürledi Earnshaw. "Hele beni bırakıp gitmeye kalksın, öldüğü gündür. Onu böyle bir şey yapmaya zorladığınız gün, kendinizi bir cinayet işlemiş bilin! Varımı yoğumu bir daha geri gelmemek üzere elimden kaçırayım mı? Hareton dilenci mi olsun? Ah, lanet olsun! Hepsini geri alacağım. Hem *onun* altınları da benim olacak. Sonra da canını alacağım. Canını cehenneme yollayacağım! Cehennem bu yeni konuğunu alınca eskisinden on kat daha kararacak!"

Eski efendinizin huyunu suyunu bana anlatmıştınız, Ellen. Belli ki delirdi delirecek; ya da dün gece böyle olduğu kuşkusuz. Onun bu kadar yakınında bulunmak beni ürpertti; uşağın o terbiyesiz aksiliği bunun yanında daha iyi göründü. Earnshaw yine dalgın dalgın odada dolaşmaya başlamıştı; mandalı kaldırıp kendimi mutfağa attım. Joseph ocağa eğilmiş, ateşin üzerinde sallanan kocaman bir tencerenin içine bakıyordu. Ocağın yanındaki kanepenin üstünde tahta bir kâse içinde yulaf unu vardı. Tencere kaynamaya başladı. Joseph elini kâseye daldırmak için döndü. Herhalde bize akşam yemeği hazırlamaya çalışıyor, diye düşündüm; çok da aç olduğumdan, kendi kendime, hiç olmazsa ağza alınacak bir şey olsun, diyerek, "Lapayı ben pişireceğim!" dedim sertçe. Kabı onun elinin altından aldım. Şapkamı, binici elbisemi çıkarmaya koyuldum. "Mr. Earnshaw kendi işimi kendim görmemi söylüyor," diye konuşmamı sürdürdüm. "Ben de öyle yapacağım. Aranızda hanımefendilik taslamak niyetinde değilim, sonra açlıktan ölürüm."

Joseph oturup yol yol çizgili çoraplarını dizinden bileğine doğru sıvazlayarak, "Aman Tanrım!" diye söylendi. "Bir de başıma yeni yeni buyrukçular mı türeyecek? Tam çifte efendiye alışmaya başladığım sırada, tepeme bir de hanım oturacaksa, buradan kaçıp gitmekten başka çare yok. Uzun yıllar barındığım bu evi bırakıp gideceğim hiç aklıma gelmemişti, ama sanırım o gün pek yakın!"

Bu yakınmalara hiç kulak asmadım. Hemen işe giriştim. Bütün bunların zevkli bir eğlence olduğu zamanları hatırlayarak iç çektim. Ama kendimi zorlayarak hemen bu anıları kafamdan attım. Geçmişteki mutlu günleri hatırlamak içimi burkuyor, beni yıkıyordu. O günler aklıma gelecek gibi oldukça, kepçenin hızı da arttı, avuç avuç malzemeler suya daha çabuk dökülmeye başladı. Joseph benim pişirişimi gittikçe artan bir öfkeyle izliyordu.

"Al işte!" diye bağırdı. "Hareton, bu akşam lapa yemekten umudunu kes! Bu, lapadan başka her şey oldu; yumruk yumruk topaklar. İşte al yine! Senin yerinde olsam, kâseyi maseyi hepsini birden içine atardım! Haydi bakalım, köpüğünü de al, oldu bitti işte. Tak, tak... Neyse ki tencerenin dibi delinmiyor!"

Pişirdiğim yemek kâselere boşaltıldığında, gerçekten ne olduğu belirsiz bir şeydi. Dört kâse hazırlanmıştı. Süthaneden de koca bir kova taze süt getirdiler; Hareton kovayı yakaladığı gibi ağzına dayayıp döke saça içmeye başladı. Kendisine bunun doğru olmadığını, kendininkini bir bardağa koyup içmesini söyledim. Bu kadar pisletilen bir şeyi dünyada ağzıma almayacağımı bildirdim. Her şeye bir kulp takan o moruk bu kibarlığa pek alındı. "O oğlanın senden kalır nesi var ki, o da senin gibi, akarı yok, kokarı yok," diye dırlandı durdu ve bu kendini beğenmişliğin de benim neyime olduğuna şaştı. Bu süre içinde de küçük yabani lık lık içmesini sürdürdü; kabın içine salyasını akıttıkça, meydan okur gibi yüzüme bakıyordu.

"Yemeğimi ayrı bir odada yiyeceğim," dedim, "oturma odası denen bir yeriniz yok mu?"

İhtiyar, alaylı alaylı, "*Oturma odası* ha!" dedi. "*Oturma odası*! Hayır, bizim öyle odalarımız filan yok. Eğer bizi beğenmedinse, efendinin yanına git; efendinin arkadaşlığından hoşlanmazsan, bizim yanımıza gel."

"Öyleyse ben de yukarı çıkarım," dedim. "Bana bir oda göster."

Kendi kâsemi bir tepsiye koydum. Gidip biraz süt getirdim. Joseph homurdana homurdana yerinden kalktı, önüme düşerek merdivenden çıktı. Çatı odalarının bulunduğu yere geldik. Ara sıra, önünden geçtiğimiz odaların kapılarını açıp içeri bakıyordu.

Sonunda, menteşeleri üzerinde oynayan bir tahta perdeyi ardına kadar açtı. "İşte bir oda," dedi. "Bir parça lapa yemek için yeter de artar bile. İşte şurada, köşede bir yığın buğday var, tertemiz. Eğer o süslü ipek giysilerini kirletmekten korkarsan, üzerine mendilini serer, öyle oturursun."

Joseph'ın "oda" dediği yer, gereksiz eşyaların doldurulduğu depo gibi bir yerdi. Her yanı keskin bir buğday ve ekşimiş arpa kokusu sarmıştı. Çepeçevre buğday ve arpa çuvallarının ortasında geniş, çıplak bir açıklık kalmıştı.

Öfkeyle Joseph'a döndüm, "Be adam!" diye haykırdım. "Burada da yatılır mı? Yatak odamı görmek istiyorum."

Alaylı bir sesle, "*Yatak odanı* mı?" diye yineledi. "Evde ne kadar *yatak odası* varsa hepsini gördün, şuradaki de benimki."

Öteki çatı odasını gösteriyordu. Bu odanın birincisinden tek farkı, duvar diplerinin daha boş olması ve ucunda da kocaman, alçak, perdesiz merdesiz bir yatak bulunmasıydı, üstüne de çivit mavisi bir yorgan örtülmüştü.

"Senin odandan bana ne," dedim. "Herhalde Mr. Heathcliff çatı arasında oturmuyor, öyle değil mi?"

"Ha, Mr. *Heathcliff*'in odasını mı istiyorsun?" dedi. Sanki bunu yeni anlamıştı. "Bunu açık açık söyleyemez miydin sanki? O zaman, ben de sana, bütün bu sıkıntılara girmeden, bu evde göremeyeceğin tek odanın o olduğunu söylerdim. Odası hep kilitlidir, kendinden başka kimse içeri giremez."

"Doğrusu pek güzel bir eviniz var, Joseph," demekten kendimi alamadım. "İçindekiler de pek cana yakın kimseler. Kendi yazgımı onlarınkiyle birleştirdiğim gün herhalde yeryüzünün tek delisi benmişim! Her neyse, şimdi bu sözlerin yararı yok. Başka oda yok değil ya. Tanrı aşkına, çabuk ol da bir yere yerleşeyim artık!"

Bu yakarmama hiç karşılık vermedi. Yine kendi bildiğini okuyup ahşap merdivenden ağır ağır inmeyi sürdürdü. Bir odanın önüne gelip durdu. Orada durmasından ve buradaki eşyaların öbürlerinden daha iyi oluşundan, bunun evin en iyi odası olduğu kanısına vardım. Yerde bir halı vardı, hem de iyi bir halı, ama tozdan deseni kaybolmuştu. Paralanmış bir duvar kâğıdıyla kaplı bir şömine, oldukça pahalı kumaştan ve modaya uygun geniş kırmızı perdelerle örtülü, meşeden güzel bir karyola. Ama perdelerin çok hor kullanıldığı belliydi. Halkaları, takılı oldukları yerden kopmuş, ara ara sarkıp sallanıyordu; tutturuldukları madenî çubuk ise bir yandan bir yana yay gibi eğilmişti, kumaş yerde sürükleniyordu. Koltuklar da kırık döküktü, birçoğu oturulmayacak durumdaydı. Duvarlardaki ahşap kaplamalar derin çentikler içindeydi. İçeriye girip yerleşmek için kendimi yüreklendirmeye çalışıyordum ki, sersem kılavuzum, "İşte burası da bizim efendinin odası," dedi. Artık yemeğim soğumuştu, bende de ne iştah kalmıştı ne sabır. Bana hemen sığınacak bir yer gösterip rahatımı sağlaması için direttim.

Bizim sofu ihtiyar, "Başımın belası, nereden bulayım?" diye söze başladı. "Tanrı bize sabırlar versin, Tanrı bizi bağışlasın! Nereye gitmek istiyorsun, be kadın! Bıktım senden! Her yeri gördün, yalnız Hareton'ınki kaldı. Onun da oda denecek yeri yok. Evde baş sokacak başka delik arama!"

Artık o kadar kızmıştım ki, elimdeki tepsiyi üstündekilerle birlikte yere fırlattım. Merdivenin başına oturdum, ellerimi yüzüme kapayıp ağlamaya başladım.

Joseph, "Oh, oh, aferin, küçükhanım, aferin!" diye bağırdı. "Nasıl olsa efendi o kırık çanak çömlek parçalarına toslayacak; o zaman işte biz de neler duyacağız! Başımıza neler gelecek! Ne budalalık, ne delilik! Hiç yoktan böyle öfkelenip de Tanrı'nın o cânım nimetlerini ayaklar altına attığın için, ta Noel'e kadar aç kalıp bir lokma için yakarmalısın! Ama görürüz, bu diklenmeler çok sürmez. Heathcliff böyle şeyleri çeker mi sanıyorsun? İsterdim, gelsin de seni bu halde yakalasın. Ah, keşke gelse de görse." Böylece, bana çıkışa çıkışa alt kattaki kovuğuna indi. Mumu da aldı götürdü. Ben yalnız başıma karanlıkta kaldım. Bu budalaca davranışımdan sonra biraz düşününce anladım ki, gururumu yenip öfkemi bastırarak ortadaki izleri yok etmekten başka çarem yoktu. Throttler gibi hiç ummadığım bir yardımcı da karşıma çıktı. Bunun bizim eski köpeğimiz Skulker'ın yavrusu olduğunu hemen anlamıştım. İlk günlerini Çiftlik'te geçirmiş, sonra babam onu Mr. Hindley'ye vermişti. Herhalde beni tanıdı. Hoş geldin der gibi burnunu benimkine sürttü, hemen sonra yerdeki lapayı yalamaya koyuldu. Ben de bir yandan, karanlıkta çevremi yoklaya yoklaya basamaktan basamağa geçiyor, kırık çanak parçalarını topluyor, tırabzana sıçrayan sütleri mendilimle siliyordum. Tam işimizi bitirmiştik ki, koridordan Earnshaw'un ayak sesini duydum. Yardımcım kuyruğunu bacaklarının arasına sokup duvara yapıştı. Ben de en yakın kapı aralığına sığındım. Köpeğin, efendisine görünmemek için gösterdiği bütün çaba boşa gitti; bunu merdivenin dibindeki seğirtmeden ve sürekli, acı bir ulumadan anladım. Ben daha talihli çıktım. Önümden geçip odasına girerek kapıyı kapadı. Hemen ardından da Joseph, yanında Hareton olduğu halde çıktı; çocuğu yatırmaya götürüyordu. Ben Hareton'ın odasına sığınmıştım. İhtiyar adam beni görünce, "Şimdi aşağıda, salonda sana da, kurumuna da yetecek kadar yer var artık. Orası bomboş. İstediğin gibi otur kalk," dedi.

Bunu duyunca, sevinerek hemen oraya gittim. Ocak başında kendimi bir sandalyeye atar atmaz başım önüme düştü, uyumuşum. Derin, tatlı bir uykuya daldım. Ancak pek kısa sürdü. Mr. Heathcliff beni uykumdan uyandırdı. İçeri yeni girmişti; o kendine özgü sevecenliğiyle, orada ne yaptığımı sordu. Böyle geç vakitlere kadar uyumadan oturmamın nedenlerini açıkladım, odamızın anahtarının onun cebinde kalmış olduğunu söyledim. Odamız sözcüğü onu sanki yüreğinden vurdu. Yeminler ederek o odanın benim olmadığını, hiçbir zaman da olmayacağını söyledi ve o... Ama onun söylediği sözleri yinelemek, her günkü davranışını anlatmak istemem. Beni kendinden nefret ettirmenin yollarını bulmakta hem pek usta hem de bu konuda bıkıp usanmak nedir bilmez! Bazen şaşkınlığım o dereceyi buluyor ki, artık korkum filan kayboluyor. Ama inan, bir kaplan ya da zehirli bir yılan bile onun bende uyandırdığı dehşeti uyandıramaz. Bana Catherine'in hasta olduğunu söyledi. Buna neden de ağabeyimmiş. Edgar'ı eline geçirinceye dek, beni onun yerine koyup kıvrandıracağına ant içti.

Ondan öyle nefret ediyorum ki –çok perişanım–, ne deliymişim! Sakın bu yazdıklarımın bir kelimesini bile Çiftlik'tekilere söyleyeyim deme. Her gün yolunu gözleyeceğim; ne olur umudumu boşa çıkarma!

Isabella

14

Bu mektubu okur okumaz doğruca efendiye gittim. Kız kardeşinin Tepeler'e geldiğini, oradan bana bir mektup gönderdiğini söyledim. Mrs. Linton'ın hastalığına çok üzüldüğünü, ağabeyini görmeye de can attığını anlattım. Fırsat bulur bulmaz, benim aracılığımla, kendisini bağışladığını gösteren bir şey yollamasını rica ettiğini de sözlerime ekledim.

Linton, "Bağışlamak mı?" dedi. "Ortada bağışlanacak bir şey yok, Ellen. İsterseniz bu öğleden sonra Uğultulu Tepeler'e uğrayıp ona dargın olmadığımı, yalnız kendisini yitirdiğim için üzüldüğümü söylersiniz. Özellikle de, mutlu olamayacağını bildiğim için üzülüyorum.

Ama yine de onu görmeye gitmem söz konusu olamaz. Artık ölünceye kadar birbirimizden ayrılmış bulunuyoruz. Beni gerçekten hoşnut etmek isterse, evlendiği alçağı bu ülkeden gitmeye razı etsin, yeter."

"Ona bir-iki satır da mı yazmayacaksınız?" diye yalvarır gibi sordum.

"Hayır," diye karşılık verdi. "Gereği yok. Heathcliff'in ailesiyle ilişkim, onun benimkiyle olduğu kadar az olacaktır. Hiçbir ilişkimiz olmayacaktır!"

Mr. Edgar'ın soğukluğu beni son derece sarstı. Uğultulu Tepeler'e giden yol boyunca, nasıl etsem de söylediklerine biraz daha içtenlik katsam, nasıl yapsam da Isabella'yı iki satırla olsun avutmak istemeyişini daha yumuşak bir biçimde anlatsam diye kafamı patlattım durdum. Diyebilirim ki, Isabella sabahtan beri yolumu gözlüyormuş. Bahçe yolundan eve doğru gelirken, pencere parmaklığının arkasından baktığını görerek başımla bir işaret yaptım: Ama o görülmekten korkuyormuş gibi hemen çekildi. Kapıya vurmadan içeri girdim. Eski günlerimi geçirdiğim bu neşeli, şirin odanın hüzünlü, karanlık görünümü karşısında şaşırdım kaldım! Açıkçası, küçükhanımın yerinde olsam hiç olmazsa ortalığı süpürür, masaların da tozunu alırdım. Ama o daha şimdiden, çevresini saran umursamazlık havasına kendini uydurmuştu. Güzel yüzü solgun ve bakımsızdı. Saçları yapılmamıştı. Buklelerinden bazısı ip gibi sarkıyordu; bir kısmı da gelişigüzel başına sarılmıştı. Belki de dün akşamdan beri elbisesine el sürmemişti. Odada Hindley yoktu; Mr. Heathcliff bir masaya oturmuş, cüzdanındaki bazı kâğıtları karıştırıyordu. Beni görünce ayağa kalktı, son derece dostça halimi hatırımı sordu ve oturmam için bir sandalye uzattı. Odada düzgün bir şey varsa o da Heathcliff'in kendisiydi. Sağlığı da her zamankinden daha iyi gibi geldi bana. Koşullar ikisinin durumunu öyle değiştirmişti ki, bilmeyen biri görse, Heathcliff'i doğma büyüme bir efendi, karısını da bayağı, pasaklı bir şey sanırdı kesinlikle! Isabella merakla beni karşılamaya koştu, beklediği mektubu almak için elini uzattı. Ben başımı iki yana salladım; ama Isabella bu işaretimi anlamadı. Başlığımı bırakmak için gittiğim masaya peşimden o da geldi. Getirdiğim şeyi kendisine vermem için fısıldayarak beni sıkıştırdı. Heathcliff onun bu davranışının nedenini anladı: "Isabella'ya bir şey getirdiysen –ki getirmişsindir– Nelly, ver kendisine. Gizlemen gereksiz. Bizim birbirimizden gizli saklı bir şeyimiz yok," dedi.

Bir an önce gerçeği söylemek en iyisi, diye düşünerek, "Yok, hayır, hiçbir şey getirmedim," diye karşılık verdim. "Efendim benimle haber yolladı. 'Isabella şimdiki halde benden ne mektup ne ziyaret beklesin,' dedi. Size selamını ve mutluluk dileklerini yolladı, hanımefendi; kendisine verdiğiniz üzüntüleri de unutup sizi bağışladığını söyledi. Ama artık, bundan böyle, kendi evi ile bu ev arasında her türlü ilişkinin kesilmesi gerektiği, çünkü bunun bir yararı olmayacağı kanısında."

Mrs. Heathcliff'in dudağı hafifçe titredi, gidip yeniden pencerenin önündeki yerine oturdu. Kocası da yanıma gelerek ocağın başına dikildi ve bana Catherine'i sormaya başladı. Hastalığından uygun gördüğüm kadar söz ettim. O da bana şaşırtmacalı sorular sorarak, hastalığa neden olan olayların çoğunu ağzımdan almayı başardı. "Bütün suç kendisinde," dedim; doğrusu da buydu. "Sizin de Mr. Linton gibi davranıp ölünceye dek onun ailesiyle her türlü ilişkiyi keseceğinizi umarım," diyerek sözlerimi bitirdim.

"Mrs. Linton daha yeni yeni kendine geliyor," dedim. "Artık eskisi gibi olamaz, ama hiç olmazsa hayatı kurtuldu. Eğer kendisi sizin için gerçekten değerliyse, yeniden karşısına çıkmaktan sakının; dahası, bu ülkeden büsbütün çıkıp gidin. Gittiğinize de pişman olmayasınız diye söylüyorum: Ben şu genç hanımdan ne kadar farklıysam, artık Catherine Linton da sizin o eski arkadaşınız Catherine Earnshaw'dan o kadar farklıdır. Görünüşü çok değişti; huyu derseniz, daha da çok değişti. Kendisine arkadaşlık etmek zorunda olan kimse de bundan böyle onun yalnızca eski hayalini hatırlayıp onu bir insanlık ve görev duygusuyla sevecektir!"

Heathcliff zorla sakin görünmeye çalışarak, "Pek mümkün," dedi. "Efendinizin insanlık ve görev duygusundan başka bir dayanağı olmaması pek mümkün. Ama benim Catherine'i onun *görev* duygusuna, onun *insanlık* duygusuna bırakacağımı mı sanıyorsun? Benim Catherine'e olan duygularımı onunkilerle kıyaslayabilir misin? Bu evden çıkmadan önce, beni Catherine'le görüştüreceğine dair senden söz almalıyım. Sen ister peki de, ister hayır, ben Catherine'i kesin göreceğim. Ne dersin?"

"Yapmamalısınız derim, Mr. Heathcliff. Benim aracılığımla bunu hiçbir zaman yapamayacaksınız. Efendimle bir daha yüz yüze gelirseniz, hanım için kesinlikle ölüm demektir."

"Senin yardımınla böyle bir karşılaşma önlenebilir," diye konuşmasını sürdürdü. "Böyle bir tehlike ortaya çıkarsa –Linton, Catherine'i bir kez daha üzecek olursa–, işte o zaman işi sonuna kadar götürmekte yerden göğe kadar haklı olurum! İçtenlikle davranıp da, Catherine onu kaybederse pek fazla acı çeker mi çekmez mi, bunu bana açıkça bir söyleyebilsen! Bunun onun için büyük bir acı olabileceği düşüncesi elimi kolumu bağlıyor. İşte ikimizin duyguları arasındaki fark; ben Edgar'ın yerinde, o da benim yerimde olsaydı, ondan hayatımı zehir eden bir kinle nefret etmeme karşın, kendisine el bile kaldırmazdım. İstersen inanma! Catherine istediği sürece, kendisini onun arkadaşlığından yoksun bırakmazdım. Catherine onu bırakır bırakmaz da, yüreğini deşip kanını içerdim! Ama o ana kadar –bana inanmıyorsan, beni tanımıyorsun demektir–, o ana kadar, az az tükenir giderdim de yine onun kılına dokunmazdım!"

"Ama yine de," diye sözünü kestim, "artık Catherine sizi büsbütün unutmuş gibi olduğu halde, kendinizi ille ona hatırlatıp onun iyice kendine gelmesi konusundaki tüm umutlarını bir çırpıda yıkmaktan, onu yeniden altüst edip yeni acılara sürüklemekten hiç çekinmeyeceksiniz."

"Beni unutmuş gibi olduğunu mu sanıyorsun, Nelly?" dedi. "Yok, Nelly, beni unutmadığını bilirsin! Benim kadar sen de bilirsin ki, Linton'ı bir kez düşünüyorsa, beni bin kez düşünüyordur! Hayata en küskün olduğum bir zamanda, ben de öyle bir duyguya kapılmıştım. Geçen yaz buraya döndüğümde bu duygu yine içimi kemirdi durdu. Ama artık, Catherine'in kendi ağzından duymadıkça, bu korkunç düşünceyi kabul etmem olanaksız. O zaman ne Linton'ın ne Hindley'nin ne de bütün yaşamım boyunca kurduğum düşlerin bir değeri kalırdı. Geleceğimi iki sözcük anlatabilirdi: *ölüm* ve *Cehennem*. Catherine'i yitirdikten sonra yaşam benim için cehennem olurdu. Ama bir an için de olsa, onun Edgar Linton'ın sevgisine benimkinden çok değer verdiğini düşünmekle ne budalalık etmişim! Edgar o cılız bedeninin tüm gücüyle de sevse, seksen yılda bile benim Catherine'i bir günde sevdiğim kadar sevemez. Sonra, Catherine'in de benimki kadar engin bir yüreği vardır. Ha deniz şu at yalağına haydi haydi sığar demişsiniz, ha Catherine'in Edgar'a olan sevgisi kendisine yeter demişsiniz, hepsi bir. Susun, susun! Belki Catherine'in gözünde Edgar köpeğinden ya da atından biraz daha değerlidir, o kadar. Benim gibi sevilmek Linton için olanaksız. Olanaksız bir şeyi Catherine nasıl yapabilir?"

Isabella birden canlanarak, "Yeryüzünde Catherine

ile Edgar kadar birbirine düşkün iki insan yoktur!" diye haykırdı. "Hiç kimsenin böyle şeyler söylemeye hakkı olamaz! Kardeşimin böyle hor görülmesine izin verip susamam!"

Heathcliff, küçümseyerek, "Kardeşin de sana çok, hem de pek çok düşkündür, değil mi?" dedi. "Seni şu koskoca dünyada yüzüstü bırakıveriyor da hiç umursamıyor bile, şaşılacak şey doğrusu!"

Isabella, "Benim çektiklerimden haberi yok ki," diye karşılık verdi, "kendisine bunları anlatmadım."

"O halde kendisine bir şeyler anlattınız demek; mektup yazdınız, öyle mi?"

"Evlendiğimi haber vermek için yazdım, evet; o iki satırlık yazıyı gördünüz."

"Ondan sonra hiçbir şey yazmadınız mı?"

"Hayır."

"Değişiklik küçükhanıma ne yazık ki yaramamışa benziyor," dedim. "Birinin sevgisi belli ki ona yetmiyor. Kimin sevgisi olduğunu kestirmek kolay. Ama belki de söylemek doğru olmaz."

Heathcliff, "Herhalde kendisininki," diye karşılık verdi. "Derbederin biri oldu çıktı! Beni hoşnut etmeye çalışmaktan ne de çabuk usanıverdi. İnanmazsınız, daha evlendiğimizin sabahı, eve gideceğim, diye ağlamaya başladı. Ama bu haliyle bu eve daha yakışır, aşırı bakımlı olmasına gerek yok; dışarılarda dolaşıp beni rezil etmemesine de özellikle dikkat edeceğim."

"Ama Mrs. Heathcliff'in başkaları tarafından bakılmaya ve özel hizmetçilere alışık olduğunu, bir evin bir kızı olarak büyütüldüğünü, çevresinde her zaman herkesin fır döndüğünü unutmayacağınızı umarım. Çevresinde her şeyi yerli yerinde ve temiz tutmak için bir hizmetçi kız bulmalısınız, kendisine de yumuşak davranmanız gerek. Mr. Edgar hakkında ne düşünürseniz düşünün, Isabella'nın sevdiğine çok derin bir sevgiyle bağlanma yeteneğinden kuşku duyamazsınız. Yoksa sizinle olmak için, eski evindeki o güzel yaşamı, oradaki dostlarını bırakır da, kendiliğinden isteyerek gelip böyle bir yerde oturur muydu?"

Heathcliff, "Isabella bütün o şeyleri hoş bir düşe kapılarak bıraktı," dedi. "Beni gözünde bir aşk romanı kahramanı olarak canlandırdı ve benim şövalyelere yaraşır bağlılığımda sınırsız bir hoşgörü bulacağını umdu. Beni masal kahramanlarına benzetmekte ve kendiliğinden uydurduğu bu yanlış izlenimlere göre davranmakta öyle diretti ki, kendisine aklı başında bir insan gözüyle bakamıyorum doğrusu. Ama, sonunda, beni tanımaya başladı sanırım. Önceleri beni pek sinirlendiren o budalaca gülümsemeleri, surat asmaları artık göremiyorum. Çılgınca tutkusu ve kendisiyle ilgili düşüncelerimi söylediğimde ne kadar ciddi olduğumu anlamakta gösterdiği yeteneksizlik de artık geçti. Kendisini sevmediğimi anlaması için görülmedik bir çaba harcaması gerekti. Öyle bir zaman geldi ki, artık hiçbir şey kendisine bunu anlatamaz, dedim! Neyse, bir parçacık aklı yatar gibi oldu. Çünkü bu sabah, sonunda onu kendimden nefret ettirmeyi başardığımı, son derece korkunç bir haber iletiyormuş gibi bana bildirdi! İnanın, tam bir Herkül çabası gerekti bunun için! Eğer bunu başarabilmişsem, kendisine teşekkür etmem yerinde olur. Sözüne inanayım mı, Isabella? Benden nefret ettiğinden emin misin? Eğer yarım gün seni kendi haline bıraksam, yine içini çeke çeke, yaltaklana yaltaklana yanıma sokulmak istemeyecek misin? Senin yanında, kendisine pek düşkünmüşüm gibi görünmemi isterdi herhalde. Gerçeğin ortaya çıkması onuruna dokunur. Ama bu sevgi tek yanlıydı, bunu bütün dünya da bilse bana vız gelir. Kendisine de bu konuda tek yalan söylemiş değilim. Ona karşı, yalancıktan da olsa, seviyor gibi davrandığımı söyleyemez. Daha Çiftlik'ten çıkarken ilk yaptığım şeyin, kendi küçük köpeğini asmak olduğunu gördü. Kendisi, 'Yapma!' diye yalvardığında ilk sözüm, 'Keşke sana ait her şeyi asabilsem, yalnız biri dışında,' demek oldu. Herhalde o birini kendi sandı. Ama hiçbir acımasızlığım karşısında irkilmedi. Kendi değerli canına zarar gelmedikçe, acımasız davranışlara doğuştan bir hayranlığı var sanırım! Şimdi söyle bana, bu zavallı, aşağılık, beyinsiz kancığın kendisini sevebileceğim hayaline kapılması saçmalığın, mankafalığın ta kendisi değil de nedir? Git efendine söyle, Nelly, ben ömrümde bunun kadar aşağılık bir yaratık görmedim; Linton adını bile lekeliyor. Onun nelere dayanabileceğini deniyor ve sonunda da yine nasıl yüz kızartıcı bir biçimde sürünerek, yaltaklanarak bana geri geldiğini görüyorum! Bazen, sırf onu daha da küçültecek yeni bir şey bulamadığım için yumuşadığım da oldu. Ama ağabeyine şunu da söyle: Kardeş ve yargıcın gönlü rahat olsun, yasalara aykırı tek bir adım atmıyorum. Bu ana kadar, kendisine ayrılmaya hak kazandıracak en ufak bir davranışta bulunmadım. Dahası da var, kendisini benden ayıracaklara da teşekkür etmeyecektir. Gitmek isteseydi gidebilirdi. Varlığıyla bana verdiği sıkıntı, kendisine eziyet etmekle duyduğum zevke ağır basıyor!"

"Mr. Heathcliff," dedim, "bir deli gibi konuşuyorsunuz. Herhalde karınız da deli olduğunuz kanısına varmıştır. Bunun için de şimdiye dek sabretmiştir; ama mademki şimdi isterse gidebilir dediniz, kuşkusuz kendisi bu izinden yararlanacaktır. Kendi isteğinizle onun yanında kalacak kadar büyülenmiş değilsiniz ya, küçükhanım?"

Isabella, "Dikkat et, Ellen!" dedi, gözleri öfkeyle parlıyordu. Bu gözlerden, kocasının onu kendisinden iğrendirmek için harcadığı çabaların boşa gitmediği kuşku götürmez biçimde okunuyordu. "Söylediklerinin tek kelimesine bile inanma. O bir yalancı, bir ifrittir! İnsan değil, bir canavardır! Daha önce de, istersem gidebileceğimi söyledi. Ben de gitmeye kalktım, ama bir daha mı, tövbe! Yalnız, Ellen, senden istediğim, onun o iğrenç sözlerinin bir tekini bile ne ağabeyime ne de Catherine'e söyle; bana söz ver. O ne derse desin, asıl amacı Edgar'ı umutsuzluk içinde bırakmaktır. Sırf onu elinin altında tutmak için benimle evlendiğini söylüyor, ama bunu yapamayacak! Ölürüm de yine yaptırmam! Tek umudum, o iblisçe sakınganlığını unutup beni öldürmesi. Bunun için Tanrı'ya yalvarıyorum. Artık tek zevkim ölmek ya da onun öldüğünü görmektir!"

Heathcliff, "Haydi bakalım, şimdilik bu kadarı yeter!" dedi. "Eğer mahkemeye filan çağrılacak olursan, onun bu söylediklerini hatırlarsın, Nelly! Yüzüne de iyi bak: Tam benim istediğim hale gelmek üzere. Yok, Isabella, artık kendi kendini yönetecek durumda değilsin. Ben de yasalara göre korumakla görevli olduğum için seni gözaltında tutmak zorundayım; bu zorunluluk hoşa gitmeyecek bir şey olsa bile. Haydi, yukarı çık. Ellen Dean'e özel olarak söyleyeceğim bir şey var. Oraya değil, yukarı diyorum sana! Yukarıya buradan gidilir be çocuk!"

Isabella'yı yakalayıp odadan dışarı fırlattı ve kendi kendine söylenerek yanıma geldi: "Acımıyorum! Acımıyorum! Solucanlar acıdan kıvrandıkça, benim de onların bağırsaklarını deşip çıkarma hırsım artıyor! Sanki diş çıkarıyorum da, acısı ne denli fazla olursa, ben o kadar kuvvetle bastırıp çiğniyorum."

Başlığımı koyduğum yerden almak için çabuk çabuk o yana doğru giderken, "Siz acımak sözcüğünün anlamını biliyor musunuz?" dedim. "Ömrünüzde bir parça olsun acımak nedir bildiniz mi acaba?"

Benim odadan çıkıp gitme niyetinde olduğumu anladı. "Koy onu yerine!" dedi. "Daha gidemezsin. Haydi, buraya gel, Nelly, Catherine'i görme, hem de hiç vakit geçirmeden görme kararımı yerine getirme konusunda bana yardım etmen için, ya seni razı etmem ya da seni buna zorlamam gerek. Yemin ederim ki aklımdan bir kötülük geçmiyor. Bir karışıklığa neden olmak ya da Mr. Linton'ı öfkelendirmek veya aşağılamak istemiyorum. Yalnız Catherine'in kendi ağzından duymak istiyorum: Sağlığı nasıldır? Niçin hasta olmuştur? Bir de kendisine bir yararım dokunabilir mi, onu sormak istiyorum. Dün gece Çiftlik'in bahçesinde altı saat dolaştım. Bu gece de yine orada olacağım. Gece gündüz, her zaman, bir olanak bulup içeri girinceye dek evin çevresinden ayrılmayacağım. Edgar Linton karşıma çıkacak olursa, kendisini yere sermekten ve orada kaldığım sürece sessiz kalabilecek duruma getirmekten çekinmeyeceğim. Uşakları karşı koyarlarsa, onları şu gördüğün tabancalarla korkutup uzaklaştıracağım. Ama uşaklarla ya da efendileriyle karşılaşmamı önlemek daha iyi olmaz mı? Hem bunu yapmak senin için ne kadar kolay. Geldiğimi sana haber veririm. Catherine yalnız kalır kalmaz, kimseye göstermeden beni içeri alırsın; ben ayrılıncaya kadar da çevreyi kollarsın, hem de için rahat olsun, böylelikle bir felaketin önüne geçmiş olacaksın."

Kendi efendimin evinde böyle hain insan rolü oynamayı kabul etmedim. Üstelik, kendi içi rahat etsin diye Mrs. Linton'ın huzurunu bozmasının acımasızlık ve bencillik olacağını da üstüne basa basa söyledim. "En küçük bir şey bile onu heyecanlandırıyor, rahatsız ediyor," dedim, "sinirleri son derece gergin. Bu beklenmedik duruma dayanamayacağını biliyorum. Israr etmeyin, efendim, yoksa efendime düşüncelerinizi iletmek zorunda kalacağım. O da evini ve içindekileri böyle haksız saldırılara karşı korumanın çaresine bakar!"

Heathcliff, "Öyleyse ben de seni burada alıkoymanın çaresine bakacağım, kadın!" diye haykırdı. "Yarın sa-

baha kadar Uğultulu Tepeler'den çıkamayacaksın. Cathe-
rine'in beni görmeye dayanamayacağı sözü, saçma bir
masal. Birden, habersiz karşısına çıkıp onu heyecanlan-
dırma konusuna gelince; bunu ben de istemiyorum. Sen
kendisini önceden hazırlarsın. Gelip görebilir miyim, ken-
disine sor. Onun benim adımı ağzına almadığını söylü-
yorsun. Eğer ben evde konuşulması yasak bir konuysam,
benden kime söz etsin? Evde herkesi kocası adına casus-
luk ediyor sanıyordur. Hiç kuşkum yok, aranızda cehen-
nem hayatı yaşıyor! Bu suskunluğu, onun ne biçim duy-
gular içinde olduğunu açıklıyor bana; anlamak için başka
şeye gerek yok. Kendisinin çoğu zaman sinirli, kaygılı bir
hali olduğunu söylüyorsun. Huzur içinde olduğunu
bundan mı anlıyorsun? Kafasında her şey karmakarışık
diyorsun: İçinde bulunduğu o korkunç yalnızlık ortasın-
da, başka türlü olabilir mi, söylesene? Sonra, sırf *görev* ve
insanlık diye, sırf *acıdığı* için, *iyilik* etmiş olmak için ona
bakan o miskin, bayağı yaratık! Linton ha çiçek saksısına
bir meşe ağacı dikip yetişecek diye beklemiş, ha o kadar
özeniyle Catherine'e hayat vereceğini ummuş; aynı şey.
Vakit kaybetmeden sorunu çözümleyelim. Burada kal-
mayı ve benim Linton ile uşaklarını yolumdan temizle-
yerek kendi kendime Catherine'e ulaşmamı mı istersin,
yoksa şimdiye dek olduğu gibi, benimle dost kalıp isteği-
mi yerine getirmeyi mi? Kararını ver! Çünkü o inatçı
huysuzluğunda direteceksin, benim burada bir dakika
daha oyalanmam anlamsız olur!"

Eh, ne yaparsınız, Mr. Lockwood, direttim, karşı çık-
tım, belki elli kez açıkça geri çevirdim. Ama sonunda
bana zorla kabul ettirdi. Kendisinden hanımıma bir mek-
tup götürmeyi üzerime aldım. Hanımım razı olursa, Lin-
ton evden ayrılır ayrılmaz kendisine haber iletmeye söz
verdim. O zaman isterse gelecek ve girebileceği yerden
eve girecekti. Ben orada olmayacaktım. Öteki uşaklar da

olmayacaklardı. Bu yaptığım doğru muydu, değil miydi? En çıkar yol buydu belki, ama sanırım doğru değildi. Bu işe yanaşmakla yeni bir çatışmanın önüne geçeceğimi sanıyordum. Sonra, bu olay belki de şok etkisi yaparak Catherine'in zihin rahatsızlığına iyi gelebilirdi. Bir de, Mr. Edgar'ın, ondan ona laf taşıyorum diye fena halde çıkışması aklıma geldi. Kendi kendime, durmadan, artık bu aldatma –davranışımı bu kadar acı bir sözcükle anlatmak doğru ise– son olacak diye durmadan yemin ederek içimdeki huzursuzluğu gidermeye çalıştım. Yine de, eve giderken, gelirken olduğumdan daha üzüntülüydüm. Mektubu Mrs. Linton'ın eline vereyim mi, vermeyeyim mi diye karara varıncaya kadar da çok duraksadım.

İşte, Doktor Kenneth da geldi, efendim. Aşağı inip kendisine ne kadar iyileştiğinizi söyleyeyim. Anlattığım hikâye öyle kolay kolay bitecek gibi değil. Size rahat rahat bir sabah daha geçirtebilir.

Kadıncağız doktoru karşılamak için inerken, uzun ve hüzün dolu! diye düşündüm. Sonra, istediğim gibi, beni eğlendirecek türden bir şey de değil! Ama ne zararı var! Mrs. Dean'in acı otlarından derde deva ilaçlar çıkartacağım. Hem her şeyden önce Catherine Heathcliff'in parlak gözlerinin çekiciliğinden sakınmam gerek. Eğer gönlümü bu genç kıza kaptırırım da, kız da annesinin bir eşi çıkarsa, halim pek yaman olur.

15

Bir hafta daha geçti. Her geçen günle biraz daha iyileştim, biraz daha bahara yaklaştım. Artık komşumun başından bütün geçenleri biliyorum. Kâhya kadın önemli işlerinden vakit ayırabildikçe, zaman zaman anlattı. Bu hikâyeyi onun sözcükleriyle, ama biraz daha kısaltarak anlatmayı sürdüreceğim. Kendisi genellikle çok iyi anlatıyor, onun anlatımını daha da güzelleştirebileceğimi sanmıyorum.

Daha Tepeler'e gittiğimin akşamı, gözlerimle görmüş gibi, Mr. Heathcliff'in evin çevresinde dolaştığını biliyordum, diyerek konuşmasını sürdürdü Mrs. Dean. Bunun için de dışarı çıkmaktan sakındım; çünkü verdiği mektup hâlâ cebimdeydi. Yeni gözdağları karşısında kalmak ya da rahatsız edilmek istemiyordum. Mektubun Catherine üzerinde ne gibi bir etki yapacağını kestiremediğimden, efendim evden bir yere gidinceye kadar bunu kendisine vermemeye karar vermiştim. Bu nedenle mektup ancak üç gün sonra Catherine'in eline geçebildi. Dördüncü gün pazardı; evde herkes kiliseye gittikten sonra mektubu alıp odasına gittim. Evi beklemek için benimle birlikte uşaklardan biri de kalmıştı. Genellikle kilisedeki ayin süresince kapıları kapalı tutardık. Ama o gün hava o kadar ılık ve güzeldi ki, bütün kapıları ardına kadar açtım. Kimin geleceğini de bildiğimden, sözümü yerine getirmek için, arkadaşa hanımın canının portakal istediğini, hemen köye koşup birkaç tane bulmasını, parasının ertesi gün verileceğini söyledim. Adam gitti, ben de yukarı çıktım.

Mrs. Linton, üzerinde bol bir beyaz giysi, omuzlarında ince bir atkı, her zaman olduğu gibi açık pencerenin önüne oturmuştu. Uzun, gür saçları hastalığın ilk aylarında oldukça döküldüğünden, saçlarını yalnızca tarayıp olduğu gibi lüle lüle şakaklarına ve ensesine bırakıyordu. Heathcliff'e söylediğim gibi, gerçekten görünümü çok değişmişti. Ama sakin olduğu zamanlar, bu değişik yüz sanki bu dünyadan olmayan bir güzelliğe bürünüyordu. Eskiden ateş saçan gözleri, şimdi hülyalı, gam-

190

lı bir yumuşaklıkla doluydu. Bu gözler artık çevresindeki hiçbir şeye bakmıyor gibiydi; hep uzaklara, çok uzaklara, neredeyse bu dünyadan öteye dalıp gidiyordu. Sağlığı biraz düzelince yüzü de toparlanmıştı, ama çok solgundu ve yüzünde zihin durumunu yansıtan çok değişik bir anlam vardı; bunların nedeni bütün acılığıyla ortada olmakla birlikte, bu yüz, görenin daha çok ilgisini çekiyor, içini sızlatıyordu. Bana ve sanırım onu gören herkese göre de, bu belirtiler iyileşmeye yüz tuttuğunu gösteren açık kanıtları yalanlıyor, ona ölüme giden bir hasta damgasını vuruyordu.

Pencerenin kenarında, önünde açık bir kitap duruyor, hafif bir esinti zaman zaman kitabın yapraklarını oynatıyordu. Kitabı oraya Linton koymuş olmalıydı. Çünkü Catherine oyalanmak için ne kitap okuyor ne de başka şeyle ilgileniyordu. Kocası, vaktiyle onun hoşuna giden bir konuya yeniden dikkatini çekmek için saatlerce uğraşıyordu. Catherine kocasının amacını anlıyor, sakin olduğu zamanlar onun bu çabasına ses çıkarmadan katlanıyordu. Yalnız, ara sıra tutmaya çalıştığı yorgun iç çekişleriyle bu çabanın boşuna olduğunu anlatıyor, sonunda da üzgün üzgün gülümseyerek öpücüklerle onu susturuyordu. Başka zamanlarda, huysuzca başını çeviriyor ve yüzünü ellerine gömüyordu, hatta onu öfkeyle itiyordu. İşte o zaman Edgar da onu yalnız bırakmaya özen gösteriyordu; çünkü o anda karısına hiçbir yararı dokunmayacağını biliyordu.

Gimmerton Şapeli'nin çanları hâlâ çalıyordu. Vadide keyifle şırıl şırıl akan suyun sesi kulaklarımıza kadar geliyor, içimizi ferahlatıyordu. Yaz yapraklarının henüz başlamamış fısıltıları yerine geçen tatlı bir ezgiydi bu. Ağaçlar yapraklandığı zaman, şimdi Çiftlik'in çevresini saran bu su sesi artık duyulmaz olurdu burada. Oysa Uğultulu Tepeler'de buzların çözülmesinden ya da sürekli yağmurlardan sonra gelen durgun günlerde bu su sesi hep duyulurdu. Catherine de şimdi bu sesi dinlerken Uğultulu Tepeler'i düşünüyordu; tabii dinlediği ya da düşündüğü varsa! Daha önce sözünü ettiğim o dalgın, uzak hali yine üzerindeydi; ne gözü görüyor ne de kulağı duyuyor gibiydi; yüzünde, duruşunda, çevresinde olan bitenlerin farkında olduğunu belli eden bir anlam yoktu. Mektubu, dizinin üstünde duran eline yavaşça bıraktım. "Size bir mektup var, Mrs. Linton," dedim. "Hemen okumanız gerek, çünkü cevap bekliyorlar. Zarfı açayım mı?" Gözlerini çevirmeden, "Aç," dedi. Mektubu açtım, kısacıktı. "Haydi, okuyun bakalım," dedim. Elini çekti, mektup yere düştü. Mektubu yerden alıp kucağına koydum, keyfi olsun da bir göz atsın diye bekledim. Ama uzun süre kımıldamadığını görünce, "Ben okuyayım mı, efendim?" dedim. "Mr. Heathcliff'ten geliyor."

Birden irkildi; bir şeyler hatırlıyor, düşüncelerini toparlamaya çalışıyor gibiydi. Mektubu kucağından aldı, okuyor gibi yaptı. İmzaya gelince içini çekti. Ama yine okuduğunu anlamadığını gördüm. Çünkü yanıtını sorduğumda, yalnızca imzayı gösterip hüzünlü ve anlamak isteyen gözlerini yüzüme dikti.

Mektubu anlamak için yardıma ihtiyacı olduğunu anladım. "Sizi görmek istiyor," dedim. "Şu anda bahçede olmalı, sabırsızlıkla sizden götüreceğim cevabı bekliyordur herhalde."

Bunları söylerken, pencerenin altında, güneşte, çimenlerin üstüne uzanmış yatan koca bir köpeğin önce havlayacakmış gibi kulaklarını diktiğini, sonra kulaklarını yeniden indirip kuyruğunu sallayarak, yabancı saymadığı birisinin geldiğini bildirdiğini gördüm. Mrs. Linton öne doğru eğildi, soluğunu kesip dinledi. Bir dakika sonra, koridordan geçen birinin ayak sesleri duyuldu. Heathcliff açık kapıları görünce kendini tutamamış, içeri girmişti. Belki de sonradan sözümden caymayı düşündüğümü sanmış, işi kendi atılganlığına güvenerek yapmaya kalkmıştı. Catherine gözlerini gitgide artan bir gerginlik ve heyecanla odanın kapısına dikmişti. Heathcliff önce oturduğumuz odayı bulamadı; Catherine onu odaya almam için işaret etti. Ama ben kapıya varmadan, o kendisi içeri girdi. İki adımda Catherine'in yanına geldi ve onu kollarının arasına aldı.

Beş dakika kadar tek söz söylemeden onu kollarında sıkı sıkı tuttu. Hem de bu uzun süre içinde onu o kadar öptü ki, herhalde tüm yaşamında o kadar öpmemiştir diyebilirim. Ama önce hanımım onu öpmüştü; sonra açıkça gördüm, Heathcliff o kadar acı içindeydi ki, Catherine'in yüzüne bakmaya dayanamıyordu! Onu gördüğü anda, benimle aynı kanıya o da varmıştı: Catherine için artık kurtulma umudu yoktu, sonu belliydi, ölecekti.

"Ah, Cathy! Ah, hayatım! Nasıl dayanırım buna?" Ağzından çıkan ilk sözler bunlar oldu. Bunları söylerken de umutsuzluğunu gizlemeye çalışmamıştı. Sonra ona öyle ateşli bakışlarla gözlerini dikti ki, bakışlarının keskinliğinden gözleri yaşaracak sandım; ama bu gözler acıyla kavruluyordu, kupkuruydu.

Catherine arkasına yaslanıp onun bu bakışları karşısında birden kaşlarını çatarak, "Yine ne var?" dedi. Catherine her an durmadan değişiyordu; ne neşesi ne öfkesi belli oluyordu. "Edgar'la ikiniz yüreğimi paramparça ettiniz, Heathcliff! Sonra da, asıl acınacak sizlermişsiniz gibi sızlanıp ağlıyorsunuz! Size acımayacağım. Beni öldürdünüz, sanırım artık rahata ermişsinizdir. Ne kadar da güçlüsün! Ben gittikten sonra daha kaç yıl yaşamak niyetindesin?"

Heathcliff onu kucaklamak için bir dizini yere koymuştu. Ayağa kalkmak istedi, ama Catherine saçlarından yakalayarak bırakmadı onu.

Acı acı, "Ah, keşke ikimiz de ölünceye kadar seni böyle tutabilsem!" dedi Cathy. "Acı çekecekmişsin, bana ne. Ne diye çekmeyecekmişsin? Ben çekiyorum ya! Beni unutacak mısın? Ben toprağa girdikten sonra sen mutlu olacak mısın? Bundan yirmi yıl sonra, 'İşte şu, Catherine Earnshaw'un mezarı. Çok zaman önce onu sevmiştim; yitirdiğimde de deliye dönmüştüm. Ama artık geçti. O zamandan sonra birçok kadın sevdim. Çocuklarım benim için ondan daha değerli. Ölürken de ona kavuşacağım diye sevinmeyeceğim, çocuklarımdan ayrılacağım için üzüleceğim!' mi diyeceksin, böyle mi söyleyeceksin, Heathcliff?"

Heathcliff başını onun elinden kurtardı, dişlerini gıcırdatarak, "Bana bu kadar işkence etme, kendin gibi beni de çıldırtacaksın!" diye bağırdı.

Bu iki insan, kendilerini izleyen soğukkanlı birisine pek tuhaf, pek korkunç görünürdü. Catherine, ölümlü bedeniyle birlikte bu huyunu da burada bırakmazsa, Cennet'in kendisi için bir sürgün olacağını düşünmekte haklıydı doğrusu. Kireç gibi yanakları, kansız dudakları, ateş saçan gözleriyle, bu yüzde şimdi yabanıl bir öç alma belirtisi vardı. Sımsıkı kapalı parmakları arasında, az önce yakaladığı saçlardan bir tutam bulunuyordu. Arkadaşına gelince; o da tek eliyle tutunarak ayağa kalkmaya çalışıken, öteki eliyle de onun kolunu kavramıştı. Catherine'e o anda gösterilmesi gereken yumuşaklıktan o kadar uzaktı ki, Catherine'in kolunu bıraktığında bu solgun ten üzerinde dört tane mor leke gördüm.

Heathcliff yabanıl bir sesle, "Delirdin mi yoksa!" diye sürdürdü konuşmasını. "Ölüp giderken bana nasıl böyle şeyler söyleyebilirsin? Bütün bu sözlerin belleğime ateşten harflerle oyulacağını, sen beni bırakıp gittikten sonra da, günden güne, içimi kemirip beni tüketeceğini düşünmüyor musun? 'Beni sen öldürdün,' derken yalan söylediğini biliyorsun. Biliyorsun ki, Catherine, seni unutmak kendimi unutmak demektir! Sen rahata erdiğin zaman, ben cehennem azabı içinde kıvranıp duracağım; bu da mı korkunç bencilliğini susturmaya yetmiyor?"

Bu aşırı heyecanın etkisiyle, gözle görülür, kulakla duyulur bir biçimde atan kalbinin şiddetli ve düzensiz vuruşlarından yine halsiz düşen Catherine, "Rahata ermeyeceğim," diye inledi. İçinde bulunduğu sarsıntı geçinceye kadar başka bir şey söylemedi. Sonra, daha yavaş, konuşmasını sürdürdü:

"Benden daha çok acı çekmeni dilemiyorum, Heathcliff. Yalnız birbirimizden hiç ayrılmayalım. İleride bir tek sözüm sana acı verecek olursa, toprağın altında aynı acıyı benim de duyduğumu düşün ve o zaman hatırım için beni bağışla! Gel buraya, diz çök yine! Hayatında bir kez olsun bana kötülük etmedin. Yok, olmaz ama, eğer bana darılırsan, bunu hatırlamak sana benim o sert sözlerimden daha çok acı verecektir! Yine buraya, yanıma gelmek istemiyor musun? Haydi, ne olursun gel!"

Heathcliff onun oturduğu koltuğun arkasına geçti ve üzerine doğru eğildi; ama heyecandan moraran yüzünü ona göstermeyecek biçimde durdu. Catherine ona bakmak için döndü, ama Heathcliff buna fırsat vermedi; birden dönüp şömineye doğru gitti, orada arkası bize dönük, sessizce durdu. Mrs. Linton kuşkulu bakışlarla onu izliyordu; onun her hareketi, içinde yeni bir duygu uyandırıyordu. Öyle sessizce uzun uzun baktıktan sonra, yeniden konuşmaya başladı. Öfkeli ve kırık bir sesle bana dönerek şöyle dedi:

"Bak, görüyor musun Nelly, beni mezardan kurtarmak için de olsa bir an bile yumuşamayacak. Bak, işte beni *böyle* seviyor! Neyse, zararı yok. Bu, *benim* Heathcliff'im değil. Ben benimkini yine eskisi gibi seveceğim ve yanımda götüreceğim. O benim ruhumda." Sonra da dalgın dalgın ekledi: "Hem beni en çok bezdiren şey, bir yıkıntıya dönmüş bu beden, bu zindan. Bunun içine kapanıp kalmaktan usandım. Buradan kurtulup o pırıl pırıl dünyaya gitmeye, artık hep orada kalmaya can atıyorum. İstediğim, gözyaşları arasında orasını şöyle bir görür gibi olmak, sızlayan bir yüreğin duvarları ardından oranın özlemini çekmek değil. Gerçekten o dünyayla bir olmak, onun içinde olmak istiyorum. Nelly, sen şimdi kendini benden daha iyi, daha şanslı sanıyorsun. Sağlığın yerinde, gücün yerinde, bana acıyorsun. Çok geçmeden bu değişecek. Ben *sana* acıyacağım. Hepinizden uzakta, hepinizin üstünde olacağım, hem de ne kadar!" Kendi kendine bu konuşmayı sürdürdü: "Onun yanımda olmak istememesine *şaşıyorum* doğrusu! İster sanıyordum. Heathcliff, sevgilim! Surat asmak yakışmıyor sana. Ne olursun yanıma gel, Heathcliff."

Bu heyecanla ayağa kalktı, koltuğun koluna dayandı. Bu içten çağrı karşısında Heathcliff ona doğru döndü; çılgın gibiydi. Kocaman açılmış, yaşlı gözleri yabanıl bir ateşle ona dikildi. Göğsü can çekişir gibi kalkıp iniyordu. Bir an öylece birbirlerinden uzakta durdular, sonra nasıl olduğunu anlayamadım, ikisini bir arada gördüm. Birbirlerine öyle sımsıkı sarılmış, öyle kenetlenmişlerdi ki, hanımım bundan sağ kurtulamaz, diye düşündüm; gerçekten de, hiç kıpırdamıyor gibi geldi bana. Heathcliff kendini en yakın koltuğun üstüne attı, ben Catherine'in gerçekten bayılıp bayılmadığını anlamak için telaşla yanlarına yaklaşınca, Heathcliff bana doğru dişlerini gıcırdattı; ağzından kuduz bir köpek gibi köpükler saçıldı ve onu sonsuz bir kıskançlıkla kendine doğru çekti. Yanımdaki kendi türümden bir yaratık değilmiş gibi geldi bana. Kendisiyle konuşmaya kalksam, anlamayacağı belliydi. Onun için kenara çekilerek büyük bir şaşkınlık içinde sustum.

Catherine'in kımıldayışı içime biraz su serpti. Elini kaldırdı, kendisini kucaklayan Heathcliff'in boynuna kolunu doladı ve yanağını onun yanağına koydu. Heathcliff de onu çılgın gibi okşayıp seviyordu. Yabanıl bir sesle şöyle dedi:

"Bana ne kadar acımasız davrandığını şimdi anlıyorum, ne kadar acımasız davrandığını ve nasıl aldattığını. *Neden* beni hor gördün? *Neden* kendi kalbini de yanılttın, Cathy? Seni avutacak tek söz söylemeyeceğim. Bunu hak ettin. Sen kendi kendini öldürdün. Evet, beni dilediğin kadar öpüp ağlayabilirsin, benden de karşılık görebilir, bana da gözyaşı döktürebilirsin; bunlar seni yakıp bitirecek, seni kahredecek. Beni seviyordun – öyleyse beni bırakıp gitmeye ne *hakkın* vardı? Söyle, Linton'a duyduğun o geçici heves yüzünden beni bırakıp gitmeye ne hakkın vardı? Çünkü ne yoksulluk ne alçalma ne ölüm, kısacası Tanrı ile Şeytan'ın elbirliğiyle üzerimize yığabileceği hiçbir şey bizi ayıramayacakken, bunu *sen* kendi isteğinle yaptın. Senin kalbini ben kırmadım, onu *sen* kendin kırdın; kendininkini kırarken benimkini de kırdın. Güçlü oluşum benim için daha da kötü. Yaşamak istiyor muyum? Benim için bu nasıl bir yaşam olacak, sen... Of, Tanrım! Ruhum mezardayken bedenim yaşamış, ne yapayım?"

Catherine, "Bırak beni, bırak beni!" diye hıçkırdı. "Bir yanlışlık yaptıysam, bunu hayatımla ödüyorum. Yeter artık! Sen de beni bırakıp gittin; ama sana çıkışmak istemiyorum! Seni bağışlıyorum. Sen de beni bağışla!"

"Bu gözlere baktıkça, bu erimiş ellere dokundukça, bağışlamak zor," dedi Heathcliff. "Öp beni yine, gözlerini de gösterme! Bana yaptıklarını bağışlıyorum. Ben *kendi* katilimi seviyorum; ama *seninkini*, onu nasıl sevebilirim!"

Sustular, yüz yüzeydiler, gözyaşları birbirine karışıyordu. Ya da bana ikisi de ağlıyor gibi geldi. Çünkü Heathcliff'in böyle olağanüstü bir durumda ağlayabileceği anlaşılıyordu.

Bu süre içinde ben de gittikçe telaşlanmaya başlamıştım. Çünkü öğle sonrası pek çabuk geçivermişti, evden savdığım uşak da dönmüştü. Sonra, vadinin üst yanına vuran akşam güneşinin aydınlığında, Gimmerton Şapeli'nin kapısı önünde gittikçe büyüyen bir kalabalık fark ediyordum...

"Ayin bitti," diye haber verdim. "Yarım saat içinde efendim burada olur."

Heathcliff homurdanarak bir küfür savurdu, Catherine'i daha çok sıktı, hanımım hiç kımıldamadı.

Çok geçmeden uşaklardan bir bölüğünün yoldan geçerek mutfaktan yana gittiğini gördüm. Mr. Linton da hemen arkalarındaydı. Bahçe kapısını kendi eliyle açıp yavaş yavaş yürüyerek eve geldi; bir yaz günü kadar yumuşak olan bu güzel ikindi vaktinden yararlanmak istiyordu herhalde.

"İşte geldi!" diye haykırdım. "Tanrı aşkına, çabuk aşağı inin! Ön merdivende kimseye rastlamazsınız. Ne olur çabuk olun! Linton büsbütün içeri girinceye kadar da ağaçların arasında kalın."

Heathcliff kendini arkadaşının kollarından çekip kurtarmaya çalıştı. "Gitmem gerek, Cathy," dedi. "Ama sağ kalırsam, sen uyumadan önce gelip seni yine göreceğim. Senin pencerenin altında, birkaç metre ötende olacağım."

Catherine tüm gücüyle ona sarılarak, "Gitmemelisin!" dedi. "Gitmeyeceksin diyorum sana!"

Heathcliff, "Yalnız bir saatçik," diye yalvardı.

"Bir dakikacık bile olmaz!"

Davetsiz konuk telaşa düşerek, "*Gitmeliyim*, Linton neredeyse odaya girecek," dedi.

Ayağa kalkmak, Catherine'in parmaklarından sıyrılmak istiyordu; Catherine soluk soluğa ona sımsıkı sarıldı. Yüzünde çılgınca bir kararlılık vardı.

"Olmaz!" diye haykırdı. "Ne olursun gitme, ne olursun! Bu son artık! Edgar bize bir şey yapmaz. Heathcliff, ben öleceğim! Öleceğim!"

Heathcliff yeniden koltuğa çöktü, "Kahrolasıca budala! İşte geldi!" diye bağırdı. "Sus, sevgilim, sus, sus, Catherine! Gitmiyorum işte, beni gelip bu durumda vursa, ölüm benim için mutluluk olur."

Yine oldukları yerde birbirlerine sımsıkı sarıldılar. Efendinin merdivenden çıktığını duydum, alnımdan soğuk terler akıyordu, dehşet içindeydim.

Öfkeyle, "Onun çılgınca sözlerini dinleyecek misiniz yoksa?" diye bağırdım. "Ne dediğini bilmiyor. Kendini koruyacak kadar aklı başında değil diye onun sonunu mu getireceksiniz? Kalkın! Kurtulmak elinizde. Bu sizin şimdiye kadar yaptıklarınızın en şeytancası. Hepimiz mahvolduk: efendi de, hanım da, hizmetçi de..."

Ellerimi ovuşturuyor, bağırıyordum. Mr. Linton gürültüyü duyarak adımlarını sıklaştırdı. O telaşın arasında Catherine'in kollarının gevşeyip düştüğünü, başının da aşağı doğru sarktığını görünce, gerçekten büyük bir sevinç duydum.

Ya bayıldı ya da öldü, diye düşündüm. Daha iyi! Çevresinde herkese böyle yük olup eziyet ederek sürüklenip gitmektense, ölsün daha iyi.

Edgar şaşkınlık ve öfkeden sapsarı kesilerek davetsiz konuğuna doğru atıldı. Niyeti neydi bilmem. Ama ötekisi, cansız gibi duran bedeni onun kollarına bırakarak, o anda her türlü hareketin önüne geçti.

"Bakın!" dedi. "Bunca zalim olacağınıza, önce ona yardımcı olun, ondan sonra benimle konuşursunuz!"

Salona geçip oturdu. Mr. Linton beni çağırdı, büyük güçlükle, binbir çareye başvurarak, sonunda Catherine'i kendine getirebildik. Ama kafası karmakarışıktı. Durmadan ah ediyor, inliyor, kimseyi tanımıyordu. Edgar, karısının telaşıyla, onun o can düşmanı arkadaşını unuttu.

Ama ben unutmadım. İlk fırsatta yanına gittim ve çıkıp gitmesi için yalvardım. Catherine'in daha iyi olduğunu, geceyi nasıl geçirdiğini de sabahleyin kendisine bildireceğimi söyledim.

"Evden çıkmam demiyorum. Ama bahçeden ayrılmayacağım," dedi. "Sonra, Nelly, sakın yarın sözünü yerine getirmeyi unutayım deme. Şu karaçamların altında olacağım. Sakın unutma! Yoksa, Linton evde olsun olmasın, yine gelirim."

Odanın aralık duran kapısından içeri bir göz attı, sözümün doğru olduğu kanısına vardıktan sonra da, evi o uğursuz varlığından kurtardı.

16

O gece saat on ikide, Uğultulu Tepeler'de gördüğünüz Catherine dünyaya geldi. Yedi aylık cılız bir bebekti. İki saat sonra da anne, Heathcliff'in yokluğunu anlayacak ya da Edgar'ı tanıyacak hale gelemeden öldü. Karısını kaybetmek Edgar'ı çılgına çevirdi; bu o kadar içler acısı bir konudur ki, üzerinde durmak istemiyorum. Bu acının onun içine nasıl çöktüğü sonradan belli oldu. Benim gözümde efendim için ikinci bir yıkım da, mirasçısız kalmasıydı. O cılız, öksüz yavruya baktıkça, hep bunun için acındım durdum. Malını mülkünü oğlunun kızına değil de kendi kızına bıraktığı için, ihtiyar Linton'a içimden söylendim durdum. Oysa bu, doğal bir taraf tutmaydı. Zavallı yavrucak! Önce yüzüne bile bakan olmadı. Dünyaya gelişinden sonra, ilk saatlerde, ağlaya ağlaya ölüp gitse kimsenin umurunda bile olmazdı. Ama sonraları bu ihmali telafi ettik. Yalnız, yavrucağın bu dünyada ilk günleri yapayalnız geçmişti, sanırım sonu da öyle olacak.

Ertesi sabah dışarının parlak, aydınlık havası, sessiz odanın panjurları arasından süzülerek yatağı ve içinde yatan bedeni tatlı, hafif bir ışıkla sardı. Edgar Linton başını yastığa koymuştu, gözleri kapalıydı. Genç ve güzel yüzü hemen hemen yanındakinin yüzü kadar ölü, onunki kadar hareketsizdi. Ama onda acıdan bitkin bir insanın hareketsizliği, Catherine'de ise tam rahata erenlerin dinginliği vardı. Alnı pürüzsüz, dümdüz, gözkapakları kapalı, dudakları neredeyse gülümsüyor gibiydi; göklerde bu kadar güzel bir melek olamazdı herhalde. Onun içinde bulunduğu bu sonsuz dinginlik beni de etkilemişti. Tanrısal huzur içindeki bu dingin yüze baktıkça, o zamana kadar duyduklarıma benzemeyen derin, kutsal bir hava beni sarıyordu. Elimde olmayarak, onun daha birkaç saat önce söylediği sözü yineliyordum: "Hepimizden uzakta, çok uzakta ve hepimizin üzerinde! İster hâlâ bu dünyada olsun, ister öbür dünyada, ruhu Tanrı'nın yanında huzur içindedir!"

Bilmem bu bana özgü bir şey mi, ölünün başında beklerken kendimi mutlu hissetmediğim zamanlar pek azdır; ama yanımda çılgın gibi ağlayıp sızlayarak yas tutan birinin bulunmaması koşuluyla. Ölü odasında ne yeryüzünün ne Cehennem'in bozamayacağı bir huzur bulurum; ölüm sonrası sonsuz, gölgesiz bir yaşam olduğu kanısı kesinleşir içimde; ölenlerin önünde artık sonsuzluk vardır. Orada yaşam sonsuz, sevgi sonsuz, zevk de neşe de sonsuzdur. Bu kez, Catherine'in bu mutlu kurtuluşundan Mr. Linton'ın duyduğu o müthiş acıyı gördüm de, onunki gibi bir sevgide bile ne çok bencillik olduğunu anladım. Evet, Catherine'in, türlü huysuzluklar ve sabırsızlıklarla geçen böylesi bir yaşamdan sonra, böyle tam bir rahata kavuşmayı hak edip etmediği tartışılabilirdi. İnsan soğukkanlılıkla düşündüğünde bu konuda kuşku duyabilirdi; ama o anda, ölüsünün başında, böyle bir kuşkuya düşmek olanaksızdı. Bu cansız beden tam bir dinginlik içindeydi ve bu, daha önce içinde barınan ruhun da aynı rahata kavuştuğunu gösteriyordu.

Siz bu çeşit kimselerin öteki dünyada mutluluğa erdiği inancında mısınız, efendim? Bunu öğrenmek için neler vermezdim ki!

Mrs. Dean'in, bana dine biraz aykırı gibi gelen sorusunu yanıtlamadım. Kendisi konuşmasını şöyle sürdürdü:

Catherine Linton'ın yaşamını gözden geçirirsek, korkarım ki, onun böyle bir mutluluğa erdiğini düşünmek doğru olmaz. Neyse, artık o, Yaradan'ın bileceği iş.

Efendi uyuyor gibiydi, ben de güneş doğduktan hemen sonra odadan dışarıya, serin ve temiz havaya çıktım. Hizmetçiler uzun nöbetim sırasında üstüme çöken uyuşukluğu gidermek için dışarı çıktığımı sandılar. Gerçekte asıl amacım, Heathcliff'i görmekti. Eğer bütün gece karaçamların altında beklemişse, Çiftlik'teki telaşı duymamış demekti. Ama Gimmerton'a gönderilen adamın atının nal seslerini duymuş olabilirdi. Evin daha yakınlarına gelmişse, oradan oraya koşuşan ışıklardan, sokak kapılarının açılıp kapanmasından, içeride bir şeyler olduğunu anlamış olacaktı. Kendisini bulmak istiyordum, ama korkuyordum da. Bu korkunç haberi nasıl olsa iletmem gerekiyordu, onun için bu işin bir an önce olup bitmesini istiyordum; ama nasıl? İşte bunu bilemiyordum. Heathcliff karşıda, daha doğrusu bahçede birkaç metre ötede duruyordu. Yaşlı bir dişbudak ağacına yaslanmıştı, başı açıktı. Tomurcuklu dallarda biriken ve pıtır pıtır damlayan çiy, saçlarını iyice ıslatmıştı. Uzun süredir bu durumda kaldığı belliydi; çünkü üç adım ötesinde iki ardıçkuşu durmadan gidip geliyor, yuvalarını yapmaya çalışıyorlardı; onu bir odun parçasından ayırt etmedikleri belliydi.

Ben yaklaşınca kuşlar kaçıp uzaklaştılar; Heathcliff bakışlarını yerden kaldırdı ve, "Öldü!" dedi. "Öğrenmek için gelip haber vermeni beklemedim. Mendilini çek yüzünden, önümde burnunu çeke çeke ağlama. Hepinize lanet olsun! Onun hiçbirinizin gözyaşına ihtiyacı yok!"

Ben, ölen için olduğu kadar, onun için de ağlıyordum. İnsan bazen, kendine de, başkalarına da acımak nedir bilmeyen kimselere de acıyor. Daha yüzüne bakar bakmaz, yıkımdan haberi olduğunu anlamıştım. Dudakları oynuyordu, gözlerini yere dikmişti; ben de ahmak gibi onun yüreğindeki acıyı bastırmaya çalıştığını ve dua etmekte olduğunu sandım.

Hıçkırıklarımı tutup yanaklarımdan akan yaşları silerek, "Evet, öldü!" dedim. "Umarım Cennet'e gitmiştir. Biz de bir an önce akıllanır da kötülük etmekten vazgeçip iyilikten ayrılmazsak, belki orada onunla buluşuruz!"

Heathcliff hafiften alay ediyormuş gibi sordu: "Demek o önceden aklını başına almıştı, öyle mi? Bir aziz gibi mi öldü? Haydi, olanı biteni bana olduğu gibi anlat. Nasıl?.."

Onun adını söylemek istedi, ama dili varmadı. Dudaklarını sıktı; içini yakan acıyı sessizce bastırmaya çalışıyor, aynı zamanda da meydan okuyan yabanıl bir bakışla derdine ortak olmama engel oluyordu. "Nasıl öldü?" diye sözünü tamamladı sonunda. Dayanıklıydı, ama yine de arkasında yaslanacak bir ağaç bulmaktan hoşnuttu. Çünkü içindeki o çekişmeden sonra, kendini tutmak istemesine karşın parmaklarının ucuna kadar titriyordu.

Zavallı adam! diye düşündüm. Bütün insanlar gibi senin de yüreğin, senin de sinirlerin var! Ne diye bunları gizlemeye kalkıyorsun? Gururun Tanrı'nın gözünü bağlayamaz ya! Sen büyüklenmeyi bırakıp "Ah!" diye haykırıncaya kadar Tanrı'yı, böyle kendine eziyete kışkırtıyorsun.

Yüksek sesle, "Bir kuzu gibi sessizce öldü!" dedim. "Şöyle bir içini çekti, sonra, tıpkı uyanıp yeniden dalan bir çocuk gibi, gerinip uzandı. Beş dakika sonra, kalbinin hafifçe bir kez attığını fark ettim, işte o kadar!"

Soracağı soruya, duymaya dayanamayacağı ayrıntılı bir yanıt almaktan korkuyormuş gibi çekinerek, "Peki, adımı andı mı hiç?" dedi.

"Bir daha kendine gelemedi zaten," dedim. "Siz yanından ayrıldığınız dakikadan sonra hiç kimseyi tanımadı. Yüzünde tatlı bir gülümsemeyle yatıyor, ölmezden önce de zihninde hep o eski güzel günleri yaşıyordu. Yaşamı güzel, sakin bir düşle sona erdi, umarım öteki dünyada da öyle güzel uyanır!"

Heathcliff ayağını yere vurdu, tutamadığı bir heyecan nöbeti içinde inleyerek, korkunç bir öfkeyle, "Azap içinde uyanır umarım!" diye haykırdı. "Ölünceye kadar hep yalan söyledi! Nerede o? *Orada* değil, Cennet'te değil, yok olmuş da değil; nerede? Ah! 'Senin çektiklerinden bana ne!' demiştin. Benim de bir tek duam var, dilim kuruyuncaya kadar durmadan bunu söyleyeceğim: Catherine Earnshaw, ben yaşadıkça rahat yüzü görme! 'Beni sen öldürdün,' dedin, öyleyse peşimi bırakma! Öldürülenler, öldürenlerin peşini bırakmazlar. Yeryüzünde dolaşan hayaletler olduğunu sanıyorum, biliyorum bunu. Yanımdan hiç ayrılma! Hangi biçime girersen gir, beni çıldırt! Yalnız, içinde seni bulamadığım bu uçurumun dibinde beni bırakma! Of Tanrım! Anlatılamaz bu! Canım olmadan nasıl yaşarım! Ruhum olmadan nasıl yaşarım!"

Başını ağacın budaklı gövdesine vurdu. Sonra gözlerini kaldırarak ulumaya başladı. İnsana benzer yeri yoktu; bıçaklar, mızraklarla vurulmuş, can çekişen yabanıl bir hayvan gibiydi. Ağacın orasında burasında gözüme kan lekeleri ilişti, elinde ve alnında da lekeler vardı. Tanık olduğum bu olay herhalde dün gece de birkaç kez olmuştu. Haline acımadım doğrusu; yalnızca ürktüm. Yine de onu bu durumda bırakmak istemedim. Ama benim baktığımı görecek kadar kendine gelince, gök gürültüsü gibi bir sesle, çekilip gitmem için bağırdı. Ben de dediğini yaptım. Onu yatıştırıp avutmak benim yapacağım şey değildi.

Mrs. Linton'ın cenazesi ölümünden sonraki cuma günü kalkacaktı. O zamana kadar, çiçekler ve kokulu yapraklarla donatılan tabutu büyük salonda açık durdu. Linton gündüzlerini ve gecelerini orada geçiriyor, gözünü kırpmadan tabutu bekliyordu. Benden başka kimsenin bilmediği bir şey de, Heathcliff'in bütün gecelerini evin çevresinde geçirdiği, onun da rahat yüzü görmediğiydi. Kendisiyle hiç görüşmedim; yine de, olanak bulsa içeri girmeye çalışacağını biliyordum. Sonunda salı günü, ortalık karardıktan biraz sonra, efendim artık yorgunluktan bitkin düşerek iki saat için dinlenmeye çekilince, gidip pencerelerden birini açtım; Heathcliff'in hiç yılmadan direnmesi bana dokunmuştu. Ona, taptığı kadının solmakta olan görüntüsüyle son bir kez vedalaşma fırsatını vermek istiyordum. O da bu fırsatı kaçırmadı, dikkatli davrandı ve içeride çok az kaldı. Kendisini ele verecek en küçük bir gürültü bile çıkarmadı, o kadar sakindi. Odaya girip çıkmış olduğunu ben bile, ancak, ölünün yüzündeki örtünün kırışıp bozulmuş olmasından ve yerdeki, gümüş bir telle bağlanmış bir tutam sarı saçtan anladım. Elime alıp iyice bakınca bunun Catherine'in boynundaki madalyondan çıkarıldığını gördüm. Heathcliff madalyonu açmış, içindekileri atıp onun yerine kendininkinden bir tutam siyah saç koymuştu. Ben iki saçı da birbirine sardım ve bir arada madalyonun içine yerleştirdim.

Mr. Earnshaw, tabii, kız kardeşinin cenazesiyle mezara kadar gitmek için çağrıldı. Gelemeyeceğini bildirmedi, ama gelmedi de. Öyle ki, kocası dışında, cenaze töreninde, çiftlikte oturanlarla uşaklardan başka kimse yoktu. Isabella çağrılmamıştı.

Catherine'in, ne şapelin içinde Linton'lara ayrılan yere ne de dışarıda kendi ailesinin mezarları yanına gömülmesi köy halkını şaşırttı. Mezarını, köy mezarlığının köşesinde, yeşil bir bayıra kazdılar. Orada duvar o kadar alçak ki, öte yandaki fundalarla böğürtlenler duvardan aşıp mezarın üzerini kapladı; mezar, ot kesekleri altında neredeyse kayboldu. Kocası da şimdi aynı yerde yatıyor. Mezarları belli etmek için, ikisinin de başucunda dikili basit bir mezar taşı, ayakuçlarında da boz bir kaya parçası var.

17

O cuma günü güzel havaların sonu oldu. Ondan sonra hava bir ay düzelmedi. Cuma akşamı hava bozdu; güneyden esen rüzgâr kuzeydoğuya döndü; önce yağmur, ardından da sulu kar ve kar geldi. Ertesi sabah, üç haftadır günlerin yaz gibi gittiğine insanın inanacağı gelmezdi. Çuhaçiçekleri ile çiğdemler kar altında kalmıştı; tarlakuşları susmuşlardı, erken yeşillenen ağaçların taze yaprakları soğuktan kavrulup kararmıştı. Hüzünlü, soğuk, boğucu bir sabahtı. Efendim odasından çıkmadı. Ben de bomboş duran salonu çocuk odası durumuna getirerek oraya yerleştim. Yapma bebeklere benzeyen ve viyaklayıp duran çocuğu dizlerime yatırmış, orada oturuyordum. Küçüğü sallıyor, bir yandan da havada hâlâ uçuşan kar tanelerinin perdesiz pencereye yığılışını seyrediyordum. Birden kapı açıldı, biri yüksek sesle gülerek soluk soluğa içeri girdi. Bir an için öfkem şaşkınlığıma üstün geldi. Geleni hizmetçi kızlardan biri sanarak, "Sus! Bu kadar da saygısızlık olur mu hiç! Mr. Linton duysa ne der?" diye bağırdım.

Tanıdığım bir ses, "Bağışla!" diye karşılık verdi. "ama Edgar'ın yatakta olduğunu biliyorum; kendimi de tutamıyorum."

Sesin sahibi böyle söyleyerek ocağa doğru yaklaştı; soluk alamıyor, bir eliyle böğrünü tutuyordu.

Biraz durduktan sonra, "Ta Uğultulu Tepeler'den buraya kadar, durmadan koştum!" diye konuşmasını sürdürdü. "Uçtuğum zamanlar dışında! Kaç kez yere yuvarlandım, bilmiyorum. Aman, her yanım ağrıyor! Telaşlanma sakın! Anlatabilecek duruma gelir gelmez hepsini anlatacağım. Yalnız bana şu kadarcık bir iyilik et: Dışarı çıkıp söyle de, beni Gimmerton'a götürmeleri için arabayı hazırlasınlar, sonra hizmetçilerden biri de dolabımdan giyecek bir-iki şey getirsin."

Gelen Mrs. Heathcliff'ti. Öyle gülecek durumda olmadığı da kesindi. Saçları püskül püskül omuzlarından aşağı sarkıyor, uçlarından kar ve yağmur suları damlıyordu. Üzerinde, durumundan çok yaşına uygun düşen, her zaman giydiği genç kızlık giysisi vardı: kısa kollu, yakası açık, dekolte bir giysi; başında ve boynunda da hiçbir şey yoktu. Giysi ince bir ipeklidendi, sırılsıklam olmuş, bedenine yapışmıştı. Ayağında da ince patikler vardı. Buna bir de, oluk oluk kanamasını ancak soğuğun önlediği, kulak altındaki derin bir yarayı; çizikler, berelerle dolu kireç gibi bir yüzü; yorgunluktan ayakta duramayacak kadar bitkin bir bedeni ekleyin; o zaman, kendisini adamakıllı gözden geçirme olanağını bulduğumda, ilk korkumun pek öyle geçivermediğini anlayabilirsiniz.

"Küçükhanımcığım," dedim, "üstünüzde ne var ne yok hepsini çıkarıp kuru bir şeyler giymedikçe, ne bir yere kımıldar ne de bir tek söz dinlerim. Hem bu gece

Gimmerton'a gidecek değilsiniz, onun için arabanın hazırlanmasına da gerek yok."

"Kesinlikle gideceğim, yaya olsun, arabayla olsun, nasıl olursa olsun, gideceğim. Ama temiz pak giyinmeye bir diyeceğim yok. Hem... Ay, bak, kan boynumdan aşağı nasıl akmaya başladı! Ateş karşısında ne kadar acıyor!"

Söylediklerini yapmadığım sürece, kendisine el sürdürmemekte diretti; arabacıya hazır olması için haber gönderildikten ve hizmetçi kızlardan biri de kendisine gerekli bazı giysileri hazırlamaya başladıktan sonradır ki yarasını sarmama, üstünü başını değiştirmeme yanaştı.

İşim bittikten ve o da önünde bir fincan çayla ateşin yanında bir koltuğa yerleştikten sonra, "Ellen, şimdi karşıma otur bakayım," dedi, "zavallı Catherine'in çocuğunu da gözümün önünden çek. Görmek istemiyorum! Odaya tıpkı bir deli gibi girdim diye Catherine'e üzülmediğimi sanma sakın; ben de acı acı ağladım. Evet, herkesten çok ağlamaya hakkım vardı. Hatırlarsın, birbirimizden dargın ayrılmıştık. Kendimi hiç bağışlamayacağım. Ama ne olursa olsun, ötekine de acıyacak değildim. Acımasız canavar! Şu maşayı ver bana çabuk! Bende bundan başka bir şeyi kalmadı artık." Üçüncü parmağındaki altın halkayı çıkarıp yere attı ve çocukça bir kinle çiğneyerek, "Ezeceğim, sonra da yakacağım onu!" diye konuşmasını sürdürdü. Berbat olan yüzüğü yerden alıp korların arasına attı. "Tamam işte," dedi, "beni yine eline geçirirse, bir başkasını satın alsın. Sırf Edgar'ın canını sıkmak için beni görmeye gelmesi her an beklenebilir, fesatlık dolu kafasına böyle bir düşünce gelir korkusuyla burada kalmaya cesaret edemiyorum. Hem sonra, Edgar da bana karşı iyi davranmadı ki, öyle değil mi? Ona, bana yardım etmesi için yalvaracak değilim; başını daha fazla belaya sokmak da istemiyorum, zorunlu olduğum için buraya sığındım. Yine de, eğer Edgar'la karşılaşma tehlikesi olsaydı, mutfakta biraz soluk alıp yüzümü yıkar, ısınır, istediğim şeyleri sana getirtir, beklemeden hemen çıkar, neresi olursa olsun bir yere, o uğursuzun, insan kılığına girmiş o zebaninin beni bulamayacağı bir yere kaçardım! Görsen, nasıl kudurmuştu; beni eline bir geçirseydi!.. Ne yazık, Earnshaw onun kadar güçlü değil, eğer Hindley dediğini yapabilseydi, inan, gözümün önünde son nefesini verdiğini görmeden kaçar mıydım hiç!"

"Bu kadar hızlı konuşmayın, küçükhanım," diye sözünü kestim, "yüzünüze sardığım bezi düşüreceksiniz, yaranız yine kanamaya başlayacak. Çayınızı için, biraz soluk alın, hem gülmeyi de bırakın; bu evde ve sizin durumunuzda gülmek yakışık almaz."

"Çok doğru," dedi. "Ah, şu çocuğun sesi! Durmadan ağlıyor, bir saat kadar onu başka bir yere gönder de sesini duymayayım. Uzun kalacak değilim."

Zili çalıp çocuğu hizmetçi kızlardan birine verdim. Sonra ona Uğultulu Tepeler'den bu kılıkta, böyle apar topar kaçmasının nedenini, burada kalmak istemediğine göre nereye gitme niyetinde olduğunu sordum.

"Burada kalmam gerekirdi, kalmak da isterdim," dedi. "Hem Edgar'ı avutmak hem de çocuğa bakmak için; sonra, Çiftlik benim asıl evim ama sana söylüyorum, beni burada rahat bırakmaz! Benim günden güne toparlanıp neşelendiğimi görmeye dayanır mı sanıyorsun? Bizim güzel güzel geçinip gittiğimizi görür de, rahatımızı kaçırmaya kalkmaz mı sanıyorsun? Artık benden tiksindiğinden kuşkum kalmadı da, içim rahat. Öyle ki yalnızca sesimi duymak, yüzümü görmek bile onu gerçekten rahatsız ediyor. Dikkat ediyorum da, yanına gittiğimde, elinde olmadan yüzünün kasları nefretle geriliyor. Bu, hem benim de pek çok nedenle kendisine karşı aynı duyguyla dolu olduğumu bildiğinden hem de eski kininden doğuyor. Bu öyle sonsuz bir nefret ki, örneğin yakalanmadan kaçabilsem, peşimden koşmayacağına kesinlikle inanıyorum. İşte bunun için uzaklara kaçmalıyım. Artık ilk zamanlardaki gibi beni öldürmesini istemiyorum. Kendini öldürmesi daha hoşuma gidecek! Sevgimi hepten yok etti artık, ben de rahatladım. Ama hâlâ onu nasıl sevmiş olduğumu hatırlayabiliyorum, hâlâ da seviyor olacaktım belki; yok, yok! Benim için çıldırsaydı bile, yine o iblis ruhu bir yerden kendini gösterirdi kesinlikle. Catherine'in doğrusu pek sapık bir zevki varmış; onu o kadar iyi tanıdığı halde, ne kadar da severdi! Canavar! Ah keşke yeryüzünden de, belleğimden de yok olup gitse!"

"Susun! Susun! O da bir insan," dedim. "Biraz daha insaflı olun; ondan da kötüleri var."

"O, insan değil," diye karşılık verdi, "benden insaf beklemeye de hakkı yok. Ona kalbimi verdim, aldı, didik didik edip öldürdükten sonra gerisingeri bana fırlattı. İnsan yüreğiyle duyar, Ellen; mademki benim yüreğimi paralayıp yok etti, artık ona acımak elimde değil. Hem ölünceye kadar inlese, Catherine için kanlı gözyaşları dökse, yine acımam! Hiç, hiç acımam!" Isabella burada ağlamaya başladı, ama hemen kirpiklerindeki yaşları silerek konuşmasını sürdürdü: "'Nasıl oldu da sonunda böyle kaçmaya karar verdin?' diye sormuştun. Kaçmak zorunda kaldım; çünkü onu, gelecekle ilgili kötü emellerini unutacak kadar öfkelendirmeyi başardım. Bir insanın sinirlerini kızgın cımbızla teker teker koparmak, beynine vurup öldürmeye benzemez, çok daha fazla soğukkanlılık gerektirir. Öyle yaptım ki, ikide bir övündüğü o iblisçe sakınmayı unutup öfkeyle kendinden geçerek beni öldürmenin sınırına geldi. Onu öfkelendirmek bana zevk verdi. Bu da, içimde, kendimi koruma duygusunu uyandırdı, gözünün önünde çıkıp kaçtım. Yeniden eline düşersem, benden iyice bir öç almak pek hoşuna gidecektir.

Biliyorsun, Mr. Earnshaw'un dün cenaze töreninde bulunması gerekiyordu. Bu nedenle içmeyip ayık kalmak istedi, tabii elinden geldiğince. Öyle zıvanadan çıkmış bir halde sabahın altılarında yatmamış, öğleyin saat on ikide de eskisi gibi sarhoş sarhoş kalkmamıştı. Bunun için de, yataktan kalktığında kendini öldürmeyi düşünecek kadar neşesizdi. Kiliseye gitmeye de, baloya gidecek kadar hazırdı; ama kalkıp gideceğine ocağın başına oturdu, bardak bardak cin ya da konyak yuvarladı.

Heathcliff —adını söylerken bile tüylerim diken diken oluyor!— geçen pazardan bugüne dek eve bir yabancı gibi girip çıkmıştı. Onu melekler mi besledi, yoksa yerin altındaki hısım akrabaları mı, bilemem. Yalnız bildiğim şu ki, hemen hemen bir haftadır bizimle bir kez olsun sofraya oturmadı. Şafak sökerken eve geliyor, dosdoğru odasına çıkıyordu; kapıyı da ardından kilitliyordu, sanki herkes onunla konuşmaya can atıyormuş gibi! Odasında papazlar gibi dua etti durdu. Yalnız onun yalvardığı ilah cansız, toz topraktan oluşma! Tanrı'ya seslenirken de, onu, tuhaftır, kendi öz atası, kara derili atasıyla karıştırıyordu! Bu yalvarışları çoğu kez sesi kısılıncaya, boğazı kuruyuncaya kadar sürer giderdi. Bu paha biçilmez duaları bitirir bitirmez de, yeniden başını alıp gidiyordu; dosdoğru Çiftlik'e! Edgar neden polis çağırtıp onu yakalatmadı, şaşıyorum doğrusu! Bana gelince; Catherine için ne kadar üzülürsem üzüleyim, Heathcliff'in insanda onur bırakmayan o işkencelerinden kurtulduğum o günleri bayram saymamak elimden gelmiyordu.

Joseph'ın o bitmek bilmez vaazlarını ağlamadan dinleyecek kadar kendime geldim; evin içinde de korkak bir hırsız gibi sessiz sessiz dolaşmıyordum artık. Belki inanmazsın, eskiden Joseph ne söylese ağlardım. Ama Hareton'la ikisi çekilir şey değiller. "Küçükbey" ve onun şaşmaz koruyucusu o iğrenç morukla oturmaktansa, Hindley'yle oturup onun o korkunç sözlerini dinlemek daha iyi! Heathcliff evde olduğu vakitler, çoğu zaman, mutfağa sığınıp onlara arkadaşlık etmek ya da ıslak bomboş odalarda soğuktan titremek zorunda kalırım. Bu haftaki gibi Heathcliff evde olmazsa, salonda ocağın kenarına bir masayla sandalye çekip otururum. Mr. Earnshaw kendi kendine ne yaparsa yapsın, hiç aldırmam; o da benim işime hiç karışmaz zaten. Eğer kızdıran olmazsa, Hindley şimdi eskisinden daha sakin; daha somurtkan ve kederli, ama daha az öfkeli. Joseph onun artık bambaşka bir adam olduğundan emin. "Artık kalbine Tanrı korkusu girdi, ruhu kurtuldu," diyor. Bu hayırlı değişikliğin belirtilerini ben pek fark edemedim, ama neme gerek.

Dün akşam köşeme çekilmiş, bazı eski kitapları okuyordum; geç vakte kadar yatmadım. Saat on ikiye geliyordu. Dışarıda karlar delice savrulurken, aklım da hep mezarlıkta, yeni kazılan mezardayken, yukarıya odama çıkmak hiç içimden gelmiyordu. Gözlerimi önümdeki sayfadan ayırmaya cesaret edemiyordum; hemen o hüzünlü görüntü gözümün önüne geliyordu. Hindley başını eline dayamış, karşımda oturuyordu; o da aynı şeyleri düşünüyordu belki. Aklını yitirecek duruma gelmeden içmeyi bırakmıştı; iki-üç saattir de ne kımıldamış ne de ağzını açmıştı. Evde, ikide bir pencereleri yerinden oynatan rüzgârın uğultusundan, yanan kömürlerin hafif çıtırtısından ve ara sıra şamdanın uzun fitilini keserken mum makasının çıkardığı madeni sesten başka çıt yoktu. Hareton ile Joseph herhalde çoktan yatmış, derin derin uyuyorlardı. Her yer çok, çok kasvetliydi. Önümdeki kitabı okurken hep içimi çekip duruyordum; çünkü artık dünyanın tadı tuzu kalmamış, bir daha da o tat geri gelmeyecekmiş gibiydi.

Bu hazin sessizlik, sonunda mutfak mandalının çıkardığı bir sesle bozuldu. Heathcliff, herhalde birden çıkan fırtınadan olacak, nöbetten her günkünden daha erken dönmüştü. O tarafın kapısı sürmelenmişti, öteki kapıdan girmek üzere dolaştığını duyduk. Ayağa kalktım ve o anda bastıramadığım duygularım dudaklarımdan dökülüverdi; gözlerini kapıya doğru dikmiş olan Hindley, ağzımdan çıkanları duyunca dönüp yüzüme baktı:

"Onu beş dakika dışarıda tutacağım," dedi. "İtirazınız var mı?"

"Tabii, dilerseniz bütün gece dışarıda tutun, daha da sevinirim," dedim. "Haydi, anahtarı kilide sokun, sürgüleri de çekin."

Konuğu daha kapıya gelmeden Earnshaw davranıp dediğimi yaptı. Sonra gelip sandalyesini masanın öteki yanına çekti, eğilip gözlerime baktı, kendi gözlerinden saçılan yakıcı nefrete eş bir duygu arıyordu gözlerimde. Durumu da, duyguları da öldürmeye hazırlanan bir katilinkinden farksız olduğundan, bende o kadarını bulamadı, ama gördükleri ona konuşma cesaretini vermeye yetti.

"Sizin de, benim de şu dışarıdaki adamla görülecek büyük bir hesabımız var! İkimiz de korkak olmasaydık, bu hesabı temizlemek için birleşebilirdik. Siz de ağabeyiniz gibi yufka yürekli misiniz? Sonuna kadar böyle katlanacak mısınız? Bir kez olsun karşılık vermeyip bunu onun yanına bırakacak mısınız?"

"Artık katlanacak gücüm kalmadı," dedim. "Yaptıklarını ona ödetmek de pek hoşuma gider; ama sonunda üstüme kalmaması koşuluyla. Yalnız, ihanet ile şiddet iki ucu sivri oklara benzer; kullananları düşmanlarından beter yaralarlar."

Hindley, "İhanet ile şiddete ancak ihanet ve şiddetle karşı konulur!" diye bağırdı. "Mrs. Heathcliff, sizden hiçbir şey istemiyorum. Yalnız, olduğunuz yerde kımıldamadan oturun ve ağzınızı açmayın. Söyleyin bakayım, bunu yapabilir misiniz? Bu iblisin son nefesini verdiğini görmek, hiç kuşkum yok ki sizi de benim kadar sevindirecektir. Eğer siz onu faka bastırmazsanız, o *sizi* öldürecektir; *beni* de yıkıp bitirecektir! Kahrolası Cehennem zebanisi! Sanki evin efendisiymiş gibi kapıyı nasıl da vuruyor! Dilinizi tutmaya söz verirseniz, şu saat vurmadan özgürlüğe kavuşacaksınız! Saat tam bire üç dakika var!"

Koynundan, mektubumda sana anlattığım silahları çıkardı; ışığı da söndürmek istedi. Ama ben mumu çekip aldım, kolunu tuttum.

"Dilimi tutmayacağım!" dedim. "Ona el sürmeniz doğru değil. Kapıyı açmayın ve rahat rahat oturun!"

Çılgın adam, "Hayır, olmaz! Kararımı verdim! Tanrı şahidimdir, dediğimi yapacağım!" diye haykırdı. "İstemeseniz de size bir iyilik edeceğim, Hareton'ın da hakkı korunacak. Beni bu işten nasıl temize çıkaracağınızı düşünüp de kafanızı yormayın. Artık Catherine yok. Şu anda kendimi öldürsem, vah vah, yazık oldu, diyecek ya da yaptığımdan utanç duyacak tek bir kişi yok. Artık bu işe bir son verme zamanı geldi!"

Ha bir ayıya karşı durmuşum, ha bir zırdeliye söz anlatmaya çalışmışım, aynı şeydi. Tek yapabileceğim şey, bir pencereye koşmak ve kurban edilmek istenene, kendisini bekleyen sonu haber vermekti.

Üstten alan bir sesle, "Bu gece gidip başka bir yere sığınsanız daha iyi edersiniz!" diye seslendim. "İçeri girmekte diretirseniz, Mr. Earnshaw'un niyeti bozuk, sizi vuracak!"

"Kapıyı aç, yoksa..." diye karşılık vererek bana, şimdi yinelemek istemediğim pek güzel sözler söyledi.

"Ben karışmam," diye yanıt verdim. "İstersen gir de kendini öldürt. Ben görevimi yaptım."

Böyle söyleyerek pencereyi kapattım, ocağın yanındaki yerime gelip oturdum. Onu bekleyen tehlikeden dolayı yalancıktan da olsa kaygılı görünecek kadar ikiyüzlülük etmek elimden gelmiyordu. Earnshaw, o alçağı hâlâ sevdiğime yeminler ederek öfkeyle, bana ağız dolusu küfürler savurdu. Mertçe davranmadığım için söylemediğini bırakmadı. Bense içimden, Heathcliff onu acılarından kurtarırsa *ona* büyük iyilik etmiş olur; eğer Hindley, Heathcliff'i asıl yaraştığı yere gönderirse, o da *bana* iyilik etmiş olur, diye düşünüyor, hem de hiç vicdan azabı duymuyordum. Bu düşüncelere dalmış otururken, Heathcliff arkamdaki pencere camını bir yumrukta şangır şungur yere indirdi, açılan yerde öfkeden mosmor kesilmiş uğursuz yüzü göründü. Pencerenin pervazı çok dar olduğundan, omuzları içeri girmiyordu. Kendimi tam güvencede görerek sevinçle gülümsedim. Saçları, üstü başı kardan bembeyazdı. Soğuktan ve öfkesinden ortaya çıkan ve yamyamlarınkine benzeyen sivri dişleri karanlıkta parlıyordu.

"Isabella, kapıyı aç, yoksa pişman olursun!" diye "hırladı", Joseph'ın deyişiyle.

"Bile bile katil olamam!" dedim. "Mr. Hindley elinde bir bıçak ve dolu bir tabancayla bekliyor."

"Beni mutfak kapısından al," dedi.

"Hindley benden önce orada olacaktır," dedim. "Hem bu ne biçim sevgi böyle, bir kar fırtınasına bile dayanamadın! Yaz günleri, ay gökte parladığı sürece, biz de yataklarımızda rahat rahat uyuduk; ama kışın ilk fırtınasıyla birlikte, hemen başını sokacak bir yer arıyorsun! Heathcliff, senin yerinde olsam, gidip onun mezarının üstüne boylu boyunca uzanır, sadık bir köpek gibi ölürdüm. Dünya artık yaşamaya değmez, değil mi? Bende öyle şaşmaz bir kanı uyandırmıştın ki, senin için yaşamak demek Catherine demekti. Onu yitirdikten sonra, yaşamayı nasıl düşünebiliyorsun, aklım almıyor doğrusu."

Hindley kırık pencereye koşarak, "Orada, değil mi?"

diye bağırdı, "Ah, kolumu bir dışarı çıkarabilsem, onu vururum!"

Korkarım, Ellen, beni gerçekten kötü belleyeceksin; ama bütün olanı biteni bilmiyorsun, onun için hemen yargıya varma. Ne pahasına olursa olsun, bir insanın öldürülmesi işine, bu insan *o* da olsa, ne yardım eder ne de kolaylık gösterirdim. Ama onun ölmesini istiyordum; başka çarem yoktu. İşte bunun için, Heathcliff, Earnshaw'un uzanan silahının üzerine atılarak onu elinden çekip alınca müthiş bir hayal kırıklığına uğradım ve o alaylı sözlerimin başıma neler açacağını düşünerek sonsuz bir korkuya kapıldım; elim ayağım titremeye başladı.

Tabanca ateş aldı, bıçak da geriye dönerek sahibinin bileğine saplandı. Heathcliff bilekteki etleri parçalayarak bıçağı var gücüyle çekip çıkardı ve ucundan kanlar aka aka cebine soktu. Sonra bir taş alıp iki pencere arasındaki pervazı indirdi ve odaya atladı. Hindley, dayanılmaz bir acının ve bir atardamardan ya da kalın damarlardan birinden oluk gibi fışkıran kanın etkisiyle yerde baygın yatıyordu. Haydut herif, zavallıyı ayakları altına alıp rasgele bastı tekmeyi, kafasını da tutup tutup döşemenin taşlarına vurdu. Gidip Joseph'a haber vermeyeyim diye bir eliyle de beni tutuyordu. İşini tamamen bitirmemek için ancak insanüstü bir çabayla kendini tutabildi. Sonunda soluksuz kaldı ve onu daha fazla hırpalamaktan vazgeçti. Görünüşte cansız gibi duran bedeni kanepenin üstüne sürükledi. Orada Earnshaw'un ceketinin kolunu yırtarak hayvanca bir hoyratlıkla yarayı sardı; tekmelerken gösterdiği hırsı, şimdi de yarayı sararken tükürerek ve küfürler savurarak gösteriyordu. Ben artık özgür olduğum için, vakit geçirmeden gidip ihtiyar uşağı buldum: Uşak telaşla söylediklerimin anlamını sonunda kavrayınca, aşağıya koştu; merdivenleri ikişer ikişer inerken bir yandan da, "Ne yapacağız şimdi?" diye soluyordu.

Heathcliff, "Şimdi yapacağınız şu!" diye gürledi. "Efendin deli; ömrü yeter de bir ay daha yaşarsa, tımarhaneye göndereceğim. Söyle bakayım şimdi, kapıları sürmeleyip beni dışarıda nasıl bırakırsın, dişsiz köpek? Orada durmuş, ne mırıldanıp homurdanıyorsun! Gel buraya, efendine ben bakacak değilim. Şunları temizle, dikkat et, mumun alevini yaklaştırma, yarıdan çoğu ispirtodur!"

Joseph dehşetle gözlerini ve ellerini havaya kaldırdı, "Demek onu öldürdünüz ha!" diye haykırdı. "Ömrümde böyle bir manzara görmedim hiç! Dilerim Tanrı'dan..."

Heathcliff ona bir tane indirip dizüstü kanların içine yuvarladı ve önüne bir havlu fırlattı. Ama Joseph oraları temizleyeceğine, ellerini kavuşturup duaya başladı. Sözleri öyle garipti ki, gülmem tuttu. Artık o duruma gelmiştim ki, her şey bana olağan geliyordu. Darağacının dibinde bile korku, sakınma nedir bilmeyen suçlular vardır, işte ben de onlar kadar kayıtsızdım.

Acımasız adam, "Ha, seni unutmuştum," dedi. "Bu işi sen yapacaksın. Diz çök şuraya. Bir de onunla bana karşı işbirliği edersin, değil mi? Seni yılan seni! Al bakalım, tam sana göre bir iş!"

Dişlerim birbirine çarpıncaya kadar beni sarstı ve Joseph'ın yanına fırlattı. Joseph hiç istifini bozmadan duasını bitirdikten sonra, dosdoğru Çiftlik'e gideceğine yeminler ederek ayağa kalktı. "Mr. Linton yargıç değil mi, bir değil, elli karısı ölmüş olsa, yine de bu işe el koyması gerekir," diyordu. Adamı kararından döndürmek olanaksızdı. Heathcliff olanı biteni bana anlattırmayı uygun buldu ve beni buna zorladı. Ben istemeye istemeye, onun sorularına yanıtlar vererek olanları anlatırken, o da her kötülüğü yapmaya hazır, gelip başıma dikildi. İlk saldıranın Heathcliff olmadığına ihtiyarı inandırmak çok güç oldu. Benim istemeye istemeye karşılık verişim, onun kuşkusunu daha da artırıyordu. Ama Mr. Earnshaw da

217

biraz sonra, ölmemiş olduğuna onu inandırdı. İhtiyar uşak hemen karışık bir içki yapıp getirdi; efendisi de böylece hemen canlanıp kendine geldi. Heathcliff, düşmanının, baygınken kendisine yapılanların farkında olmadığını bildiğinden, ona, sarhoşluktan çılgına dönmüş olduğunu, kendine karşı yaptığı o çirkin davranışı olmamış sayacağını söyleyerek artık gidip yatmasını önerdi. Bu yerinde öğütten sonra, bizi yalnız bırakıp gidince pek sevindim. Hindley ocak taşının üstüne boylu boyunca uzandı. Ben de bu işten bu kadar ucuz kurtulduğuma şaşarak kendi odama çıktım.

Bu sabah, öğleden yarım saat kadar önce aşağı indiğimde, Mr. Earnshaw'un ocağın başında oturduğunu gördüm; ölüm derecesinde hastaydı. Başının belası o iblis de şömineye yaslanmış duruyordu; onun kadar halsiz, onun kadar beti benzi atıktı. İkisinin de yemek yemeye pek niyeti yok gibiydi. Bütün yemekler soğuyuncaya kadar bekledim, sonra masanın başına geçip yalnız başıma yemeye başladım. Hiçbir şey beni büyük bir iştahla yemekten alıkoymadı. Zaman zaman, hiç sesleri çıkmayan o iki adama göz attıkça, bir tür kıvanç ve üstünlük duyuyor, rahat bir vicdanın verdiği huzuru hissediyordum. Yemeğimi bitirdikten sonra, o zamana dek yapamadığım bir biçimde ocağa yaklaşma yürekliliğini gösterdim. Earnshaw'un oturduğu yerin arkasından geçerek onun yanına, köşeye çömeldim.

Heathcliff benden yana bakmadı. Ben de onun yüzünü, taştan bir yontu seyrediyormuşum gibi, hiç çekinmeden izlemeye dalıp inceden inceye gözden geçirdim. Bir zamanlar mert bir erkek alnı diye beğendiğim, ama artık bir iblisinkinden farksız gördüğüm alnına kara düşüncelerin bulutu düşmüştü; yılan gözlerinde uykusuzluktan, belki de ağlamaktan –çünkü kirpikleri de ıslaktı– fer kalmamıştı. Dudaklarında o her zamanki yabanıl, alaycı bükülüşten iz yoktu; ağzı anlatılmaz bir acıyla sımsıkı mühürlenmiş gibiydi. Karşımdaki başka birisi olsaydı, bu kadar büyük acı karşısında bakamaz, gözlerimi kapatırdım. Ama *onun* bu halde olması beni keyiflendiriyordu. Yenik bir düşmanı aşağılamak belki alçaklıktır, ama onu iğnelemek için elime geçen bu fırsattan yararlanmak istedim; ancak onun zayıf bulunduğu anlarda, bana yaptıklarına aynen karşılık verme zevkini tadabiliyordum.

"Yazık, yazık, küçükhanım!" diye sözünü kestim. "Gören de ömrünüzde bir kez olsun İncil'in kapağını açmamışsınız sanacak. Tanrı düşmanınıza bir felaket vermişse, onu yeter görmeli, üzerine bir de siz gitmemelisiniz. Bu hem küçüklük hem de ayıp olur!"

Isabella, "Genel olarak bunun doğruluğunu kabul ederim, Ellen," diye konuşmasını sürdürdü. "Ama Heathcliff'in başına hangi felaket gelirse gelsin, benim bir payım olmadıkça nasıl rahat edebilirim? Daha az acı çeksin, ama yeter ki o acısına ben neden olayım ve o da bunu *bilsin*. Ah, benden ne çok alacağı var! Onu ancak bir koşulla bağışlayabilirim: Onun bana çektirdiklerinin aynısını ona çektirmekle; içime burgu gibi saplanan her işkenceyi bir işkenceyle ödetmek ve onu benim durumuma düşürmekle. Mademki bu işe ilk başlayan odur, ilk özür dileyen de o olacaktır; işte ondan sonra –işte o zaman– Ellen, belki biraz insafa gelirim. Ama öcümü alabilmem hiç mümkün değil, işte bunun için kendisini bağışlayamam. Hindley biraz su istedi, kendisine bir bardak su uzattım ve nasıl olduğunu sordum.

"İstediğim kadar kötü değilim," dedi. "Yalnız kolum değil, tüm bedenim baştan aşağı sızlıyor; bir ecinni ordusuyla savaşmış gibiyim!"

Ben hemen, "Öyledir, hiç şaşmam," diye lafı yapıştırdım. "Catherine hep, ben varken ağabeyime kimse dokunamaz, diye övünür dururdu; yani onu gücendirme-

mek için bazı kimselerin size zarar vermek istemeyecek-
lerini anlatmak istiyordu. Neyse ki ölüler öyle söylendiği
gibi mezarlarından kalkmıyorlar, yoksa dün gece pek çir-
kin bir şeye tanık olacaktı belki! Bütün göğsünüz, omuz-
larınız yara bere içinde, değil mi?"

"Bilmem," diye karşılık verdi. "Ama ne demek isti-
yorsunuz? Yoksa yerde yattığım sırada bana vurmaya mı
yeltendi?"

"Sizi ayakları altına alıp tekmeledi, yerlere vurdu,"
diye fısıldadım, "bütün bedeninizi dişleriyle didik didik
etme hırsıyla ağzından salyalar akıyordu. Çünkü o bizim
bildiğimiz gibi bir insan değil, ancak yarı insan; o kadar
bile değil, yarıdan fazlası iblis."

Mr. Earnshaw da benim gibi başını kaldırıp ortak
düşmanımızın yüzüne baktı. O, kendi acısının içine gö-
mülmüş, çevresindeki hiçbir şeyin farkında değil gibiydi.
O böyle dikilip durdukça, düşüncelerinin karalığı da git-
tikçe daha çok yüzüne vuruyordu.

Sabrı tükenen Mr. Earnshaw, "Ah, Tanrı, can çekişir-
ken olsun, bana şunu boğacak kadar güç verse, cehenne-
me güle güle girerdim!" diye inledi. Acıdan iki kat olmuş,
yerinden kalkmaya çalışıyordu; ama dövüşecek kadar gü-
cü olmadığını anlayarak üzüntüyle yerine çöktü.

Yüksek sesle, "Yok, yok, yapmayın, birinizi öldürdüğü
yeter," dedim. "Çiftlik'te bilmeyen yok; eğer Mr. Heathcliff
olmasaydı, kız kardeşiniz şimdi yaşıyor olacaktı. Onun ta-
rafından sevilmektense, nefretini kazanmak çok daha iyi.
O gelmeden önce hepimizin ne kadar mutlu olduğunu,
Catherine'in ne kadar mutlu olduğunu hatırlıyorum da, o
güne lanet etmek geliyor içimden."

Herhalde Heathcliff bu sözleri söyleyenin niyetini
pek anlamamıştı, ama söylenenlerin doğru olduğunu du-
yumsamıştı. İlgisinin uyandığını gördüm. Çünkü gözle-
rinden küllerin içine sel gibi yaş boşanıyor, boğulacakmış

gibi güçlükle soluk alıyor, durmadan göğüs geçiriyordu. Açıkça gözümü ona dikerek alaylı alaylı güldüm. Cehennemin bulutlu pencereleri bir an şimşekler saçarak üzerime çevrildi. Ama her zaman bu pencerelerde beliren iblis, şimdi o kadar hayal gibi, suların altında o kadar kaybolmuş gibiydi ki, korkmadan yine alaylı alaylı güldüm.

Yas içinde olan Heathcliff, "Kalk, defol gözümün önünden!" diye homurdandı.

Daha doğrusu, ne dediği anlaşılır gibi değildi, ama böyle söylediğini anladım.

"Özür dilerim," dedim, "ama Catherine'i ben de severdim. Şimdi onun ağabeyine bakım gerekli, Catherine'in hatırı için ona bakacağım. Mademki Catherine öldü, şimdi kardeşini onun yerine koyuyorum. Hindley'nin gözleri onun gözlerinin tıpkısı, eğer onları tırnaklarınızla oymaya çalışarak morartıp kızartmasaydınız. Sonra Catherine'in..."

Heathcliff beni kaçırtmak için şöyle bir davranıp, "Kalk oradan, sersem budala, yoksa şimdi ayaklarımın altına alıp gebertirim seni!" diye bağırdı.

Kaçmaya hazır bir durum alarak, "Ama biliyor musunuz?" diye konuşmamı sürdürdüm, "zavallı Catherine size güvenip de o gülünç, aşağılık, insanı küçülten Mrs. Heathcliff adını alsaydı, o da çok geçmeden bana dönerdi! Sizin bu iğrenç davranışlarınıza ses çıkarmadan duramazdı. Nefret ve tiksintisini ne yapar yapar açığa vururdu."

Earnshaw'un kendisi ve oturduğu kanepenin arkalığı ikimizin arasında olduğundan, beni eliyle yakalamaya çalışmadı; masadan bir yemek bıçağını kaptığı gibi kafama fırlattı. Bıçak kulağımın altına geldi, lafım ağzımda kaldı. Ama ben bıçağı hemen çekip kapıya koştum, çıkarken söylediğim birkaç sözcük herhalde onun attığı bıçaktan daha derin saplanmıştır. Son olarak, onun, öfkeden kudurmuş gibi kapıya doğru atıldığını, Earnshaw'un

221

onu elleriyle yakalayıp tuttuğunu, sonra ikisinin de sarmaş dolaş yere yuvarlandığını gördüm. Mutfaktan kaçarken Joseph'a efendisinin yanına seğirtmesini söyledim; kapının önünde durmuş, yeni doğan bir sürü köpek eniğini bir sandalye arkasına asmaya çalışan Hareton'ı devirip dışarı fırladım. Araf'tan kurtulmuş bir ruh gibi mutlu, yokuştan aşağı sıçrayıp atlayarak koştum; uçtum sanki. Sonra dolambaçlı yolu bırakarak kırlara yöneldim; yarlardan yuvarlanarak, bataklıklara saplanarak koştum. Durmadan, yol gösteren fenere, Çiftlik'in ışığına doğru atılıyordum. Sonuna kadar Cehennem'de kalacaksın, deseler, seve seve razı olurdum da, bir gece için bile olsa, bir daha Uğultulu Tepeler'in damı altına girmezdim.

Isabella durdu; bir yudum çay içti, sonra ayağa kalktı. Bana, şapkasını giydirmemi ve getirdiğim şalı arkasına koymamı söyledi, bir saat daha kalması için yalvarmama hiç kulak asmadı. Bir sandalyenin üstüne çıkıp Edgar'la Catherine'in portrelerini öptü, bana da aynı biçimde veda etti ve sonra Fanny'yle birlikte arabaya bindi; zavallı köpekçik hanımına kavuşunca sevinçten deliye dönmüştü. Isabella artık buralara bir daha dönmemek üzere gitmişti. Ama işler biraz daha düzelince, efendimle ikisi düzenli olarak mektuplaşmaya başladılar. Sanırım yeni evi güneyde, Londra yakınlarındaydı. Kaçtıktan birkaç ay sonra orada bir oğlu oldu. Çocuğa Linton adı verildi. Daha ilk günlerde bile Isabella çocuğun hırçın yaradılışlı, huysuz bir şey olduğunu yazıyordu.

Bir gün köyde Mr. Heathcliff'e rastladım; bana Isabella'nın nerede oturduğunu sordu. Söylemedim. Nerede olursa olsun onun için önemi olmadığını söyledi. "Sakın ağabeyinin yanına geleyim demesin; onu kendim beslemek zorunda bile kalsam, ağabeyinin yanına bırakmayacağım," dedi. Ben kendisine hiçbir bilgi vermedim, ama o, öteki uşakların birinden Isabella'nın oturduğu yeri de, bir çocuğu olduğunu da öğrendi. Yine de onu rahatsız etmedi. Isabella, Heathcliff kendisinden nefret ettiği için şükretmeliydi, çünkü Heathcliff'in uzak durmasının tek nedeni buydu sanırım. Beni gördüğü zaman çocuğu sormadan pek geçmezdi; adını öğrenince kötü kötü güldü ve, "Beni ondan da nefret ettirmek istiyorlar, öyle mi?" dedi.

"Çocuktan haberiniz olmasını bile istemezler sanırım," dedim.

"Ama gerektiğinde onu ellerinden alacağım; bunu iyi bilsinler!" dedi.

Neyse ki çocuğun annesi, Catherine'den on üç yıl sonra, o günü görmeden öldü; küçük Linton o zaman on iki yaşlarındaydı, belki biraz daha fazla.

Isabella'nın o beklenmedik gelişinin ertesi günü efendiyle konuşma olanağını bulamadım. Kimselerle görüşmek istemiyordu. Hiçbir şeyi tartışacak durumda değildi. Kendisiyle görüşebildiğimde, kız kardeşinin, kocasını bıraktığına sevindiğini gördüm. Yumuşak yaradılışından umulmayacak bir öfkeyle Heathcliff'ten nefret ediyordu. Bu nefret, içine öylesine kök salmış, benliğini öylesine sarmıştı ki, ona rastlama ya da adını duyma olasılığı olan yerlere bile gitmekten kaçınırdı. Üstelik bir de kederi, onu tam bir yalnızlığa itti. Yargıçlıktan ayrıldı, kiliseye bile gitmez oldu. Ne olursa olsun köye inmiyordu. Bahçesinden ve çiftliğinden dışarı adım atmıyordu. Hepten kendi köşesine çekilmişti. Yalnız ara sıra kendi başına kırlarda dolaşıyor, bir de, çoğu kez akşamları ya da sabah erkenden, daha kimse sokaklara çıkmadan, karısının mezarına gidiyordu. O kadar iyi bir yüreği vardı ki, çok uzun süre böyle kapkara bir yaşantıyı sürdüremezdi. Linton, Catherine'in ruhu beni hiç rahat bırakmasın, diye dua etmemişti. Zamanla durumu kabullendi; herkes gibi neşeli değildi, ama ondan da tatlı bir hüzün içindeydi. Artık onu sımsıcak bir sevgiyle, bir sevecenlikle anıyor, onun daha iyi bir dünyaya göçtüğünden hiç kuşku duymuyor, kendisi de umutla o dünyayı istiyordu.

Sonra, onu bu dünyada da avutacak, oyalayacak şeyler vardı. Gidenin arkasında bıraktığı o cılız yaratığa karşı ilk günlerde pek ilgi göstermediğini söylemiştim. Bu soğukluk nisan karı gibi çabucak eriyiverdi ve küçük yaramaz daha kekeleyecek, adım atacak duruma gelmeden, babasının gönlüne taht kurdu. Çocuğa Catherine adı verilmişti; ama o, babası için Cathy'ydi; oysa annesinin adını böyle kısaltarak söylediği hiç görülmemişti; Heathcliff böyle yapıyordu da belki ondan. Küçüğü hep Cathy diye çağırıyordu. Ona göre bu ad çocukla annesini hem birbirinden ayırıyor hem de birbirine bağlıyordu. Edgar onu kendi çocuğu olduğu için değil de, daha çok Catherine'den geldiği için seviyordu.

Kafamda Linton ile Hindley Earnshaw'u karşılaştırırdım da, aynı durumda olan bu iki adamın birbirinden niye bu kadar farklı olduğuna bir türlü akıl erdiremezdim. İkisi de karısına düşkün birer kocaydı, ikisi de çocuğuna bağlıydı. Böyle olduğu halde, iyi ya da kötü, ikisinin de niye aynı yolu tutmadığını anlayamıyordum. Hindley daha dayanıklı gibi görünüyordu, ama ne yazık ki daha beter ve daha zayıf çıktı, diye düşünüyordum. Gemisi kayalara çarpınca kaptan yerini bıraktı; tayfalar da gemiyi kurtarmaya çalışacaklarına, başkaldırıp birbirlerine girdiler; talihsiz tekne için hiçbir kurtuluş umudu kalmadı. Oysa Linton, tersine, sadık ve inançlı ruhlara özgü gerçek bir yüreklilik gösterdi: Tanrı'ya güvendi; Tanrı da onu avuttu. Biri umudunu kesmedi, öteki ise kendini umutsuzluğa kaptırdı. İkisi de kendi yazgısını kendi seçti; böyle olunca da, yazgılarına katlanacaklardı. Ama benim bu ahlak derslerimi dinleyecek değilsiniz ya, Mr. Lockwood. Bütün bunlar üzerinde siz de benim kadar yargıya varabilirsiniz; hiç olmazsa, varacağınızı düşünürsünüz, o da aynı şey. Earnshaw'un sonu beklendiği gibi oldu: Kız kardeşinin ölümünü hızla takip etti; araları altı ay ya vardı ya yoktu. Biz Çiftlik'tekiler, Hindley'nin ölünceye kadarki durumunu hiç bilmiyorduk; benim bütün bildiğim, cenaze hazırlıklarına yardım için Uğultulu Tepeler'e gittiğimde öğrendiklerim. Olayı efendime haber vermek için Mr. Kenneth geldi.

Doktor bir sabah atının üstünde avluya girerek, "Eh, Nelly," dedi. O kadar erken gelmişti ki, hemen o anda kötü bir haber alacağım duygusu doğdu içime, telaşlandım. "Artık yas tutma sırası seninle bana geldi," dedi. "Bu kez bizi bırakıp giden kim dersin?"

Heyecanlı heyecanlı, "Kim?" diye sordum.

Atından inip dizginini kapının yanındaki bir halkaya bağlayarak, "Bil bakalım!" dedi. "Önlüğünün ucunu da hazırla; gerekecek çünkü."

"Mr. Heathcliff değil ya?" dedim.

"Ne!" dedi. "Onun için ağlar mısın? Yok, o değil; Heathcliff dinç bir gençtir. Bugün her zamankinden daha canlı duruyor, kendisini az önce gördüm. Canından çok sevdiğini yitireli beri, günden güne hızla toparlanıyor."

Sabırsızlanarak, "Öyleyse kim, Mr. Kenneth?" dedim.

"Hindley Earnshaw! Senin eski arkadaşın Hindley," diye karşılık verdi, "benim de günahkâr sırdaşım. Uzun süredir benim pek başa çıkabileceğim gibi değildi, ama neyse. Gördün mü? Gözyaşı dökeceğiz dememiş miydim? Ama hiç üzülme! Tam kendine yaraşır bir durumda, körkütük sarhoş öldü, zavallı delikanlı! Ben de çok üzüldüm. Ne olursa olsun, insan eski bir dostu özlemeden edemiyor. Oysa insanın aklına gelebilecek tüm kötülükler onda vardı, bana da çok çektirmişti. Ancak yirmi yedi yaşındaydı sanırım; demek tam senin yaşında. Kim derdi ki aynı yıl doğmuşsunuz!"

Açıkça söyleyeyim ki, bu darbe bana Mrs. Linton'ın ölümünden de ağır geldi. Eski anılar hâlâ içimdeydi. Mr. Kenneth'a, kendisini efendimin yanına götürecek başka bir hizmetçi bulmasını rica ederek kapının önüne oturdum, bir akrabam ölmüş gibi ağladım. Acaba Hindley eceliyle mi öldü, diye düşünmekten kendimi alamıyordum. Ne yaptımsa bunu kafamdan atamadım. Bu düşünce kafama öyle takılmıştı ki, bir türlü rahat edemeyerek Uğultulu Tepeler'e gidip ölüye yapılması gereken işlere yardım etmek için efendimden izin almaya karar verdim. Mr. Linton gitmeme pek yanaşmadı, ama öylesine etkili sözlerle yalvarıp yakardım ki! "Zavallı, hiç kimseciği yok," dedim. "Hem sonra," diye ekledim, "eski efendimin ve sütkardeşimin benden hizmet beklemeye sizin kadar hakkı var." Üstelik küçük Hareton'ın da kendi karısının yeğeni olduğunu, şimdi hayatta daha yakın bir akrabası bulunmadığına göre, onun da vasisinin kendisi olması gerektiğini hatırlattım. Sonra, kalan mal mülkün ne olduğunu araştırmak, eşinin kardeşinin işlerine bakmak da ona düşerdi, hem bakmalıydı da. Kendisi daha böyle şeylerle uğraşacak durumda olmadığından, bu şeyleri görüşmem için beni avukatına yolladı; ve sonunda Uğultulu Tepeler'e gitmeme razı oldu. Onun avukatı aynı zamanda Earnshaw'un da avukatıydı. Köye gidip benimle gelmesini söyledim. Başını iki yana sallayarak gelemeyeceğini bildirdi ve Heathcliff ne yaparsa yapsın karışmamamızı öğütledi. Gerçek ortaya çıkarsa, Hareton'ın dilenciden farkı olmadığını anlayacağımızı ileri sürdü.

"Babası borç içinde öldü," dedi. "Mülk tümüyle ipotek edilmişti. Asıl mirasçı için tek kurtuluş yolu, alacaklının yüreğinde bir parça olsun ilgi uyandırma olanağını kendisine sağlamaktır; belki o zaman çocuğa daha hoş görülü davranır."

Tepeler'e varınca, her şeyin gereği gibi yapılmasına

göz kulak olmak için geldiğimi söyledim. Oldukça sıkışık durumda kalan Joseph, beni görünce pek sevindi. Mr. Heathcliff bana gerek olduğunu pek sanmadığını, ama istiyorsam kalıp cenaze işleriyle uğraşabileceğimi söyledi. "En uygunu, bu sersemin cesedini dört yol ağzına gömmek; hiç tören filan da istemez," dedi. "Dün öğleden sonra on dakika yanından ayrılacak oldum, hemen arkamdan salonun iki kapısını da içeriden kilitleyip beni içeri almadı, geceyi de ölesiye içerek geçirdi, hem de bunu bilerek, isteyerek yaptı! Bu sabah beygir gibi soluduğunu duyup kapıyı zorlayarak içeri girdik; kanepenin üzerine boylu boyunca uzanmış yatıyordu. Derisini yüzsen uyanmayacaktı. Kenneth'ı çağırttım, adam geldi, ama o gelinceye kadar da bu hayvan herifin leşi çıktı. Ölmüş, buz olmuş, kaskatı kesilmişti. Artık ondan sonra daha fazla telaşa gerek olmadığını sen de kabul edersin!"

İhtiyar uşak da bu sözlerin doğru olduğunu söyledi, ama şöyle homurdandı:

"Keşke doktora Heathcliff gitseydi, bence daha iyi olurdu! Ben efendiye ondan daha iyi bakardım; ben bıraktığımda ölü değildi, hayır, ölü filan değildi!"

Gereği gibi cenaze töreni yapılmasında direttim. Mr. Heathcliff ne istersem yapmamı, ancak tüm masrafların kendi kesesinden çıktığını unutmamamı söyledi. Duygusuz, kayıtsız bir hali vardı. Ne sevindiği ne üzüldüğü belliydi. Halinde ancak, güç bir iş başarmış olmanın verdiği katı, acımasız bir hoşnutluk seziliyordu. Yalnız bir kez, tabutu tam evden çıkarırlarken, yüzünde sevince benzer bir şey görür gibi oldum. Heathcliff yas giysisi giyecek kadar ikiyüzlülük gösterdi, Hareton'la birlikte cenazeyi izlemeden önce, talihsiz yavruyu tutup masanın üstüne kaldırdı ve garip bir zevkle, "Şimdi artık *benim* oldun, oğlum! Göreceğiz bakalım, aynı hırpalayıcı rüzgâr karşısında başka başka iki ağaç aynı biçimde bozulur muymuş, bozulmaz mıymış!" dedi. Dünyadan haberi olmayan zavallı yavrucak bu sözlerden pek hoşlandı. Heathcliff'in bıyıklarıyla oynuyor, yanağını okşuyordu. Ama ben ne demek istediğini hemen anlamıştım. Sert sert, "Bu çocuk benimle Thrushcross Çiftliği'ne gidecek, efendim. Yeryüzünde sizin olmayan bir şey varsa, o da bu çocuktur!" dedim.

"Linton böyle mi diyor?" diye sordu.

"Elbette, onu alıp gelmemi söyledi," dedim.

Hain herif, "Neyse," dedi, "şimdi bu konuyu tartışacak değilim. Ama aklıma koydum, bir çocuk yetiştirmeyi denemek istiyorum. Onun için efendine haber ver, eğer bunu elimden almaya kalkarsa, onun yerine kendi çocuğumu getirmek zorunda kalacağım. Hareton'ı öyle kolay kolay elimden salıverecek değilim. Ötekini alacağımdan kesinlikle emin olmalıyım önce! Bunu efendine söylemeyi unutma."

Bu sözler elimizi kolumuzu bağlamaya yetti. Eve gidince, söylediklerini kısaca anlattım; zaten başından bu işe pek ilgi göstermeyen Edgar Linton, bir daha bunun sözünü bile etmedi. İsteseydi de bir şey yapabilir miydi, bilmiyorum.

Uğultulu Tepeler'deki konuk, şimdi oranın sahibi olmuştu. Hem de adamakıllı! Earnshaw'un, bütün toprağını, kumara olan çılgın tutkusu yüzünden peşin para karşılığında rehine koyduğunu, rehin karşısında bu parayı verenin de kendisi, yani Heathcliff olduğunu avukata kanıtladı; avukat da Mr. Linton'a kanıtladı. İş böyle olunca, babasının ölümünden sonra buranın en varlıklısı olması gereken Hareton da, hepten babasının azılı düşmanının eline bakar duruma düştü. Şimdi kendi evinde bir uşak gibi yaşıyor; dahası, uşakların aldığı paradan bile yoksun. Hakkını isteyip alması da olanaksız. Çünkü ne bir dostu var ne de kendine yapılan haksızlıktan haberi.

18

Bu sıkıntılı günlerden sonra gelen on iki yıl, diye devam etti Mrs. Dean, yaşamımın en mutlu yılları oldu. Bu süre içinde en büyük dertlerim bizim küçükhanımın geçirdiği önemsiz hastalıklardı, zaten varlıklı olsun, yoksul olsun, bu hastalıkları geçirmeyen çocuk yoktur. Altı aydan sonra küçük Catherine bir çam fidanı gibi gelişti ve Mrs. Linton'ın toprağı üstündeki funda ikinci kez çiçek açmadan, kendine göre yürüyüp koşmaya başladı. Pek şeker bir şeydi; ıssız, iç karartan evimizi güneş gibi aydınlatıp ısıttı. Yüzü son derece güzeldi. Tatlı kara gözlerini Earnshaw'lardan, beyaz tenini, ince çizgilerini, lüle lüle sarı saçlarını da Linton'lardan almıştı. Ateşli bir yaradılışı vardı, ama kırıcı değildi: Çok duygulu ve sevdiğini çok candan seven bir yüreği vardı. Bu kadar derinden sevebilmesi bana annesini hatırlatıyordu, ama annesine benzemiyordu. Çünkü isterse bir kumru kadar yumuşak başlı ve uslu olurdu. Tatlı, hafif bir sesi ve ağırbaşlı bir yüzü vardı; öfkesi hiçbir zaman taşkın, sevgisi de hırçın değildi, derinden ve yumuşaktı sevgisi. Ama tabii bu iyi yanlarını bozan kusurları da yok değildi. Örneğin, saygısız olabiliyordu; sonra, yumuşak başlı olsun, aksi olsun, şımartılan tüm çocuklarda görülen söz dinlemezlik onda da vardı. Uşaklardan biri bilmeyerek onu kızdıracak olsa, ilk sözü hep, "Babama söyleyeyim de gör!" olurdu. Babası biraz sert bakacak olsa, son derece alınırdı. Kızına karşı ağzından bir kez olsun sert bir söz çıktığını duymadım. Linton onun eğitimini tümüyle üzerine aldı ve bunu kendine bir eğlence edindi. Neyse ki küçük kız da merak ve zekâsıyla iyi bir öğrenci oldu. Çabuk ve hevesle öğreniyor, babasının emeklerini boşa çıkarmıyordu.

On üç yaşına gelinceye kadar bir kez olsun bahçe

duvarından dışarı yalnız başına çıkmamıştı. Arada bir Mr. Linton kızını alır, bir-iki mil kadar uzağa götürürdü; ama başka kimseyle bırakmazdı. Gimmerton, Catherine için adı var, kendi yok bir yerdi. Evinden başka yanına yaklaşıp içine girdiği tek yapı şapeldi. Uğultulu Tepeler ile Mr. Heathcliff'in varlığından haberi bile yoktu. Tam anlamıyla dört duvar arasında yaşıyordu ve görünüşte de durumundan hoşnuttu. Bazen, odasının penceresinden dışarıyı seyrederken şöyle sorardı:

"Ellen, şu dağların tepesine ne zaman çıkacağım? O tepelerin ötesinde ne var acaba, deniz mi?"

"Hayır, Miss Cathy," derdim, "yine tepeler var, tıpkı bunlar gibi."

Bir kez de, "Buradan altın gibi parlayan şu kayalar, altlarında durup bakınca nasıl görünür ki?" diye sormuştu.

Penistone Kayalıkları'nın yalçınlığı özellikle dikkatini çekiyordu; hele batmakta olan güneş onların ve göklere yükselen tepelerinin üzerine vurup pırıl pırıl parladığında, başka her yer gölgeler içinde serilip kaldığında. Onların çıplak taş yığınlarından başka bir şey olmadığını, taşların arasında bodur bir ağaç yetişecek kadar bile toprak bulunmadığını anlattım.

Bu kez de, "Peki ama, buralarda çoktan akşam olduğu halde, onlar neden hâlâ ışık içinde öyle?" diye sordu.

"Onlar bizim olduğumuz yerden oldukça yüksekte de ondan," dedim. "Onların tepesine çıkmak sizin harcınız değil; çok yüksek ve diktirler. Kışın don önce orada başlar, sonra buralara gelir. Kuzeydoğu yönündeki şu kapkara kovuğu görüyorsunuz ya, işte ben ta yaz ortasında bile orada kar buldum!"

Sevinçle, "Ah, sen oralara çıktın demek!" diye bağırdı. "Öyleyse ben de büyüyünce gidebileceğim demektir. Babam da gitti mi oraya, Ellen?"

"Sorarsanız babanız da söyler ya, küçükhanım," dedim, "oralara gitmeye değmez. Birlikte dolaştığınız kırlar oralardan çok daha güzeldir; dünyada da Thrushcross Çiftliği'nin bahçesinden daha güzel bir yer yoktur."

Catherine kendi kendine, "Ama ben bahçeyi biliyorum, oraları ise hiç bilmiyorum," diye mırıldandı. "Bir gün çıkıp şu tepenin en yüksek yerinden çevreyi seyretmek pek hoşuma gidecek. Bir gün küçük midillim Minny beni oralara götürür elbet."

Hizmetçi kızlardan biri ona Peri Mağarası'ndan söz edince, düşündüğünü yapmayı iyice aklına koydu. Bu yüzden babasına hiç rahat vermedi. Babası da söz verdi, biraz daha büyüsün, oraya gidebilecekti. Ama Miss Catherine yaşını aylarla ölçüyordu ve hiç durmadan soruyordu: "Penistone Kayalıkları'na gidecek kadar büyüdüm artık, değil mi?" Kayalıklara giden yol Uğultulu Tepeler'in yakınlarından geçerdi. Edgar'ın oradan geçmeye yüreği dayanmıyordu. Onun için küçükhanım bu sorusuna hep, "Daha o kadar büyümedin, yavrum, daha o kadar büyümedin," yanıtını alıyordu.

Isabella'nın, kocasını bıraktıktan sonra on iki yıl kadar yaşadığını söylemiştim. Bütün Linton ailesi zayıf nahif insanlardı. Edgar da, kız kardeşi de genellikle bu yöredeki o gürbüz, sağlam insanlara benzemiyorlardı. Isabella'nın son hastalığının ne olduğunu tam bilmiyorum; iki kardeşin de aynı şeyden öldüğünü sanıyorum. Hafif hafif başlayıp gittikçe hızlanan, insanı eritip tüketen, iyileştirilmesi olanaksız, ateşli bir hastalık. Isabella ağabeyine mektup yazıp dört aydır sağlığının pek iyi olmadığını ve bunun beklenen sonucunu bildirdi, mümkünse gelmesini rica etti. Çünkü çözümlenmesi gereken pek çok şey vardı, sonra ağabeyine veda etmek ve Linton'ı ona emanet etmek istiyordu. "Umarım benim yanımdayken ona nasıl dokunmadılarsa, senin yanında da ses çıkarmadan bırakırlar," diyordu. Çocuğun babası ona bakma ve onu yetiştirme zahmetine katlanmak niyetinde değildi; daha doğrusu, bunun böyle olduğuna inanmak Isabella'nın içini rahatlatıyordu. Efendim kız kardeşinin bu dileğini hiç duraksamadan yerine getirdi. Günlük işler için evinden çıkmayı istemezken, bu kez uçar gibi gitti. Benim uyanıklığıma güvenerek Catherine'i kendisi evde yokken bakmam için bana teslim etti. Benimle de olsa, bahçeden dışarı bir adım atmaması için sıkı sıkı emir verdi. Kızının tek başına çıkıp gideceği aklına bile gelmiyordu.

Kız kardeşinin yanında üç hafta kaldı. Catherine bir-iki gün kitaplığın bir köşesine çekilip oturdu; o kadar üzgündü ki, ne kitap okuyabiliyor ne de oyun oynayabiliyordu. Böyle uslu uslu oturduğu sürece bana hiç yük olmadı. Ama sonra üzerine bir sabırsızlık, bir sinirlilik ve usanç geldi. Ben de, hem işim başımdan aşkın olduğundan hem de artık onu eğlendirmek için oraya buraya koşacak yaşta olmadığımdan, kendi kendine eğlenebileceği bir şey düşündüm: Onu Çiftlik'in sınırları içinde gezmeye gönderiyordum, bazen yaya, bazen de midillisiyle. Dönüşünde de, anlattığı bütün gerçek ve uydurma serüvenleri, sabırla, hiç sesimi çıkarmadan dinliyordum.

Artık tam yaz başlangıcıydı. Catherine yalnız başına yaptığı bu gezintilerden o kadar tat almaya başladı ki, çoğu zaman ne yapıp edip sabah kahvaltısından ikindi çayına kadar eve girmiyordu. Sonra eve gelince de akşamlarını, uydurup uydurup anlattığı şeylerle geçiriyordu. Çiftlik'in sınırları dışına çıkacak diye korkmuyordum; çünkü bahçe kapıları çoğu kez kilitli dururdu. Kapılar ardına kadar açık olsa bile yalnız başına daha ötelere gitme yürekliliğini göstereceğini sanmıyordum. Ne yazık ki bu güvenim boşa çıktı. Bir sabah saat sekizde Catherine yanıma gelip o gün kervanıyla çölden geçen Arap tüccar oyununu oynayacağını söyledi. Hem kendisine hem de hayvanlarına bol bol yiyecek hazırlamamı istedi. Öyle ya,

232

bir at ile üç devesi vardı, yanına aldığı kocaman bir tazı ile bir çift av köpeği de develeriydi. Çeşitli ve bol yiyecek hazırladım, bunları bir sepete koyarak eyerinin kenarına astım. Temmuz güneşinden korunmak için taktığı geniş kenarlı şapkası, ince bürümcük tülüyle bir peri kadar şen, midillisine atladı, dört nala gitmemesi ve erken dönmesi için yaptığım uyarılarla alay edip neşeli bir kahkaha attıktan sonra atını sürüp gitti. Yaramaz çocuk, çay vakti olduğu halde görünürlerde yoktu. Yalnız, yolculardan biri, o kocaman tazı, yaşlı ve rahatına düşkün bir köpek olduğundan dönüp gelmişti. Ama ne Cathy ne midillisi ne de yanındaki iki av köpeği bir yerde görünüyordu. O yana, bu yana adamlar koşturdum, sonunda da kendim aramaya çıktım. Çiftliğin bittiği yerde, fidanlığın çevresindeki çitte bir rençper çalışıyordu. Küçükhanımı görüp görmediğini sordum.

"Sabahleyin gördüm," diye karşılık verdi. "Bana bir fındık dalı kestirdi, sonra da atını, nah şuradan, çitin en alçak yerinden atlatıp dört nala gözden kayboldu."

Bunu duyunca ne hale geldiğimi gözünüzün önüne getirebilirsiniz. Hemen, Penistone Kayalıkları'na gitti kesinlikle, diye düşündüm. "Eyvah! Başına neler geldi kim bilir?" diye haykırarak, adamın düzeltmekte olduğu bir aralıktan dışarı fırladım ve doğruca şosenin yolunu tuttum. Yarışa çıkmış gibi alabildiğine yürüdüm; sonunda bir dönemeçte Tepeler karşıma çıktı. Ama uzak yakın hiçbir yerde Catherine'den bir iz göremiyordum. Kayalıklar Mr. Heathcliff'in evine bir buçuk mildir; ev de Çiftlik'ten dört mil tutar. Onun için ben Kayalıklar'a varmadan karanlık basacak diye korkmaya başladım. Ya tırmanacağım derken kayıp düştüyse, ya öldüyse ya da bir yanı kırıldıysa, ne yaparım? diye düşünüyordum. Bu kuşku beni öldürüyordu. Tepeler'in yanından hızlı hızlı geçip giderken, bir de baktım, av köpeklerinin en azılısı olan

Charlie bir pencerenin altında, kafası şişmiş ve kulağı kan içinde, yatıyor; o anda öyle sevinip ferahladım ki! Küçük bahçe kapısını açıp evin kapısına koştum, açtırmak için olanca gücümle vurdum. Eskiden Gimmerton'da oturan, tanıdığım bir kadın kapıyı açtı; buraya Mr. Earnshaw öldükten sonra gelmişti.

"Ha," dedi, "küçükhanımını arıyorsun, değil mi? Telaşlanma, burada, sapasağlam. Ama kapıyı çalanın bizim efendi olmadığına pek sevindim."

Soluk soluğa, "Demek efendi evde yok, öyle mi?" diye sordum. Koşmaktan ve telaştan soluğum çıkmıyordu.

Kadın, "Hayır, evde değil," dedi. "O da, Joseph da yoklar. Birkaç saatten önce de dönmezler sanırım. İçeri gir de biraz dinlen."

İçeri girdim, baktım, benim avare kuzucuk ocağın önüne oturmuş, çocukken annesinin olan küçük bir sandalyeye kurulmuş sallanıyordu. Şapkası duvarda asılıydı. Kendi evindeymiş gibi rahat rahat oturuyordu. Neşesi de pek yerindeydi. Durmadan Hareton'a bir şeyler anlatıyor, kah kah gülüyordu. Artık on sekiz yaşında, güçlü kuvvetli bir delikanlı olan Hareton büyük bir merak ve şaşkınlıkla Cathy'ye gözlerini dikmiş, bakıyordu; Cathy'nin durmadan söylediği sözleri ve sorduğu şeyleri anladığı filan yoktu.

Sevincimi belli etmedim. Hemen suratımı asarak, "Aferin, aferin küçükhanım!" diye çıkıştım. "Babanız gelinceye kadar size bir daha gezinti yok! Bir daha kapının eşiğinden ayağınızı attırmayacağım. Yaramaz, söz dinlemez kız!"

"Sen misin, Ellen?" diye neşeyle bağırıp yerinden fırladı ve yanıma koştu. "Bu gece sana anlatacak pek güzel bir masalım var. Demek sonunda beni buldun! Ömründe buraya hiç gelmiş miydin, Ellen?"

"Haydi, şapkanızı giyin bakalım, doğru eve," dedim.

"Doğrusu sizden böyle bir şey beklemezdim, Miss Cathy. Çok kötü yaptınız. Somurtmanın da, ağlamanın da yararı yok; bu bana çektirdiğiniz sıkıntıyı gidermez; sizi bulmak için aramadığım yer kalmadı. Mr. Linton'ın sizi dışarı bırakmamam için yaptığı uyarıları düşünüyorum da! Siz de böyle alıp başınızı gidin, olur şey değil! Bu sizin kurnaz bir tilki olduğunuzu gösteriyor, artık bundan sonra kimse size inanmaz."

Cathy birden neşesi kaçarak, "Ne yaptım ben?" diye hıçkırdı. "Babam bana bir şey söylemedi, babam bana bir şey demez. Ellen, o senin gibi değil, hiç kızmaz."

"Haydi, haydi, çabuk olun," diye yineledim. "Şapkanızın kurdelesini ben bağlayayım. Huysuzluk istemez şimdi. Aman ne ayıp! On üç yaşında koskoca kız, böyle bebeklik olur mu hiç!"

Bu sözleri söylememin nedeni, şapkasını başından fırlatması ve şöminenin yanına, benim ulaşamayacağım bir yere kaçmasıydı.

Hizmetçi kadın, "Yok, yok, Mrs. Dean, bu güzel kızı böyle azarlamayın," dedi, "onu biz bırakmadık. Kendisi, siz merak edersiniz diye, durmadan eve gitmek istiyordu, ama Hareton onunla gitmeyi teklif etti, ben de iyi olacağını düşündüm. Bu tepelerde yollar çok kötü."

Bu konuşmalar süresince Hareton, elleri ceplerinde, ayakta dikiliyordu. Beceremeyeceği için hiç söze karışmıyordu; ama benim işe karışmamdan hoşlanmadığı anlaşılıyordu.

Kadının sözlerini duymazdan gelerek, "Daha ne kadar bekleyeceğim?" dedim. "On dakika sonra karanlık basacak. Midilliniz nerede, Miss Cathy? Peki ya Phoenix nerede? Çabuk olmazsanız, sizi bırakıp gideceğim. Canınızın istediğini yapın."

Cathy, "Midillim avluda," dedi. "Phoenix de şurada kapalı duruyor. Onu ısırdılar, Charlie'yi de ısırdılar. Hepsini anlatacaktım, ama senin öfken üstünde, hem de değmez sana anlatmaya zaten."

Şapkasını yerden aldım, giydirmek için yanına yaklaştım; ama ev sahiplerinin kendinden yana olduğunu anlayınca, odada oradan oraya kaçmaya, ben yalvarmaya kalkınca da fare gibi koşup eşyaların üzerinden atlamaya, altlarına girmeye, arkalarına saklanmaya başladı. Beni pek gülünç bir duruma soktu. Hareton ile kadın kahkahayla gülüyorlardı. O da onlarla bir oldu ve daha çok azıttı. En sonunda müthiş öfkelenerek bağırdım: "Ama Miss Cathy, burasının kimin evi olduğunu bilseniz, nasıl kaçacağınızı bilmezdiniz!"

Cathy, Hareton'a dönerek, "Sizin babanızın evi, değil mi?" dedi.

Hareton gözlerini yere indirip utancından kıpkırmızı kesilerek, "Hayır," diye karşılık verdi.

Catherine yüzüne biraz fazla baksa, Hareton gözlerini yerden kaldıramıyordu; oysa onun gözleri de tıpkı kendi gözlerine benziyordu.

Cathy, "Kimin öyleyse, efendinin mi?" diye sordu.

Hareton daha da kızardı, ama bu kez utancından değildi; bir küfür homurdanıp arkasını döndü.

İnatçı kız bana dönüp, "Kim bunun efendisi?" diye sordu. "Biraz önce hep, 'Bizim ev, bizimkiler,' diyordu da, ben de onu ev sahibinin oğlu sandım. Sonra bana hiç Miss demiyordu; uşaksa öyle demesi gerekirdi, değil mi?"

Hareton bu çocukça sözleri duyunca bir fırtına bulutu gibi kapkara kesildi. Sesimi çıkarmadan Cathy'yi dürttüm, sonunda da onu yola çıkmak için hazırlayabildim.

Cathy akrabası olduğunu bilmediği o delikanlıya dönerek Çiftlik'te kendi uşaklarından birine buyuruyormuş gibi, "Haydi bakalım, atımı getir," dedi, "istersen benimle gelebilirsin. Bataklıkta şeytan avcısının göründüğü yeri görmek, *peri* dediğin o şeyler neymiş senden dinlemek isterim. Ama haydi, çabuk ol! Ne duruyorsun? Atımı getir diyorum sana."

Delikanlı, "Cehenneme kadar yolun var, ben *senin* uşağın değilim!" diye homurdandı.

Catherine şaşırarak, "*Ne* dedin sen?" diye sordu.

Hareton, "Cehenneme kadar, dedim; şımarık cadı seni!" diye karşılık verdi.

Ben hemen araya girdim: "Alın bakalım, Miss Cathy! Gördünüz mü, kendinize ne güzel bir arkadaş bulmuşsunuz. Doğrusu tam bir genç kızın duyacağı sözler! Rica ederim, karşılık verip de işi uzatmayın! Haydi, gelin, Minny'yi kendimiz bulalım da çıkıp gidelim."

Catherine gözlerini açmış, şaşkınlıktan donakalmıştı, "Ama, Ellen," dedi, "bana nasıl böyle sözler söyleyebiliyor? İstediğimi ona yaptırmam gerekmez mi? Seni kötü çocuk seni! Bana dediklerinin hepsini babama söyleyeceğim, haydi, atımı getirme de göreyim!"

Hareton bu sözlere aldırış bile etmedi. Catherine'in gözleri öfkesinden dolu dolu oldu. Kadına dönerek, "Midillimi sen getir!" diye bağırdı. "Köpeğimi de çabuk bırakın!"

Kadın, "Yavaş olun, küçükhanım," dedi, "terbiyeli davranmakla bir şey kaybetmezsiniz. Mr. Hareton efendinin oğlu değil, ama sizin kuzeninizdir; sonra, ben de size uşak tutulmadım."

Cathy küçümseyen bir kahkahayla, "O mu benim kuzenim?" diye bağırdı.

Kadın, "Elbette ya," diye karşılık verdi.

Catherine kötü durumdaydı. "Ne olur, Ellen," diye yalvardı, "böyle şeyler söyletme onlara, babam benim kuzenimi getirmek için Londra'ya gitti. Benim kuzenim bir efendi oğlu. Bu, benim..." Sözünü bitiremedi, açıktan açığa ağlamaya başladı. Böyle bir kabadayıyla akraba çıkma olasılığı bile onu altüst etmişti.

"Hişşt, hişşt!" diye fısıldadım. "İnsanın birçok kuzeni olabilir, Miss Cathy, hem de türlü türlü; bundan insana bir zarar gelmez ki! Yalnız bu kuzenler huysuz ve densiz kimselerse, insan onlarla görüşüp konuşmaz, o kadar!" Düşündükçe daha da üzülen Catherine, "Değil, benim kuzenim değil o, Ellen!" diyerek bu olasılığı kafasından atmak için kollarımın arasına atıldı.

Birbirlerine açıldıkları için küçükhanıma da, hizmetçi kadına da çok kızdım. Catherine'in verdiği haber, babasının yakında geleceği haberi, Heathcliff'e yetiştirilecekti kuşkusuz; Catherine'in de, babası döner dönmez ilk işi, hizmetçi kadının o saygısız akrabasıyla ilgili sözlerinin doğru olup olmadığını anlamak olacaktı, bundan hiç kuşkum yoktu. Hareton'ın uşak sanıldığı için duyduğu kızgınlık geçmişti. Catherine'in hali ona dokunmuşa benziyordu. Midillisini kapının önüne çektikten sonra, onu yatıştırmak için, köpek kulübesinden paytak bacaklı güzel bir av köpeği yavrusu çıkardı ve eline verdi; "Sus artık," dedi, "bir şey yapmadım ki." Catherine sızlanmayı bırakıp delikanlıyı dehşet ve korkuyla süzdü, sonra yeniden hıçkıra hıçkıra ağlamaya başladı.

Catherine'in zavallı çocuğa bu kadar tepki duymasına gülümsemekten kendimi alamadım. Hareton güçlü kuvvetli, atletik bir delikanlıydı; yüzü güzel, kendi dinç ve sağlıklıydı. Ama kılığı kıyafeti tam yaptığı işlere uygundu; işi gücü tarlada çalışmak, kırlarda tavşan ve başka avlar peşinde koşmaktı. Yine de yüzünden, kafaca, babasında bulunmayan daha üstün niteliklere sahip olduğu anlaşılıyordu. Onda, sık, yabani otlar arasında kaybolmuş iyi türden şeyler vardı kesinlikle; bu yabani otlar alabildiğine gelişip çoğalarak, bakımsız bırakılan ötekileri bastırmıştı. Yine de toprağın verimli olduğu belliydi; değişik ve elverişli koşullar altında bol ve bereketli ürün verebilecek gibiydi. Mr. Heathcliff'in çocuğa el kaldırdığını, onu bedenen hırpaladığını sanmıyorum; neyse ki çocuğun gözü böyle şeylerden yılacak gibi değildi de, insanda o türlü eziyet etme hevesini uyandırmıyordu. Heathcliff'e göre, karşısındaki ürkek ve yılgın olmadıktan sonra, eziyet ve işkence etmenin tadı olmazdı; bu çocukta da o yoktu. Heathcliff, çocuğu bir hayvan gibi yetiştirmekle hırsını çıkarmışa benziyordu. Zavallı, okuyup yazmak nedir bilmiyordu; koruyucusunun canını sıkmadıktan sonra, kötü davranışlarından dolayı kendisine çıkışan olmamıştı; ona güzel bir adım attıran, bir tek öğüt verip, "Bu kötüdür, bunu yapma," diyen olmamıştı. Duyduğuma göre, çocuğun bu duruma gelmesine biraz da Joseph neden olmuştu. Bu da, başını sonunu düşünmeden hep ondan yana çıkmak yüzündendi. Eski ailenin şimdiki başı o diye, çocukken, Hareton'ın her davranışını hoş karşılamış, onu şımartmıştı. Eskiden nasıl, "Efendiyi içki içmeye yönelten hep bu Catherine Earnshaw'la Heathcliff; o yolsuz davranışlarıyla adamın sabrını tüketiyorlar," diyorduysa, şimdi de Hareton'ın bütün kabahatlerini onun malını elinden alan adamın omuzlarına yüklüyordu. Çocuk küfredecek olsa, Joseph hiç sesini çıkarmıyordu; en kötü hareketi de yapsa, yine bir şey demiyordu. Anlaşılan Joseph, çocuğun böyle alabildiğine kötülüklere saplanmasından zevk duyuyordu. İhtiyar adam nasıl olsa çocuk için kurtuluş olmadığını, ruhunun sonsuz azaba mahkûm olduğunu kabul ediyordu. Ama bunun hesabını verecek olan Heathcliff; bu ondan sorulacaktır, diyordu kendi kendine. İşte bu düşünce onun için büyük bir avuntuydu. Joseph, Hareton'ın, aile adından ve soyundan dolayı gurur duymasını sağlamış, bunu çocuğun içine sindirmişti. Korkmasa, onunla Tepeler'in şimdiki sahibi arasına nefret de sokardı. Ama Heathcliff'ten korkusu, tutku derecesindeydi. Onun için Heathcliff'e karşı beslediği duyguyu, ancak homurdana homurdana söylediği birtakım üstü kapalı sözlerle ve Tanrı tarafından gönderilecek gazapları sıralayarak belirtiyordu. O günlerde Uğultulu Tepeler'de nasıl bir yaşantıları vardı, pek bilmiyorum, yalnız duyduklarımı söylüyorum, çünkü kendim fazla bir şey görmedim. Köylüler, Mr. Heathcliff'in, adamlarına *eli sıkı*, acımasız ve sert davrandığını söylüyorlardı. Ama evin içi, bir kadın eline geçince, yine o eski zamanlardaki rahatlığını bulmuştu. Hindley zamanında hiç eksik olmayan o gürültülü patırtılı olaylar da yoktu artık. Evin efendisi, iyi kötü, hiç kimseyle ahbaplık edemeyecek kadar üzüntü içindeydi. Hâlâ da kimseyle arkadaşlık etmez.

Ama bunları anlatırken hikâyemiz kalıyor. Miss Cathy köpek aracılığıyla yapılan barış teklifini geri çevirdi; kendi köpekleri Charlie ile Phoenix'i istedi. Köpekler topallaya topallaya, kafaları önlerine düşmüş halde geldiler; hepimiz keyifsiz, küskün, eve doğru yollandık. O günün nasıl geçtiğini Catherine'e bir türlü söyletemedim. Yalnız şu kadarını öğrenebildim: Tahmin ettiğim gibi, küçükhanımın niyeti Penistone Kayalıkları'na gitmekmiş. Kazasız belasız çiftliğin kapısına vardığında, Hareton da bir rastlantıyla dışarı çıkıyormuş, yanında da köpekler varmış; bunlar Catherine'inkilere saldırmışlar. Sahipleri araya girip de ayırıncaya kadar adamakıllı bir boğuşma olmuş. İkisi de böylece tanışmış. Catherine, Hareton'a kim olduğunu, nereye gittiğini söylemiş ve kendisine yolu sormuş; sonunda da onu birlikte gitmeye kandırmış. Hareton ona Periler Mağarası'nı ve daha yirmi kadar acayip yeri gezdirip dolaştırmış. Ama artık gözünden düştüğüm için, Catherine gördüğü ilginç şeyleri bana anlatma lütfunda bulunmadı. Ama şunu anladım ki, Cathy, Hareton'a uşakmış gibi davranıp onu kızdırıncaya kadar kılavuzundan pek hoşlanmıştı. Sonra, delikanlının ona karşı kullandığı dil de içine işlemişti. Çiftlik'te herkesin "canım", "şekerim", "kraliçem", "meleğim" dediği Cathy'ye bir yabancı böyle davransın, olur şey değildi! Bunu aklı almıyordu; Catherine'den, olanı biteni babasına anlatıp yakınmayacağı sözünü alıncaya dek çok uğraştım. Kendisine, babasının Tepeler'dekilerden hiç hoşlanmadığını, oraya gittiğini anlarsa çok üzüleceğini anlattım. Ama özellikle şunu belirttim: Eğer babasının buyruklarını uygulamada savsaklık gösterdiğimi açığa vuracak olursa, belki de babası o kadar kızardı ki, ben evlerinden ayrılmak zorunda kalırdım. Cathy işte buna dayanamadı. Söz verdi ve hatırım için sözünü tuttu. Yine de pek şeker bir kızdı doğrusu.

19

Kenarı siyah çizgili bir mektup, efendimin döneceği günü haber verdi. Isabella ölmüştü. Mr. Linton, kızına yas giysileri sağlamamı ve küçük yeğeni için de bir oda ile gereken başka şeyleri hazırlamamı yazıyordu. Catherine babasına kavuşacağını öğrenince sevinçten deliye döndü. Daha görmeden, "gerçek" kuzeninin bin bir türlü üstünlüklerini sayıp döküyordu. Onların eve gelecekleri akşam gelip çatmıştı. Catherine sabahın erken saatlerinden beri kendi ufak tefek işlerini yoluna koymakla uğraşmıştı. Sonra da siyah elbiselerini giyerek, "Haydi, gelenleri karşılamaya gidelim," diye başımın etini yemeye başladı. Ben de çaresiz kalkıp onunla birlikte yola koyuldum. Halasının ölümü onu pek etkilememişti.

Yosunlu arazide, tümseklerin ve çukurların üzerinden, ağaçların gölgesinde, yavaş yavaş ilerlerken durmadan konuşuyordu: "Linton benden tam altı ay küçük.

Artık bir oyun arkadaşım olacak, öyle seviniyorum ki! Isabella halam bana onun saçından güzel bir lüle yollamıştı. Rengi benimkinden daha açık, daha sarıydı, benimkiler kadar da yumuşaktı. Onu küçük bir cam kutuya koyup güzelce sakladım. Kaç kez de, bu saçın sahibini görsem ne olurdu, diye aklıma geldi durdu. Ah! Öyle seviniyorum ki... Ya babam, sevgili babam, babacığım benim! Haydi, Ellen, koşalım! Koşalım, çabuk!"

Ben ağır ağır bahçe kapısına varıncaya kadar, Cathy birçok kez koşup koşup yine geri döndü. Sonra yolun kıyısındaki çimenli sırta oturup sabırla beklemeye çalıştı. Ama olanaksız bir şeydi bu; bir dakika bile rahat oturamıyordu.

"Ne de geç kaldılar!" dedi. "Bak işte, yolda bir toz görüyorum... geliyorlar! Yok, değillermiş! Ne zaman gelecekler? Biraz daha gidemez miyiz, Ellen? Yarım milcik daha. Ne olursun peki, de! Şu dönemeçteki kayın ağaçlarına kadar..."

"Kesinlikle olmaz!" dedim. Sonunda, beklemesi sona erdi. Araba yoldan göründü. Miss Cathy pencereden bakan babasının yüzünü görür görmez bir çığlık koparıp kollarını açtı. Babası arabadan indi, o da kızı kadar heyecanlıydı; kendilerinden başkalarını düşünebilecek duruma gelinceye kadar uzunca bir süre geçti. Onlar birbirlerini öpüp kucaklarken, ben de Linton'ı görmek için arabadan içeri bir göz attım. Kış ortasındaymış gibi, kürklü bir pelerine sarınmış, bir köşede uyuyordu. Solgun, narin, kız gibi bir çocuktu. Gören, efendinin küçük kardeşi sanırdı: O kadar birbirlerine benziyorlardı. Ama çocukta Edgar Linton'da hiç görülmeyen, hastalıklı, hırçın bir hal vardı. Efendi baktığımı gördü; elimi sıktıktan sonra, arabanın kapısını kapatıp çocuğu rahatsız etmememi söyledi. Çünkü pek yorgundu. Cathy bir kez görmek için can atıyordu, ama babası, "Haydi gel," dedi. Birlikte yürüyerek bahçeden yukarı doğru çıktılar; ben de uşaklara haber vermek için önlerinden acele acele gidiyordum.

Evin önündeki merdivene geldiklerinde durdular; Mr. Linton kızına, "Bak yavrum," dedi, "kuzenin hem senin kadar güçlü değil hem de o kadar neşeli değil; sonra, unutma ki çok kısa bir süre önce annesini kaybetti. Onun için, daha şimdiden seninle koşup oynamasını bekleme. Fazla konuşup onu yorma, hiç olmazsa bu gece rahat bırak onu, olmaz mı?"

Catherine, "Olur, olur, babacığım," diye karşılık verdi. "Ama onu o kadar görmek istiyorum ki, pencereden bir kerecik olsun bakmadı."

Araba durdu. Uyuyan çocuk uyandı, dayısı onu arabadan alıp yere indirdi.

"İşte kuzenin Cathy, Linton," diyerek ikisinin de küçük ellerini birleştirdi. "Cathy daha şimdiden sana bayılıyor. Bu gece ağlayıp da onu üzme sakın. Haydi, biraz neşelen bakalım; yolculuk bitti artık. Şimdi istediğin gibi dinlen, eğlen."

Çocuk Catherine'den kaçarak, "Öyleyse bırakın, gidip yatayım," dedi ve gözünden akmaya başlayan yaşları silmek için ellerini gözlerine götürdü.

"Gel, gel bakayım, senin gibi uslu bir çocuk böyle yapar mı hiç? Sonra kuzenini de ağlatacaksın, bak, sen böyle yapınca ne kadar üzüldü," diyerek elinden tuttum.

Kuzeninin haline üzüldüğünden mi bilmiyorum, ama Cathy de onun kadar üzgün bir yüzle, yine babasına dönmüştü. Üçü de çay masasının hazırlandığı kitaplığa çıktı. Linton'ın kasketini ve pelerinini aldım; kendisini masanın yanındaki bir sandalyeye oturttum; ama daha oturur oturmaz yeniden ağlamaya başladı. Efendim niçin ağladığını sordu.

Çocuk, "Ben sandalyede oturamam ki!" diye hıçkırdı.

Dayısı sabırla, "Öyleyse divana geç. Ellen çayını getirir sana," dedi.

Bu sinirli ve hastalıklı çocuk, iyice anladım ki, yolculuk süresince efendiyi pek yormuştu. Linton, yavaşça, sürüklenircesine divana gidip yattı. Catherine de çayını eline alarak bir tabure çekip onun yanına oturdu. Önce hiç konuşmadan durdu; ama hep böyle susması olanaksızdı. Cathy küçük kuzenini kendi bebeciği yapmayı aklına koymuştu, zaten istediği de buydu. Onun lülelerini okşamaya, yanağını öpmeye, karşısındaki küçücük bir bebekmiş gibi, kendi fincan tabağına çay koyup ona içirmeye başladı. Bu, Linton'ın hoşuna gitti; çünkü kendisi de bir bebekten farksızdı. Gözlerini sildi, yüzünde hafif bir gülümseme belirdi.

Efendi onları bir an izledikten sonra, "Yürüyecek bu iş, iyi yürüyecek, ancak çocuğu burada alıkoyabilirsek, Ellen," dedi. "Kendi yaşında bir çocukla arkadaşlık, Linton'ı çok geçmeden canlandıracak ve güçlenmeyi isteyince de güçlenecek."

Kendi kendime, "Evet, alıkoyabilirsek," diye mırıldandım. İçime kötü korkular düştü, çocuğu alıkoyabilmemiz pek zayıf bir umuttu. Sonra, bu cılız çocuk, Uğultulu Tepeler'de, babasıyla Hareton'ın yanında nasıl yaşar, diye düşündüm. Çocuğa ne güzel birer arkadaş, ne iyi birer örnek olacaklardı doğrusu! Çok geçmeden kuşkularımız doğru çıktı, hem de beklediğimden de çabuk. Çaydan sonra çocukları yukarı çıkardım; Linton beni bırakmadığı için, uyuyuncaya kadar başında bekledim. Sonra aşağıya indim, holdeki masada Mr. Edgar'ın yatak odası için bir mum yakıyordum. Mutfaktan bir hizmetçi kız çıktı ve Mr. Heathcliff'in uşağı Joseph'ın kapıda olduğunu, efendiyle konuşmak istediğini söyledi.

Oldukça heyecanla, "Önce ne istediğini ben bir anlayayım da," dedim. "Bu saatte de insan rahatsız edilir

244

mi? Hem de tam uzun bir yolculuktan döner dönmez. Efendimin onu kabul edebileceğini hiç sanmıyorum."

Ben böyle söylerken Joseph mutfaktan geçip hole girdi. Pazar elbiselerini giymiş, en sofu, en ekşi yüzünü takınmıştı; bir elinde şapkası, bir elinde bastonu, ayakkabılarını paspasta temizlemeye başladı.

Soğuk soğuk, "İyi akşamlar, Joseph," dedim. "Buraya niçin geldin bu gece?"

Küçümseyerek beni bir kenara itti. "Efendin Mr. Linton'la konuşmaya geldim," dedi.

"Mr. Linton yatmak üzere; pek önemli bir şey değilse, seni kabul etmez. İyisi mi şuraya otur da, söyleyeceğini bana söyle."

İhtiyar adam sıra sıra kapalı kapıları gözden geçirerek, "Odası hangisi?" diye sordu.

Beni araya sokmaya pek niyeti olmadığını anladım; çaresiz, istemeye istemeye kitaplığa çıkıp bu vakitsiz ziyaretçiyi haber verdim; sonra da bu adamı ertesi güne kadar kabul etmemesi öğüdünde bulundum. Mr. Linton'ın dediğimi yapmama izin vermesi için vakit olmadı. Joseph da hemen arkamdan çıkıp dosdoğru odaya girmişti. Masanın öbür ucuna dikildi, ellerini de bastonunun tepesine koydu. Söylediklerinin kabul edilmeyeceğini biliyormuş gibi yüksek perdeden konuşmaya başladı.

"Heathcliff beni, oğlunu almam için yolladı; onu almadan gelme," dedi.

Edgar Linton bir dakika hiçbir şey söylemedi. Yüzünü sonsuz bir üzüntü kapladı. Sırf, çocuk ne olacak, diye düşünmek de içini sızlatırdı kuşkusuz, ama bir de Isabella'nın umut ve korkularını, oğlu için duyduğu kaygıları ve onu kendisine emanet ettiğini hatırlayarak çocuğu bırakmak ona pek acı geliyor ve buna nasıl bir çare bulacağını düşünüyordu. Aklına hiçbir çıkar yol gelmedi. Belki de, onu elinden bırakmak istemediğini açığa vurmak bile karşısındakinin isteğini pekiştirecekti. Çocuktan vazgeçmekten başka çıkar yol yoktu. Ama öyle de olsa, şimdi uykusundan kaldırıp göndermesi olanaksızdı.

Soğukkanlılığını yitirmeden, "Mr. Heathcliff'e söyleyin," dedi, "oğlu yarın Uğultulu Tepeler'e gidecektir. Şimdi uyuyor, üstelik çok yorgun, oraya kadar gidemez. Şunu da söyleyebilirsiniz, Linton'ın annesi, çocuğun benim yanımda kalmasını istiyordu, sağlığı da şimdilik pek iyi değil."

Joseph bastonuyla yere vurdu, buyurur gibi bir tavır takınarak, "Yook! Yook!" dedi. "Ben öyle şey anlamam. Heathcliff onun ne annesini ne de seni sayar. Oğlunu istiyor, o kadar; ben de onu almadan gitmem. İşte hepsi bu kadar!"

Linton kesin olarak, "Bu gece götüremezsin!" diye karşılık verdi. "Haydi bakalım, doğru aşağı, söylediklerimi de olduğu gibi efendine bildir; Ellen, yolu göster şuna, haydi."

Sonra, öfkeli ihtiyarı kolundan tutarak odadan çıkardı, kapıyı kapadı.

Joseph yavaşça uzaklaşırken, "Peki, öyle olsun!" diye haykırdı. "Sabahleyin kendi gelsin de göreyim sizi, onu da böyle kolundan tutup atın!"

20

Bu gözdağının yerine getirilmesine olanak vermemek için, Mr. Linton beni, erkenden çocuğu alıp Catherine'in midillisiyle götürmekle görevlendirdi ve şöyle dedi: "Mademki artık onun yazgısına, iyi ya da kötü, hiçbir etkimiz olmayacak, nereye gittiğini kızıma söyleme. Bundan sonra onunla arkadaşlık edemez; onun bu yörede bulunduğunu bilmemesi daha iyi, sonra içi rahat etmez, Tepeler'e gitmeye kalkar. Yalnız, babasının ansızın adam gönderip istettiğini, çocuğun da bizi bırakıp gitmek zorunda kaldığını söyle."

Küçük Linton sabahın saat beşinde yataktan çıkmayı hiç istemiyordu; yine yola çıkacağını öğrenince de çok şaşırdı. Ama ben babası Mr. Heathcliff'in yanına gidip bir süre orada kalacağını söyleyerek işi biraz hafiflettim; babası onu o kadar çok görmek istiyordu ki, kendisine bir an önce kavuşmak için yol yorgunluğunu çıkarmasını bile bekleyememişti.

Çocuk garip bir şaşkınlık içinde, "Babam mı?" dedi. "Annem bana bir babam olduğunu hiç söylememişti. Nerede oturuyor? Ben dayımla kalmak isterdim."

"Çiftlik'ten biraz ötede oturur," dedim. "Şu tepelerin hemen ardında, pek uzak değil; gücün yerine gelince yürüye yürüye buraya gelebilirsin. Sonra, kendi evine gideceksin, babanı göreceksin; sevinmelisin. Anneni nasıl sevdinse, babanı da öyle sevmeye çalış; o zaman o da seni sever."

"İyi ama neden şimdiye kadar bir babam olduğunu söylemediler?" diye sordu. "Herkesinki gibi benim annem babam da neden birlikte oturmadı?"

"Babanın kuzeyde işi vardı, oradan ayrılamıyordu; annenin de sağlığı açısından güneyde kalması gerekiyordu," dedim.

"Peki, annem bana niye ondan hiç söz etmedi?" diye diretti. "Dayımı hep anlatır dururdu, ben de onu ne zamandır seviyorum. Babamı nasıl sevebilirim şimdi? Onu tanımıyorum ki!"

"Ah, bütün çocuklar annelerini babalarını severler," dedim. "Annen, babandan sık sık söz ederse onun yanına

247

gitmek istersin diye düşünmüştür herhalde. Haydi, çabuk olalım. Böyle güzel bir sabahta erkenden atla gezinti yapmak, yatıp bir saat uyumaktan çok daha iyidir."

"Dün gördüğüm *o* küçük kız da bizimle gidecek mi?" diye sordu.

"Şimdi değil," dedim.

"Dayım?" diye devam etti.

"Hayır, oraya seni ben götüreceğim," dedim.

Linton kendini yeniden yatağa attı, kara kara düşünmeye başladı.

"Dayım olmadan gitmem!" diye bağırdı. "Ne bileyim beni nereye götüreceksin?"

Babasına gitmek istememesinin çok ayıp olacağını söyleyerek kendisini yola getirmeye çalıştım. Hâlâ inat ediyor, giysilerini giydirtmiyordu; gidip efendiyi çağırmak zorunda kaldım ve ancak onun yardımıyla çocuğu yatağından çıkarabildim. Sonunda, zavallıyı, orada pek az bir zaman kalacağı, Mr. Edgar ile Cathy'nin kendisini görmeye gelecekleri gibi türlü türlü yalanlarla yola çıkarabildik. Bütün yol boyunca aynı biçimde, aslı astarı olmayan yalanlar uydurdum durdum. Funda kokularıyla dolu temiz hava, parlak güneş ve Minny'nin ağır ağır, uslu uslu yol alışı çok geçmeden ona üzüntüsünü unutturdu. Yeni evi ile orada oturanlar üzerine daha ilgiyle ve daha içten sorular sormaya başladı.

"Uğultulu Tepeler de Thrushcross Çiftliği kadar güzel bir yer mi?" diye sorarak son bir kez daha dönüp vadiye baktı; hafif bir sis yükseliyor, masmavi göğün eteklerinde pamuktan bir bulut gibi yayılıyordu.

"Uğultulu Tepeler böyle ağaçlar arasında gömülü değildir," dedim. "Sonra, bu kadar büyük de sayılmaz; ama oradan her yanı, olduğu gibi, bütün güzelliğiyle görürsün. Hem oranın havası sana daha iyi gelir; daha temiz, daha kuru bir havası vardır. Önce ev gözüne belki biraz eski ve karanlık gelir, ama iyi, sağlam bir yapıdır; buralarda Çiftlik'ten sonra o gelir. Sonra, kırlarda ne güzel gezintiler yapacaksınız! Hareton Earnshaw sana en güzel yerleri gösterir, kendisi Miss Cathy'nin öteki kuzenidir, yani senin de kuzenin sayılır. Güzel havalarda eline bir kitap alır, yeşilliklerle örtülü bir yeri kendine okuma yeri yaparsın: Ara sıra dayın da bu gezintilerde seninle buluşur belki; kendisi sık sık bu tepelere çıkıp dolaşır."

"Peki, babam nasıl biri?" diye sordu. "Dayım gibi genç ve yakışıklı mı?"

"O da o kadar genç," dedim, "ama onun saçlarıyla gözleri kara, yüzü de daha sert; sonra, daha uzun boylu, daha iriyarı. Önce belki sana biraz sert, biraz haşin gelir, çünkü davranışları öyledir; ama öyle de olsa, ona karşı saygılı ve candan davran. Tabii ki o da seni bütün dayılardan daha çok sevecektir; çünkü sen onun öz oğlusun."

Linton kendi kendine, "Kara saçlı, kara gözlü!" diye mırıldandı. "Bir türlü gözümün önüne getiremiyorum. Öyleyse ben ona benzemiyorum, öyle mi?"

"Pek o kadar benzemiyorsun," dedim. Yol arkadaşımın beyaz tenine, ince bedenine, iri, fersiz gözlerine bakarak, hiç mi hiç benzemiyor, diye düşündüm; gözleri tıpkı annesiydi; ama marazi bir öfkeyle tutuştukları zamanlar dışında annesinin gözlerindeki o canlılıktan, parlaklıktan bunlarda eser yoktu.

"Annemle beni bir kez olsun görmeye gelmemesi ne tuhaf!" diye mırıldandı. "Beni hiç gördü mü? Gördüyse bile bebekken görmüştür. Onunla ilgili en küçük bir şeyi bile hatırlamıyorum!"

"Niçin böyle söylüyorsunuz, Efendi Linton?" dedim. "Üç yüz mil çok uzun bir yoldur. On yıl gibi bir zaman da size çok uzun gelir, ama büyükler için öyle değildir. Belki de, ha bu yaz gideyim, ha şu yaz, derken bir türlü uygun bir zaman bulamamıştır. Şimdi de artık iş işten geçti. Böyle sorularla babanızı sıkmayın, hem o üzülür hem de hiç yararı olmaz."

Yolun geri kalan bölümünde çocuk kendi kendine düşüncelere daldı. Sonunda Uğultulu Tepeler'in bahçe kapısına vardık. İlk izlenimlerini yüzünden okumaya çalıştım. Evin oymalı yüzünü, alçak pencerelerini, dağınık bektaşiüzümlerini, eğri büğrü çam ağaçlarını adamakıllı inceleyerek gözden geçirdi. Sonra, hoşuna gitmemiş gibi başını salladı; yeni evinin dış görünüşünü hiç beğenmemişti. Ama yakınmayı sonraya bırakacak kadar akıllıydı. Belki içi daha iyidir, diye düşünüyordu. O, atından inmeden, gidip kapıyı açtım. Saat altı buçuktu. Evdekiler kahvaltıdan yeni kalkmışlardı. Hizmetçi kadın masayı temizleyip siliyor, Joseph efendisinin sandalyesinin yanında dikiliyor, ona topal bir atla ilgili bir şeyler anlatıyordu; Hareton da tarlaya gitmeye hazırlanıyordu.

Mr. Heathcliff beni görünce, "Merhaba, Nelly," dedi. "Malımı kendim gidip getirmek zorunda kalacağımdan korkuyordum. Getirdin demek, öyle mi? Görelim bakalım, bir işe yarayacak mı?"

Kalkıp kapıya gittik. Hareton ile Joseph da büyük bir merak içinde peşinden geldiler. Zavallı Linton üçüne de ürkek ürkek göz gezdirdi.

Joseph çocuğu adamakıllı süzdükten sonra, "Senin efendin muhakkak çocukları değiş tokuş etmiş! Bu onun kendi kızı olmalı!" dedi.

Heathcliff çocuğa gözlerini öyle bir dikti ki, zavallı çocuk utancından ne yapacağını şaşırdı. Babası sonunda alaycı bir kahkaha attı:

"Aman Tanrım! Bu ne güzellik! Ne sevimli, ne şirin şey!" diye bağırdı. "Bunu salyangozla, kesilmiş sütle büyütmüş olmalılar, Nelly. Lanet olsun! Bu beklediğimden de beter be! Hani öyle pek ahım şahım bir şey olacağını da beklemiyordum ya..."

Tir tir titreyen ve şaşkına dönen çocuğa, atından inip içeri girmesini söyledim. Babasının sözlerinin anlamını ve o sözlerin kendine söylenip söylenmediğini kestirememişti. Tanımadığı bu korkunç, alaycı adamın kendi babası olduğundan kuşkuluydu daha zaten. Ama gittikçe daha fazla titreyip korkarak bana sarılıyordu; Mr. Heathcliff bir sandalye çekip oğluna, "Buraya gel," deyince, çocuk omzuma kapanıp ağlamaya başladı.

Heathcliff kolunu uzatıp sert bir hareketle çocuğu dizlerinin arasına çekti, çenesinden tutup başını yukarı kaldırarak, "Sus! Sus!" dedi. "Densizlik istemem! Sana bir şey yapacak değiliz, Linton: adın bu, değil mi? Tam ananın oğlusun, ama tam! Sende benim payım nerede, yaygaracı tavuk?"

Çocuğun kasketini çıkardı, lüle lüle gür saçlarını arkaya itti, ince kollarını, küçük parmaklarını yokladı, bu yoklama sırasında Linton ağlamayı bırakıp iri mavi gözlerini kaldırarak, kendini inceden inceye yoklayan bu adamı o da gözden geçirmeye koyuldu.

Heathcliff çocuğun her yanının aynı biçimde ince ve zayıf olduğunu görüp anladıktan sonra, "Beni tanıyor musun?" diye sordu.

Linton nedenini anlamadığı bir korkuyla bakarak, "Hayır," dedi.

"Sana benden söz etmişlerdir herhalde."

Linton yine, "Hayır," diye karşılık verdi.

Heathcliff, "Hayır mı?" dedi. "Ayıp annene, sende babana karşı bir sevgi uyandırmamış! Öyleyse ben söyleyeyim, sen benim oğlumsun; annen sana nasıl bir baban olduğunu anlatmadığı için hınzırlık etmiş. Kaçma bakayım, kızarıp bozarmayı da bırak! Hiç olmazsa kanının beyaz olmadığı görülüyor, sen söz dinle, yeter. Nelly, yorulduysan oturabilirsin, yorulmadıysan doğru eve dön. Burada görüp işittiklerini Çiftlik'teki o beş para etmez herife anlatmadan duramazsın herhalde; sonra, sen durdukça bu da buraya alışamayacak."

"Peki," dedim, "umarım bu çocuğa iyi davranırsınız, Mr. Heathcliff; yoksa uzun zaman yanınızda kalamaz. Sonra, koca dünyada bir tek yakınınız o, ondan başka da olmayacak; unutmayın."

Heathcliff gülerek, "Onun için hiç üzülme," dedi, "ona çok iyi davranacağım. Yalnız ona benden başka kimse iyi davranmamalı. Onun sevgisi yalnız benim olsun istiyorum. Daha şimdiden başlıyorum işte. Joseph, çocuğa biraz kahvaltı getir; Hareton, canı çıkasıca budala, sen de işine, haydi!" Onlar çıktıktan sonra, "İşte böyle, Nelly," diye konuşmasını sürdürdü. "Sizin evin gelecekteki sahibi benim oğlumdur; öyle olunca da, onun malının bana kalmasını güvence altına almadıkça, ölmesini istemem doğrusu. Sonra, o *benim* oğlumdur, onun doğrudan doğruya onların malına mülküne sahip olduğunu görme zevkine ermek istiyorum. Babalarının toprağını sürdürmek için, benim çocuğumun onların çocuklarını parayla tuttuğunu görmek istiyorum; sırf bu düşünceyle bu serseme katlanabilirim. Çocuğun kendisinden iğreniyorum, hatırlattığı şeylerden dolayı da ondan nefret ediyorum! Ama ortada az önce söylediğim şey var; burada benim yanımda da sizin yanınızda olduğu kadar güven içinde olacaktır. Efendin kendi kızına nasıl bakıyorsa, ben de buna o kadar iyi bakacağım. Yukarıda ona güzel bir oda döşettim, bir de öğretmen tuttum; canı ne isterse onu öğretmek için haftada üç kez yirmi mil yol yürüyüp gelecek. Hareton'a, o ne derse yapmasını söyledim. Anlayacağın, onun buradakilere üstünlüğünü, onun efendiliğini, ince yanını koruyabilmek için ne yapmak gerekiyorsa yapıyorum; her şeyi ona göre hazırladım. Ama ne yazık ki o bu zahmetlere hiç değmiyor, dünyada istediğim bir şey varsa o da oğlumun koltuklarımı kabartacak bir çocuk olmasıydı. Durmadan vızıldayıp inleyen saz benizli bu yaratık, beni acı bir hayal kırıklığına uğrattı doğrusu!"

Heathcliff bunları söylerken, Joseph elinde bir tas sütlü yulaf lapasıyla geldi. Tası Linton'ın önüne koydu. Çocuk bu biçimsiz karavanaya tiksintiyle bakıp şöyle bir karıştırdı ve bunu kesinlikle yiyemeyeceğini söyledi. İhtiyar uşağın da, efendisi gibi, çocuğu beğenmeyip küçümsediğini gördüm. Ama Heathcliff adamlarından açıkça kendi oğluna saygı göstermelerini istediği için, bu duygusunu kendisine saklamak zorundaydı.

Joseph, Linton'ın yüzüne eğilip duyulmasın diye sesini de alçaltarak, "Yiyemez misin?" dedi. "Ama Efendi Hareton da küçükken hep bunu yerdi. Bana kalırsa, ona yeten sana da yeter!"

Linton öfkelenerek, "Yemeyeceğim işte!" dedi. "Kaldır gözümün önünden."

Joseph öfkeyle tası aldı ve bize getirdi.

Tepsiyi Heathcliff'in burnuna sokarak, "Şu yemeğin nesi var, söyleyin," diye sordu.

Heathcliff, "Nesi varmış ki?" dedi.

Joseph, "Bilmem," dedi, "şu çıtkırıldım, 'Ben onu yiyemem,' diyor. Ama doğrudur, yiyemez, annesi de tıpkı böyleydi. Yiyeceği ekmeğin buğdayını bile pis olur diye bize ektirmezdi."

Efendisi, öfkeli öfkeli, "Bana annesinden söz etme," dedi. "Yiyebileceği bir şey getir, işte o kadar. Her zaman ne yer, Nelly?"

Ya sıcak süt ya da çay içebileceğini söyledim. Hizmetçi kadına bunları hazırlaması söylendi. Neyse bari, diye düşündüm, babasının bencilliği yüzünden çocuk biraz rahat edecek gibi. Oğlunun ne kadar zayıf bünyeli olduğunu, ona göre davranmak gerektiğini anladı. Heathcliff'teki bu değişikliği anlatayım da, Mr. Edgar'ın içi rahatlasın biraz. Artık daha fazla kalmak için bir neden olmadığından, Linton yavaşça kendine doğru sokulan uysal bir çoban köpeğini ürkek hareketlerle uzaklaştırdığı sırada, kapıdan dışarı sıvıştım. Ama çocuk tetikte duruyordu, öyle kanacak gibi değildi. Kapıyı kaparken bir yaygara koptu.

"Beni bırakma! Burada kalmam ben! Burada kalmam!" diye deli gibi bağırıyordu.

Sonra kapının mandalı kalktı, yine indi; kendini kapıdan dışarı atmasını önlemişlerdi. Minny'ye atladım ve hayvanı tırısa kaldırdım. Kısa süren veliliğim de işte böyle bitti.

21

O gün küçük Cathy bizi oldukça üzdü. Büyük bir neşe içinde kalktı. Kuzeniyle konuşmaya can atıyordu. Onun evden gittiğini öğrenince öyle acı gözyaşları dökmeye, öyle sızlanmaya başladı ki, Edgar, çocuğun yakında yine geleceğini söyleyerek kızını yatıştırmak zorunda kaldı. Ama, "Tabii onu geri alabilirsem," diye ekledi. Bu da boş bir umuttu. Bu söz Cathy'yi pek yatıştırmadı ya, zaman etkisini gösterdi. Yine ara sıra babasına, "Linton ne zaman gelecek?" diye sordu, ama onu yeniden görünceye kadar çocuğun yüzü belleğinden silinmişti; görünce tanımadı bile.

İş için Gimmerton'a indiğim zamanlarda, Uğultulu Tepeler'de çalışan hizmetçi kadına rastlarsam küçükbeyin nasıl olduğunu sorardım hep: O da, Catherine gibi, herkesten uzaktı. Yüzünü gören yoktu. Hizmetçi kadından anladığıma göre, sağlığı yine bozuktu. Evde herkesi bıktırmıştı. Mr. Heathcliff kendini tutuyor, belli etmemek istiyordu, ama çocuktan her gün biraz daha soğuyordu. Oğlunun sesinden hoşlanmıyor, onunla aynı odada bir-iki dakika olsun oturmaya katlanamıyordu. İkisi pek az konuşuyordu. Linton derslerine çalışıyor, akşamları oturma odası adını verdikleri küçük bir odada oturuyor ya da bütün gün yataktan çıkmıyordu. Çünkü öksürüp aksırmadığı, nezle olmadığı, orasının burasının ağrımadığı gün yok gibiydi.

Kadın, "Ben ömrümde bu kadar yüreksiz, kendine bu kadar düşkün birini görmedim," diye konuşmasını sürdürdü. "Akşamları pencereyi açık bırakacak olsam, kıyametler kopar. Aman, çekilir şey değil! Bir nefesçik gece havasından ne çıkar ki? Sonra, yaz ortasında bile ille de ocak yansın ister. Joseph'ın tütünü de zehirmiş; sonra şekerlemesi, yemişi, sütü eksik olsa olmaz; süt, süt, hep süt ister; kışın sütümüz var mı, yok mu, düşünmez bile! O kürklü pelerinine sarınıp ocağın başındaki koltuğuna kurulur, yanında da bir parça kızarmış ekmekle su ya da başka içecek bir şey hazır bulunur. Onu yudum yudum içer durur. Hareton da sırf ona acıdığından onu oyalayıp eğlendirmeye kalkarsa –Hareton kabadır, ama çocuk değildir– sonunda aralarında hır çıkıp bozuşurlar; biri küfrederek, biri ağlayarak ayrılırlar. Eğer kendi oğlu olmasa, Earnshaw'un onu adamakıllı pataklaması bizim efendinin hoşuna giderdi herhalde. Onun kendisine nasıl bencil bir özenle baktığından bir parça haberi olsa, eminim onu kapı dışarı etmek isterdi. Ama efendi öfkelenmekten hep kaçınıyor, böylece bu tehlikeyi de savuşturuyor. Linton'ın oturduğu odaya hiç uğramıyor; çocuk salonda onun yanında böyle yapmaya kalkacak olsa, hemen onu yukarı yolluyor."

Bu sözlerden anladım ki, sevgiden hepten yoksun bulunması, küçük Heathcliff'i, aslında öyle değilse bile, gitgide bencil ve huysuz yapmıştı. Talihsizliğine yine üzülüyor, acıyordum; ah, aramızda kalabilseydi, diyordum yine, ama artık ona karşı duyduğum ilgi de azalmıştı. Mr. Edgar çocukla ilgili bilgi almamı istiyordu. Küçük Linton onu pek düşündürüyordu sanırım. Onu görme tehlikesini göze alabilecek gibiydi. Bir keresinde, çocuğun kasabaya inip inmediğini hizmetçi kadından öğrenmemi istedi. Kadın, iki kez atla babasının yanında gittiğini, iki keresinde de sonradan üç-dört gün yorgunluktan ölüyormuş gibi davrandığını söyledi. O hizmetçi yanılmıyorsam Linton geldikten iki yıl sonra oradan ayrıldı. Onun yerine tanımadığım başka bir kadın geldi. Şimdi hâlâ orada.

Miss Cathy on altı yaşına gelinceye dek Çiftlik'te günler eskisi kadar güzel geçti. Küçükhanımın doğum günlerini hiç kutlamazdık; çünkü o gün aynı zamanda hanımımın öldüğü gündü. Babası o günü hep tek başına kitaplığında geçirir, akşam olunca da Gimmerton Mezarlığı'na kadar yürür, çoğu kez de gece yarısından sonraya kadar orada kalırdı. Onun için Catherine o günlerde hep kendi haline bırakılır, nasıl isterse öyle vakit geçirirdi. O yıl martın yirmisi güzel bir bahar günü oldu. Babası kitaplığına çekilince, küçükhanım dışarı çıkmak üzere giyinmiş olarak aşağı indi ve benimle birlikte kırlara bir gezinti yapmak için babasından izin istediğini söyledi; Mr. Linton da çok uzaklara gitmemek ve bir saat içinde geri dönmek koşuluyla razı oldu.

Cathy, "Haydi, çabuk ol, Ellen!" diye seslendi. "Gideceğim yeri biliyorum. Bir av kuşu sürüsü geldi oraya. Yuvalarını yaptılar mı, yapmadılar mı, görmek istiyorum."

"Orası pek uzak olmalı," dedim. "Kuşlar kırın kenarında yuva yapıp yavrulamazlar."

"Yok, uzak değil," dedi. "Babamla ta yakınlarına kadar gittim."

Bonemi başıma geçirip daha fazla düşünmeden çıktım. Cathy bir tazı yavrusu gibi sıçraya sıçraya önümden

256

gidiyor, yanıma geliyor, yerinde duramıyordu. Önceleri, çevremizde ötüşen tarlakuşlarının cıvıltılarını dinlemek, güneşin tatlı ılık sıcaklığını duymak ve canım gibi sevdiğim, yüzüne baktıkça neşelendiğim bebeğimi izlemek pek hoşuma gitti. Altın bukleleri arkasında uçuşuyordu. Parlak yanakları yeni açmış yabangülleri kadar yumuşak ve lekesizdi, gözleri bulutsuz bir sevinçle ışıl ışıldı. O günlerde çok mutluydu, üstelik bir melek gibiydi. Ne yazık ki elindekiyle yetinmedi.

"Eh, kuş cennetiniz nerede bakalım, Miss Cathy?" dedim. "Artık oraya gelmiş olmamız gerek: Çiftlik'in bahçe çitini geçeli çok oldu."

Hep, "Biraz daha ötede, biraz biraz daha ötede, Ellen," diye karşılık veriyordu. "Şu bayırı tırmanıp şu sırtı geçelim, sen daha öte yana ulaşmadan ben kuşları havalandırmış olurum."

Ama o kadar çok bayır tırmandık, o kadar çok sırt geçtik ki, sonunda yorulmaya başladım. Cathy'ye, artık durup geri dönmemiz gerektiğini söyledim. Beni çok geride bırakmıştı. Sesimi duyurmak için avazım çıktığı kadar bağırdım. Sesimi ya duymadı ya da duydu da aldırmadı; çünkü hâlâ sıçraya sıçraya tutturduğu yolda gidiyordu. Ben de peşinden gitmek zorunda kaldım. Sonunda çukur bir yere girip kayboldu. Onu yeniden gördüğümde, artık Uğultulu Tepeler'e kendi evinden iki mil daha yakındı. İki kişinin onu durdurduğunu gördüm. Bunlardan birinin de Heathcliff'in ta kendisi olduğu kanısına vardım.

Cathy tam kekliklerin yuvasını yağmalarken, daha doğrusu ararken, suçüstü yakalanmıştı. Bu bayırlar Heathcliff'indi. Onun için durmuş, bu hırsız avcıya çıkışıyordu.

Ben bin bir zahmetle yanlarına varmaya çalıştığım sırada, Cathy, "Bir tanesini bile almadım, zaten hiç bulamadım da," diyor, doğru söylediğini kanıtlamak için de ellerini açıp gösteriyordu. "Zaten alacak değildim ki; babam burada onlardan çok olduğunu söylemişti de; ben de yumurtaları bir göreyim demiştim."

Heathcliff bana bir göz atıp kötü kötü gülümsedi; karşısındakini tanıdığını, pek tabii ki ona karşı iyi bir niyeti olmadığını da belli ediyordu. "Baba"sının kim olduğunu sordu.

"Thrushcross Çiftliği'nin sahibi Mr. Linton," diye karşılık verdi Cathy. "Beni tanımıyorsunuz herhalde, yoksa benimle böyle konuşmazdınız."

Heathcliff alay eder gibi, "Demek babanızın pek yüksek, saygıdeğer biri olduğunu sanıyorsunuz, öyle mi?" diye sordu.

Catherine karşısındakine merakla bakarak, "Peki, siz kimsiniz?" diye sordu. "Şu adamı daha önce de görmüştüm. Oğlunuz mu?"

Heathcliff'in yanındaki öteki adamı, Hareton'ı gösteriyordu. Delikanlı iki yaş daha büyümekle yalnızca biraz daha irileşmiş, biraz daha güçlenmişti, o kadar; başka hiçbir kazancı olmamıştı. Yine eskisi kadar beceriksiz, eskisi kadar kabaydı.

"Miss Cathy," diye sözünü kestim, "evden çıkalı bir saat değil, neredeyse üç saat olacak. Artık kesinlikle geri dönmeliyiz."

Heathcliff beni bir kenara iterek, "Hayır, bu adam benim oğlum değil," dedi. "Ama benim de bir oğlum var, hem de siz onu tanıyorsunuz. Dadınız acele ediyor, ama ikiniz de biraz dinlenseniz iyi olur sanırım. Fundalıklarla örtülü şu tepeciği kıvrılıp evime gelmek istemez misiniz? Dinlendikten sonra evinize daha çabuk varabilirsiniz; sonra, hoşnut da kalacaksınız."

Catherine'e, her ne olursa olsun bu öneriyi kabul etmemesini fısıldadım.

O, yüksek sesle, "Neden?" diye sordu. "Koşmak çok yordu beni. Toprak da ıslak, buralara oturamam. Haydi, gidelim, Ellen; sonra, bak ne diyor, ben oğlunu tanıyormuşum. Herhalde yanılıyor. Ama oturduğu yeri tahmin ediyorum. Penistone Kayalıkları'ndan gelirken girdiğim çiftlik evi olmalı. Orada oturuyorsunuz, değil mi?"

"Evet, orada oturuyorum. Haydi, Nelly, sen dilini tut, bizleri görmek onun için yepyeni, hoş bir şey. Hareton, haydi, sen küçükhanımla önden yürü. Sen de benimle gel, Nelly."

"Hayır, hayır, öyle yerlerde işi yok onun!" diye bağırdım ve yakaladığı kolumu kurtarmak için çırpındım; ama Catherine alabildiğine koşarak tepeyi kıvrılmış, neredeyse evin eşiğine varmıştı bile. Yanına verilen arkadaş ona öncülük etmek istediğini göstermedi, yan çizip kayboldu.

"Mr. Heathcliff, çok kötü yapıyorsunuz," diye konuşmamı sürdürdüm. "Niyetinizin iyi olmadığını kendiniz de biliyorsunuz: Orada Linton'a rastlayacak ve eve döner dönmez her şeyi anlatacak. Suçlu ben olacağım."

"Linton'ı görmesini istiyorum," diye karşılık verdi. "Şu birkaç gündür biraz düzeldi. Böyle insan içine çıkacak durumu olmaz her zaman. Ötekini de bu gelişini saklaması için kolayca kandırırız. Kötülük bunun neresinde?"

"Kötülük şurasında," dedim, "babası onun sizin evinize girmesine göz yumduğumu anlarsa, bana düşman olacak; sonra, onu böyle bir şeye yöneltirken de niyetinizin kötü olduğundan hiç kuşkum yok."

"Niyetim ancak bu kadar iyi olabilir. Bütün düşündüklerimi sana olduğu gibi anlatayım. İki kardeş çocuğu belki birbirlerini severler de evlenirler, diye düşünüyorum. Efendine karşı cömert davranıyorum; küçük kızının ileride hiçbir şeye sahip olma olasılığı yok; oysa kız da benim gibi düşünürse, hemen mirasta Linton'a ortak olacak."

"Mr. Linton ölürse, ki zaten yaşayacağı da pek kuşku götürür, babasının mirasçısı Catherine olacak," diye yanıtladım.

"Hayır, olmayacak," dedi, "vasiyetnamede bununla ilgili bir madde yok. Linton'ın nesi var, nesi yoksa bana geçecek. Ama kavga gürültü olmasın diye ikisinin evlenmesini istiyorum, bunu gerçekleştirmeye de kararlıyım."

"Ben de Catherine'i bir daha evinize yaklaştırmamaya kararlıyım," diye karşılık verdim. Miss Cathy'nin bizi beklediği bahçe kapısına varmıştık.

Heathcliff bana sesimi kesmemi söyledi ve önümüze geçerek kapıyı açmaya koştu. Bizim küçükhanım durup durup ona bakıyor, sanki ne biçim bir adam olduğuna bir türlü karar veremiyordu. Ama Heathcliff artık onunla göz göze geldikçe gülümsüyor ve onunla konuşurken sesini yumuşatıyordu. Ben de budalalar gibi, belki, dedim, annesinin anısı elini kolunu bağlar da kıza bir kötülük yapmaz. Linton ocağın önünde duruyordu. Kırda bir gezintiden dönmüştü; çünkü kasketi başındaydı. Kendisine kuru ayakkabılar getirmesi için Joseph'ı çağırıyordu. Yaşına göre oldukça boylanmıştı. On altısını doldurmamıştı daha. Hatları hâlâ güzeldi; gözleriyle teni de benim aklımda kaldığından daha parlaktı, ama bu, açık, temiz havanın ve neşe saçan güneşin verdiği bir canlılıktı.

Mr. Heathcliff, Cathy'ye dönerek, "Ee, kimdir bu? Tanıyabilecek misiniz?" dedi.

Cathy bir birini, bir ötekini kuşkuyla süzerek, "Oğlunuz mu?" dedi.

"Tabii, tabii, ama kendisini ilk kez mi görüyorsunuz? Düşünün bakalım! Belleğiniz pek zayıfmış doğrusu. Linton, kuzenini hatırlamıyor musun? Hani onu ille göreceğim diye bizi o kadar üzmüştün!"

Cathy bu adı duyar duymaz sevinçten deliye döndü; hiç beklemediği bir şeydi bu. "Ne?" dedi. "Linton mı? O küçük Linton mı bu? Benden de uzun! Linton mısınız siz?"

Delikanlı yaklaşıp kendini tanıttı; Catherine, Linton'ı coşkuyla öptü. Birbirlerine bakışarak zamanla ne kadar değişmiş olduklarına şaştılar. Catherine artık tam boyunu bulmuştu. Hem dolgun hem de narin bir bedeni vardı; çelik gibi esnekti, kıvraktı; her yanından sağlık, neşe taşıyordu; Linton'ın bakışları ve hareketleriyse çok halsizdi, kendi de pek zayıftı. Ama tavırlarında öyle bir incelik vardı ki, bütün kusurlarını örtüyor, çocuğu bayağı hoşlaştırıyordu. İkisi birbirine bir sürü söz söyleyip sevgisini belirttikten sonra, Cathy, Mr. Heathcliff'in yanına gitti; Heathcliff kapının yanında kalmış, hem içeriyle hem de dışarıyla ilgileniyordu; daha doğrusu, dışarıya bakıyormuş gibi yapıyor, aslında odada yalnız olup bitenleri gözlüyordu.

Cathy parmaklarının ucuna kalkıp onu kucaklamak isteyerek, "Demek ki siz benim halamın eşisiniz!" diye haykırdı. "Önce bana çıkıştınız, ama ben sizi sevdiğimi anlamıştım. Neden Linton'ı alıp Çiftlik'e, bizi görmeye gelmiyorsunuz? Bu kadar yakın iki komşu olalım da yıllarca bize hiç gelmeyin, çok tuhaf doğrusu. Neden hiç gelmediniz?"

Heathcliff, "Siz doğmadan önce çok gittim geldim," diye yanıtladı onu. "Dur, hay aksi! Böyle bol bol dağıtacak öpücükleriniz varsa, Linton'a verin; bana boşa gider!"

Catherine ondan sonra bana koştu, boynuma sarılıp beni öpücüklere boğarak, "İnsafsız Ellen, hain Ellen!" diye haykırdı. "Bir de beni buraya getirmek istemiyordun. Ama bundan sonra her sabah buraya kadar yürüyeceğim. İzin verir misiniz, Heathcliff, ara sıra babamı da getirebilir miyim? Bizi görmek hoşunuza gitmez mi?"

Heathcliff bu iki kişiye duyduğu derin kin ve nefretin etkisiyle yüzünde beliren hoşnutsuzluğu güçlükle önleyerek, "Tabii, tabii," diye karşılık verdi. Küçükhanıma doğru dönerek, "Ama bakın," dedi, "düşünüyorum da, size söylemek daha iyi olacak. Mr. Linton beni öteden beri sevmez. Vaktiyle aramızda, görülmemiş bir kavga oldu. Kendisine buraya gelmekten söz ederseniz, size bu evi hepten yasak edecektir. Onun için bundan kendisine hiç söz etmemelisiniz; kuzeninizi bir daha görmek istemezseniz, o başka! İsterseniz gelebilirsiniz, ama geldiğinizi söylememeniz gerek."

Catherine'in keyfi kaçar gibi oldu, "Neden kavga ettiniz?" diye sordu.

Heathcliff, "Beni, kız kardeşiyle evlenemeyecek kadar yoksul buluyordu," dedi. "Onunla evlenince canı sıkıldı, onuruna dokunmuştu. Bunu hiçbir zaman bağışlamayacaktır."

Küçükhanım, "Doğru yapmamış," dedi, "bir punduna getirip kendisine söyleyeceğim. Ama siz kavga ettiyseniz, Linton ile benim ne suçumuz var? Öyleyse ben buraya gelmem; o, Çiftlik'e gelir."

Kuzeni, "Orası benim için çok uzak," diye mırıldandı, "dört mil yol yürümek beni öldürür. Yok, yok, Miss Catherine, ara sıra siz buraya gelin. Her sabah değil, haftada bir-iki kez yeter."

Babası oğluna, onu son derece aşağılarcasına bir bakış attı.

"Korkarım, Nelly," diye mırıldandı, "bütün zahmetlerim boşa gidecek. Bu sersemin deyimiyle, Miss Catherine, onun ne mal olduğunu anlayacak, ondan sonra da metelik vermeyecek ona. İnanır mısın, belki günde yirmi kez, o yontulmamışlığına karşın Hareton'a imreniyorum. Eğer bu çocuk başka biri olsaydı, onu severdim kesinlikle. Ama bu genç kızın onu sevmesi olanaksız sanıyorum. Bu miskin kendiliğinden davranıp canlanmazsa, onu karşısına rakip olarak çıkaracağım. Linton yaşasa yaşasa en çok on sekizine kadar yaşar, diye düşünüyoruz. Şu başımın belası yavan herife bak! Durmuş da ayaklarını kurutuyor, bir kez olsun kızın yüzüne bakmıyor. Linton!"

"Efendim, baba," diye cevap verdi oğlan.

"Bir yerlerde kuzenine gösterecek bir şeylerin yok mu? Tavşan ya da gelincik yuvası da mı yok? Ayakkabılarını değiştirmeden önce arkadaşını bahçeye götür, atını göster."

Linton, Cathy'ye baktı, yerinden kımıldamak istemediğini belli eden bir sesle, "Burada otursak daha iyi değil mi?" dedi.

Cathy, istekli istekli kapıya doğru baktı, koşup sıçramak için can attığı belliydi. "Bilmem," diye karşılık verdi.

Linton yerinden kalkmadı, ateşe biraz daha sokuldu. Heathcliff kalkıp mutfağa gitti; oradan da avluya çıkıp Hareton'a seslendi. Hareton ses verdi ve ikisi birden odaya girdi. Delikanlı elini yüzünü yıkamıştı; yanaklarının parlaklığından, ıslak saçından belli oluyordu bu.

Miss Cathy hizmetçi kadının söylediğini anımsadı; "Ha, Heathcliff, size bir şey soracağım," dedi. "Bu benim kuzenim değil, değil mi?"

Heathcliff, "Kuzeninizdir," diye yanıtladı, "annenizin yeğeni. Kendisinden hoşlanmıyor musunuz?"

Catherine bir tuhaf oldu.

Heathcliff, "Yakışıklı bir delikanlı, değil mi?" dedi.

Şımarık yaramaz, parmaklarının ucunda yükselip Heathcliff'in kulağına bir şey fısıldadı. O da güldü. Hemen Hareton'ın kaşları çatıldı. Çocuğun hor görülmekten kuşkulandığını, çok alıngan olduğunu ve içinde bir aşağılık duygusu bulunduğunu anladım. Ama efendisi ya da vasisi onu şu sözlerle yatıştırdı:

"Hareton, aramızdan seni seçecek sanırım! Diyor ki,

sen bir... Ne demişti bakayım? Neyse, pek hoşuna gidecek bir şeydi işte. Dinle beni! Onu al, çiftliği gezdir. Efendice davranmayı da unutma ha! Ağzından kötü bir söz çıkmasın. Küçükhanım sana bakmadığı zamanlarda gözlerini yüzüne dikme, sana bakınca da yüzünü saklamaya kalkma. Konuşurken de ağır ağır, tane tane konuş, ellerini de cebine sokma. Haydi bakalım, genç kızı elinden geldiği kadar eğlendir."

Pencerenin önünden geçerlerken iki gence baktı. Earnshaw başını öte yana çevirmişti. Her gün gördüğü yerleri bir yabancı ve bir ressam ilgisiyle inceliyor gibi bir hali vardı. Catherine delikanlının yüzüne şeytanca baktı, ama bu bakışlarda hiçbir hayranlık yoktu. Sonra çevresindeki şeylerden kendisine eğlence çıkarmaya koyuldu. Sessizliği gidermek için bir şarkı tutturdu ve neşeli neşeli zıplayarak yürümeye başladı.

Heathcliff, "Delikanlının ağzını dilini bağladım," dedi. "Gidip gelinceye dek ağzını açamayacaktır. Nelly, benim bu yaştaki halimi hatırlarsın –hayır, hayır, biraz daha küçüktüm–, bunun gibi ahmak görünüşlü müydüm hiç? Joseph'ın dediği gibi, böyle "tabansız" mıydım?"

"Daha da kötüydünüz!" dedim. "Üstelik bir de somurtkandınız."

Heathcliff içinden geçenleri yüksek sesle söyleyerek, "Ona baktıkça seviniyorum," dedi, "umutlarımı boşa çıkarmadı. Yaradılıştan aptal olsaydı, bu işin zevki de yarı yarıya azalırdı. Ama aslında aptal değil. Sonra, onun bütün duyguları beni ilgilendiriyor; çünkü vaktiyle aynı şeyleri ben de duymuştum. Örneğin, şu anda neler çektiğini iyi biliyorum. Ama bu yalnızca bundan sonra çekeceklerine bir başlangıçtır. Bu suskunluktan, bu kabalık ve bilgisizlikten de hiçbir zaman kurtulamayacak. Ben onu, babası olacak o alçağın beni bağladığından çok daha sıkı bağladım, hem de daha aşağı bir düzeye indirdim. Çün-

kü o, bu hayvansı durumuyla övünüyor. Onu öyle yetiş-
tirdim ki, artık hayvanlıktan uzak her şeyi sersemlik ve
zayıflık diye görüp küçümsüyor. Hindley oğlunu görse
koltukları ne kadar kabarırdı, değil mi? Kendi oğluma
baktıkça benim koltuklarımın kabardığı gibi. Ama arada
şu fark var: Birisi kaldırım taşı gibi kullanılmıştır, ama
altındır; ötekiyse gümüş gibi görünsün diye parlatılmış
teneke. Benimkinin hiç ele alınır bir yanı yok. Ama bu
kadar çürük bir şeyi ne kadar dayandırmak mümkünse o
kadar dayandırarak tüm ustalığımı göstereceğim. Onun
oğlu ise en üstün niteliklere sahipti, ama hepsi yok oldu,
yoktan da beter duruma getirildi. Benim, vah vah, yazık
oldu, deyip hayıflanacak bir şeyim yok zaten. Hindley
yaşasa, herkesten çok dövünecekti; onunkinin benden
başka hiç kimsenin bilmediği neleri neleri var. İşin en hoş
yanı da şu ki, Hareton beni çok, pek çok sever. Kabul
edersin ki, bu noktada Hindley'yi çok geride bıraktım.
Geberip giden o alçak, mezarından çıkıp da, yavrumu ne
hale getirdin, diye bana çıkışacak olsa, o yavrum dediği-
nin, dünyadaki tek dostuna böyle saldırma cesaretini
gösteren babasına hırslanarak onu geldiği yere geri yolla-
dığını görme zevkine ererdim!"

Heathcliff bunu düşününce için için bir iblis gibi
güldü. Ben karşılık vermedim, çünkü yanıt beklemiyor-
du zaten. Bu sırada, söylenenleri duyamayacak kadar
uzakta oturan Linton'da tedirginlik belirtileri görülmeye
başlamıştı. Biraz yorulacağım diye, Catherine'le arkadaş-
lık etme zevkinden kendini yoksun bıraktığına pişman
olmuştu anlaşılan. Babası onun ikide bir de sinirli sinirli
pencereye doğru baktığını, elini kararsızlıkla kasketine
doğru uzattığını gördü.

Yapmacık bir içtenlikle, "Haydi kalk, tembel herif!"
diye seslendi. "Koş arkalarından bakayım! Ta köşede, ko-
vanların yanındalar."

Linton bütün gücünü toplayıp ocağın başından ayrıldı. Pencere açıktı, çocuk tam kapıdan çıktığı sırada duydum, Cathy yabanıl arkadaşına, kapının üstündeki yazının ne olduğunu soruyordu. Hareton gözlerini havaya dikip tam anlamıyla bir soytarı gibi başını kaşıdı:

"Lanet olası bir yazı işte," dedi, "okuyamam."

Catherine, "Okuyamaz mısın?" diye bağırdı. "Ben okuyorum... İngilizce bir yazı... Ama oraya niye yazılmış, öğrenmek istiyorum."

Linton kıkırdayarak güldü, ilk kez neşelendiğini görüyordum.

Cathy'ye, "O daha abeceyi bile bilmez," dedi. "Dünyada bunun kadar kalın kafalı biri olacağını düşünebilir miydiniz?"

Miss Cathy ciddi bir tavırla, "Bu hep böyle midir?" diye sordu. "Yoksa saf mı... aklı mı kıt? Kendisine iki kez soru sordum, ikisinde de öyle aptal aptal baktı ki, herhalde benim sözlerimi anlamıyor. Ben de herhalde onunkileri anlayamam!"

Linton yine bir kahkaha attı ve o anda, hiç de büsbütün anlayışsız olmadığı belli olan Hareton'a alaycı alaycı baktı.

"Hep tembellikten, yoksa başka bir şey değil, öyle değil mi, Earnshaw?" dedi. "Kuzenim seni aptal sanmış; okuyup yazmayı hor görmenin sonu bu işte. Catherine, dikkat ettiniz mi, nasıl kötü bir Yorkshire ağzıyla konuşuyor."

Hareton her günkü arkadaşına karşılık vermekte daha hazırlıklı çıktı. "Canına yandığımın okuması, neye yarar ki!" diye homurdandı. Daha da söyleyecekti, ama iki genç birden kahkahalarla gülmeye başladı. Bizim hoppa kız onun acayip konuşmalarından kendine eğlence çıktığını anlayınca pek keyiflenmişti.

Linton kıs kıs gülerek, "Bu canına yandığım sözü de

neye yarıyor ki?" dedi. "Babam sana, ağzından kötü bir söz çıkmasın, dedi; sense o türlü konuşmazsan ağzını açamıyorsun. Haydi, bir beyefendi gibi davran bakayım, haydi!" Bizim yabani çok kızmıştı. "Eğer erkekten çok bir kıza benzemeseydin, seni şu dakikada yere sererdim, hemen şurada! Seni pis sefil seni!" diye karşılık vererek çekilip çıktı; yüzü, öfkeden, kendini tutmak için harcadığı çabadan kıpkırmızı olmuştu; çünkü horlandığının farkındaydı ve buna karşı ne yapmak gerektiğini bir türlü kestiremiyordu.

Mr. Heathcliff de benim gibi bu sözleri duymuştu; Hareton'ın çekildiğini görünce gülümsedi. Ama hemen ardından da, kapı önünde çene çalmayı sürdüren iki gevezeye görülmemiş bir nefretle baktı. Delikanlı, Hareton'ın kusurlarını sayıp dökerken, onun yaptıklarını anlatırken bayağı canlanmış, neşelenmişti. Genç kız da onun bu şımarık, kin dolu sözlerini zevkle dinliyor, bunların altında ne kadar kötü bir huyun gizli olduğunu düşünmüyordu. Linton'a acımaktan çok, ondan soğumaya ve babasının onu adam yerine koymamasını bayağı hoş görmeye başladım.

Öğle sonuna kadar orada kaldık. Miss Cathy'yi oradan daha önce bir türlü koparamadım. Neyse ki efendim odasından dışarıya çıkmamıştı da, bizim uzun süren bu yolculuğumuzun farkına varmamıştı. Eve gelirken, Cathy'ye, yanlarından ayrıldığımız kimselerin ne tür insanlar olduğunu anlatmak için çok çırpındım, ama o benim onlara garezim olduğunu aklına koymuştu bir kez.

"Ya! Demek sen de babamdan yanasın, Ellen!" diye bağırdı. "Taraf tutuyorsun, biliyorum. Yoksa Linton'ın bizden çok uzaklarda olduğunu söyleyerek bu kadar yıl beni aldatmazdın. Çok darıldım doğrusu. Yalnız şimdi o kadar sevinçliyim ki, ne kadar kızdığımı sana gösteremiyorum. Ama Heathcliff'e dil uzatma... Unutma ki o benim halamın eşi. Babama da onunla kavga edip bozuştuğu için çıkışacağım."

O kadar çok söylendi ki, sonunda ben de düştüğü yanılgıyı ona kanıtlamaya çalışmaktan vazgeçtim. O gece bu gidişimizden söz etmedi, çünkü babasını görmedi. Ertesi gün, olanı biteni olduğu gibi ortaya döktü; çok canım sıkıldı; ama bir yandan da sevindim. Onu babası benden daha iyi yönlendirip korumasını bilecektir, diye düşündüm. Ama babası çekingen davrandı, Tepeler'dekilerle onu niçin görüştürmek istemediğine doyurucu nedenler göstermedi. Catherine ise çok istediği bir şeyi kendisine yasak ettikleri zaman akla yakın, doğru dürüst nedenler isterdi.

Sabahleyin babasıyla kucaklaşıp öpüştükten sonra, "Babacığım!" dedi. "Bilin bakalım, dün kırlarda gezerken kimi gördüm. Ah, ah! Bakın, nasıl irkildiniz. Doğru değildi o yaptığınız; söyleyin bakayım şimdi, öyle değil mi? Şeyi gördüm... Ama dinleyin, sırrınızı nasıl ortaya çıkardım anlatayım, Ellen'ın yalanlarını da buldum; o da sizdenmiş; oysa ben, Linton ha bugün geldi, ha yarın gelecek, diye boşu boşuna bekleyip umutlanırken, sözde bana acıyor gibi duruyordu."

Yaptığı gezintiyi ve ondan sonra olanları harfi harfine anlattı. Efendi de bana arada kötü kötü baktı durdu, ama Cathy konuşmasını bitirene dek bir şey söylemedi. Sonra kızını kucağına çekti; Linton'ın orada yaşadığını ondan niçin sakladıklarını bilip bilmediğini sordu. Zarar vermeyecek bir zevkten onu yoksun bırakması mümkün müydü?

"Mr. Heathcliff'ten hoşlanmıyordunuz da ondan," dedi Cathy.

Babası, "Demek benim, senin duygularından çok kendi duygularıma önem verdiğimi sanıyorsun, öyle mi, Cathy?" dedi. "Hayır, nedeni benim Mr. Heathcliff'ten hoşlanmamam değil, onun benden hoşlanmamasıdır; sonra, onun gibi bir iblis daha yoktur dünyada. Azıcık imkân tanısınlar, bütün nefret ettiklerine kötülük etmek ve onları yok etmek onun için en büyük zevk olur. Biliyordum ki, kuzeninle görüşmeyi sürdürürsen kesinlikle onunla da karşılaşacaktın; yine biliyordum ki, benim yüzümden sana da düşmanlık edecekti. İşte başka hiçbir neden olmadan, sırf seni düşünerek Linton'ı bir daha görmemen için önlem aldım. Sen büyüyünce, sırası geldikçe bunları sana anlatacaktım. Bu kadar geciktirdiğime de üzgünüm."

Catherine hiç inanmamıştı, "Ama babacığım, Mr. Heathcliff bana çok iyi davrandı," dedi. "Sonra, o bizim birbirimizle görüşmemize razı oldu. Bana istediğim zaman oraya gidebileceğimi, yalnız bundan size söz etmememi söyledi. Çünkü siz kavga edip ona darılmışsınız, Isabella halamla evlendi diye, onu hiç bağışlamıyormuşsunuz. Gerçekten öyle. Hiç olmazsa o, Linton'la benim arkadaşlık etmemi hoş karşılıyor. Oysa *siz* buna razı olmuyorsunuz."

Efendim böyle konuşarak Heathcliff'in nasıl kötü bir adam olduğuna kızını inandıramayacağını anlayınca, onun Isabella'ya yaptıklarını ve Uğultulu Tepeler'e nasıl sahip olduğunu kısaca anlattı. Bu konu üzerinde uzun uzun konuşmaya dayanamıyordu. Bu konuyu pek az açmakla birlikte, eski düşmanına karşı duyduğu tiksinti ve nefret Mrs. Linton'ın ölümünden beri şiddetini hiç yitirmemişti. O olmasaydı, belki hâlâ yaşıyor olacaktı, diye düşünürdü her zaman acı acı. Onun gözünde Heathcliff bir katildi. Küçükhanım, öfke ve düşüncesizlikle yaptığı ufak tefek söz dinlemezlikleri, haksız suçlamaları, hırçınlıkları dışında kötülük nedir bilmez ve yaptığına daha o gün pişman olurdu. Böyle yıllarca için için kin besleyen ve bir an bile gerilemeden adım adım çizdiği plan

269

üzerinde yürüyebilen bu kapkara insan ruhu karşısında şaşırıp kaldı. İnsan doğasının o zamana dek kitaplarda görmediği ve aklına getirmediği bu yeni görünümü onu o denli düşündürmüş, o denli allak bullak etmişti ki, Mr. Edgar bu konuda başka bir şey söylemeyi gereksiz gördü. Yalnız şu sözleri ekledi: "Onun evine gitmeni, ailesiyle görüşmeni neden istemediğimi artık öğrendin, yavrum... Haydi, yine eski işlerine, eski eğlencelerine dön ve orayı aklından çıkar."

Catherine, babasını öptü ve her zamanki gibi iki saat kadar sessizce oturup derslerine çalıştı. Sonra babasıyla birlikte çiftlikte dolaştı. O gün de bütün günler gibi geçip gitti. Ama akşam, Cathy odasına çekildikten sonra, soyunmasına yardım etmek için yanına gittiğimde, onu yatağının yanına diz çökmüş, ağlarken buldum.

"Aman ne ayıp, ne ayıp!" dedim. "Üzüntü neye derler bilseydiniz, böyle küçük bir sorun yüzünden bir damla bile gözyaşı dökmeye utanırdınız. Ömrünüzde keder nedir hiç tatmadınız, Miss Catherine. Bir düşünün, efendi ile ben ölmüşüm ve dünyada yapayalnız kalmışsınız; o zaman ne yapardınız? Olanları o tür bir felaketle karşılaştırın da, sahip olduğunuz dostlar için Tanrı'ya şükredin, daha fazlasını aramaktan da vazgeçin."

"Kendim için ağlamıyorum, Ellen," dedi. "Onun için ağlıyorum. Yarın beni yine bekliyor. Öyle üzülecek ki... beni bekleyecek, ben de gitmeyeceğim!"

"Saçma sözler bunlar," dedim, "sizin onu düşündüğünüz kadar onun da sizi düşündüğünü mü sanıyorsunuz? Hareton arkadaşı değil mi? Dünyada kimse yoktur ki, topu topu iki kez ve yalnız birkaç saat gördüğü bir akrabayı yitirdiği için ağlasın. Linton işi anlayacak ve sizi bir daha aklına bile getirmeyecektir."

Cathy ayağa kalkarak, "Kendisine iki satır bir şey yazıp niçin gelmediğimi bildirsem olmaz mı? Hem ona söz verdiğim şu kitapları da gönderemez miyim?" diye sordu. "Onun kitapları benimkiler kadar güzel değil; benimkilerin ne kadar heyecanlı olduğunu anlattığım zaman o kadar okumak istedi ki. Olmaz mı, Ellen?"

Ben, "Olmaz, hiç olmaz!" diye kestirip attım. "Sonra o da size yazacak; bunun da sonu gelmeyecek. Olmaz, Miss Catherine; onunla ilginizi büsbütün kesmelisiniz. Babanız böyle istiyor, ben de öyle olmasına göz kulak olacağım."

Cathy neredeyse yalvararak, "Ama bir-iki satırcıktan ne çıkar?" diye yeniden başladı.

"Başka söz istemez!" diye konuşmasını kestim. "Bir-iki satır diye başlamayalım yine, haydi yatağa!"

Yüzüme ters ters baktı, öyle ki önce iyi geceler bile demedim. Çok gücenmiştim, üstünü örtüp kapısını çektim. Ama yarı yolda pişman oldum, yumuşayarak geri döndüm. Bir de ne göreyim! Küçükhanım, önünde bir-iki kâğıt parçası, elinde kalem, masanın başında oturuyor; ben odaya girer girmez hemen suçlu suçlu kâğıdı sakladı.

"Yazsan bile gönderecek birini bulamayacaksın, Catherine," dedim, "ben şimdi mumu söndüreyim de..."

Şamdan külahını alevin üstüne kapattım; bunu yaparken Catherine elime bir tane indirdi ve huysuzlanarak, "Başımın belası!" diye söylendi. Yine odadan çıktım; çok, pek çok kızmıştı, sinirli sinirli arkamdan kapıyı sürgüledi. Mektup yazıldı ve kasabadan gelen bir sütçüyle yerine ulaştırıldı. Ama ben bunu epeyce sonra öğrendim. Aradan haftalar geçti ve Cathy yine sakinleşti. Ama kaçıp köşede bucakta oturmaktan şaşılacak kadar hoşlanır olmuştu. Çoğu zaman, kitabını okurken birden üstüne gelirsem irkiliyor, hemen kitabın üzerine eğiliyordu; belli ki okuduğunu bana göstermek istemiyordu. Kitabın yaprakları arasından çıkan kâğıt parçaları gözüme ilişti.

Sonra, yeni bir huy da edinmişti, sabahleyin erkenden aşağı iniyor, bir şeyin gelmesini bekliyormuş gibi mutfağın oralarda gezinip duruyordu. Kitaplıktaki sürmeli dolaplardan birinde de bir çekmece edinmişti; orada saatlerce oyalanıp duruyor, ayrılırken de anahtarını yanına almaya özen gösteriyordu.

Bir gün, o yine çekmecesini karıştırırken, baktım ki son zamanlara kadar orayı dolduran incik boncuklar yok olmuş, yerlerine katlanmış kâğıt parçaları gelmişti. Merakım uyanmıştı, kuşkulandım. Onun bu gizli hazinesine bir göz atmayı aklıma koydum. Geceleyin Cathy ile efendi yukarı çekilir çekilmez, anahtarlarımın içinde çekmecenin kilidine uyacak bir anahtar arayıp buldum. Açıp içinde ne var, ne yoksa hepsini önlüğüme boşalttım ve boş vaktimde gözden geçirmek üzere kendi odama götürdüm. Zaten kuşkulanıyordum, ama bunların bir deste mektup olduğunu görünce yine de şaşakaldım. Hemen hemen her gün bir mektup gelmişti; Linton Heathcliff'ten geliyordu. Cathy'nin yolladıklarına karşılık. İlk mektuplar çekingen ve kısaydı. Ama bunlar gittikçe uzun aşk mektuplarına dönüşmüştü. Yazanın yaşı gereği, saçma sapan şeylerdi, ama arada bir, bana, daha deneyimli bir kaynaktan çıkmış gibi gelen bölümler de yok değildi. Bu mektuplardan bazıları, hem coşkulu hem de pek yavan cümlelerden oluşan karmakarışık acayip şeylerdi; ateşli bir biçimde başlıyor ve bir okul çocuğunun düşlediği, gerçek olmayan bir sevgili için kullanabileceği yapmacık, kuru sözlerle bitiyordu. Bunlar Catherine'e yetiyor muydu, bilmem; ama bana göre beş para etmezdi. Gerekli gördüğüm kadarını okuduktan sonra, hepsini bir mendile sarıp bağlayarak bir kenara koydum ve boş çekmeceyi yeniden kilitledim.

Bizim küçükhanım her sabah yaptığı gibi erkenden aşağı indi ve mutfağa uğradı. Bir küçük çocuğun gelmesi üzerine kapıya gittiğini gördüm. Sütçü kız, çocuğun kabını doldururken, Cathy onun ceketinin cebine bir şey sokuşturdu ve onun cebinden bir şey aldı. Bahçeden dolanıp bu elçiyi beklemeye başladım; çocuk emaneti vermemek için pek kahramanca savaştı; boğuşurken sütü de döktü. Ama mektubu almayı başardım; "Haydi bakalım, şimdi doğru evine," diye çocuğu korkuttuktan sonra, duvarın dibinde durup Miss Cathy'nin aşk mektubunu okudum. Cathy'ninki kuzenininkinden daha yalın, daha iyi yazılmıştı. Çok sevimli ve çok budalaca bir mektuptu. Başımı iki yana salladım ve düşünceli düşünceli eve döndüm. O gün hava yağmurlu olduğundan, Cathy'nin bahçede gezinerek oyalanma olanağı yoktu. Sabah dersleri bitince avunmak için çekmecesine koştu. Babası masanın başına oturmuş, kitap okuyordu. Ben de sözde kendime orada bir iş bulmuş, kopan perde saçaklarıyla uğraşıyordum; gözüm de Catherine'deydi. Catherine, "A!" dedi ve yüzünde neşeden iz kalmadı, cıvıl cıvıl ötüşen yavrularla ağzına kadar dolu halde bırakıp gittiği yuvasını döndüğünde bomboş bulan bir kuş bile, acı çığlıkları ve çırpınışlarıyla üzüntüsünü böylesine gösteremezdi. Mr. Linton başını kaldırıp baktı.

"Ne oldu, yavrum? Bir yerin mi acıdı?" diye sordu.

Babasının sesinden ve duruşundan, defineyi bulanın O olmadığını kesinlikle anlamıştı.

Tıkanır gibi, "Hayır, baba!" dedi. "Ellen, Ellen, yukarı gel. Midem bulanıyor!"

Çağrısına uydum, onunla birlikte odadan çıktım.

Odaya girip yalnız kaldığımızda, hemen diz çökerek, "Ah, Ellen! Onları sen aldın," diye başladı. "Ver bana onları, bir daha hiç ama hiç yapmayacağım. Babama söyleme. Babama söylemedin, değil mi, Ellen? Ne olur, söylemedim, de! Çok, çok büyük bir densizlik ettim, ama bir daha yapmayacağım!"

Çok ciddi bir tavır takındım, ayağa kalkmasını söyledim.

"Miss Catherine, işi oldukça ilerletmişe benziyorsunuz," dedim. "Bu mektuplardan dolayı ne kadar utansanız yeridir! Boş vakitlerinizi okuyup incelemekle geçirdiğiniz bir sürü süprüntü... Doğrusu bastırılmaya değer şeyler! Bunları önüne serdiğim zaman efendi ne düşünecek dersiniz? Daha göstermedim, ama sakın sizin bu gülünç sırlarınızı saklayacağımı sanmayın. Ayıp, ayıp! Sonra, bu saçma sapan mektuplara siz yol açmış olmalısınız. Böyle bir şey onun aklına gelmezdi, hiç kuşkum yok bundan."

Cathy, "Hayır, hayır, ben başlamadım!" diye hıçkırdı. "Bir kez olsun onu sevmek aklımdan geçmemişti, sonunda o..."

Elimden geldiğince küçümseyen bir sesle, "*Sevmek* mi!" diye bağırdım. "*Sevmek* mi dediniz! Duyulmuş şey değil! Ha ekinimizi almak için yılda bir kez evimize uğrayan değirmenciyi seviyorum demişsiniz, ha onu. Güzel bir aşk doğrusu! Hayatınızda Linton'ı topu topu iki kez, yani ancak dört saat gördünüz. Ondan sonra da böyle çocukça işlere kalkışıyorsunuz. İşte, onları kitaplığa götürüyorum; bakalım babanız bu *sevgiye* ne diyecek?"

Atılıp değerli mektuplarını kapmak istedi. Ama ben onları başımın üzerinde tuttum. O zaman deli gibi yalvarıp yakarmaya başladı. "Yak, ne istersen yap, yalnız babama gösterme!" diyordu. Ona çıkışıyordum, ama aslında gülmemek için kendimi zor tutuyordum; çünkü bütün bunlara çocukluk diyordum. Onun için sonunda biraz yumuşadım. "Peki, bunları yakmaya razı olursam, bir daha mektup göndermeyeceğinize ve hiçbir mektubu almayacağınıza söz verir misiniz?" dedim. "Anladığıma göre kitap da göndermişsiniz; bundan sonra ne kitap, ne bir tutam saç, ne yüzük, ne de oyuncak, hiçbir şey alıp vermek yok!"

Catherine'in gururu utancına ağır basmıştı. "Oyuncak alıp vermiyoruz!" diye bağırdı.

"Öyleyse başka şey alıp vermek de yok, küçükhanım," dedim. "Söz vermezseniz, işte gidiyorum."

Eteğimden yakalayarak, "Söz veriyorum, Ellen," dedi. "Haydi, onları ateşe at, haydi çabuk!"

Ama ben maşayla ateşte yer açmaya başlayınca, bu kadar özveriye dayanamayacağını anladı. Bir-iki tanesini olsun bırakmam için yüreği koparcasına yalvardı.

"Ne olur, Ellen, bir-iki tanecik! Linton'dan bir anı olarak saklamak için!"

Mendili çözdüm ve mektupları bir köşesinden ateşe dökmeye başladım; alevler bacadan yukarı kıvrıla kıvrıla çıkıyordu.

Catherine, "Bir tanesini alacağım işte, insafsız hain!" diye haykırdı ve elini ateşe daldırarak yarısı yanmış birkaç parça kâğıdı çekip aldı, parmakları yanmıştı.

"Çok güzel, bende daha babanıza gösterecek kadar var," diyerek geri kalanlarını yeniden bir deste yaptım ve kapıya doğru gittim.

Kararmış kâğıt parçalarını olduğu gibi ateşe attı ve işi tamamlamam için bana işaret etti. Dediğini yaptım. Külleri iyice karıştırdım, üstüne de bir kürek kömür attım. Catherine hiç ağzını açmadan, son derece kırgın, kendi odasına çekildi. Ben de aşağıya indim, efendiye, küçükhanımın bulantısının geçmiş gibi olduğunu, ama biraz yatmasını uygun gördüğümü söyledim. Küçükhanım öğle yemeği yemedi, ama çaya geldi; yüzü solgun, gözleri kıpkırmızıydı; görünüşte de şaşılacak kadar uslanmıştı. Ertesi sabah gelen mektuba, bir parça kâğıda şu sözcükleri yazarak karşılık verdim: "Mr. Heathcliff'in bundan böyle Miss Linton'a mektup göndermemesi rica olunur, çünkü onları kabul etmeyecektir." Ve ondan sonra da küçük çocuk artık cepleri boş gelmeye başladı.

22

Yaz geçti, sonbaharın da ortalarına geldik. Aziz Michael Yortusu geçmişti, ama o yıl ürün geç kaldırılmıştı; birkaç tarlamız hâlâ olduğu gibi duruyordu. Mr. Linton ile kızı orakçıların arasında gezmeye çıkarlardı. Son ekin demetleri taşındığı gün, ortalık kararıncaya dek içeri girmediler; akşamüzeri hava soğumuş ve nemlenmişti, efendim fena halde soğuk aldı. Hastalık bir daha çıkmamak üzere ciğerlerine yerleşti ve Mr. Linton bütün kış evde kapalı kaldı; bir gün bile dışarı çıkmadı.

Geçirdiği küçük serüvenden sarsılmış olan zavallı Cathy, bu işi bıraktığından beri eskisine göre daha üzgünleşmiş, daha durgunlaşmıştı. Babası fazla okumasına razı olmuyor, dışarı çıkıp gezmesi için diretiyordu. Artık Cathy babasının arkadaşlığından yoksundu. Bu boşluğu elimden geldiğince doldurmayı görev bildim. Babasının yerini tutamazdım; çünkü sayısız günlük işim arasında Cathy'nin peşine takılmak için ancak üç saat zaman ayırabiliyordum. Sonra, belli ki benim arkadaşlığımdan babasınınki kadar tat almıyordu.

Ekim ayında ya da kasımın başlarında bir öğle sonrasıydı. Hava serindi, yağmur yağacak gibiydi. Islak güz yaprakları çayırlar ve patikalar üzerinde hışırdıyordu. Soğuk, mavi gökyüzü batıdan doğru hızla yükselen ve bol yağmuru haber veren kapkara, kurşun rengi bulutlarla yarı yarıya örtülmüş gibiydi. Küçükhanıma gezintiden vazgeçmesini rica ettim; çünkü sağanak halinde yağmur geleceğinden hiç kuşkum yoktu. Catherine dinlemedi. İstemeye istemeye mantomu giydim, şemsiyemi de alarak bahçenin öbür ucuna kadar dolaşmak üzere onunla çıktım. Bu, keyifsiz olduğu zamanlarda yaptığı bir gezintiydi. Ne zaman Mr. Edgar'ın hastalığı biraz ağırlaşsa,

Catherine hep böyle durgunlaşırdı. Mr. Edgar bir kez olsun hastalığından söz etmezdi, ama ağzını açmamasından ve yüzünü saran hüzünden bunu ben de anlardım, Catherine de. Catherine üzgün üzgün yürüyordu. Ne konuşuyor ne hoplayıp zıplıyordu. Oysa soğuk soğuk esen bu rüzgârda duramaz, alabildiğine koşardı. Gözucuyla, ikide bir elini yanağına götürüp bir şeyler sildiğini görüyordum. Çevreme bakarak düşüncelerini başka yöne çekecek bir şey aradım. Yolun bir yanı yüksek ve engelli bir yamaçtı. Üzerindeki fındık ağaçlarıyla bodur meşeler, yarı yarıya açıkta duran kökleriyle, neredeyse devrilecek gibi duruyordu. Toprak, meşe ağaçlarını tutamayacak kadar gevşekti; bazıları şiddetli rüzgâra dayanamayarak neredeyse yan yatmıştı. Yaz günlerinde, bu kütüklere tırmanıp dallara oturarak yerden beş-altı metre havada sallanmak Miss Catherine'in pek hoşuna giderdi. Ben de onun bu çevikliğinden ve tasasız çocuk ruhundan hoşlanmakla birlikte, onu böyle gördüğümde çıkışırdım, ama o bunu laf olsun diye yaptığımı bilir, yerinden bile kıpırdamazdı. Öğle yemeğinden çay vaktine kadar, meltemlerin salladığı beşiğinde uzanıp yatar; küçükken ona öğrettiğim eski şarkıları kendi kendine söylemekle, yakınındaki kuşların yavrularını besleyişlerini, onlara uçmayı öğretişlerini izlemekle vakit geçirir ya da sözcüklerle anlatılamayacak bir mutluluk içinde, gözleri kapalı, düşüncelere dalar, düşler kurardı.

Eğri büğrü ağaçlardan birinin kökündeki bir çukuru göstererek, "Bakın, küçükhanım," dedim, "kış daha buraya gelmemiş. Yamaçta bir küçük çiçek var. Temmuz ayında bu çayırları leylak rengi bir bulut gibi kaplayan yığın yığın mor sümbüllerden kalan son tomurcuk. Tırmanıp koparın da babanıza götürün, olmaz mı?" Cathy toprak yuvasında titreyip ürperen o tek çiçeğe uzun uzun baktı. Sonra şöyle dedi: "Hayır, Ellen, ona dokunmayacağım.

Ne de hüzünlü bir hali var, değil mi?"

"Evet," dedim, "sizin kadar halsiz, cansız bir hali var. Yanaklarınızda renk kalmadı. Haydi, el ele tutuşalım da koşalım. O kadar halsizsiniz ki, size ayak uydurabileceğimden hiç kuşkum yok."

Buna da, "Hayır," dedi ve tembel tembel yürümeyi sürdürdü. Ara sıra duruyor, bir parça yosunun, bir tutam sararmış otun ya da kahverengi yapraklar arasında açık turuncu bir mantarın önünde düşünceye dalıyordu. İkide bir başını öbür yana çevirip elini yüzüne götürüyordu.

Yanına yaklaşıp kolumu omzuna doladım, "Catherine, niçin ağlıyorsunuz, canım?" dedim. "Babanız soğuk aldı diye böyle ağlamak da niye? Daha kötü bir şey olmadığına şükredin."

Gözyaşlarını gizlemeden bırakıverdi; hıçkırıktan tıkanıyordu.

"Daha da kötü olacak," dedi. "Babamla sen beni bırakıp gittikten sonra bu dünyada yalnız başıma ben ne yapacağım? O sözlerin aklımdan hiç çıkmıyor, Ellen; kulağımda hep o senin sözlerin. Babamla sen ölüp gittikten sonra dünya ne kadar değişecek, ne kadar çekilmez olacak."

"Sizin bizden önce ölmeyeceğinizi kim bilebilir?" dedim. "Olmadan, böyle kötü şeyler düşünmek iyi değildir. Tanrı'nın izniyle hepimiz daha yıllarca yaşayacağız; efendi genç, ben sağlamım, daha kırk beşimdeyim. Annem seksenine kadar yaşadı, ölünceye dek de sapasağlamdı. Diyelim ki Mr. Linton altmışına kadar yaşadı, bu bile sizin düşündüğünüzden ne kadar da uzun. Öyle olunca da, yirmi yıl sonra gelecek bir felakete şimdiden ağlamak budalalık olmaz mı?"

"Ama Isabella halam babamdan daha gençti," dedi ve ürkek ürkek, benden yine kendisini avutacak bir söz bekleyerek gözlerini yüzüme çevirdi.

"Ama Isabella halanıza bakacak ne siz vardınız ne de ben," dedim; "O, efendi kadar mutlu değildi. Onu yaşama bağlayacak pek bir şeyi de yoktu. Sizin yapacağınız, babanıza iyi bakmak, yanında neşeli durarak onu da neşelendirmek, ona hiçbir konuda üzüntü vermemektir. Anladınız mı, Cathy? Açıkça söyleyeyim ki, inatçılık eder, düşüncesizce davranışlarda bulunursanız ve babanızı mezarda görmekten hoşnut olacak bir adamın oğluna anlamsız, olmayacak bir sevgi beslerseniz, belki de ölümüne neden olursunuz."

"Babamın hastalığından başka yeryüzünde bir şeye üzüldüğüm yok," diye karşılık verdi. "Babamın yanında her şey hiç kalır. Aklım başımda oldukça ne babamı sıkacak bir davranışta bulunacağım ne de öyle bir söz söyleyeceğim; hiçbir zaman bunu yapmayacağım. Hiç!.. Hiç!.. Hiçbir zaman! Onu kendi canımdan çok severim, Ellen. Bunu da şundan anlıyorum: Her gece, Tanrım onu benim ardıma koyma, diye dua ediyorum. Çünkü, o acı çekeceğine ben çekeyim daha iyi, diye düşünüyorum. Bu da benim onu kendimden çok sevdiğimi gösterir."

"Bu sözler güzel," dedim, "ama bunu davranışlarınızla da göstermelisiniz. Hem babanız iyileştikten sonra da, bu korkulu anlarda verdiğiniz kararları sakın unutmayın."

Konuşa konuşa, yola açılan bir kapıya yaklaşmıştık. Bizim küçükhanım hafifleyip yeniden neşelenmişti. Tırmanıp duvarın üstüne oturdu ve anayola sarkıp yolu gölgeleyen kuşburnu çalılarının üst dallarında kıpkırmızı yanan birkaç taze kuşburnunu toplamak için uzandı. Alt dallardaki yemişler tükenmişti; ama üst dallardakine yalnız kuşlar dokunabilirdi ya da Cathy'nin oturduğu yere çıkmak gerekti. Yemişleri koparmak için uzanırken başından şapkası düştü. Kapı kilitli olduğundan, şapkayı almak için öbür tarafa atlamayı düşündü. "Yalnız dikkat edin, düşeyim demeyin," diye uyardım. Çabucak, çevik bir hareketle gözden kayboldu. Ama dönüş hiç de kolay değildi. Taşlar pürüzsüz ve duvar düzdü. Gül dallarıyla böğürtlenler de tutunulacak gibi değildi. Cathy gülmeye başlayıp durumu bana bildirinceye dek, budalalar gibi, işin farkına varmadım. "Ellen, gidip anahtarı getirmen gerekiyor," dedi. "Ya da ben kapıcı kulübesine koşturmalıyım. Duvarı tırmanıp çıkamıyorum."

"Durun, durun, bir yere gitmeyin," dedim. "Anahtar destem cebimde. Belki de birisi uyar. Olmazsa gider getiririm."

Ben elimdeki koca anahtarları teker teker kapıya sokup çıkarırken, Cathy de kapının önünde sıçraya zıplaya vakit geçiriyordu. Son anahtarı da denedim, hiçbiri uymamıştı. Bunun üzerine kendisine yine kıpırdamamasını öğütledim, tam elimden geldiğince çabuk eve gitmeye hazırlanıyordum ki, bir şeyin yaklaşmakta olduğunu duyarak durdum. Bu, bir atın nal sesleriydi. Cathy'nin zıplaması da durdu.

Yavaşça, "Kimdir o?" diye fısıldadım.

Catherine kaygılı bir sesle, "Ah, Ellen, kapıyı açabilsen," dedi yalnızca.

Kalın bir ses, atlının sesi, "Oo, Miss Linton!" dedi. "Size rastladığıma çok sevindim. Durun, içeri girmek için acele etmeyin; çünkü sizden sorup anlayacaklarım var."

Catherine, "Sizinle konuşamam, Mr. Heathcliff," diye karşılık verdi. "Babam sizin kötü bir insan olduğunuzu, benden de, ondan da nefret ettiğinizi söylüyor. Ellen da öyle diyor."

Gelen Heathcliff'ti. "Şimdi bunları bırakın," dedi, "oğlumdan da nefret etmiyorum ya! Sizinle konuşacaklarım da onunla ilgilidir. Evet, yüzünüz ne kadar kızarsa yeridir. İki-üç ay öncesine kadar her gün Linton'a mektup yazmıyor muydunuz? Onunla aşk oyunu oynayıp eğleniyordunuz, öyle mi? İkiniz de sopayı hak etmiştiniz. Hele siz daha büyüksünüz; hem de belli ki onun kadar da duygulu değilsiniz. Mektuplarınız elime geçti, aksilik edecek olursanız hepsini babanıza göndereceğim. Sanırım sonunda bu eğlenceden bıktınız, vazgeçtiniz, öyle değil mi? Ama bunu yapmakla Linton'ı da umutsuzluk uçurumlarına attınız. O bu işi önemsemişti; gerçekten seviyordu. Kendimi nasıl biliyorsam, onu da öyle biliyorum, sizin için ölüyor, sizin bu ani karar değiştirmeniz onun kalbini paramparça etti; laf olsun diye konuşmuyorum, gerçekten öyle. Hareton altı haftadır durmadan onunla alay edip eğleniyor; ben de daha ciddi önlemler alıyor, korkutarak onu bu budalalıktan vazgeçirmeye çalışıyorum, ama o, günden güne kötüleşiyor. Eğer onu kurtarmazsanız, yaz gelmeden yeşil çimlerin altında olacak!"

Ben öteki yandan, "Utanmadan zavallı çocuğa böyle yalanları nasıl söylüyorsunuz?" diye bağırdım. "Rica ederim, yolunuza gidin. Bile bile nasıl böyle bayağı yalanlar uydurabiliyorsunuz? Miss Cathy, kilidi taşla parçalayacağım. Bu alçakça saçmalara inanmayın sakın. Kendinizden de pay biçebilirsiniz; insan tanımadığı bir başka insanın sevgisinden ölebilir mi hiç?"

Foyası ortaya çıkan alçak, "Kapı ardından sinsi sinsi dinleyenler olduğunu bilmiyordum," diye homurdandı. Sonra yüksek sesle, "Sayın Mrs. Dean, sizi severim, ama bu ikiyüzlülüğünüzden hoşlanmıyorum," dedi. "Asıl *siz* bu zavallı çocuğa kin beslediğimi söyleyerek utanmadan ortaya böyle yalanlar atıyor, onu benim evimin eşiğine yaklaştırmamak için o korkunç masalları nasıl uyduruyorsunuz? Catherine Linton (yalnızca bu ad bile içimi ısıtıyor), güzel kızım, bütün bu hafta evde bulunmayacağım; gidip görün, doğru söylemiş miyim, söylememiş miyim? Gideceksiniz, değil mi? İyi yürekli bir kızsınız siz! Babanızı benim yerime, Linton'ı kendi yerinize koyup bir düşünün; babanız kendisi gidip de sevdiğinize yalvarsa, sizi avutmak için kılı bile kıpırdamayan kayıtsız bir sevgili hakkında ne düşünürdünüz? Yok yere bu yanlışa siz de düşmeyin. Tanrı canımı alsın ki, Linton adım adım mezara gidiyor, onu ancak siz kurtarabilirsiniz!"

Kilit yerinden oynadı, ben de dışarı çıktım.

Heathcliff sert sert bana bakarak, "Yemin ederim ki Linton ölüyor," diye yineledi. "Kederle umutsuzluk da bu işi hızlandırıyor. Nelly, eğer onu bırakmak istemezsen kendin git bak, ama ben önümüzdeki hafta ancak bugün eve döneceğim. Efendiniz de, gidip onun kuzenini görmesine ses çıkarmaz sanırım."

Cathy'yi kolundan tutup içeri girmesi için biraz da zorlayarak, "Haydi gelin," dedim; çünkü orada durmuş, yalanı katı yüzünden hiç belli olmayan bu adama üzüntülü gözlerle bakıyordu.

Heathcliff atını ona yaklaştırdı ve eğilerek, "Miss Catherine," dedi, "doğrusunu isterseniz, ben kendim Linton'a karşı pek sabırlı olamıyorum. Hareton ile Joseph derseniz, benim kadar bile sabırlı olamıyorlar. Kısacası, hırçın insanlar arasında kaldı. Sevgiye olduğu kadar şefkate de ihtiyacı var. Söyleyeceğiniz güzel bir söz, onun için en etkin ilaç olacaktır. Mrs. Dean'in acımasız sözlerini dinlemeyin. İyi yürekliliğinizi gösterin ve onu görmeye çalışın. Gece gündüz sizi düşünüyor; sizin kendisinden nefret etmediğinize bir türlü inanmıyor; çünkü ne bir mektup yazıyorsunuz ne de kendiniz geliyorsunuz."

Kapıyı kapadım ve bozulan kilidi desteklemek için arkasına bir taş yuvarladım. Sonra şemsiyemi açtım, Catherine'i altına çektim. Çünkü yağmur, inildeyen ağaç dallarından aşağı süzülmeye başlıyor, pek oyalanmamamızı haber veriyordu bize. Eve doğru hızla giderken, acelemizden, Heathcliff'le olan bu karşılaşmayla ilgili bir şey konuşmadık. Ama ben şimdi Catherine'in yüreğini çifte bir kederin bürüdüğünü anlamıştım. Yüzü öyle üzgündü ki, sanki bu onun yüzü değil, başka birinindi. Belli ki duyduklarını harfi harfine doğru sanıyordu.

Biz daha eve girmeden, efendi dinlenmeye çekilmişti. Cathy nasıl olduğunu anlamak için yavaşça odasına girdi. Mr. Linton uyumuştu. Cathy geri geldi, birlikte kitaplıkta oturmamızı istedi. Çayı birlikte içtik, sonra o, halıya uzandı ve bana ağzımı açmamamı, çok yorgun olduğunu söyledi. Bir kitap aldım, okur gibi yaptım. Benim elimdeki kitaba daldığımı sanır sanmaz, yine sessizce ağlamaya başladı. Belli ki ağlamak en sevdiği eğlence olmuştu artık. Onu bir süre kendi haline bıraktım. Sonra çıkışmaya başladım. Sanki Catherine de benimle birlikmiş gibi yaparak, Mr. Heathcliff'in oğluyla ilgili söylediklerini alaya alıp eğlendim. Ama boşunaydı, onun sözlerinin etkisini silip yok edecek güç bende yoktu. O, istediği etkiyi yapmıştı.

"Haklı olabilirsin, Ellen," dedi. "Ama bunları iyice bilmeden rahat edemeyeceğim. Ona yazmayışımın kendi suçum olmadığını anlatmalıyım Linton'a; değişmediğime inandırmalıyım onu."

Onun bu budalaca inancının, saflığının yanında azarın, karşı çıkmanın ne yararı olurdu ki? O gece birbirimize dargın ayrıldık. Ama ertesi gün bizim inatçı küçükhanımın midillisinin yanında Uğultulu Tepeler'in yolunu tutmuştum. Onun kederine, soluk üzgün yüzüne, şiş gözlerine dayanamamıştım. Yalnız şu umutla razı olmuştum: Belki Linton, bizi karşılayışıyla, bu sözlerin ne kadar asılsız olduğunu kendisi kanıtlar diyordum.

23

Yağmurlu bir geceyi sisli bir sabah izlemişti; hem kırağı vardı hem de yağmur çiseliyordu; tepelerden şarıldayarak inen sular yolumuzun üstünde küçük derecikler oluşturuyordu. Ayaklarım su içinde kalmıştı. Yüzüm asıktı, keyifsizdim. Mr. Heathcliff'in orada olup olmadığını anlamak için, eve mutfak tarafından girdik. Çünkü Mr. Heathcliff'in kendi sözüne hiç güvenmiyordum.

Joseph cayır cayır yanan bir ateşin önünde yalnız başına oturuyordu. Cennette gibi bir hali vardı. Yanındaki masada, içinde koca koca, kızarmış yulaf çöreği parçalarıyla bir bardak bira duruyordu. Kısa, siyah piposu da ağzındaydı. Catherine ısınmak için ocağa koştu. Ben de efendisinin evde olup olmadığını sordum. Sorum o kadar uzun süre karşılıksız kaldı ki, anlaşılan adam sağır olmuş, diye düşünerek biraz daha yüksek sesle yeniden sordum.

"Yook!" diye hırladı, daha doğrusu burnundan haykırdı. "Yook, dosdoğru geldiğiniz yere dönün!"

Benimle aynı anda içeriden hırçın bir ses, "Joseph!" diye bağırdı. "Kaç kez çağırayım seni? Bir parça kızıl külden başka bir şey kalmadı artık. Joseph! Çabuk gel."

Joseph'ın piposunu daha hırsla puflatmasından ve gözlerini inatla ocağın ızgarasına dikmesinden, bu çağrıya kulak asmayacağını anladım. Hizmetçi kadınla Hareton da ortada görünmüyorlardı. Anlaşılan birisi bir işe, öteki de çalışmaya gitmişti. Linton'ın sesini tanımıştık, hemen içeri girdik.

Çocuk, bizi, kendisini savsaklayan uşak sanarak, "Ah! Dilerim bir çatı odasında açlıktan geberirsin!" dedi.

Yanıldığını görerek sustu. Cathy hemen koşup boynuna sarıldı.

Linton yaslandığı koltuğun kenarından başını kaldırarak, "Siz misiniz, Miss Linton?" dedi. "Yok, yok, öpmeyin beni. Soluğum kesiliyor, aman Tanrım!" Catherine'in kollarından kurtulup biraz kendine geldi; genç kız suçlu suçlu yanında duruyordu. Linton, "Babam geleceğinizi söylemişti," dedi. "Lütfen kapıyı kapar mısınız? Açık bıraktınız. Ah şu?.. Şu *iğrenç* yaratıklar, bir türlü gelip ateşe kömür atmıyorlar. Öyle soğuk ki!"

Ateşi karıştırdım, gidip bir kova kömür getirdim. Hasta, "Kül içinde kaldım," diye söylendi. Durmadan öksürüyordu, belli ki ateşi vardı, hastaydı, öfkelenmesin diye sesimi çıkarmadım.

Catherine, delikanlının aksiliği geçince, "E, söyle bakalım Linton, beni gördüğüne sevindin mi? Sana bir yardımda bulunabilir miyim?" dedi.

Linton, "Şimdiye kadar neden gelmediniz?" diye sordu. "Mektup yazacağınıza kendiniz gelmeliydiniz. O uzun mektupları yazmak beni bitiriyordu. Sizinle karşı karşıya konuşmak daha rahat olurdu. Şimdi ise artık ne konuşacak ne de başka bir şey yapacak durumdayım. Bu Zillah da nerede acaba? (Bana bakarak) Gidip bir mutfağa bakar mısınız?"

Daha önce, yaptığım işe bir teşekkür bile etmemişti. Onun buyruğuyla oraya buraya koşturmaya niyetim olmadığından, "Mutfakta Joseph'tan başka kimse yok," diye karşılık verdim.

Başını çevirerek sinirli sinirli, "Su istiyorum!" diye bağırdı. "Zillah babam gittiğinden beri bir dakika evde durmuyor, hep Gimmerton'da. Olacak şey değil bu! Aşağı inip burada oturmak zorunda kalıyorum, yukarıda oturup çağırırsam sesimi duymazdan geliyorlar."

Catherine'in duralayıp çekingenleştiğini görerek, "Babanız sizin bakımınıza özen gösteriyor mu, Mr. Heathcliff?" diye sordum.

"Özen mi?" dedi. "Neyse, hiç olmazsa ötekileri benimle biraz daha ilgilenmeye zorluyor. Alçaklar! İnanır mısınız, Miss Linton, o hayvan Hareton benimle alay ediyor. Nefret ediyorum ondan! Hepsinden nefret ediyorum, iğrenç şeyler!"

Cathy bir parça su aramaya başladı. Büfede bir sürahi eline geçti, bir bardak doldurup getirdi; Linton, bardağın içine masada duran şişeden bir kaşık şarap katmasını söyledi. Birkaç yudum içtikten sonra biraz yatışır gibi oldu ve Catherine'e teşekkür etti.

Cathy, Linton'ın yüzünde hafif bir gülümseme belirdiğini görünce sevinerek, "Şimdi söyle bakalım, beni görmek hoşuna gitti mi?" diye yeniden sordu.

"Gitmez olur mu!" dedi Linton. "Sizin sesiniz benim için bir yeniliktir. Ama gelmiyorsunuz diye kızmıştım doğrusu. Babam da hep beni suçluyordu. Acınacak halde olduğumu, savruk, beş para etmez bir adam olduğumu söylüyordu. Sonra, sizin de beni adam yerine koymadığınızı söyledi. Kendisi benim yerimde olsaymış, şimdiye kadar çoktan babanızın yerine Çiftlik'in sahibi olurmuş. Ama siz beni küçük görmüyorsunuz, değil mi, Miss?"

Bizim küçükhanım, "Bana Catherine ya da Cathy de," diye sözünü kesti. "Seni küçük görmek mi? Babamla Ellen'dan sonra, dünyada herkesten çok seni seviyorum. Ama Heathcliff'i sevmiyorum. O buraya gelince, herhalde bir daha buralara gelmeye cesaret edemem. Gittiği yerde daha bir süre kalacak mı?"

"Pek kalmayacak," dedi Linton. "Av mevsimi olduğundan, sık sık kırlara çıkıyor. O yokken yanımda bir-iki saat kalabilirsiniz. Haydi, olur deyin! Sizin yanınızda huysuzluk etmem herhalde. Siz beni kızdırmazsınız; hem bana yardım etmek istersiniz, öyle değil mi?"

Catherine onun uzun, yumuşak saçlarını okşayarak, "Tabii," dedi, "ah, babamı razı edebilsem, zamanımın yarısını senin yanında geçirirdim. Güzel Linton! Keşke benim kardeşim olsaydın..."

Linton daha neşelenerek, "O zaman beni de babanız kadar severdiniz, değil mi?" dedi. "Ama babam diyor ki, eğer karım olursanız, beni babanızdan da, dünyadaki her şeyden de çok severmişsiniz. Onun için ben de keşke karım olsaydınız diyorum."

Catherine ciddi ciddi, "Hayır, kimseyi babamdan çok sevemem," dedi. "Sonra, kimileri karılarından nefret ediyorlar, ama kardeşlerinden etmezler. Hem kardeşim olsaydın bizimle otururdun, o zaman babam seni de beni sevdiği kadar severdi."

Linton karısından nefret eden erkek olamayacağını söyleyince, Cathy olabileceği konusunda diretti ve örnek olarak da onun babasının annesinden nefret ettiğini söyledi. Catherine'i susturup bu düşüncesizce söylenmiş sözlerini engellemek istedim, ama başaramadım. Bütün bildiklerini ortaya döktü. Linton çok öfkelenmişti; bu sözlerin yalan olduğunu söyledi.

Catherine ters ters, "Bunları bana babam anlattı, babam yalan söylemez," diye karşılık verdi.

Linton, "*Benim* babam seninkini adam yerine bile koymaz!" diye bağırdı. "Ona 'korkak budala' diyor."

Catherine, "Senin baban çok kötü bir adam," dedi, "sen de ne huysuz bir çocuksun! Onun bu sözlerini nasıl ağzına alabiliyorsun? Hiç kuşkum yok ki çok kötü bir adam, yoksa Isabella halam onu öyle bırakır gider miydi?"

"Bırakıp gitmedi. Öyle diyemezsin," dedi çocuk.

"Bıraktı işte!" diye haykırdı Cathy.

"Peki, ben de sana bir şey söyleyeyim," dedi Linton, "senin annen babandan nefret ediyordu; al bakalım işte!"

Catherine o kadar öfkelenmişti ki, yalnızca, "Aaa!" diyebildi.

"Ve benim babamı seviyordu," diye ekledi Linton.

Catherine, "Seni küçük yalancı seni, nefret ediyorum senden artık!" diye soludu; yüzü hırsından kıpkırmızı olmuştu.

Linton, "Seviyordu işte, seviyordu!" diye tutturarak koltuğuna gömüldü ve arkasında duran Catherine'in telaşını seyredip keyiflenmek için başını arkaya dayadı.

"Susun, Mr. Heathcliff!" dedim. "Bu da sizin babanızın uydurduğu bir masal herhalde."

"Hiç de değil," dedi, "siz dilinizi tutsanıza! Seviyordu, Catherine, seviyordu işte! Seviyordu işte, seviyordu!"

Cathy çılgın gibi koltuğu hızla itti, Linton koltuğun kollarından birinin üzerine düştü. O anda, zaferini sona erdiren sürekli bir öksürüğe yakalandı, boğulacak gibi oluyordu. Öksürük o kadar uzun sürdü ki, ben bile korktum. Cathy yaptığı şeyden pek ürkmüştü. Hiçbir şey söylemeden hüngür hüngür ağlıyordu. Öksürük nöbeti geçinceye dek Linton'ı tuttum. Sonra beni eliyle itti ve sessizce başını öne eğdi. Catherine de yatıştı sonunda, ağlayıp sızlamayı bıraktı, karşısına oturdu ve durgun bakışlarla ateşe bakmaya başladı.

On dakika kadar bekledikten sonra, "Şimdi nasılsınız, Mr. Heathcliff?" diye sordum.

"Benim çektiklerimi *onun* da çekmesini ne kadar isterdim," diye yanıtladı. "Hain, acımasız şey! Hareton bana elini bile sürmez. Ömründe bana vurmuş değildir. Hem bugün iyiydim de. Şimdi ise..." Ağlayacak gibi oldu, konuşamadı.

Cathy yeniden ağlamamak için dudaklarını ısırarak, "Ben sana vurmadım ki!" diye mırıldandı.

Linton çok acı çekiyormuş gibi bir çeyrek saat inleyip sızlandı. Belli ki amacı kuzenini üzmekti. Çünkü Catherine'in için için hıçkırdığını duydukça sesi değişiyor, ağlayıp inlemeyi artırıyordu.

Catherine bu işkenceye dayanamadı sonunda, "Linton, canını acıttığım için üzgünüm, bağışla," dedi. "O kadarcık itmekle bana bir şey olmazdı, oysa bunun seni etkileyeceği hiç aklıma gelmemişti. Pek bir şey olmadı, değil mi, Linton? Sana zarar verdiğimi düşünerek eve gitmemeliyim. Haydi konuş! Bir şey söyle bana!"

Linton, "Seninle konuşamam," diye mırıldandı, "beni o kadar hırpaladın ki, sabaha kadar böyle boğulur gibi öksüreceğim. Bütün gece gözüme uyku girmeyecek. Senin de böyle öksürüğün olsaydı, nasıl şeymiş bilirdin. Ben acıdan kıvranırken sen rahat rahat uyuyacaksın; yanında da kimse olmayacak; böyle korkunç geceler geçirmek hoşuna gider miydi acaba?" Bu sözlerden sonra da halini düşünerek yüksek sesle sızlanmaya başladı.

"Mademki her zaman böyle korkunç geceler geçiriyorsunuz," dedim, "bunda küçükhanımın hiç suçu yok öyleyse. O gelmeseydi, yine aynı şey olacaktı. Ama bundan sonra bir daha sizi rahatsız etmeyecektir. Biz sizi bırakıp gittikten sonra belki daha da yatışırsınız."

Catherine delikanlıya doğru eğilerek üzgün üzgün, "Gideyim mi? Gitmemi istiyor musun, Linton?" dedi.

Linton ondan kaçınarak, ters ters, "Yaptığın şeyi geri alamazsın ki," dedi. "Beni ancak sinirlendirir, ateşimi çıkarır ve daha beter yaparsın, o kadar."

Catherine, "Öyleyse gideyim mi?" diye yeniden sordu.

Linton, "Hiç olmazsa beni rahat bırak, konuşmana dayanamıyorum," dedi.

Catherine hiç oralı olmadı, çıkıp gitmek için ne söylediysem dinlemedi ve bir süre durdu. Ama Linton ne başını kaldırıp yüzüne baktı ne de bir tek söz söyledi. Sonunda Catherine kapıya doğru yöneldi, ben de arkasından yürüdüm. Bir çığlık duyup geri döndük. Linton koltuktan aşağı kaymış, yerde, ocağın taşları üstünde yatıyordu; çevresindekilere eziyet etmekten zevk duyan, kimse-

289

ye rahat yüzü göstermemek için elinden geleni ardına koymamaya kararlı bir çocuk huysuzluğuyla kıvranıyor, çırpınıyordu. Halinden kötü niyetini iyice anlamış, kendisiyle ilgilenmenin delilik olacağını hemen görmüştüm; ama Catherine öyle düşünmedi. Dehşetle gerisingeri koştu, yanına diz çöktü, ağladı, okşadı, yalvardı. Sonunda Linton nefesi tükenip halsiz düşerek sustu; yoksa kuzenini üzdüğünü düşündüğünden filan değil.

"Onu sedire kaldırayım da, orada istediği kadar yuvarlansın dursun; burada durup onun başını bekleyemeyiz," dedim. "Artık onu iyileştirecek olanın siz olmadığınızı ve sağlık durumunun da size duyduğu sevgiyle hiçbir ilgisi bulunmadığını anladınız sanırım, Miss Cathy. Oldu işte, yerleşti. Haydi gelin. Yanında, deliliklerini önemseyecek kimse kalmadığını görür görmez, rahat rahat yatacaktır."

Cathy onun başının altına bir yastık koydu ve bir parça su getirdi. Delikanlı suyu istemedi ve yastık da bir taş ya da odun parçasıymış gibi, rahatsız rahatsız döndü durdu. Catherine yastığı, onu daha rahat ettirecek bir biçimde koymaya çalıştı.

Linton, "Rahat edemedim," dedi. "Daha yüksek olmalı."

Catherine başka bir yastık getirip ötekinin üstüne koydu.

Linton insanı çileden çıkarmak için birebirdi! "Şimdi de çok yüksek oldu," dedi.

Cathy çaresizlik içinde, "Peki, nasıl yapayım?" diye sordu.

Sedirin yanında yarı diz çökmüştü. Linton ona tutunarak biraz doğruldu ve onun omzuna yaslandı.

"Hayır, bu olmaz," dedim. "Yastığa razı olmanız gerekiyor, Mr. Heathcliff. Küçükhanım sizinle çok vakit kaybetti zaten. Bir dakika daha kalamayız."

Cathy, "Yok, yok, kalırız!" diye atıldı. "Artık uslu duruyor, huysuzluk etmiyor. Ben geldim de hastalığını artırdım, diye aklıma takılırsa bu geceyi kendisinden bin kez daha kötü geçireceğimi artık anlamaya başladı. Yoksa bir daha buralara gelmeyi de göze alamam. Haydi, doğru söyle, Linton; çünkü seni hırpalayıp üzdüysem, bir daha gelmem buralara; doğru değil mi?"

"Beni iyi etmen için gelmen gerekiyor," dedi delikanlı. "Artık gelmek senin için bir görev; çünkü beni hasta ettin, hem de çok hasta ettin, biliyor musun? Siz içeriye girdiğinizde bu kadar hasta değildim, söyleyin, hasta mıydım?"

"Ağlayıp öfkelenerek sen kendi kendini hasta ettin, yalnız benim yüzümden olmadı ki," dedi kuzeni. "Neyse, artık barışalım. Üstelik bana ihtiyacın da var. Beni ara sıra görmek istediğin de oluyor muydu gerçekten?"

Linton sabırsızlanarak, "Anlattım ya," dedi. "Çıkıp sedire otur da dizine yaslanayım. Annem hep böyle yapardı; bütün öğleden sonraları akşama kadar hep böyle yan yana otururduk. Hiç kımıldamadan otur, konuşma da! Ama biliyorsan, şarkı söyleyebilirsin. Ya da istersen uzun, güzel, ilginç bir şiir oku. Hani bana öğretmeye söz verdiklerinden birini; ya da bir masal anlat. Ama şiir daha iyi, başla haydi."

Catherine aklına gelen en uzun şiiri baştan sona okudu. Bu iş ikisinin de pek hoşuna gitmişti. Linton benim şiddetle karşı çıkmalarıma hiç kulak asmadan bir tane daha, sonra bir tane daha istedi. Saat on ikiyi vuruncaya dek bunu sürdürdüler. Avluda, yemeğe gelen Hareton'ın ayak sesini duyduk.

Catherine istemeye istemeye doğrulup ayağa kalktı. Heathcliff'in oğlu onu giysisinden tutarak, "Catherine, peki yarın, yarın da gelecek misin?" diye sordu.

"Hayır," diye atıldım. "Ne yarın ne de öbür gün." Ama

anlaşılan bizim küçükhanım daha başka bir karşılık vermiş olmalıydı, çünkü Catherine eğilip kulağına bir şey fısıldayınca Linton'ın yüzü güldü.

Evden çıkınca, "Küçükhanım," dedim, "unutmayın, yarın gelemezsiniz. Aklınıza böyle bir şey gelmiyor ya?" Catherine gülümsedi.

"Ben bilirim yapacağımı," diye konuşmamı sürdürdüm. "O kilidi onartacağım, başka bir yerden kaçmanıza da imkân yok."

Catherine gülerek, "Duvardan atlarım," dedi. "Çiftlik hapishane değil, Ellen, sen de benim zindancıbaşım değilsin. Hem sonra, neredeyse on yedi yaşındayım. Bir kadınım ben artık ve hiç kuşkum yok, yanında bulunur da ona bakarsam, Linton çabuk iyileşecektir, ben ondan daha büyüğüm, biliyorsun, daha da akıllı usluyum. Onun kadar çocuk değilim, öyle değil mi? Biraz huyuna suyuna göre de gidersem ona sözümü geçiririm; huysuzluk etmediği zamanlar pek şeker oluyor. Eğer o benim olsaydı, onu öyle nazla büyütürdüm ki! Birbirimize alıştıktan sonra da hiç kavga etmezdik, öyle değil mi? Sen onu sevmiyor musun, Ellen?"

"Onu sevmek mi!" diye haykırdım. "Bu kadar huysuz, bu kadar hastalıklı delikanlı parçası görmedim ben! Neyse ki, Mr. Heathcliff'in de düşündüğü gibi, yirmisini bulamaz o. Bahara çıkacağından bile kuşkuluyum. Ortadan kalkması, ailesi için de pek büyük bir kayıp olmayacak. Babasının onu yanına alması bizim için çok iyi oldu. Yakınlık, ilgi gördükçe, daha mızmızlaşacak, kendine daha çok düşecekti. Kocanız olması fırsatını bulamayacağına çok seviniyorum, Miss Catherine."

Catherine bu sözleri duyunca ciddileşti. Linton'ın ölümünden bu kadar kayıtsızca söz edişim onu gücendirmişti.

Uzun uzun düşündükten sonra, "Linton benden daha küçük," dedi. "Onun için de benden çok yaşaması gerekir. Yaşayacak da; benim kadar yaşaması gerek. Şimdi sağlığı, kuzeye ilk geldiği zamanki kadar iyi; bundan hiç kuşkum yok. Rahatsızlığı bir soğuk algınlığından başka bir şey değil. Tıpkı babam gibi. Babamın iyileşeceğini söylüyorsun, o niye iyileşmesin?"

"Peki, peki," dedim. "Boş yere yorulmayalım, çünkü, küçükhanım, şunu iyi bilin ki, dediğimi yapacağım. İster benimle, ister yalnız, eğer, yine Uğultulu Tepeler'e gitmeye kalkarsanız, hemen Mr. Linton'a haber vereceğim; o izin vermedikçe de kuzeninizle yeniden arkadaşlığa girişemezsiniz."

Cathy somurtarak, "Giriştik bile," diye mırıldandı.

"Ama süremez bu," dedim.

"Görürüz bakalım," dedi ve atını dörtnala sürerek beni bırakıp gitti. Ben de ardından bata çıka yürümeye başladım.

Eve, ikimiz de, daha öğle yemeğine oturulmadan geldik. Efendim bahçede dolaştığımızı sanarak hiçbir şey sormadı. Eve gelir gelmez, su içinde olan ayakkabılarımla çoraplarımı çıkarmaya koştum. Ama bu durumda Tepeler'de o kadar uzun zaman oturmuştum ki, olan olmuştu artık. Ertesi sabah hasta kalktım. Tam üç hafta işlerime bakamadım. Bu, o zamana dek başıma hiç gelmemiş bir şeydi. Şükürler olsun, ondan sonra da böyle şey görmedim.

Küçükhanım tam bir melek gibi davrandı. Gelip bana bakıyor, beni neşelendiriyordu. Uzun süre kapalı kalmaktan çok halsiz düşmüştüm. Hiç durmadan hareket eden, çalışan bir insan için bu hiç de çekilir şey değildi. Ama yakınmaya da hiç hakkım yoktu. Catherine, Mr. Linton'ın odasından çıkar çıkmaz doğruca benim yatağımın başına geliyordu. Gününü babası ile benim aramda bölüştürüyordu. Hoşça vakit geçirmek için kendisine bir dakika olsun ayırmıyordu. Yemek, ders, oyun, aklına bile gelmiyordu. Hastasına bu kadar candan düşkün bir hastabakıcı görülmemiştir. Babasını bu kadar sevdiği halde, bana da o kadar vakit ayırabildiğine göre, çok iyi bir yüreği vardı kesinlikle. Bütün gününü babası ile benim aramda bölüştürüyordu, demiştim. Ama efendi erkenden yatıyordu; benim de çoğu zaman saat altıdan sonra bir şeye ihtiyacım olmuyordu. Böylece akşamları kendi başına kalıyordu. Zavallı yavrucak! Çaydan sonra kendi kendine ne yapıyor, diye hiç düşünmemiştim. Gerçi geceleri, iyi geceler demek için yanıma uğradığında, yanaklarının al al, ince parmaklarının da pespembe olduğunu görüyordum, ama bunu kitaplıkta yanan ateşin sıcağına veriyordum. Bunun soğuk havada kırlarda yapılan bir at gezintisinden olabileceği aklıma bile gelmiyordu.

24

Üç hafta sonra odamdan çıkıp evde dolaşmaya başladım. Ayakta geçirdiğim ilk gece, bana bir şeyler okumasını Catherine'den rica ettim; çünkü gözlerim zayıflamıştı. Efendi yatmaya gittiğinden, kitaplıkta oturuyordum. Razı oldu, ama biraz istemeye istemeye razı oldu gibime geldi. Benim okuduğum kitaplardan hoşlanmıyor anlaşılan, diye düşünerek kendi okuduklarından istediğini seçmesini söyledim. Çok sevdiği kitaplardan birini seçti ve bir saat kadar hiç durmadan okudu. Sonra bir sürü soru sormaya başladı.

"Ellen, yorulmadın mı? Artık yatsan iyi olacak. Böyle geç saatlere kadar uyanık kalırsan hasta olursun, Ellen."

Ben de hep, "Hayır, hayır, canım, yorulmadım," diyordum.

Beni yerimden kımıldatamayacağını anlayınca, yaptığı işten hoşlanmadığını belli etmek için başka bir çareye başvurdu. Esnemeye, gerinmeye başladı.

"Ellen, ben yoruldum," dedi.

"Öyleyse okumayı bırak da konuşalım," dedim.

Bu daha beterdi. Rahatsız rahatsız kıpırdanıyor, içini çekiyor, durmadan saatine bakıyordu; sonunda saat sekizde kalkıp odasına gitti; uykusuzluktan bitiyordu. Somurtarak, keyifsiz keyifsiz oturmasından, durmadan gözlerini ovuşturmasından öyle anlaşılıyordu. Ertesi akşam sabırsızlığı daha da artmıştı; üçüncü akşam ise, baş başa kalınca, başının ağrıdığını söyleyerek yanımdan ayrıldı. Bu davranışları bana garip geldi. Uzun süre tek başıma oturduktan sonra, çıkıp nasıl olduğuna bir bakayım ve yukarıda karanlıkta yatacağına, inip sedire uzanmasını söyleyeyim dedim. Ama ne yukarıda ne aşağıda Catherine'i bulabildim. Hizmetçiler de görmemişlerdi onu. Mr. Edgar'ın kapısına gidip dinledim, çıt yoktu. Yeniden odasına gittim, elimdeki mumu söndürüp pencerenin önüne oturdum.

Parlak bir ay ışığı vardı. Her yan ince bir karla örtülüydü. Herhalde biraz açılmak için bahçeye çıkıp dolaşmak aklına gelmiştir, diye düşündüm. Bahçenin içinde çit boyunca giden biri gözüme ilişti; ama bu bizim küçükhanım değildi. Işığa çıkınca, bunun seyislerden biri olduğunu gördüm. Adam uzun süre orada durdu, çiftlikten geçen araba yoluna bakıyordu. Sonra birden hızlı hızlı yürümeye başladı; az sonra, küçükhanımın midillisinin dizgininden tutmuş halde yeniden göründü; Catherine de oradaydı, midillisinden inmiş, onun yanı sıra yürüyordu. Adam çimenlikten geçerek hayvanı gizlice ahıra götürdü. Catherine oturma odasının penceresinden içeri girdi ve sessizce, gürültü etmeden yukarı, onu beklediğim odaya çıktı. Kapıyı yavaşça kapadı, karlı ayakkabılarını, şapkasını çıkardı, benim kendisini gözetlediğimden habersiz, mantosunu da çıkarıp koymaya hazırlanıyordu ki, oturduğum yerden kalkıverdim, kendimi gösterdim. Şaşkınlıktan bir an taş kesildi; ağzından anlaşılmaz bir çığlık çıktı, dondu kaldı.

Son zamanlarda ondan gördüğüm iyiliği hiç unutamıyordum; onun için kendisine çıkışamadım. "Sevgili küçükhanım," dedim, "bu saatte nerelerdeydiniz? Bir masal uydurarak beni ne diye aldatmaya kalktınız? Neredeydiniz? Söyleyin!"

"Bahçenin ucundaydım," diye kekeledi, "ben masal uydurmadım ki."

Ben yine, "Başka bir yere gitmediniz mi?" diye sordum.

"Hayır," diye mırıldandı.

Üzgün bir sesle, "Ah, Catherine!" dedim. "Doğru yapmadığını kendin de biliyorsun; yoksa böyle bana yalan söyleme gereğini duymazdın. Beni üzen bu. Senin bile bile yalan uydurduğunu görmektense, üç ay hasta yatayım daha iyi."

Koşarak boynuma sarıldı, hüngür hüngür ağlamaya başladı.

"İşin doğrusu, Ellen, darılırsın diye çok korktum," dedi. "Darılmayacağına söz ver, sana her şeyi olduğu gibi söyleyeyim. Yaptıklarımı gizlemekten nefret ediyorum."

Pencerenin önüne oturduk. Sırrı ne olursa olsun, kendisini azarlamayacağıma söz verdim; tabii bu sırrın ne olduğunu da tahmin etmiştim. Catherine anlatmaya başladı:

"Uğultulu Tepeler'e gittim, Ellen. Sen yatağa düştüğünden beri de bir gün olsun gitmezlik etmedim. Yalnız sen ayağa kalkmadan önce üç gün, kalktıktan sonra da iki gün gidemedim. Michael'a her akşam Minny'yi hazırla-

296

ması, ben dönünce de ahıra götürmesi için kitaplar, re-
simler veriyordum. Ama onu da azarlama, olmaz mı?
Saat altı buçukta Tepeler'de oluyordum, çoğu kez de se-
kiz buçuğa kadar orada kalıyor, sonra dörtnala eve dönü-
yordum. Oraya eğlenmek için gitmiyordum. Çoğu zaman
orada kaldığım süre boyunca hep üzüntü içinde oluyor-
dum. Yalnız ara sıra mutluluk duyduğum da oluyordu.
Haftada bir kezcik belki. Önce Linton'a verdiğim sözü
tutmak için seni kandırmakta çok güçlük çekeceğimi dü-
şündüm. Çünkü o gün yanından çıkarken, ertesi gün yine
geleceğimi söylemiştim. Ama ertesi gün sen odadan çık-
madığın için, o dertten kurtuldum. Öğleden sonra Mi-
chael bahçe kapısının kilidini yaparken, ben anahtarı al-
dım. Kendisine, kuzenimin beni nasıl beklediğini, çünkü
hasta olduğunu, kendisinin Çiftlik'e gelemediğini, baba-
mın da beni bırakmak istemediğini anlattım. Sonra, mi-
dilli için de onunla anlaştım. Okumayı çok seviyor; evlen-
mek için de yakında buradan ayrılmak niyetinde. Onun
için, kendisine kitaplıktan okuması için kitap verirsem,
istediğimi yapacağını söyledi. Ama ben kendi kitaplarımı
vermeyi uygun gördüm, bu da onu daha çok sevindirdi.

İkinci gidişimde Linton daha neşeli, daha canlı görü-
nüyordu. Hizmetçileri Zillah odayı temizledi, güzel bir
ateş yaktı ve bize Joseph'ın dinî bir ayinde olduğunu,
Hareton Earnshaw'un da köpekleriyle alıp başını gittiği-
ni –sonradan öğrendim; meğer bizim korularda sülünleri
avlayıp aşırıyormuş–, onun için canımız ne isterse yapa-
bileceğimizi söyledi. Sıcak şarapla zencefilli çörek getirdi
ve bana çok iyi davrandı. Linton koltuğa kuruldu, ben de
ocağın yanındaki küçük salıncaklı sandalyeye oturdum.
Öyle güldük, söyleştik, öyle çok konuşacak şey bulduk
ki! Yaz gelince nerelere gideceğimizi, nasıl vakit geçirece-
ğimizi kararlaştırdık. Bunları sana anlatmasam da olur,
çünkü saçma bulursun.

Ama bir ara neredeyse kavga edecektik. O dedi ki, sıcak bir temmuz gününü geçirmenin en iyi yolu, kırların ortasında bir fundalıkta sabahtan akşama kadar uzanıp sırtüstü yatmak, çiçekler arasında düşte gibi, vızıldayarak dolaşan arıları, insanın tepesinde ötüşen tarlakuşlarını dinlemek, masmavi bulutsuz gökyüzünü, pırıl pırıl yanan güneşi seyretmekmiş. Ona göre cennetin ta kendisiymiş bu. Bana göre ise en büyük mutluluk, batı rüzgârı eserken, gökte de pamuk gibi beyaz bulutlar uçuşurken, hışır hışır eden yemyeşil bir ağaçta sallanmaktır. Sonra, yalnızca tarlakuşları değil, ardıçkuşları, karatavuklar, ketenkuşları, gugukkuşları, hepsi bir ağızdan ötüşmelidir; uzaklarda serin gölgeli koyaklarıyla uzanan bozkır, ama yanı başımda da meltemle dalgalanan öbek öbek çayırlar, ormanlar, çağıl çağıl akan sular bulunmalı ve tüm yeryüzü uyanık, dipdiri olup neşeden coşup taşmalıdır. O istiyordu ki her şey tam bir sessizlik içine gömülüp kalsın, hiç kımıldamasın; ben de her şey bir bayram coşkunluğu içinde pırıl pırıl olsun, oynasın, zıplasın istiyordum. Ben onun cennetinin yarı ölü bir şey olacağını söyledim; o da benimkinin bir sarhoştan farksız olacağını ileri sürdü. Ben, onunkinde uyuyup kalacağımı söyledim, o da, 'Ben de seninkinde soluk alamam,' dedi ve gittikçe öfkelenmeye başladı. Sonunda, havalar düzelir düzelmez ikisini de denemeye karar verdik; ondan sonra da öpüşüp barıştık.

Bir saat kadar öylece oturduktan sonra, koskoca odanın dümdüz, çıplak tabanına baktım; masayı kaldırınca odada ne güzel oyunlar oynayabileceğimizi düşündüm. Linton'a, "Zillah'yı çağır da bize yardım etsin, körebe oynayalım," dedim. Zillah'yı ebe yapardık, bizi yakalamaya çalışırdı; hani sen de oynardın ya, Ellen, hatırlıyorsun, değil mi? Linton istemedi. "Körebe oyunu hiç güzel değildir," dedi. Ama benimle top oynamaya razı

298

oldu. Dolabın içinde bir yığın eski oyuncak, topaç, çember, raket ve ucu tüylü top arasında iki top bulduk. Birinin üstünde C., ötekinde H. harfi vardı. Ben C. yazılı topu almak istedim, H. yazılı olan da Heathcliff'e uyuyordu. Ama H. yazılı topun samanları dökülüyordu; Linton onu beğenmedi. Linton'ı üst üste hep yendim. Yine yüzünü astı, öksürmeye başladı ve gidip koltuğuna oturdu. Ama o akşam somurtkanlığı çabuk geçti. Söylediğim iki-üç güzel şarkı –senin şarkıların, Ellen– çok hoşuna gitti. Ayrılma zamanı gelince, ertesi akşam yine gelmem için yalvarıp yakardı, ben de söz verdim. Minny'yle eve bir rüzgâr hafifliğiyle uçtuk. Sabaha kadar da düşümde hep Uğultulu Tepeler'i ve benim cici, güzel kuzenimi gördüm.

Ertesi sabah üzüntülüydüm, çünkü hem sen iyi değildin hem de istiyordum ki babamın yaptığım bu gezintilerden haberi olsun; buna da razı olsun. Ama çaydan sonra baktım ki dışarıda çok güzel bir ay ışığı var; midillime binince üzüntüm geçti. Kendi kendime, güzel bir akşam daha geçireceğim, diyordum; beni asıl sevindiren şey, Linton'ın da güzel vakit geçirecek olmasıydı. Bahçelerden eve doğru tırıs çıktım; tam arkaya yönelmek üzereydim ki Earnshaw'la karşılaştım; hayvanımın dizginini tuttu, ön kapıdan girmemi söyledi. Minny'nin boynunu okşadı, "Güzel bir hayvan," dedi. Kendisiyle konuşmamı istiyor gibi bir hali vardı. Atımı rahat bırakmasını söyledim, "Yoksa çifte yersin," dedim. O, bayağı konuşmasıyla, "Bunun çiftesinden bana pek bir şey olmaz," dedi ve gülümseyerek hayvanın bacaklarını süzdü. Neredeyse bir tattıracaktım. Ama Earnshaw kapıyı açmak için ilerledi, mandalı kaldırdığı sırada başını kaldırıp kapının üstündeki yazıya baktı ve hem beceriksizce hem de kurumlanarak ve budalaca bir tavırla, "Miss Catherine, ben şunu okuyabiliyorum artık," dedi.

"Çok güzel!" diye bağırdım. "Haydi, aman okuyun da bir duyalım, usta oldunuz artık, desenize."

Heceleye, heceleye, "Hareton Earnshaw" adını okudu.

Sonra, birden durakladığını görünce, yüreklendirircesine, "Peki, ya rakamlar?" diye sordum.

"Daha onları okuyamıyorum," dedi.

Onun bu zavallılığı karşısında kahkahayla gülerek, "Ah, odun kafalı seni!" dedim.

Budala, hem sırıtır gibi hem de kaşlarını çatarak aptal aptal yüzüme baktı, benim kahkahama katılsın mı, katılmasın mı, bu sözüm içtenliğimi gösteren hoş bir şey miydi, yoksa kendisiyle alay mı ediyordum –ki gerçek buydu–, kestiremiyor gibiydi. Birden eski ciddi tavrımı takındım, çekilip gitmesini, buraya kendisini değil, Linton'ı görmeye geldiğimi söyleyerek kuşkularını giderdim: Kıpkırmızı kesildi, ay ışığında bunu gördüm; elini mandaldan çekti, tam anlamıyla aşağılanmış, gururu kırılmış bir insan tavrıyla çekilip gitti. Kendi adını heceleyebiliyor diye, anlaşılan kendisini Linton kadar kusursuz görüyordu. Benim öyle düşünmediğimi görünce çok bozulmuştu."

"Durun, Miss Catherine, durun!" diye sözünü kestim. "Sizi azarlayacak değilim; ama bu davranışınızı beğenmedim. Hareton'ın da Linton kadar kuzeniniz olduğunu hatırlasaydınız, böyle davranmanızın ne denli yakışıksız olduğunu anlardınız. Hiç olmazsa Linton gibi olmayı istemesi bile övülmeye değer. Hem belki de sırf gösteriş yapmak için okumaya kalkmamıştır. Daha önce bilgisizliğinden ötürü onu utandırmıştınız herhalde; bundan hiç kuşkum yok. O da bunu düzeltmek ve sizi hoşnut etmek istedi. Onun eksik kalmış bu girişimiyle alay etmek size yakışmaz. Siz de onun gibi yetiştirilseydiniz, acaba ondan daha iyi mi olurdunuz? O da sizin kadar kavrayışlı, zeki bir çocuktu. Sırf o alçak Heathcliff'in haksız-

300

lık edip onu bu duruma düşürmesi yüzünden böyle aşağılanması gücüme gidiyor doğrusu."

Catherine benim bunu bu kadar önemsememe şaştı: "Peki, peki, Ellen," dedi, "şimdi bunun için ağlayacak değilsin ya! Ama dur, acele etme; A, B, C'yi beni hoşnut etmek için mi öğrenmiş bu hayvan, kendisine nazik davranmaya değer miymiş, şimdi göreceksin. İçeri girdim, Linton sedirde yatıyordu. Bana "hoş geldin" demek için biraz doğruldu.

"Bu akşam hastayım, Catherine, sevgilim," dedi. "Yalnız sen konuş, ben dinleyeyim. Gel, yanıma otur. Sözünde duracağını biliyordum; yine geleceğine söz vermeden gitmek yok."

Hasta olduğu için canını sıkmamak gerektiğini biliyordum artık. Yavaşça konuşmaya başladım. Kendisine hiçbir şey sormuyor, onu hiçbir yoldan öfkelendirmemeye çalışıyordum. En güzel kitaplardan birkaç tanesini götürmüştüm; onların birinden biraz okumamı istedi. Tam başlayacağım sırada, Earnshaw birden kapıyı ardına kadar açtı, az önce yaptığımı düşündükçe kinlenmiş, hırsından kudurmuştu. Dosdoğru üzerimize yürüdü. Linton'ı kolundan tuttuğu gibi sedirden fırlattı attı.

Öfkeden anlaşılmaz bir sesle, "Defol odana!" diye bağırdı; yüzü sanki şişmişti, çılgın gibiydi. "Madem seni görmeye gelmiş, bunu da al götür; beni bu odadan çıkaramazsınız. Defolun ikiniz de!"

İkimize de ağız dolusu küfürler etti, Linton'ı mutfağa sanki fırlattı, zavallıya yanıt verecek zaman bırakmadı, ben Linton'ın peşinden giderken yumruğunu sıktı, anlaşılan beni bir yumrukta yere sermeye can atıyordu. Bir an korktum ve kitaplardan birini yere düşürdüm. Kitabı bir tekmeyle arkamdan fırlattı, kapıyı yüzüme kapattı. Ocağın yanından kulağıma hain, çatlak bir kahkaha geldi; dönünce, o kör olası Joseph'ı gördüm;

ayakta durmuş, kemikli ellerini ovuşturuyor, sevinçten titriyordu.

"Sizi kapı dışarı edeceğini biliyordum, yaman oğlandır! İşte tam erkek! O da biliyor, buranın asıl efendisi kimdir, benim kadar o da biliyor. İh, ıh, ıh! Sizi nasıl da defetti! İh, ıh, ıh!"

Hain moruğun alaylarını duymazlıktan gelerek kuzenime, "Nereye gideceğiz?" diye sordum.

Linton'ın yüzü kireç gibi olmuştu, tüm bedeni titriyordu, o haliyle hiç güzel değildi, Ellen. Hiç, hiç! Korkunçtu. Zayıf yüzünde, iri gözlerinde çılgın ve zavallı bir öfke okunuyordu. Kapının tokmağına yapıştı ve sarstı da sarstı. Kapı içeriden sürgülenmişti.

"Aç kapıyı, yoksa gebertirim seni! Aç kapıyı," diyordu; daha doğrusu haykırıyordu: "İblis! İblis! Geberteceğim seni, geberteceğim!"

Joseph yine çatlak bir kahkaha attı.

"İşte şimdi tıpkı babası! Tıpkı babası!" dedi. "Ya anaya çekiyoruz ya babaya. Hiç aldırma, Hareton, oğlum; hiç korkma, oraya gelemez!"

Linton'ın ellerini tuttum ve onu oradan uzaklaştırmaya çalıştım. Ama öyle bir haykırdı ki, şaşırdım, ürkerek ellerini bıraktım. Sonunda bir öksürük nöbeti, bağırmasını bastırdı; ağzından kanlar fışkırdı ve yere düştü. Ben, korkudan deli gibi, avluya koştum, avazım çıktığı kadar, "Zillah, Zillah!" diye bağırmaya başladım. Zillah sesimi duydu; ambarın arkasında bir barakada inekleri sağıyormuş; işini bırakıp koşarak ne istediğimi sordu. Anlatacak durumda değildim, nefes nefeseydim. Onu içeri sürükleyerek gözlerimle Linton'ı aradım. Earnshaw, neden olduğu kötülüğü anlamak için içeriden çıkmış, zavallıyı o sırada yukarı taşıyordu. Zillah ile ben de peşinden çıktık. Ama Earnshaw beni merdivenin başında durdurdu, içeri girmememi, eve gitmem gerektiğini söyledi. Ben de onun yüzüne, "Linton'ı öldürdün!" diye haykırdım ve "Gireceğim işte!" dedim. Joseph kapıyı kilitledi, "Öyle şey yok," dedi. "Sen de onun gibi çıldırmak mı istiyorsun?" diye sordu. Zillah içerden çıkıncaya kadar orada durup ağladım. Kadın çok geçmeden Linton'ın iyileşeceğini söyledi. "Ama bağırıp çağırırsa olmaz," dedi. Elimden tuttu ve beni salona sürükler gibi götürdü.

Ellen, saçımı başımı yolmamak için kendimi güç tutuyordum. Öyle hıçkırdım, öyle ağladım ki, gözlerim neredeyse görmez oldu. O kadar sevdiğin o haydut da karşımda duruyor, ikide bir utanmadan beni, "Hişşt, hişşt!" diye susturmak istiyor, suçun kendisinde olduğunu kabul etmiyordu. Sonunda kendisini babama söyleyip hapse attıracağımı ve onu asacaklarını söyleyince, korkudan hüngür hüngür ağlamaya başladı. Korkaklığını ve telaşını bana göstermemek için de dışarı kaçtı. Ama yine de ondan hâlâ yakamı kurtarmış değildim. Sonunda beni kalkıp gitmeye zorladılar; daha evden yüz metre kadar uzaklaşmamıştım ki, birden yolun kıyısındaki gölgelikten Hareton çıktı. Minny'yi durdurup kolumdan tuttu.

"Miss Catherine, çok üzgünüm," diye başladı, "ama ne kötü ki..."

Belki de beni öldürür korkusuyla, kamçımı yüzüne indirerek sözünü yarıda kestim. O müthiş küfürlerinden birini savurarak hayvanı bıraktı, ben de dörtnala deli gibi eve geldim.

O akşam gelip sana iyi geceler demedim; ertesi gün de Uğultulu Tepeler'e gitmedim. Gitmeyi çok istiyordum, ama içimde garip bir heyecan vardı. Bazen, "Linton öldü," diyecekler diye korkuyordum; bazen de Hareton'a rastlama olasılığıyla titriyordum. Üçüncü gün cesaretimi topladım, daha doğrusu bu kararsız duruma artık dayanamaz hale geldim. Evden bir daha kaçtım. Saat beşte yaya olarak yola çıktım. Belki, diyordum, kimse görmeden eve sokulur, Linton'ın odasına çıkarım. Ama eve yaklaşınca köpekler havlamaya başladılar. Zillah beni karşıladı ve, "Delikanlı gittikçe iyileşiyor," diyerek beni halı döşeli, temiz, küçük bir odaya aldı, orada Linton'ı bir divana uzanmış, benim kitaplarımdan birini okurken görünce ne kadar sevindiğimi anlatamam. Ama bütün bir saat bana ne bir tek söz söyledi ne de yüzüme baktı, Ellen. Öyle tuhaf bir huyu var ki! Sonra, beni asıl şaşırtan, ağzını açar açmaz, hır güre benim neden olduğumu, Hareton'ın hiç suçu olmadığını söyleyerek yalancılık etmesi oldu. Karşılık versem, anladım ki, ağır konuşacaktım; kalkıp odadan çıktım. Arkamdan güçsüz bir sesle, "Catherine!" diye seslendi. Benden böyle bir davranış beklemiyordu. Ama geri dönmedim. Ertesi gün Uğultulu Tepeler'e gitmedim, bir daha da gitmemeye karar verdim. Ama yatıyor kalkıyor, ondan hiçbir haber alamıyordum; öyle perişan bir durumdaydım ki, verdiğim karar daha iyice kesinleşmeden havaya uçtu, yok oldu. Bir zamanlar oraya gitmekle doğru yapmadığımı düşünüyordum; şimdiyse gitmemeyi doğru bulmuyordum. Michael, Minny'yi hazırlasın mı diye sormaya geldi. Hazırlamasını söyledim; Minny'nin üstünde tepelerden aşarken, bir görevi yerine getirdiğimi düşünüyordum. Avluya girmek için öndeki pencerelerin önünden geçmek zorundaydım. Kendimi göstermemeye çalışmak boşunaydı.

Zillah küçük salona doğru gittiğimi görünce, "Küçükbey büyük salonda," dedi. İçeri girdim. Earnshaw da oradaydı, ama ben içeri girer girmez hemen dışarı çıktı. Linton büyük koltukta oturuyordu. Yarı uyur gibiydi. Ocağın yanına gittim, ciddi bir sesle ve gerçekten biraz da öyle düşünerek söze başladım:

"Linton," dedim, "mademki benden hoşlanmıyorsun, mademki sırf sana kötülük etmek için geldiğimi sanıyorsun, her gelişimde de gerçekten kötülüğüm dokunmuş gibi davranıyorsun, öyleyse bu son görüşmemiz olacaktır, birbirimize veda edelim; Mr. Heathcliff'e de, artık beni görmek istemediğini, bu konuda yeni yeni yalanlar uydurmamasını söyle!"

Linton, "Otur ve şapkanı çıkar, Catherine," dedi. "Sen benden çok daha mutlusun, benden daha iyi huylu olman gerek. Babam durmadan kusurlarımdan söz ediyor, beni öyle hor görüyor ki, artık ben de doğal olarak kendimi adamdan saymamaya başladım. Çoğu kez düşünüyorum da, babamın dediği doğru olmalı, adam sayılacak yerim yok herhalde, diyorum. O zaman öyle öfkeleniyorum, öyle acı duyuyorum ki, herkese düşman kesiliyorum. Evet, hiçbir işe yaramam. Hemen hemen her zaman huyu kötü, içi kötü bir insanımdır. İstersen bana veda edebilirsin. Bir yükten kurtulmuş olursun; yalnız, Catherine, şu sözlerime hak ver: İnan ki senin kadar sevimli, senin kadar yumuşak, senin kadar iyi olmak elimden gelse, olurdum; hem de hiç kuşkum yok, senin kadar mutlu, senin kadar sağlıklı olmaktan çok, bunu isterdim. Şuna da inan ki, senin iyiliğin seni bana o kadar sevdirdi ki, sevgine yaraşır bir insan olsam da seni bu kadar sevemezdim. Huyumu sana belli etmemek elimden gelmedi; ama bunun için çok üzgünüm, çok pişmanım; ölünceye kadar da üzülecek ve pişman olacağım!"

Doğru söylediğini, onu bağışlamam gerektiğini, bir dakika sonra kavga çıkaracak olsa bile yine bağışlamam gerektiğini hissettim. Artık barışmıştık. Ama orada kaldığım sürece ikimiz de ağladık. Yalnızca kederden değil! Linton'ın böyle ters, biçimsiz bir yaradılışı olmasına üzülmüştüm. Dostlarına hiç rahat vermeyecek, kendi de hiç rahat yüzü görmeyecekti. O akşamdan sonra hep onun o küçük salonuna gittim. Çünkü bir gün sonra babası eve geldi.

Sanırım üç kez, o ilk gittiğim akşamki gibi son derece neşeli ve iyi vakit geçirdik. Gelecekten neler neler bekliyorduk! Bütün öteki akşamlar hep sıkıntılı ve üzüntülü geçti; ya dediğim dedik oluyor, darılıp kızıyor ya da hasta oluyordu. Ama hastalığına olduğu kadar, huysuzluklarına da üzülmeden dayanmasını öğrendim. Mr. Heathcliff özellikle bana görünmüyor. Kendisini hemen hiç görmedim gibi bir şey. Geçen pazar her zamankinden daha erken gitmiştim. Zavallı Linton'a, bir gece önce bana yaptıklarından dolayı acımasızca çıkıştığını duydum. Bunu nereden haber almıştı, bilmem. Gelip kapıdan bizi dinlemiş olsa gerek. Linton gerçekten insanı çıldırtacak kadar huysuzluk etmişti o akşam; ama bu yalnız beni ilgilendirirdi. İçeriye girdim ve Mr. Heathcliff'e böyle söyleyerek çıkışmalarını sona erdirdim. Birden kahkahayla güldü ve konuyu o yönden aldığıma pek sevindiğini söyleyerek çekip gitti. O günden sonra, Linton'ı, bana çıkışacağı zaman alçak sesle söylemesi için uyardım. Ellen, işte her şeyi anlattım sana. Beni Uğultulu Tepeler'e gitmekten alıkoymak, iki insana yazık etmektir. Oysa babama söylemezsen, benim bu gidip gelmelerimin kimseye zararı dokunmayacaktır. Söylemeyeceksin, değil mi? Söylersen çok acımasız davranmış olacaksın."

"Kararı yarın sabaha bırakacağım, Miss Catherine," dedim. "Biraz düşünmem gerek. Şimdi siz dinlenin, ben de gidip düşüneyim."

Bu işi yüksek sesle ve efendimin yanında düşündüm. Catherine'in odasından doğruca onun odasına gittim. Her şeyi olduğu gibi anlattım; yalnız kuzeniyle konuştuğu şeyleri söylemedim ve Hareton'dan da hiç söz etmedim. Mr. Linton'ın eli ayağı tutuştu, çok kaygılandı, ama bana pek göstermek istemedi. Sabah olunca, Catherine sırrını açıkladığımı öğrendi, aynı zamanda bu gizli gidip gelmelerin sona erdiğini de öğrendi. Bu yasak karşısında boşu boşuna ağladı, kıvrandı, Linton'a acıması için babasına yalvardı. Ama yararı yoktu; babası, isterse yalnızca mektup yazabileceğini, Linton'ın da istediği zaman Çiftlik'e gelip gitmekte özgür olduğunu söyledi; elde edebildiği tek avuntu işte bu söz oldu. Ama Catherine'i artık Uğultulu Tepeler'de beklememesini de yazacaktı. Efendi, yeğeninin huyunu suyunu ve sağlık durumunu bilseydi, belki bu kadarına bile razı olmazdı.

25

"Bütün bunlar geçen kış oldu," dedi Mrs. Dean, "bir yılı geçti geçmedi, o kadar. Geçen kış, on iki ay sonra bunları anlatarak yabancı bir kimseye vakit geçirteceğim aklıma bile gelmemişti. Ama sizin de aileye ne kadar süre yabancı kalacağınızı kim bilir? Çok gençsiniz; kendi başınıza yaşamaktan usanacaksınız elbette. Sonra, her nedense, Catherine Linton'ı görüp de sevmemek olanak dışıdır gibi geliyor bana. Gülümsüyorsunuz! Ama ondan söz ettiğim zamanlar niye öyle canlanıp ilgileniyorsunuz? Sonra neden onun resmini şöminenizin üzerine asmamı istediniz? Ve neden?.."

"Durun, benim iyi yürekli dostum," dedim. "Onu sevmem pek mümkün; ama o beni sever mi bakalım? Bundan çok kuşkuluyum; bu yüzden de böyle bir çılgınlık edip rahatımı bozmak istemem. Sonra, buralar bana göre yerler değil. Ben kalabalık kentlerin adamıyım, yine oralara döneceğim. Siz anlatın olanları. Catherine babasının buyruklarını dinledi mi?"

"Evet, dinledi," diye sürdürdü konuşmasını kâhya kadın. Babasına duyduğu sevgi yüreğinin başköşesinde yer tutuyordu hâlâ. Sonra, babası ona darılmadan, öfkelenmeden konuşmuştu; canı kadar sevdiği bir varlığı, türlü tehlikeler ve düşmanlar arasında bırakıp gitmek üzere olan bir kimsenin derin sevecenliğiyle konuşmuştu. Kızının sonradan hatırlayacağı bu sözler, ona, tutacağı yolda tek yardımcı, tek yol gösterici olacaktı. Birkaç gün sonra efendi, bana şöyle dedi: "Keşke yeğenim bir mektup yazsa ya da kendisi gelse, Ellen. Bana içtenlikle söyle, onun hakkında ne düşünüyorsun? İyiliğe yüz tuttu mu? Ya da büyüyüp bir erkek olunca düzelme umudu var mı?"

"Çok narin bir çocuk, efendim," diye karşılık verdim, "pek erkeklik çağına ulaşabilecek gibi değil; ama şunu söyleyeyim ki, babasına hiç benzemiyor. Eğer Miss Catherine onunla evlenmek bahtsızlığına uğrarsa, onu evirip çevirebilir; ama bir dediğini iki etmez de şımartır, tepesine çıkarırsa, o başka! Ama, efendim, o zamana daha çok vakit var. Kendisini görüp anlarsınız, kızınıza uygun bir koca olur mu, olmaz mı, kendiniz karar verirsiniz. Linton'ın ergenlik çağına gelmesine daha dört yıldan çok bir zaman var."

Edgar içini çekti, pencereye giderek Gimmerton Kilisesi'ne doğru baktı. Sisli bir öğle sonrasıydı; ama hafif bir şubat güneşi vardı. Mezarlıktaki iki çam ağacı ile oraya buraya serpiştirilmiş birkaç mezar taşını ancak seçebiliyorduk.

"Sık sık dua etmişimdir," diye kendi kendine mırıldandı, "şu yaklaşan şeyin bir an önce gerçekleşmesi için. Şimdi de bundan ürkmeye, korkmaya başlıyorum. Evlenip şu dereden indiğim saatin anısı, şimdi çok geçmeden birkaç ay, belki de birkaç hafta içinde yeniden aynı yoldan yukarı taşınıp oradaki ıssız çukura uzatılacağım umudu ve düşüncesi kadar tatlı olamaz, diyordum. Ellen, küçük Cathy'mle çok mutluydum. Kış akşamları ve yaz günleri o yanı başımda canlı bir umuttu, ama şu eski kilisenin gölgesinde, şu taşlar arasında kendi kendime düşüncelere daldığım uzun haziran akşamları, annesinin yeşil mezarı üstüne uzanıp benim de o toprağın altında yatacağım günü arzuladığım, o anın özlemini çektiğim zamanlar da o kadar mutluydum. Cathy için ne yapabilirim? Onu nasıl bırakıp gideceğim? Linton'ın Heathcliff'in oğlu olması, kızımı elimden alıp götürmesi beni hiç düşündürmez; yeter ki benim yokluğumu kızıma unutturabilsin! Heathcliff'in amacına ulaşmasına ve Tanrı'nın bana verdiği son avuntuyu da elimden alıp beni yenik düşürmesine de hiç aldırmazdım. Ama, eğer Linton buna değer biri değilse, babasının elinde bir oyuncaktan farksızsa, kızımı ona bırakamam. Onun o neşeli, canlı ruhunu ezmek benim için ne kadar acı olursa olsun, yaşadığım sürece ona üzüntülü günler geçirtmem, öldüğüm zaman da yalnız bırakmam gerekecek; bunu yapmak zorundayım da. Yavrucuğum benim! Onu Tanrı'nın eline bırakmak ve kendimden önce toprağa vermek bundan iyidir."

"Onu yine Tanrı'nın eline bırakınız, efendim," dedim. "Tanrı korusun, sizi yitirecek olursak, Tanrı'nın yardımıyla, ölünceye kadar, onun dostu ve yol göstericisi olarak kalacağım. Miss Catherine iyi bir kızdır; bilerek inadına yanlış yola sapmayacağından hiç kuşkum yok. Görevlerini yerine getiren insanlar da eninde sonunda ödüllendirilirler."

Bahar geldi; efendim çiftlik içinde kızıyla birlikte yine eskisi gibi gezintilere başlamıştı, ama sağlığı düzelmemişti. Catherine bilgisizliğinden bu gezintileri bir tür iyileşme sayıyordu. Hem sonra, babasının yanakları çoğu zaman al al oluyor, gözleri de pırıl pırıl parlıyordu... Artık babasının iyileşmekte olduğundan hiç kuşkusu yoktu. Catherine'in on yedinci doğum gününde Mr. Linton mezarlığa gitmedi. Yağmur yağıyordu. "Bu gece dışarı çıkmayacaksınız tabii, değil mi, efendim?" diye sordum.

"Hayır," dedi. "Bu yıl ziyareti biraz sonraya bırakacağım." Linton'a yeniden bir mektup yazdı ve kendisini görmeyi çok istediğini bildirdi. Eğer hasta çocuk insan içine çıkacak gibi olsaydı, hiç kuşkum yok ki babası Çiftlik'e gelmesine razı olurdu. Onun için, öğretildiği gibi yazdığı bir mektupta, Mr. Heathcliff'in kendisini Çiftlik'e göndermediğini, ama dayısının kendisini hatırlama nezaketini göstermesine çok sevindiğini, gezmeye çıktığı günlerde ara sıra ona rastlama umudunda olduğunu ve o zaman kuzeniyle ikisini böyle birbirinden büsbütün ayırmaması için ricada bulunacağını söylüyordu.

Mektubun buraya kadar olan bölümü çok yalın bir dille yazılmıştı, anlaşılan kendi elinden çıkmıştı. Heathcliff, oğlunun, Catherine'in arkadaşlığına kavuşmak için güzel ve etkili sözlerle kendini savunacağını biliyordu. Mektup şöyle devam ediyordu:

Onu buraya gönderin, demiyorum. Ama babam beni onun evine bırakmıyor, siz de onu bizim eve göndermiyorsunuz diye Catherine'i hiç görmeyecek miyim? Ne olur, ara sıra onunla birlikte Tepeler yönünde atla gezintiye çıkın, sizin yanınızda birkaç kelime konuşmamıza izin verin. Bu ayrılığı gerektirecek hiçbir şey yapmadık biz. Sonra, bana dargın da değilsiniz. Kendiniz de söylüyorsunuz ki, beni sevmemeniz için hiçbir neden yok!

Canım dayıcığım! Yarın bir-iki satırla beni sevindirin. Thrushcross Çiftliği'nden başka nerede isterseniz sizinle buluşmama izin verin. Benimle bir kez görüşseniz, babama hiç benzemediğimi anlayacaksınız, hiç kuşkum yok bundan. Babam, benim, onun oğlu olmaktan çok, sizin yeğeniniz olduğumu söylüyor. Beni Catherine'e yaraşır biri olmaktan alıkoyan birtakım kusurlarım olsa da, Catherine onları hoş görüyor; onun hatırı için siz de hoş görmelisiniz.

Sağlığımı soruyorsunuz... Daha iyiyim. Ama tüm umutlarımı yitirmiş olarak yalnızlığa ya da beni hiç sevmemiş ve hiç sevmeyecek olan kimseler arasında yaşamaya yazgılı olduğum sürece, neşemi nasıl bulur, nasıl iyi olurum?

Edgar çocuğa acımadı değil, ama Catherine'le dolaşacak durumda olmadığından, onun isteğini yerine getirmeye yanaşmadı. Belki de yaz gelince buluşabileceklerini yazdı. O zamana kadar da kendisinden ara sıra mektup beklediğini söyledi ve kendi mektuplarında da elinden geldiğince öğütler verip onu avutmaya çalıştı; çünkü çocuğun, ailesi içinde ne güç durumda olduğunu biliyordu. Linton razı oldu. Kendi başına bırakılsaydı, çocuk herhalde mektuplarını yalnız yakınmalar ve sızlanmalarla doldurur, her şeyi altüst ederdi. Ama babası kendisini sıkı sıkı kolluyor ve tabii efendimin oğluna yazdığı her satırı ısrarla görmek istiyordu. Onun için de Linton, asıl baş düşüncesi olan şeylerden, acılarından, çektiklerinden söz edeceği yerde, hep kendisini arkadaşından, sevgilisinden zorla, acımasızca ayırdıklarından söz ediyordu. Eğer Mr. Linton hemen Catherine'le buluşmalarına izin vermezse, kendisini boş sözlerle bile bile aldattığı sonucuna varacağını ince bir dille anlatıyordu.

Cathy de evde hep ondan yana çıkıyordu. Biri oradan, biri buradan uğraşa uğraşa, sonunda benim gözetimimde Çiftlik'e yakın kırlarda, haftada bir kez olsun buluşup atla ya da yaya olarak bir gezinti yapmaya efendiyi razı ettiler. Çünkü haziran geldiği halde efendim hâlâ eriyip gidiyordu. Gerçi Mr. Linton her yıl gelirinin bir bölümünü küçükhanım için ayırır, bir köşeye koyardı, ama kızının kısa bir süre içinde atalarının evini geri almasını ya da yeniden o eve girebilmesini de istiyordu. Bunun için de kızının, kendi mirasçısıyla evlenmesinden başka çare olmadığını düşünüyordu. Mirasçısının da kendisiyle birlikte hızla erimekte olduğundan haberi yoktu. Başkaları da bunu bilmiyordu sanırım. Tepeler'e doktor filan uğramıyordu. Lin-

311

ton'ı da gören yoktu ki, gelip durumu bize bildirsin. Ben de doğrusu, Linton'ın kırlarda atla ya da yaya olarak dolaşmaktan söz ettiğini ve bunda o kadar direttiğini görünce, önsezilerimin beni aldattığı, çocuğun anlaşılan gerçekten iyileşmekte olduğu kanısına vardım. Ölmek üzere olan oğluna Heathcliff kadar acımasızca, haince davranan bir baba olabileceğini düşünemezdim. Sonradan öğrendiğime göre, Heathcliff davranışlarıyla oğlunu bu yapmacık coşkunluğa zorluyormuş. Açgözlülükle ve duygusuzca yürüttüğü planlarının ölüm karşısında yakında başarısızlığa uğrayacağını anlayınca, o da çabalarını artırmıştı.

26

Edgar onların yalvarmaları karşısında istemeye istemeye bu işe boyun eğdiğinde, yaz oldukça ilerlemişti. Catherine ile ben kuzeniyle ilk kez buluşmak üzere atla yola çıktık. Sıkıntılı bir gündü; boğucu bir sıcak vardı. Güneş görünmüyordu, ama ara ara bulutlarla beneklenen sisli gökyüzünde hiçbir yağmur belirtisi de yoktu. Buluşma yerimiz dörtyolun yanındaki işaret taşı olarak kararlaştırılmıştı, ama oraya varınca, haberci olarak gönderilen küçük bir çoban bize, Linton'ın Tepeler'in öte yanına bakan yamaçta olduğunu, biraz daha ileri gidersek bize minnettar kalacağını bildirdiğini söyledi.

"Anlaşılan Linton dayısının ilk uyarısını unutmuş; efendim bize Çiftlik toprağından dışarı çıkmamamızı söyledi, işte biz de hemen dönüyoruz," dedim.

Catherine, "Onunla buluşur buluşmaz atımızın başını bu yana çeviririz, olur biter," dedi, "gezintiyi eve doğru yaparız."

Ama yanına vardığımızda onun atsız olduğunu gördük; zaten kapısının eşiğinden de ancak çeyrek mil ötedeydi. Biz de yere inip hayvanları otlamaya bırakmak zorunda kaldık. Otlar üzerine uzanmış yatıyor, yanına yaklaşmamızı bekliyordu. Bir-iki metre kalıncaya kadar ayağa kalkmadı, kalkınca da o kadar halsiz yürüdü, yüzü o kadar sarıydı ki, ben hemen, "Aman, Mr. Heathcliff, bu sabah sizde hiç gezinti yapacak hal yok! Ne kadar rahatsız görünüyorsunuz!" deyiverdim.

Catherine üzüntü ve şaşkınlıkla kuzenini süzdü. Dudaklarındaki sevinç çığlığı korkuya dönüştü. Ne zamandır geciktirilen bu buluşmadan dolayı bayram edecekken, kaygıyla, eskisinden daha kötü mü olduğunu sordu.

Linton, "Hayır, daha iyiyim, daha iyiyim!" diye soludu. Bütün bedeni titriyor, bir yere tutunması gerekiyormuş gibi kuzeninin elini bırakmıyor, iri mavi gözlerini ürkek ürkek onun üzerinde gezdiriyordu. Gözlerinin çevresindeki çukurlar eski bitkin bakışlarına korkunç, yabanıl bir görünüm vermişti.

Cathy, "Ama daha kötüsün," diye diretti. "Son gördüğümden daha kötüsün, daha zayıflamışsın, sonra..."

Linton telaşlı telaşlı onun sözünü kesti. "Yorgunum; hava yürüyecek gibi değil, çok sıcak. Burada dinlenelim. Sonra, sabahları da çoğu kez halsiz oluyorum; babam pek çabuk, birden büyüdüğümü söylüyor."

Cathy pek inanmamıştı; yere oturdu, Linton da onun yanına uzandı.

Cathy neşelenmeye çalışarak, "Bu bir parça senin cennetine benziyor," dedi. "Hatırlıyor musun, ikimizin de en güzel bulduğu yerde ve biçimde birer gün geçirmeyi kararlaştırmıştık. Bu hemen hemen seninkine benziyor. Ama bulutlar var; onlar da o kadar yumuşak, o kadar tatlı ki! Güneş ışınlarından da daha güzeller. Gelecek hafta da gelebilirsen, atlarımızla Çiftlik'in bahçesine gider, bir de benimkini deneriz."

Linton, Catherine'in neden söz ettiğini pek hatırlamıyor gibiydi. Belli ki, hangi konu olursa olsun, sürekli konuşmakta çok güçlük çekiyordu. Catherine'in ortaya attığı konulara gösterdiği ilgisizlik ve yine arkadaşına iyi bir vakit geçirtmek konusundaki yetersizliği o kadar belirgindi ki, Cathy duyduğu hayal kırıklığını gizleyemedi. Kuzeninin hali tavrı, her şeyi anlatılamaz bir değişikliğe uğramıştı. Okşamaların sevgiye çevirebildiği huysuzlukların yerine bir kaygısızlık, bir duygusuzluk gelmişti. Okşanıp yatıştırılmak için özellikle sinirlenip hırçınlık etmeleri, o çocuksu huysuzluğu hemen hemen hiç kalmamıştı; tüm avuntulara yüz çeviren, başkalarının iyi niyetli neşesini bir aşağılanma gibi görmeye hazır, düzelmesi olanaksız bir hastanın içe dönüklüğü, somurtkanlığı gelmişti üzerine. Catherine de benim kadar anladı ki, bizim yanında olmamızdan hiçbir zevk duymuyor, bizi bir ceza gibi çekiyordu. Onun için Catherine fazla düşünmeden, "Biz hemen gidelim," dedi. Bu söz, umulmadık bir biçimde, Linton'ı daldığı uykusundan uyandırdı; çocuk garip bir telaşa, heyecana kapıldı. Tepeler'e doğru korkuyla bakarak, "Hiç olmazsa yarım saatçik daha kalın," diye yalvardı.

Cathy, "Ama bana kalırsa," dedi, "evinde buradan daha çok rahat edeceksin. Sonra görüyorum ki, bugün seni ne hikâyelerimle ne şarkılarımla ne de gevezeliklerimle eğlendirebiliyorum, bu altı ay içinde sen benden daha akıllı uslu olmuşsun. Beni eğlendiren şeylerden artık pek hoşlanmıyorsun. Yoksa, seni eğlendirebilseydim, seve seve kalırdım."

Linton, "Dinlenmek için kalın," dedi. "Sonra, Catherine, benim *çok* hasta olduğumu da sanma ya da öyle söyleme: Havanın ağırlığı ve sıcak beni böyle sersemletti.

314

Sonra, siz gelmeden önce de kendi kendime çok dolaştım. Dayıma oldukça iyi olduğumu söyleyin, olmaz mı?"

Küçükhanım, "*Senin* öyle dediğini söylerim, Linton, ama ben kendim, sağlığı iyidir, diyemem," dedi ve onun böyle yalan olduğu belli bir savı öne sürüp bunda diretmesine şaştı.

Linton onun şaşkın bakışlarından kaçarak, "Ne olur, önümüzdeki perşembe buraya yine gel!" diye sözünü sürdürdü. "Dayıma da seni bıraktığı için benim adıma teşekkür et, Catherine. Sonra, eğer babama rastlarsan, sana benimle ilgili bir şey sorarsa, ona son derece sessiz ve sersem sersem oturup durduğumu belli edecek bir şey söyleme. Onun karşısında öyle suskun, üzgün durma, sonra öfkelenir."

Catherine kendisine öfkelenileceğini sanarak, "Onun öfkelenmesi bana vız gelir," dedi.

Kuzeni korkuyla titreyerek, "Bana vız gelmez ama," dedi. "Onu bana karşı kışkırtma, Catherine, çünkü çok sert davranıyor."

"Size karşı sertlik mi yapıyor, küçükbey?" diye sordum. "Artık hoşgörü göstermekten usandı mı? İçindeki nefreti açığa mı vurmaya başladı?"

Linton yüzüme baktı, ama yanıt vermedi. Cathy on dakika daha kuzeninin başında oturdu, Linton'ın başı göğsüne düşmüştü. Uyuklar gibi bir hali vardı; ağzından da ya bitkinlikten ya da acıdan duyulur duyulmaz birtakım iniltiler çıkıyordu. Cathy avunmak için böğürtlen toplamaya başladı. Bulduklarını getirip benimle paylaşıyordu. Linton'a vermiyordu. Kendisiyle daha fazla ilgilenmenin onu yormaktan, rahatsız etmekten başka bir işe yaramayacağını anlamıştı.

Sonunda kulağıma, "Artık yarım saat oldu, Ellen," diye fısıldadı. "Daha fazla kalmamıza gerek yok herhalde. Linton uyuyor, babam da bizi bekliyordur."

315

"Peki, ama onu böyle uyurken bırakmak doğru olmaz," dedim. "Uyanıncaya kadar bekle ve sabırlı ol. Eve gitmeye ne kadar da can atıyorsun; oysa zavallı Linton'ı görmek için ne kadar sabırsızlanıyordun; isteğin ne çabuk geçti!"

Catherine, "O beni niçin görmek istiyordu ki?" dedi. "Eskiden, en huysuz anlarında bile onu şimdiki bu tuhaf halinden daha çok seviyordum. Bu görüşme sanki yapmak zorunda olduğu bir görev; sanki babasından azar işitmemek için korkusundan gelmiş; ama Mr. Heathcliff ne düşünerek Linton'ı bu cezaya zorlarsa zorlasın, benim onun gönlünü hoş etmek için buralara gelmeye hiç niyetim yok. Sonra, sağlığının daha iyi olmasına da sevindim; ama bana karşı eskisinden çok daha kötü davranmasına ve beni eskisi kadar sevmemesine üzüldüm."

"Sağlığının daha iyi olduğunu mu sanıyorsunuz?" dedim.

"Evet," dedi. "Bilirsin, eskiden halinden nasıl yakınırdı. Babama söylememi istediği kadar iyi değil; ama herhalde eskisinden daha iyi."

"Ben sizin gibi düşünmüyorum, Miss Cathy," dedim. "Eskisinden çok daha kötü olduğunu söyleyebilirim."

Tam bu sırada Linton sıçrayarak, dehşetle, ne yapacağını bilmez bir halde gözlerini açtı. "Birisi beni mi çağırdı?" diye sordu.

Catherine, "Hayır," dedi, "düşünde çağırdılarsa, o başka! Böyle sabah sabah kırlarda nasıl uyukluyorsun, aklım almıyor?"

Linton yukarımızdaki dik sırta baktı. Güçlükle soluk alarak, "Babamın sesini duydum gibi geldi," dedi. "Kimsenin seslenmediğinden emin misiniz?"

Kuzeni, "Kesinlikle eminim," diye karşılık verdi. "Yalnız Ellen ile ben senin sağlık durumunu tartışıyorduk. Kışın birbirimizden ayrıldığımız zamandan daha iyi misin gerçekten, Linton? Eğer öyleyse, yalnız bir şeyin, bana olan ilginin eskisinden daha zayıf olduğu kesin; söyle, eskisinden daha iyi misin?"

Linton'ın gözlerinden yaşlar boşandı. "Evet, evet, iyiyim," dedi. Duyduğunu sandığı o sesin etkisi altındaydı hâlâ; gözleri çevrede, durmadan o sesin sahibini araştırıyordu.

Cathy ayağa kalktı. "Bugünlük bu kadar yeter, gitmemiz gerek artık," dedi. "Hem ne yalan söyleyeyim, bu buluşma hiç de umduğum gibi olmadı doğrusu. Tabii bunu senden başka kimseye söyleyecek değilim; ama Mr, Heathcliff'ten korkuyorum da ondan sanma."

Linton, "Sus, Tanrı aşkına, sus! O geliyor!" dedi ve Catherine'in koluna sarılarak onu bırakmamaya çalıştı. Ama Cathy bunu duyar duymaz hemen onun elinden kurtuldu, ıslıkla Minny'yi çağırdı; midilli, bir köpek gibi bu sese koşup geldi.

Midillisinin eyerine atlayarak, "Önümüzdeki perşembeye yine buradayım," dedi. "Hoşça kal. Ellen, çabuk!"

Böyle söyleyerek yanından ayrıldık, bizim ayrıldığımızın pek farkında bile değildi. Babasının yaklaşmakta olduğundan başka hiçbir şey düşünecek durumda değildi.

Daha eve varmadan Catherine'in hoşnutsuzluğu azaldı. Şimdi acıma ve pişmanlıkla karışık bir duyguya kapılmıştı. Aynı zamanda Linton'ın sağlığı, babası ve evdekilerle ilişkilerinin gerçek durumuyla ilgili kaygıları, kuşkuları da bu duyguya karışıyordu. Kuşkularına ben de katılmakla birlikte, babasına bunlardan pek söz etmemesini öğütledim. Çünkü ikinci buluşmadan sonra bir yargıya varmak daha uygun olurdu. Efendim olanı biteni anlatmamızı istedi. Yeğeninin teşekkürleri olduğu gibi kendisine iletildi. Catherine geri kalanın üstünde pek durmadı. Efendinin sorduklarını ben de doğru dürüst yanıtlamadım; çünkü neyi gizlemek, neyi söylemek gerektiğini kestiremiyordum.

27

Yedi gün geçip gitti; Edgar Linton'ın sağlığı hızla bozulmaya başladığından, artık günleri sayıyorduk. Vaktiyle ayların yaptığı yıkıntı artık saat işi olmuştu. Durumu Catherine'den saklamaya çalıştık, ama onu atlatmak olanaksızdı. O korkunç olasılığı kendiliğinden sezdi ve gittikçe kesinleşen bu durumdan başka bir şey düşünemez oldu. Perşembe gelince yapacağı at gezintisinden söz etme cesaretini gösteremedi. Ben bunu kendisine hatırlattım ve onu, kendi istemese de, dışarı çıkarma iznini aldım. Çünkü Catherine için tüm dünya artık babasının odasıyla kitaplıktı. Edgar gündüzleri kalkıp oturabildiği az bir zamanı kitaplığında geçiriyordu. Catherine babasının başucunda onunla ilgilenmediği ya da yanında oturmadığı bir dakikayı bile kendine çok görüyordu. Yorgunluktan ve üzüntüden sapsarı kesilmişti. Efendim gezintiye sevinerek izin verdi. İşin olumlu yanını düşünüyor, biraz değişik yerler, başka kimseler görsün, iyi gelir, diyordu. Kendisi öldükten sonra kızının büsbütün yalnız kalmayacağını umuyor, avunuyordu.

Ağzından kaçırdığı sözlerden anladığıma göre, mademki yeğenim görünüşte bana benziyor, herhalde huyu da bana benziyordur, diye düşünüyordu hep; bu düşünce aklına yer etmişti, çünkü Linton'ın mektuplarından kötü huyu pek az anlaşılıyor, belli bile olmuyordu. Ben de ba-

ğışlanır bir zayıflıkla onun bu yanlış düşüncesini düzelt-
mekten çekindim. Kendi kendime, Linton'ın bu işe gücü-
nün de, zamanının da yetmeyeceğini söyleyip onun son
dakikalarını zehir etmenin ne anlamı var, diyordum.
Gezintimizi öğleden sonraya bıraktık. Parlak, güneş-
li bir ağustos günüydü. Bayırlardan gelen her esinti öyle-
sine hayat doluydu ki, bu havayı soluyan, ölüm yatağın-
da da olsa, dirilirdi. Catherine'in yüzü de tıpkı çevre-
mizdeki görünüm gibiydi; gölgeler ve güneş ışınları bir-
birini kovalıyordu. Ama gölgeler daha uzun süre duru-
yor, ışıklı anlar daha çabuk geçiyor ve küçük yüreciği
tasalarını unuttuğu o geçici anlar için bile kendi kendini
ayıplıyordu.

Linton'ın bizi geçen seferki yerde beklediğini gör-
dük. Küçükhanım yere atladı ve bana, orada pek az kala-
cağını, onun için benim attan inmeden midilliyi tutma-
mın daha iyi olacağını söyledi. Ama ben razı olmadım.
Bana verilen emaneti bir dakika için de olsa gözden kaçı-
ramazdım. Onun için, fundalıklarla kaplı bayırı birlikte
tırmandık. Linton bu kez bizi daha canlı karşıladı. Ama
ne neşeden ne de sevinçten gelen bir canlılıktı bu: Daha
çok, korkuya benziyordu.

Kesik kesik ve güçlükle konuşarak, "Geç kaldınız,"
dedi. "Babanız çok hasta değil mi? Gelmezsiniz sanmış-
tım."

Catherine selamdan sabahtan vazgeçerek, "*Niçin* açık
konuşmuyorsun?" diye bağırdı. "Beni istemediğini açıkça
niye söylemiyorsun? Doğrusu çok tuhaf, Linton, ikinci
keredir beni buraya bile bile, ikimiz de acı çekelim, üzüle-
lim diye getiriyorsun; bunun başka hiçbir nedeni olmadığı
ortada."

Linton ürperdi, yarı yalvarır, yarı utanmış gibi
Catherine'e baktı. Ama kuzeni onun bu anlaşılmaz tutu-
muna dayanacak durumda değildi.

Catherine, "Evet, babam çok hasta," dedi. "Öyle olduğu halde onun başından niçin uzaklaştırılıyorum? Verdiğim sözü yerine getirmemi ister bir halin yok, öyleyse niye bir haber gönderip beni bundan kurtarmadın? Hadi söyle, bir neden istiyorum. Oynamak, şununla bununla vakit geçirmek artık benim için olanaksız. Senin nazını çekmeye vaktim yok."

Linton, "Naz çekmek mi!" diye mırıldandı. "Neymiş bu yaptığım naz? Tanrı aşkına, Cathy, bu kadar kızma! Beni istediğin kadar hor gör. Ben işe yaramaz, korkak alçağın biriyim. Beni ne kadar aşağılasan azdır, ama bana kızmana bile değmem. Babamdan nefret et, beni de adam yerine koyma, yeter."

Catherine müthiş bir öfkeyle, "Saçmalama!" diye bağırdı. "Budala, sersem çocuk! Bakın şuna! Kendisine elimi dokunduracakmışım gibi titriyor, 'Beni adam yerine koyma!' diye hatırlatmana gerek yok, Linton! Kim olsa bunu kendiliğinden yapacaktır. Çekil git buradan! Ben hemen dönüyorum; seni ocağın başından kaldırıp buralara kadar sürüklemek delilikten, gösteriş yapmaktan başka bir şey değil. Neyin gösterişini yapıyoruz? Bırak eteğimi! Böyle ağladığın, korkudan ölecek hale geldiğin için sana ben acıyacak olsam bile, senin böyle bir şeyi nefretle karşılaman gerekir. Ellen, bu yaptığının ne kadar ayıp olduğunu anlat şuna. Ayağa kalk, böyle yerlerde sürünme, bayağı bir sürüngen durumuna düşme! Ayıp, kalk!"

Linton'ın gözlerinden yaşlar boşanıyordu. Çok acı çekiyormuş gibi, bitkin bedenini yere atmıştı. Sonsuz bir korkuyla felce uğramış gibiydi.

"Of!" diye hıçkırdı. "Artık dayanamıyorum! Catherine, ben hainin biriyim, sana söylemeye cesaretim yok! Ama bıraktığın dakikada beni ölmüş bil! *Sevgili* Catherine, hayatım senin elinde. Beni sevdiğini söylemiştin, eğer sevseydin gücenmezdin. Gitmeyeceksin, değil mi, sevgili, güzel, iyi Catherine! Hem belki de razı olursun, o da senin yanında ölmeme bir şey demez."

Küçükhanım onun büyük bir acı ve üzüntü içinde olduğunu görünce, yerden kaldırmak için eğildi. Eski hoşgörüsü, sevecenliği öfkesini bastırdı. Linton'ın hali içine dokunmuştu, kaygı içindeydi.

"Neye razı olurum?" diye sordu. "Burada kalmaya mı? Bu garip sözlerin anlamını söyle, o zaman kalayım. Bir söylediğin bir söylediğini tutmuyor, deli edeceksin beni! Sakin ol, açık konuş, seni üzen neyse, söyleyiver bitsin. Beni kırmak istemezsin, değil mi, Linton? Elinde olsa hiçbir düşmanımın beni incitmesine izin vermezsin, değil mi? Korkak olduğun belli, ama kendi canını düşünerek korkudan hainlik edip de en iyi arkadaşını oyuna getirmezsin sanırım."

Delikanlı ince parmaklarını birbirine geçirip güçlükle soluk alarak, "Ama babam beni tehdit etti, ben de ondan çok korkuyorum; çok, çok korkuyorum! Dünyada söyleyemem," dedi.

Catherine hem önemsemeyerek hem de acıyarak, "Peki! Peki!" dedi. "Sırrını kendine sakla, *ben* senin gibi korkaklardan değilim. Sen kendine bak; benim hiçbir şeyden korkum yok!"

Bu yüce gönüllülük Linton'ın gözlerini yaşarttı, hüngür hüngür ağlamaya başladı, kendisini tutan Catherine'in ellerini öpüyor, ama bir türlü içindekini söyleme yürekliliğini gösteremiyordu. Ben bu sırrın ne olabileceğini düşünüyor ve kendi kendime, "Ben yaşadıkça, Catherine ne Linton ne de başka biri yüzünden acı çekecektir," diyordum. Tam bu sırada çalılar arasında bir hışırtı duydum, gözlerimi kaldırdım ve tepeden inen Heathcliff'in hemen yanımıza kadar yaklaştığını gördüm. Linton'ın hıçkırıklarını duyabilecek kadar yaklaşmış olduğu halde, onlara doğru bakmadı bile. Başka kimseye göstermediği bir dostlukla beni candan selamladı; içtenliğinden kuşkulanmamak elimde değildi.

"Nasıl oldu da böyle buralara, evimin yanına geldiniz, Nelly?" dedi. "Çiftlik'te ne var, ne yok, anlayalım bakalım." Sonra daha yavaş bir sesle konuşmasını sürdürdü: "Duyduğuma göre, Edgar Linton ölüm döşeğindeymiş; ama belki de hastalığını abartıyorlardır, ne dersin?"

"Hayır," dedim, "doğru; efendim ölüm döşeğinde. Bizi üzüntüde bırakacak, ama kendi kurtulacak!"

"Daha ne kadar yaşar acaba?" diye sordu.

"Bilmem," dedim.

Heathcliff iki gence baktı, Catherine ile Linton bu bakış karşısında oldukları yerde sanki mıhlanıp kaldılar. Linton kımıldamaya, başını kaldırmaya korkuyormuş gibi duruyordu. Catherine de ona bakıp kımıldayamıyordu. Heathcliff, "Çünkü," dedi, "bu oğlan benim planlarımı altüst etmeye kararlı gibi! Dayısı acele eder de ondan önce giderse, minnettar olacağım. Hey! Bu hayvan ne zamandır böyle? Burnunu çekerek ağlamak nedir, ben ona göstermiştim! Miss Linton'la birlikte olduğu zamanlarda genellikle biraz neşeleniyor mu?"

"Neşelenmek mi?" dedim. "Hayır, insan ancak bu kadar acılı olabilir. Haline bakıyorum da, tepelerde sevgilisiyle gezecek yerde, yatakta bir hekimin gözetimi altında olsa daha iyi eder, diyorum."

Heathcliff, "Bir-iki gün sonra öyle olacak," diye mırıldandı. "Ama önce ayağa kalk, Linton, haydi ayağa!" diye bağırdı. "Orada öyle yerlerde sürünüp durma, kalk çabuk!"

Linton, herhalde babasının kendisine şöyle bir bakmasından olacak, bir korku nöbetiyle bitkin halde yere çökmüştü, yoksa bu kadar alçalmak için ortada hiçbir neden yoktu. Babasının dediğini yapmak için şöyle bir davrandı; ama o anda bir parçacık gücünden de eser kalmamıştı; inleyerek yeniden yere yığıldı. Mr. Heathcliff yaklaştı, oğlunu yerden kaldırdı ve arkasını çayırlı sırta dayadı.

Canavarca öfkesine gem vurarak, "Bak," dedi, "öfkelenmeye başlıyorum ha! Şu miskinlikten kendini kurtaramazsan *lanet* olsun! Kalk diyorum, çabuk!"

Linton soluk soluğa, "Kalkacağım baba," dedi. "N'olur beni yalnız bırakın, yoksa bayılacağım. Bilin ki sizin istediğiniz gibi davrandım. Catherine de size söyleyecek, zaten o kadar... o kadar neşeliydim ki! Of! Yanımdan ayrılma, Catherine. Bana elini ver."

Babası, "Benim elimi tut," dedi. "Kalk ayağa. Hah işte böyle! Şimdi Catherine sana kolunu verecek. Oldu işte; onun yüzüne bak. Onda bu kadar korkunç bir korku uyandırdığımı görünce, bu adam ifrit midir, nedir, diye düşüneceksiniz, Miss Linton. Bir zahmet onunla eve kadar gelin, olmaz mı? Ben elimi sürsem, ürperip titriyor."

Catherine, "Lintoncığım," diye fısıldadı, "ben Uğultulu Tepeler'e gidemem, babam yasakladı. Baban sana bir şey yapmayacak. Niye bu kadar korkuyorsun?"

Linton, "O eve sensiz ayağımı atamam, atmamam gerekiyor!" dedi.

Babası, "Yeter!" dedi. "Catherine'in, babasına gösterdiği saygıyı anlayışla karşılayalım; Nelly, Linton'ı eve sen götür, ben de vakit geçirmeden doktor getirme öğüdünüzü tutayım."

"İyi edersiniz," dedim. "Ama ben hanımımın yanından ayrılamam. Sizin oğlunuzdan bana ne!"

Heathcliff, "Çok inatçısın," dedi. "Bunun senin görevin olmadığını ben de biliyorum; ama ona acımanız için bu bebeği kolumun altına kıstırıp bağırtmam gerekecek. Gel bakalım öyleyse, aslanım. Birlikte eve dönmek ister misin?"

Bir kez daha çocuğa yaklaştı ve bu incecik bedeni yakalayacakmış gibi bir harekette bulundu. Ama Linton geri çekilerek kuzenine sarıldı ve kendisiyle eve gelmesi için çılgınca yakasına yapışıp yalvarmaya başladı. Razı olmamak elden gelmezdi. Ne kadar hoş görmediysem de, Catherine'e bir şey diyemedim. Ben böyle yaptıktan sonra Catherine nasıl "olmaz" diyebilirdi? Çocuğa bu kadar ürküntü veren nedir, anlamıyorduk, ama durum ortadaydı, Linton kendini kurtaramadığı bir korku içinde ve çaresizdi; biraz daha üstüne varılırsa aklını oynatacak gibiydi. Evin eşiğine vardık. Catherine içeri girdi; ben de kapıda kaldım; hastayı bir koltuğa bırakıp çıkmasını bekliyordum. O sırada Mr. Heathcliff beni içeri itti ve, "Evimde veba yok, Nelly," dedi. "Sonra, bugün konukseverliğimi göstermek niyetindeyim; oturun, hem izin verin de kapıyı kapatayım."

Kapıyı kapadı, üstelik kilitledi de. Birden şaşırdım.

"Çay içip öyle gidersiniz," dedi. "Evde yalnızım. Hareton hayvanların bir bölümüyle Lees'e gitti. Zillah ve Joseph da canlarının istediği yerde gezmedeler. Gerçi yalnızlığa alışığım, ama hoşlandığım bir-iki kişiyle vakit geçirmek daha iyi. Miss Linton, kuzeninizin yanına oturun. Bütün varımı yoğumu size veriyorum. Size yaraşır bir şey değil, ama verecek başka bir şeyim yok. Linton'dan söz ediyorum. Kız nasıl şaşkın şaşkın bakıyor! Ne garip, benden korkan herkese, her şeye karşı içimde acımasız, vahşi bir duygu beliriyor. Yasaların bu kadar sıkı, zevklerin de bu kadar ince olmadığı bir ülkede olsaydım, şu ikisini elime alır, ağır ağır doğrar biçer, kendime bir akşam eğlencesi çıkarırdım."

Derin bir soluk aldı, masaya yumruğunu indirdi ve kendi kendine söylenerek, "Kahretsin! Nefret ediyorum şunlardan!" dedi.

Bu son sözleri duyamayan Catherine, "Ben sizden

korkmuyorum!" diye haykırdı. Heathcliff'in yanına so-
kuldu. Kara gözleri öfke ve kararlılıkla parlıyordu. "Verin
anahtarı bana; açlıktan ölsem bile burada ne bir şey ye-
rim ne de bir şey içerim," dedi.

Anahtar Heathcliff'in masanın üstünde duran elin-
deydi. Heathcliff gözlerini kaldırıp baktı; bu yüreklilik
karşısında şaşırmış gibiydi. Belki de Catherine'in sesi ve
bakışı, kendisine, genç kızın bunları aldığı kimseyi hatır-
latmıştı. Catherine anahtarı yakaladı. Heathcliff'in gev-
şeyen parmakları arasından neredeyse onu çekip alıyor-
du bile, ama onun bu davranışı, karşısındakini geçmişten,
içinde bulunduğu ana getirdi; hemen anahtarı çekip ya-
kaladı.

"Bakın, Catherine Linton," dedi, "çekilin, yoksa şim-
di sizi yere sererim. Mrs. Dean da çıldırır o zaman."

Catherine bu sözlere hiç aldırmadı. Yeniden, onun
sıkı sıkıya kapadığı eline ve anahtara saldırdı. "Gideceğiz
işte!" diye bağırdı, var gücüyle uğraşarak o demirden par-
makları gevşetmeye çalıştı. Tırnaklarının bir işe yarama-
dığını görünce, olanca şiddetiyle dişlerini geçirdi. Heath-
cliff bana öyle bir bakış attı ki, bir an atılıp aralarına gi-
remedim. Catherine onun parmaklarını gevşetmekten
başka bir şey düşünmediği için yüzünü görmüyordu.
Heathcliff birden elini açtı ve itişmeye neden olan anah-
tarı bıraktı; ama Catherine daha anahtarı iyice ele geçir-
meden, boş kalan eliyle kızı yakaladığı gibi dizine doğru
çekti, öteki eliyle de başının iki yanına birbiri ardına öyle
müthiş tokatlar indirdi ki, Catherine düşecek durumda
olsaydı, bir teki bile onu yuvarlamaya yeterdi.

Bu şeytan öfkesi karşısında çılgın gibi üzerine saldır-
dım, "Alçak seni! Alçak seni!" diye bağırmaya başladım.
Göğsüme inen bir yumruk beni susturdu. Şişmanım, so-
luğum çabuk kesilir; bir yandan bu yumruk, bir yandan
da öfke beni sersemletti, sendeleyerek geriledim. Nere-

deyse tıkanacaktım. Ya da bir damarım patlayacaktı. Bu durum iki dakika kadar sürdü. Catherine kurtulunca ellerini şakaklarına götürdü, kulakları yerinde mi, değil mi, kuşkulu gibiydi. Zavallı yavrucak saz gibi titriyor, iyice şaşırmış bir durumda masaya dayanıyordu.

Alçak herif yere düşen anahtarı almak için eğildi ve korkunç bir sesle, "Görüyorsunuz ya, çocukları yola getirmesini bilirim," dedi. "Haydi bakalım, şimdi dediğimi yap, Linton'ın yanına git ve bol bol ağla! Yarın baban olacağım, birkaç gün sonra da benden başka baban olmayacak ve az önce yediklerinden de bol bol tadacaksın. Bol bol yemeye de dayanırsın. Gücün yerinde. Hele gözlerinde bir daha böyle kudurmuş bir öfke göreyim, her gün yersin."

Cathy, Linton'ın yanına gideceği yerde bana koştu, diz çöktü, ateş gibi yanan yüzünü kucağıma koyarak hüngür hüngür ağlamaya başladı. Kuzeni sedirin köşesine büzülmüş, fare gibi sesini çıkarmadan duruyor, hiç kuşkum yok, kendisi yerine başkası cezaya çarpıldığı için kendi kendini kutluyordu. Mr. Heathcliff hepimizin şaşkın, sersem bir halde olduğunu görünce yerinden kalktı ve çayı kendisi çabucak kaynattı. Fincanlara doldurdu ve birini bana uzattı.

"İç de öfken geçsin," dedi. "Senin küçük yaramazla benimkini de buyur et. Ben yaptım diye içinde zehir var sanmayın. Ben atlarınıza bakmaya gidiyorum."

O çıkar çıkmaz ilk işimiz, dışarı çıkacak bir yer aramak oldu. Mutfak kapısını zorladık, dışarıdan sürgülenmişti. Pencerelere baktık, o kadar dardılar ki küçücük bedeniyle Catherine bile sığmıyordu.

Çok sıkı kapatıldığımızı görünce, "Linton," dedim, "o iblis babanızın istediği nedir, siz bilirsiniz; bunu bize söylemezseniz, babanızın kuzeninizi tokatladığı gibi ben de sizi tokatlarım."

Catherine de, "Evet, Linton, söylemelisin," dedi. "Ben buraya senin hatırın için geldim. Eğer söylemezsen hainlik, nankörlük etmiş olacaksın."

Linton, "Önce biraz çay verin, susuzluktan ölüyorum, içeyim de söylerim," dedi. "Mrs. Dean, siz öteye gidin, tepemde durmanızdan hoşlanmıyorum. Aman, Catherine, senin de gözyaşların fincanımın içine dökülüyor. Bunu içmem artık, başka ver." Catherine onun önüne başka bir çay fincanı koydu ve gözlerini sildi. Küçük ahlaksızın gösterdiği bu soğukkanlılık beni tiksindirdi. Artık kendisi için hiçbir korkusu, kaygısı kalmamıştı ya, hiçbir şey umurunda değildi. Kırdaki telaşı, sıkıntısı, Uğultulu Tepeler'e ayağımızı atar atmaz geçmişti. Bundan anladım ki, bizi tuzağa düşürüp buraya getiremezse, evde kendisinin, yine babasının o müthiş öfkelerinden birine uğrayacağı bildirilmişti. Bunu becerdikten sonra şimdilik başka bir korkusu kalmamıştı.

Çayından bir-iki yudum içtikten sonra, "Babam evlenmemizi istiyor," dedi, "senin babanın da buna şimdi izin vermeyeceğini biliyor; biraz daha beklersek benim ölmemden korkuyor. Onun için yarın sabah evleneceğiz, siz de bütün gece burada kalacaksınız. Babamın istediğini yaparsanız, evinize dönecek, beni de birlikte götüreceksiniz."

"Ne! Seni de birlikte mi götüreceğiz, şaşkın budala?" diye haykırdım. "*Sen* mi evleneceksin? Herif çıldırmış galiba! Bizi, dünya âlemi budala mı sanıyor yoksa? Sen de, bu güzel hanım, bu sağlıklı, neşeli genç kız, senin gibi cılız, öldü ölecek bir maymuna bağlanır mı sanıyorsun? Miss Catherine Linton'ı bir yana bırak, dünyada seni kendine koca edecek biri çıkar mı sanıyorsun? O korkaksı ağlayıp sızlamalarla, hilelerle bizi buraya getirdiğin için bile, yalnızca onun için bile, dayağı hak ettin. Öyle salak salak bakma! Seni adamakıllı bir pataklayayım da, böyle alçakçasına hainlik etmek, aptalca böbürlenmek neymiş, gör!"

Ona şöyle bir dokundum. Hemen öksürüğü tuttu, yine her zamanki gibi inleyip ağlamaya başladı. Catherine de bana çıkıştı.

Küçükhanım, "Bütün gece burada kalmak mı?" dedi. "Asla!" Hiç telaş etmeden çevresine baktı. "Ellen, şu kapıyı ateşe vereceğim, ne pahasına olursa olsun çıkacağım buradan."

Söylediğini de yapacaktı, ama Linton yine sevgili canını düşünerek telaşla yerinden fırladı. Cılız kollarıyla Catherine'e sarıldı, hıçkırmaya başladı. "Beni alıp kurtarmak istemez misin? Çiftlik'e gelmemi istemiyor musun? Ah, sevgili Catherine'im! Beni bırakıp gitmen doğru mu ya? Babamın istediğini yapmalısın, muhakkak yapmalısın!"

Catherine, "Kendi babamın istediğini yapmalıyım," diye karşılık verdi. "Onu bu üzüntüden, bu meraktan kurtarmam gerek. Bütün gece ha!.. Aklına neler gelecek! Daha şimdiden üzülmeye başlamıştır. Bir tarafı kırıp ya da yakıp bu evden çıkacağım. Sus! Tehlikede filan değilsin, ama önüme geçmeye çalışırsan... Linton, babamı senden çok severim!" Linton, Mr. Heathcliff'in öfkesinden öyle korkuyordu ki, yine dilinin bağı çözüldü. Catherine neredeyse çıldıracaktı; hâlâ, eve gideceğim, diye diretiyor, bir yandan da Linton'a, kendi canını düşünerek duyduğu korku ve kaygıyı bırakması için yalvarıyordu. Onlar böyle birbirleriyle uğraşırlarken, bizim zindancı geri döndü.

"Hayvanlar alıp başlarını gitmişler," dedi, "ne o, Linton! Yine mi ağlıyorsun? Ne yaptı sana? Haydi, haydi, sus, doğru yatağına bakayım, Bir-iki ay geçmez, onun sana şimdi yaptıklarını güçlü bir elle sen ona yapacaksın, aslanım. Hep böyle sevdadan üzülüp eriyorsun, başka hiçbir derdin yok, değil mi? Catherine seni kabul edecektir. Haydi bakalım, yatağa. Bu gece Zillah yok. Kendi kendine soyunacaksın, sus! Sesini kes artık! Bir kere odana girdin mi, artık yanına yaklaşmam. Onun için korkma. Nasılsa işi oldukça iyi başardın. Bundan ötesini de ben yapacağım."

Hem söylüyor hem de oğlunun çıkıp gitmesi için kapıyı açık tutuyordu. Oğlu da tıpkı, kendini gözetleyen kimsenin hınçla sıkıştırıp vuracağından kuşkulanan bir köpek gibi, babasının önünden kazasız belasız sıvıştı... Kapı yeniden kilitlendi. Heathcliff, küçükhanımla benim, önünde sessiz sedasız durduğumuz ocağa yaklaştı. Catherine başını kaldırdı ve düşünmeden elini yanağına götürdü. Heathcliff'in yanında olması ona acısını yeniden hatırlattı. Başka kim olsa bu çocukça davranışı bu kadar ters karşılayamazdı. Heathcliff kaşlarını çattı ve, "Ya, demek benden korkmuyorsun ha! Yürekliliğini pek ustalıkla gizliyorsun, oysa ölesiye korkuyor gibi görünüyorsun!"

Catherine, "Şimdi korkuyorum," diye karşılık verdi, "çünkü burada kalırsam babam çok üzülecek. Onu üzmeye gönlüm nasıl razı olur; tam o böyle... böyle... Mr. Heathcliff, ne olur bırakın, gideyim! Linton'la evlenmeye söz veriyorum, babam buna razı olacaktır, hem ben de onu seviyorum. Seve seve kendiliğimden yapacağım bir şeyi niçin bana zorla yaptırmaya kalkıyorsunuz?"

"Hele bir zorla yaptırsın da görelim!" diye bağırdım. "Yasalar var. Böyle sapa bir yerde de olsak ne çıkar, her yerde yasa var. Kendi öz oğlum da olsa, onu yine ihbar ederim. Bu düpedüz alçaklıktır, cinayettir!"

Haydut herif, "Sus!" diye bağırdı. "Yaygara istemez. *Sana* bir şey sormadık. Miss Linton, babanızın üzüleceğini düşünmek ve bilmek pek hoşuma gider. Sevinçten gözüme uyku girmeyecek. Evimden yirmi dört saatten önce çıkmamak için bundan daha iyi bir neden gösteremezdiniz. Linton'la evlenmek için verdiğiniz söze gelince, bu sözü tutmanıza göz kulak olacağım; çünkü sözünüzü yerine getirmeden buradan bir yere ayrılamayacaksınız!"

Catherine acı acı ağlayarak, "Öyleyse, Ellen'ı gönderin de babama sağ salim olduğumu haber versin," dedi. "Ya da beni hemen evlendirin. Zavallı babacığım! Ellen, babam bizi kayboldu sanacak. Ne yapsak?"

Heathcliff, "Hiç de öyle düşünmeyecek," dedi. "Kendisine bakmaktan usandınız da biraz eğlenmek için kaçtınız sanacak. Babanızın buyruklarını hiçe sayarak kendi ayağınızla evime geldiğinizi yadsıyamazsınız. Sizin yaşınızda bir genç kızın da evlenmek istemesi, hasta bir adama bakmaktan bıkkınlık getirmesi son derece de doğaldır; *hele* bu hasta adam babanız olursa. Catherine, sen dünyaya geldiğin gün, babanın da mutlu günleri sona erdi. Diyebilirim ki senin dünyaya geldiğine lanet etmiştir (o etmediyse bile ben ettim). Bu dünyadan giderken de sana lanet ederse ne çıkar. Ben de onun gibi düşünüyorum. Seni sevmiyorum! Nasıl sevebilirim ki? Ağla, ağla. Anladığıma göre bundan sonra tek eğlencen bu olacak. Linton sana dertlerini unutturursa, o başka. Zaten pek anlayışlı olan baban da öyle olacağını umuyor olmalı. Linton'a gönderdiği öğüt ve avuntu dolu mektupları beni pek eğlendiriyordu. Son mektubunda, benim canım yavruma, sevgili kızını korumasını ve kendinin olunca da ona iyi davranmasını tembihliyordu sıkı sıkı. Korumak ve iyi davranmak: babalık işte! Ama Linton bunların zerresini başkasına harcayamaz, onunki kendine ancak yeter. Linton küçük bir kıyıcı rolünü çok iyi oynar. Dişleri çıkarılmış, tırnakları da törpülenmiş olduktan sonra, eline istediğiniz kadar kedi verin, seve seve işkence eder. Hiç kuşkunuz olmasın, eve döndüğünüzde dayısına, onun *iyi yürekliliği* üzerine anlatacak çok güzel hikâyeleriniz olacak."

"Evet, bu sözünüz çok doğru," dedim. "Oğlunuzun huyunu anlatın. Size benzeyen yanlarını gösterin. O zaman, herhalde Miss Catherine de o zehirli yılanı kabul etmeden önce iyice düşünecektir."

Heathcliff, "Şimdi artık iyi huylarından söz etmesem de olur," diye karşılık verdi, "çünkü ya onu kabul edecek ya da burada kapalı kalacak; tabii sen de birlikte, ta ki efendin ölünceye kadar. Burada sizi kimse duymadan saklayabilirim. Kuşkunuz varsa, Catherine'i verdiği sözden caydırmaya çalışın, o zaman görürsünüz."

Catherine, "Sözümden dönecek değilim," diye yanıt verdi. "Onunla bu saat evlenirim, yeter ki hemen Thrushcross Çiftliği'ne gideyim. Mr. Heathcliff, siz acımasız bir insansınız, ama bir ifrit değilsiniz ya! *Sırf* kötülük yapmış olmak için, bütün hayatımı sonuna dek benden istemezsiniz herhalde. Babam benim kendisini isteye isteye bıraktığımı sanır da ben eve dönmeden ölürse, nasıl yaşarım? Artık ağlamıyorum. Ama şuraya, önünüze diz çöküyorum, siz benim yüzüme bakıncaya kadar ayağa kalkmayacağım, gözlerimi de yüzünüzden ayırmayacağım. Yok, yüzünüzü çevirmeyin; ne olur bana *bakın*! Gözlerimde sizi öfkelendirecek hiçbir şey görmeyeceksiniz. Siz ömrünüzde *hiç kimseyi* sevmediniz mi, Heathcliff? *Hiç* mi sevmediniz? Ah! Bir kez olsun yüzüme bakın. Öyle zavallıyım ki, üzülmemek, halime acımamak elinizden gelmez."

Heathcliff acımasızca, "O kertenkele gibi parmaklarını çek üstümden!" diye bağırdı. "Çekil, yoksa tekmeyi yiyeceksin! Bedenime bir yılan sarılsa bundan iyidir. Yaltaklanarak beni yumuşatacağını nasıl umarsın? *İğreniyorum* senden!"

Omuz silkti; duyduğu nefretle gerçekten tüyleri diken diken olmuş gibi silkindi ve sandalyesini geri çekti. Bu sırada yerden kalktım, ağzıma geleni söylemeye başladım. Ama daha başlar başlamaz, bir tek söz daha söyleyecek olursam tek başıma başka bir odaya kapatılacağım tehdidiyle susturuldum. Ortalık gittikçe kararıyordu. Bahçe kapısından doğru birtakım sesler duyduk. Ev sahibimiz hemen çabucak dışarı çıktı. *Onun* aklı başındaydı, *bizimki* değildi. İki-üç dakikalık bir konuşma oldu ve Heathcliff tek başına geri geldi.

Ben Catherine'e, "Kuzeniniz Hareton geldi sanmıştım," dedim. "Ah bir gelse! Kim bilir, belki de bizden yana çıkar."

Heathcliff benim söylediklerimi duyarak, "Çiftlik'ten gelen üç uşaktı; sizi aramaya çıkmışlar," dedi. "Pencerenin kafesini açıp seslenmeliydiniz. Ama yemin ederim ki, şu kız bunu yapmadığınıza sevinmiştir; hiç kuşkum yok, burada kalmaya zorlandığı için hoşnuttur."

Kaçırdığımız fırsatı öğrenince, ikimiz de kendimizi tutamayarak açıktan açığa sızlanmaya başladık. Heathcliff de saat dokuza kadar ağlayıp sızlanmalarımızı duymazdan geldi. Sonra, mutfaktan geçerek yukarıya, Zillah'nın odasına çıkmamızı buyurdu. Catherine'e, yavaşça boyun eğmesini söyledim. Belki orada pencereden çıkabilirdik ya da bir çatı odasına çıkıp tepe camından kaçabilirdik. Ama o odadaki pencere de aşağıdakiler gibi daracıktı, çatı arasına açılan kapaktan da çıkmamız olanaksızdı, çünkü yine önceki gibi kilitlenmişti. İkimiz de hiç yatmadık. Catherine pencerenin önüne oturup sabırsızlıkla sabahı bekledi. Biraz olsun dinlenmesi için yaptığım bütün yalvarmalara karşı yalnızca derin derin içini çekiyordu. Ben de bir sandalyeye oturdum, bir ileri bir geri sallana sallana, öteden beri işimde gösterdiğim sayısız savsaklama yüzünden kendi kendime çıkıştım durdum. Bunları düşünürken, efendilerimin çektikleri hep benim yüzümdenmiş gibi geldi birden. Tabii aslında öyle değildi, ama o karanlık gecede bana öyle geliyordu.

Kendimi Heathcliff'ten bile daha suçlu görüyordum.

Sabah yedide Heathcliff geldi, "Miss Linton kalktı mı?" diye sordu. Catherine hemen kapıya koştu, "Evet," diye karşılık verdi. Heathcliff, "Peki öyleyse," dedi; kapıyı açıp Catherine'i dışarı çekti. Ben de arkasından gitmek için kalktım, ama Heathcliff kapıyı kilitledi. Beni bırakmasını söyledim.

Heathcliff, "Sabret," diye karşılık verdi, "biraz sonra kahvaltı göndereceğim."

Kapıyı yumrukladım ve kilidi öfkeyle sarstım, Catherine benim neden hâlâ kapalı bırakıldığımı sordu. Heathcliff bu duruma bir saat daha dayanmaktan başka çarem olmadığını söyledi ve çekilip gittiler. İki-üç saat böyle kaldım. Sonunda bir ayak sesi duydum; Heathcliff'in yürüyüşü değildi bu.

Bir ses, "Yiyecek getirdim," dedi. "Kapıyı aç!"

Seve seve dediğini yaptım. Karşımda Hareton'ı gördüm; bana bir gün yetecek kadar yiyecek getirmişti.

Tepsiyi elime tutuşturarak, "Al," dedi.

"Bir dakika dur," diye başladım.

"Olmaz," dedi, kendisini alıkoymak için yaptığım bütün yalvarmalara kulak asmadan çekilip gitti.

Bütün gün ve bütün gece, sonra bir gece daha, bir gece daha orada kapalı kaldım; sabahları bir kez Hareton'ın yüzünü görüyor, ondan başka kimseyi göremiyordum. O da tam örnek bir zindancıydı. Dürüstlük ve acıma duygularını harekete geçirmek için yaptığım tüm girişimlere asık bir yüzle kulağını tıkıyor, hiç ağzını açmıyordu.

28

Beşinci günün sabahı, daha doğrusu öğleden sonra, bir başka ayak sesi kapıma yaklaştı –daha hafif, daha kısa adımlı bir ayak sesi– bu kez, gelen kişi odama girdi. Zillah'ydı bu. Kırmızı atkısı üzerindeydi, başında ipekli siyah bir bone, kolunda da söğüt dallarından örülmüş bir sepet vardı.

"Aman, Mrs. Deanciğim!" diye bağırdı. "Neler oldu böyle? Gimmerton'da sizinle ilgili bir söylenti dolaşıyor. Ben sizin Kara At Bataklığı'nda, hem de küçükhanımla birlikte batağa saplanıp kaldığınızı sanıyordum doğrusu; bulunduğunuzu efendiden duydum, sizi kurtarıp buraya getirdiğini söyledi. Aman Tanrım! Herhalde bir adacığa filan çıkmışsınızdır, değil mi? Ne kadar kaldınız o çukurda? Sizi efendi mi kurtardı, Mrs. Dean? Ama pek o kadar zayıflamamışsınız, anlaşılan pek sıkıntı çekmemişsiniz, değil mi?"

"Senin o efendin yok mu," dedim, "alçağın teki! Ama bu yaptığının hesabını verecek. Zahmet edip de böyle masallar uydurmasın. Her şey olduğu gibi ortaya çıkacaktır!"

Zillah, "Ne demek istiyorsunuz?" dedi. "Bunu efendim uydurmadı ki, kasabada anlatıyorlar, bataklıkta kaybolduğunuzu onlar söylüyorlar; eve gelince Earnshaw'a, 'Ben gideli bir sürü tuhaf şey olmuş ha, Mr. Hareton,' dedim, 'o güzelim genç kızla Nelly Dean'e çok yazık oldu doğrusu.' Hareton şaşkın şaşkın yüzüme baktı. Anlaşılan olanları duymamış, diyerek duyduklarımı ona da anlattım; efendi de dinliyordu. Kendi kendine şöyle bir gülümsedi ve, 'Bataktalarsa bile şimdi kurtuldular artık,' dedi. 'Şu dakikada Nelly Dean senin odanda oturuyor. Yukarı çıktığında, sıvışmasını söyleyebilirsin. İşte anahtar. Bataklığın suyu başına vurmuş, bıraksam aklı başından bir karış havada, soluğu doğru evde alacaktı. Kendisine gelinceye kadar burada tuttum. Gidebilecek durumdaysa kendisine söyleyin, hemen Çiftlik'e gitsin: Küçükhanımın da babasının cenazesine vaktinde yetişeceğini söylersin.'"

Tıkanır gibi, "Mr. Edgar öldü mü yoksa?" diye sordum. "Ah Zillah, Zillah!.."

"Hayır, hayır," diye karşılık verdi, "oturun bakayım canım. Daha iyileşmemişsiniz. Hayır, ölmedi. Doktor Kenneth, belki bir gün daha yaşar, diyor. Yolda rastladım da sordum."

Oturmadan, mantomla bonemi kaptığım gibi aşağı koştum; yol açıktı. Salona girince, birisini bulmak için çevreme bakındım; Catherine'i sormak istiyordum. Oda güneş içindeydi, kapı da ardına kadar açıktı. Ama görünürlerde kimse yoktu. Hemen çıkıp gideyim mi, yoksa dönüp küçükhanımımı mı arayayım, bir türlü karar veremiyordum. Tam bu sırada kulağıma ocak tarafından hafif bir öksürük geldi. Linton tek başına sedire uzanmış, elinde tuttuğu çubuk şekerini emiyor, duygusuz gözlerle beni izliyordu. Sert bir sesle, "Miss Catherine nerde?" diye sordum. Onu böyle yalnızken ele geçirdim ya, korkutup istediğimi öğrenirim, diye düşünüyordum. Hiçbir şeyin farkında değilmiş gibi şekerini emmeyi sürdürdü.

"Gitti mi?" diye sordum.

"Hayır," dedi, "yukarıda, gidemez, onu bırakmıyoruz."

"Bırakmıyor musunuz? Seni küçük aptal seni!" diye haykırdım. "Hemen beni onun odasına götür, yoksa seni cıyak cıyak bağırtırım."

"Hele oraya gitmeyi bir dene, babam asıl seni cıyak cıyak bağırtır, görürsün," dedi. "Babam, Catherine'e karşı yumuşak davranma, o senin karın, seni bırakıp giderse ayıptır, diyor. Catherine'in benden nefret ettiğini, parama konmak için benim ölmemi istediğini söylüyor. Ama parama konamayacak, evine de gidemeyecek! Hiç, hiç gidemeyecek! İstediği kadar ağlasın, istediği kadar hasta olsun!"

Linton yine şekerini emmeye başladı ve uyuyacakmış gibi gözlerini kapadı.

"Mr. Heathcliff," diye başladım, "geçen kış Catherine'in size yaptığı iyilikleri unuttunuz mu? O zaman siz onu sevdiğinize yemin ediyordunuz, o da size kitaplar getiriyor, şarkılar söylüyor; fırtına demeden, kar demeden sizi görmeye koşuyordu. Bir akşam gelmezse sizin üzüleceğinizi düşünüp ağlıyordu. Siz de o zamanlar kendinizi ona değer görmüyordunuz. Şimdi de, babanızın ikinizden de ne kadar nefret ettiğini bildiğiniz halde, onun yalanlarına inanıyor ve Catherine'e karşı onunla birlik oluyorsunuz. Borcunuzu çok güzel ödüyorsunuz, değil mi?"

Linton ağzını bir yana eğdi ve çubuk şekerini çıkardı.

"Sizden nefret ediyordu da Uğultulu Tepeler'e onun için mi geldi?" diye konuşmamı sürdürdüm. "Düşünün bir kere. Paranıza gelince, Catherine sizin paranızın olup olmadığını bile bilmez. Sonra, onun hasta olduğunu söylüyorsunuz. Yine de onu yukarıda, yabancı bir evde yalnız bırakıyorsunuz! Hem böyle umursanmamak ne demektir, siz bunu çok iyi bilirsiniz. Kendinize acımayı biliyordunuz; size o da acıyordu... Ama siz ona acımıyorsunuz işte! Mr. Heathcliff, görüyorsunuz, ben ki yaşlı bir kadınım, hizmetçiden başka bir şey değilim, gözyaşlarımı tutamıyorum. Sizse onu bu kadar seviyor gibi göründükten sonra, doğrusu da ona tapmanız gerekirken, bütün gözyaşlarınızı kendinize saklıyorsunuz ve orada rahat rahat uzanmış yatıyorsunuz. Siz kalpsiz, bencil bir insansınız!"

Linton ters ters, "Onun yanında oturamam," diye karşılık verdi. "Onunla yalnız da kalamam. Öyle ağlıyor ki katlanamıyorum. Şimdi babamı çağıracağım, diyorum da yine susmuyor. Bir keresinde çağırdım da. Babam, 'Susmazsan seni boğarım,' diye korkuttu, ama babam daha kapıdan çıkar çıkmaz yine ağlamaya başladı. Uyuyamıyorum, sussun diye öfkemden avaz avaz bağırdığım halde yine bütün gece sabaha kadar ağlayıp inledi."

Bu rezil yaratığın, kuzeninin çektiği acıları anlayacak yetenekte olmadığını görünce, "Babanız dışarıda mı?" diye sordum.

"Avluda," diye karşılık verdi. "Doktor Kenneth'la görüşüyor; doktorun söylediğine göre, dayım sonunda gerçekten ölüyormuş. Sevindim doğrusu. Çünkü o ölünce Çiftlik benim olacak. Catherine oraya hep "benim evim" der dururdu. Onun evi değil ki, benim evim. Babam, 'Catherine'in her şeyi senin,' diyor. Onun bütün o güzel kitapları artık benim. Catherine bana, 'Odanın anahtarını ele geçirir de beni salıverirsen, kitaplarım da, güzel kuşlarım da, midillim Minny de senin olsun,' dedi. Ben de ona, kendisinin verecek bir şeyi olmadığını, zaten onların hepsinin benim olduğunu söyledim. O zaman ağlamaya başladı ve boynundan küçük bir madalyon çıkardı, onu bana vereceğini söyledi. Altın bir madalyon, içinde iki resim var; bir yanında annesinin, bir yanında da dayımın gençlik resimleri. Dün oldu bu. Ben o resimlerin de benim olduğunu söyledim ve onları elinden almaya çalıştım. Vermedi hınzır. Beni itti, canımı acıttı. Ben de çığlığı bastım, bağırmamdan korkuyor. Babamın geldiğini duydu, hemen madalyonu ikiye böldü ve annesinin portresini bana verdi. Ötekini de saklamaya çalıştı; ama babam neler olduğunu sorunca ben de her şeyi anlattım. Benim elimdekini aldı ve Catherine'e de kendisininkini bana vermesini söyledi. Catherine vermedi, o da... Babam onu yere serdi ve portreyi çekip zincirinden kopardı, ayağının altında ezdi."

"Onun dayak yediğini görmek hoşunuza gitti mi?" diye sordum. Onu konuşturmak istememin nedeni vardı. "Bakamadım," diye karşılık verdi. "Babam bir köpeği ya da bir atı döverken ben bakamam. Öyle döver ki! Ama önce sevindim; beni ittiği için bu cezayı hak etmişti. Ama babam gidince, Catherine beni pencerenin önüne götürdü, dişlerine çarpıp kesilen avurdunu, kanla dolu olan ağzını gösterdi. Sonra portrenin parçacıklarını toplayıp gitti ve yüzünü duvara dönüp oturdu. O zamandan beri de benimle tek kelime konuşmadı. Bazen, herhalde acısından konuşamıyor, diyorum. Bunu düşünmek istemiyorum; ama çok da densizlik yapıyor, o kadar ağlayacak ne vardı! Sonra, yüzü öyle sarı, hali öyle vahşi ki, beni korkutuyor."

"Demek, isterseniz anahtarı ele geçirebilirsiniz," dedim.

"Evet, yukarıda olsam! Ama şimdi yukarı çıkamam."

"Anahtar hangi odada?" diye sordum.

"Yok," dedi, "nerede olduğunu size söylemem. Bu bizim sırrımız. Hiç kimse, ne Hareton ne Zillah, hiç kimse yerini öğrenemeyecek. Eh, yeter artık, beni yordunuz, haydi gidin, haydi!" Kolunun üzerine kapandı ve yine gözlerini kapadı.

Mr. Heathcliff'i görmeden, gidip Catherine'i kurtarmak için Çiftlik'ten adam getirmeyi daha uygun buldum. Eve geldiğimde, hizmetkâr arkadaşlar hem şaşırıp kaldılar hem de pek sevindiler. Küçükhanımlarının da sağ salim olduğunu öğrenir öğrenmez, ikisi-üçü birden Mr. Edgar'a müjde vermek için atıldı. Ama ben kendim haber vermek istedim. Şu birkaç gün içinde bile ne kadar değişmişti. Bir hüzün ve sabır simgesi gibi uzanmış, ölümü bekliyordu. Çok genç görünüyordu; aslında otuz dokuz yaşındaydı, ama en aşağı on yaş daha genç duruyordu. Catherine'in adını mırıldanmasından, onu düşündüğünü anladım. Elini tuttum, konuşmaya başladım. "Catherine geliyor, efendiciğim," diye fısıldadım. "Yaşıyor, sağlığı yerinde, herhalde akşama burada olur."

Bu haberin onda uyandırdığı ilk etki beni ürküttü. Yattığı yerde yarı doğruldu, sonra heyecanla odanın her yanına baktı, yeniden yatağına düştü, bayıldı. Kendine gelir gelmez, bizi nasıl zorla Tepeler'e götürüp kapattıklarını anlattım. Heathcliff'in beni zorla içeri soktuğunu söyledim –ki aslında pek de doğru değildi–. Linton'ı pek kötülememeye çalıştım. Babasının o hayvanca davranışını da pek anlatmadım. Çünkü elimden geldiğince, Edgar'ın zaten dolup taşan üzüntüsüne yeni bir acı daha katmak istemiyordum.

Edgar düşmanının amaçlarından birinin, onun mülküyle birlikte kişisel varlığını da oğluna, daha doğrusu kendisine kazandırmak olduğunu sezdi. Ama yeğeninin de kendisiyle birlikte bu dünyadan ayrılacağını bilmediğinden, Heathcliff'in kendi ölünceye kadar niye beklemediğini bir türlü anlamıyordu. Ama yine de vasiyetnamesini değiştirmeyi uygun buldu. Catherine'in varlığını doğrudan doğruya onun kendi eline bırakacağına, onun adına başka güvenilir ellere bırakmaya karar verdi; Catherine yaşadığı sürece bu para onun adına kullanılacak, öldükten sonra da, çocukları varsa onlara kalacaktı. Böylece, Linton ölürse, bu varlık Heathcliff'in eline geçmeyecekti.

Buyruğu üzerine, gidip noteri getirmesi için bir adam yolladım, ayrıca da küçükhanımı zindancısının elinden kurtarmaları için silahlı dört uşak gönderdim. Notere giden uşak ötekilerden önce döndü. Avukat Mr. Green yokmuş, iki saat beklemek zorunda kalmış; geldiği zaman da, kasabada acele görülecek küçük bir işi olduğundan hemen gelemeyeceğini, ama sabah olmadan Çiftlik'e geleceğini söylemiş. Öteki dört adam da elleri boş döndüler. Catherine hastaymış, odasından çıkamayacak kadar hastaymış. Heathcliff kendisini görmelerine izin vermemiş. Bu masala inandıkları için kendilerini bir güzel haşladım, efendime de bundan hiç söz etmedim. Şafak sökerken tam bir alay insanla Tepeler'e gidip Catherine'i bize vermezlerse, kesin bir saldırıya geçmeye karar verdim. Babası Catherine'i görecekti, kesinlikle görecekti; bunu gerçekleştireceğime ant içtim; o iblis herif bana karşı durmaya kalkarsa, eşiğinin dibinde onu öldürecek, ama Catherine'i kesinlikle alacaktım!

Bereket versin, bu yolculuğa ve sıkıntıya gerek kalmadı. Saat üçte bir sürahi su almak için aşağıya inmiştim; elimde sürahiyle geçerken sokak kapısı hızlı hızlı çalındı, birden sıçradım. Kendimi toplayarak, "Ha! Green geldi," dedim, "başka kim olabilir?" Kapıyı açtırmak için başka birini yollamak niyetiyle yürüyüp geçiyordum, ama kapı yavaşça, yine de inatla bir daha çalındı. Sürahiyi merdivene koydum ve avukata kapıyı açmak için koştum. Dışarıda parlak bir yaz sonu mehtabı vardı. Gelen noter değildi. Benim sevgili, tatlı küçükhanımım hıçkırarak boynuma sarıldı. "Ellen, Ellen! Babam yaşıyor mu?" diye sordu.

"Evet," diyerek ağladım. "Evet, meleğim, yaşıyor. Şükürler olsun, sağ salim yine yanımızdasınız!"

Öyle soluk soluğa, doğruca Mr. Linton'ın odasına koşmak istedi. Ama ben kendisini zorla bir sandalyeye oturttum, biraz su verdim, solgun yüzünü yıkadım, önlüğümle ovuşturarak yanaklarına biraz renk getirdim. "Önce ben gidip geldiğinizi haber vereyim," dedim. Babasına Heathcliff'in oğluyla mutlu olacağını söylemesi için yalvardım. Şaşkın şaşkın yüzüme baktı. Ama bu yalanı neden söylemek istediğimi çabucak anladı ve yakınmayacağına söz verdi.

Babasıyla buluştuklarında yanlarında duramadım,

340

içim dayanmadı. On beş dakika kadar kapının dışında durdum, içeri girince de yatağın yanına çekine çekine yaklaştım. Ama ikisi de son derece sakindiler. Catherine' in üzüntüsü, babasının sevinci kadar sessizdi. Görünüşte, babasına sakince destek oluyordu. Babası da coşkuyla, büyüyen gözlerini kızının yüzüne dikmiş, bakıyordu sanki.

Efendim mutlu öldü, Mr. Lockwood; evet, mutlu öldü. Kızının yanağını öptü ve, "Ben onun yanına gidiyorum, sen de, sevgili yavrum, bizim yanımıza geleceksin!" dedi ve bir daha ne kımıldadı ne de bir tek söz söyledi. Ama nabzı iyice durup ruhu uçuncaya kadar, hayranlıkla pırıl pırıl yanan bakışlarını kızından ayırmadı. Tam öldüğü anı hatırlamak mümkün olmadı, o kadar sakin öldü.

Catherine'in gözlerinde ya artık dökecek yaş kalmamıştı ya da acısının büyüklüğü ağlamasına engeldi. Güneş doğuncaya kadar kupkuru gözlerle olduğu yerde oturdu, öğlen oldu, o hâlâ kıpırdamadan oturuyordu. Ben, kalkıp biraz dinlenmesi için diretmeseydim, ölünün başucundan daha ayrılacağı yoktu. İyi ki ne yapıp edip onu oradan kaldırmışım. Çünkü yemek zamanı noter geldi; Uğultulu Tepeler'e gitmiş, nasıl davranması istendiği konusunda gerekeni öğrenmişti. Kendini Mr. Heathcliff'e satmıştı; efendimin çağrısına vaktinde gelmemesinin nedeni buydu. Neyse ki kızı geldikten sonra artık efendim dünyevi işleri unutmuş, bu yüzden de üzülmemişti.

Mr. Green evde her şeyi ve herkesi kontrolü altına aldı. Benden başka bütün hizmetçilere yol verdi. Kendisine verilen yetkiyi kullanmakta, Edgar Linton'ın karısının yanına değil, kilisede aile mezarlığına gömülmesinde diretecek kadar ileri gidecekti, ama Edgar'ın vasiyeti ve benim bu vasiyetname hükümlerine aykırı en küçük bir davranışa şiddetle karşı çıkmam bunu engelledi. Cenaze töreni çarçabuk yapıldı; artık Mrs. Linton Heathcliff olan

Catherine'e babasının cenazesi çıkıncaya kadar Çiftlik'te kalma izni verildi.

Catherine'in bana anlattığına göre, Linton sonunda onun çektiği acıya dayanamayarak onu bırakma tehlikesini göze almış. Catherine benim gönderdiğim adamların kapıdaki tartışmalarını duymuş ve Heathcliff'in nasıl karşılık verdiğini de anlamış, deliye dönmüş. Ben geldikten az sonra, yukarı, küçük salona götürülen Linton onun bu durumundan o kadar korkmuş ki, babası yeniden yukarı çıkmadan gidip anahtarı getirmiş. Kilidi açıp yeniden kapadığı halde kapıyı kilitlememe hilesini öğrenmiş; sonra, uyuyacağı zaman da Hareton'ın yanında yatmak istemiş ve bir kez de olsa bu isteği kabul edilmiş. Catherine gün ağarmadan kaçmış. Köpeklerin ortalığı velveleye vermesinden korkarak kapılardan çıkmaya cesaret edememiş. Boş odaları dolaşıp pencereleri gözden geçirmiş ve iyi bir rastlantıyla annesinin odasına girmiş. Oranın penceresinden kolayca çıkmış ve pencerenin önündeki çam ağacına tutuna tutuna yere inmiş. Suç ortağı da, bütün korkakça önlem ve kurnazlıklarına karşın, onun kaçmasına yardımcı olmanın acısını çekti sonradan.

29

Cenaze töreninin akşamı küçükhanımla kitaplıkta oturuyorduk. Kâh uğradığımız kayba ben acı acı, Catherine de büyük bir keder içinde ağlayıp yas tutuyor, kâh önümüzdeki karanlık günlerle ilgili varsayımlarda bulunuyorduk.

Umabileceğimiz en iyi sonuç, hiç olmazsa Linton yaşadığı sürece Catherine'e, Çiftlik'te kalma iznini koparmaktı. O zaman Linton da burada Catherine'in yanında olacak, ben de evde hizmetçi olarak kalabilecektim. Bu, umut edemeyeceğimiz kadar güzel bir şeydi, ama ben yine de bunun gerçekleşeceğini umuyordum. Sevgili evimden, işimden olmayacağımı; ondan da öte, küçükhanımımdan ayrılmayacağımı düşünüyor, neşelenmeye başlıyordum. Tam bunları düşünürken, işten çıkarılan, ama daha gitmemiş olan bir hizmetçi telaşla içeri girdi ve "o Heathcliff iblisi"nin avludan bu tarafa geldiğini haber verdi. "Kapıyı suratına kapayıp sürgüleyeyim mi?" diye sordu.

Bir delilik edip bunu yapmak için davransak bile, yapmaya vakit bulamayacaktık. Heathcliff kapıyı çalma ya da geldiğini haber verme zahmetine katlanmadı. Artık evin efendisiydi; bu hakkını kullanarak tek söz söylemeden içeri daldı. Haberi ileten hizmetçinin sesini duyarak kitaplığa geldi. İçeri girdi, hizmetçiye dışarı çıkmasını işaret etti, kapıyı kapadı.

Burası, on sekiz yıl önce, bir konuk olarak içeri alındığı odaydı. Pencereden içeri yine o aynı ay ışığı giriyordu; dışarıda aynı sonbahar görünümü vardı. Daha ışık yakmamıştık, ama bütün oda aydınlıktı; duvardaki portrelerden, Mrs. Linton'ın görkemli başı ile kocasının zarif ince yüzü bile seçiliyordu. Heathcliff ocağa doğru ilerledi. Aradan geçen zaman onda da pek büyük bir değişiklik yapmamıştı. Yine aynı adamdı. Esmer yüzü biraz daha renksiz ve heyecansız, gövdesi de belki biraz dolgundu, işte o kadar. Catherine onu görür görmez ayağa kalkmış, elinde olmadan dışarı fırlamak için davranmıştı.

Heathcliff onu kolundan yakalayarak, "Dur!" dedi. "Artık kaçmak filan yok! Nereye gideceksin? Seni eve götürmeye geldim. Umarım uysal, söz dinleyen biri olursun da, bundan sonra oğluma bir daha söz dinlemezlik ettirmezsin. Onun bu işteki rolünü öğrendiğim zaman kendisini nasıl cezalandıracağımı bilemedim. Öyle eften püften bir şey ki dokunsan gidecek. Ama görünce anlayacaksın, payını aldı. Bir akşam onu aşağı indirdim, önceki gündü; yalnızca bir sandalyeye oturttum, sonra elimi bile sürmedim. Hareton'ı dışarı çıkarttım. O zamandan beri, beni görünce hayalet görmüş gibi sinirleri bozuluyor. Hem de sanırım ben yanında olmadığım zamanlarda bile beni sık sık görüyor. Hareton anlatıyor, gece yarısı uyanıp saatlerce haykırıyor ve kendisini benden kurtar diye seni çağırıyormuş; değerli eşinizi sevip sevmediğinizi bilmiyorum, ama gelmeniz gerek, şimdi artık o sizin. Onunla ilgimi hepten kesip onu size devrediyorum."

"Ne diye Catherine'i burada bırakmıyorsunuz?" diye söze karıştım. "Mr. Linton'ı da buraya, onun yanına gönderin. Nasıl olsa ikisinden de nefret ediyorsunuz; onun için kendilerini aramayacağınız kesin. Orada, sizin şefkat nedir, acıma nedir bilmeyen yüreğinize sürekli sıkıntı verecekler."

Heathcliff, "Çiftlik'e bir kiracı arıyorum," dedi. "Sonra, tabii çocuklarım da yanımda olsunlar isterim. Üstelik bu genç kadın da yediği ekmek karşılığında bana hizmet etmek zorunda. Linton öldükten sonra kendisini lüks içinde boşu boşuna besleyecek değilim herhalde. Haydi bakalım, şimdi çabuk hazırlan, beni de zor kullanmak durumunda bırakma."

Catherine, "Hazırlanacağım," dedi. "Dünyada Linton'dan başka sevecek bir şeyim yok. Gerçi beni ondan, onu benden nefret ettirmek için elinizden geleni yaptınız, ama ne yapsanız bizi birbirimizden nefret ettiremezsiniz. Ben yanındayken ne ona bir şey yapabilirsiniz ne de beni korkutabilirsiniz!"

Heathcliff, "Haydi ordan, palavracı yalancı kahraman sen de!" dedi. "Ama sana kötülük olsun diye ona eziyet edecek değilim, değmezsin buna. Sonuna dek tüm cezayı, ezayı sen çekeceksin. Seni ondan ben nefret ettirecek değilim, onun kendi güzel huyu yapacaktır bunu. Senin kaçışın ve bunun sonuçları Linton'a zehir oldu. Gösterdiğin şu soylu bağlılık karşısında teşekkür bekleme. Zillah'ya anlatırken duydum, benim kadar güçlü olsa neler yapacakmış. Yatkınlık olduktan sonra, güçsüzlüğü zekâsını bileyecek ve ne yapıp edip bu güç eksikliğini gidermenin yolunu bulacaktır."

Catherine, "Biliyorum," dedi, "huyu kötü, sizin oğlunuz. Ama benim bağışlayan, iyi bir yaradılışım olmasından hoşnutum. Sonra, biliyorum ki beni seviyor, ben de onu seviyorum. Mr. Heathcliff, oysa *sizi* seven *kimseniz* yok; bizi ne kadar zavallı yaparsanız yapın, bu acımasızlığınızın bizimkinden daha taşkın olan kendi acınızdan geldiğini düşünerek yine öcümüzü alacağız. Siz bir zavallısınız, öyle değil mi? Yalnızsınız, tıpkı şeytan gibi; ve onun gibi kıskançsınız. *Kimse* sizi sevmiyor, öldüğünüzde arkanızdan *kimse* ağlamayacak! Ben sizin yerinizde olmak istemem!"

Catherine hüzünlü ama zafer kazanmış bir sesle konuşuyordu. Aralarına gireceği ailenin yaşam biçimine uymaya ve düşmanlarının acılarından zevk almaya karar vermiş gibiydi.

Kayınpederi, "Bir dakika daha orada durursan, kendi yerinde olduğuna çabuk pişman olacaksın," dedi. "Defol şimdi, cadı, eşyalarını topla!"

Catherine küçümseyen bir tavırla çıktı. Yalnız kalınca, Heathcliff'e, Zillah'nın Tepeler'deki yerini bana vermesi, buraya, benim yerime de onu koyması için yalvarmaya başladım. Ama buna kesinlikle yanaşmadı. Sesimi kesmemi söyledi ve sonra, ilk kez olarak, odaya göz gezdirdi, portrelere baktı. Mrs. Linton'ınkini süzdükten sonra, "Bunu eve götüreceğim," dedi. "Buna ihtiyacım olduğundan değil, ama..." Birden ocağa doğru döndü ve konuşmasını –anlatacak daha iyi bir sözcük bulamadığım için "gülümseyerek" diyeceğim– sürdürdü: "Bak, dün ne yaptığımı sana anlatayım," dedi. "Linton'ın mezarını kazan adama Catherine'in tabutu üstündeki toprağı kaldırttım ve tabutu açtım. Bir an, 'Ah, keşke ben de orada yanında kalsam,' diye düşündüm. Onun yüzünü yeniden görünce –hiç değişmemiş, hep o yüz– mezarcı beni yerimden kımıldatmakta çok güçlük çekti. Yalnız hava alırsa bozulacağını söyledi, bunun üzerine ben de tabutun bir yanını iyice çakmadım ve üstünü yeniden toprakla örttüm. Linton'ın olduğu yanı değil tabii, canı cehenneme! Onun tabutu keşke kurşunla lehimlense! Sonra, ben oraya gömüldüğümde tabutun o yanını kaldırsın, benimkini de tıpkı öyle yapsın diye mezarcıya para verdim. Kendi tabutumu da tıpkı öyle yaptıracağım. İşte ondan sonra, Linton bizi görmeye gelince, kim kimdir bilemeyecek!"

"Çok kötü etmişsiniz, Mr. Heathcliff," dedim, "ölüleri rahatsız etmeye utanmıyor musunuz?"

"Hiç kimseyi rahatsız etmedim, Nelly," dedi. "Üstelik kendim de biraz ferahladım; bundan sonra içim çok daha rahat olacak. Onu rahatsız etmek mi? Hayır! On sekiz yıldır gece gündüz, durmadan, acımak nedir bilmeden o bana rahat yüzü göstermedi. Ta ki dün geceye dek... Dün gece rahata kavuştum. Düşümde kendimi uykuya dalmış olan o bedenin yanında, son uykumu uyurken gördüm; kalbim durmuştu, buz gibi yanağım onun yanağındaydı."

"Ya o toprak olmuş olsaydı ya da daha beter bir durumda olsaydı, o zaman düşünüzde ne görecektiniz?" dedim.

"Onunla birlikte toprak olduğumu ve daha da mutlu olduğumu görecektim," dedi. "Öyle değişmeler beni korkutur mu sanıyorsun? Tabutun kapağını kaldırırken böyle bir değişikliği bekliyordum zaten. Ama şimdi o da benimle birlikte değişmeye başlayacağı için daha çok seviniyorum. Sonra, onun o sakin yüzünü iyice görmeseydim, içimdeki o garip duygudan da kurtulamayacaktım. Bu duygu tuhaf bir biçimde başladı. Biliyorsun, o öldükten sonra deli gibi olmuştum; sabah akşam durmadan, ruhunu bana göndermesi için yalvardım. Hayaletlere inanırım. Ölülerin bizim aramızda dolaşabileceklerine ve dolaştıklarına inancım vardır. O gömüldüğü gün kar yağmıştı. O akşam mezarlığa gittim. Dondurucu bir rüzgâr vardı. Çevrede kimseler yoktu. Kocası olacak budalanın o saatte ininden çıkıp oralara geleceğinden korkmuyordum, başka kimsenin de orada işi yoktu. Yapayalnızdım, aramızda iki metre kadar yumuşak topraktan başka bir şey olmadığını da biliyordum; 'Onu bir kez daha kollarımın arasına alacağım,' dedim. 'Eğer bedeni soğuksa, *benim* kuzey rüzgârından üşüdüğümü düşünürüm; eğer kıpırdamıyorsa, uyuyordur, derim.' Aletlerin olduğu yerden bir kazma aldım; var gücümle kazmaya başladım. Tahta vidalar yerlerinden gıcırdamaya başladı. Tam amacıma ulaşmak üzereydim ki, tepemde, mezarın başında, üzerime doğru eğilmiş birinin içini çektiğini duyar gibi oldum. Kendi kendime, 'Ah şunu bir açabilsem,' diye mırıldandım, 'ikimizi de toprak altında bıraksalar keşke...' ve daha hırsla çalışmayı sürdürdüm. Kulağımın dibinde bir iç çekiş daha duydum. Sulu karla karışık esen rüzgârın yerine sıcak bir soluk duyar gibi oldum. İyice biliyordum ki yanımda etten kemikten, canlı hiçbir yaratık yoktu. Ama insan, karanlıkta, görmediği halde varlığını algıladığı bir şeye yaklaştığını nasıl kesinlikle bilirse, ben de tıpkı öyle, Catherine'in toprağın altında değil, orada toprağın üstünde olduğunu hissettim. Birden, kalbimden yükselen bir ferahlık tüm bedenimi sardı. Başladığım bu üzüntülü işten vazgeçtim. Rahatlamıştım, anlatılmaz bir avuntu bulmuştum. Catherine yanımdaydı.

Mezarı yeniden toprakla doldururken de yanımdan ayrılmadı ve beni eve kadar getirdi. İstersen gül, ama benim kendisini evde göreceğimden hiç kuşkum yoktu. Onun yanımda olduğundan hiç kuşkum yoktu ve onunla konuşmaktan kendimi alamıyordum. Tepeler'e varınca hemen sevinçle kapıya koştum. Kapı sürgülenmişti. Hatırlıyorum, o batasıca Earnshaw'la karım beni içeri sokmak istemediler, sonra hatırlıyorum yine, içeri girince Earnshaw'u gebertmek için bir tekme salladım. Sonra yine koşa koşa odama, oradan da Catherine'in odasına çıktım. Sabırsızlıkla çevreme baktım, onu yanı başımda hissediyordum, onu görüyor gibi oluyor, ama yine de *göremiyordum*. Duyduğum şiddetli özlemle öylesine kıvranıyor, onu bir an olsun görebilmek için öylesine kendimden geçerek yalvarıyordum ki, bedenimden ter yerine kan çıkmış olsa gerek. Onu bir an olsun göremedim. Bana, yaşarken de çoğu zaman yaptığı gibi, şeytanca bir oyun oynadı. O zamandan beri de bazen artan, bazen biraz hafifleyen bu dayanılmaz işkencenin, bu cehennem azabının oyuncağı olmaktan kurtulamadım. Bu işkence beni öyle gerdi ki, sinirlerim kiriş gibi olmasa, çoktan gevşeyip Linton'ınkilere benzerdi. Salonda Hareton'la otururken, dışarı çıksam ona rastlayacağımı sanıyordum. Kırlarda dolaştığım zaman da, sanki hemen eve dönsem onu göreceğimi sanıyordum. Evden ayrıldığım zamanlar hemen çabucak geri dönüyordum. *Kesinlikle* Tepeler'de bir yerdeydi o. Bundan hiç kuşkum yoktu. Onun odasında uyumak istesem dayak yemiş gibi oluyor, yatamıyordum. Gözlerimi kapar kapamaz da dışarıda pencerenin önünde görünüyor, ya ahşap kaplamaların ardından kayarak geçiyor ya içeri giriyor ya da o güzel başını çocukken yaptığı gibi getirip aynı yastığa koyuyordu. Gözlerimi açsam onu görecektim. Böylece bütün gece belki yüz kez gözümü açıp kapıyor, her seferinde de umudum boşa çıkıyordu. Bu işkence beni öldürüyordu. Çoğu zaman yüksek sesle inliyordum; o kadar ki o hınzır ihtiyar Joseph kesinlikle vicdan azabından kıvrandığımı sanmıştır. Şimdi onu, Catherine'i gördüğümden beri yatıştım. Bu garip bir öldürmeydi. On sekiz yıldır beni böyle boş bir umut peşinde koşturup aldatmak, santim santim değil, milim milim öldürmekti!"

Mr. Heathcliff sustu, alnını sildi; saçları terden sırılsıklam, alnına yapışmıştı. Gözlerini ocaktaki kırmızı korlara dikmişti; kaşları çatık değildi, uçları yukarı doğru kalkmıştı. Bu, yüzünün o sert görünümünü hafifletiyor, ama bu yüze değişik, sıkıntılı bir hava veriyordu; sanki tüm benliğini saran tek bir düşünceyle gerilmişti de büyük bir acı içindeydi. Benimle değil de kendi kendisiyle konuşuyor gibiydi. Hiç ağzımı açmadım. Söylediklerini duymak istemiyordum. Biraz durduktan sonra yeniden portreye daldı. Daha iyi görmek için duvardan aşağı indirip sedire dayadı. O bu durumdayken, Catherine içeri girip hazır olduğunu bildirdi. "Midillimi hemen hazırlatayım mı?" diye sordu.

Heathcliff bana, "Midilliyi yarın yollarsın," dedi. Sonra Catherine'e döndü. "Midillin olmasa da olur," dedi, "güzel bir akşam; hem sonra, Uğultulu Tepeler'de midilliye de ihtiyacın olmayacak. Nereye gidersen git, kendi ayağın sana yeter. Haydi gel."

Sevgili küçükhanımım yavaşça, "Hoşça kal, Ellen," dedi.

Beni öperken dudakları buz gibiydi. "Ara sıra beni görmeye gel, Ellen, unutma."

Yeni babası, "Sakın öyle bir şey yapayım demeyin, Mrs. Dean!" dedi. "Sizinle konuşacak bir şeyim olduğunda ben buraya gelirim. Evime gelip şuna buna karışmak yok!"

Önüne düşmesi için Catherine'e işaret etti, o da yüreğimi paralayan bir bakışla arkasına baktıktan sonra boyun eğip çıktı. Bahçeden aşağı giderlerken pencereden baktım: Catherine'in belli ki önceden razı olmamasına karşın, Heathcliff onu sıkı sıkı koluna taktı; geniş ve hızlı adımlarla, koşturur gibi ağaçlıklı yola soktu, orada ağaçların arasında gözden kayboldular.

30

Uğultulu Tepeler'e bir kez gittim, ama buradan ayrıldığından beri Catherine'i hiç görmedim. Onu sormak için gittiğimde Joseph kapıyı tuttu, beni içeri bırakmadı. Mrs. Linton'ın işi olduğunu, efendinin de evde olmadığını söyledi. Zillah evde ne olup bittiğini biraz anlattı. Yoksa ne ölenden ne de kalandan haberim olacaktı. Söylediklerinden anladığıma göre, Catherine'i kibirli buluyor ve sevmiyor. Küçükhanım ilk geldiği günlerde Zillah'dan kendisine biraz yardımcı olmasını istemiş, ama Mr. Heathcliff kadına kendi işine bakmasını, gelinine yardım etmemesini söylemiş; dar kafalı ve bencil bir kadın olan Zillah da sevinerek efendisinin sözünü dinlemiş. Catherine böyle ihmal edilince açıktan açığa çocuk gibi gücenmiş ve ondan sonra Zillah'ya kötü davranmış, kadını kendisine büyük bir kötülükte bulunmuş gibi kesinlikle düşmanları arasına katmış. Altı hafta kadar oluyor, siz gelmeden az önceydi, Zillah ile uzun uzun konuştum. Tepede kırda karşılaşmıştık. Bana şunları anlattı:

"Mrs. Linton'ın Tepeler'e gelir gelmez ilk işi," dedi, "koşup dosdoğru yukarı çıkmak oldu; Joseph ile bana iyi akşamlar bile demedi. Linton'ın odasına kapandı ve sabaha kadar çıkmadı. Sonra, efendiyle Earnshaw kahvaltı ederlerken aşağı salona indi. Bütün bedeni titriyordu; doktoru çağırabilir miyiz, diye sordu; kuzeni çok hastaymış.

Heathcliff, "Biliyoruz," dedi, "ama onun canı beş para etmez; ben de kendisine beş para bile harcamam."

Catherine, "Ne yapacağımı bilmiyorum," dedi. "Bana kimse yardım etmezse ölecek."

Efendi, "Çık bu odadan!" diye bağırdı. "Bir daha da onun sözünü etme! Onun başına gelecekler burada kimseyi ilgilendirmez. Eğer seni ilgilendiriyorsa, başında dur da hastabakıcılık yap! Ama sen de, bana ne, diyecek olursan, odaya kilitle onu, yanına da uğrama!"

Catherine, bunun üzerine, beni sıkıştırmaya başladı. Ben de, böyle uğraştırıcı işlerden yeterince bıktığımı, ikimizin de yapacağı işlerin ayrılmış olduğunu, Mr. Heathcliff'in bu işi kendisine devretmemi buyurduğunu söyledim.

İkisi ne yaptılar, ne ettiler bilmiyorum. Herhalde Linton oldukça titizlik etti, inledi. Catherine'in de kireç gibi yüzünden ve cansız, yorgun gözlerinden hiç rahat yüzü görmediği belliydi. Bazen ne yapacağını şaşırmış bir durumda mutfağa geliyor, neredeyse yalvar yakar yardım isteyecek gibi duruyordu. Ama efendinin buyruğuna karşı durmak aklıma bile gelmedi, onun sözünden çıkmaya kesinlikle cesaret edemem, Mrs. Dean. Doktor Kenneth'ı getirmemekle iyi etmiyorlar, diye düşünüyordum, ama akıl vermek ya da yakınmak bana düşmezdi ki. İşlerine hiçbir zaman karışmak istemedim. Bir-iki kez, hepimiz yataklarımıza çekildikten sonra, odamın kapısını nedense yeniden açmıştım, Catherine'i merdivenin başında oturmuş, ağlarken gördüm. Hemen kapımı kapayıp içeri sokuldum; haline acır da karışmaya kalkarım diye korkuyordum. Öyle zamanlarda, inanın acıyordum zavallıya. Ama anlarsınız, yerimden de olmak istemiyordum.

Sonunda bir gece hiç çekinmeden odama girdi ve şu sözlerle beni korkudan serseme çevirdi: "Mr. Heathcliff'e haber verin, oğlu ölüyor, bu kez kesinlikle ölüyor. Hemen kalkın, gidip haber verin."

Böyle söyleyerek çekildi. Bir çeyrek saat kadar, yattığım yerden kulak kabarttım, tir tir titriyordum. Hiçbir hareket yoktu, ev sessizdi.

Kendi kendime, öyle sandı, dedim. Linton atlattı; artık onları rahatsız etmek anlamsız. Sonra yine dalmışım. Ama bir zil sesiyle yeniden uyandım. Evdeki bu biricik zil özel olarak Linton için yaptırılmıştı. Efendi beni çağırıp, "Git de anla bakalım, ne var; hem söyle onlara, bu sesi bir daha duymayayım," dedi.

Kendisine Catherine'in söylediklerini bildirdim. Bir küfür savurdu ve birkaç dakika sonra elinde bir mumla çıkarak onların odasına doğru gitti. Ben de arkasından gittim. Mrs. Heathcliff ellerini dizlerinin üstünde kavuşturmuş, yatağın başında oturuyordu. Kayınpederi yanına gitti, ışığı Linton'ın yüzüne tutu; eğilip baktı, eliyle dokundu; sonra Catherine'e döndü.

"Eh, Catherine, nasılsın bakalım?" dedi.

Catherine hiç sesini çıkarmadı.

Kayınpederi yine sordu: "Nasılsın, Catherine?"

"O kurtuldu, ben de özgürüm," dedi. Sonra, gizleyemediği acı, suçlayıcı bir sesle, "Kendimi iyi hissetmem gerek, ama bu savaşta beni ölümle öyle uzun zaman yalnız bıraktınız ki, artık yalnızca ölümü hissediyorum, yalnızca ölümü görüyorum; kendim de ölmüş gibiyim," dedi.

Gerçekten de ölüye benziyordu. Kendisine biraz şarap verdim. Zil sesine ve ayak gürültüsüne uyanan Joseph ile Hareton, dışarıdan konuştuklarımızı duyarak içeri girdiler. Joseph, Linton'ın ortadan kalktığına sevindi sanırım. Hareton bir parça üzgün duruyordu, ama Linton'ı düşünmekten çok, gözlerini Catherine'e dikmiş, ona bakıyordu. Efendi kendisine, gidip yatmasını, yardımına ihtiyacımız olmadığını söyledi. Sonra Joseph'a ölüyü kendi odasına kaldırttı, beni de odama gönderdi. Mrs. Heathcliff kendi başına kaldı.

Sabah olunca Heathcliff, kahvaltıya aşağıya inmesi için ona benimle haber yolladı. Catherine soyunmuştu, uyuyacak gibiydi, hasta olduğunu söyledi, buna da hiç şaşmadım doğrusu. Mr. Heathcliff'e haber verdim.

"Peki," dedi, "cenaze işleri bitinceye kadar rahat bırakın. Ara sıra yanına çıkıp bir şey istiyor mu diye sorun; biraz iyileşir iyileşmez de bana haber verin."

Zillah'nın dediğine göre, Cathy on beş gün odasından çıkmamış. Kendisi günde iki kez yanına uğruyormuş. Biraz yakınlık göstermek istemiş, ama Cathy ona hiç yüz vermemiş ve bu girişimleri anında geri çevirmiş.

Heathcliff, Linton'ın vasiyetini göstermek için bir kez yanına çıkmış. Linton neyi var, neyi yoksa hepsini ve Catherine'in de tüm taşınabilir varlığını olduğu gibi babasına bırakmış. Zavallı çocuk, dayısı öldüğünde, Catherine'in evden ayrı kaldığı bir hafta içinde ya gözdağı verilerek ya da okşanarak buna zorlanmıştı. Araziye gelince; kendisi henüz reşit olmadığından, onlara karışamıyordu. Ama sanırım Heathcliff bu arazinin yasalara göre karısına ve kendine düştüğünü savundu. Her halükârda, Catherine, parası ve kimsesi olmadığı için, bu toprakları onun elinden kurtaramıyor.

Zillah, "Yalnız Heathcliff'in bir kez gidip onu görmesi dışında, benden başka ne kapısının önünden geçen ne de nasıl diye soran oldu," dedi. "İlk kez bir pazar günü öğleden sonra salona indi. Odasına öğle yemeğini götürdüğümde, 'Artık soğuğa dayanamıyorum!' diye bağırmıştı. Kendisine, efendinin Thrushcross Çiftliği'ne gideceğini, aşağı inecekse Hareton'la benden çekinmemesini söyledim. Bunun üzerine, Heathcliff'in atının nal sesleri

353

uzaklaşır uzaklaşmaz, siyahlar giyinmiş olarak göründü; lüle lüle sarı saçlarını kulaklarının arkasına atmıştı. Lüleleri tarayıp düzeltememişti. Joseph ile ben pazarları çoğu zaman kiliseye gideriz. Joseph gitmişti. Ama ben evden ayrılmamayı uygun buldum. Gençlerin yanında yaşlı birinin bulunması her zaman iyidir. Hareton utangaçtır, ama nezaketten filan pek anlamaz. Kendisine, kuzeninin belki de yanımıza ineceğini ve öteden beri de kutsal pazar gününe saygı gösterilmesine alışık olduğunu bildirdim. Onun için o odada kaldığı sürece tüfeklerini ve ufak tefek işlerini bırakmasını söyledim. Bu haberi duyunca kızardı. Ellerine ve üstüne başına baktı. Makine yağı, barut, hepsi bir dakikada göz önünden kalktı. Catherine'le arkadaşlık etmek niyetinde olduğunu gördüm. Davranışlarından da hoşa gitmek istediğini anladım. Efendinin yanında cesaret edemeyeceğim bir biçimde gülerek isterse kendisine yardım edebileceğimi söyledim ve bu telaşıyla alay ettim. Suratını astı, küfretmeye başladı."

Yaptıklarından hoşlanmadığımı gören Zillah, "Mrs. Dean," dedi, "siz belki Hareton'ın sizin küçükhanıma göre olmadığını düşünüyorsunuz; haklısınız da belki. Ama ne yalan söyleyeyim, onun burnunu biraz daha kırmak pek hoşuma gidecek. Sonra, bütün o bilgisinin, o inceliklerinin şimdi kendine ne yararı var? O da sizin kadar, benim kadar yoksul; hatta, bahse girerim, daha da yoksul. Siz düşünerek harcıyorsunuz, ben de bir parça biriktiriyorum."

Hareton, Zillah'nın yardımını kabul etmiş, o da yüreklendirici sözler söyleyip onu neşelendirmiş; kadının söylediğine göre, Catherine geldiği zaman, Hareton önceki aşağılanmalarını neredeyse unutarak ona hoş görünmeye çalışmış.

Zillah, "Hanım, bir buz parçası gibi soğuk, prensesler gibi mağrur, içeri girdi," dedi, "ayağa kalktım ve oturduğum koltuğu kendisine vermek istedim. Kabul etmedi, benim gösterdiğim inceliğe burun kıvırdı. Earnshaw da yerinden kalktı, onu sedire çağırıp ateşin yanına oturmasını söyledi. "Soğuktan donmuşsunuzdur," dedi.

Catherine elinden geldiğince aşağılayan bir sesle, sözcüklerin üstüne basa basa, "Bir aydan fazladır donuyorum," diye karşılık verdi.

Kendisi bir sandalye alıp bizden uzağa koydu. Isınıncaya kadar oturdu, sonra çevresine göz gezdirmeye başladı ve dolabın içinde birtakım kitaplar gördü. Hemen ayağa kalktı, kitaplara uzanmaya çalıştı. Ama kitaplar erişemeyeceği kadar yüksekteydi. Kuzeni onun bu uğraşmasını biraz izledikten sonra, sonunda cesaretini toplayarak yardıma gitti. Catherine eteğini açtı, Hareton da eline geçen kitapları alıp oraya koydu.

Bu, delikanlı için büyük bir şeydi. Catherine teşekkür etmedi, ama Hareton, yaptığı yardım kabul edildiği için kendini çok mutlu hissediyordu, Catherine kitapları gözden geçirirken, o da arkasında durma yürekliliğini gösterdi, dahası, eğilip kitabın içindeki bazı eski resimlerde tuhafına giden şeyleri ona gösteriyordu. Catherine'in, sayfaları çevirirken, onun parmağını horlayarak itmesine de aldırmıyordu. O zaman biraz geriye çekiliyor, kitabı bırakıp ona bakıyordu. Catherine okumasını ya da okuyacak bir şey aramasını sürdürdü. Hareton yavaş yavaş tüm dikkatini kuzeninin gür, ipek gibi lülelerinde topladı; birbirlerinin yüzlerini göremiyorlardı. Hareton, belki de yaptığının farkında olmadan, tıpkı bir mumun çekimine kapılmış gibi, sonunda bakmayı da bırakıp dokunmaya başladı. Elini uzattı, lülelerden birini, bir kuşu okşar gibi yavaşça okşadı. Catherine bunun farkına varır varmaz öyle bir sıçrayıp arkasına döndü ki, gören ensesine bir bıçak saplanmış sanırdı.

355

Tiksiniyormuş gibi bir sesle, "Defol çabuk!" diye haykırdı. "Ne cesaretle bana dokunuyorsun? Orada arkamda ne duruyorsun? Katlanamıyorum sana! Yanıma yaklaşırsan, yine yukarı çıkarım."

Mr. Hareton aptal aptal geri çekildi. Sedire oturdu, hiç sesi çıkmadı. Catherine yarım saat daha önündeki kitapları gözden geçirmeyi sürdürdü. Sonunda Earnshaw yanıma kadar gelip fısıltıyla konuştu:

"Zillah, söyle de bize kitap okusun. Boş boş oturmaktan fenalık geldi bana. Hem de onun sesini duymak hoşuma gider. Benim istediğimi söyleme, sen kendiliğinden iste."

Hemen, "Mr. Hareton sizin bize kitap okumanızı istiyor, hanımefendi," dedim. "Çok minnettar olacak, çok sevinecek."

Catherine kaşlarını çattı ve sonra başını kaldırarak şöyle karşılık verdi:

"Mr. Hareton ve hepiniz lütfen bilin ki, bana karşı gösterme ikiyüzlülüğünde bulunduğunuz her tür inceliği reddediyorum. Sizleri insandan saymıyorum; hiçbirinize söyleyecek tek sözüm yok. Bir tek güzel söz duymak, birinizin yüzünü görmek için canımı vermeye hazır olduğum zamanlar hiçbiriniz yanıma uğramadınız. Ama size yakınmak istemem. Beni buraya getiren soğuktur; yoksa buraya ne sizi eğlendirmeye geldim ne de sizinle hoşça vakit geçirmeye."

Earnshaw, "Ben ne yaptım ki," diye söze başladı. "Benim ne suçum var?"

Mrs. Heathcliff, "Oo! Siz başkasınız," dedi. "Sizden böyle bir şey beklemek aklıma bile gelmedi."

Delikanlı onun bu saygısızlığı karşısında alevlenerek, "Ama ben kaç kez yardım teklif ettim, senin yerine hastayı beklemek istediğimi Heathcliff'e söyledim," dedi.

"Sus! O çirkin sesini duymaktansa, dışarı çıkmayı ya

da neresi olursa bir yere gitmeyi yeğ tutarım!" dedi.

Hareton, "İstersen Cehennem'e git, umurumda bile değil," diye homurdandı. Sonra tüfeğini duvardan indirerek yeniden pazar gününe özgü işleriyle uğraşmaya başladı. Artık ağzına geldiği gibi de konuşuyordu. Cathy tek başına kendi odasına çekilmeyi uygun buldu. Ama artık don mevsimi başlamıştı. O çalımına karşın yine de yanımızda gittikçe daha fazla oturma tenezzülünde bulunmak zorunda kaldı. Ama iyilik etmeye kalkıp da daha fazla küçük düşürülmemeye dikkat ettim. O günden sonra ben de onun kadar soğuk ve sert durdum. Evde kendisini seven, kendisinden hoşlanan tek kişi yok. Doğrusu, o böyle şeylere değmez; hele birisi tek kelime etmeye kalksın, hatır matır dinlemeden kim olursa olsun hemen tersliyor. Efendiye bile saldırıyor; "Haydi, döv de göreyim bakayım," diye meydan okuyor. Canı yandıkça da azıtıyor."

Önce, Zillah'dan bunları duyunca, işimi bırakıp bir kulübe tutmayı ve ne yapıp edip Catherine'i yanıma alarak birlikte yaşamayı düşündüm. Ama bu, Mr. Heathcliff'ten, Hareton için ayrı bir ev tutmasını istemekten farksızdı. Şimdilik yeni bir evlilikten başka bir kurtuluş yolu göremiyorum. Bu da öyle bir şey ki, benim dememle olmaz.

Mrs. Dean'in anlattıkları burada bitti. Doktorun dediklerinin tersine, gücüm hızla yerine geliyor. Daha ocak ayının birinci haftasında olmamıza karşın, bir-iki güne kadar atla dışarı çıkıp Uğultulu Tepeler'e kadar uzanmak niyetindeyim. Ev sahibime, önümüzdeki altı ayı Londra' da geçireceğimi ve isterse ekim sonrası için eve başka bir kiracı bulabileceğini haber vereceğim. Ne olursa olsun, burada bir kış daha geçirmek istemem.

31

Dün hava açık ve durgundu, ayaza çekmişti. Niyet ettiğim gibi Tepeler'e gittim. Mrs. Dean, küçükhanımına kendisinden bir-iki satırlık mektup götürmemi rica etti; geri çevirmedim, çünkü temiz yürekli kadıncağız bu önerisinin biraz tuhaf olduğunun farkında değildi. Evin ön kapısı açıktı, ama bahçe kapısı bundan önceki gelişimde olduğu gibi sıkı sıkı kapanmıştı. Kapıya vurdum ve bahçedeki tarhlar arasında bulunan Earnshaw'a seslendim; gelip zinciri çözdü, içeri girdim. Doğrusu görülmeye değer, tam yakışıklı bir köy delikanlısı. Bu kez özellikle dikkat ettim. Ama belli ki üstün yanlarını olabildiğince az göstermek için elinden geleni yapıyor.

Mr. Heathcliff'in evde olup olmadığını sordum. "Yok," dedi, "öğle yemeğine gelecek." Saat on birdi. İçeri girip kendisini beklemek istediğimi söyledim. Bunu duyunca hemen elindeki aletleri yere fırlattı ve ev sahipliği görevini yapmak için değil de, sırf bir çoban köpeği gibi bana bekçilik etmek için yanıma geldi.

Birlikte içeri girdik. Catherine oradaydı. Yemek için sebze ayıklayarak faydalı olmaya çalışıyordu. İlk gördüğümden daha somurtkan, daha neşesizdi. Bana bakmak için gözlerini bile kaldırmadı, yine eskisi gibi genel görgü kurallarına aldırmadan işini sürdürdü. Bizim selam sabah da boşa gitti.

Mrs. Dean'in bana söylediği kadar da iyi huylu değil, diye düşündüm. Güzel olduğu kesin ama bir melek değil.

Earnshaw, ters ters, önündekileri mutfağa götürmesini söyledi. Catherine işini bitirir bitirmez, önündeki şeyleri iterek, "Sen kendin götür," dedi, gidip pencerenin yanındaki bir tabureye oturdu. Kucağındaki şalgam kabuklarından kuş ve hayvan biçimleri oymaya başladı.

Bahçeye bakacakmış gibi yaparak yanına yaklaştım ve aklımca Mrs. Dean'in mektubunu Hareton görmeden, ustalıkla dizlerinin üzerine bırakıverdim. Ama Catherine yüksek sesle, "Bu ne?" diye sordu ve kâğıdı eliyle itti.

Yaptığım bir iyiliği bu biçimde açığa vurmasına canım sıkılmıştı; hem de mektubun belki benim tarafımdan olduğunu sanır korkusuyla, "Eski ahbabınız, Çiftlik'teki hizmetçi kadından bir mektup," diye karşılık verdim. Bunu duyar duymaz mektubu hemen yeniden almaya can attı tabii, ama Hareton ondan önce davrandı. Kâğıdı kaptığı gibi yeleğinin cebine koydu ve, "Önce Mr. Heathcliff görecek," dedi. Bunun üzerine Catherine sessizce yüzünü bizden öteye çevirdi ve belli etmeden mendilini çıkarıp gözlerine götürdü. Kuzeni yumuşamamak için bir süre çabaladıysa da, sonunda mektubu cebinden çıkarıp elinden geldiğince kaba bir tavırla Catherine'in yanına, yere attı. Catherine mektubu alıp heyecanla okudu. Sonra bana, eski evinde insan, hayvan, ne varsa hepsiyle ilgili sorular sordu. Tepelere doğru bakarak kendi kendine mırıldandı:

"Ah, Minny'ye binip şuradan bir insem! Ah, tırmana tırmana şuraya bir çıksam! Of! Çok yoruldum, *ahıra kapatılmış* gibiyim, Hareton!" Yarı esneyerek yarı içini çekerek güzel başını arkaya, pencerenin kenarına dayadı ve derin bir keder içinde çevresini unuttu. Kendisini izleyip izlemediğimize hiç aldırmıyordu, farkında bile değildi.

Bir süre hiç sesimi çıkarmadan oturduktan sonra, "Mrs. Heathcliff," dedim, "sizi çok iyi tanıyan birisi olduğumu biliyor musunuz? Sizi o kadar yakından tanıyorum ki, gelip benimle konuşmamanız tuhafıma gidiyor. Hizmetçim durmadan sizden söz ediyor ve sizi övüyor. Eğer kendisine, onun mektubunu aldığınızı ve hiçbir yanıt vermediğinizi söylersem, sizinle ilgili ya da sizden haber götürmezsem çok üzülecek."

Bu sözlerime şaşırır gibi göründü.

"Ellen sizi sever mi?" diye sordu.

Duraksayarak, "Evet, çok sever," dedim.

"Ona söyleyin," dedi, "mektubuna karşılık vermek isterdim, ama yazı yazacak kâğıdım, hatta bir kitabım bile yok ki içinden bir yaprak koparayım."

"Hiç kitabınız yok mu?" dedim. "Bağışlayın, ama burada kitapsız nasıl yaşayabiliyorsunuz? Çiftlik'te büyük bir kitaplık olduğu halde sıkıntıdan patlıyorum. Kitapları elimden alın, çıldırırım!"

Catherine, "Kitaplarım elimdeyken hep okurdum," dedi. "Mr. Heathcliff ise hiç kitap okumaz. Onun için benim kitapları yok etmeyi kafasına koydu. Haftalardır bir tanesinin bile yüzünü görmedim. Yalnız bir kez Joseph'ın kitaplarını karıştırdım; müthiş öfkelendi. Bir kez de, Hareton, senin odanda saklı bir kitap yığını elime geçti. Bir kısmı Latince ve Yunanca, bir kısmı da öyküler ve şiirler. Hepsi de eski tanıdıklar. Öykülerle şiirleri buraya ben getirmiştim. Onları, tıpkı bir saksağanın gümüş kaşıkları toplaması gibi, sırf çalmak zevki için çalmışsın! Senin işine yaramazlar. Belki de, 'Mademki ben okuyamıyorum, başkası da okuyamasın,' diye düşünerek sırf kötülük olsun diye sakladın. Mr. Heathcliff'in beni bu en değerli varlığımdan yoksun bırakması belki de *senin* çekememezliğin yüzünden olmuştur, değil mi? Ama o kitapların çoğu kafamın içine yazılmış, yüreğime kazınmıştır. Beni onlardan yoksun edemezsin ya!"

Kuzeni onun böyle bir yığın kitap sakladığını açığa vurunca Earnshaw kıpkırmızı kesildi; öfkeli öfkeli bir şeyler kekeleyerek bunların yalan olduğunu söyledi.

"Mr. Hareton bilgisini artırmak istiyor," diyerek zavallının yardımına koştum. "Sizin bilginizi *kıskanmıyor*, size *imreniyor*. Birkaç yıla kalmaz, iyi bir okuryazar olur."

Catherine, "Niyeti de o zamana kadar beni tam bir

okumaz yazmaz yapmak," dedi. "Evet, duyuyorum, kendi kendine hecelemeye, okumaya çalışıyor, ne de güzel okuyor ya! Şu Chevy Chase'i[1] dünkü gibi bir daha okumanı duymak isterim, pek gülünçtü. Zor sözcüklere bakmak için sözlüğü karıştırıyordun, duydum; sonra sözlükteki açıklamaları okuyamadığın için küfrettin!"

Hem bilgisizliğiyle alay edilmesi hem de bu durumdan kurtulmaya çalıştığı için alaya alınması belli ki delikanlının çok zoruna gitmişti. Benim de zoruma gitmişti doğrusu. Hareton'ın içinde büyüdüğü karanlığı yırtmak için giriştiği ilk denemelerle ilgili olarak Mrs. Dean'in anlattıklarını hatırlayarak, "Ama, Mrs. Heathcliff," dedim, "hepimiz bir başlangıç dönemi geçirdik; ilkin hepimiz bocalayıp sendeledik; öğretmenlerimiz yardım edeceklerine bizimle alay etmeye kalksalardı, hâlâ da bocalıyor, sendeliyor olurduk."

Catherine, "Yok," dedi, "niyetim onun ilerlemesini önlemek değil. Ama ne olursa olsun, benim olan şeylere sahip çıkmaya, o berbat hatalarıyla, yanlış okuyuşlarıyla onları gülünç hale getirmeye hakkı yok! Bambaşka birtakım anılardan dolayı, düzyazı, şiir, bütün bu kitaplar benim gözümde kutsaldır. Bu kitapların onun ağzında bu hale gelmesi, değerini yitirmesi ne kadar zoruma gidiyor, bilemezsiniz. Sonra, en kötüsü de, sanki özellikle sırf kötülük olsun diye, en çok sevdiğim ve tekrar tekrar okuduğum kitapları seçmiş."

Hareton'ın göğsü bir dakika kadar sessiz sessiz inip kalktı. Aşağılanmış olmaktan duyduğu derin bir acı ve öfke içinde, müthiş bir çabayla kendini tutmaya çalışıyordu. Yerimden kalktım, onu sıkmamak için incelik göstererek gidip kapıda durdum ve dışarıyı seyretmeye başla-

1. *The Ballad of Chevy Chase* (Chevy Chase Baladı): İngilizler ile İskoçlar arasındaki savaşı anlatır. (Y.N.)

dım. Hareton da kalktı, odadan çıktı, ama az sonra elinde yarım düzine kadar kitapla geri geldi. Kitapları Catherine'in kucağına atarak bağırdı: "Al kitaplarını! Bunların bir daha ne adını duymak ne kendilerini okumak ne de aklıma getirmek istiyorum!"

Catherine, "İstemem artık o kitapları," diye karşılık verdi. "Onları gördükçe sen aklıma geleceksin, hepsine düşman kesileceğim."

Yaprakları çok çevrildiği belli olan bir tanesini açtı. Okumaya yeni başlayan kimseler gibi kekeleye kekeleye biraz okudu. Sonra bir kahkaha attı ve kitabı fırlattı. Karşısındakini kızdıran bir tavırla, "Bunu da dinleyin," diyerek eski baladlardan birinin bir dizesini aynı biçimde okumaya başladı.

Ama Hareton'ın onuru daha fazla dayanamadı; bir el hareketiyle küstahça konuşan Catherine'i susturuverdi. Bu yapılan hoşuma da gitmedi değil. Hınzır kız, bütün kabalığına karşın çok duygulu olan kuzenini yaralamak için elinden geleni yapmıştı. Hareton bunun hesabını ancak elle görebilir, saldırganla ancak bu biçimde ödeşebilirdi. Sonra kitapları topladı, ateşe fırlattı. Öfkesini bastırmak için böyle bir özveride bulunmanın ona ne kadar acı verdiğini yüzünden anladım. Kitaplar yanarken, daha şimdiden onlardan duyduğu zevki, onlardan neler beklediğini ve gittikçe artacak olan zevki düşünüyormuş gibi geldi bana. Neden böyle gizli gizli çalışmaya heveslendiğini de anladım sanırım. Catherine karşısına çıkıncaya kadar Hareton günlük çalışmalarından, kaba saba ilkel eğlencelerinden, durumundan hoşnuttu. Catherine'in kendisini adam yerine koymamasından duyduğu utanç ve onun beğenisini kazanma umudu, onu daha yüksek amaçlar peşinde koşmaya itmişti. Ama yükselmek için gösterdiği çaba onu hor görülmekten kurtaracağı ve ona beğeni kazandıracağı yerde, büsbütün ters bir sonuç vermişti.

Catherine ezilen dudağını emiyor, koca alevleri öfkeli gözlerle izliyordu. "Evet!" diye bağırdı. "Senin gibi bir hayvan onlardan böyle yararlanır işte!"

Hareton öfkeyle, "Dilini tutarsan *iyi edersin*," diye cevap verdi.

O kadar heyecanlıydı ki başka bir şey söylemedi; hızla kapıya doğru ilerledi, geçmesi için çekilip yol açtım. Ama daha eşiği geçmeden, yoldan yukarı çıkan Heathcliff'le karşılaştı. Heathcliff elini delikanlının omzuna koydu. "Ne oldu yine, oğlum?" diye sordu.

Hareton, "Hiç, hiç," dedi. Acı ve öfkesiyle baş başa kalmak üzere çekilip gitti.

Heathcliff arkasından uzun uzun bakıp içini çekti.

"Kendi işimi kendim bozarsam çok tuhaf olacak," diye mırıldandı; hemen arkasında olduğumdan habersizdi. "Ne yapayım, onun yüzünde babasını görmek istedikçe, her gün biraz daha Cathy'yi görüyorum. Nasıl olur da bu kadar benzer, şaşıyorum. Yüzünü görmeye dayanamıyorum."

Bakışlarını yere indirdi, somurtarak içeri girdi. Yüzünde, o zamana dek görmediğim bir huzursuzluk, bir kaygı vardı. Bedence de daha zayıflamıştı. Gelini onu pencereden görünce hemen mutfağa kaçtı, ben yalnız kaldım.

Selamıma, "Sizi yeniden ayakta gördüğüme sevindim, Mr. Lockwood," diye karşılık verdi. "Bu biraz kendimi düşünmemden. Bu ıssız yerlerde sizin bıraktığınız boşluğu kolay kolay dolduramam, diye düşünüyorum. Sizi buralara getiren nedir diye hep şaşmışımdır."

"Korkarım ki anlamsız, geçici bir heves, efendim," diye karşılık verdim. "Öyle olmasa bile, anlamsız, geçici bir heves beni buradan uzaklaştırmak üzere. Önümüzdeki hafta Londra'ya gidiyorum. Thrushcross Çiftliği'ni de, kiraladığım süre olan iki aydan fazla elimde tutmak istemediğimi size şimdiden haber vermek isterim. Artık burada daha fazla kalamayacağım herhalde."

Ev sahibi, "Ya, sahi mi?" dedi. "Dünyadan uzak kalmaktan usandınız, öyle mi? Ama oturamayacağınız bir yere daha fazla kira ödememek için ricaya geldiyseniz, boşuna zahmet etmişsiniz. Kimsede alacağımı bırakmam, bu konuda hiç acımam yoktur."

Oldukça öfkeyle, "Böyle bir ricada bulunmak için gelmedim. Eğer isterseniz bu hesabı hemen görelim," dedim ve cüzdanımı çıkardım.

Ev sahibim soğukkanlılıkla, "Yok, yok," dedi, "eğer dönmeyecek olursanız, burada borçlarınızı kapatmaya yetecek kadar eşyanız var. O kadar acelem yok. Oturun, birlikte yemek yiyelim. Bir daha gelmeyeceği bilinen bir konuk çoğu kez iyi karşılanır. Catherine, yemeği buraya getir. Neredesin?"

Catherine elinde bir tepsi, çatal ve bıçakla yeniden göründü.

Heathcliff, "Yemeği Joseph'la birlikte yiyebilirsin," diye mırıldandı. "Konuğum gidinceye kadar da mutfakta otur."

Catherine onun buyruklarına hemen boyun eğdi. Belki de karşı gelme isteğini duymamıştı. Böyle kaba saba ve insan kaçkını kimseler arasında yaşadığından, karşısına çıkan daha yüksek sınıftan kişilerin değerini bilecek durumda değildi belki.

Bir yanımda korkunç suratıyla somurtan Heathcliff, bir yanımda da ağzını açıp tek söz söylemeyen Hareton'la oldukça sıkıntılı bir yemek yedim ve erkenden veda edip çıktım. Catherine'i son bir kez daha görmek ve Joseph'ı kızdırmak için arka taraftan çıkmak istiyordum. Ama Hareton atımı öne çekme buyruğunu aldı ve ev sahibim bizzat beni kapıya kadar geçirdi. İstediğimi yapamadım.

Atımın üstünde yoldan aşağı inerken, bu evde ne sıkıntılı, ne karanlık bir yaşantıları var, diye düşündüm. Eğer iyi yürekli dadısının istediği gibi Mrs. Heathcliff'le birbirimize bağlanıp da birlikte kentin o gürültülü havasına göç etseydik, bu onun için peri masalını da aşan bir şey olurdu!

32

1802. Bu Eylül, bir dostumun kuzeydeki çiftliğinde istediğim gibi gezip tozmak için çağrılmıştım; oraya giderken birden kendimi Gimmerton'ın on beş mil yakınında buldum. Yol üstünde bir handa hayvanlara bakan uşak, bir kovadan atlarımı sularken, yeni biçilmiş yemyeşil yulaf yüklü bir araba geçti. Uşak, "Gimmerton'dandır kesinlikle," dedi. "Hep başkalarından üç hafta sonra harman yaparlar."

"Gimmerton mı?" dedim. Orada geçirdiğim günler artık bana bulanık bir düş gibi geliyordu. "Ha, biliyorum, buraya ne kadar uzaktadır?"

"Tepelerden on dört mil çeker herhalde; hem de kötü bir yoldur," diye karşılık verdi.

Birden, içimden, gidip Thrushcross Çiftliği'ni görmek geldi. Daha yeni öğle oluyordu. Geceyi bir handa geçireceğime, gidip kendi evimde geçiririm, diye düşündüm. Hem sonra, bir günümü gözden çıkarıp orada kalarak ev sahibimle işleri çözümler ve buralara bir kez daha gelme derdinden kurtulurdum. Biraz dinlendikten sonra, uşağımdan, kasabaya giden yolu sorup öğrenmesini istedim. Gimmerton'a kadar olan yolu ancak üç saatte alabildik; hayvanlarımız da yorgunluktan bitmişti.

Uşağımı orada bırakarak vadiden aşağı tek başıma inmeye başladım. Kül rengi kilise daha da kararmış, ıssız mezarlık daha da ıssızlaşmış gibiydi. Bir koyun, mezarların üstündeki bodur otları yiyordu. Tatlı, ılık bir hava vardı. Yolculuk için fazla sıcaktı; ama bu sıcak, başımın üzerindeki ve ayağımın altındaki güzel görünümün zevkini çıkarmama engel olmadı. Eğer Ağustos ayına daha yakın olsaydık, hiç kuşkum yok, bu ıssız yerlerde bir ayımı geçirme sevdasına kapılırdım. Tepeler arasına sıkışmış bu koyaklar, alabildiğine uzanan sık fundalıklarla kaplı bu yalçın tepecikler... Kışın bundan daha iç kararıcı, yazın da daha olağanüstü bir görünüm olamaz.

Güneş batmadan Çiftlik'e vardım, kapıyı çaldım. Duymadılar; yalnız mutfağın bacasından kıvrıla kıvrıla yükselen ince dumandan, evdekilerin arkadaki odalara çekildiklerini anladım. Atımı avluya sürdüm. Kapının önündeki sundurmada dokuz-on yaşlarında bir kız çocuğu oturmuş, örgü örüyordu. İhtiyar bir kadın da binek taşlarına yaslanmış, dalgın dalgın çubuğunu içiyordu.

"Mrs. Dean evde mi?" diye sordum.

"Mrs. Dean mi?" dedi. "Hayır, o burada oturmaz; Tepeler'dedir."

"Eve siz mi bakıyorsunuz?" dedim.

"Evet, ben bakarım," dedi.

"Peki öyleyse, ben evin efendisi, Mr. Lockwood'um. Acaba evde oturabileceğim gibi bir oda var mı? Geceyi burada geçirmek istiyorum."

Kadın şaşırarak, "Efendi mi!" diye bağırdı. "Geleceğinizi nereden bilirdik? Haber yollamalıydınız. Evde oturulabilir kuru bir yer yok, hiç yok!"

Çubuğunu ağzından yere attı, telaşla içeri girdi; kız da peşinden; ben de girdim. Sözlerinin doğru olduğunu hemen gördüm. Üstelik böyle düşüncesizce gelmekle onu şaşkına çevirdiğimi de anladım. Telaş etmemesini, şimdi bir gezintiye çıkacağımı, ben gelinceye kadar yemek için oturma odasında bir köşe, ayrıca uyumak için de bir yatak odası hazırlamaya çalışmasını söyledim. Silip süpürmesini istemiyordum. Ateş iyi, yatak çarşafları kuru olsun, yeterdi. Gerçi ocağa yanlışlıkla maşa diye ocak süpürgesini soktu ve elinin altındaki birçok şeyi aynı biçimde yanlış kullandı durdu, ama kadıncağız elinden geleni yapacağa benziyordu. Dönüşümde dinlenecek bir yer bulma konusunda onun çabasına güvenerek çıktım. Niyetim Uğultulu Tepeler'e gitmekti. Avludan çıktıktan sonra aklıma bir şey geldi, geri döndüm.

"Tepeler'dekiler nasıllar? İyiler mi?" diye sordum.

"Bizim bildiğimiz kadarıyla iyiler," diye yanıtladı sorumu ve elinde kıpkızıl kor dolu bir tavayla acele uzaklaştı.

Mrs. Dean'in Çiftlik'ten niçin ayrıldığını soracaktım. Ama böyle telaşlı bir zamanda kadıncağızı işten alıkoymak olanaksızdı. Onun için yine geri dönüp dışarı çıktım. Arkamda, batan güneşin kızıl ışıkları; önümde, yükselen ayın tatlı aydınlığı, yavaş yavaş yürüyordum. Güneşin ışıkları gittikçe soluyor, ay ise gittikçe daha çok parlıyordu. Bahçeden çıktım ve Heathcliff'in evine ayrılan taşlı yola tırmandım. Daha Uğultulu Tepeler görünmeden, gün, batı boyunca uzanan, donuk kehribar rengi bir aydınlıktı yalnızca. Ama o görkemli ay ışığında yolun üstündeki her çakıl taşını, tek tek her otu seçiyordum. Bahçe kapısının üzerinden atlamak ya da kapıyı vurmak zorunda kalmadım. Elimle dokunur dokunmaz açıldı. İlerleme var, diye düşündüm. Burun deliklerim başka bir ilerlemeyi daha haber verdi; rasgele büyümüş meyve ağaçları arasından yükselen kırmızı ve sarı şebboyların kokuları havayı dolduruyordu.

Kapılar ve pencereler de açıktı. Ama kömür bölgelerinde âdet olduğu üzere kıpkızıl güzel bir ateş, ocağı aydınlatıyordu. Doğrusu göz zevki için, insan bu aşırı sıcağa dayanırdı artık. Ama Uğultulu Tepeler'de salon o kadar büyüktü ki, içeridekiler ateşin sıcağından kaçıp sığınacak istedikleri kadar yer bulurlar. Gerçekten de o sırada içeridekiler her kimseler pencerelerden birine yakın oturmuşlardı. Dışarıdan hem kendilerini görüyor hem de konuştuklarını duyuyordum. Onun için, hem merak hem kıskançlıkla karışık bir duygu beni onları gözetleyip dinlemeye itti. Bakıp dinledikçe de hem merakım hem kıskançlığım arttı.

Gümüş bir çıngırak sesi gibi tatlı bir ses, "Ter-*sine*!" diyordu. "Üçüncü kezdir yineliyorum, kalın kafalı seni! Bir daha söylemem artık. Aklını topla, yoksa saçlarını çekerim!"

Öteki, kalın ama yumuşak bir sesle, "Peki öyleyse, tersine," diye karşılık verdi. "Bak, ne kadar dikkatli okudum; hadi öp bakalım şimdi beni."

"Hayır, önce baştan, hiç yanlışsız bir daha oku."

Erkek okumaya başladı. Temiz giyinmiş bir gençti; önünde bir kitap, masanın başında oturuyordu. Güzel yüzü sevinçle parlıyordu. Gözleri durmadan, sabırsız sabırsız önündeki sayfadan omzundaki küçük beyaz bir ele kayıyordu. Elin sahibi bu gibi kaydırmaların farkına varınca, o küçücük eliyle delikanlının yanağına şakadan, hafifçe vuruyor ve onu kendine getiriyordu. Bu elin sahibi gencin arkasında duruyordu. Bazen delikanlının çalışmasını gözden geçirmek için eğildiğinde, lüle lüle ipek sarı saçları, onun kıvrım kıvrım kestane rengi saçlarıyla karışıyordu. Yüzüne gelince... Neyse ki delikanlı onun yüzünü göremiyordu, yoksa kendini doğru dürüst çalışmaya veremezdi. Ben bu yüzü görüyordum. Vaktiyle elime geçen fırsatı kaçırıp bu öldürücü güzelliği izlemekten başka bir şey yapmadığım için kendime düşman kesilerek dudaklarımı ısırdım; neler olmazdı ki!

Ders bitti, yanlışları yok değildi, ama öğrenci ille ödüllendirilmek istedi ve en az beş öpücük aldı. Ama bunları kendisi de fazlasıyla geri verdi. Sonra kapının önüne geldiler; konuşmalarından, dışarı çıkıp kırlarda bir gezinti yapacaklarını anladım. Bu sırada ben talihsiz, Hareton Earnshaw'un karşısına dikilecek olursam, delikanlının beni diliyle olmasa da gönlüyle yedi kat Cehennem'in dibine göndereceğini düşündüm. İçim yanarak, süklüm püklüm, mutfağa sığınmak için evin arka kapısına sıvıştım. O tarafta da kapı baca açıktı. Benim eski dost Nelly Dean kapının önünde oturmuş, hem dikiş dikiyor hem şarkı söylüyordu. Şarkısı ikide birde, içeriden gelen aşağılayıcı, öfkeli ve kızgın sözcüklerle kesiliyordu.

Nelly'nin duyamadığım bir sözüne karşılık mutfaktaki, "Sabahtan akşama kadar küfürler savursunlar, razıyım, yeter ki senin sesini duymayayım!" diye karşılık verdi. "Utan, utan! Kutsal Kitabı ne zaman önüne koysam, Şeytan'a övgüler düzer, yeryüzünde geçmiş gelecek ahlaksızlık adına ne varsa ortaya dökersin. Bir işe yaramazsın sen; o kız da öyle. O zavallı çocuk da ikinizin arasında mahvolacak." Bir of çekti ve, "Zavallı çocuk! Muhakkak büyülendi, hiç kuşkum yok. Tanrım, sen bilirsin, sen yargıla onları; çünkü bu dünyada ne yasa var ne adalet!" dedi.

Şarkısını söylemeyi sürdüren Mrs. Dean, "Doğru," dedi, "yoksa şimdiye dek çoktan, alev alev yanan odun yığınları üzerine oturtulurduk. Ama yeter artık, ihtiyar. Sen efendi efendi önündeki İncil'ini oku, benimle uğraşma. Şimdi 'Peri Kızı Annie'nin Düğün Şarkısı'nı söylüyorum –güzel bir havadır– bununla iyi dans edilir."

Mrs. Dean tam başlayacağı sırada ilerledim. Beni hemen tanıdı, sıçrayarak ayağa kalktı. "İlahi Mr. Lockwood!" diye bağırdı. "Hiç böyle apansızın gelmek olur mu? Thrushcross Çiftliği'nde her taraf kapalı. Önceden haber gönderseniz olmaz mıydı?"

"Kalacağım süre boyunca rahat edebilmek için orada her şeyi yoluna koydum," dedim. "Yarın da ayrılıyorum, ama siz buraya nasıl yerleştiniz, Mrs. Dean? Bana onu anlatın."

"Siz Londra'ya gittikten az sonra, Zillah buradan ayrıldı. Mr. Heathcliff de siz dönünceye dek gelip burada kalmamı istedi. Ama içeri girsenize, canım! Akşamüzeri yürüye yürüye Gimmerton'dan mı geldiniz?"

"Çiftlik'ten geldim," dedim. "Orada odamı hazırlarlarken, ben de efendinizle hesabımı keseyim, dedim. Çünkü kolay kolay bir daha bu fırsatı bulacağımı sanmıyorum."

Nelly beni salona alarak, "Ne hesabı bu, efendim?" diye sordu. "Kendisi şimdi dışarı çıktı. Hemen de dönmeyecek."

"Kira hesabı," dedim.

"Ha, öyleyse onu Mrs. Heathcliff'le halletmeniz gerekiyor, daha doğrusu benimle," dedi. "Kendisi henüz işlerini çekip çevirmeyi öğrenemedi, onun yerine ben bakıyorum. Başka kimse yok."

Ben şaşırır gibi oldum.

"Ha! Demek Mr. Heathcliff'in öldüğünü duymadınız," dedi.

Ben şaşırarak, "Heathcliff öldü mü!" diye haykırdım. "Ne zaman?"

"Üç ay oluyor. Ama oturun bir kere, şapkanızı da verin bana, size her şeyi anlatırım şimdi. Durun, bir şey yemediniz herhalde, değil mi?"

"Bir şey istemem. Evde yemek hazırlamalarını söyledim. Siz de oturun. Onun öleceği aklıma hayalime gelmezdi doğrusu. Nasıl oldu, anlatın, haydi. Onların, gençlerin kolay kolay eve dönmeyeceklerini söylediniz, değil mi?"

"Evet, böyle geç vakitlere kadar dolaştıkları için her akşam benden azar işitiyorlar; ama bana aldırdıkları yok. Hiç olmazsa eski biramızdan biraz için, iyi gelir. Yorgun görünüyorsunuz."

Daha ben reddedemeden gidip getirmek için koştu. Joseph'ın şöyle dediğini duydum: "Bu yaşta da erkeklerle düşüp kalkmak artık rezaletin son perdesi değil de nedir? Üstelik bir de onlara efendinin mahzeninden içki taşımak, olur şey değil! Burada sessiz sedasız oturup seyretmeye utanıyorum doğrusu."

Mrs. Dean karşılık vermek için durmadı. Bir dakika içinde, elinde köpük köpük bir gümüş kupayla geri geldi. Kupanın içindekini seve seve içtim. Sonra Mrs. Dean, Heathcliff'in hikâyesinin sonunu anlattı. Onun deyimiyle "çok acayip" bir sonu olmuştu.

"Siz bizi bıraktıktan on beş gün kadar sonra Uğultulu Tepeler'e çağrıldım," dedi. Catherine'in hatırı için buna seve seve razı oldum. "Catherine'le ilk görüşmemiz beni çok üzdü, çok şaşırttı. Birbirimizi görmeyeli çok değişmişti. Mr. Heathcliff düşüncesini değiştirerek beni niye buraya çağırmıştı? Nedenini söylemedi, yalnızca bana ihtiyacı olduğunu ve artık Catherine'le karşı karşıya olmaktan bıktığını söyledi. Küçük salonu düzenleyip oraya yerleşmemi, Catherine'i de yanıma almamı söyledi. Onu günde bir-iki kez görmek zorunda kalması bile ona fazla geliyordu. Bu düzen Catherine'in hoşuna gitmiş gibiydi. Yavaş yavaş, Çiftlik'teyken onu eğlendiren birçok kitapla daha başka şeyleri de kaçırıp getirdim. Birlikte oldukça rahat yaşayıp gideceğimizi düşünerek kendi kendimi kandırıyordum. Ama bu düş çok sürmedi. Önce yaşamından hoşnut olan Catherine çok geçmeden sıkılmaya, sinirlenmeye başladı. Bir kere, bahçeden dışarı çıkması yasaktı, onun için bahar günlerinde o daracık yerde sıkışıp kalmak çok garibine gidiyor, sıkılıyordu. Sonra, ev işleri beni çoğu zaman onun yanından ayırdığından, Catherine yalnızlıktan yakınıyordu. Odada tek başına rahat rahat oturmaktansa, mutfakta Joseph'la atışmayı yeğ tutuyordu. Onların bu kavgalarına aldırmıyordum. Ama efendi salonda yalnız kalmak istediği zamanlar, Hareton da çoğu kez mutfağa sığınmak zorunda kalıyordu. Catherine önceleri delikanlı mutfağa girince ya çekilip gidiyor ya da sessizce benimle iş görüyordu; delikanlıyı görmezden geliyor, onunla konuşmuyordu. Hareton da her zaman yüzü bir karış, ağzını açmadan oturuyordu. Ama bir süre sonra Catherine davranışını değiştirdi. Hareton'ı rahat bırakmaz oldu; konuşurken ona taş atıyor, onun aptallığından, tembelliğinden dem vuruyordu. Böyle yaşamaya nasıl dayanabildiğine, akşamlarını gözlerini ateşe dikip dalarak ve uyuklayarak geçirişine şaştığını söylüyordu.

Bir keresinde, "Tıpkı bir köpek gibi, değil mi, Ellen?" dedi. "Ya da bir araba beygiri. İşini görüyor, yemeğini yiyor ve boyuna uyuyor! Kafasının içi kim bilir ne kadar boş ve sıkıntılıdır. Hiç düş görür müsün, Hareton? Eğer görürsen, ne görürsün? Ama benimle konuşamazsın ki!"

Böyle dedikten sonra Hareton'ın yüzüne baktı. Ama delikanlı ona ne baktı ne de ağzını açtı.

Catherine, "Belki de şu anda düş görüyordur," diye konuşmasını sürdürdü. "Tıpkı bizim Juno'nunki gibi omzu oynadı. Sor bakalım, Ellen."

"Uslu durmazsanız, Mr. Hareton, efendiden sizi yukarı göndermesini isteyecek," dedim. Hareton omzunu kısmakla kalmamış, yumruğunu da kullanmaya niyetlenmiş gibi sıkmıştı.

Bir başka kez de Catherine, "Ben mutfakta olunca Hareton niye konuşmuyor, biliyorum," dedi. "Ben alay ederim diye korkuyor, öyle değil mi, Ellen? Bir kez kendi kendine okuma öğrenmeye başlamıştı. Ben alay ettim diye kitaplarını yaktı, okumayı da bıraktı. Budalalık değil mi?"

"Sizinki de şımarıklık değil mi?" dedim. "Söyleyin bakayım."

"Belki de öyle," dedi. "Ama onun bu kadar budalalık edeceğini beklememiştim. Hareton, sana şimdi bir kitap versem, alır mısın? Bir deneyeyim bakalım!" Catherine o sırada okumakta olduğu kitabı Hareton'ın eline tutuşturdu. Delikanlı kitabı fırlattı ve, "Eğer susmazsan gebertirim seni," diye homurdandı.

Catherine, "Peki öyleyse," dedi, "işte kitabı buraya, masanın gözüne koyuyorum, ben de yatmaya gidiyorum."

Sonra kulağıma, "Bak bakalım, kitabı alacak mı, almayacak mı?" diye fısıldadı ve gitti. Ama Hareton kitabın yanına bile yaklaşmadı. Sabahleyin Catherine'e bunu söyledim, büyük hayal kırıklığına uğradı. Onun sürekli somurtmasına ve kaygısızlığına çok üzüldüğünü anladım. Delikanlıyı yıldırarak onun kendisini yetiştirmesine engel olduğundan, vicdan azabı duyuyordu. Gerçekten de yıldırmıştı. Ama şimdi, bu yaptığını onarmak için bütün hünerini kullanıyordu. Ben ütü yaparken ya da kendi odamızın dışında ve oturarak yapılacak bir işle uğraşırken, Catherine eğlenceli bir kitap getirir ve yüksek sesle bana okurdu. Hareton orada olduğu zamanlar, Catherine genellikle ilginç bir yerde durur ve kitabı orada açık olarak bırakıp giderdi. Birçok kez bunu denedi. Ama Hareton'da katır inadı vardı. Koşup dört elle kitaba sarılacağına, yağmurlu havalarda Joseph'la oturup tütün içiyordu. Ocağın başında, makineden iki adam gibi karşılıklı oturuyorlardı. İhtiyar, neyse ki, kendi deyimiyle Catherine'in o melunca saçmalıklarını duyamayacak kadar sağırdı. Oğlan da hiç aldırmaz, duymaz görünmek için elinden geleni yapıyordu. Hava güzel olursa, Hareton akşamları ava çıkıyordu. Catherine de esniyor, oflayıp pufluyor ve ille kendisiyle konuşayım diye tutturuyordu. Bu konuşma başlar başlamaz da, kendini ya bahçeye ya da avluya atıyordu. Son çare olarak ağlamaya başlıyor, yaşamaktan bıktığını, boşu boşuna yaşadığını söylüyordu.

Gittikçe insanlardan daha çok uzaklaşan Heathcliff, Earnshaw'u kendi oturduğu yerden temelli sürmüş gibiydi. Mart başlarında geçirdiği bir kaza Hareton'ı birkaç gün mutfağa kapadı. Tepelerde yalnız başına dolaşırken tüfeği patlayıp dağılmış, kopan bir demir parçası kolunu kesmiş, eve gelinceye kadar çok kan kaybetmiş. İyileşene kadar ateşin yanında oturup dinlenmek zorunda kalmıştı. Onun orada bulunması Catherine'in işine geldi. En azından onu üst kattaki odasından biraz daha soğuttu. Benimle birlikte mutfağa gelebilmek için, beni aşağıda iş bulmaya zorluyordu.

Paskalyanın ertesi günü, Joseph birkaç sığır alıp Gimmerton Panayırı'na götürdü. Ben de mutfakta çamaşırları derleyip düzeltmekle uğraşıyordum. Earnshaw her zamanki gibi yüzü bir karış, ocağın yanında oturuyordu. Bizim küçükhanım da pencere kenarlarına resimler çizerek oyalanmaya çalışıyordu. Ara sıra onu bırakıp sesini bastırmaya çalışarak usulca bir şarkı tutturuyor, eğlenmeye çalışıyordu. Durmadan tütün içen ve gözlerini ocaktan ayırmayan kuzeninden yana, can sıkıntısı ve sabırsızlıkla kaçamak bakışlar fırlatıyor, laf atar gibi kendi kendine bir şeyler mırıldanıyordu. Kendisine ışığın önünden çekilmesini söyleyince, ocağın yanına gitti. Yaptıklarına pek dikkat etmiyordum, ama o anda şöyle dediğini duydum: "Hareton, anladım ki artık benim kuzenim olmanı istiyorum, kuzenim olduğuna seviniyorum, kuzenim olman hoşuma gidiyor; yalnız bana karşı o kadar ters, o kadar kaba davranmasan..."

Hareton karşılık vermedi.

Catherine, "Hareton, Hareton, Hareton! Duyuyor musun?" diye konuşmasını sürdürdü.

Hareton inatçı bir terslikle, "Defol karşımdan!" diye bağırdı.

Catherine, "Dur, şu pipoyu alayım," diyerek yavaşça elini uzattı ve pipoyu ağzından çekti.

Hareton atılıp piposunu alamadan, pipo kırılmış ve ateşe atılmıştı. Catherine'e bir küfür savurdu ve başka bir pipo aldı.

Catherine, "Dur," dedi, "önce beni dinle, ama şu dumanlar yüzüme gözüme savruldukça konuşamıyorum."

Hareton vahşi bir sesle, "Cehennem ol! Beni rahat bırak!" diye haykırdı.

Catherine, "Hayır," diye diretti, "bırakmayacağım. Benimle konuşman için ne yapmam gerektiğini bilmiyorum. Beni dinlememeyi aklına koymuşsun. Sana budala derken bir kötülük düşünmüyorum. Seni küçümsemek de aklımdan geçmiyor. Haydi, haydi, Hareton, sözlerimi dinle artık! Benim kuzenimsin, benim de senin kuzenin olduğumu kabul et."

Hareton, "Ne seninle ne senin o pis kibrinle ne de o aşağılık alaylarınla, oyunlarınla işim var benim!" dedi. "Sana gözümün ucuyla bile bakarsam, canım cehenneme gitsin. Haydi, çek arabanı şimdi, çabuk!"

Catherine kaşlarını çattı, pencerenin önündeki koltuğa çekildi. Dudaklarını ısırıyor, acayip bir hava mırıldanarak, gittikçe artan ağlama ihtiyacını belli etmemeye çalışıyordu.

Ben, "Mademki kuzeniniz yaptığı saygısızlıklardan pişman olmuş, artık onunla arkadaş olmalısınız, Mr. Hareton," diye araya girdim. "Bu dostluğun size çok yararı dokunacaktır. Onunla arkadaş olunca bambaşka bir insan olacaksınız."

Hareton, "Arkadaş mı?" dedi. "Benden nefret ettiği, beni pabucunun tozunu bile almaya değer görmediği halde ha! Yok, yok! Bundan sonra dünyayı verseler, onunla

375

arkadaş olacağım diye kendimi küçük düşürmek istemem."

Catherine artık üzüntüsünü açığa vurarak, "Ben senden nefret etmiyorum, asıl sen benden nefret ediyorsun," diye ağlamaya başladı. "Mr. Heathcliff kadar nefret ediyorsun, daha bile çok."

Earnshaw, "Kahrolası bir yalancısın işte!" diye atıldı. "Öyleyse belki yüz kez senden yana çıkıp da niye onu öfkelendirdim? Hem benimle alay ettiğin, beni adam yerine koymadığın halde; hele daha fazla başımı ağrıt, hemen içeri girip mutfakta bana rahat vermediğini, burada oturamadığımı söylerim."

Catherine gözlerini silerek, "Benim tarafımı tuttuğunu bilmiyordum," dedi. "Sonra, ben herkese küskündüm, herkese hıncım vardı. Ama şimdi sana teşekkür ediyorum ve beni bağışlaman için yalvarıyorum. Daha ne yapabilirim?"

Catherine yine ocağın başına gitti ve içtenlikle elini uzattı. Hareton mosmor oldu ve şimşek çaktıracak bir bulut gibi karardı, yumruklarını inatla sıkıp kaçırmayı sürdürdü ve bakışlarını yerden ayırmadı. Catherine bu tersliğin nefretten değil, sırf kırılmaz bir inattan geldiğini içgüdüsüyle anlamış olmalıydı. Çünkü bir an ne yapmak gerektiğini kestirememiş gibi durdu, sonra eğilip onun yanağından hafifçe öptü. Küçük çapkın benim kendisini görmediğimi sanıyordu; sonra utanmış gibi yaparak uslu uslu gidip pencere önündeki eski yerine oturdu. Ben ayıplar gibi başımı iki yana salladım, kıpkırmızı oldu. "Peki, ama Ellen, başka ne yapabilirdim?" diye fısıldadı. "Ne elini veriyor ne de yüzüme bakıyordu. Ne yapıp edip ona kendisini sevdiğimi, arkadaş olmak istediğimi anlatmam gerekiyordu."

Bu öpücükten sonra Hareton düşüncesini değiştirdi mi, değiştirmedi mi, bilmem. Bir-iki dakika yüzünü göstermemek için elinden geleni yaptı. Başını kaldırdığı zaman da, şaşkın şaşkın, nereye bakacağını bilmiyordu.

Catherine güzel bir kitabı beyaz bir kâğıda sarmaya uğraşıyordu. Kitabı bir kurdeleyle bağladıktan sonra üstüne, "Mr. Hareton Earnshaw'a" diye yazdı ve beni kendisine elçi yaparak bu armağanı götürmemi istedi.

"Ona, şunu da söyle, bunu kabul ederse, yanına gidip bu kitabı güzel güzel okumayı öğreteceğim; kabul etmezse, yukarı çıkacağım ve bir daha kendisini rahatsız etmeyeceğim."

Armağanı götürdüm ve Catherine'in sözlerini olduğu gibi aktardım. Bizim hanım hareketlerimi kaygıyla izliyordu. Hareton elini açmak istemedi, ben de kitabı dizlerinin üstüne koydum. Ama kitabı itmedi de. Yeniden işimin başına döndüm. Catherine başını ve kollarını masaya koydu, kitabın sarılı olduğu kâğıdın hafifçe hışırdadığını duyuncaya kadar öyle durdu, sonra kalkıp usulcacık yaklaştı ve sessiz sedasız kuzeninin yanına oturdu. Hareton titriyor, yüzü sevinçle parlıyordu. O kabalığından, sertliğinden eser kalmamıştı. Önce, Catherine'in soru dolu bakışlarını ve yavaş sesle yalvarmalarını, cesaretini toplayıp da bir tek heceyle bile yanıtlayamadı.

Catherine, "Ne olursa olsun, haydi, beni bağışladığını söyle. Haydi, ne olursun, Hareton! Söyleyeceğin bu bir tek sözcük beni öyle mutlu edecek ki."

Hareton benim duyamadığım bir şeyler mırıldandı.

Catherine, "Benimle arkadaş da olacak mısın?" diye sordu.

Hareton, "Yok," dedi. "Yaşadığın her gün benden utanç duyarsın; beni daha iyi tanıdıkça daha çok utanç duyarsın. Ben de buna gelemem."

Catherine tatlı tatlı gülümseyip ona sokularak, "Demek benimle arkadaş olmayacaksın," dedi.

Ondan sonrasını duymadım. Ama başımı kaldırıp bakınca, kabul edilen kitabın üzerine eğilmiş öylesine gülümseyen ve parlak iki yüz gördüm ki, iki tarafça da anlaşmaya varıldığından hiç kuşkum kalmadı. Artık iki düşman ölesiye dost olmuşlardı.

Baktıkları kitap son derece güzel resimlerle doluydu. Resimlerden de, kendi durumlarından da öylesine hoşnuttular ki, Joseph gelinceye kadar yerlerinden kıpırdamadılar. Joseph, zavallı adam, Catherine'i Hareton'la aynı sıra üstünde oturmuş, elini de onun omzuna koymuş halde görünce, şaşıp kaldı; gözdesi Hareton'ın da, kızın böyle burnunun dibinde oturmasına nasıl katlandığına bir türlü akıl erdiremedi. Bu durum zavallıya öyle dokunmuştu ki, akşam ağzını açıp da bununla ilgili tek söz etmedi. Son derece ciddi bir tavırla masaya koyduğu İncil'in üstüne o günkü alışverişlerden aldığı banknotları cüzdanından çıkarıp yayarken derin derin göğüs geçirmesinden üzüntüsü belli oluyordu. Sonunda Hareton'ı yanına çağırdı.

"Oğlum, bunları al da içeriye, efendiye götür," dedi. "Ve orada otur. Ben de kendi odama çıkıyorum. Burada oturmak bizim için ne yakışık alır ne de doğrudur. Buradan çıkıp kendimize başka bir yer aramalıyız."

Ben de, "Haydi, Catherine," dedim. "Bizim çıkmamız gerek. Ütü bitti. Gitmeye hazır mısın?"

Catherine istemeye istemeye yerinden kalktı. "Saat daha sekiz bile değil," dedi. "Hareton, bu kitabı ocağın üzerine bırakıyorum. Yarın daha başka kitaplar da getireceğim."

Joseph, "Burada bırakacağın her kitabı salona gitmiş bil," dedi. "Onları bir daha ele geçirebilirsen, aşk olsun sana. Artık ona göre düşün işte!"

Cathy, bunun acısını kendi kitaplarından çıkaracağını söyleyerek onu uyardı. Hareton'ın önünden geçerken

378

gülümsedi ve şarkı söyleyerek yukarı çıktı. Şunu söyle-meliyim ki, bu çatı altında daha önce hiç olmadığı kadar gamsızdı; belki Linton'a yaptığı ilk ziyaretler hariç.

Böylece başlayan yakınlıkları arada bir geçici durak-lamalara uğradıysa da, çabucak gelişti. Hareton'ı o vahşi-liğinden kurtarmak için yalnızca bunu istemek yetmez-di. Bizim küçükhanım da ne filozoftu ne de sabır taşı. Ama biri seviyor ve karşısındakini beğenmek istiyordu, öteki de onu seviyor ve beğenilmek istiyordu. Onun için ikisi de aynı şeyin peşinde olduklarından, sonunda bu işi başardılar.

Görüyorsunuz ya, Mr. Lockwood, bizim küçükha-nımın gönlünü kazanmak ne kadar kolaymış. Ama şim-di, bu işe kalkışmadığınıza seviniyorum. Dünyada en çok istediğim şey, bu iki gencin evlenmesidir. Onların evlen-dikleri gün, kıskanacağım kimse kalmayacak; çünkü İn-giltere'de benden mutlu kadın bulunmayacak!

33

Ertesi sabah Earnshaw henüz işine gücüne başlaya-cak durumda olmadığı için evin çevresinden ayrılmadı-ğından, Catherine'i eskisi gibi yanımda alıkoyamayaca-ğımı hemen anladım. Benden önce aşağı indi, doğruca bahçeye fırladı. Kuzeninin orada hafif bir işle uğraştığını görmüştü. Kendilerini kahvaltıya çağırmaya yanlarına gi-dince, Catherine'in, kuşüzümleri ve bektaşiüzümleriyle dolu kocaman bir yeri temizleyip açmak için kuzenini kandırmış olduğunu gördüm. Baş başa vermişler, dikmek için Çiftlik'ten yeni fideler getirmeyi görüşüyorlardı.

Yarım saat gibi kısa bir sürede olup biten bu iş beni

son derece ürküttü. Kara kuşüzümleri, Joseph'ın gözbebeğiydi. Catherine bir çiçek tarhı yapmak için bula bula tam da o yeri bulmuştu.

"Al bakalım işte!" diye bağırdım. "Joseph işin farkına varır varmaz, hemen gidip hepsini olduğu gibi efendiye anlatacak. Bahçeyi böyle keyfinize göre altüst ettiğiniz için ne söyleyecek, kendinizi nasıl haklı göstereceksiniz? Bu yüzden güzel bir patırtı çıkacak, görün bakın. Mr. Hareton, o söyledi diye gidip böyle bir halt karıştıracak kadar akılsızlık etmenize şaştım!"

Hareton şaşırır gibi oldu, "Bu üzümlerin Joseph'ın olduğunu unutmuştum," dedi. "Ama ona benim yaptığımı söylerim."

Yemeklerimizi hep Mr. Heathcliff'le birlikte yerdik. Çay yapmak, yemeği dağıtmak gibi evin hanımına düşen işleri ben yapardım. Bu yüzden sofrada bulunmam gerekliydi. Catherine her zaman benim yanımda otururdu; ama bugün Hareton'dan yana yaklaştı. Dostluğunun da düşmanlığı gibi pervasız olacağını hemen anladım.

Odaya giderken kulağına, "Sakın kuzeninle fazla konuşup ilgileneyim deme," diye fısıldadım. "Böyle bir şeyin Mr. Heathcliff'in hoşuna gitmeyeceği, ikinize de köpüreceği kesin."

"Böyle şeyler yapacak değilim zaten," diye karşılık verdi.

Bir dakika sonra, onun yanına oturmuş, oğlanın çorba tabağını çiçeklerle donatıyordu.

Hareton orada onunla konuşmaya cesaret edemiyor, gözlerini bile kaldırıp bakamıyordu. Ama Catherine bir türlü tepesinden inmiyordu. Hareton ilk seferinde gülmemek için kendini zor tuttu. Ben kaşlarımı çattım. Catherine efendiye bir göz attı. Heathcliff'in zihni o anda, yanındakilerle ilgisi olmayan bambaşka şeylerle doluydu, yüzünden belliydi. Catherine bir an efendiyi büyük bir ciddiyetle gözden geçirdi. Hemen yine döndü ve yeniden deliliklerine başladı. Sonunda Hareton kendini tutamadı, ağzından boğuk bir kahkaha çıktı. Mr. Heathcliff şaşırarak baktı. Gözleri hızla yüzlerimizde dolaştı. Catherine onun bakışlarına her zamanki sinirli, ama aynı zamanda Heathcliff'i çileden çıkaran o korkusuz bakışlarıyla karşılık verdi.

Heathcliff, "Şükret ki oturduğun yere uzanamıyorum!" diye haykırdı. "O kör olası gözlerini kırpmadan dik dik ne bakıyorsun yüzüme? İndir önüne bakışlarını! Karşımda olduğunu hatırlatma bana bir daha. Artık gülmeyi sana unutturdum sanıyordum."

Hareton yavaşça, "Gülen bendim," dedi.

Heathcliff, "Ne diyorsun?" diye sordu.

Hareton tabağına baktı ve açıklamasını bir daha yinelemedi. Mr. Heathcliff bir an ona baktı, sonra yine sessizce yemeğine ve yarım kalan düşüncelerine döndü. Artık yemek bitmiş gibiydi. İki genç dikkatli davranarak birbirinden uzağa çekildi. Artık yeni bir gürültü çıkmaz, diye düşünüyordum. Tam bu sırada Joseph göründü. Dudakları titriyor, gözleri şimşekler saçıyordu. Değerli fidanlarının uğradığı saldırıyı gördüğü belliydi. Gidip gözden geçirmeden önce Cathy ile kuzenini oralarda görmüş olmalıydı. Söylediği sözlerden öyle anlaşılıyordu. Çenesi, geviş getiren bir ineğinki gibi durmadan oynuyor, sözleri daha da anlaşılmaz oluyordu.

"Paramı verin, çekip gideyim!" diye başladı. "Altmış yıldır çalıştığım yerden ölünceye dek ayrılmayacaktım. Kitapları, birkaç eşyamı çatı arasına taşırım, diye düşünüyordum, mutfağı onlara bırakacaktım; ne yapayım, başım dinç olsun, ona da razıyım. Kendi yerimden, ocak başından vazgeçmek benim için çok güçtü ya, onu da yapabileceğimi sandım. Ama şimdi de bahçemi elimden almaya kalkmış. İyi bilin ki buna dayanamam! Siz isterseniz bu boyunduruğa girin, –hem gireceksiniz de– ben böyle şeye alışık değilim, yaşlı bir adam da yeni yeni şeylere öyle kolayca alışamaz. Yolda çalışır, taş kırarım, soğan ekmek yerim, daha iyi!"

Heathcliff, "Ee! Yeter be sersem, kısa kes!" diye onu susturdu. "Derdin ne? Nelly ile senin arandaki kavgalara ben karışmam. Seni kömürlüğe de tıksa, bana ne."

Joseph, "Nelly değil!" diye karşılık verdi. "Nelly yüzünden yerimden bile kıpırdamam, o kadar rezil değildir o. Tanrı'ya şükür, onda kimseyi ayartacak hal yok! Eskiden beri yüzüne bakılır gibi değildi zaten. Şu namussuz, nankör, yüzsüz kız yok mu, utanmaz bakışları, yılışık halleriyle oğlumuzu baştan çıkardı, hem de öyle ki... Yok, yok! Yüreğim dayanamıyor. Bunca yıldır kendisine yaptığım bütün iyilikleri, verdiğim bütün emekleri unutup gitmiş, bahçedeki en iyi kuşüzümlerimin bütün bir sırasını yolmuş!" Bunları söyledikten sonra açıktan açığa feryat etti; dayanılmaz bir biçimde aşağılandığını, Earnshaw'un nankörlük ettiğini ve oğlanın tehlikede olduğunu düşündükçe bayağı ağlıyordu.

Mr. Heathcliff, "Herif sarhoş mu ne?" diye sordu. "Hareton, senden mi yakınıyor bu?"

Delikanlı, "İki-üç kök kuşüzümünü söktüm. Ama yine dikeceğim," diye karşılık verdi.

Heathcliff, "Peki, niye söktün?" diye sordu.

Catherine akıllı davranarak söze karıştı: "Oraya birkaç çiçek dikecektik. Suç benim, başka kimsenin değil. Bunu ona ben yaptırdım."

Kayınpederi çok şaşırmıştı. "Peki ama, kahrolasıca, burada bir çubuğa bile elini sürme iznini *sana* kim verdi?" Hareton'a dönerek, "Onun sözüyle iş görmeyi *sana* kim söyledi?" diye ekledi.

Hareton'ın sesi çıkmadı. Kuzeni hemen karşılık verdi: "Bütün topraklarımı elimden aldıktan sonra, süslemek istediğim birkaç metre toprağı bana çok görmemelisiniz!"

Heathcliff, "Topraklarını mı? Seni küstah pasaklı seni! Senin toprağın filan yoktu," dedi.

Catherine, Heathcliff'in öfkeli bakışlarına aynen karşılık verip kahvaltısından artakalan ekmeği ısırarak, "Bütün paramı da..." diye ekledi.

Heathcliff, "Sus!" diye haykırdı. "Defol git!"

Korkusuz kız, "Hareton'ın topraklarını ve parasını da," diye konuşmasını sürdürdü. "Hareton ile ben artık arkadaş olduk. Sizin ne mal olduğunuzu, hepsini ona anlatacağım!"

Efendi bir an şaşırmış gibi durdu. Rengi attı, ayağa kalktı. Neredeyse öldürecekmiş gibi, sonsuz bir nefretle dolu gözlerini Catherine'den ayırmıyordu.

Catherine, "Hele bana bir vurun, Hareton da size vurur," dedi. "Onun için, oturduğunuz yerde oturun."

Heathcliff, "Hele Hareton seni bu odadan dışarı atmasın, onu eşek sudan gelinceye kadar döverim!" diye gürledi. "Aşağılık cadı! Onu bana karşı kışkırtmaya kalkıyorsun, öyle mi? Haydi defol! Duyuyor musun? At mutfağa şunu! Gözüme bir daha görünmesin bu, Ellen Dean, yoksa gebertirim!"

Hareton, alçak sesle, onu odadan çıkması için kandırmaya çalıştı.

Heathcliff kudurmuş gibi, "Sürüye sürüye at şunu!" diye bağırdı. "Hâlâ durup da konuşuyor musun?" Ve kendi verdiği buyruğu yine kendi yerine getirmek için ilerledi.

Catherine, "Hareton artık sana boyun eğmeyecek, hain adam," dedi. "Yakında o da senden benim kadar nefret edecek."

Delikanlı bu kadarını fazla bulmuş gibi, "Hişşt! Hişşt!" dedi. "Ona böyle şeyler söylediğini duymak istemem; yeter artık!"

Catherine, "Ama beni ona dövdürmeyeceksin, değil mi?"

Hareton hemen, "Haydi, gel öyleyse," diye fısıldadı. Ama artık çok geç kalmışlardı: Heathcliff, Catherine'i yakalamıştı.

Earnshaw'a, "Haydi bakalım, *sen* dışarı!" dedi. "Uğursuz cadı bu kez beni öyle bir zamanımda öfkelendirdi ki, dayanamayacağım. Ölünceye kadar pişman olacak ama!" Kızın saçlarını eline doladı. Hareton, Catherine'in buklelerini onun elinden kurtarmaya çalışarak bu seferlik bağışlaması için yalvardı. Heathcliff'in simsiyah gözleri ateş saçıyordu. Neredeyse Catherine'i parça parça edecek gibiydi. Ben de heyecanımdan önünü arkasını düşünmeden yardıma hazırlanıyordum ki, birden Heathcliff'in parmakları gevşedi. Catherine'in başını bırakarak kolundan yakaladı ve dikkatli dikkatli yüzüne baktı, sonra elleriyle onun gözlerini kapadı ve bir an durdu, belli ki kendini toplamak istiyordu ve yeniden Catherine'e dönerek göstermelik bir soğukkanlılıkla, "Beni öfkelendirmemeye bak, yoksa günün birinde seni gerçekten öldürürüm. Mrs. Dean'le git ve onun yanından ayrılma. O küstah sözlerini yalnız o duysun. Hareton Earnshaw'a gelince; eğer senin sözünü dinlediğini görürsem, kovulduğunun günüdür; gitsin, ekmeğini nerede çıkarırsa çıkarsın. Senin sevgin onu buradan kovduracak ve dilenci yapacak. Nelly, götür bunu. Hepiniz çıkın, yalnız bırakın beni! Yalnız bırakın!"

Bizim küçükhanımı odadan çıkardım. Yakayı kurtardığına öyle seviniyordu ki, hiç sesini çıkarmadı. Hareton da arkamızdan geldi. Yemek vaktine kadar Heathcliff yalnız kaldı. Catherine'e yemeğini yukarıda yemesini söylemiştim. Ama Heathcliff masada onun yerinin boş olduğunu anlar anlamaz, beni gönderip kendisini aşağı çağırttı. Hiçbirimizle konuşmadı, pek az yedi ve yemek biter bitmez de, akşama kadar dönmeyeceğini söyleyerek çıkıp gitti.

O yokken iki yeni arkadaş salona yerleşti. Catherine, Heathcliff'in onun babasına yaptıklarını anlatmak istedi, ama Hareton kuzenini hemen azarlayarak susturdu. Onu kötüleyen tek söz ettirmeyeceğini söyledi. Heathcliff iblisin ta kendisi de olsa bu böyleydi, yine ondan yana olurdu. Mr. Heathcliff'e dil uzatmaktansa, yine eskisi gibi kendisini aşağılasın daha iyiydi. Catherine yavaş yavaş kızmaya başlıyordu. Ama Hareton onu susturmanın çaresini buldu. *Kendisi* onun babasını kötülese razı olur muydu? Catherine o zaman, Earnshaw'un, efendinin onurunu kendi onuru saydığını anladı, ona akıl ve mantıkla koparılamayacak kadar güçlü bağlarla, alışkanlığın örsünde dövülmüş demir zincirlerle bağlı olduğunu, bunları gevşetmeye kalkmanın acımasızlık olacağını anladı. O günden sonra arkadaşına Heathcliff'ten ne yakındı ne de ondan nefret ettiğini gösteren tek söz söyledi. Ne yüce bir yüreği olduğunu kanıtladı. Heathcliff'le Hareton'ı birbirlerine düşürmeye çalıştığı için çok üzgün olduğunu bana açıkça söyledi. Kendine gün yüzü göstermeyen o adamın aleyhinde, Hareton'ın yanında o günden sonra tek söz söylememiştir kesinlikle.

Bu ufak anlaşmazlık ortadan kalkar kalkmaz yine arkadaş oldular; biri öğretmen, biri öğrenci olarak alabildiğine çalışmaya koyuldular. İşimi bitirdikten sonra gelip yanlarında oturuyordum. Onları izlerken öyle açılıyor, öyle avunuyordum ki, zamanın nasıl geçtiğini anlamıyordum. Biliyorsunuz, ikisi de bir bakıma benim çocuklarım sayılırdı. Biriyle ne zamandır övünüp durmuştum, öteki de bundan sonra aynı derecede övebileceğim bir varlık olacaktı, hiç kuşkum yoktu bundan. Dürüst, gayretli ve zeki yaradılışı sayesinde, içinde büyüdüğü bilgisizlik ve yabanıllıktan kendini kolaylıkla sıyırdı. Catherine'in içten övmeleri de bu çalışmayı körükledi. Aydınlanmaya başlayan kafası, yüzünün çizgilerini de aydınlatıyor ve yüzüne bir canlılık, bir soyluluk veriyordu. Onun, bizim küçükhanımın Kayalıklar'a kaçıp gittiği gün Uğultulu Tepeler'de gördüğüm o aynı çocuk olduğuna inanamıyordum. Ben onları öyle hayran hayran izlerken, onlar da canla başla çalışırlarken, ortalık kararmaya başladı ve efendi geri geldi. Heathcliff hiç haberimiz olmadan salonun ön kapısından girmiş ve biz başımızı kaldırıp kendisini görmeden, o, üçümüzü de bir güzel izlemişti. Bundan daha güzel, daha zararsız bir görünüm olur mu? diye düşündüm; onları azarlamak çok ayıp olurdu doğrusu. Ateşin kızıl ışıkları güzel başlarına vuruyor, bir çocuk hevesi ve merakıyla yanan gözlerini aydınlatıyordu. Çünkü birisi yirmi üçünde, öteki on sekizindeydi, ama birçok duygu, birçok şey onlar için o kadar yepyeni, henüz öğrenilmemiş şeylerdi ki, ikisi de hâlâ ilkgençliğin heyecan ve büyüsünden kurtulamamıştı; hallerinden belliydi bu.

İkisi birden başını kaldırdı ve Mr. Heathcliff'i gördü. Belki dikkat etmemişsinizdir, iki gencin de gözleri tıpkı birbirine benzer. İkisi de Catherine Earnshaw'un gözleridir. Küçük Catherine'imin, annesine bundan başka bir benzerliği yoktur. Onu andıran yanı yalnızca alnının genişliği ve yüzüne –öyle olup olmadığı bilinmez ama– gururlu bir anlam veren, burun kanatlarının kendine özgü kıvrıntısıdır. Benzeyiş Hareton'da daha çoktur; ne zaman baksanız bu benzerliği görürsünüz, ama *o anda* bu özellikle göze çarpıyordu. Çünkü duyarlığı uyanmıştı ve zihinsel yetileri alışmadığı bir hareketlilik içindeydi. Sanırım bu benzerlik Mr. Heathcliff'in elini ayağını bağladı. Belli bir heyecanla ocağa doğru yürüdü. Ama delikanlının yüzüne bakınca bu heyecanı çabucak geçti, daha doğrusu biçim değiştirdi. Çünkü hâlâ yatışmış değildi.

Kitabı Hareton'ın elinden aldı, açık duran sayfaya bir göz attı, sonra tek söz söylemeden geri verdi. Yalnız Catherine'e çıkması için işaret etti. Arkadaşı da fazla durmadı, arkasından çıktı. Ben de kalkıp çıkmak üzereydim ki, Heathcliff bana oturmamı söyledi.

Az önce olup bitenler üzerinde bir süre düşündükten sonra, "Ne hüzün verici bir sonuç, değil mi?" dedi. "O kadar canla başla çalışmalarımı boşa çıkaran bir son, değil mi? Bu iki aileyi kökünden kazımak için elimden geleni ardıma koymuyorum, bir Herkül gücüyle çalışıyorum, sonra da her şey hazır, her şey benim elimdeyken, bakıyorum, birden hiçbir şey yapma isteği kalmamış içimde. Eski düşmanlarım henüz beni yenmiş değiller; şimdi onların çocuklarından öcümü almanın tam sırası işte; bunu yapmak elimde. Kimse de beni bundan alıkoyamaz. Ama ne yararı var, vurmak istemiyorum; elimi kaldırmak zor geliyor. Gören de, bunca yıldır güzel bir yüce gönüllülük göstermek için çalışıp çabaladım sanacak. Oysa iş bambaşka. Artık onları yok etmekten bir tat da almıyorum; hiç neden yokken boşu boşuna böyle bir şey yapmaya da üşeniyorum.

"Nelly, bende tuhaf bir değişiklik olacak, şimdiden sezmeye başladım bunu. Günlük hayata o kadar az ilgi duyuyorum ki, neredeyse yemek içmek bile aklıma gelmiyor. Şimdi bu odadan çıkan iki insandan başka hiçbir şey yok çevremde sanki. Onların bu varlıkları da bana bir işkence. Kızla ilgili konuşmayacağım, onu aklıma getirmek de istemiyorum. Yalnız göze görünmez olmasını ne kadar isterdim! Onun varlığı beni kudurtuyor. Hareton bende daha başka duygular uyandırıyor. Delirdiğimi söylemeyeceklerini bilsem, onun yüzünü hiç görmek istemezdim." Gülümsemeye çalıştı. "Onun bende uyandırdığı ya da gözümün önünde canlandırdığı binlerce eski anı ve düşünceyi anlatmaya kalksam, belki sen de aklımı kaçırmak üzere olduğumu sanırsın," dedi. "Ama benim anlattıklarımı başkasına anlatmayacaksın. Zihnim, oldum olası öyle kendi içine kapandı kaldı ki, artık içimi başka birine boşaltmasam patlayacağım.

"Beş dakika önce, Hareton gözüme kendisi gibi değil de, benim kendi gençliğimin somut bir simgesi gibi göründü. İçimde öyle çeşitli duygular uyandırdı ki, onu karşıma alıp doğru dürüst konuşmak olanaksızdı. Özellikle Catherine'e şaşılacak derecede benzemesi, Hareton'la onu korkunç bir biçimde birleştiriyordu. Sen benim zihnimi en çok uğraştıran şeyin belki de bu olduğunu sanırsın, ama aslında tam tersi. Çünkü Catherine'le ilgili olmayan ne var ki? Onu bana hatırlatmayan ne var ki? Şu döşemeye baksam, taşların üzerinde onun yüzünü görüyorum. Her bulutta, her ağaçta o var. Geceleyin hava onunla dolu, her şeyde ondan bir pırıltı var; gündüzleri ise çevremde ondan başka bir şey yok, her yerde o! Rastladığım kadın ve erkek yüzleri, kendi yüz çizgilerim bile, bir benzeyiş içinde benimle eğleniyorlar. Bütün dünya korkunç anılarla dolu; nereye baksam, onun yaşamış olduğunu ve benim onu yitirdiğimi görüyorum! İşte Hareton, ölümsüz sevgimin, benim olanı vermemek için çılgınca didinmelerimin, düşüşümün, gururumun, mutluluğumun ve çektiklerimin canlı bir görüntüsü gibiydi.

"Bütün bunları sana anlatmak delilik; ama şu var ki, hep yalnız kalmaktan hoşlanmadığım halde, onun yanımda olması, beni rahatlatacağı yerde, tersine, bu sürekli işkenceyi neden artırıyor, anlayacaksın böylece. İşte biraz da bu yüzdendir ki, Hareton ile kuzeni ne yapıyorlar, ne ediyorlar, beni pek ilgilendirmiyor. Artık onlarla ilgilenemiyorum."

Bence ne aklını yitirme ne de ölme tehlikesi vardı, ama durumu beni kaygılandırmıştı. "Az önce bir *değişiklikten* söz ettiniz, ne demek istediniz, Mr. Heathcliff?" dedim. Gücü kuvveti yerinde, sapasağlamdı; akıl durumuna gelince, çocukluğundan beri kara, anlaşılmaz düşüncelere dalmaktan ve garip hayaller kurmaktan hoşlanırdı. Kendisini bırakıp giden, neredeyse taptığı o sevgiliyi düşünerek belki de aklı bu konuda karışmış olabilirdi. Ama başka her yönden dengesi benimki kadar yerindeydi.

"Bu değişiklik olmadan, ne olduğunu ben de bilemeyeceğim," dedi. "Şimdilik bunu yarım yamalak hissediyorum."

"Hasta filan değilsiniz ya?"

"Hayır, Nelly, değilim."

"Öyleyse korkunuz ölüm korkusu değil?"

"Korkmak mı? Hayır!" dedi. "Ölümden ne korkum olacak; ne içimde böyle bir duygu var ne de ölme umudum. Ne diye olsun? Bu sapasağlam bedenimle, bu ölçülü yaşayışımla, bu tehlikesiz işlerle, başımda tek bir tel siyah saç kalmayıncaya dek yeryüzünde durmam gerekir, sanırım duracağım da. Ama bu şekilde yaşayabilmek de olanaksız. Neredeyse aklıma gelmese soluk almayacağım, kalbime hatırlatmasam o da çarpmayı unutacak sanki. Bu, sert bir yayı ters kıvırmak gibi bir şey. O tek düşünceyle ilgili olmadıkça, ancak kendimi zorlayarak dikkatimi verebiliyorum. İçimde tek bir istek var, tüm varlığım, tüm yetilerim bu isteği gerçekleştirmek için çırpınıyor; o kadar uzun zamandır o kadar yılmadan bu isteğime kavuşma özlemi içindeyim ki, hiç kuşkum yok, bu olacaktır, hem de çok geçmeden; çünkü bu istek artık tüm varlığımı kemirip tüketti. Bu umutla tükenip bittim artık. İçimi dökmek beni rahatlatmadı. Yalnız şu var ki, başka türlü anlaşılamayacak bazı davranışlarımı anlamanızda bu sözlerimin yararı olabilir. Of Tanrım! Ne uzun bir savaş bu, bitsin artık!"

Kendi kendine korkunç şeyler mırıldanarak odanın içinde bir aşağı bir yukarı dolaşmaya başladı. Öyle ki, kendi söylediğine göre, Joseph'ın düşündüğü gibi, vicdan azabının, daha bu dünyadayken, onun yüreğini cehennem ateşiyle tutuşturduğuna benim de inanasım geldi. Bunun sonunun nereye varacağını çok merak ettim. O zamana dek bu zihinsel durumunu pek belli etmemiş, göstermemişti, ama hiç kuşkum yok, hep bu durumdaydı. Böyle olduğunu kendisi söyledi; ama dış görünüşünden kimsecikler bunu anlayamadı. Kendisini gördüğünüzde bunu siz de anlayamamıştınız, Mr. Lockwood. Benim sözünü ettiğim zaman da sizin gördüğünüzden hiç farkı yoktu; sadece sürekli olarak yalnız kalmaktan daha çok hoşlanıyor ve herkesle daha az konuşuyordu.

34

O akşamdan sonra Mr. Heathcliff birkaç gün bizimle yemek yemedi; ama Hareton ile Cathy'ye doğrudan doğruya, "Siz sofraya gelmeyin," demek de istemedi. Duygularına bu denli yenilmek zoruna gidiyor, kendisi ortadan yok oluyordu. Yirmi dört saatte bir öğün yemek de besbelli ona yetiyordu.

Bir gece, evde herkes yataklarına çekildikten sonra, Heathcliff'in aşağı indiğini ve ön kapıdan dışarı çıktığını duydum. Eve döndüğünü duymadım, sabah olunca da hâlâ gelmemiş olduğunu gördüm. Nisan ayındaydık. Hava güzel ve ılıktı, otlar sürekli yağmur ve güneşle yemyeşil olmuştu; batı yanındaki duvarın dibinde iki güdük elma ağacı çiçek içindeydi. Kahvaltıdan sonra Catherine, "İşini al da bir sandalye getirip evin ucundaki çamların altına otur," diye tutturdu. Geçirdiği kazadan sonra artık adamakıllı iyileşmiş olan Hareton'ı da, Joseph'ın yakınmaları yüzünden, bu köşeye aktarılan küçük bahçesini kazıp düzeltmesi için kandırdı. Havayı dolduran bahar kokuları içinde ve güzel masmavi göğün altında rahat rahat oturmuş keyif çatıyordum ki, kenara dizmek için sarı çiçeklerden kök getirmeye bahçe kapısına doğru gitmiş olan küçükhanımım elinde bir kökle döndü ve Mr. Heathcliff'in gelmekte olduğunu haber verdi. Şaşkın bir tavırla, "Hem benimle konuştu da," diye ekledi.

Hareton, "Ne söyledi?" diye sordu.

"Elimden geldiğince çabuk savuşmamı söyledi. Ama hali tavrı her zamankinden öyle başkaydı ki, yüzüne bakmak için bir an durdum."

"Nasıldı?"

"Nasıl mıydı? Sanki yüzü gülüyordu, çok neşeliydi. Yok, hayır, öyle de değildi, çok, *pek çok* heyecanlıydı, vahşi, mutlu bir hali vardı."

Önemsememiş gibi görünmeye çalışarak, "Demek gece gezmeleri hoşuna gidiyor," dedim. Aslında ben de onun kadar şaşırmıştım, söyledikleri doğru mu, değil mi, hemen görmek istiyordum; çünkü efendiyi hoşnut görmek olağan değildi. Bir bahane bulup eve girdim. Heathcliff açık kapının önünde duruyordu. Sapsarıydı ve tir tir titriyordu. Ama gözlerinde öyle acayip sevinç pırıltıları vardı ki, bütün yüzünü değiştiriyordu.

"Biraz kahvaltı eder misiniz?" diye sordum. "Aç olduğunuz kesin, bütün gece dolaştınız durdunuz!" Nereye gittiğini anlamak istiyordum. Ama bunu açık açık sormak da hoşuma gitmiyordu.

Başını öteye çevirdi, bu neşesinin nedenini anlamaya çalıştığımı sezmiş gibi, burun kıvırarak, "Hayır, aç değilim," dedi.

Ne yapmak gerektiğini kestiremiyordum. Tam sırası işte, öğüt yollu biraz çıkışmalı, diye düşündüm.

"Yatıp uyuyacağınız yerde, çıkıp dışarılarda gezinmeniz doğru değil," dedim. "Hele böyle yağmurlu bir mevsimde hiç akıl kârı değil. Ya fena halde soğuk alacaksınız ya da ateşlenip yatağa düşeceksiniz kesinlikle. Şimdi de pek iyi değilsiniz, belli."

"Dayanamayacağım bir şey değil," diye karşılık verdi. "Hem de seve seve dayanırım, yeter ki beni yalnız bırakın, içeri girin ve beni rahatsız etmeyin."

Sözünü dinledim. Yanından geçerken dikkat ettim, soluk soluğaydı.

Kendi kendime, "Evet," dedim, "hasta düşecek. Ne yaptığını anlayamıyorum."

O gün öğle vakti sofraya bizimle oturdu, elimden dolu dolu bir tabak yemek aldı, sanki önceki perhizinin acısını çıkarmak istiyordu.

Sabahki sözlerime dokundurarak, "Ne soğuk aldım ne de ateşli bir hastalığa yakalandım, Nelly," dedi, "bana verdiğin yemeğin hakkını vermeye hazırım."

Bıçağını çatalını aldı, tam yemeye başlayacaktı ki, birden vazgeçer gibi oldu. Bıçağı çatalı masanın üstüne bıraktı, heyecanla pencereye doğru baktı, sonra kalktı, çıkıp gitti.

Biz yemeğimizi yerken onun bahçede bir aşağı bir yukarı dolaştığını gördük. Earnshaw, "Gidip bir sorayım bakayım, niçin yemek yemiyor?" dedi, kendisini gücendirecek bir şey yaptığımızı sanıyordu.

Kuzeni geri geldiği zaman, Catherine, "Ee, ne oldu, geliyor mu?" diye sordu.

Hareton, "Hayır," dedi, "ama dargın filan değil. Görülmemiş sevinçli bir hali var. Yalnız iki kez söyleyerek sabrını tükettim. Hemen senin yanına dönmemi söyledi. Nasıl olur da senden başka biriyle konuşmak isterim, aklı almadı."

Heathcliff'in tabağını, soğumasın diye ocağın kenarına koydum. Bir-iki saat sonra, oda boşalınca yeniden içeri girdi. Hiç yatışmamıştı. Kara kaşları altında yine o olağandışı –buna olağan denemezdi– sevinçli bir görünüm vardı. Yüzü yine sapsarıydı, ara sıra gülümser gibi duruyor, o zaman dişleri görünüyordu; bütün bedeni titriyordu; ama bu, üşümekten ya da halsizlikten gelen bir titreme değildi, aşırı gerilmiş bir telin titreşimi gibiydi. Titremekten çok, müthiş bir ürperti içindeydi.

Nesi olduğunu sormaya karar verdim. Ben sormazsam kim soracaktı? "İyi bir haber mi aldınız, Mr. Heathcliff?" dedim. "Çok canlı görünüyorsunuz, hiç böyle olmazdınız."

"İyi haberi ben nereden alayım?" dedi. "Karnım aç da ondan böyle canlı görünüyorum; anlaşılan yemek yememem gerekiyor."

"Yemeğiniz burada duruyor," dedim, "niye alıp yemiyorsunuz?"

"Şimdi istemiyorum," diye mırıldandı. "Akşam yemeğine kadar bekleyeceğim. Hem, Nelly, son kez söylüyorum, çok rica ederim Hareton'la ötekine söyle, gözüme görünmesinler. Kimse tarafından rahatsız edilmek istemiyorum. Bu odaya benden başka kimse girmesin, öyle istiyorum."

"Onları böyle yanınızdan uzaklaştırmak için yeni bir neden mi var?" diye sordum. "Söyleyin bana, Mr. Heathcliff, haliniz niye bu kadar tuhaf? Dün gece neredeydiniz? Bunu yersiz meraktan sormuyorum, ama..."

Heathcliff bir kahkaha atıp sözümü kesti, "Hem de çok yersiz meraktan soruyorsun," dedi. "Ama söyleyeyim: Dün gece cehennemin eşiğindeydim. Bugün kendi cennetimi görüyorum; gözlerim hep orada. Oraya üç ayak ya var ya yok! Haydi, artık gidin bakalım! Eğer gözetlemeye kalkmazsanız, ne sizi korkutacak bir şey görürsünüz ne de duyarsınız."

Ocağı süpürüp masayı temizledikten sonra çekildim.

Aklım daha da karışmıştı.

Heathcliff öğleden sonra salondan bir daha çıkmadı, içeri girip kendisini rahatsız eden de olmadı. Sonunda, akşam saat sekizde, çağrılmadığım halde yanıma bir mum alıp akşam yemeğini götürmeyi uygun buldum. Açık bir pencerenin kenarına dayanmıştı, ama dışarı bakmıyordu. Yüzü odanın içinde, karanlığa dönüktü. Ateş geçip gitmiş, kül olmuştu. Odaya bulutlu akşamın nemli, ılık havası dolmuştu. Oda öyle sessizdi ki, Gimmerton'dan akan derenin yalnız şırıltısı değil, çakıl taşları üzerinde kaynaşarak dalgalanırken ya da aşamadığı büyü taşların arasından kıvrılırken çıkardığı çağıltılar da işitiliyordu. Kararmış ocağı görünce canımın sıkıldığını belli eden bir ses çıkardım ve sırasıyla pencereleri kapatmaya başladım. Sonunda, onun önünde durduğu pencereye geldim.

Heathcliff'i kımıldatmak için, "Bunu da kapatayım mı?" dedim.

Heathcliff konuşurken ışık yüzüne vurdu. Aman, Mr. Lockwood, bir an gördüğüm o yüz karşısında nasıl irkildim, anlatamam size! Derine kaçmış o kapkara gözler! Yüzündeki o gülümseme ve o ölüm sarılığı! Karşımda Mr. Heathcliff değil de bir zebani var sandım, korkumdan elimdeki mumu duvara doğru eğmişim, karanlıkta kaldım.

Heathcliff her zamanki sesiyle, "Evet, kapat," dedi. "Al bakalım işte, düpedüz beceriksizlik bu! Mumu ne diye yan tuttun? Haydi, çabuk ol da başka mum getir."

Korkudan aptallaşmış bir halde hemen dışarı çıktım, Joseph'a, "Efendi senden bir ışık istiyor, ateşi de yaksın diyor," dedim; çünkü o anda salona yeniden girecek cesaretim yoktu.

Joseph küreğe bir parça ateş koyup gitti. Ama çok geçmeden bir elinde ateş küreği, bir elinde de yemek tepsisi, geri geldi; Mr. Heathcliff'in yatacağını, sabaha kadar hiçbir şey yemek istemediğini söyledi. Hemen ardından efendinin merdivenden çıktığını duyduk. Kendi yatak odasına doğru gitmedi, tahta kapaklı yatağın bulunduğu odaya gitti. Daha önce de söylemiştim, o odanın penceresi insanın girip çıkacağı kadar genişti. Aklıma ilk gelen şu oldu: Herhalde gece yine gezintiye çıkmak niyetindeydi, ama bizim haberimiz olmasın istiyordu.

Bu adam bir hortlak mı, yoksa bir vampir miydi? Böyle insan biçimine girmiş korkunç ruhlar olduğunu okumuştum. Sonra, çocukluğunda ona nasıl kendi elimle baktığım, gözlerimin önünde büyüyüp koskoca delikanlı olduğu ve hemen hemen bütün yaşamını bildiğim aklıma geldi. Öyle bir korkuya kapılmanın ne kadar yersiz, ne kadar anlamsız olduğunu düşündüm. Uykuya dalacağım sırada, "Ama yanına sığındığı o iyi adamın felaketine neden olan bu küçük kara şey nereden çıkıp geldi?" diye fısıldadı içimde uğursuz bir ses. Yarı uyur, yarı uyanık bir halde düşümde ona uygun bir anne baba bulmaya çalışıyor, sonra uyanıkken düşündüklerimi bir kez daha yineliyor, bütün hayatını yeni baştan gözden geçiriyor ve her seferinde başka başka korkunç sonuçlara varıyordum. Sonunda düşüm onun ölümü ve ölüsünün kaldırılışıyla bitti. Bununla ilgili yalnız şu kadarını hatırlıyorum: Mezar taşına yazı yazdırma görevi bana verilmişti, ben de ne yapacağımı bilmiyor, sonsuz bir şaşkınlık içinde kıvranıyordum. Ölünün aile adı olmadığından, yaşını da bilmediğimizden, mezarına yalnızca "Heathcliff" sözcüğünü yazmakla yetinmek zorunda kalmıştık. Nitekim sonunda da öyle oldu. Böyle yapmak zorunda kaldık. Mezarlığa girerseniz, onun mezar taşında yalnızca bu sözcüğü ve ölüm tarihini bulacaksınız.

Gün ağarırken kendime geldim. Ortalık aydınlanır aydınlanmaz kalkıp Heathcliff'in penceresinin altında ayak izi var mı, yok mu bakmaya gittim. Ayak izi filan yoktu. Evden çıkmamış, diye düşündüm. Bugün artık kendine gelir. Her gün yaptığım gibi evdekilerin kahvaltılarını hazırladım, ama Hareton ile Catherine'e, efendi aşağı inmeden kahvaltı etmelerini söyledim; çünkü Heathcliff geç vakte kadar yataktan kalkmadı. Çocuklar kahvaltılarını dışarıda, ağaçların altında yemek istediler, ben de rahat yesinler diye kendilerine küçük bir masa hazırladım.

Yeniden içeri girdiğimde, Mr. Heathcliff'i aşağıda buldum; Joseph'la çiftlik işleriyle ilgili bir şeyler konuşuyorlardı. Konuştukları işle ilgili açık ve inceden inceye buyruklar veriyordu. Ama çabuk çabuk konuşuyor, başını durmadan yana çeviriyor, yine tıpkı akşamki gibi, hem de daha heyecanlı görünüyordu. Joseph odadan çıkınca, gidip her zamanki yerine oturdu, ben de önüne bir fincan kahve koydum. Fincanı biraz önüne çekti, sonra kollarını masaya dayadı ve karşı duvara bakmaya başladı; sürekli hareket eden ışıltılı gözlerini duvarın belirli bir yerinde bir aşağı bir yukarı gezdiriyor gibi geldi bana. Öyle bir heyecanla, öyle bir merakla bakıyordu ki, yarım dakika hiç soluk almadığı oluyordu.

Eline doğru bir parça ekmek iterek, "Haydi, haydi!" dedim. "Sıcakken yiyin, için. Neredeyse bir saattir önünüzde duruyor."

Benim sözlerimi duymadı, ama gülümsedi. Keşke öyle gülmese de dişlerini gıcırdatsa, razıydım.

"Mr. Heathcliff! Efendim!" diye bağırdım. "Ne olur, Tanrı aşkına, hayal görmüş gibi öyle gözlerinizi açıp dikmeyin!"

Heathcliff, "Tanrı aşkına, o kadar bağırma," dedi. "Arkana dönüp bak, yalnız mıyız, söyle bana."

"Tabii yalnızız, tabii," dedim.

Yine de, elimde olmayarak, kuşkum varmış gibi sağa sola bakındım. Önündeki kahvaltı takımlarını eliyle itip yer açtı ve daha rahat bakabilmek için öne doğru eğildi. O zaman duvara bakmadığını anladım. Çünkü iyice dikkat edince, iki metre ötesindeki bir şeye gözünü dikmiş olduğu görülüyordu. Bu şey, her ne ise, belli ki ona hem son derece büyük bir zevk hem de son derece büyük bir acı veriyordu. Daha doğrusu, yüzünün acılı ama aynı zamanda çok sevinçli görünümünden böyle anlaşılıyordu. Gördüğünü sandığı bu şey bir yerde de durmuyordu. Gözleri, tükenmez bir çabayla o şeyi izliyor, benimle konuşurken bile bir an olsun ondan ayrılmıyordu. Ne kadar zamandır yemek yemediğini ona hatırlatmaya çalıştım, ama boşuna. Yalvarıp yakarmalarımı dinleyip bir şeye elini sürmeye kalksa, bir parça ekmek almak için elini uzatsa, bunu yapmadan parmakları kapanıyor, eli yapacağı işi unutup masanın üstüne düşüyordu.

Orada tam bir sabır taşı gibi oturup onu, bütün dikkatini toplayan, benliğini dolduran o görüntüden kurtarmaya çalıştım. Sonunda kızdı, yerinden kalktı, "Canımın istediği zaman yerim, ne diye beni rahat bırakmıyorsun?" dedi. Bir daha orada durup beklememe gerek olmadığını söyledi. "Yemeği bırakır, gidersin," dedi. Sonra evden çıktı, bahçe yolundan aşağı yavaş yavaş indi ve bahçe kapısından çıkarak kayboldu.

Kuruntu ve kaygı dolu saatler geçti. Bir akşam daha oldu. Geç vakitlere kadar gidip yatmadım, yattığım zaman da gözüme uyku girmedi. Heathcliff gece yarısından sonra eve geldi ve hemen gidip yatacağına, altımdaki odaya kapandı. Kulak kabarttım, yatağımda bir o yana, bir bu yana döndüm ve sonunda giyinip aşağı indim. Kafam yüzlerce anlamsız korku ve kuşkuyla doluyken yatakta yatmak çok güçtü.

Mr. Heathcliff'in durmadan odayı arşınlayan ayak seslerini duydum. İkide bir iniltiye benzer derin soluklar alıyor, sessizliği bozuyordu. Kopuk kopuk birtakım sözcükler de mırıldanıyordu. Seçebildiğim tek sözcük "Catherine" oldu. Bu adla birlikte sevgisini ya da çektiklerini belirten bir-iki ateşli sözcük daha ağzından döküldü. Hem de bunları yanında olan birisine doğru söylüyor gibiydi; yavaş, içten, ruhunun derinliklerinden kopup gelen bir sesle söylüyordu. Doğruca odaya girmeye cesaret edemedim. Ama onu daldığı bu derin düşüncelerden çekip çıkarmak da istiyordum. Mutfağın ocağıyla sözde oyalanmaya başladım. Ateşi karıştırıyor, korları çekiştirip toparlıyordum. Bu yaptığım, umduğumdan da çabuk dikkatini çekti. Hemen kapıyı açtı, "Nelly," dedi, "gel buraya, sabah mı oldu? Gel, ateşi tutuşturacak bir şey getir."

"Saat dördü vuruyor," dedim. "Yukarı götürmeniz için size bir mum gerek. Şu ateşten mumu yakabilirsiniz."

"Yok," dedi, "yukarı çıkmak istemiyorum. İçeri gel, *bana* burada bir ateş yak; odada yapılacak ne iş varsa yap."

Bir sandalyeyle bir körük alarak, "Önce ateşi körükleyip canlandırmam gerekiyor, ancak ondan sonra korları getirebilirim," dedim.

Heathcliff bu sırada neredeyse çıldırmış gibi bir aşağı bir yukarı dolaşıyordu. Ardı ardına öyle derin, öyle sık göğüs geçiriyordu ki, soluk almaya vakit kalmıyordu.

"Gün ağarınca Green'i çağırtacağım," dedi. "Hazır aklım başındayken, kendisine yasal konularda bazı şeyler danışmak istiyorum. Vasiyetimi daha yazmadım. Malımı mülkümü ne yapacağıma bir türlü karar veremiyorum. Ah, keşke hepsini yeryüzünden yok edebilseydim."

"Yerinizde olsam böyle şeyleri aklıma bile getirmezdim, Mr. Heathcliff," diye sözünü kestim. "Bırakın vasiyetname işi biraz daha dursun. Yaptığınız haksızlıklara pişman oluncaya kadar yaşayacaksınız herhalde! Sinirlerinizin bozulacağını hiç beklemezdim doğrusu. Oysa şu sırada ne kadar da bozuk. Suç da yalnızca kendinizde. Şu üç gündür yaptıklarınıza bir dev olsa dayanamazdı. Ne olur bir şeyler yiyin, biraz dinlenin. Buna ne kadar ihtiyacınız olduğunu anlamak için bir kez aynaya bakmanız yeter. Yanaklarınız çökmüş, gözleriniz kan çanağı; açlıktan ölmek üzere olan, uykusuzluktan kör olan bir insana benziyorsunuz."

"Yemek yiyemiyor, uyku uyuyamıyorsam suç bende değil," dedi. "Bil ki bunu isteyerek özellikle yapmıyorum. Yapabildiğim anda yemek yiyeceğim, uyku da uyuyacağım; ama ha bana bunları söylemişsin, ha suda canını kurtarmak için didinip çabalayan bir insana kıyıya kol boyu yaklaştığı sırada dinlenmesini söylemişsin, hepsi bir. Önce kıyıya ulaşmalıyım, ondan sonra dinlenirim. Peki, Mr. Green'le ilgili sözlerimi boş ver. Yaptığım haksızlıklardan dolayı pişman olma konusuna gelince; ben ne haksızlık ettim ne de pişmanlık duyuyorum. Çok, pek çok mutluyum. Yine de yeteri kadar mutlu değilim. Ruhumun mutluluğu bedenimi öldürüyor, ama kendine yetmiyor."

"Mutluyum, mu dediniz, efendim?" diye bağırdım. "Garip bir mutluluk bu! Eğer bana kızmazsanız, sizi daha mutlu yapacak bir öğüt verebilirim."

"Neymiş o? Duyalım bakalım," dedi.

"Siz de biliyorsunuz ki, Mr. Heathcliff," dedim, "ta on üç yaşınızdan beri bir Hıristiyan'a yakışmayan bencil bir hayatınız oldu. Bütün bu süre içinde belki elinize bir İncil bile almamışsınızdır. Belki de o kitapta neler yazılı olduğunu bile unuttunuz, belki de artık yeniden okuyup öğrenmek için vaktiniz de kalmadı. Hangi mezhepten olursa olsun bir papaz çağırsak da, size o kitaptakileri anlatsa, onun içindeki buyruklara ne kadar aykırı davrandığınızı size gösterse, ölümünüzden önce bir değişme olmazsa, o kitapta anlatılan Cennet'e girmeyi nasıl hak etmediğinizi bildirse nasıl olur, gücünüze gider mi?"

"Sana değil kızmak, minnettar bile kaldım, Nelly," dedi. "Çünkü nasıl gömülmek istediğimi bana hatırlattın. Beni mezarlığa akşamüstü götürün. Hareton'la sen isterseniz gelebilirsiniz, ama asıl, mezarcının iki tabutla ilgili verdiğim buyrukları yerine getirmesine göz kulak olun. Hiçbir papaza gerek yok; mezarımın başında bir şey söylenmesi de gerekmez. Artık neredeyse *benim* cennetime girdim, diyorum sana. Başkalarının cennetindeyse ne gönlüm var ne gözüm."

Onun bu inançsızlığı, bu kayıtsızlığı beni şaşırtmıştı. "Varsayalım ki inat edip ağzınıza bir lokma koymamakta direttiniz ve sonunda öldünüz ve sizi kilisenin sınırları içine gömmek istemediler, bu hoşunuza gider mi?"

"Bunu yapmazlar," dedi, "ama eğer yapacak olurlarsa, beni gizlice oraya taşıyın. Bu dediğimi yapmazsanız, ölülerin büsbütün yok olup gitmediklerini anlarsınız o zaman!"

Ev halkının kalkıp gezinmeye başladığını duyar duymaz Heathcliff kendi inine çekildi, ben de rahat bir soluk aldım. Ama öğleden sonra Joseph ile Hareton kendi işleri güçleriyle uğraşırlarken Heathcliff yine mutfağa girdi ve yabanıl bir tavırla, gelip salonda oturmamı buyurdu. Yanında birisi bulunsun istiyordu. Gitmek istemedim. Kendisine, o acayip sözleri ve tavırlarıyla beni korkuttuğunu, kendisiyle yalnız kalmaya ne cesaretim ne de isteğim olduğunu açık açık söyledim.

O soğuk gülüşüyle, "Beni bir iblis sanıyorsun galiba," dedi. "Temiz bir yuvada yaşaması olanaksız, korkunç bir yaratık." Sonra, odada bulunan ve Heathcliff yaklaşınca arkama çekilen Catherine'e dönerek yarı alay eder gibi, "*Siz* gelmek ister misiniz, iki gözüm?" diye ekledi. "Canınızı yakmam, korkmayın. Hayır mı! Sizin gözünüzde ben iblisten de beter oldum. Benim yanımda olmaktan ürkmeyen *bir* kişi var! Aman Tanrım! Onun hiç korkusu yok! Kahretsin! Etten kemikten bir beden buna dayanamaz; ben bile."

Ondan sonra kimseden gelip yanında oturmasını istemedi. Ortalık kararınca kendi yatak odasına gitti. Bütün gece ve sabahleyin geç vakitlere kadar inlediğini, kendi kendine bir şeyler mırıldandığını duyduk. Hareton ille içeri girmek istiyordu. Ama ben gidip Doktor Kenneth'ı getirmesini, asıl onun içeriye girip Heathcliff'i görmesi gerektiğini söyledim. Kenneth gelince, kapıyı çalıp açmaya çalıştım, kilitli olduğunu gördüm. Heathcliff içeriden, "Cehennem olun!" diye bağırıyordu. Daha iyi olduğunu, kendisini yalnız bırakmamızı söyledi. Doktor da çıkıp gitti.

O günün akşamı hava çok yağmurluydu. Gün ağarıncaya kadar da durmadan bardaktan boşanırcasına yağdı. Her sabah yaptığım gibi evin çevresinde dolaşırken, efendimin penceresinin ardına kadar açık olduğunu, yağmurun olduğu gibi içeri girdiğini gördüm. Yatağında olamaz, diye düşündüm. Yoksa yağmurdan sırılsıklam olur; ya kalktı ya da dışarı çıktı. Uzun boylu kuruntu edip çekinmeye gerek yok, açık açık gidip bakarım.

Başka bir anahtar uydurarak içeri girmeyi başardım. Yatağın tahta kapılarını açmak için koştum, çünkü odada kimseler yoktu. Kapıları çabucak kenara iterek içeri baktım. Mr. Heathcliff oradaydı, sırtüstü yatıyordu. Gözleri öyle keskin, öyle vahşice gözlerimin içine bakıyordu ki, ürperdim. Sonra, gülümsüyor gibiydi de. Ölmüş olmasına inanamıyordum. Ama yüzünden ve boynundan sular akıyordu. Yatak çarşafları sırılsıklamdı, kendisinde de en ufak bir kıpırtı yoktu. Durmadan açılıp kapanan kanat, pencerenin kenarında duran elini sıyırmıştı. Parçalanan deride hiçbir kan sızıntısı yoktu. Elimi dokundurunca artık hiç kuşkum kalmadı. Ölmüş, kaskatı kesilmişti!

Pencereyi örttüm. Siyah uzun saçlarını alnından kaldırdım. Gözlerini kapamaya çalıştım; yapabilirsem, o korkunç ve canlıymış gibi duran heyecanlı, sevinç delisi bakışlarını başka kimse görmeden örtecektim. Gözleri bir türlü kapanmadı; benim uğraşıp didinmemle sanki alay ediyorlardı. Aralık duran dudaklarıyla sivri beyaz dişleri de benimle alay ediyordu. Yeniden bir korku nöbetine tutuldum, bağırarak Joseph'ı çağırdım. Joseph ayaklarını sürüye sürüye yukarı çıktı ve bir çığlık kopardı; ama ona elini sürmeye razı olmadı.

"Onun ruhunu şeytan alıp götürmüştür!" diye bağırdı. "İsterse bedenini de alsın götürsün, vız gelir! Pöh! Şuna bak, ne aşağılık suratı var, ölümle alay ediyor!" Böyle söyledikten sonra ihtiyar günahkâr tıpkı onun gibi sırıttı. Yatağın çevresinde sıçraya sıçraya dönecek sandım. Ama birden yatışarak yere çöktü, ellerini kaldırdı; evin asıl efendisinin ve eski ailenin yeniden haklarını elde etmelerinden dolayı Tanrı'ya şükretti.

Bu müthiş olay beni aptala çevirmişti. Elimde olmadan aklıma hep o eski günler geliyor, içim eziliyordu. Ama zavallı Hareton, içimizde en büyük haksızlığa uğrayan o olduğu halde, gerçekten en çok o üzüldü. Acı acı ağlayarak bütün gece cesedin başında oturdu. Ölünün elini okşuyor, herkesin görmemek için başını çevirdiği o alaycı, vahşi yüzü öpüyordu. Su verilmiş bir çelik kadar sert de olsa temiz bir yürekten kendiliğinden fışkıran derin bir kederle ağlayıp yas tutuyordu.

Mr. Kenneth, efendinin nasıl bir hastalıktan öldüğünü bir türlü kestiremedi. Efendinin dört gündür ağzına bir lokma koymadığını sakladım. Başımıza dert açılır diye korkmuştum; hem sonra, eminim, efendim isteyerek yememezlik etmemişti. Bu, o garip hastalığın sonucuydu, nedeni değil.

Onu istediği biçimde gömdük. Herkes bunu bir rezalet saydı. Cenazesinde Earnshaw'dan, benden, mezarcı ve tabutu taşıyan altı adamdan başka kimse bulunmadı. O altı adam da tabutu mezara bırakır bırakmaz çekilip gitti. Biz, üstü toprakla örtülünceye kadar orada kaldık. Hareton, yüzü yaş içinde, yeşil çimenler kazıp çıkardı ve onları kara toprağın üstüne kendi eliyle yerleştirdi. Şimdi onunki de yanındaki mezarlar kadar düzgün ve yeşil. Umarım içindeki de yanındakiler kadar rahat bir uykudadır. Ama köylülere soracak olursanız, hepsi de onun *hortladığına* dair İncil'e basıp yemin ederler. Kilisenin yanında, kırlarda ve bu evin içinde bile ona rastladıklarını söyleyenler vardır. Uydurma sözler bunlar, diyeceksiniz, ben de öyle diyorum. Ama mutfakta ocağın başında oturan şu ihtiyar herif, o öldüğünden beri, her yağmurlu gecede penceresinden bakınca onların ikisini de gördüğüne yemin ediyor. Bir ay kadar oluyor, benim başıma da garip bir şey geldi. Bir akşam Çiftlik'e gidiyordum. Hava kapalıydı, neredeyse gök gürleyecek gibiydi. Tam Uğultulu Tepeler'i döndüğüm sırada, bir koyunla iki kuzuyu götüren küçük bir çocuğa rastladım. Avaz avaz ağlıyordu. Kuzuları haşarılık ediyorlar da onları tutamıyor sandım.

"Ne oldu, küçükbey?" dedim.

"Karşıda şu kayanın altında Heathcliff'le bir kadın duruyor, yanlarından geçmeye korkuyorum," diye hıçkırdı.

Ben bir şey görmedim. Ama ne koyunlar ne de çocuk gidiyordu. Ben çocuğa daha aşağıdaki yoldan gitmesini söyledim. Muhtemelen, çocuk kırlarda yalnız başına dolaşırken, anne babasından ve arkadaşlarından duyduğu saçmalıkları düşüne düşüne bu görüntüyü kendi uydurmuştu. Ama ne olursa olsun, artık karanlıkta dışarı çıkmaktan hoşlanmıyorum. Bu korkunç evde de yalnız başıma kalmak hoşuma gitmiyor. Ne yapayım, elimde değil; buradan ayrılıp Çiftlik'e taşındıkları gün sevineceğim doğrusu.

"Çiftlik'e taşınacaklar demek?" diye sordum.

Mrs. Dean, "Evet," diye karşılık verdi. "Evlenir evlenmez, yeni yılın başında."

"O zaman burada kim oturacak?"

"Joseph eve bekçilik edecek, belki yanına arkadaş olsun diye bir çocuk da alır. Mutfakta oturacaklar. Evin üst katı kapatılacak."

"Canı isteyen hayalet gelip otursun diye mi?" dedim.

Nelly başını iki yana salladı, "Yok, Mr. Lockwood," dedi, "ben ölülerin huzur içinde yattıklarına inanıyorum. Ama onlardan böyle alaycı söz etmek doğru değil."

Tam o anda bahçe kapısı açıldı. Gezintiye çıkanlar dönmüşlerdi.

Pencereden onların gelişini izleyerek, "İşte *bunların* hiçbir şeyden korkusu yok," diye mırıldandım; "birlikte oldukça, şeytana da, şeytanın bütün avanesine de meydan okurlar."

Kapının eşiğine ayaklarını attıktan sonra son bir kez, ışıyan aya, daha doğrusu ay ışığında birbirlerine bakmak için bir an durdular. Yine onlara görünmeden hemen uzaklaşmak istedim. Mrs. Dean'in eline bir şey sıkıştırıp onun beni ayıplayan sözlerine kulak asmadan, onlar salonun kapısını açarlarken ben de mutfağın kapısından çıktım. Bu davranışımla Joseph'ın, arkadaşının uygunsuz hoppalıklarıyla ilgili düşüncelerini iyice kanıtlamış olacaktım; ama neyse ki ayaklarının altına düşen bir altın paranın tatlı şıkırtısından benim saygıdeğer bir adam olduğumu kabullendi.

Eve dönerken kiliseden dolaşarak yolumu uzattım. Kilise duvarının dibine gelince, şu son yedi ay içinde yapının biraz daha yıkılıp gittiğini gördüm. Pencerelerden birçoğu camsızlıktan birer kara delik gibi olmuştu. Taşlar yer yer çatının kenarından dışarı fırlamıştı. Yaklaşan sonbahar fırtınaları bunları yavaş yavaş alıp götürecekti.

Araştırdım ve çok geçmeden tepenin yanında, bayırda duran o üç mezar taşını buldum. Ortadaki boz renk bağlamış ve fundalarla yarı yarıya örtülmüştü. Edgar Linton'ın taşı yeşeren otlarla, yosunlarla yavaş yavaş sarılmaya başlamıştı. Heathcliff'inki ise hâlâ çıplaktı.

Dingin gökyüzünün altında, bu mezarların yanında biraz oyalandım. Fundalıklar ve sümbüller arasında uçuşan pervaneleri izledim, otları hışırdatan hafif rüzgârı dinledim ve insan, bu dingin toprağın altında uyuyanların nasıl olur da huzursuz bir uyku içinde olduklarını düşünebilir, diye şaştım.